Beartown

베어타운

Beartown

베어타운

프레드릭 배크만 장편소설

이은선 옮김

다산
책방

『베어타운』 사람들

하이츠
베어타운 남부, 호수를 내려다보는 산비탈로 고급 주택이 모여 있다.

• 케빈의 집
열일곱 살 천재 하키 소년으로 베어타운 청소년 아이스하키팀의 에이스인 케빈 에르달과 그의 엄마, 하키팀의 거물급 후원자 아빠가 사는 베어타운 최고급 저택. 완벽이 표준인 이 집 사람들은 한 치의 오차도 허용하지 않는다.

• 빌리암의 집
베어타운 청소년팀의 1라인 공격수 빌리암과 언성을 높이는 데 일가견이 있는 빌리암의 엄마 마간 뤼트, 빌리암의 아빠가 산다. 케빈의 집 근처에 살면서 그 집 사람들과 가까워질 기회를 엿본다.

• 필리프의 집
베어타운 청소년팀의 가장 작고 조용한 아이에서 아무도 모르는 새 최고의 수비수가 된 필리프와 한때 최정상 크로스컨트리 선수였던 엄마가 함께 산다.

• 프락의 집
프락은 베어타운 일대에서 여러 개의 대형 슈퍼마켓 체인점을 운영하고 있다. 베어타운 하키팀 단장 페테르의 친구이자 하키팀의 후원자다.

• 아나의 집
천방지축 열다섯 살 소녀 아나와 숲속을 가장 잘 아는 사냥꾼 아빠가 산다. 아나는 페테르의 딸 마야와 절친이다. 하이츠의 구시가지에 살다보니 어느 날 자연스럽게 고급 주택가에 편입되었다.

베어타운 중심가

중산층이 거주하는 연립주택과 조그만 주택들로 이루어져 있다.

• 마야의 집

기타를 좋아하는 열다섯 살 소녀 마야와 아이스하키를 좋아하는 마야의 동생 레오, 뛰어난 변호사이자 누구보다 다혈질인 엄마 미라와 베어타운 하키단 단장이자 평화주의자인 아빠 페테르, 그보다 더 심할 수 없을 만큼 각기 다른 네 가족이 모여 옥신각신하며 지낸다.

• 수네의 집

베어타운 아이스하키 A팀의 코치 수네는 베어타운 하키팀의 산증인이자 멘토로서 재능 있는 선수들을 발굴해왔다. 아직도 '승리'보다는 '올바른 성장'이 중요하다 믿지만, 구닥다리 취급을 면치 못한다.

• 다비드의 집

베어타운 청소년팀 코치 다비드와 그의 여자 친구가 산다. 수네와 달리 다비드는 철학적인 코치가 아니기에 시합 전 선수들에게 딱 한 마디만 한다. "이겨라." 그러면 그들은 이긴다.

• 예아네테의 집

학교의 젊은 여자 선생님으로 거칠고 말 안 듣는 하키팀 아이들에게 늘 시달린다. 학교에 일이 생길 때마다 경비업체에 다니는 동생과 함께 불려 나온다.

• 펠센 술집

베어타운에서 가장 강단 있는 여자 라모나가 운영하는 술집. '그 일당'이라 칭해지는 정체 불명의 남자들이 늘 상주하며 그녀 곁을 맴돌고 있다. 최근 단골손님은 왕년엔 페테르보다 더 훌륭한 선수였지만, 이제는 실업자가 된 로비 홀츠다.

- **벤이의 집**

베어타운 청소년팀의 '16'번 공격수 벤이는 팀의 보석 케빈을 지키는 역할을 맡고 있어 무슨 짓을 해도 용서를 받는 문제아다. 견사를 운영하는 첫째 누나 아드리와 헤드의 술집에서 아르바이트를 하는 둘째 누나 카시아, 귀여운 조카들의 엄마인 막내 누나 가비, 화가 나면 모국어를 내뱉는 엄마와 함께 산다. 할로가 시작되기 직전, 맨 마지막 연립주택이다.

- **보보의 집**

몸집이 대문짝만 한 베어타운 청소년팀의 든든한 수비수지만 팀에서 스케이트를 제일 못 타는 보보와 간호사로 일하는 엄마 안-카트린, 정비소를 운영하는 아빠 갈텐, 세 식구가 산다. 할로 바로 옆에 있다.

할로

베어타운 북부, 지대가 낮고 임대 아파트가 죽 이어져 있다.

- **아맛의 집**

열다섯 살로 엄청난 스피드를 갖춘 하키 신동 아맛. 아이스링크의 청소부인 엄마 파티마와 함께 매일 아침 아이스링크로 출근해 혼자 연습을 한다. 아맛은 허리 한번 제대로 못 펴는 엄마가 하루 만이라도 쉴 수 있길 간절히 바란다.

- **할로 삼인방**

유소년팀 하키단 소속으로 나무보다 말수가 적은 리파와 라디오보다 더 시끄러운 사카리아스, 친구가 있다는 데 그저 고마워하는 아맛으로 이루어진 할로에 사는 세 친구. 이유 없이 무시당하는 데 이골이 나 있다.

차 례

내게 스포츠의 묘미를 가르쳐주신
할머니 사가 배크만에게 바친다.
할머니의 가르침이 없었다면 내 인생이 얼마나 삭막했을까.
천국의 술집에는 제대로 된 드라이 마티니가 갖춰져 있고,
대형 화면으로 항상 윔블던 경기를 중계해주었으면 좋겠다.
보고 싶어요.

그리고 세상에서 가장 재미있고 똑똑하며 따지기 좋아하는
나의 단짝 친구 네다 샤프티-배크만에게 바친다.
그녀는 가장 필요할 때 용기를 북돋워주고
내가 가장 정신이 없을 때 현실감각을 일깨운다.
아쉬게탐.

1

삼월 말의 어느 날 야밤에 한 십대 청소년이 쌍발 산탄총을 들고 숲속으로 들어가 누군가의 이마에 대고 방아쇠를 당겼다.

이것은 어쩌다 그런 사건이 벌어졌는지에 대한 이야기다.

2

탕-탕-탕-탕-탕.

지금은 삼월 초를 맞이한 베어타운의 어느 금요일이고 아직 아무
일도 벌어지지 않았다. 모두들 기다리고 있다. 베어타운 아이스하키
단 청소년팀이 내일 전국에서 가장 규모가 큰 청소년 대회 준결승 경
기를 펼친다. 그런 행사가 뭐 그렇게 중요한 일이겠냐고? 대부분의
지역에서는 당연히 별로 중요하지 않을 것이다. 하지만 베어타운은
대부분의 지역이 아니다.

탕. 탕. 탕-탕-탕.

늘 그렇듯 이날도 베어타운의 하루는 일찍부터 시작된다. 조그만
마을은 남들보다 먼저 출발해야 일말의 기회나마 포착할 수 있다. 공
장 앞 주차장에 줄줄이 주차된 차량들은 이미 눈으로 뒤덮였다. 사람

들은 눈을 반쯤 감고 머리는 반쯤 열고 아무 말 없이 일렬로 서서 전자식 펀치카드가 출근 기록기에 그들의 존재를 입력해주길 기다린다. 자동조종장치 같은 눈빛과 자동응답기 같은 목소리로 부츠에 묻은 눈을 털고, 카페인이 됐건 니코틴이 됐건 당분이 됐건 각자 선택한 약물이 효과를 발휘해서 첫 번째 휴식 시간 전까지 어지간히 쓸 만한 몸 상태가 되길 기다린다.

도로 위에서는 숲 저편의 좀 더 큰 도시로 출퇴근하는 직장인들이 길을 나선다. 그들은 장갑 낀 손으로 송풍구를 탁 소리 나게 닫고, 술에 취했거나 죽음을 앞두고 있거나 꼭두새벽에 냉장고나 다름없는 푸조에 앉아 있을 때만 생각나는 욕을 늘어놓는다.

가만히 있으면 그들의 귀에도 멀리서 전해지는 이 소리가 들릴 것이다. 탕-탕-탕. 탕. 탕.

잠에서 깬 마야는 침대에서 기타 연습을 한다. 마야의 방 벽은 연필 데생과 먼 도시까지 가서 보고 온 공연 티켓들로 뒤덮여 있다. 그 정도 숫자로는 성에 차지 않지만 부모님이 허락한 횟수보다 훨씬 많긴 하다. 마야는 기타와 관련된 모든 것을 사랑한다. 몸에 전해지는 묵직한 느낌도 좋고, 손끝으로 톡톡 두드리면 나무가 반응을 보이는 것도, 줄이 살갗을 세게 파고드는 것도 좋다. 간단한 코드와 가벼운 리프―이 모두가 마야에게는 환상적인 놀이다. 마야는 열다섯 살이고 지금까지 여러 번 사랑에 빠져봤지만 영원한 첫사랑은 기타일 것이다. 기타 덕분에 그 아이는 이 조그만 도시에서 숲속 아이스하키단 단장의 딸로 지내는 삶을 견딜 수 있다.

마야는 하키를 싫어하지만 아버지의 하키 사랑은 이해한다. 스포츠가 아빠에게는 종류가 다른 악기일 뿐이다. 엄마는 가끔 딸의 귀에 대고 속삭인다. "어처구니없을 정도로 사랑하는 게 아무것도 없는 사람은 믿으면 안 돼." 마야의 엄마는 스포츠를 사랑하는 도시를 사랑하는 남자를 사랑한다. 이곳은 하키 타운이고 이곳을 소개할 단어는 많지만 전부 예상 가능한 범주에서 벗어나지 않는다. 여기서 살면 앞날을 예측할 수 있다. 내일도 모레도 그리고 그다음 날도.

탕.

베어타운은 그 무엇과도 닮지 않았다. 심지어 지도상의 모습조차 특이하다. "술에 취한 거인이 눈밭에다 오줌으로 자기 이름을 갈기려던 것처럼 생겼지." 누군가는 이렇게 표현할지 모른다. "자연과 인간이 땅 싸움을 벌인 것처럼 생겼지." 좀 더 교양 있는 사람은 이렇게 표현할지 모른다. 어느 쪽이 됐건 이 도시는 점점 가망이 없어지고 있다. 무엇에서건 희망을 느껴본 건 먼 옛날의 이야기다. 해마다 점점 더 많은 일자리가 사라지면서 그와 더불어 인구도 줄고, 매 계절마다 숲이 폐가를 한두 채씩 집어삼킨다. 자랑거리가 있었던 시절에는 시의회에서 이곳으로 진입하는 도로 옆에 당시 유행어가 적힌 표지판을 설치했다. '베어타운─아무리 즐겨도 부족한 도시!' 몇 년 동안 누적된 바람과 눈 때문에 '아무리 즐겨도' 부분이 지워졌다. 가끔은 마을 전체가 어떤 철학 실험의 대상인 것처럼 느껴질 때도 있다. 온 마을이 무너져 숲속으로 꺼지더라도 아무도 그 소리를 듣지 못한다면 전혀 의미 없는 사건으로 봐야 하지 않을까?

그 질문에 대답하려면 호수 쪽으로 몇백 미터를 걸어가야 한다. 거기 있는 건물은 별 볼일 없지만 할아버지의 할아버지 세대에 주 육일 근무를 하고 칠일째에 손꼽아 기다릴 만한 뭔가가 필요했던 공장 노동자들이 건설한 아이스링크다. 이 도시에서 녹아내린 모든 사랑이 후대로 전승됐고 후손들도 여전히 그 경기라면 사족을 못 쓴다. 빙판과 판자로 된 펜스, 빨간 선과 파란 선, 스틱과 퍽, 퍽을 찾아서 코너를 향해 전속력으로 돌진하는 젊은 선수들의 투지와 파워. 이 마을의 경제와 더불어 팀의 성적도 곤두박질쳤지만 관중석은 매년 주말마다 만원사례를 빚는다. 어쩌면 오히려 그렇기 때문에 만원사례를 빚는 건지도 모른다. 다들 팀의 성적이 올라가면 도시의 다른 부분들도 덩달아 좋아질 거라고 기대하는지도 모른다.

그래서 이런 도시의 주민들은 젊은 친구들에게 미래의 희망을 건다. 지금보다 좋았던 시절을 기억하지 못하는 사람들이 그들뿐이다. 그것은 축복일 수 있다. 그래서 그들은 이 마을을 건설한 선조들의 가치관을 청소년팀에게 가르친다. 열심히 노력하고, 헝그리 정신으로 무장하고, 투덜거리지 말고, 입 꾹 다물고, 대도시 개새끼들에게 우리가 어디 출신인지 본때를 보여줄 것. 이곳은 주목할 만한 게 거의 없다. 하지만 한 번이라도 와본 사람은 하키 타운이라는 것을 알 수 있다.

탕.

아맛은 조만간 열여섯 살이 된다. 아맛의 방은 하도 작아서 대도시의 잘사는 동네의 넓은 아파트였다면 벽장이나 될까 말까 한 크기다.

벽은 NHL* 선수들 포스터로 도배가 되어 있는데 딱 두 장만 예외다. 그중 하나는 너무 큰 장갑과 이마를 반이나 덮는 헬멧을 쓰고서 제일 키가 작은 꼬맹이로 얼음 위에 서 있는 일곱 살 때의 사진이다. 또 하나는 어머니가 기도문의 일부분을 적어놓은 흰 종이다. 아맛이 태어났을 때 그녀는 지구 반대편에 있는 조그만 병원의 좁은 침대에 누워 아기를 자기 가슴 위에 올려놓았고, 이 세상을 통틀어 그들이 의지할 사람은 아무도 없었다. 간호사가 그때 어머니의 귀에 대고 기도문을 나지막이 읊었고 (테레사 수녀의 침대 머리맡 벽에 적혀 있는 기도문이라고 했다) 그 기도문을 듣고 외로운 여인이 기운을 추스르고 희망을 얻길 바랐다. 십육 년 가까이 지난 지금도 그 종이는 아들의 방 벽에 붙어 있다. 말이 뒤죽박죽이지만 그녀가 기억을 최대한 더듬어서 적어놓았다.

네가 정직하면 사람들이 너를 속일 것이다. 그래도 정직하라.
네가 친절을 베풀면 사람들이 너를 이기적이라고 비난할 것이다. 그래도 친절을 베풀라.
네가 오늘 선을 행하더라도 내일이면 잊힐 것이다. 그래도 선을 행하라.

아맛은 매일 밤 스케이트를 침대 옆에 두고 잔다. "스케이트를 신고 태어났을 테니 너희 엄마가 너를 낳을 때 얼마나 힘이 들었겠냐?" 아이스링크 관리인은 종종 이런 농담을 한다. 그는 스케이트를 선수

---

* 북아메리카 프로 아이스하키 리그.

단이 쓰는 창고 사물함에 넣으라고 하지만 아맛은 들고 다니는 걸 좋아한다. 가까이 두고 싶어 한다.

아맛은 다른 선수들만큼 키가 자라지 않았고, 그 아이들만큼 근육이 생기지도 않았고, 그 아이들만큼 퍽을 세게 날리지도 못한다. 하지만 이 도시에서는 아무도 아맛을 잡지 못한다. 아맛이 지금까지 만난 팀에서 자기만큼 빠른 선수는 없었다. 이유는 자기도 모른다. 바이올린을 봤을 때 나무토막과 나사가 보이는 사람이 있는가 하면 음악이 보이는 사람이 있는 것과 비슷하지 않나 짐작할 따름이다. 아맛은 스케이트를 신었을 때 어색하다고 느껴본 적이 없었다. 오히려 평범한 신발을 신으면 육지에 내린 선원이 된 듯한 기분이 든다.

어머니가 종이에 적어놓은 마지막 문장은 다음과 같다.

네가 만든 것을 남들이 무너뜨릴 수도 있다. 그래도 만들어라. 결국에는 너와 하느님의 일이다. 너와 다른 사람의 일이 아니다.

그 바로 밑에 굳게 다짐한 초등학생이 빨간색 크레용으로 적어놓은 문장이 있다.

다들 나더러 너무 쪼꼬매서 안 된다고 한다. 그래도 훌륭한 선수가 되어라!

탕.

예전에는 베어타운 아이스하키 A팀(청소년팀 바로 위 단계다)이 이

나라 1부 리그에서 두 번째로 잘나가는 팀이었다. 이십여 년 전, 그러니까 리그가 세 번 바뀌기 전의 얘기이긴 하지만 내일 베어타운은 다시 한번 1위 팀을 상대할 것이다. 청소년 시합이 중요해봐야 어느 정도겠냐고? 십대 선수들이 출전하는 마이너리그 대회의 준결승전에 주민들이 신경을 써봐야 얼마나 쓰겠느냐고? 물론 별 볼일 없는 시합이긴 하다. 하지만 지도상의 이 지점에서는 이야기가 달라진다.

도로 표지판에서 남쪽으로 이삼 백 미터를 가면 '하이츠'가 있다. 호수 전망의 값비싼 저택들이 몇 채 모여 있는 곳이다. 그곳 사람들은 슈퍼마켓 사장이거나 공장 대표거나 좀 더 대도시의 좀 더 좋은 회사로 출퇴근한다. 직원 파티에서 만난 직장 동료들은 눈을 동그랗게 뜨고 그들에게 묻는다. "베어타운? 어떻게 그렇게 숲속 먼 데서 사나?" 그들은 사냥과 낚시와 자연 친화적인 환경을 운운하지만 요즘엔 거의 모두가 과연 이런 데서 사는 게 진정 가능한 얘기인지 자문하고 있다. 여기서 계속 생활하는 게 가능한지. 기온만큼이나 급속도로 추락하고 있는 것처럼 느껴지는 집값 말고는 남은 게 아무것도 없지 않은지.

그러다 아침에 눈을 떴을 때 탕 소리가 들리면 미소를 짓는다.

3

십여 년의 세월 동안 이웃 주민들은 에르달의 집 마당에서 들리는 소음에 익숙해졌다. 탕-탕-탕-탕-탕. 케빈이 퍽을 줍는 동안 잠시 정적이 흐르고 다시. 탕-탕-탕-탕-탕. 케빈은 두 살하고 육 개월 때 처음으로 스케이트를 신었고, 세 살 때 처음으로 스틱을 잡았다. 네 살 때 다섯 살짜리들을 실력에서 앞질렀고 다섯 살 때는 일곱 살짜리 들을 앞질렀다. 일곱 번째 생일을 보내고 난 해 겨울에는 동상이 어 찌나 심하게 걸렸는지 가까이 다가가면 광대뼈에 조그맣게 남은 흰 색 흉터를 볼 수 있을 정도였다. 케빈은 그날 오후 정식 시합에 처음 으로 출전했고 마지막 몇 초를 남겨놓고 찾아온 오픈 숏의 기회를 놓 쳤다. 베어타운 아이들은 12 대 0으로 이겼고 그 12점을 모두 케빈 이 득점했지만 정작 케빈은 하늘이 무너질 듯이 슬퍼했다. 그날 저녁 이 깊었을 때 케빈의 부모님은 자는 줄 알았던 아들이 없어졌다는 걸 알아차렸고, 자정이 됐을 무렵에는 마을 사람 절반이 숲속으로 케빈 을 찾아나섰다. 숨바꼭질은 베어타운에서 재밌는 놀이가 아니었다.

어린아이는 길을 잃으면 당장 어둠 속으로 집어삼켜졌고 조그만 몸은 영하 삼십 도의 기온 속에서 금세 얼어 죽었다. 동이 튼 다음에서야 누군가가 숲속이 아니라 꽁꽁 언 호수에서 아이를 발견했다. 아이는 네트와 퍽 다섯 개와 손전등을 있는 대로 들고 나와서 놓친 마지막 슛과 똑같은 각도에서 몇 시간 동안 슛 연습을 하고 있었다. 아이는 사람들에게 안겨서 집으로 가는 내내 서럽게 흐느꼈다. 흰색 흉터는 절대 희미해지지 않았다. 케빈은 일곱 살이었고 모든 사람들은 아이 안에 곰이 살고 있다는 것을 그때부터 알았다. 그런 부분은 무시할 수 없는 법이다.

케빈의 부모님이 마당에 조그만 아이스링크를 만들어주었다. 아이는 매일 아침마다 아이스링크를 삽으로 직접 다졌고 여름마다 동네 주민들은 화단에서 퍽의 무덤을 발굴했다. 가황고무의 잔해는 앞으로도 몇 세대 동안 그 일대에서 발견될 것이다.

그들은 해마다 아이의 몸이 자라는 소리를 들었다. 탕 소리가 점점 세지고 빨라졌다. 케빈은 이제 열일곱 살이고 그들은 케빈이 태어나기 전 베어타운 팀이 1부 리그에서 밀려난 이후로 그에 필적하는 선수를 본 적이 없다. 케빈은 체격과 손재주와 머리와 심장을 모두 갖췄다. 하지만 무엇보다도 시력이 남다르다. 얼음 위에서 벌어지는 일들이 그 아이의 눈에는 슬로 모션으로 보인다. 하키의 많은 부분은 가르칠 수 있지만 그건 아니다. 그런 능력은 가지고 태어나거나 못 가지고 태어나거나 둘 중 하나다.

"케빈? 그 녀석은 진짜 물건이지." 페테르 안데르손 단장은 입버릇처럼 이렇게 얘기하는데, 아무것도 모르면서 하는 말이 아니다. 베어타운에서 실력이 이 정도 출중했던 마지막 선수가 바로 페테르였다.

그는 캐나다와 NHL로 진출해 세계 최고의 선수들과 겨룬 적이 있었다.

케빈은 어떤 조건을 갖춰야 하는지 안다. 스케이트를 신고 맨 처음 빙판 위에 섰을 때부터 귀가 따갑도록 들었다. 자신의 전부를 바쳐야 할 것이다. 그렇기 때문에 케빈은 매일 아침, 친구들이 따뜻한 이불 속에서 단잠을 자고 있을 때 숲속을 달리고, 여기 서서 탕-탕-탕-탕-탕 퍽을 날린다. 퍽을 줍는다. 탕-탕-탕-탕-탕 퍽을 날린다. 퍽을 줍는다. 날마다 오후에는 청소년팀과, 저녁에는 A팀과 연습을 한 다음 근력 운동을 하고, 숲속을 달리고, 지붕에 달린 눈부신 투광 조명등 불빛 아래서 마지막으로 한 시간 동안 개인 훈련을 한다.

이 스포츠가 요구하는 것은 단 한 가지. 당신의 전부다.

좀 더 큰 팀으로 옮기자는 둥, 좀 더 넓은 도시의 하키 스쿨에 다니자는 둥 온갖 제안이 쏟아지지만 케빈은 계속 거절하고 있다. 케빈은 베어타운의 사나이고 케빈의 아빠도 베어타운의 사나이다. 다른 데서는 그게 아무 의미 없을지 몰라도 이곳에서는 특별한 의미가 있다.

그래서 청소년팀의 준결승전이 중요해봐야 어느 정도겠냐고? 이 일대에서 최고의 청소년팀으로 등극하면 온 국민에게 이 도시의 존재를 다시 일깨울 수 있다. 그러면 정부에서도 헤드가 아니라 여기에 하키 스쿨을 설립할 테고, 그러면 이 주변에서 가장 실력이 좋은 아이들이 대도시가 아니라 베어타운으로 몰려들 것이다. 여기서 나고 자란 선수들로 이루어진 A팀이 또다시 1부 리그에 진입하면 대규모 후원사에서 관심을 보일 테고, 의회에서는 새로운 아이스링크와 넓

은 도로는 물론, 어쩌면 오래전부터 얘기하던 컨퍼런스 센터와 쇼핑
몰까지 건설할지 모른다. 그러면 새로운 회사들이 생겨나고 일자리
가 늘어나서 주민들이 집을 팔기보다 깨끗하게 보수하는 쪽으로 생
각을 바꿀지 모른다. 그 시합이 중요한 이유는 이 도시의 경제가 걸
려 있기 때문이다. 자존심이 걸려 있기 때문이다. 생존이 걸려 있기
때문이다.

그 정도로 중요하기 때문에 열일곱 살짜리 소년은 두 뺨에 동상이
걸린 십 년 전의 그날 밤 이후로 온 도시를 어깨에 짊어지고 이 마당
에서 날이면 날마다 퍽을 날리고 있다.

그 시합은 전부나 다름없다. 그뿐이다.

베어타운에서 하이츠의 반대편, 도로 표지판의 북쪽은 할로다. 그
중간에 해당하는 베어타운 중심부는 조금씩 내리막길을 걷고 있는
중산층이 거주하는 연립주택과 조그만 주택들로 이루어져 있지만,
이곳 할로에는 하이츠에서 최대한 멀리까지 몇 블록이고 임대 아파
트가 이어질 뿐이다. 처음에는 이런 동네 이름이 지형을 재미없게 설
명하는 단어에 불과했다. 할로는 오래된 자갈 채취장 쪽으로 경사가
져서 다른 지역보다 지대가 낮다. 하이츠는 호수를 내려다보는 산비
탈이다. 하지만 사는 사람들의 경제 수준도 비슷한 경계선을 따라 나
뉘자 동네 이름이 구역뿐 아니라 계급의 차이까지 상징하게 됐다. 심
지어 어린아이들도 할로에서 먼 데서 살수록 더 좋다는 걸 안다.

파티마는 할로의 거의 끝자락에 있는 방 두 개짜리 아파트에서 산
다. 그녀가 아들을 깨워서 가만히 데리고 나오면 아들은 스케이트를

집고, 두 사람은 승객이라고는 그들 둘뿐인 버스에 아무 말 없이 오른다. 아맛은 비몽사몽간에 몸만 움직이는 기술을 완벽하게 연마했다. 파티마는 '미라'라는 애정 어린 별명으로 아들을 부른다. 아이스링크에 맨 먼저 도착하면 그녀는 청소부 복장으로 갈아입고, 아맛은 엄마를 도우려고 관중석 쓰레기통을 몰래 비우다 소리를 지르는 엄마에게 내쫓기면 관리인을 찾아간다. 아들은 엄마의 허리가 걱정이고 엄마는 아들이 자기 옆에 있는 걸 보고 다른 아이들이 놀리지 않을까 걱정이다. 아맛의 기억이 닿는 먼 옛날부터 이 세상에는 그들 둘뿐이었다. 어렸을 때 아맛은 관중석에 나뒹구는 맥주 캔을 모아다 월말에 보증금을 챙겼다. 요즘도 가끔 그런다.

아맛은 매일 아침마다 관리인을 도와서 문을 열고, 전등을 점검하고, 픽을 정리하고, 정빙기를 돌리는 등 아이스링크의 하루를 열 준비를 한다. 맨 처음으로, 가장 비인간적인 시간대에 등장하는 그룹은 피겨스케이트 선수들이다. 그런 다음 하키팀이 서열 순으로 등장한다. 가장 좋은 시간대는 청소년팀과 A팀의 몫이다. 청소년팀의 성적이 워낙 좋아서 이제는 서열의 거의 꼭대기에 다다랐다.

아맛은 이제 겨우 열다섯 살이라 아직 청소년팀이 아니지만 어쩌면 다음 시즌에는 합류할 수 있을지 모른다. 요구 조건을 모두 갖춘다면 말이다. 그는 언젠가 엄마를 여기서 탈출시킬 것이다. 그것만큼은 장담할 수 있다. 항상 수입을 더하고 거기서 지출을 빼가며 암산하는 습관에서 언젠가 벗어날 것이다. 돈이 바닥날 수도 있는 집에서 사는 아이와 그렇지 않은 아이 사이에는 분명한 차이점이 있다. 몇 살 때 그 사실을 깨달았는가도 중요한 포인트다.

아맛은 선택할 수 있는 길이 많지 않기에 계획도 단순하다. 여기에서 청소년팀으로, 거기서 다시 A팀으로, 거기서 다시 프로팀으로. 첫 월급이 입금되는 순간 어머니의 손에서 청소 카트를 빼앗고 두 번 다시 그걸 볼 일이 없게 할 것이다. 욱신거리는 손가락을 쉬게 하고 욱신거리는 허리에 휴식을 줄 것이다. 거금은 필요 없다. 단 하룻밤만이라도 침대에 누워서 암산을 하지 않으면 그걸로 충분하다.

잡일이 끝나면 관리인이 아맛의 어깨를 토닥이며 스케이트를 건넨다. 아맛은 스케이트를 신고 스틱을 움켜쥐고 아무도 없는 빙판으로 나선다. 그게 서로 간의 약속이다. 류머티즘으로 고생하는 관리인을 대신해 무거운 짐을 나르고 반자동문을 열고 닫으면 (그리고 연습을 끝낸 뒤 빙판 위에 다시 물을 뿌리면) 아맛은 피겨스케이트 선수들이 도착하기 전에 한 시간 동안 아이스링크를 독차지할 수 있다. 그 육십 분이 그 아이에게는 하루 중에서 가장 신나는 순간이다.

아맛은 이어폰을 끼고 볼륨을 최대한 높인 다음 쌩하니 출발한다. 빙판을 가로질러 헬멧이 유리에 부딪쳐 쩍 소리가 날 정도로 반대편 펜스를 향해 힘껏 달려간다. 다시 전속력으로 돌아온다. 한 번 더. 한 번 더. 한 번 더.

파티마는 고개를 들고 아이스링크에 나가 있는 아들을 잠깐 구경한다. 관리인과 시선이 마주치자 입 모양으로 "고마워요"라고 인사한다. 관리인은 미소를 감추고 고개만 끄덕인다. 파티마는 아이스하키팀 코치로부터 아맛에게 남다른 재능이 있다는 소리를 들었을 때 얼마나 기분이 이상했는지 기억한다. 당시에 그녀는 이 나라 말을 드문드문 알아듣는 수준이었는데, 제대로 걷지도 못하는 아맛이 스케이트를 탈 줄 안다니 인간의 능력으로는 이해할 수 없는 수수께끼였다. 그 뒤로 여러 해가 지났고 베어타운의 추위는 여전히 적응이 안 되지만 그녀는 이 도시를 있는 그대로 사랑하는 법을 터득했다. 눈이라고는 내린 적 없는 곳에서 낳은 아들이 빙상 스포츠에 천부적인 소질이 있다는 사실보다 더 이해가 안 되는 일은 그녀의 평생 없을 것이다.

베어타운 아이스하키단의 페테르 안데르손 단장은 마을 중심가의 조그만 주택에서 충혈된 눈으로 숨을 헐떡이며 샤워를 마친다. 간밤에 잠을 거의 자지 못했고 샤워를 해도 긴장이 가라앉지 않는다. 속을 두 번 게워냈다. 미라가 아이들을 깨우려고 화장실을 지나 복도로 부산하게 달려가는 소리가 들린다. 그는 그녀가 뭐라고 할지 정확히 안다. "맙소사, 페테르. 당신, 마흔 살이 넘었어. 청소년팀 시합을 앞두고 단장이 선수들보다 더 긴장하면 어떻게 해? 진정제를 먹든지 술을 마시든지 해서 마음을 좀 가라앉혀봐!" 안데르손 가족이 캐나다에서 고향으로 돌아온 지 십여 년이 지났지만 페테르는 아직 아내에게 베어타운에서 하키가 어떤 의미인지 이해시키지 못했다. "진짜? 어른들이 너무 흥분하는 거 아니야?" 미라는 매 시즌마다 이렇게 되묻는다. "청소년팀이면 열일곱 살이잖아. 아직 어린애들인데!"

처음에 그는 아무 말도 하지 않았다. 그러다 어느 날 밤에 진실을 토로했다. "나도 이게 그냥 시합이라는 거 알아, 미라. 알지. 하지만 여긴 숲속 한가운데 있는 마을이잖아. 관광지도 없고 탄광도 없고 첨단산업도 없고 있는 거라곤 어둠과 추위와 실업자들뿐이야. 뭐로든 이 마을에 다시 활기를 불어넣을 수 있다면 좋은 일 아니겠어? 당신은 여기 출신이 아니지만, 여기가 당신 고향은 아니지만, 주위를 둘러봐. 일자리는 점점 사라지고 의회에서는 예산을 삭감하고 있어. 이곳 사람들은 강인하고 우리 안에는 곰이 살고 있지만 휘청거리기 시작한 지 한참 됐다고. 이 마을은 뭐든 이겨봐야 해. 단 한 번만이라도 우리가 최고인 기분을 느껴야 해. 나도 이게 그냥 시합이라는 거 알아. 하지만 그게 다가 아니야. 늘 그런 것만은 아니야."

그가 이런 말을 했을 때 미라는 그의 이마에 힘껏 입을 맞추고 꼭 끌어안으며 귀에 대고 속삭였다. "당신은 바보야." 물론 그도 아는 바였다.

페테르는 화장실을 나서 대답 대신 기타 소리가 들릴 때까지 열다섯 살짜리 딸아이의 방문을 두드린다. 딸은 스포츠가 아니라 기타를 사랑한다. 그래서 가끔 슬퍼질 때도 있지만 그래도 기쁜 날이 훨씬 더 많다.

마야는 계속 침대에 누워 있다가 노크 소리가 들리자 기타를 더 세게 연주한다. 밖에서 부모님이 왔다 갔다 하는 소리가 들린다. 엄마는 대학졸업장이 두 개고 형법을 처음부터 끝까지 줄줄 외울 수 있지만 재판에 회부되더라도 아이싱*이나 오프사이드**의 뜻이 뭔지는 절대 설명하지 못한다. 아빠는 반대로 모든 하키의 전략을 시시콜콜 설명할 수 있지만 텔레비전 드라마의 등장인물이 세 명을 넘기면 오 분마다 한 번씩 소리친다. "이게 어떻게 된 거지? 저 사람은 누구야? 무슨 소리야, 조용히 하라니. 뭐라고 하는지 못 들었잖아…… 돌려보면 안

---

* 센터 라인 안쪽 수비 지역에서 수비수가 쳐낸 퍽이 누구의 스틱이나 몸에도 맞지 않고 그대로 상대편 엔드 라인을 통과했을 때 선언되는 반칙.
** 공격 시 공격수가 퍽을 가진 선수보다 블루 라인을 먼저 통과했을 때 선언되는 반칙.

될까?"

이 생각을 하면 마야는 웃음과 동시에 한숨이 터진다. 열다섯 살 때만큼 집에서 벗어나고 싶은 시기도 없다. 엄마도 어둠과 추위를 견디다 지쳐 와인을 서너 잔 마시면 입버릇처럼 하는 말이 있다. "이 마을에서는 사는 게 아니야, 마야. 그냥 버티는 거지."

그때는 둘 다 그게 얼마나 맞는 말인지 몰랐다.

4

로커룸에서 회의실에 이르기까지 베어타운 아이스하키단의 모든 구성원을 하나로 아우르는 구호가 있다면 "천장은 높고 벽은 두껍다"는 것이다. 심한 보디체크 못지않게 심한 말장난도 하키라는 스포츠의 일부분이지만 실제로 하키장 건물이 워낙 단단하고 넓어서 안에서 싸움이 벌어지더라도 밖으로 새어 나가긴 어렵게 생겼다. 이 구호가 빙판의 안팎, 양쪽 모두에 적용되는 이유는 구단의 이익이 그 무엇보다 중요하다는 합의가 이루어져야 하기 때문이다.

이른 아침이라 관리인과 청소부, 스케이트를 신고 빙판을 누비는 유소년팀 선수 한 명 말고는 아이스링크에 아무도 없다시피 하다. 하지만 이층의 사장실에서는 말쑥한 재킷을 입은 남자들이 내는 요란한 소리가 복도를 쩌렁쩌렁 울린다. 벽에는 약 이십 년 전, 그러니까 베어타운 아이스하키 A팀이 전국 2위였던 시절에 찍은 단체 사진이 걸려 있다. 여기에 모인 남자들은 그 사진 속에 있기도 하고 없기도 하지만 그 시절로 돌아가겠다는 굳은 결심은 매한가지다. 그들은 이곳을 잊힌 채 하부 리그에서 맴도는 도시로 놔두지 않을 것이다. 다시 최정상의 반열에 올라 가장 거창한 팀들을 상대할 것이다.

아이스하키단 사장이 책상 앞에 앉아 있다. 그는 이 도시 주민을 통틀어 땀을 가장 많이 흘리고 뭘 훔친 아이처럼 계속 안절부절못하는데, 오늘은 평소보다 더 땀을 흘리고 있다. 셔츠 위에 부스러기를 흘려가며 어쩌나 지저분하게 샌드위치를 우적거리는지, 먹는다는 개념 자체를 잘못 알고 있지 않나 싶을 정도다. 불안할 때 나타나는 습관이다. 이곳은 사장실이지만 모인 남자들 중에서 그의 입김이 가장 약하다.

외부에서 보면 구단의 서열은 단순하다. 이사회에서 구단의 운영을 책임질 사장을 지명하고 사장이 단장을 임명하면 단장이 A팀 선수들을 선발하고 코치를 선임한다. 코치들이 팀을 선택하고 아무도 남의 일에 참견하지 않는다. 하지만 알고 보면 상황이 전혀 달라서 사장이 항상 땀을 흘리는 이유가 있다. 그를 둘러싼 남자들은 이사이고, 후원자고 그중 한 명은 시의원이고, 다들 이 지역에서 가장 손이 큰 투자자이자 가장 규모가 큰 고용주다. 물론 그들은 '비공식적'으로 사장실을 찾았다. 막대한 영향력과 자금을 지닌 남자들이 지역 신문사 기자들도 일어나지 않을 시각에 우연히 한자리에 모여서 커피를 마시게 된 것을 그들은 '비공식적'이라고 표현한다.

베어타운 아이스하키단의 커피 기계는 사장보다 청결 면에서 훨씬 더 심각하기 때문에 잔에 담긴 내용물에는 아무도 관심을 보이지 않는다. 사장실을 찾은 남자들은 저마다 각기 다른 안건과 훌륭한 아이스하키단을 키울 포부가 있지만 한 가지 중요한 공통점이 있다. 해고해야 할 사람에 관한 한 한목소리라는 점이다.

페테르는 베어타운에서 나고 자랐고 그러는 동안 여러 타이틀을 거쳤다. 스케이트 수강생, 청소년팀 유망주, A팀의 최연소 선수, 아슬 아슬하게 전국 1위를 놓친 팀의 주장, NHL에서 프로 선수로 활약한 대스타, 마침내 고향으로 돌아와 단장이 된 영웅.

그런데 이 시점에는 조그만 집의 복도에서 졸린 사람처럼 앞뒤로 휘청거리다 세 번에 한 번꼴로 모자 선반에 머리를 부딪칠 때마다 이렇게 중얼거리고 있다. "젠장…… 볼보 열쇠 본 사람 아무도 없나?"

그는 재킷에 달린 주머니를 네 번째로 모조리 뒤진다. 열두 살 난 아들이 복도를 걸어오더니 휴대전화에서 시선을 떼지도 않은 채 날렵하게 그를 빙 돌아서 지나간다.

"볼보 열쇠 봤니, 레오?"

"엄마한테 물어보세요."

"엄마 어디 있는데?"

"누나한테 물어보세요."

레오는 화장실 안으로 사라진다. 페테르는 심호흡을 한다.

"여보?"

대답이 없다. 그는 전화기를 쳐다본다. 사장실로 와달라는 사장의 문자를 벌써 네 통 받았다. 페테르는 보통 일주일에 칠팔십 시간은 아이스하키장에서 보내지만 그럼에도 불구하고 자기 아들이 어떤 훈련을 받는지 참관할 여유조차 거의 없다. 차 안에 넣고 다니는 골프 채 세트는 운이 좋아야 여름에 두 번쯤 쓸 수 있다. 단장 업무가 모든 시간을 잡아먹는다. 그는 선수들과 계약 조건을 협의하고, 에이전트와 통화하고, 어두컴컴한 비디오실에서 유망주를 연구한다. 하지만 워낙 조그만 구단이라 자기 업무가 끝나면 관리인을 도와서 형광등을 바꾸고, 스케이트 날을 갈고, 원정 경기에 대비해서 버스를 예약하고, 장비를 주문하고, 여행사 직원 겸 건물 감독관으로 활약하는 등 아이스하키단을 육성하는 데 들이는 정도의 시간을 아이스링크를 관리하는 데 할애한다. 그런 잡무가 남은 시간을 잡아먹는다. 하키는 삶의 일부로 자리 잡는 데 만족하지 않고 그 사람의 모든 것을 요구한다.

페테르는 단장직을 수락했을 때 그가 어렸을 때부터 베어타운 A팀 코치를 맡고 있었던 수네와 밤새도록 통화했다. 페테르에게 스케이트를 가르친 사람도, 그의 집이 알코올과 타박상으로 얼룩졌을 때 거처를 제공한 사람도 수네였다. 수네는 코치라기보다 멘토이자 아버지 같은 존재였고 세상에 믿을 사람이 수네밖에 없는 것처럼 느껴지던 시절도 있었다. "네가 이제 구심점이 되어야 해." 수네는 신임 단장에게 이렇게 설명했다. "저마다 속셈이 다르거든. 후원자, 정치인, 응원단, 코치, 선수, 부모, 모두들 구단을 자기들 원하는 방향으로 끌고 가려고 하지. 네가 그들을 하나로 뭉뚱그려야 해."

다음 날 아침에 미라가 일어났을 때 페테르는 자신이 맡은 일을 훨씬 간단하게 설명했다. "베어타운 남자들은 너 나 할 것 없이 하키에 대한 열정으로 이글거리거든. 아무도 불타버리지 않게 단속하는 게 내가 할 일이야." 미라는 그의 이마에 입을 맞추고 바보라고 말했다.

"여보, 볼보 열쇠 봤어?" 페테르는 딱히 어디랄 것도 없이 집 안에 대고 외친다.

대답이 없다.

사장실에 모인 남자들은 안건이 가구 교체라도 되는 듯이 앞으로 취해야 할 조치를 차갑고 냉정하게 조목조목 짚고 넘어간다. 예전에 촬영한 하키단 사진을 보면 페테르 안데르손이 한가운데 서 있다. 당시 주장이던 그가 지금은 단장이다. 완벽한 성공담이다. 사장실에 모인 남자는 팬들뿐 아니라 언론을 위해서도 그런 식의 신화를 개발하는 것이 얼마나 중요한지 안다. 사진 속 페테르 옆에는 A팀 코치 수네가 서 있다. 캐나다에서 프로 선수 생활이 끝났을 때 고향으로 돌아오라고 페테르를 설득한 인물이다. 그 둘이 전국에서 손꼽히는 청소년팀으로 키우겠다는 목표 아래 유소년팀을 재건했다. 당시에는 다들 웃었지만 지금은 아무도 웃지 않는다. 내일 그 청소년팀이 준결승전을 치르고, 내년에 케빈 에르달과 몇 명이 A팀으로 옮기면 구단으로 엄청난 후원금이 쏟아질 테고, 다시 최정상의 반열에 오르기 위한 도전이 본격적으로 시작될 것이다. 수네의 수제자였던 페테르가 없었다면 불가능했을 일이다.

후원자 하나가 짜증스럽게 손목시계를 확인한다.

"지금쯤 도착했어야 하는 것 아닌가요?"

땀에 젖은 사장의 손가락 사이로 전화기가 미끄러진다.

"오고 있을 겁니다. 아이들을 학교에 데려다주고 오는 모양이에요."

후원자는 아랫사람 대하듯 사장을 향해 미소 짓는다. "늘 그렇듯 변호사인 부인이 참석해야 하는 훨씬 중요한 회의가 있다, 이건가요? 이 일이 페테르에게는 직업이 아니라 취미 생활입니까?"

이사 하나가 헛기침을 하더니 반 농담 삼아 이렇게 얘기한다. "우리에게는 군화를 신은 단장이 필요하단 말입니다. 슬리퍼를 신은 단장이 아니라."

후원자는 웃으며 제안한다. "그의 아내를 대신 쓸까요? 뾰족구두를 신은 단장이 일을 얼마나 잘하겠어요?" 사장실에 모인 남자들이 웃음을 터뜨린다. 웃음소리가 높은 천장까지 울려 퍼진다.

페테르는 아내를 찾으러 부엌 쪽으로 가보지만 거기엔 딸아이의 단짝 친구 아나가 있다. 스무디를 만들고 있다. 적어도 그가 생각하기엔 그런데, 조리대를 뒤덮은 흉측한 분홍색의 진창이 나무로 된 마룻바닥을 공격하고 정복하고 합병할 준비를 하며 스멀스멀 가장자리를 향해 흐르는 중이다. 아나가 헤드폰을 벗는다.

"안녕하세요! 아저씨네 믹서기는 엄청 복잡하네요!"

페테르는 심호흡을 한다.

"안녕, 아나. 아침 일찍…… 왔구나."

"아뇨, 어젯밤에 여기서 잤어요." 그녀는 명랑하게 대꾸한다.

"또? 그럼…… 나흘 연속 아니니?"

"안 세봐서 모르겠는데요."

"그래. 그렇겠지. 고맙다. 하지만 하루쯤은 집에 가서…… 음 뭐랄까…… 갈아입을 옷도 챙겨오고 그래야 하지 않겠니?"

"그 부분에 대해서는 걱정 마세요. 제 옷이 거의 다 여기 있다시피하거든요."

페테르는 뒷덜미를 주무르며 아나만큼 기뻐하는 표정을 지으려고 애를 쓴다.

"어…… 잘됐네. 그래도 아빠가 너를 보고 싶어 하시지 않을까?"

"걱정 마세요. 전화 통화 자주 해요."

"그래, 그렇겠지. 그래도 언젠가는 집에 가서 네 침대에서 자야 하지 않을까? 어쩌면?"

아나는 뭔지 모를 냉동 베리와 과일 조각들을 너무 많이 욱여넣고서 놀란 눈으로 그를 빤히 쳐다본다.

"그럴게요. 하지만 제 옷이 다 여기 있는 마당에 그러면 일이 너무 복잡해지지 않을까요?"

페테르는 한참 동안 꼼짝 않고 서서 아이를 쳐다보기만 한다. 잠시 후에 아나가 뚜껑을 닫지 않고 믹서기 스위치를 누른다. 페테르는 몸을 돌려서 복도로 나가며 급속도로 커져가는 절박감을 담아 큰 소리로 외친다.

"여보!"

마야는 여전히 침대에 누워서 천천히 기타 줄을 퉁기고 있다. 벽과 천장을 맞고 튕겨져 나온 선율이 허공 속으로 사라진다. 친구를 찾는 조그맣고 적막한 외침이다. 아나가 부엌을 난장판으로 만드는 소리, 좌절한 부모님이 복도에서 서로를 지나치는 소리가 들린다. 아빠는 날마다 새로운 곳에서 깨어나는 사람처럼 비몽사몽간에 막연히 놀라워하고, 엄마는 장애물 감지기가 고장 난 원격 조종식 잔디 깎는 기계처럼 움직인다.

그녀의 이름은 미라지만 베어타운에서는 어느 누구도 그렇게 부르지 않는다. 결국 그녀는 포기하고 '미아'라고 부르도록 내버려둔다. 이곳 사람들은 말을 워낙 아껴서 자음 하나라도 허투루 쓰기 싫은 모양이다. 처음에 미라는 누가 남편의 안부를 물으면 장난삼아 "페테

말이에요?"라고 되물었다. 그러면 그들은 하나같이 심각한 표정으로 그녀를 쳐다보며 "아뇨, 페테르요!"라고 강조했다. 다른 모든 것이 그렇듯 이곳에서는 농담조차 이쪽에서 저쪽으로 건너가는 동안 썰렁해져버린다. 그래서 요즘 미라는 레오와 마야, 두 아이의 이름이야말로 등기소에서 머리가 폭발하는 직원이 없도록 자음을 경제적으로 활용한 모범 사례라는 생각을 하며 혼자 재미있어하는 데 만족한다.

그녀는 조그만 집 안을 노련하게 움직이며 옷을 갈아입는 동시에 커피를 마시고 화장실, 복도, 부엌을 거쳐 점진적으로 전진한다. 지나가는 길에 딸이 방바닥에 떨어뜨려놓은 스웨터를 집어서 물 흐르듯 자연스럽게 개키는 한편, 이제 기타를 내려놓고 일어날 시간이라고 숨 돌릴 틈 없이 훈계를 늘어놓는다.

"가서 샤워해. 너랑 아나랑 방에 불을 질렀다가 레드불을 뿌려서 끄려고 했던 것 같은 냄새 난다. 이십 분 안에 아빠가 학교까지 태워다줄 거야."

마야는 이불 밑에서 꿈틀꿈틀 기어 나온다. 내키지 않지만 경험상 그래야 한다는 걸 안다. 엄마는 옥신각신할 상대가 아니다. 엄마는 변호사고 어디에서든 변호사이길 자처한다.

"아빠는 엄마가 태워다줄 거라고 하셨는데요."

"아빠가 잘못 알고 그런 거야. 그리고 스무디 다 만들면 부엌 치우라고 아나한테 얘기해줄래? 엄마는 아나를 사랑하고, 너랑 단짝이고 자기 집보다 여기서 자는 날이 더 많아도 상관없지만, 우리 부엌에서 스무디를 만들려면 먼저 뚜껑 닫는 법부터 배워야 하고 네가 행주의 가장 기본적인 기능을 가르쳐줘야 해. 알겠니?"

마야가 기타를 벽에 기대놓고 화장실로 향하면서 어찌나 눈을 심하게 부라리는지 엑스레이 사진을 찍으면 눈동자를 신장으로 착각할 수도 있겠다 싶을 정도다.

"그리고 눈 부라리지 마. 안 보여도 그러는 거 다 보이거든?" 그녀의 엄마가 으르렁거린다.

"추측과 낭설이에요." 그녀의 딸은 중얼거린다.

"내가 얘기했잖니, 그건 텔레비전에서나 쓰이는 용어라고." 그녀의 엄마는 쏘아붙인다.

그녀의 딸은 화장실 문을 필요 이상으로 세게 닫는 것으로 응수한다. 페테르가 집 안 어디에선가 "여보!!!"라고 외치고 있다. 미라가 바닥에서 스웨터를 또 한 장 집어든 순간 아나가 "으악, 망했다"라고 외치며 부엌 천장을 스무디로 다시 칠하는 소리가 들린다.

"내가 왜 이러고 사는지 모르겠네." 그녀는 어느 누구에게랄 것도 없이 나지막이 중얼거리고 볼보 열쇠를 재킷 주머니에 넣는다.

사장실에 모인 남자들이 뾰족구두 얘기를 듣고 웃고 있을 때 문 앞에서 누군가가 조심스럽게 헛기침하는 소리가 책상까지 전해진다. 사장은 청소부를 쳐다보지도 않고 들어오라고 손짓한다. 청소부가 모두를 향해 사과하지만 대부분 못 들은 척한다. 그녀가 휴지통을 향해 손을 뻗자 그중 한 명은 발을 들어주는데도 그렇다. 청소부가 그에게 고맙다고 인사하지만 다들 아랑곳하지 않는다. 상관없다. 어느 누구의 신경도 건드리지 않는 것이 파티마의 가장 뛰어난 능력이다. 그녀는 복도로 나온 다음에서야 허리를 부여잡고 짧은 신음 소리를 내뱉는다. 누가 보고 아맛에게 전할까봐 그렇다. 사랑하는 그녀의 아들은 항상 걱정이 너무 많다.

아맛은 아이스링크 펜스까지 미끄러져 가서 선다. 땀 때문에 눈이 따끔거린다. 스틱은 빙판 위에 내려놓았고, 장갑에 습기가 차서 손가락이 살짝 미끌거리고, 허벅지가 터질 듯이 젖산이 분출되고, 숨이 턱턱 막힌다. 관중석에 아무도 없지만 아맛은 어쩌다 한 번씩 계속 흘끗거린다. 엄마는 그들 모자가 고맙게 생각해야 된다고 하고 아들은 그게 무슨 뜻인지 이해한다. 이 나라, 이 도시, 여기 사람들, 이 구단, 의회, 이웃, 사장을 그녀보다 더 고맙게 여기는 사람은 없다. 고맙습니다, 고맙습니다, 고맙습니다. 그게 엄마들의 역할이다. 하지만 아이들의 역할은 꿈을 꾸는 것이다. 그래서 그녀의 아들은 어머니가 미안하다는 인사 없이 사장실로 들어갈 수 있는 날을 꿈꾼다.

아이는 눈을 깜빡여 땀을 없애고 헬멧을 바로 쓰고 빙판을 달린다. 한 번만 더. 한 번만 더. 한 번만 더.

페테르는 사장의 전화를 네 통 받지 못했고, 미라가 부엌으로 들어서자 불안한 눈빛으로 시계를 흘끗거린다. 그녀는 끈적끈적 엉망진창이 된 조리대와 바닥을 웃는 얼굴로 쳐다보며 페테르가 속으로 히스테리 환자처럼 비명을 지르고 있겠다는 생각을 한다. 그들은 청결의 관점이 다르다. 미라는 옷가지가 바닥에 떨어져 있는 걸 싫어하지만 페테르는 끈적끈적하고 지저분한 모든 것을 질색한다. 두 사람이 맨 처음 만났을 때 그의 아파트는 완전히 도둑맞은 집 같았는데, 부엌과 화장실만 수술실 같았다. 미라의 아파트는 정반대였다. 누가 봐도 그들은 찰떡궁합이 아니었다.

"드디어 만났네! 아이스하키장에서 회의가 있는데 늦었어. 볼보 열쇠 봤어?" 그는 흥분해서 속사포처럼 늘어놓는다.

그가 시도한 재킷과 넥타이의 조합은 늘 그렇듯 엇갈린 반응을 낳게 생겼다. 미라의 경우에는 옷감과 몸이 합체라도 된 듯 옷차림이 나무랄 데 없다. 그녀는 좀 전처럼 물 흐르듯 자연스럽게 한 손으로 커피를 마시며 외투를 입는다.

"응."

그는 머리칼은 곤두서고 양말에는 스무디 얼룩이 생긴 채로 시뻘게진 얼굴을 하고 서서 묻는다. "어디 있는지 얘기해줄래?"

"내 주머니 안에 있는데."

"뭐? 왜?"

미라는 그의 이마에 입을 맞춘다.

"아주 좋은 질문이야. 볼보를 타고 출근하려면 그 열쇠가 필요하겠다고 생각했기 때문이지. 변호사가 철사로 시동 거는 차를 타고 등장하면 의뢰인들 눈에 살짝 부적절해 보이지 않을까 싶어서."

페테르는 양손으로 머리를 긁는다.

"하지만…… 무슨…… 당신이 다른 차 타고 가면 안 될까?"

"응. 왜냐하면 당신이 다른 차를 정비소에 맡겨야 하거든. 애들 학교에 내려준 다음에. 그러기로 했잖아."

"그러기로 한 적 없는데."

페테르는 무의식적으로 키친타월을 집어서 그녀의 커피 잔 바닥을 닦는다. 그녀는 미소를 짓는다.

"여보, 냉장고에 붙인 달력에 적혀 있잖아."

"나한테 얘기도 안 하고 막 적으면 어떡해."

그녀는 조심스럽게 한쪽 눈썹을 추켜세운다.

"얘기했어. 지금도 얘기하고 있고. 우리는 얘기밖에 하지 않잖아. 반면에 듣는 건……."

"이러지 마, 미라. 나 지금 회의 가야 한다니까! 늦으면……."

"그렇지, 여보. 그렇지. 내가 늦게 출근하면 죄 없는 사람이 철창신 세를 지게 될 수도 있어. 미안, 내가 말허리를 잘랐네. 당신이 늦으면 어떻게 된다고?"

그는 최대한 침착하게 코로 숨을 쉰다. "올해 들어 가장 중요한 시합이 내일이야, 여보."

"나도 알아, 여보. 내일이 되면 그 시합이 얼마나 중요한지 나도 알은체할 거야. 하지만 그 전까지는 다른 사람들이 그렇게 생각해주는 걸로 만족해."

그녀는 웬만해선 눈 하나 꿈쩍하지 않는다. 그녀의 가장 큰 매력인 동시에 가장 짜증나는 부분이다. 그는 좀 더 강력한 한 방을 찾아보려고 하지만 미라가 요란하게 한숨을 내쉬며 볼보 열쇠를 식탁에 올려놓고 남편 앞에 주먹을 들이민다.

"알았어. 그럼 가위바위보로 정해."

페테르는 고개를 저으며 애써 웃음을 참는다.

"당신 뭐야? 여덟 살이야?"

미라는 다시 한쪽 눈썹을 추켜세운다.

"당신은 뭔데? 겁쟁이야?"

페테르는 당장 웃음기를 거두고 그녀의 눈을 똑바로 쳐다보며 주먹을 쥔다. 미라는 큰 소리로 3을 세고, 페테르가 보를 내자 뻔뻔하게 0.5초 뒤에 얼른 가위를 낸다. 페테르는 고함을 지르지만 그녀는 이미 열쇠를 낚아채서 현관문 쪽으로 걸어가고 있다.

"당신, 반칙했잖아!"

"여보, 패배를 깨끗하게 인정할 줄 알아야지. 안녕, 애들아, 아빠 괴롭히지 마. 아니, 적당히 괴롭혀."

페테르는 부엌의 그 자리에 서서 고래고래 외친다.

"어디 가! 이 사기꾼!"

그는 고개를 돌려서 냉장고에 붙인 달력을 쳐다본다.

"여기에 차를 맡긴다는 건 쓰여 있지도 않은데……."

미라의 뒤에서 현관문이 닫힌다. 밖에서 볼보에 시동을 거는 소리가 들린다. 아나는 윗입술에 스무디를 잔뜩 묻히고 부엌에 서서 씩 웃는다.

"뭐가 됐건 아줌마를 이겨본 적 있으세요, 아저씨?"

페테르는 두피를 문지른다.

"우리 아들, 딸한테 옷 갈아입고 차에 타라고 전해주겠니?"

아나는 열심히 고개를 끄덕인다.

"네! 먼저 여기부터 청소하고요!"

페테르는 울상을 지으며 고개를 젓고 키친타월을 한 통 새로 꺼낸다.

"아니…… 아니다, 아나…… 됐다. 그러면 상황이 더 심각해질 것 같은 예감이 들어서."

사장실 안의 웃음소리가 잦아들자 후원자 한 명이 험상궂은 표정으로 구단 사장을 쳐다보고 손마디로 그의 책상을 두드리며 묻는다.

"그래서, 페테르하고는 아무 문제 없겠습니까?"

사장은 이마를 훔치고 고개를 끄덕인다. "페테르는 우리 구단을 위해서 최선을 다하죠. 항상. 아시잖습니까."

후원자는 일어나서 재킷 단추를 잠그고 잔을 비운다.

"그럼 알겠습니다. 나는 참석해야 하는 회의가 하나 더 있어서요. 하지만 사장님이 상황을 잘 설명할 거라고 믿습니다. 페테르의 월급이 어디서 나오는지 상기시켜주세요. 페테르가 수네를 어떻게 생각하는지 우리 모두 알지만 이곳의 내부적인 갈등이 언론으로 유출되면 안 됩니다."

구단 사장은 대답할 필요조차 없다. 이곳의 벽이 얼마나 두꺼운지 페테르보다 더 잘 아는 사람은 없다. 그는 구단을 먼저 생각할 것이다. 오늘 수네를 내쫓으라는 명령을 하달받더라도 그럴 것이다.

5

하키를 좋아하는 이유가 뭘까?

그 대답은 묻는 이가 어떤 사람인지에 따라 달라질지 모른다. 그리고 어디에 사느냐에 따라.

수네의 나이는 아무도 모른다. 그는 최소한 이십 년 전부터 일흔 살로 보였던 그런 부류의 사람이고 심지어 그조차 몇 년 동안 A팀 코치를 맡았는지 정확하게 모른다. 나이를 먹으면서 키는 작아졌고 스트레스와 식습관 때문에 몸은 불어났다. 그래서 요즘은 비율이 눈사람과 비슷하다. 오늘 수네는 평소보다 일찍 출근했지만 아이스하키장 안에서 한 무리의 사람들이 나오자 그 앞의 숲가에 숨는다. 사람들이 차에 올라타서 사라질 때까지 기다린다. 민망해서 그런 게 아니라 그들이 수네를 보면 민망해질 것이기 때문이다. 수네는 그들 대부분을 어렸을 때부터 보아왔고 여러 명을 가르쳤다. 그들이 그를 자르고 청소년팀 코치를 그 자리에 앉히고 싶어 한다는 것은 이 도시의 공공연한 비밀이다. 어느 누구도 수네에게 이 문제를 공론화하지 말라고 얘기할 필요는 없다. 수네는 아이스하키단에 그런 짓은 절대 저지를 생각이 없는 데다 그도 알다시피 이제 그건 단순히 하키의 문제가 아니다.

베어타운은 넓은 숲 안에서도 가난한 지역에 속하지만 그래도 재력가가 몇 명 있다. 그들이 파산의 위기에 처한 구단을 구원했고 이제 대가를 요구하고 있다. 유소년팀의 주도 아래 최정상의 수준으로 돌아가야 한다는 것이다. 내일 청소년 토너먼트 준결승전에서 이기면 다음 주말에 결승전이 열린다. 이 지역 의회에서 하키에 중점을 둔 신설 고등학교 후보지를 결정할 때 전국에서 가장 실력이 우수한 유소년팀을 보유한 도시를 무시할 수는 없을 것이다. 그 팀이 이 도시에서 세우는 미래 계획의 구심점이 될 테고 고등학교와 함께 새로운 아이스링크가, 그다음에는 컨퍼런스 센터와 쇼핑몰이 등장할 것이다. 하키가 단순한 하키가 아니라 관광, 트레이드마크, 자본이 되어가고 있다. 생존이 되어가고 있다.

때문에 구단도 단순한 구단이 아니라 숲에서 가장 힘이 센 사람들이 권력 다툼을 벌이는 왕국이 되어가고 있고 그런 곳에 수네의 자리는 없다. 수네는 아이스하키장을 쳐다본다. 그는 그곳에 일생을 바쳤다. 그에게는 가족도 없고 취미도 없고 심지어 반려견도 없다. 조만간 실업자가 될 텐데 그러면 뭘 의지해서 살아가야 할지 알 길이 없다. 뭘 위해 살아가야 할지도. 그럼에도 수네는 어느 누구도 원망하지 않는다. 사장도 유소년팀 코치도 두말하면 잔소리지만 페테르도. 가엾은 페테르는 아직 모를 테지만 저들이 그에게 해고라는 철퇴를 휘두르고 나중에 지역 신문사에 왜 그랬는지 이유를 설명하는 역할을 떠넘길 것이다. 아이스하키단이 흐트러지거나 두툼한 벽이 무너지는 사태는 없게 하라고 강요할 것이다.

어떤 스포츠 팀이건 어느 정도 시간이 지나면 목표를 정해야 하겠지만, 이제 베어타운은 단순히 경기를 치른다는 데 만족하지 않는다. 그들이 청소년팀 코치를 수네의 자리에 앉히려는 이유는 하나다. 수네는 경기를 앞두고 선수들에게 영혼이 있는 경기를 하라며 한바탕 연설을 늘어놓는다. 청소년팀 코치는 로커룸에서 딱 한 마디만 한다. "이겨라." 그러면 유소년팀은 이긴다. 그들은 지난 십 년 동안 죽 이겨왔다.

수네는 모든 하키팀이 그래야 하는지, 절대 지지 않는 선수들로만 이루어져야 하는지 이제는 잘 모르겠다.

소형차가 이제 막 제설 작업을 마친 도로를 달린다. 마야는 열다섯 살짜리만 풍길 수 있는 분위기를 풍기며 차창에 머리를 기대고 있다. 저 남쪽에서는 봄이 시작됐지만 베어타운에는 계절이 두 개뿐인 것처럼 느껴지는 데다 겨울이 워낙 기본적인 일상이라 여름이 찾아오면 다들 놀라워한다. 하지만 이곳 사람들에게 허락된 두세 달의 화창한 기간은 적응할 겨를도 없이 휙 하니 지나버리고 그 뒤로는 문득문득 이럴 바엔 차라리 지하 생활을 하는 게 낫겠다는 생각이 드는 날들이 이어진다.

아나가 손가락을 튕겨서 마야의 귀를 세게 친다.

"아이 씨!" 마야는 소리치며 맞은 쪽 얼굴 전체를 문지른다.

"심심해! 우리 게임하자!" 아나가 애원한다.

마야는 한숨을 쉬지만 군소리는 하지 않는다. 후루룩거리며 스무디를 마시는 얼간이를 사랑하기 때문이고, 열다섯 살이고, 엄마에게 귀에 못이 박이도록 들은 소리가 있기 때문이다. "열다섯 살 때 만난 친구 같은 친구는 평생 못 만나. 그 친구들이랑 계속 친하게 지내더라도 그때하고는 절대 다르고."

"좋아, 이거 하자. 앞은 못 보지만 싸움을 끝장 잘하는 거랑 소리는 못 듣지만 싸움을—"

"앞을 못 보는 거." 마야는 주저 없이 대답한다.

이건 아나가 제일 좋아하는 게임이다. 그들이 어렸을 때부터 했던 게임이기도 한데, 나이를 먹어도 달라지지 않는 게 있다는 데서 어느 정도 위안을 얻는 점도 있다.

"대안은 끝까지 듣지도 않았잖아!" 아나가 외친다.

"대안이 뭐가 됐든 상관없어. 음악 없이는 살 수 없지만 네 그 한심한 얼굴은 날마다 보지 않아도 살 수 있으니까."

"바보." 아나는 한숨을 쉰다.

"병신." 마야는 씩 웃는다.

"좋아, 그럼 이번엔 이거. 네 코에서 코딱지가 마를 날이 없는 거랑 코딱지가 마를 날이 없는 남자애랑 사귀는 거."

"내 코에서 코딱지가 마를 날이 없는 거."

"그걸 선택했다는 것 자체가 너에 대해 시사하는 바가 크다."

아나가 마야의 허벅지를 때리려고 하지만 마야는 몸을 돌려서 피하면서 오히려 친구의 팔을 세게 때린다. 아나는 비명을 지르고 둘은 웃음을 터뜨린다. 서로를 향해. 자기들을 향해.

앞좌석에서는 레오가 몇 년 동안 갈고닦은 신공을 발휘해 누나와 누나의 단짝 친구가 뿜어내는 파장을 차단하고 혼자만의 생각에 젖어 있다가 아빠 쪽으로 고개를 돌리고 묻는다.

"오늘 저 훈련하는 거 보러 오실 거예요?"

"응…… 노력해볼게…… 하지만 엄마가 계실 거잖니!" 페테르는 이렇게 대답한다.

"엄마야 항상 계시죠." 레오가 말한다.

비난이 아니라 그냥 열두 살짜리의 사실 확인이다. 그래도 페테르에게는 비난처럼 느껴진다. 그는 손목시계를 수시로 흘끗거리다 톡톡 두드려서 멎은 건 아닌지 확인한다.

"뭐 스트레스 받으시는 일 있어요?" 아나가 뒷좌석에서 묻는다. 정말로 스트레스에 시달리는 사람이라면 그 말투에 주변의 물건들을 집어던지고 싶어질 것이다.

"회의가 있거든, 아나. 물어봐줘서 고맙다."

"누구랑요?" 아나가 묻는다.

"아이스하키단 사장. 내일 있을 청소년팀 경기에 대해서 얘기할 거야……."

"어휴, 다들 청소년팀 얘기뿐이더라고요. 그래봐야 한심한 경기일 뿐인 거 아시죠? 아무도 신경 안 써요!"

농담이다. 그녀는 하키를 사랑한다. 하지만 마야가 곧바로 나지막이 쏘아붙인다. "오늘은 우리 아빠한테 그런 소리 하지 마!"

"노발대발하실 거야!" 레오도 맞장구친다.

"노발대발할 거라니? 누가 말이냐?" 페테르가 되묻는다. 마야가 앞으로 몸을 숙인다.

"학교까지 태워다주지 않아도 돼요, 아빠. 이쯤에서 내려주셔도 돼요."

"괜찮다." 페테르는 고집을 부린다.

"아빠는 괜찮을지 모르죠." 마야는 앓는 소리를 한다.

"그게 무슨 소리야? 내가 창피하니?"

아나가 마침맞게 끼어든다. "네!"

레오도 거든다. "누가 아빠를 보는 것도 싫은 거예요. 그러면 온 반 애들이 옆에 와서 하키 얘기를 하고 싶어 할 테니까요."

"그게 뭐 어때서? 여기는 하키 타운이잖아!" 페테르는 충격을 받는다.

"그렇죠. 하지만 그렇다고 해서 인생이 그 한심한 하키 위주로 돌아가야 하는 건 아니잖아요." 마야는 참지 못하고 쏘아붙이고는, 달리는 차 문을 열고 뛰어내릴까 고민한다. 눈이 아직 많이 쌓여서 어디 부러지거나 할 것 같지는 않다. 저질러봄직하다는 생각이 든다.

"왜 그런 소릴 하니? 레오야, 누나가 왜 저런 소릴 하는 거니?" 마야의 아빠는 따져 묻는다.

"차 세워주시면 안 돼요? 아니면 그럴 필요 없이 속도만이라도 늦춰주세요." 마야가 간청한다.

아나는 레오의 어깨를 두드린다.

"좋아, 레오. 이거 대답해봐. 두 번 다시 하키를 하지 않는 거랑 두 번 다시 컴퓨터 게임을 하지 않는 거."

레오는 아빠를 흘끗 쳐다본다. 겸연쩍어하며 조그맣게 기침을 한다. 안전벨트를 풀고 더듬더듬 문손잡이를 찾는다. 페테르는 절망감에 고개를 젓는다.

"레오야, 절대 대답하지 마라. 절대."

미라는 볼보를 몰고 베어타운에서 멀어지고 있다. 그녀는 오늘 아침에 페테르가 화장실에서 토하는 소리를 들었다. 이 도시의 성인 남자들이 하키 때문에 그런 모습을 보인다면 내일 경기를 치르는 열일곱 살 먹은 아이들은 도대체 어떨까? 베어타운의 여자들 사이에서 오래전부터 전해 내려오는 우스갯소리가 있다. "남편이 하키를 보는 눈빛으로 나를 쳐다봐주면 소원이 없겠다." 미라는 그 심정을 너무나 잘 알기에 그 우스갯소리를 듣고 웃어본 적이 없다.

미라는 이 도시의 남자들이 그녀를 두고 뭐라고 하는지 안다. 페테르가 단장으로 임명됐을 때 그들이 바란 부인상과 거리가 멀다는 것도 안다. 그들은 아이스하키단을 하나의 직장이 아니라 군대로 여긴다. 집합 명령이 떨어질 때마다 달려 나가는 병사들과 보란 듯이 문 앞에 서서 손을 흔들며 배웅하는 가족들. 미라가 아이스하키단 사장을 맨 처음 만난 곳은 후원자들이 주관한 골프 대회였다. 그들이 저녁을 먹기 전에 술을 마시는 문제를 놓고 옥신각신하고 있었을 때 사장이 미라에게 빈 잔을 건넸다. 하키의 세계에서는 여자를 만날 일이 거의 없었기 때문에 모르는 여자가 보이자 당연히 웨이트리스인 줄 알았던 것이다.

자신이 저지른 실수를 알아차렸을 때 그는 미라도 재미있게 받아들여야 한다는 듯이 웃음을 터뜨렸다. 그녀가 호응을 보이지 않자 한숨을 쉬며 이렇게 말했다. "모든 걸 너무 심각하게 받아들이면 안 되지 않겠어요?" 미라가 일을 계속할 생각이라고 했을 때는 놀라워하며 큰 소리로 물었다. "그럼 애들은 누가 돌봅니까?" 그녀는 입을 다물고 있으려고 진심으로 노력했다. 뭐, *진심으로* 그러지는 않았을지 몰라도 최소한 노력은 했다. 그러다 결국엔 사장 쪽으로 고개를 돌려서 새우 샌드위치를 움켜쥔 소시지처럼 생긴 기름진 손가락과 셔츠 단추를 압박하고 있는 배를 번갈아 가리켰다. "사장님이 돌보시면 되겠네요. 가슴도 저보다 더 풍만하신 것 같은데."

다음번 골프 대회가 열렸을 땐 '1인 동반 허용' 조항이 빠졌다. 남자들의 하키 세상은 점점 넓어지는 반면 여자들의 하키 세상은 점점 쪼그라들었고, 그날 아이스링크로 내려가서 누군가를 향해 주먹을 날리지 않은 것이야말로 미라가 페테르를 얼마나 사랑하는지를 가장 단적으로 보여준 증거였다. 그녀는 베어타운에서 살려면 둔감해져야 한다는 사실을 터득했다. 그래야 추위와 모욕, 양쪽 모두에 좀 더 효율적으로 대처할 수 있다.

그 뒤로 십 년이 지났고 미라는 정말 훌륭한 카스테레오가 있으면 상황이 훨씬 괜찮게 느껴진다는 것을 깨달았다. 그래서 그녀는 볼륨을 높이고 마야와 레오의 '볼륨 업-볼륨 업 플레이리스트'를 튼다. 거기 담긴 음악을 좋아해서가 아니라 그러면 두 아이와 가까워지는 기분이 들기 때문이다. 아이들이 어릴 때는 매일 아침 집을 나서는 순간에 배 속으로 파고드는 죄책감이 차츰 없어질 거라고 생각한다. 하지만 차츰 없어지기는커녕 점점 더 심해진다. 그래서 그녀는 라디오에서 흘러나오면 두 아이 중 한 명이라도 "볼륨 업! 볼륨 업!"을 외치는 노래들을 휴대전화에 모아놓았다. 정적이 흐르는 숲속에서 때로 미쳐버릴 것 같을 때 그 플레이리스트를 베이스 소리에 문짝이 떨릴 정도로 세게 튼다. 이 일대에서는 거의 일 년 내내 이른 오후가 되면 하늘이 나무 바로 위에 걸린다. 자연 풍경의 일차적인 용도가 화면보호기였던 대도시 출신에게는 적응하기 힘든 부분일 수 있다.

베어타운의 모든 주민은 당연히 수도를 혐오하고, 모든 천연자원이 있는 곳은 숲인데 돈은 죄다 다른 지역으로 흘러 들어간다는 데 끊임없이 분개한다. 때로는 베어타운 사람들이 혹독한 날씨를 좋아하는 것처럼 느껴질 때도 있다. 아무나 감당할 수 없는 날씨라 그들의 강인함과 적응력을 다시금 강조할 수 있지 않은가 말이다. 이곳 사람들이 하는 말 중에서 페테르가 미라에게 맨 처음 가르쳐준 것도 이 말이었다. "곰은 숲에다 똥을 싸지만 다른 모두가 베어타운에 똥을 싸기 때문에 숲에서 사는 사람들은 스스로 건사하는 법을 배운다!"*

그녀는 여기 생활에 많이 적응했지만 절대 이해하지 못할 게 몇 가지 있다. 예를 들면 너 나 할 것 없이 낚시를 하는 동네에 초밥집이 어떻게 하나도 없을 수 있을까. 아니면 야생동물들도 견디기 힘들 만큼 궂은 날씨도 감당하는 강인한 사람들이 어째서 하고 싶은 말은 제대로 하지 못할까. 베어타운에서는 침묵과 수치심이 서로 밀접하게 연관되어 있다. 미라는 자기가 다들 대도시 사람들을 왜 그렇게 싫어하느냐고 물었을 때 페테르가 뭐라고 설명했는지 기억한다. "대도시 사람들은 수치심이 뭔지 잘 모르거든." 그는 항상 사람들이 어떻게 생각할지 걱정한다. 저녁 초대를 받았는데 미라가 너무 비싼 와인을 사면 안절부절못한다. 미라의 연봉으로 감당이 되는데도 그들이 하이츠의 고급 저택에 살지 않는 이유도 그 때문이다. 그들이 마을 중심부의 조그만 집에서 계속 사는 이유는 오로지 예의를 갖추기 위해

---

* 영어권에서는 누가 빤한 질문을 하면 차라리 곰이 숲에다 똥을 싸느냐고 물으라는 식으로 반문하는데, 그걸 활용한 우스갯소리다.

서다. 미라가 "음반을 모아놓을 수 있는 공간이 넓어진다"는 말로 꼬드겨도 페테르가 꿈쩍하지 않는다.

십 년이 지났어도 미라는 여전히 이 마을과 더불어 사는 법을 터득하지 못하고 그저 나란히 공존할 뿐이다. 그리고 정적을 느낄 때마다 여전히 북을 하나 사서 그걸 두드리며 거리를 행진하고 싶어진다. 그녀는 볼륨을 다시 높인다. 운전대를 두드린다. 나오는 노래마다 명랑하게 따라 부르다 머리카락이 백미러에 엉키는 바람에 하마터면 차가 도로에서 벗어날 뻔한다.

미라는 하키를 왜 좋아하느냐고? 그녀는 하키를 좋아하지 않는다. 하키를 좋아하는 사람을 좋아할 뿐이다. 그리고 남편이 시선을 떨어뜨리지 않고 마을 주민들을 똑바로 쳐다볼 수 있는 여름이 단 한 번만이라도 찾아오길 꿈꾸기 때문이다.

수네는 구부정한 어깨 사이로 가슴을 들썩이며 아이스하키장 출입문을 향해 걸음을 옮긴다. 난생처음 나이가 느껴진다. 해파리가 담긴 가방에 트레이닝복을 입힌 것처럼 몸이 흐물흐물하게 움직인다. 하지만 문을 열자 날마다 그랬던 것처럼 엄청난 평온함이 마음속에 자리 잡는다. 그가 속속들이 이해하는 곳은 온 세상을 통틀어 여기뿐이다. 그래서 수네는 그들이 자신에게서 무엇을 앗아가려고 하는지보다 이곳에서 받은 것을 기억하려고 한다. 스포츠에 바친 평생이라는 시간. 그건 아무나 왈가왈부할 수 있는 게 아니다. 그는 아주 특별한 순간이라는 축복을 여러 번 누렸고 불멸의 천재가 탄생되는 것을 두 번 목격했다.

대도시의 시끄러운 새끼들은 절대 이해하지 못할 것이다. 정말 조그만 하키팀에서 정말로 재능 있는 선수를 키울 때의 기분을 말이다. 그건 마치 얼어붙은 마당에서 꽃을 피운 벚나무를 보는 느낌이다. 몇 년 아니면 평생, 아니면 몇 번의 평생을 통틀어 그런 경험을 딱 한 번만이라도 맛볼 수 있다면 기적 같은 일이다. 두 번은 불가능하다. 여기가 아닌 다른 곳이라면 말이다.

첫 번째는 페테르 안데르손이었다. 이제는 사십 년도 더 된 일이다. 그 당시 막 A팀 코치로 부임한 수네는 스케이트 수업 시간에 페테르를 보았다. 물려받은 장갑을 낀 비쩍 마른 꼬맹이였다. 술주정뱅이 아버지 밑에서 자라느라 멍투성이인데 다들 그걸 보고도 자초지종을 묻지 않았다. 아무도 알아주지 않았을 때 하키가 그 아이를 알아보았다. 그 아이의 인생을 어마어마하게 바꾸어놓았다. 나중에 이 아이가 자라서 모두에게 무시당하던 파산 직전의 구단을 전국 2등으로 키우고 자기 자신은 NHL에 진출했다. 숲에서 별들의 세계로의 진출이라는 불가능한 업적을 이루었다. 그러다 운명의 여신에게 모든 것을 빼앗겼지만.

장례식이 끝났을 때 캐나다로 전화해서 베어타운에 단장이 필요하다고, 구원해야 하는 구단과 도시가 있다고 페테르에게 알린 사람이 수네였다. 페테르에게는 구원에 전념할 대상이 필요했다. 이렇게 해서 안데르손 가족이 이사를 오게 되었다.

두 번째는 지금으로부터 약 십 년 전이었다. 수네와 페테르는 숲속을 헤매고 다니던 수색대에서 떨어져 나왔다. 다들 평범한 남자아이를 찾으러 나섰지만 수네는 그 아이가 하키 선수라는 걸 알았기 때문이다. 그들이 새벽녘에 호숫가에서 케빈을 발견했을 때 아이의 뺨은 동상에 걸렸고 두 눈은 곰을 닮은 눈빛으로 이글거렸다. 일곱 살짜리를 집까지 안고 간 사람은 페테르였다. 수네는 콧구멍으로 심호흡을 하며 그 옆에서 말없이 걸었다. 한겨울이었고 베어타운에서는 또다시 벚나무 냄새가 났다.

그해에 무뚝뚝한 스물두 살의 A팀 선수가 잦은 부상과 재능 부족으로 이제 그만 포기하겠다고 했을 때 주차장에서 그의 앞을 막아선 사람도 수네였다. 모두들 그를 실패한 선수라 여겼을 때 그 안에서 훌륭한 코치의 재목을 발견한 사람이 수네였다. 스물두 살이었던 그 선수의 이름은 다비드였다. 그는 수네 앞에 우물쭈물 서서 "저는 코치가 될 자격이 없어요"라고 중얼거렸지만 수네는 휘파람을 불고 이렇게 말했다. "자기가 훌륭한 코치라고 생각하는 사람이야말로 자격이 없는 코치지." 다비드가 맨 처음 맡은 팀은 일곱 살짜리 아이들이었고 그중에 케빈이 있었다. 다비드는 아이들에게 이기라고 했다. 그러자 아이들은 이겼다. 승리의 행진을 계속 이어나갔다.

케빈은 이제 열일곱 살이고 다비드는 청소년팀 코치고 내년에는 두 사람 모두 A팀에 합류할 것이다. 페테르와 함께 미래의 성스러운 삼인방을 구축할 것이다. 각자 빙판 위의 능력자, 벤치의 열정, 프런트의 두뇌를 상징할 것이다. 수네가 발굴한 인물들이 그에게 파멸의 단초를 제공할 것이다. 페테르가 그를 해고하면 다비드가 그의 자리를 물려받고 케빈은 그들의 결정이 옳았음을 만인에게 증명할 것이다.

이 노인은 미래를 예견했다. 이제 그 미래가 그를 엄습했다. 노인은 아이스하키장 문을 열고 자신에게 쏟아지는 소리를 맞이한다.

그는 왜 하키를 좋아할까? 하키가 없으면 그의 삶은 정적, 그 자체이기 때문이다.

왜? 아맛에게 그렇게 물어본 사람은 아무도 없다. 하키는 아프다. 육체적으로, 정신적으로, 감정적으로 비인간적인 차원의 희생을 요구한다. 발이 갈라지고 인대가 찢어지며 동이 트기 전에 일어나야 한다. 모든 시간을 삼키고 모든 에너지를 흡수한다. 그런데 왜? 어렸을 때 아맛은 "전직 하키 선수라는 건 없다"라는 말을 들은 적이 있는데, 그게 무슨 뜻인지 이제는 정확히 안다. 그 소리를 스케이트 수업에서 들었을 때 아맛은 다섯 살이었다. A팀 코치가 빙판으로 내려와서 아이들에게 말을 걸었다. 그때에도 이미 뚱뚱한 할아버지였던 수네가 아맛의 눈을 똑바로 쳐다보며 말했다. "너희들 중에는 재능을 타고난 사람도 있지만 아닌 사람도 있지. 운이 좋아서 모든 걸 거저 누리는 사람도 있지만 아무것도 없는 사람도 있고. 하지만 아이스링크 밖으로 나서면 모두 똑같다는 걸 기억해라. 그리고 너희들이 한 가지 알아둬야 할 게 있다. 항상 간절함이 운을 이긴다는 거."

간절히 원하기만 하면 최고가 될 수 있다는데, 그 말을 들은 어린 아이가 어찌 푹 빠지지 않을 수 있을까. 그리고 아맛보다 더 간절한 사람은 없었다. 그들 모자에게 하키는 이 사회로 진출하는 통로였다. 아이는 거기에 만족하지 않을 작정이다. 그걸 이 사회에서 탈출하는 통로로 삼을 것이다.

온몸 구석구석이 욱신거리고 모든 세포가 누워서 좀 쉬어달라고 애원한다. 하지만 아이는 눈을 깜빡여 땀을 없애고 스틱을 잡은 손에 더욱 힘을 주고 빙판을 가로지르다 홱 하니 방향을 튼다. 최대한 빠르게, 최대한 강하게. 한 번 더. 한 번 더. 한 번 더.

모든 게 일정한 나이가 되면 참신함을 잃는다. 그건 하키의 경우에도 마찬가지다. 다들 새로운 작전은 더 이상 없다고, 날이 갈수록 점점 더 자신감이 하늘을 찌르는 온갖 부류의 코치들이 이미 모든 걸 고안하고 이야기하고 기록으로 남겼다고 한다. 하지만 어쩌다 한번씩 빙판에서 말로 표현할 수 없을 만큼 신비로운 일이 벌어지는 귀한 순간이 찾아오기도 한다. 놀라운 일이 벌어지는 순간이 말이다.

관리인은 오래된 난간에 나사를 몇 개 더 박으려고 관중석으로 가던 도중에 정문을 열고 들어오는 수네를 보고 놀란다. 수네가 이렇게 이른 시간에 출근을 하다니 좀처럼 없는 일이기 때문이다.

"오늘은 일찍 일어나셨네요." 관리인은 빙그레 웃는다.

"마지막 휘슬이 울리기 직전에 최고로 열심히 뛰어야 하잖아요." 수네는 힘없이 미소를 짓는다.

관리인은 슬픈 얼굴로 고개를 끄덕인다. 앞에서도 언급했다시피 수네의 해고 소식은 이 마을에서 가장 공공연한 비밀이다. 노인은 관중석을 지나서 자기 사무실로 가다 말고 걸음을 멈춘다. 관리인은 한쪽 눈썹을 추켜세운다. 수네는 빙판을 지치는 아이를 턱으로 가리킨다. 시력이 예전 같지 않기에 실눈을 뜬다.

"저 아이는 누구예요?"

"아맛요. 유소년팀의 열다섯 살짜리예요."

"꼭두새벽부터 어쩐 일이에요?"

"매일 아침마다 출근해요."

아이는 라인 사이에 수비수 대신 자기 장갑과 모자와 재킷을 벗어놓았다. 거기에 다다를 때까지 전속력으로 달리다 속도를 그대로 유지한 채 방향을 바꾼 다음 갑작스럽게 멈췄다가 돌진한다. 그러는 동안에도 퍽은 스틱에서 떨어지는 법이 없다. 왔다 갔다. 다섯 번. 열 번. 계속 똑같은 강도로. 그런 다음 슛 연습. 매번 네트 앞으로 달려가서 한 지점에 정확히 퍽을 날린다. 한 번 더. 한 번 더.

"매일 아침? 그럼 무슨 잘못을 저질러서 벌을 받는 건가?" 수네는 중얼거린다.

관리인은 빙그레 웃는다.

"하키를 워낙 좋아하거든요. 영감님도 그 기분 아시잖아요."

수네는 아무 대꾸 없이 손목시계를 보며 끙 소리를 내고 관중석을 다시 올라간다. 거의 꼭대기에 다다랐을 때 다시 걸음을 멈춘다. 걸음을 옮기려 해도 심장이 허락하지 않는다.

그는 스케이트 수업에서 아맛을 본 적이 있다. 모든 아이들을 그 수업 시간에서 보지만 그때는 확연하지 않다. 하키는 반복의 보상이 따르는 종목이다. 골수에 새겨진 본능적인 반응이 될 때까지 똑같은 훈련, 똑같은 동작을 반복한다. 퍽은 그냥 미끄러지기만 하는 게 아니라 튈 때도 있기 때문에 최고 속도보다 가속이 더 중요하고, 힘보다 손과 눈의 협응력이 더 중요하다. 빙판 위에서는 방향과 생각을 누구보다 빨리 변경할 수 있는 능력에 따라 최고의 선수와 그 나머지가 분리된다.

아이스하키라는 경기에서 놀라운 일이 벌어지는 순간은 점점 줄어들고 있다. 그런 순간은 벼락처럼 찾아온다. 그런 순간이 찾아오면 알아차릴 수 있을 거라고 믿는 수밖에 없다. 그래서 빙판을 가르는 스케이트 소리가 관중석 너머로 울려 퍼지자 수네는 잠깐 걸음을 멈추고 어깨 너머를 마지막으로 다시 한번 흘끗 쳐다본다. 열다섯 살짜리가 스틱을 가볍게 쥐고 방향을 전환하자마자 어마어마한 속도로 다시 달리는 광경이 보이고, 수네는 이 순간을 진정한 축복을 경험한 순간으로 기억할 것이다. 베어타운에서 불가능한 일이 벌어지는 걸 세 번째로 목격한 순간이니 말이다.

관리인이 나사를 박다 말고 고개를 들어보니 늙다리 코치가 맨 꼭대기 줄에 자리를 잡고 앉아 있다. 처음엔 얼핏 중병에 걸린 환자 같아 보인다. 그런데 알고 보니 그 영감님의 웃는 얼굴을 한 번도 본 적이 없기에 생긴 착각이다.

수네가 눈물이 맺힌 채로 코로 숨을 들이쉬자 온 아이스링크에서 벚나무 향이 풍긴다.

하키를 왜 좋아하느냐고?

하키에는 사연이 담겨 있기 때문이다.

6

아맛은 몸에 걸친 옷가지가 전부 땀에 젖어서 투명해진 다음에서 야 아이스링크를 나선다. 수네는 관중석 맨 꼭대기에서 멀어지는 아 이의 모습을 지켜본다. 아이는 다행히 A팀 코치가 거기 앉아 있다는 걸 알아차리지 못한다. 알아차렸다면 긴장한 나머지 빙판 위로 나동 그라졌을 것이다.

수네는 아맛이 사라진 뒤에도 자리에서 일어나지 않는다. 늙은이 소리를 들은 지 한참 됐지만 오늘에서야 진심으로 실감한다. 나이를 피부로 느끼게 하는 가장 대표적인 두 가지가 어린아이와 스포츠다. 하키의 경우 스물다섯이면 노련한 선수, 서른이면 베테랑이고, 서른 다섯이면 퇴물이다. 수네의 나이는 그 두 배다. 게다가 나이가 들면서 키는 줄고 몸집은 늘고, 씻어야 하는 얼굴의 면적은 늘고 빗어야 하 는 머리의 숱은 줄고, 좁은 의자와 저질 지퍼를 보면 짜증이 난다.

그런데 아맛의 등 뒤로 문이 닫힌 뒤에도 노인의 콧속에는 벚나무 향이 남아 있다. 열다섯 살이라니. 맙소사, 얼마나 창창한 나이인가.

수네는 이제야 그 아이를 알아보았다는 데 부끄러워진다. 너 나 할 것 없이 청소년팀에 주목한 요즘에 들어서 아이가 폭발적으로 성장한 모양이지만 몇 년 전만 됐어도 그가 이만한 인재를 놓칠 리 없었다. 눈만 나이를 먹은 게 아니라 마음까지 나이를 먹어서 그렇다.

수네는 그 아이를 가르치지 못하고 조만간 물러나야 한다는 걸 알기에 아무라도 아이의 기를 죽여서 재능을 짓밟는 일은 없기만을 소망한다. 아니면 아이가 너무 급속도로 성장하도록 부추기는 일은 없기만을 소망한다. 하지만 그도 알다시피 그건 부질없는 바람이다. 다른 사람들이 이 아이의 재능을 알아차리면 분명 어떻게든 쥐어짜서 즉각적인 결과를 얻어내려 할 것이다. 구단 차원에서 그걸 원한다. 도시 차원에서 그걸 원한다. 수네는 지난 몇 년 동안 이 문제를 놓고 이 사회와 수도 없이 언쟁을 벌였지만 언제나 패배는 그의 몫이다.

수네가 베어타운 아이스하키단에서 잘리는 이유를 길게 설명하려면 며칠이 걸릴 것이다. 하지만 짧게 요약하면 두 마디로 충분하다. 케빈 에르달. 후원자와 이사회와 사장은 열일곱 살짜리 신동을 A팀에서 뛰게 하라고 요구했지만 수네가 줄곧 반대했다. 이 세계에서는 호르몬만 있다고 소년이 남자로 성장할 수 있는 게 아니다. 재능과 성숙한 면모를 모두 갖춰야 성인 하키 선수가 될 수 있고, 그의 경험에 따르면 기회가 너무 늦게 주어졌을 때보다 너무 일찍 주어졌을 때 무너진 선수들이 더 많다. 하지만 이제는 어느 누구도 수네의 말을 귀담아 듣지 않는다.

베어타운 사람들은 그들이 패배하더라도 순순히 물러나지 않는 성격이라는 데 자부심이 있다. 수네도 알다시피 대부분 그의 탓이다. 수네는 부임한 첫날부터 모든 선수와 코치들에게 '구단이 먼저'라고 각인시켰다. 어느 누구의 자존심보다 구단의 이익이 우선시되어야 했다. 이제 그들이 그것을 역이용하고 있다. 그가 케빈이 A팀에 합류하도록 허락했더라면 자리를 보전할 수 있었을 것이다. 올바른 판단을 내렸다고 자신할 수 있다면 좋겠지만 이제는 솔직히 잘 모르겠다. 어쩌면 이사회와 후원자들의 생각이 맞을지 모른다. 어쩌면 수네는 정신줄을 놓은 고집불통 늙은이에 불과할지 모른다.

다비드는 자기 집 부엌 바닥에 누워 있다. 그는 서른두 살이고 빨간 머리칼이 어찌나 삐죽삐죽한지 탈출을 시도하는 것처럼 보일 정도다. 어렸을 때는 그것 때문에 놀림을 많이 받았다. 같은 반 친구들이 그의 몸에 손을 댔다가 화상을 입은 척했다. 다비드는 그때 싸움의 기술을 터득했다. 그는 친구가 없었기에 하키에 전념할 수 있었다. 굳이 다른 데 관심을 기울일 필요성을 느끼지 못했기에 최고의 선수가 될 수 있었다.

식탁 밑에서 미친 듯이 팔굽혀펴기를 하자 땀방울이 바닥으로 뚝뚝 떨어진다. 식탁 위에 노트북이 놓여 있다. 밤새도록 예전 경기와 훈련을 영상으로 복기한 참이다. 다비드는 베어타운 아이스하키단의 청소년팀 코치로 지낸 덕에 이해하기는 쉽지만 같이 살기는 불가능한 남자가 되었다. 여자 친구는 그에게 짜증이 나면 종종 "아무도 없는 방 안에서도 발끈할 수 있는" 사람이라고 말한다. 어쩌면 맞는 말일지 모른다. 맞바람 속으로 들어선 사람 같은 표정을 짓고 있으니 말이다. 그는 항상 너무 진지하다는 소리를 듣는다. 그래서 하키가 그에게 안성맞춤이다. 하키단과 연관이 있는 사람이라면 누구라도 알다시피 아무리 심각하게 생각해도 부족한 것이 하키라는 경기다.

내일 있을 경기는 다비드뿐 아니라 청소년팀 선수들에게도 일생을 통틀어 가장 중요한 순간이다. 좀 더 철학적인 성향이 다분한 코치라면 대부분 올해 안으로 열여덟 번째 생일을 보내고 성인이 될 테니 미성년자로 빙판을 누빌 수 있는 마지막 육십 분이라는 표현을 썼을지 모른다. 하지만 다비드는 철학적인 코치가 아니기에 평소처럼 한마디만 하고 말 것이다. "이겨라."

다비드는 전국에서 손꼽히는 선수를 거느린 코치가 아니다. 천만의 말씀이다. 하지만 그의 선수들은 어느 누구보다 엄격한 최고의 전술훈련을 받았다. 그들은 평생 한 팀에서 선수 생활을 했다. 그리고 그들에게는 케빈이 있다.

그들의 플레이는 별로 깔끔하지 않다. 다비드는 꼼꼼한 전술과 탄탄한 방어를 중요하게 생각하지만 무엇보다 결과를 중요하게 생각한다. 이사와 학부모들이 "지는 경기도" 하고 "하키를 좀 더 재미있게 즐길 수 있게" 해달라고 해도 꿈쩍하지 않는다. 다비드는 "재미있는 하키"가 뭔지 모른다. 그의 기준에서 재미없는 하키는 상대 팀이 우리 팀보다 더 많은 득점을 기록하는 경우뿐이다. 그는 어느 누구의 입김에도 좌우되지 않는다. 대규모 후원사의 마케팅 팀장 아들에게 포지션을 하나 내주라고 해도 절대 듣지 않는다. 그는 타협하지 않는다. 덕분에 친구가 생길 일이 없겠지만 그래도 상관없다. 주변의 사랑을 받고 싶다면 방법은 간단하다. 시상대의 꼭대기에 서면 된다. 그래서 다비드는 무슨 수를 동원해서라도 거기에 서려고 한다. 다비드가 그의 팀을 남들과 다른 시선으로 바라보는 이유도 그 때문이다. 그의 팀에서 가장 실력이 좋은 선수는 케빈일지 몰라도 케빈이 항상 가장 중요한 선수는 아니다.

식탁에 놓인 노트북에서 재생 중인 영상은 이번 시즌에 열린 경기다. 상대 팀 선수가 뒤에서 태클을 걸려고 케빈을 쫓아서 쌩하니 내달리지만 잠시 후 빙판 위에 대자로 뻗는다. 등번호가 16번인 다른 베어타운 선수가 상대 팀 선수를 내려다보며 서 있는데 벌써부터 장갑과 헬멧이 보이지 않는다. 상대 팀 선수 위로 주먹세례가 쏟아진다.

그 팀의 스타는 케빈일지 몰라도 구심점은 벤야민 오비크다. 벤이는 다비드와 비슷하다. 수단과 방법을 가리지 않는다. 그래서 코치는 어렸을 때부터 벤이에게 한 가지 생각을 주입했다. "사람들이 하는 얘기는 신경 쓰지 마라, 벤이. 이기기 시작하면 다들 우리를 엄청 좋아할 테니까."

벤이는 열일곱 살이고, 엄마는 아들을 깨우면서 이름을 줄여서 부르지 않는다. '벤야민'이라는 이름을 쓰는 사람은 엄마밖에 없다. 다른 사람들은 모두 벤이라고 부른다. 벤이는 베어타운의 저쪽 끝, 할로가 시작되기 직전 맨 마지막 연립주택의 가장 작은 방에서 엄마가 서너 번 부를 때까지 침대에서 꼼짝하지 않는다. 엄마가 모국어를 동원해서 깨우기 시작하자 그제야 자리에서 일어난다. 분위기가 심상치 않다는 뜻이기 때문이다. 엄마와 세 누나는 엄청난 분노 아니면 영원한 사랑을 표현할 때만 옛날에 쓰던 말을 동원한다. 이 나라의 문법은 융통성이 부족해서 이 세상에서 가장 게으르고 쓸모없는 당나귀의 몸뚱이 중에서도 아무짝에도 쓸모없는 부위라고 나무라거나 금이 가득 든 만 개의 구덩이만큼 사랑한다고 표현할 길이 없기 때문이다. 엄마는 한 문장으로 두 가지를 동시에 할 수 있다. 그런 점에서 그녀의 모국어는 참으로 끝내주는 언어다.

그녀는 자전거를 타고 멀어지는 아들을 지켜본다. 동이 트기도 전에 깨우기는 싫지만 그냥 출근해버리면 아들이 집 밖으로 나갈 생각을 하지 않는다. 그녀는 딸 셋을 거느린 싱글맘이지만 이 열일곱 살짜리 아들이 제일 걱정이다. 미래에 대해서는 너무 신경을 쓰지 않고 과거에 대해서는 너무 속을 끓이는 아이. 이보다 더 엄마를 암울하게 만드는 조합은 없다. 그녀의 아들 벤야민, 베어타운의 여학생들을 너무나 쉽게 홀리는 싸움꾼. 그들이 지금까지 본 중에서 가장 잘생긴 얼굴과 가장 슬픈 눈빛과 가장 거친 심장의 소유자. 그의 엄마는 그와 똑같은 남자와 결혼한 전적이 있기 때문에 그런 남자들을 기다리는 건 골치 아픈 문제들뿐이라는 걸 안다.

다비드는 부엌에서 커피를 끓이는 중이다. 그는 매일 아침마다 커피를 한 주전자 더 끓여서 보온병에 가득 담는다. 아이스하키장의 커피가 그걸 권한 사람에게 폭행죄로 벌금을 부과할 수 있을 정도로 형편없기 때문이다. 그의 노트북에서는 작년 경기 영상이 재생되고 있다. 한 수비수가 맹렬하게 케빈을 추격하지만, 어디선가 나타난 벤이가 전속력으로 달려와 스틱으로 뒷덜미를 강타하자 상대 팀 벤치로 날아가 거꾸로 처박힌다. 선수 절반이 복수를 하러 빙판 위로 뛰쳐나오고 벤이는 헬멧도 없이 주먹을 쥐고 서서 그들을 기다린다. 십분이 지난 다음에서야 심판들이 싸움판을 정리한다. 그동안 케빈은 털끝 하나 다치지 않고 자기 팀 벤치에 가만히 앉아서 말없이 기다린다.

힘든 어린 시절을 보내서 그렇다고, 어렸을 때 아빠가 돌아가셔서 그렇다고 벤이의 기질을 변명하려는 사람들도 있다. 다비드는 절대 그러지 않는다. 그는 벤이의 기질을 사랑한다. 남들은 '문제아'라고 하지만 밖에서 문제시되는 부분들이 빙판 위에서는 그 아이를 특별한 존재로 만든다. 몸싸움이 벌어지면 뱀과 도깨비와 지옥의 모든 괴물이 동원돼도 그 아이에게서 퍽을 빼앗을 수 없다. 케빈 근처에 접근하는 자가 있으면 벤이가 콘크리트를 뚫고서라도 중간에 끼어드는데, 그런 건 가르칠 수 있는 게 아니다. 케빈의 실력은 모르는 사람이 없기에 (전국에서 손꼽히는 모든 하키단의 청소년팀 코치가 케빈을 스카우트하려고 했다) 모든 팀마다 그 아이를 해코지하려는 사이코가 적어도 한 명씩은 있기 마련이다. 그래서 다비드는 사람들이 벤야민을 보고 두 경기당 한 번꼴로 '싸움박질'을 벌인다고 해도 인정하지 않는다. 벤이는 싸움박질을 벌이는 게 아니다. 이 도시의 가장 중요한 투자 상품을 보호하는 것이다.

하지만 다비드는 여자 친구 앞에서 '투자 상품'이라는 단어를 더 이상 쓰지 않는다. 그녀가 한 말이 있기 때문이다. "열일곱 살짜리를 두고서 그게 할 소리야?" 다비드도 경험을 통해 터득했다시피 설명하려고 해봐야 소용없다. 하키의 그런 측면은 이해하거나 이해하지 못하거나 둘 중 하나다.

벤이는 어머니에게 보이지 않을 만큼 멀어지자 연립주택을 이 도시의 다른 부분과 연결하는 길 위에서 자전거를 멈추고 마리화나에 불을 붙인다. 연기로 몸속을 가득 채우고 달콤한 평온함이 부풀었다 가라앉는 것을 느낀다. 숱이 많은 긴 머리가 바람을 맞고 뻣뻣해지지만 그는 추위에 신경써본 적이 없다. 어디가 됐건 사시사철 자전거를 타고 다닌다. 연습 때 다비드는 종종 다른 선수들 앞에서 벤이의 장딴지 근육과 평형감각을 칭찬하지만 벤이는 아무 대꾸도 하지 않는다. "뽕 간 상태로 쌓인 눈을 헤치고 날마다 자전거를 타면 그렇게 돼요"가 코치가 원하는 대답은 아닐 것 같기 때문이다.

벤이는 단짝 친구의 집으로 가는 길에 베어타운 전역을 지난다. 아직까지 이 도시에서 가장 많은 직원 수를 자랑하지만 삼 년 연속으로 '인원 효율화'(정리 해고를 그런 식으로 근사하게 표현하고 있다)를 실시 중인 공장. 소규모 경쟁자들의 씨를 말려버린 대형 슈퍼마켓. 허물어진 정도가 각기 다른 상점들로 가득한 길거리, 점점 더 조용해져가고 있는 공업지구. 한쪽에는 사냥과 낚시 코너, 다른 쪽에는 하키 코너가 있지만 별 볼일 없는 스포츠용품점. 조금 더 가면 나오는 '펠센'이라는 술집은 동네 주민들에게 얻어맞는다는 게 어떤 기분인지 경험해보고 싶은 관광객들이 찾기에 아주 좋은 행선지다.

서쪽으로는 숲 근처에 차량 정비소가 있고 그보다 더 깊숙한 숲속에는 벤이의 큰누나가 하는 견사가 있다. 그녀가 기르는 개는 두 종류, 사냥견과 경비견이다. 이 동네 사람들은 더 이상 반려견을 키우지 않는다.

하키 말고는 여길 좋아할 이유가 없다. 하지만 생각해보면 벤이는 지금까지 뭘 그렇게 좋아해본 적이 없다. 벤이는 연기를 들이마신다. 친구들이 마리화나를 피우다 들키면 팀에서 쫓겨날 거라고 계속 주의를 주지만 벤이는 다비드가 그럴 리 없다는 걸 알기에 그냥 웃어넘긴다. 벤이가 쫓겨날 리 없는 이유는 그의 실력이 워낙 출중해서라기보다 케빈의 실력이 워낙 출중하기 때문이다. 케빈이 보석이고 벤이는 보험이다.

수네는 아이스링크 지붕을 마지막으로 한번 올려다본다. 거기에 걸려 있는 깃발과 유니폼, 조만간 아무도 기억하지 못할 남자들에 얽힌 추억을 올려다본다. 그 옆에 이 구단의 모토가 적힌 후줄근한 플래카드가 걸려 있다. '문화, 가치, 공동체.' 그 플래카드를 걸 때 수네도 거들었는데, 이제는 그게 무슨 뜻인지 모르겠다. 예전에는 알고 있었는지 가끔 자신이 없을 때도 있다.

'문화'는 아이스하키와 어울리지 않아 보이는 의외의 단어다. 모두들 문화를 운운하지만 그게 무슨 뜻인지는 아무도 설명하지 못한다. 모든 조직이 다들 자기들은 문화를 창조하고 있다고 자랑하지만 따지고 보면 모두가 진심으로 원하는 건 오직 하나, 승리하는 문화뿐이다. 수네도 알다시피 모든 세상이 마찬가지지만 소규모 공동체에서는 더욱 두드러진다. 우리는 승자를 사랑한다. 딱히 호감이 가는 부류가 아니더라도 그렇다. 승자들은 대개 강박적이고 이기적이며 배려심이 없다. 그래도 상관없다. 그래도 우리는 그들을 용서한다. 이기기만 하면 그들을 좋아한다.

노인은 자리에서 일어나 삐걱거리는 허리와 굳어버린 심장을 달래며 자신의 사무실로 걸음을 옮긴다. 그의 등 뒤에서 문이 닫힌다. 소지품은 이미 조그만 상자에 담아서 책상 밑에 숨겨놓았다. 그는 잘리더라도 소란을 피우거나 언론에 찌르지 않을 것이다. 그냥 사라져버릴 것이다. 그래야 한다고 교육을 받았고 남들에게도 그래야 한다고 교육을 시켰다. 팀이 먼저다.

어쩌다 둘이 단짝이 되었는지는 아무도 모르지만 다들 그 둘을 떼어놓으려는 시도를 포기한 지 오래다. 벤이는 자기가 사는 블록의 절반보다 더 넓은 저택의 초인종을 누른다.

케빈의 엄마가 상냥하지만 끊임없는 긴장감이 느껴지는 미소를 머금은 얼굴로 전화기를 귀에 댄 채 문을 열어주고, 뒤에서는 케빈의 아빠가 자기 전화기에 대고 큰 소리로 말을 하며 지나간다. 현관 앞 벽은 가족사진으로 도배가 되어 있지만, 벤이는 에르달 집안의 세 명이 나란히 서 있는 걸 사진이 아닌 다른 곳에서는 본 적이 없다. 실생활에서는 언제나 한 명은 부엌에, 한 명은 서재에, 그리고 케빈은 마당에 있다. 탕-탕-탕-탕-탕. 문이 닫히고 전화기 너머로 사과가 건네진다. "네, 미안해요, 우리 아들요. 하키 선수, 네, 맞아요."

이 집 안에서는 아무도 언성을 높이지 않고 낮추지도 않는다. 모든 의사소통이 감정이 거세된 채 이루어진다. 케빈은 벤이가 지금까지 본 중에서 가장 결핍을 모르고 자란 아이인 동시에 가장 결핍이 많은 아이다. 이 집 냉장고는 팀에서 제공하는 영양 계획에 맞춰서 케이터링 업체가 사흘에 한 번씩 배달하는 조리식품으로 그득하다. 에르달 가족의 부엌이 벤이네가 사는 연립주택을 모두 합한 것보다 세 배는 더 비싸지만 거기에서는 아무도 식사 준비를 하지 않는다. 케빈의 방에는 열일곱 살짜리가 바라는 모든 게 갖춰져 있다. 심지어 세 살 이후로 청소 도우미 말고는 어떤 어른도 그곳을 드나든 적이 없다. 베어타운에서 아들의 선수 활동에 이보다 더 많은 투자를 하거나 하키 팀에 회사를 통해 이보다 더 많은 후원을 하는 부모는 없지만 케빈의 부모님이 경기를 직접 관람하러 온 적은 한 손으로 꼽을 수 있을 정도를 넘어 한 손으로 꼽아도 손가락 두 개가 남는다. 예전에 벤이가 친구에게 그 부분에 대해서 물은 적이 있었다. 케빈은 이렇게 대답했다. "우리 부모님은 하키에 관심이 없어." 벤이가 그럼 두 분은 뭐에 관심이 있느냐고 묻자 케빈은 "성공"이라고 대답했다. 그들이 열 살 때 나눈 대화였다.

케빈이 거의 항상 그렇듯이 반 역사 시험에서 1등을 하고 집에 가서 50점 만점에 49점을 받았다고 하면 케빈의 아빠는 아무 감정 없는 목소리로 "뭘 틀렸니?"라고 묻고는 그만이다. 에르달 집안에서는 완벽이 목표가 아니다. 표준이다.

하얗고 한 치의 오차도 없는 그들의 집은 직각의 표본이다. 벤이는 보는 사람이 아무도 없는 것을 확인한 뒤 신발 정리대를 슬쩍 밀어서 이 센티미터쯤 튀어나오게 하고, 벽에 걸린 사진 몇 개를 건드려서 살짝 비딱하게 만들고, 거실 깔개 위를 걸어가면서 엄지발가락으로 술 장식을 몇 개 흐트러뜨린다. 테라스 문 앞에 다다르자 유리에 비친 케빈의 엄마가 보인다. 그녀는 이리저리 움직이며 모든 걸 기계적으로 정리하는 와중에도 대화를 단 한 박자도 놓치지 않는다.

벤이는 마당으로 나가서 케빈 근처로 들고 간 의자에 눈을 감고 앉아 탕탕 소리를 듣는다. 케빈이 연습을 멈추는데, 옷깃이 땀에 젖어서 시커멓다.

"긴장돼?" 케빈이 묻는다.

벤이는 눈을 뜨지 않는다.

"케브, 나랑 같이 처음으로 숲속에 갔던 날 생각나? 넌 그때까지 사냥이라곤 한 번도 해본 적이 없어서 물릴까봐 겁에 질린 사람처럼 총을 들었잖아."

케빈이 어찌나 크게 한숨을 내쉬는지 몸속에 들어 있던 공기의 절반이 목구멍을 통해 빠져나오는 게 아닌가 싶다.

"평생 뭐든 그렇게 어물쩍 넘어갈 거냐?"

벤이가 씩 웃자 아주 미세하게 색이 다른 치아가 드러난다. 몸싸움이 벌어지면 벤이는 자기 이나 남의 이를 부러뜨리는 한이 있더라도 퍽을 빼앗기진 않을 것이다.

"네가 내 불알을 날릴 뻔했잖아. 그 부분에 대해서는 어물쩍 넘어갈 생각이 없는데."

"그러니까 경기는 긴장이 되지 않는다고?"

"케브, 총을 든 네가 내 불알 근처로 다가오면 긴장이 되지만 하키는 긴장이 되지 않아."

케빈의 부모님이 먼저 나간다고 큰 소리로 외치는 바람에 두 사람의 대화가 끊긴다. 케빈의 아빠는 식당에서 웨이터에게 작별 인사를 할 때와 똑같은 말투고, 엄마는 끝에 조심스럽게 '우리 아들'을 추가한다. 아무리 애를 써도 외운 연극 대사처럼 나오는 걸 어쩌지 못하겠다는 듯한 말투다. 대문이 닫히고 집 앞 진입로에서 두 대의 자동차에 시동이 걸린다. 벤이는 재킷 주머니에서 마리화나를 새로 꺼내 불을 붙인다.

"케브, 너는 긴장돼?"

"아니. 아니, 아니……."

벤이는 웃음을 터뜨린다. 벤이의 친구는 그에게 거짓말을 하려다 성공한 적이 없다.

"진짜?"

"알았어, 에이 씨, 벤이, 나 지금 여기서 똥 쌀 것 같아! 됐냐?"

벤이는 잠이 든 것 같은 표정을 짓는다.

"오늘 벌써 얼마나 피운 거야?" 케빈은 피식 웃는다.

"아직 멀었어." 벤이는 웅얼거리며 겨울잠을 잘까 생각 중인 사람 처럼 의자 위에서 몸을 웅크린다.

"한 시간 안으로 학교에 가야 하는 거 알지?"

"그러니까 더 열심히 피워야지."

"코치님한테 들키면 당장 쫓겨―"

"아니, 그럴 리 없어."

케빈은 스틱에 기대고 서서 아무 말 없이 벤이를 쳐다보기만 한다. 단짝 친구의 온갖 부러운 면모 중에서 케빈이 가장 갖고 싶은 게 그 거다. 어떤 것에도 신경 쓰지 않고 뭐든 모면하는 능력. 케빈은 고개 를 젓고 체념의 뜻에서 웃음을 터뜨린다.

"그래, 그렇겠지."

벤이는 잠이 든다. 골대 쪽으로 고개를 돌린 케빈의 눈빛이 험상궂 어진다. 탕-탕-탕-탕-탕.

한 번 더. 한 번 더. 한 번 더.

다비드는 자기 집 부엌에서 마지막 팔굽혀 펴기를 한다. 그런 다 음 샤워를 하고 옷을 갈아입고 가방을 챙기고 아이스하키장에 가서 일을 시작하려고 차 열쇠를 집는다. 하지만 서른두 살의 코치가 집을 나서기 전에 마지막으로 한 일은 커피를 문 옆의 조그만 테이블에 내 려놓고 화장실로 달려간 것이다. 그 안에서 그는 문을 잠그고 여자 친구가 듣지 못하도록 세면대와 욕조의 수도꼭지를 양쪽 다 틀어놓 고 토악질을 한다.

7

이건 하나의 경기일 뿐이다. 선수들은 잊을 만하면 한 번씩 그 소리를 듣는다. 많은 사람들이 맞는 말이라고 자기 스스로 최면을 건다. 하지만 그건 말도 안 되는 헛소리다. 그 경기가 없었다면 이 도시 사람들은 어느 누구도 지금과 같지 않았을 것이다.

케빈은 벤이와 함께 학교로 출발하기 전에 반드시 화장실에 들른다. 학교 화장실을 쓰고 싶지 않기 때문인데, 더러워서 그런 게 아니라 그 안에 있으면 스트레스를 받는다. 왠지 모르게 불안해진다. 케빈은 일꾼들보다 훨씬 많은 시간의 노동 대가를 청구한 인테리어 디자이너가 엄선한 고가의 비실용적인 타일과 세면대에 둘러싸여 있어야 충분히 느긋해질 수 있다. 온 세상을 통틀어 유일하게 이 집에서 혼자일 수 있다.

다른 데서는 아이스링크건 학교건 심지어 등하굣길마저 떼로 몰려다닌다. 항상 케빈을 중심으로 팀원들끼리 뭉쳐 다니는데, 빙판 위에서의 실력 순으로 제일 잘하는 선수들이 케빈과 가장 가까운 자리를 차지한다. 집에서는 워낙 어렸을 때부터 그래왔기에 혼자 있어도 당연하게 느껴지지만 다른 데서는 혼자 있는 것을 견딜 수가 없다.

벤이가 집 앞에서 기다리고 있다. 항상 그렇다. 자제력이 부족한 아이였다면 충동을 못 이기고 친구를 끌어안았을 것이다. 하지만 케빈은 그냥 고개를 끄덕이고 중얼거린다. "가자."

차에서 내린 마야가 어찌나 쌩하니 걸음을 옮기는지 보조를 맞추려면 가볍게 달려야 한다. 아나가 플라스틱 컵을 내민다.

"마셔볼래? 나 요즘 그린 스무디 다이어트 중이거든!"

마야는 속도를 늦추고 고개를 젓는다. "그런 다이어트를 계속하는 이유가 뭐야? 네 혀가 그렇게 싫어? 걔가 너한테 무슨 짓을 한 것도 아니잖아."

"시끄러워. 이거 진짜 맛있어! 마셔봐!"

마야는 조심스럽게 가장자리에 입술을 댄다. 그러고는 반 모금을 마시자마자 뱉는다.

"덩어리가 있잖아!"

아나는 명랑하게 고개를 끄덕인다.

"땅콩버터야."

마야는 질색하며 혀가 눈에 보이지 않는 털로 뒤덮이기라도 한 것처럼 손가락으로 쥐어뜯는다.

"너 도움을 좀 받아야겠다, 아나. 상태가 심각하네."

예전에는 베어타운에 아이들이 더 많았기에 학교도 더 많았다. 하지만 지금은 남은 건물이 두 개뿐이다. 하나는 초등학교와 중학교이고 다른 하나는 고등학교다. 학생들은 모두 한 식당에서 점심을 먹는다. 이제는 마을이 그 정도 규모밖에 안 된다.

아맛은 주차장에 있는 리파와 사카리아스에게 달려간다. 이 셋은 학교 다니는 내내 같은 반이었고 유치원 때부터 단짝이었는데, 셋이 유난히 비슷해서 그렇다기보다 남들과 다르다는 공통점이 있기 때문이다. 베어타운 같은 곳에서는 가장 인기 있는 아이가 어렸을 때부터 리더가 된다. 놀이터에서 노는 시기부터 일찌감치 보이지 않게 패가 나뉜다. 아맛과 리파, 사카리아스는 선택을 받지 못한 부류였다. 그때부터 그들은 붙어다녔다. 리파는 나무보다 말수가 적고 사카리아스는 라디오보다 더 시끄러우며 아맛은 친구가 있다는 데 그저 고마워한다. 셋은 훌륭한 조합이다.

"……엄청나게 깨끗한 헤드샷이었어! 그 자식이 도망쳐서 숨으려고 했지만…… 뭐야? 내 말 듣고 있는 거야, 아맛?"

오늘도 열 살 때부터 고수한 패션 그대로 까만 청바지와 후드가 달린 까만 스웨터를 입고 까만 모자를 쓴 사카리아스가 간밤에 가상현실 세계에서 중무장한 저격수를 상대로 엄청난 활약을 벌였다며 떠벌리다 말고 아맛의 어깨를 밀친다.

"왜?"

"내가 한 말 들었냐고."

아맛은 하품을 한다. "응, 들었지, 헤드샷. 짱이다. 배고파서 그래."

"오늘 아침에도 연습하러 갔어?" 사카리아스가 묻는다.

"응."

"그 꼭두새벽에 일어나다니 아무리 봐도 제정신이 아니야."

아맛은 씩 웃는다.

"너는 어제 몇 시에 잤는데?"

사카리아스는 어깨를 으쓱하고 엄지손가락을 문지른다. "네 시…… 아니, 다섯시."

아맛은 고개를 끄덕인다.

"내가 연습하는 시간만큼 게임을 하는군. 누가 먼저 프로가 되는지 두고 보자!"

사카리아스가 대답하려는 찰나 어디에선가 날아온 손바닥에 맞고 고개가 앞으로 홱 꺾인다. 사카리아스, 아맛, 리파는 고개를 돌리지 않아도 범인이 보보라는 걸 안다. 사카리아스의 모자가 땅바닥에 떨어지고 갑작스럽게 등장해 세 사람을 에워싼 청소년팀 선수들의 웃음소리가 들린다. 사카리아스, 아맛, 리파는 열다섯 살이고 청소년팀 선수들은 겨우 두 살 더 많을 뿐인데, 신체 발육 상태가 워낙 훌륭해서 나이 차가 열 살은 되어 보인다. 그중에서도 가장 덩치가 큰 보보는 몸집이 대문짝만 하고 생쥐들이 짐을 싸서 이사를 갈 만큼 못생겼다. 보보가 어깨로 세게 치고 지나가자 사카리아스는 비틀거리다 무릎을 꿇으며 주저앉는다. 보보가 놀란 척 웃음을 터뜨리자 사카리아스를 에워싼 청소년팀 선수들이 덩달아 웃는다.

"수염 멋지다, 사크. 날이 갈수록 점점 더 어머니를 닮아가네!" 보보는 히죽거리고 청소년팀 선수들의 웃음소리가 잦아들기 전에 다시 말을 잇는다.

"이제는 붕알에 털 났냐? 아니면 요즘도 팬티 보푸라기인 걸 보고 샤워하면서 우냐? 씨발, 사크…… 내가 진짜로 궁금한 게 있는데, 너랑 아맛이랑 리파가 맨 처음 같이 잤을 때 누가 총각 딱지를 제일 먼저 뗄지 어떤 식으로 정했냐?"

청소년팀 선수들은 학교로 멀어진다. 그들은 오늘 일을 삼십 초면 잊어버릴 테지만 뒤에 남겨진 아이들 귀에서 그들의 웃음소리가 지워지려면 그보다 오래 걸릴 것이다. 아맛은 사카리아스를 일으켜 세우며 친구의 눈에 담긴 증오의 눈빛을 본다. 매일 아침마다 그 눈빛이 점점 강렬해지고 있다. 언젠가 폭발하지 않을까 싶어서 걱정이 된다.

우리는 크고 작은 온갖 이유에서 패거리 문화를 사랑할 수 있다. 케빈은 초등학생 때 아빠랑 같이 크리스마스 마켓이 열린 헤드에 간 적이 있었다. 아빠는 회의가 있어서 케빈 혼자 돌아다니며 쇼윈도와 노점을 구경했다. 그러다 길을 잃고 헤매느라 오 분 늦게 차를 세워 놓은 곳으로 돌아갔다. 아빠는 이미 출발하고 보이지 않았다. 케빈은 어둠을 뚫고 베어타운까지 혼자 걸어가야 했다. 길가에 눈이 허벅지 높이까지 쌓여 있었고, 밤이 이슥해진 다음에서야 집에 도착할 수 있었다. 아이는 축축하고 고단한 몸을 이끌고 고요한 집 안으로 비틀비틀 들어갔다. 부모님은 이미 잠이 들었다. 아빠는 그런 식으로 시간을 엄수하는 게 얼마나 중요한지 가르쳤다.

육 개월 뒤에 하키팀이 다른 도시에서 토너먼트를 치렀다. 그렇게 넓은 아이스하키장은 난생처음이라 케빈은 버스로 가던 도중에 길을 잃었다. 케빈에게 몇 시간 전에 혼쭐이 난 팀의 삼형제 가운데 맏형이 케빈을 화장실로 끌고 가서 두들겨 팼다. 또 다른 초등학생이 등장해서 그 셋을 발차기와 주먹질로 제압했을 때 놀라워하던 그들의 표정을 케빈은 영원히 잊지 못할 것이다. 벤이와 케빈은 피와 멍으로 얼룩진 몸을 이끌고 사십오 분 늦게 버스에 도착했다. 다비드가 서서 기다리고 있었다. 그는 다른 팀원들에게 먼저 출발하라고 했다. 벤이와 케빈이 오면 같이 기차를 타고 가겠다고 했다. 하지만 모든 선수가 버스에 타지 않겠다고 거부했다. 그들은 구구단도 외우지 못할 정도로 어린 나이였지만 서로 의지하지 못하면 팀이 아무 의미 없다는 걸 알았다. 그건 별것 아닌 동시에 엄청난 일이었다. 나를 절대 버리지 않을 사람들이 있음을 안다는 건 말이다.

케빈과 벤이는 단둘이서 등교하지만 복도를 걷는 동안 자석과 같은 흡인력을 발휘한다. 보보와 또 다른 이학년생들이 당장 그들을 에워싸 열 발짝 만에 열두 명으로 이루어진 패거리가 완성된다. 케빈과 벤이는 그걸 이상하다고 생각하지 않는다. 원래 평생 반복된 일에는 그런 생각이 들지 않는 법이다. 시합 전날에는 대개 지구상의 그 어떤 것도 케빈의 눈에 들어오지 않는데, 무엇이 케빈의 레이더를 자극했는지 모를 일이지만 줄줄이 늘어선 사물함을 지날 때 그의 시선이 그녀의 시선과 만난다. 케빈은 벤이와 부딪치고 벤이가 욕을 하지만 듣지 못한다.

마야는 사물함에 가방을 넣고 고개를 돌리다 케빈과 눈이 마주치는 바람에 황급히 사물함 문을 닫으려다 손을 찧는다. 그 순간은 눈 깜빡할 새 지나간다. 복도는 다른 학생들로 가득하고 케빈은 인파 속으로 사라진다. 하지만 열다섯 살 때 사귄 친구들은 그런 순간을 절대 놓치지 않는 법이다.

"그럼 이제…… 갑자기 하키에 관심이 생기려나?" 아나가 놀린다.

마야는 당황스러워하며 손을 문지른다.

"시끄러워. 무슨……."

마야는 말을 하다 말고 잠깐 함박웃음을 짓는다.

"땅콩버터를 좋아하지 않는다고 해서 땅콩까지 좋아하지 말라는 법은 없잖아?"

아나는 깔깔대며 웃다가 사물함 안에 스무디를 쏟는다.

"그래, 알았어! 하지만 케빈이랑 말 트게 되면 나한테 벤이 소개해주라, 알았지? 개는 뭐랄까…… 음…… 홀라당 먹어버리고 싶은 스타일이거든. 무슨…… 버터처럼 말이지."

마야는 혐오스러워하며 눈썹을 찡그리고 사물함 열쇠를 빼서 걸음을 옮긴다. 아나가 마야를 쳐다보며 팔을 벌린다.

"뭐! 너는 그런 소리 해도 되고 나는 안 되냐?"

"아까 그 자식이 한 농담, 자기가 생각해낸 게 아닌 거 알지? 그 정도로 머리가 잘 돌아가지 않잖아. 인터넷에서 본 거야." 사카리아스는 자존심 상한 얼굴로 옷에 묻은 눈을 털며 중얼거린다.

리파가 사카리아스의 모자를 집어서 눈을 턴다. 아맛은 친구를 달래려고 손을 내민다.

"네가 보보를 얼마나 싫어하는지 알지만 내년에 우리가 청소년팀에 합류하면…… 괜찮아질 거야."

사카리아스는 아무 대꾸도 하지 않는다. 리파는 분노와 체념이 섞인 눈빛으로 친구를 홀끗 노려본다. 리파는 어렸을 때 하키를 접었다. 리파는 로커룸에서 듣는 '실없는 농담'을 대수롭지 않게 받아들여야 한다는 소리를 귀에 못이 박이도록 들었고 그건 아주 유용한 주장이었다. 덕분에 리파가 하키를 때려치웠을 때 모두가 그걸 원흉으로 지목할 수 있었다. 문제는 하키가 아니라 지혜롭게 대처하지 못한 그 아이였다. 사카리아스도 부모님이 아들만큼 하키를 사랑하지 않았다면 지금까지 계속하지 못했을 테고 심지어 아맛도 지금처럼 실력이 출중하지 않았다면 기운이 빠져서 도중에 포기했을 것이다.

"청소년팀에 합류하면 괜찮아질 거야." 아맛은 했던 말을 반복한다.

사카리아스는 아무 말도 하지 않는다. 사카리아스는 청소년팀에 자기 자리는 없다는 걸, 올해가 하키 선수로 뛸 수 있는 마지막 해라는 걸 안다. 단짝 친구를 두고 혼자 짐을 싸야 한다는 걸 아맛 혼자 모르고 있다.

아맛은 친구의 침묵에도 아랑곳하지 않은 채 문을 열고 복도 모퉁이를 도는데, 그 이후로 그의 귀에는 웅성거리는 소리 말고는 아무것도 들리지 않는다. 그의 눈에는 그녀밖에 보이지 않는다.

"안녕, 마야!" 아맛은 조금 너무 요란하다 싶게 외친다.

마야는 언뜻 고개를 돌려서 알은체하지만 그뿐이다. 열다섯 살 때는 그런 눈빛보다 더 심한 상처가 될 수 있는 것은 없다.

"안녕, 아맛." 그녀는 건성으로 대답하고 그의 이름이 끝나기도 전에 사라져버린다.

아맛은 그 자리에 서서 사카리아스와 리파를 애써 외면한다. 친구들이 이를 악물고 웃음을 참을 리 없다는 걸 알기 때문이다.

"안녀엉, 마야아아……." 사카리아스는 흉내를 내고 리파는 키득거린다.

"꺼져, 사크." 아맛은 중얼거린다.

"미안, 미안. 하지만 넌 이 짓을 초등학교 때부터 반복하고 있고, 네가 개를 짝사랑한 팔 년 동안 내가 너한테 잘해줬으니까 좀 놀려도 되는 거 아니냐?"

아맛은 납덩이처럼 무거운 가슴을 안고 사물함 쪽으로 걸어간다. 그는 스케이트보다 그 여자아이를 더 사랑한다.

8

이건 경기일 뿐이다. 이로써 해결되는 건 시시하고 사소한 일들뿐이다. 예를 들면 누가 인가를 받는가. 누구의 의견이 채택되는가. 이를 통해 권력이 할당되고 선이 그어지며 어떤 사람은 스타, 어떤 사람은 관객이 된다. 그뿐이다.

다비드는 아이스하키장에 들어서자마자 자기 사무실로 직행한다. 복도 맨 끝에 있는 가장 작은 방이다. 그는 문을 닫고 컴퓨터를 켜고 내일 맞붙을 상대의 영상을 보며 연구한다. 그들은 훌륭한 팀이고 엄청난 기계이며 일대일로 따졌을 때 상대가 될 만한 선수는 케빈밖에 없다. 사력을 다해야 일말의 승산이나마 있을까 말까 하지만, 다비드도 알다시피 승산이 아예 없지는 않다. 그의 선수들은 하나같이 필요하다면 빙판 위에서 죽을 각오로 뛸 것이다. 그것 때문에 속이 울렁거리는 게 아니다. 다비드의 속이 울렁거리는 이유는 그의 팀에 없는 것이 있기 때문이다. 그의 팀엔 스피드라는 것이 없기 때문이다.

몇 년 동안 청소년팀의 1라인은 케빈, 벤이 그리고 빌리암 뤼트라는 세 번째 선수로 구성됐다. 케빈은 천재고 벤이는 전사다. 하지만 빌리암이 느리다. 덩치가 크고 힘도 센 데다 패스 실력이 나쁘지 않아서 평범한 팀을 상대할 때는 전술을 통해 단점을 감출 수 있었지만, 내일 상대할 팀은 날렵하게 움직이며 공간을 만들어주는 선수가 없으면 케빈을 원천 봉쇄할 수 있을 정도로 막강하다.

다비드는 관자놀이를 문지른다. 컴퓨터 화면에 비친 빨간 머리와 피곤에 전 두 눈을 바라본다. 자리에서 일어나 화장실로 간다. 다시 토악질을 한다.

거기서 두 칸 더 가면 나오는 좀 더 큰 사무실에서는 수네가 컴퓨터 앞에 앉아 있다. 다비드와 같은 영상을 몇 번째 돌려보고 있다. 한때는 두 남자가 빙판 위에서 벌어지는 일들을 바라보는 시각이 같았고 모든 생각이 일치했다. 하지만 세월이 흐르면서 다비드는 머리가 굵어지고 포부가 커졌고 수네는 나이를 먹고 고집이 세졌다. 다비드가 "더티 플레이를 했다가는 두들겨 맞을 수 있다는 걸 알면 부상의 위험이 줄어들기 때문에" 빙판 위에서 패싸움을 허용해야 한다고 주장하면 수네는 "자동차 보험을 금지하면 사람들이 차를 살살 몰아서 교통사고가 줄어들 거라는 논리와 같다"고 반박한다. 다비드가 청소년팀 선수들의 "훈련 양을 늘리고" 싶어 하면 수네는 "양보다 중요한 게 질"이라고 한다. 다비드가 "위로"라고 하면 수네는 "아래로"라고 고함을 지른다. 다른 스포츠 협회에서 얼마 전에 선수들이 열두 살이 될 때까지 어린이 리그 경기에서는 골과 득점수를 기록하거나 순위를 매기지 말자는 제안을 했을 때도 수네는 "현명한" 발상이라고 생각한 반면 다비드는 "공산주의"라고 비난했다. 다비드는 자기에게 주어진 일은 자기가 알아서 하도록 수네가 내버려둬야 한다고 생각한다. 수네는 다비드가 그에게 주어진 일을 착각하고 있다고 생각한다. 두 남자는 자기만의 참호 깊숙이 틀어박혀서 이제는 더 이상 서로 만나지도 않는다.

수네는 의자에 등을 기대고 눈을 비비다 그의 무게를 못 이긴 의자에서 삐걱거리는 소리가 들리자 한숨을 터뜨린다. A팀 코치 자리가 얼마나 외로울 수 있는지, 책임감이 얼마나 막중하게 느껴지는지 다비드에게 설명하고 싶어진다. 어떤 식으로 더 큰 그림을 보고 적응하고 달라질 마음의 준비를 해야 하는지 설명하고 싶어진다. 하지만 다비드는 아직 젊기에 그의 이야기를 귀담아 듣고 받아들일 생각이 없다. 수네는 눈을 감고 자신을 향해 욕을 퍼붓는다. 따지고 보면 그도 마찬가지다. 나이가 들면 가장 힘들어지는 것 가운데 하나가 너무 늦어서 바로잡을 수 없는 실수를 인정하는 것이다. 다른 사람의 인생을 좌우하는 힘을 소유하고 있을 때 가장 안 좋은 게 가끔 틀릴 수도 있다는 사실이다.

수네는 나이 어린 선수를 나이 많은 팀으로 옮기는 걸 반대한다. 또래와 더불어 성장해야 하고 기회가 너무 일찍 주어지면 재능이 망가진다고 믿기 때문이다. 하지만 사무실에 혼자 앉아서 영상을 보고 있으려니 다비드의 의견에 동의한다고 인정하는 수밖에 없다. 남들은 모르겠지만 스피드를 조금 가미하지 못하면 청소년팀이 내일 처참하게 밟히게 생겼다.

이렇게 해서 수네마저 궁금해진다. 이기지 못하면 원칙이 무슨 소용일까?

베어타운은 서로 모르는 사람이 거의 없을 정도로 작지만 아무도 주목하지 않는 사람들로 넘쳐날 만큼 넓은 도시이기도 하다. 로비 홀츠는 마흔하고 몇 살이다. 수염이 희끗희끗해지기 시작한 나이다. 그는 그 수염을 긁적이고 낡은 카무플라주 재킷의 칼라를 잡아당긴다. 이맘때쯤 호수에서 바람이 불어오면 얼굴이 귀신들에게 잡아 뜯기는 듯한 느낌이 든다. 로비는 건너편 길을 따라 걸으며 중요한 볼일이 있는 척한다. 펠센 술집이 영업을 시작하길 기다리는 줄 아무도 모를 거라고 자기 자신을 설득한다.

여기서 아이스링크 지붕이 보인다. 청소년팀이 준결승전에 진출한 이래 다른 사람들처럼 그 역시 깨어 있는 시간 내내 내일 있을 청소년팀 시합 얘기밖에 하지 않는다. 다른 아홉 명의 직원들과 함께 공장에서 잘린 뒤로 대화 상대가 많지 않기는 하다. 그 전에도 그가 늘 어놓는 이야기에 관심을 보인 사람이 없었을 가능성이 크지만 그것도 얼마 전까지는 몰랐던 사실이다.

로비는 손목시계를 확인한다. 펠센이 문을 열려면 아직 한 시간이 남았다. 그는 상관없는 척한다. 부들부들 떨고 있는 걸 아무도 보지 못하도록 손을 주머니 안에 넣고 슈퍼마켓에 들어간다. 필요도 없고 살 여력도 없는 물건들로 바구니를 가득 채운 뒤 도수가 낮은 맥주(슈퍼마켓에서는 그런 맥주만 팔 수 있다)를 충동구매인 양 맨 마지막에 얹는다. "이거요? 아, 만일의 경우에 대비해서 맥주 몇 개 사다 놓으면 좋을 것 같아서요." 로비는 조그만 철물점에 들어가서 화장실을 써도 되겠느냐고 묻는다. 맥주를 들이켠다. 나와서 점원과 잡담을 나누고, 있지도 않은 가구에 필요한 거라고 못을 박으며 아주 특이한 나사를 몇 개 산다. 그러고는 다시 길거리로 나와서 아이스링크 지붕을 다시 쳐다본다. 한때는 로비 홀츠가 그곳의 제왕이었다. 한때는 그가 케빈 에르달보다 더 촉망받는 선수였다. 한때는 그의 실력이 페테르 안데르손보다 나았다.

페테르는 주차장에서 차를 돌려 도로로 나서고 손끝으로 운전대를 두드린다. 아이들을 내려주고 났더니 심장박동이 느껴진다. 이건 청소년팀의 시합일 뿐이다. 그냥 시합일 뿐이다. 그뿐이다. 그는 계속 주문을 외우지만 신경이 곤두서서 견딜 수가 없다. 눈구멍을 통해 허파로 공기가 유입되는 느낌이다. 하키는 단순한 스포츠다. 승리하고자 하는 욕망이 패배의 두려움보다 크면 승산이 있다. 겁에 질린 선수는 이길 수 없다.

청소년팀 선수들이 너무 어려서 내일 두려움을 느끼지 못하길, 너무 순진해서 얼마나 많은 게 걸려 있는지 알아차리지 못하길 바랄 따름이다. 아이스하키 관중들은 미묘한 차이는 모르고 천국과 지옥만 구분한다. 관중석에서 보면 천재와 천하에 쓸모없는 선수만 있을 뿐, 그 중간은 없다. 오프사이드는 왈가왈부할 문제가 아니다. 보디체크는 더할 나위 없이 깔끔하거나 평생 출전 정지감이거나 둘 중 하나다. 스무 살 때 페테르가 팀의 주장으로 전국 톱 리그의 결승전에서 아슬아슬하게 패하고 베어타운으로 돌아왔을 때 부엌에서 아버지는 이렇게 얘기했다. "아슬아슬하게 졌다고? 야, 배에 아슬아슬하게 못 타는 것도 있냐? 배에 타든지 물에 빠지든지 둘 중 하나지. 다른 새끼들도 다 물에 빠졌는데 네가 맨 마지막에 빠지거나 말거나 상관하는 사람이 있을 줄 알아?"

페테르가 NHL과 계약을 맺고 캐나다로 건너가게 됐을 때 그의 아버지는 아들에게 스스로 "특별한 존재"라는 착각은 하지 말라고 분명하게 못을 박았다. 아버지가 말은 그렇게 했어도 속마음은 그게 아니었을지 모른다. 겸손하게 열심히 노력하면 여기서도 그랬듯이 거기서도 남들을 훨씬 능가할 수 있다고 말하려고 했을지 모른다. 술에 취했다보니 말이 더 거칠게 나왔을지 모른다. 페테르는 문을 그렇게 세게 닫을 생각이 아니었을지 모른다. 지금은 어쨌거나 상관없다. 아들은 말없이 베어타운을 떠났고 다시 돌아왔을 때는 이미 늦었다. 묘비를 똑바로 쳐다보며 용서를 구할 수는 없는 법이다.

페테르는 어린 시절을 보낸 골목길을 혼자 걸어가다 평생 알고 지낸 사람들이 자신을 바라보는 눈빛이 달라졌다는 걸 느꼈던 순간을 기억한다. 그가 방 안으로 들어서면 그들의 대화가 어떤 식으로 뚝 끊겼는지 기억한다. 그런 순간이 지났을 때, 사람들이 그를 스타가 아니라 단장으로 대하기 시작했을 때 얼마나 안심이 되었던가. 그러다 구단이 계속 강등되고 사람들이 단장에게 진심을 밝히기 시작하자 페테르는 자신에게 여전히 스타 대접을 받고 싶은 마음이 있었음을 깨달았다. 아이스하키 관중들은 미묘한 차이를 모른다. 그들 눈에는 천국 아니면 지옥이다.

그런데도 왜 그는 그만두지 않을까? 대안을 생각해본 적이 없기 때문이다. 대부분의 사람들은 어떤 걸 왜 좋아하게 됐는지 잘 기억하지 못하지만 페테르는 간단하게 기억한다. 그가 하키를 사랑한 가장 큰 이유는 스케이트를 맨 처음 신은 순간부터 그랬듯이 정적 때문이었다. 빙판으로 나서는 순간 하키장 바깥의 모든 일은, 추위도 그렇고 어둠도 그렇고 엄마는 몸져누웠고 아빠는 집에 돌아갈 무렵이면 또

술에 취해 있을 거라는 사실조차 잊히고…… 머릿속이 완벽하게 고요해졌다. 그때 나이가 고작 네 살이었지만 하키는 그에게 완벽한 몰입을 요구할 거라고 지체 없이 선언했다. 그는 그래서 좋았고 지금도 마찬가지다.

페테르와 나이가 같지만 열다섯 살은 더 많아 보이는 어떤 남자가 페테르의 차가 시내를 가로지르는 걸 본다. 그는 카무플라주 재킷을 더욱 단단히 여미고 수염을 긁는다. 두 사람이 열일곱 살이었을 때는 페테르의 하키 실력이 로비보다 낫다고 생각한 사람이 베어타운을 통틀어 딱 한 명뿐이었다. "재능이라는 건 풍선 두 개를 하늘로 띄워 올리는 것과 같아. 이때 관전 포인트는 어느 풍선이 더 빠르게 올라가느냐가 아니라 어느 풍선에 달린 줄이 더 긴가 하는 거지." 수네라는 그 재수 없는 영감은 이렇게 얘기했다. 물론 그의 판단은 옳았다. 이사회와 후원자들이 로비를 A팀으로 올리라고 했지만 코치는 로비가 정신적으로 준비가 되지 않았다고 주장했다. 로비는 심한 보디체크를 계속 당하다 부상을 입자 겁에 질려서 남은 시즌 내내 몸싸움을 피하느라 펜스에 대고 퍽을 날렸다. 관중들이 처음으로 야유를 보낸 날에는 집에 가서 울었다. 두 번째로 야유를 보낸 날에는 집에 가서 술을 마셨다.

열여덟 살이 됐을 때 로비의 실력은 열일곱 살 때에 비해 퇴보한 반면, 페테르는 이 도시가 배출한 모든 선수를 능가했다. A팀으로 옮길 기회가 찾아왔을 때 페테르는 준비가 되어 있었다. 로비는 빙판으로 나설 때마다 자신의 능력을 의심하기 시작한 반면, 페테르는 거침이 없었다. 페테르가 NHL에 진출한 해에 로비는 공장으로 출근하기 시작했다. 하키에 아슬아슬하게라는 건 없다. 한 선수는 꿈을 이룬 반면, 한 선수는 술집 문이 열리길 기다리며 눈밭에서 발을 구르고 있다.

술집에 들어가려면 다섯 칸으로 이루어진 짧은 계단을 내려가야 한다. 거기에서는 아이스링크 지붕이 보이지 않는다.

수네는 다비드가 사무실을 나서는 소리를 듣는다. 그는 화장실 문이 열렸다 닫히는 소리가 들릴 때까지 기다렸다가 노란색 포스트잇에 세 단어를 적고 자리에서 일어난다. 다비드의 사무실로 들어가서 컴퓨터 화면에 포스트잇을 붙인다. 수네는 독실한 신자가 못 되지만 그 순간만큼은 자신의 판단이 착오가 아니길 그가 아는 모든 신에게 기도한다. 이 세 단어 때문에 또 다른 아이의 인생이 망가지지 않길 기도한다.

수네는 다비드가 돌아올 때까지 기다렸다가 그를 똑바로 쳐다보며 솔직하게 얘기할까 잠깐 고민한다. "다비드, 나는 네가 계속 고집을 꺾지 않았으면 좋겠다. 우리한테 계속 꺼지라고 퍼부었으면 좋겠어. 너는 그런 식으로 최고의 자리에 올랐으니까." 하지만 수네는 자기 사무실로 돌아가서 문을 닫는다. 스포츠는 복잡한 인간을 낳는다. 자존심이 너무 세서 잘못은 인정하지 못하지만 팀을 먼저 생각할 만큼 겸손한 인간을 낳는다.

화장실에서 돌아온 다비드는 컴퓨터 모니터에 붙어 있는 포스트잇에 적힌 세 단어를 읽는다. *아맛. 유소년팀. 빠르더라!!!*

이건 경기일 뿐이다. 이건 사람들의 인생을 달라지게 만들 뿐이다.

9

어른이면 누구나 완전히 진이 빠진 것처럼 느껴지는 날들을 겪는다. 뭐 하러 그 많은 시간을 들여서 싸웠는지 알 수 없을 때, 현실과 일상의 근심에 압도당할 때, 얼마나 더 버틸 수 있을까 하는 생각이 들 때 그렇다. 놀라운 사실이 있다면 우리가 무너지지 않고, 그런 날들을 생각보다 더 많이 견딜 수 있다는 것이다. 끔찍한 사실이 있다면 얼마나 더 많이 견딜 수 있을지 정확하게는 모른다는 것이다.

미라는 가족들이 잠든 뒤에도 집 안을 돌아다니며 그들의 숫자를 센다. 그녀의 어머니가 그렇게 매일 밤마다 미라와 다섯 형제의 숫자를 확인했다. 어머니는 자식을 둔 사람이 어떻게 그러지 않을 수 있는지, 어떻게 지금 당장이라도 아이들을 잃어버릴지 모른다는 두려움 없이 살아갈 수 있는지 이해가 되지 않는다고 했다. "하나, 둘, 셋, 넷, 다섯, 여섯." 미라는 집 안에 울려 퍼지는 어머니의 속삭임을 들었고 미라의 형제들은 모두 눈을 감은 채로 누워서 어머니에게 확인과 인정을 받는 기분을 만끽했다. 이것이야말로 그녀의 어린 시절에 얽힌 가장 소중한 추억이다.

미라는 손바닥만 한 베어타운에서 숲 너머의 좀 더 넓은 도시로 차를 몰고 간다. 출퇴근에 걸리는 시간이 웬만한 사람은 감당할 수 없는 수준이지만 차에서 내리면 온 우주를 건너온 듯한 느낌이 들기에 미라에게는 놀랍도록 짧게 느껴진다. 여기도 그녀가 태어난 도시에 비하면 훨씬 작지만 숲속에 있는 마을과는 전혀 다른 세상이다. 격려해주는 동료, 문화와 정치를 주제로 토론을 벌일 수 있는 친구, 분석하고 맞서 싸울 상대가 있는, 좀 더 넓은 세상이다.

그녀는 하키를 이해도 못 하면서 하키 선수와 결혼하다니 특이하다는 이야기를 종종 듣지만 그건 부당한 평가다. 알고 보면 하키는 완벽하게 논리적인 스포츠다. 그녀가 이해하지 못하는 부분은 훈련의 강도일 뿐이다. 그 아드레날린, 공포와의 경계에서 휘청거리는 굶주림, 부유할지 집어삼켜질지 알 수 없는 상황에서 심연의 낭떠러지로 뛰어내리는 것―이 모든 것은 미라도 이해한다. 그녀도 법정에서, 협상 테이블에서 이걸 경험한다. 법률도 다른 규칙을 갖춘 다른 종류의 경기지만 중요한 건 지고는 못 사는 성격인지 여부다. 베어타운 사람들이 쓰는 표현을 빌리자면 몸속에 곰이 들어 있는지 여부다.

열아홉 살 때까지 인구가 백만 명이 안 되는 곳에서 살아본 적이 없는 미라가 그 모든 것에도 불구하고 숲속 사람들과 더불어 살아올 수 있었던 것도 어쩌면 그 때문인지 모른다. 그녀는 그들의 호전적인 성향을 이해한다. 그녀도 그런 성향이다. 그런데 성공을 향한 사투를 벌일 때 벌어지는 재미있는 현상이 뭔가 하면 (저녁마다 패밀리 레스토랑에서 설거지 아르바이트를 할 필요가 없었던 부잣집 아이들 틈바

구니 속에서 법학 공부를 하느라 미라가 얼마나 고군분투했는지 모른다)
사투를 멈출 길이 없다는 것이다. 눈을 감으면 계단을 한 걸음, 한 걸
음 올라갈 때 느꼈던 고통이 여전히 생생하기 때문에 꼭대기에서 떨
어지지 않을까 두려운 마음을 멈출 길이 없다는 것이다.

페테르는 사장실로 들어서기 전부터 복통을 느끼고 있다. 사장실
은 여기저기 널브러진 묵은 사진과 우승컵들로 지저분하다. 한쪽 모
퉁이의 테이블 위에는 값비싼 술이 몇 병 놓여 있고, 골프 클럽이 있
고, 반쯤 열린 옷장에는 여분의 양복과 깨끗한 셔츠가 걸려 있다. 사
장은 책상 앞에 앉아서, 마요네즈가 잔뜩 든 풍선을 먹으려 드는 저
먼 셰퍼드처럼 샌드위치를 우적대고 있으니 옷을 갈아입어야 할 것
이다. 페테르는 책상과 사장을 냅킨으로 닦고 싶지만 기를 쓰며 참
고, 사장에게 다가가기 전에 걸음을 멈추는 데 일단 성공을 한다.
"문 좀 닫아주겠나?" 사장이 샌드위치를 씹으며 우물거린다.
페테르는 숨을 크게 들이마신다. 배 속이 단단히 뭉치는 게 느껴진
다. 그는 이 마을의 모든 사람들이 그가 순진하다고, 상황이 어떤 식
으로 흘러가는지 모른다고 생각한다는 걸 안다. 하지만 사실 그는 희
망의 끈을 놓지 않는 능력이 출중할 따름이다. 페테르는 문을 닫고
그 끈을 놓는다.
"다비드를 A팀 코치로 임명할 생각이야." 사장이 말한다. 상대방의
감정을 전혀 고려하지 않고 애기하는 법을 알려주는 교육용 비디오
같다.
페테르는 씁쓸하게 고개를 끄덕인다. 사장은 넥타이에 묻은 부스
러기를 턴다.

"자네와 수네가 얼마나 절친한 사이인지는 모르는 사람이 없네 만……." 사장은 사과조로 이렇게 덧붙인다.

그는 아무 대꾸도 하지 않는다. 사장은 바지에다 손가락을 닦는다.

"내가 크리스마스트리 밑에 놓인 선물이라도 훔친 것처럼 그런 눈 빛으로 쳐다보지 말게. 구단의 이익을 먼저 생각해야지, 페테르!"

페테르는 바닥을 내려다본다. 그는 팀 플레이어다. 누가 물으면 페테르는 자신을 그렇게 표현할 것이다. 팀 플레이어의 가장 기본은 자신의 역할과 거기에 따르는 한계를 이해하는 것이다. 그는 오늘 그 사실을 수없이 되뇌며 감정을 통제하도록 이성에게 명령을 내려야 할 것이다. 그를 설득해 단장을 맡긴 사람이 수네였고 일이 힘들어졌을 때 찾아가면 언제든지 반겨준 사람도 수네였다.

"송구하지만 저는 동의하지 않는다는 거 아시죠? 다비드가 마음의 준비가 되지 않았다고 보거든요." 페테르는 조용히 얘기한다.

그는 사장과 눈을 맞추지 않고 뭔가를 찾는 사람처럼 사장실 벽을 둘러본다. 페테르는 아주 불편한 분위기일 때만 시선을 피한다. 미라의 표현에 따르면 그는 갈등이 벌어졌다는 사실을 알아차리자마자 '상상의 클레이 사격'을 시작한다. 심지어 슈퍼마켓에서 잔돈을 잘못 받았을 때도 말은 못 하고 식은땀을 흘리며 몸을 공처럼 웅크리고 싶어 한다. 사장 뒤편 벽에는 사진과 페넌트가 걸려 있는데, 그중 한 깃발(오래돼서 빛이 바랬다)에 '문화, 가치, 공동체'라고 적혀 있다. 페테르는 그들 주변의 모든 것을 일군 사람을 해고하려는 이 시점에서 저게 무슨 뜻인 것 같으냐고 사장에게 묻고 싶어진다. 하지만 잠자코 있는다. 사장이 두 손을 위로 번쩍 든다.

"다비드가 너무 심하게 밀어붙인다는 건 알지만 결과가 좋잖아. 게

다가 후원자들이 거금을 투자하기도 했고…… 페테르, 후원자들 덕분에 우리가 파산을 면했어. 청소년팀이 거둔 성과를 활용해서 거창한 미래를 건설할 수 있는 기회가 우리에게 주어졌지."

페테르는 사장실에 들어온 이래 처음으로 그를 똑바로 쳐다보며 이를 악물고 대답한다.

"우리가 여기서 무슨 상품을 개발하는 게 아니잖습니까. 무슨 제조업체도 아니고. 우리는 인간을 육성하고 있어요. 그 아이들은 사업 계획이나 투자 대상이 아니라 인간이에요. 몇몇 후원자들은 어떻게 생각할지 몰라도 청소년 육성 프로그램은 공장이 아닙니다."

그는 입술을 깨물며 자제한다. 사장은 까칠까칠한 수염을 긁적인다. 둘 다 지친 얼굴이다. 페테르는 다시 바닥을 내려다본다.

"수네는 다비드가 아이들을 너무 심하게 몰아붙인다고 생각하는데요. 수네의 생각이 맞는다면 어떤 일이 벌어질지 걱정입니다." 그는 중얼거린다.

사장은 미소를 짓는다. 그러고는 어깨를 으쓱한다.

"석탄에 충분한 압력을 가하면 어떻게 되는지 아나, 페테르? 다이아몬드로 바뀌지."

안데르손 가족은 절대 모노폴리를 하지 않는다. 부모가 싫어해서가 아니라 아이들이 거부하기 때문이다. 맨 마지막으로 모노폴리를 했을 때 미라가 게임판을 장작불 위에 갖다 대고 페테르가 속임수를 썼다고 인정하지 않으면 태워버리겠다고 협박한 적이 있었다. 부모가 이렇듯 지고는 못 사는 성격이다보니 마야와 레오가 게임을 하지 않겠다고 거부한다. 레오는 한 팀의 일원이 될 수 있기에 하키를 좋아한다. 그렇기 때문에 레오는 센터가 아니라 장비 담당이라도 만족할 것이다. 마야는 기타를 선택했다. 기타 연주는 경쟁이 성립되지 않는다. 마야가 마지막으로 경기에 참가한 건 여섯 살 때였다. 다른 여자아이가 들이받아서 마야를 넘어뜨리는 바람에 탁구 시합에서 지자 메달 시상을 맡은 유아부 단장이 미라를 피해 청소 도구를 넣는 사물함에 숨어버렸다. 마야는 집으로 가는 내내 엄마를 달래야 했다. 그 이후에 악기를 배우고 싶다고 선포했다.

딸이 차고에서 난생처음 앰프에 전원을 연결하고 아빠의 드럼에 맞춰 데이비드 보위의 곡을 연주했을 때 미라는 그 어느 때보다 더 뿌듯하고 더 샘이 났다. 마야와 가까워지려고 드럼을 배울 생각을 할 정도로 세심한 페테르가 얄미운 동시에 사랑스러웠다.

이 집의 네 명은 그보다 더 심할 수 없을 만큼 각기 다르다. 미라는 페테르가 결국엔 모노폴리에서 속임수를 썼다고 인정하지 않았느냐고 잊을 만하면 한 번씩 짚고 넘어가지만 그래도 가끔 그날을 생각하면…… 부끄러워진다. 그녀는 아이를 낳은 이래 단 한 순간도 나쁜 엄마라는 자괴감에서 자유로워본 적이 없다. 모든 면에서 그렇다. 이해하지 못하는 것, 성격이 급한 것, 모든 걸 알지 못하는 것, 더 맛있는 도시락을 싸주지 못하는 것, 그냥 엄마 역할에 만족하지 못하고 더 많은 걸 원하는 것. 베어타운의 다른 여자들이 그녀의 뒤에서 한숨을 쉬는 소리가 들린다. "맞아요, 하지만 저 엄마는 풀타임으로 일을 하잖아요. 말이 돼요?" 그런 수군거림을 아무리 흘려들으려고 노력해도 몇 마디는 마음속에 남는다.

고백하자면 부끄러운 노릇이지만 그녀는 출근길에 해방감을 느낀다. 스스로 일을 잘한다는 걸 알기 때문인데, 부모 노릇에 대해서는 그렇게 생각해본 적이 없다. 심지어 가장 기쁜 날(휴가길에 페테르와 아이들은 바닷가에서 노닥거리고 모두들 웃으며 행복해하는, 그 조그맣고 아른아른한 순간들)에도 미라는 거짓 인생을 사는 듯한 기분이 든다. 그런 순간을 누릴 자격이 없는 듯한, 포토숍으로 꾸민 가족사진을 남들에게 보여주는 게 목적인 듯한 기분이 든다.

그녀가 하는 일은 어렵고 힘들지 몰라도 직선적이고 논리적이다. 부모 노릇은 절대 그렇지가 않다. 직장에서는 모든 걸 제대로 하면 일이 계획한 대로 흘러가는데 엄마 노릇에서는 온 우주의 모든 걸 백 퍼센트 올바르게 해도 소용없다. 그래도 끔찍한 사태가 벌어질 수 있다.

페테르는 가슴에 얹힌 돌덩이가 너무 무거워서 자리에서 일어날 수가 없다. 사장은 애써 권위적인 표정을 지으려고 한다.

"이사회에서는 자네가 수네에게 소식을 전하고 언론과 인터뷰를 해주길 바라네. 우리가 한목소리로 결정한 사안이라고 전달하는 게 중요하니까."

페테르는 손마디로 눈썹을 문지른다. "언제요?"

"청소년팀 결승전이 끝난 직후."

페테르는 놀라서 고개를 든다.

"준결승전이 끝난 후요? 그러니까 내일요?"

사장은 차분하게 고개를 젓는다.

"아니. 청소년팀이 준결승전에서 패하면 다비드는 그 자리를 맡지 못해. 이사회에서 다른 사람을 선택할 거야. 그럴 경우 이삼 주의 시간이 더 필요하겠지."

페테르의 세상이 축을 중심으로 비틀거린다.

"지금 장난하세요? 정말로 수네를 자르고 그 자리에 외부 인사를 앉히겠다고요?"

사장은 감자칩이 든 조그만 봉지를 뜯어서 한 움큼 집어먹고 재킷에 대고 손에 묻은 소금을 닦는다.

"어허, 페테르, 순진하게 왜 그러나. 청소년팀이 우승하면 우리가 엄청난 주목을 받지 않겠나. 그럼 후원자, 시의원 할 것 없이 다들 한 발씩 걸치고 싶어 하겠지. 하지만 이사진은 '아슬아슬하게' 지는 덴 관심이 없어. 우리를 보게, 우리 구단을 보란 말이야……."

사장은 두 손을 살짝 빠르다 싶게 허공으로 내젓고, 부스러기들이 쏟아지는 와중에 계속 말을 잇는다.

"혼자 착한 척 말게, 페테르. 자네가 '아슬아슬하게' 지려고 그 많은 시간을 이 팀에 쏟아부은 게 아니잖나. '아슬아슬하게' 지려고 단장이 된 게 아니잖나. 아이들이 잘 싸우거나 말거나 아무도 관심 없어. 다들 최종 결과만 기억할 뿐이지. 다비드는 A팀 코치로서 경험이 일천하지만 이겨주기만 하면 그런 것쯤 눈감아줄 수 있어. 하지만 그러지 못한다면…… 뭐, 자네도 원칙을 알잖아. 이기지 못하면 낙오자가 되는 거."

구단의 사장과 단장은 한참 동안 서로 쳐다보기만 한다. 더 이상 아무 말도 하지 않지만 둘 다 알고 있다. 이사진과 후원자 뒤로 줄을 잘 서지 않으면 그도 경질될 수 있다. 구단이 우선이다. 늘 그렇다.

페테르는 사장실을 나서서 등 뒤로 문을 닫고 벽에 이마를 대고서 복도에 쓸쓸히 서 있다. 단장이 되고 나서 금세 깨달은 가혹한 진실이 있다면 너 나 할 것 없이 누구나 항상 그에게 불만을 가진다는 것이다. 항상 주변에 행복 바이러스를 전파하길 바라는 사람으로서는 받아들이기 힘든 현실이었다. 그때 수네가 나서서 욕심을 접으라고, 타협할 줄 아는 능력이 성공의 원동력이 될 거라고 했다. 그 말을 듣고 난 이후부터 페테르는 가슴이 아닌 머리로 남의 이야기에 귀를 기울이고 어려운 결정을 내릴 수 있었다.

어쩌면 수네는 자기가 잘릴 줄은 모르고 그런 말을 했을 것이다. 어쩌면 나이를 먹으면서 생각이 달라졌을지 모른다. 아니면 페테르가 달라졌을 수도 있지만 모르겠다. 하지만 그는 원칙을 알고 다들 원칙을 안다. 특출한 구단이 되지 못하면 남들과 똑같아진다는 것.

어찌됐건 마음이 조금이라도 가벼워지지는 않는다. 그가 아는 게 있다면 계속 사람들을 실망시키고 있다는 것뿐이다. 항상 그런다는 것뿐이다.

미라의 사무실 책상 한쪽 구석에는 점점 더 늘어가는 가족사진 컬렉션이 있다. 그중에 페테르가 이제 막 NHL 계약을 맺고 둘이 캐나다로 건너가던 날에 찍은 사진이 있다. 그녀는 서류가방을 내려놓다가 그 사진이 눈에 들어오자 미소를 짓는다. 맙소사, 그때 두 사람이 얼마나 젊었던가. 그녀는 이제 막 변호사 자격증을 취득한 임산부였고 그는 슈퍼스타가 될 예정이었다. 그 당시 황홀했던 몇 주 동안 모든 일이 어찌나 쉽게 풀렸는지 모른다. 그러다 그 사진 속의 미소가 얼마나 금세 사라졌는지 기억이 나자 그녀의 미소가 끊긴다.

프리시즌 훈련 도중에 페테르의 발이 부러졌고, 복귀한 뒤에는 2군에서 어렵게 실력을 증명해야 했고, 드디어 1군에 출전할 수 있게 되었을 때 또다시 발이 부러졌다. NHL에서 네 경기 만에 벌어진 일이었다. 그 뒤로 다시 복귀하기까지 이 년이 걸렸다. 다섯 번째로 출전한 경기에서 육 분이 지났을 때 쓰러진 그가 다시 일어나지 못했다. 그녀는 어린 시절 남자한테 목숨을 거는 바보 같은 짓은 하지 않겠노 라고 맹세를 했음에도 불구하고 비명을 질렀다. 수술이 아홉 번 반복 되는 동안 내내 자리를 지켰고, 재활과 물리치료와 전문의 상담에 얼 마나 많은 시간이 걸렸는지 모른다. 그렇게 엄청난 재능을 갖추고 그 렇게 많은 구슬땀을 흘렸건만 육체적인 한계보다 훨씬 더 많은 걸 원 했던 남자의 가슴엔 눈물과 쓰라림만 남았다. 어느 누구도 감히 페테 르에게 직접 그 소식을 전하지 못했기에 의사가 그녀를 붙잡고 그가 최정상의 수준에서는 더 이상 선수 생활을 할 수 없다고 얘기했던 걸 미라는 기억한다.

두 사람에게는 당시 어린 아들이 있었고 딸이 태어날 예정이었다. 미라는 딸아이의 이름을 마야라고 이미 정한 상태였다. 그들이 사는 집에서 몇 개월 동안 아빠는 존재하지만 존재하지 않는 사람이었다. 이 세상에 전직 하키 선수라는 건 있을 수 없다. 그들의 체온은 일반 인 수준으로 절대 돌아오지 않는다. 주변에서 사회 복귀를 도모하려 하지만 전우나 적군의 부재로 망연히 표류하는 귀환병과 같다고 보 면 된다. 페테르는 평생 스케줄과 버스 이동과 로커룸으로 쪼개진 인 생을 살았다. 식단과 훈련 시간, 심지어 수면 시간까지 정해져 있었 다. 그런 사람에게 가르치기 가장 힘든 개념이 바로 '일상'이다.

미라도 포기하고 이혼할까 고민하던 때가 있었다. 하지만 페테르 가 어렸을 때 썼던 방을 도배하다시피 한 수많은 종이 쪼가리에 적혀 있던 어느 어이없는 슬로건이 생각났다. '나는 조준할 때가 아닌 이 상 항상 전진한다.'

페테르는 복도에 혼자 있다. 수녀의 사무실은 문이 닫혀 있다. 그 문이 닫혀 있는 건 이십 년 만에 처음 보는데, 이보다 더 고마울 수가 없다. 그는 사장실 벽에 걸려 있던 단어들을 떠올려본다. '문화, 가치, 공동체.' 아주 오래전 프리시즌 훈련 기간에 수녀에게 들었던 이야기가 생각난다. "문화로 말할 것 같으면 어떤 걸 허용하는가도 중요하지만 그 못지않게 중요한 게 어떤 걸 권장하는가지." 코치 수녀에게는 그것이 토할 때까지 숲속을 달리게 하는 걸 의미했지만 인간 수녀에게는 삶의 원칙을 의미했다.

페테르는 커피를 따르고, 뭐가 컵 안으로 기어 들어가 그 안에서 죽은 맛이 나는데도 좀 홀짝이다 은메달이라는 가장 엄청난 쾌거를 이룬 시즌에 찍은 단체 사진 앞에서 걸음을 멈춘다. 하키장 온 사방에 붙어 있는 사진이다. 로비 홀츠가 가운뎃줄, 그의 옆에 서 있다. 베어타운으로 돌아온 이후에 로비와 대화다운 대화를 나눠본 적이 없는데, 페테르는 서로 입장이 바뀌었으면 로비의 인생이 어떤 식이었을지 거의 날마다 생각해보곤 한다. 로비가 좀 더 재능이 있는 쪽이었다면, 로비가 캐나다로 진출했다면, 페테르가 여기 남아서 공장에 취직했다면. 그랬다면 얼마나 다른 삶을 살았을까.

캐나다에서 어느 날 아침에 미라가 그를 침대 밖으로 끌어낸 적이 있었다. 페테르를 앉혀놓고 잠자는 아이들을 보라고 했다. "얘네들이 이제 당신이랑 한 팀이야." 그녀가 같은 말을 몇 번이고 속삭이자 눈물이 그의 뺨을 타고 흘러내렸다.

그해에 그들은 새로운 인생을 시작했다. 캐나다에서 모든 난관을 닥치는 대로 헤쳐 나갔다. 미라는 로펌에 취직했고 페테르는 파트타임으로 보험 영업을 했다. 잘 버텨서 어느 정도 자리가 잡혔을 때 (미라가 미래의 계획을 세우기 시작했을 때) 그들은 뭔가 이상한 낌새를 알아챘다.

남자아이들은 평생 최선을 다하기만 하면 된다는 소리를 듣는다. 총력을 기울이기만 하면 충분할 거라고 한다. 페테르는 사진 속의 자신을 똑바로 쳐다본다. 믿기지 않을 만큼 젊다. 그는 수도에서 열린 그 마지막 경기에서 패한 날 저녁에 미라를 처음 만났다. 그들이 거기까지 진출했다는 사실 자체가 기적적인 일이었지만 페테르에게는 부족했다. 그에게는 그게 단순한 경기가 아니라 작은 도시 사람들이 대도시 사람들에게 모든 걸 돈으로 해결할 수는 없는 법이라고 본때를 보여줄 수 있는 기회였다. 수도에서 발행되는 신문에서는 잘난 척 그 경기를 '황야의 외침'이라고 불렀고 페테르는 팀원들의 눈을 한 명씩 똑바로 쳐다보며 고함을 질렀다. "돈은 저 녀석들한테 많을지 몰라도 하키는 우리 것이다!" 그들은 가진 것을 모두 쏟아부었다. 하지만 그것으로는 부족했다.

그날 저녁에 그들은 은메달을 자축하러 나갔다. 페테르는 가족끼리 운영하는, 호텔 옆의 조그만 식당에 밤새도록 혼자 앉아 있었다. 미라가 카운터를 지키고 있었다. 페테르는 그녀의 앞에서 눈물을 흘렸다. 속상해서 그랬다기보다 마을 사람들을 똑바로 쳐다볼 면목이 없기 때문이었다. 그들을 실망시키지 않았던가. 상당히 희한한 첫 만남이었지만 이제 와 생각하면 미소가 번진다. 그녀가 그에게 뭐라고 했더라? "신세 한탄을 그만 접을 생각은 해본 적 없어요?" 그 말에 그는 웃음보가 터졌고 한번 터진 웃음은 며칠 동안 그치지 않았다. 그는 그 이후로 날마다 그녀에게서 헤어 나오지 못했다.

그 뒤로 오랜 시간이 지났을 때 한번은 술을 마시다 목소리가 커진 미라가 (와인을 너무 많이 마시면 그렇게 된다) 이러다 떨어져 나가겠다 싶을 정도로 세게 페테르의 귀를 잡아당긴 적이 있었다. 그가 그녀 쪽으로 고개를 숙이자 그녀는 이렇게 속삭였다. "이 귀여운 바보야, 그때 내가 너한테 반했다는 걸 모르겠어? 어느 촌구석에서 올라온 아무것도 모르는 꼬맹이가 전국에서 2등을 했는데도 사랑하는 사람들을 실망시켰다고 걱정하면서 우는데, 그 정도라면 좋은 남자가 되겠다는 걸 알았거든. 좋은 아빠가 될 거라는 것도 알았고. 자기 아이들을 지킬 거 아냐. 자기 가족한테 아무 일도 생기지 않도록 막을 거 아냐."

미라는 어둠 속으로 추락하던 과정을 한 순간도 남김 없이 기억한다. 자다 말고 조그만 숨소리가 들리는지 귀를 기울일 때 모든 부모를 엄습하는 가장 엄청난 공포. 매일 밤마다 여느 때와 다름없이 그 숨소리가 들리면 쓸데없는 걱정을 하는 자기 자신에게 느껴지는 자괴감. '내가 어쩌다 이렇게 됐을까?' 하는 생각. 아무 일도 벌어질 리 없다는 걸 알기에 진정하겠다고 다짐해보지만, 다음 날 밤에도 뜬눈으로 누워서 천장을 바라보며 고개를 젓다 혼잣말처럼 중얼거린다. "딱 오늘 밤까지야." 그러고는 살금살금 침대 밖으로 빠져나와 아이들의 조그만 가슴에 손을 얹고 제대로 오르락내리락하는지 확인한다. 그러다 어느 날 밤, 밑으로 내려간 한 아이의 가슴이 힘차게 올라오지 못하는 것이 느껴지면…….

그러면 추락이 시작된다. 병원 대기실에서 기다린 시간들, 아이의 병상 옆 바닥에서 지새운 밤들, 감히 미라를 볼 면목이 없었던 의사가 그날 아침 페테르에게 전한 소식. 그들은 그냥 추락했다. 마야가 없었다면 계속 살아갈 수 있었을까? 그럴 수 있는 사람이 있을까?

이사를 하게 됐을 때 미라는 기뻐서 펄쩍 뛰었다. 돌아가는 길이 그렇게 행복할 수 있다니 상상도 못 했던 일이었다. 하지만 거기서 다시 시작할 수 있지 않은가. 그녀와 페테르와 마야 셋이서. 얼마 후에 레오가 태어났다. 그들은 행복했다. 세월이 지나도 흡수되지 않을 만큼 엄청난 슬픔으로 얼룩진 가족치고는 최고로 행복했다.

하지만 미라는 그 상처를 어떤 식으로 해결하면 좋을지 여전히 알지 못한다.

페테르는 액자형 거울 위에 한 손을 얹는다. 미라를 보면 항상 두근거림이 목젖을 때린다. 그는 지금도 그녀를 십대처럼 사랑한다. 심장이 부풀어 올라서 숨을 쉴 수 없을 정도로 사랑한다. 하지만 그녀의 판단은 틀렸다. 그는 가족을 지키지 못했다. 그 뒤로 대안은 없었을지 고민하지 않은 날이 단 하루도 없었다. 하느님과 거래를 했으면 됐을까? 재능을 모두 포기했으면 됐을까? 성공을 모두 포기했으면 됐을까? 목숨을 포기했으면 됐을까? 그랬다면 하느님이 그 대가로 무엇을 주었을까? 그가 맏아들 대신 관 속에 들어갈 수 있었을까?

요즘도 미라는 밤이 되면 돌아다니며 아이들 숫자를 센다. 하나, 둘, 셋.

둘은 침대에 누워 있다. 하나는 천국에 있다.

10

이러니저러니 해도 베어타운은 인간의 숨을 멎게 만들 수 있는 곳인 것만큼은 분명하다. 호수 위로 태양이 떠오를 때, 너무 추워서 아침 공기마저 아삭아삭할 때, 나뭇가지들이 그 위에서 노는 아이들이 햇볕을 최대한 많이 쬘 수 있도록 빙판 위로 깍듯하게 고개를 숙일 때. 그러다보면 어떻게 콘크리트와 건물밖에 안 보이는 곳에서 살 수 있는지 의아해질 수밖에 없다. 여기서는 네 살짜리가 혼자 밖에서 놀고, 문을 잠그지 않는 사람들이 아직도 많다. 캐나다에서 그런 사건을 겪은 이후로 마야의 부모는 대도시를 기준으로 삼아도 조금 심하다 싶을 만큼 아이들을 과잉보호했으니 베어타운에서는 거의 사이코처럼 보일 정도였다. 죽은 오빠의 그림자 속에서 자라난다는 건 아주 묘한 경험이다. 그런 상황에 놓인 아이들은 모든 것을 무서워하거나 아무것도 무서워하지 않거나 둘 중 하나다. 마야는 후자가 됐다.

마야는 복도에서 아나와 자기들만 아는 악수를 하고 헤어진다. 일학년 때 아나가 만든 악수인데, 뭐가 뭔지 아무도 알아차릴 수 없도록 순식간에 해치워야 한다는 걸 간파한 쪽은 마야였다. 주먹을 위로, 주먹을 아래로, 손바닥, 손바닥, 나비, 손가락 한 개 구부리기, 권총, 손바닥 펴고 손가락 벌리기, 미니로켓, 발사, 엉덩이끼리 키스, 아나가 나가신다. 부연 설명은 아나가 만들었다. 막판에 엉덩이끼리 부딪치고 나서 아나가 등을 돌리고 허공으로 손을 뻗으며 "……아나가 나가신다, 이 지지배들아!"라고 외칠 때마다 마야는 웃음보가 터진다.

하지만 학교에서나 다른 사람들이 있는 데서는 아나가 예전처럼 큰 소리로 외치지 않는다. 팔을 오므리고 목소리를 낮추고 튀어 보이지 않으려고 한다. 어릴 때부터 마야가 단짝 친구를 좋아했던 이유는 그때까지 만난 여느 여자아이와도 달랐기 때문인데 사춘기가 아나에게는 사포 같은 역할을 하고 있다. 점점 더 매끈해지고 점점 더 작아지고 있다.

가끔 마야는 예전의 단짝 친구가 그리워진다.

미라는 시계를 확인하고 가방에서 서류를 꺼내 허둥지둥 회의에 참석한 뒤 곧바로 다른 회의에 참석한다. 그러고 나서 다시 그녀의 사무실로 돌아오는데 늘 그렇듯 늦었다. 벌써부터 일정이 밀렸다. 미라는 예전엔 '커리어 우먼'이라는 단어를 좋아했지만 베어타운에 온 뒤로 질색하게 됐다. 페테르의 친구들은 몇몇은 존경하는 눈빛으로, 또 몇몇은 혐오스러워하는 눈빛으로 그녀를 '커리어 우먼'이라고 부른다. 하지만 페테르를 '커리어 맨'이라고 부르는 사람은 없다. 그 단어가 미라의 신경을 건드리는 이유는 그 안에 담긴 뜻을 알기 때문이다. 가족 부양 차원에서 '일'을 하는 거라면 몰라도 '커리어'는 이기적인 선택이라는 것이다. '커리어'는 자기만족의 차원에서 하는 일이다. 그래서 지금 그녀는 두 세계 사이에 대롱대롱 매달린 채 회사에 있을 때도 집에 있을 때처럼 죄책감을 느낀다.

모든 게 타협의 대상이 되었다. 젊었을 땐 형사 공판과 법정에서의 극적인 결전을 상상했는데 현실은 합의, 계약, 조정, 회의 그리고 이메일, 이메일, 이메일이다. "자네는 과분한 인재인데." 미라가 입사했을 때 상사는 그녀에게 선택의 여지라도 있는 듯이 이렇게 얘기했다. 그녀 정도의 자격과 능력이면 지구상의 수많은 곳에서 여섯 자리 숫자의 연봉을 받을 수 있겠지만, 베어타운에서 출퇴근할 수 있는 거리에 있는 대형 로펌은 여기 한 군데뿐이다. 그들의 고객은 산림업체와 정부에서 운영하는 제휴업체다. 일거리는 자극이라곤 거의 없이 대개 단조롭고 항상 스트레스가 많다. 미라는 가끔 캐나다에서 보낸 시절과 그곳의 하키 코치들이 계속 떠들어댔던 이야기를 떠올릴 때가 있다. 그들은 팀에 '제대로 된 녀석'을 원한다고 했다. 하키를 잘하는 녀석이 아니라 로커룸에서 동료들과 잘 어울리고 말썽을 일으키지 않고 제 할 일을 하는 녀석을. 열심히 뛰고 말수는 적은 녀석을. 여자는 어떻게 해야 제대로 된 녀석이 될 수 있을까.

동료가 꼬리에 꼬리를 물고 이어지던 생각의 맥을 끊는다. 권태라는 병을 해결하는 해독제와도 같은, 가장 친한 동료다.

"이렇게 숙취가 심하긴 처음이다. 입안에 재떨이를 물고 있는 느낌이야. 어젯밤에 내가 재떨이를 핥았어?"

"어젯밤에 난 없었는데." 미라는 웃으며 말한다.

"없었다고? 진짜야? 회식 아니었어? 같이 있었지, 응? 다 같이 회식한 거 아니었나?" 동료는 중얼거리며 의자에 털썩 주저앉는다.

미라의 동료는 키가 백팔십 센티미터가 넘는데도 당당하게 고개를 들고 다닌다. 정서적으로 불안정한 회사의 남자들을 대할 때 몸을 움츠리기는커녕 스위스 아미 나이프처럼 뾰족하고 높이가 쿠바산 시가만 한 핏빛 하이힐을 신고 다닌다. 만화에나 나올 법한 인물이다. 그녀만큼 어떤 공간을 지배하는 사람은 없다. 파티에 가서도 마찬가지다.

"지금 뭐해?" 미라의 동료가 묻는다.

"일. 자기는 뭐하는데?" 미라가 되묻는다.

그녀의 동료는 손사래를 치며 차가운 수건이라도 되는 양 다른 쪽 손으로 눈을 덮는다.

"조만간 일 시작할 거야."

"이거 오전 중으로 끝내야 해서." 미라는 한숨을 쉬고 서류 위로 고개를 숙인다.

그녀의 동료는 몸을 앞으로 숙이고 서류를 훑어본다.

"평범한 사람은 그걸 파악하는 데만 한 달은 걸릴 텐데. 자기는 이 회사에 있기 너무 아까운 거 알지?"

동료는 항상 미라의 똑똑한 머리를 부러워한다. 미라는 주기적으로 쓰이는 동료의 가운뎃손가락을 부러워한다. 미라는 힘없이 미소를 짓는다.

"자기가 늘 하는 말이 뭐더라?"

"그만 징징거리고 입 다물고 송장이나 보내." 그녀의 동료는 씩 웃으며 말한다.

"그만 징징거리고 입 다물고 송장이나 보내." 미라는 동료가 한 말을 똑같이 반복한다.

두 여자는 책상 위로 몸을 내밀어서 하이파이브를 한다.

한 선생님이 교실에 서서 열일곱 살짜리 남학생들을 조용히 시키려 하고 있다. 예아네테로서는 왜 이런 상황을 견뎌야 하는지 또다시 자문하게 되는 아침이다. 교직 생활뿐 아니라 베어타운 자체에 회의가 든다. 언성을 높여보지만 뒷줄에 앉은 아이들은 심지어 일부러 그녀를 무시하는 것도 아니다. 그 아이들은 그녀가 있는 걸 진짜로 모르는 게 분명하다. 제대로 된 수업을 원하는 학생들도 있지만 그런 아이들은 보이지도 않고 들리지도 않는 존재다. 그래서 그녀는 그냥 고개를 숙이고 눈을 질끈 감은 채 하키 시즌이 얼른 끝나기만을 바란다.

도시와 인간, 양쪽 모두에게 적용되는 가장 단순한 진리가 있다면 모두가 바라는 대로 되는 게 아니라 모두가 이야기하는 대로 달라진다는 것이다. 이 선생님은 이런 일을 하기에 너무 어리다는 이야기를 계속 들었다. 너무 예쁘다고. 아이들에게 선생님 대접을 받지 못할 거라고. 이들은 곰이고 승자이며 불사신이라는 소리를 들어온 아이들이다.

하키가 이 아이들에게 그런 선수가 되길 원한다. 그런 선수가 되길 요구한다. 코치는 빙판 위의 근접전에서 몸을 사리지 말라고 가르친다. 로커룸을 나서는 순간 그런 태도를 어떤 식으로 바꾸면 좋을지 고민하는 선수는 아무도 없다. 그녀에게 비난의 화살을 돌리는 편이 훨씬 쉽다. 너무 어리다고. 너무 예쁘다고. 너무 쉽게 상처를 받는다고. 선생님 대접을 해주기가 너무 어렵다고.

선생님은 상황을 통제하기 위해 최후의 수단으로 주장을 동원하기로 한다. 주장은 구석 자리에 앉아서 휴대전화를 두드리고 있다. 그녀가 주장의 이름을 부른다. 주장은 아무 반응도 보이지 않는다.

"케빈!" 그녀가 다시 부른다. 아이는 눈썹을 추켜세운다.

"네? 무엇을 도와드릴까요, 예쁜이 선생님?"

명령이 떨어지기라도 한 것처럼 주변의 청소년팀 선수들이 웃음을 터뜨린다.

"내가 여기서 가르치는 걸 듣고는 있는 거니? 시험에 나올 텐데." 그녀가 말한다.

"이미 아는 거라서요." 케빈이 대답한다.

그녀는 아이의 말투가 도발적이거나 공격적이지 않다는 데 심히 짜증이 난다. 아이의 말투는 기상캐스터처럼 무채색이다.

"그래? 이미 알고 있다고?" 그녀는 코웃음을 친다.

"책을 이미 읽었어요. 거기 적혀 있는 내용이랑 선생님 설명이 똑같은데요? 선생님 대신 제 전화기를 세워놔도 되겠어요."

청소년팀 선수들이 깔깔대고 웃는 소리에 창문이 덜커덩거리고 보보는 이 틈을 놓치지 않는다. 이 학교를 통틀어 가장 덩치가 크고 머릿속이 빤히 들여다보이는 이 아이는 이미 쓰러진 상대를 언제든 다시 한번 걷어찰 준비가 되어 있다.

"진정하세요, 엉짱 선생님."

"방금 뭐라고 했니?" 그녀는 쏘아붙였다가 그 아이가 원하는 게 이런 반응임을 뒤늦게 깨닫는다.

"칭찬이에요. 제가 엉짱을 좋아하거든요."

우렁찬 웃음소리가 그녀를 덮친다. "자리에 앉아!"

"진정하세요, 엉짱 선생님. 저는 선생님이 자랑스럽게 여겨야 된다고 했어요."

"자랑스럽게 여겨야 된다고?"

"네. 몇 주 있으면 베어타운에 금메달을 선사할 전설의 청소년팀이 예전에 선생님의 제자였다고 동네방네 떠들고 다닐 수 있잖아요."

대다수의 학생들이 라디에이터를 두드리고 발을 구르며 맞장구를 친다. 그녀는 언성을 높이기엔 이미 늦었다는 걸 안다. 이미 승산이 없는 게임이다. 보보는 치어리더처럼 책상 위에 올라가서 노래를 부른다. "우리는 곰! 우리는 곰! 우리는 곰! 우리는 베어타운의 곰!" 청소년팀의 다른 선수들도 책상 위로 올라가서 따라 부른다. 선생님이 교실을 나설 무렵에는 다들 웃통을 벗어 던지고 서서 "베어타운의 곰!"을 외치고 있다. 케빈만 조용히 앉아 불빛이 어두침침한 방 안에 혼자 있는 사람처럼 침착하게 전화기를 들여다보고 있다.

미라의 회사에서는 동료가 혀로 이를 훑으며 역겨워한다.

"정말이지 누가 쓰고 다니던 가발을 먹은 느낌이야. 내가 회계팀의 그 남자랑 자지는 않았겠지? 내가 찜한 사람은 다른 남잔데. 직업은 뭔지 모르겠지만. 궁둥이가 탱탱한 털북숭이 말이야."

미라는 웃음을 터뜨린다. 그녀의 동료가 지독한 독신주의자라면 그녀는 광적인 일부일처제 찬양론자다. 외로운 늑대와 엄마 닭이니 서로를 질투할 수밖에 없는 운명이다. 동료가 조그맣게 묻는다.

"좋아. 자기라면 이 회사에서 누굴 선택할래? 꼭 한 명 선택해야 한다면 말이야."

"또 시작이야?"

"알아, 알아, 자기는 유부녀라는 거. 하지만 만약 남편이 죽는다면?"

"여보세요?"

"나 원 참, 그렇게 예민하게 나올 것도 없잖아! 알았어, 만약 남편이 아프다면? 아니면 혼수상태라면? 이제 됐어? 남편이 혼수상태라면 누구랑 잘래?"

"다 싫어!" 미라는 나지막이 쏘아붙인다.

"인류의 생존이 자기한테 달렸다면? 궁둥이 탱탱한 털북숭이랑 잘 거지? 그 오소리가 아니라."

"잠깐, 그 오소리가 누구였더라?"

그녀의 동료는 얼마 전에 관리직으로 승진했는데 생각해보니 오소리와 상당히 닮은 어떤 남자를 제법 똑같이 흉내낸다. 미라는 깔깔대고 웃다가 하마터면 커피를 쳐서 쓰러뜨릴 뻔한다.

"그러지 마. 착한 사람이야."

"돼지들도 착하지만 그렇다고 집 안에 들이지는 않잖아."

그녀의 동료는 그 오소리를 싫어한다. 개인적으로 유감이 있는 게 아니라 그가 상징하는 바가 싫기 때문이다. 미라의 차지가 되어야 한다는 걸 모두 아는데 그가 관리직으로 승진했기 때문이다. 미라는 친구에게 차마 진실을 밝힐 수 없기에 그 이야기가 나오면 피하려고 한다. 사실은 그녀가 먼저 제안을 받았지만 거절했다고 말이다. 승진하면 야근이 많아지고 출장이 늘어날 것이다. 가족을 두고 그럴 수가 없었다. 그래서 그녀는 동료에게 실토하지 못하고 이렇게 앉아 있다. 미라가 굴러들어온 기회를 발로 차버렸다는 데 실망하는 동료의 눈빛을 보고 싶지 않기 때문이다.

동료는 부러진 손톱을 물어뜯어서 휴지통에 대고 뱉는다.

"그 남자가 여자들을 어떤 눈빛으로 쳐다보는지 알아? 그 오소리 말이야. 두 눈을 어찌나 반짝반짝 빛내는지. 그 오소리가 볼펜을 쑤셔 넣어주면 좋아할 그런 남자일 거라는 데 천 크로나를……."

"나 일 좀 하자!" 미라가 말허리를 자른다.

동료는 진심으로 영문을 몰라 하는 표정을 짓는다.

"왜 그래? 객관적인 관찰 결과야. 내가 그 분야에 얼마나 광범위한 경험을 소유하고 있는지 알아? 하지만 알았어. 남편이 혼수상태일지라도 도덕적으로 비난의 여지가 전혀 없는 척, 계속 그렇게 고고하게 굴라고!"

"아직 술 덜 깼구나, 그치?" 미라는 웃으며 묻는다.

"자기 남편도 그런 거 좋아해? 페테르던가? 펜스던가?"

"아니!"

동료는 당황스러워하며 당장 사과한다.

"미안, 내가 민감한 문제를 건드렸어? 둘이 그것 때문에 싸운 적 있구나?"

미라는 사무실에서 동료를 내쫓는다. 오늘은 더 이상 깔깔댈 시간이 없다. 지키려고 최소한 노력은 해야 하는 일정이 있다. 잠시 후에 상사가 들어와서 계약서를 "얼른 훑어봐줄 수 있느냐" 하고 묻는데, 그러느라 한 시간이 걸린다. 급한 일로 전화한 의뢰인을 상대하느라 다시 한 시간을 잡아먹는다. 레오가 전화해서 청소년팀이 링크를 더 오래 써야 하기 때문에 훈련 시간이 삼십 분 앞당겨졌다고 전한다. 그러니까 오늘 오후에는 더 일찍 퇴근해야 한다는 뜻이다. 마야가 전화해서 퇴근길에 기타 줄을 사다줄 수 있느냐고 묻는다. 페테르가 오늘 저녁에 늦는다는 문자를 보낸다. 상사가 다시 찾아와서 "잠깐 회의할 시간 있느냐"라고 묻는다. 없다. 그래도 그녀는 참석한다.

그렇게 제대로 된 녀석이 되기 위해 노력한다. 그와 동시에 제대로 된 엄마는 될 수 없을지언정.

마야는 아나를 처음 만난 순간을 지금도 기억한다. 두 사람은 서로의 얼굴을 확인하기 전에 손부터 잡았다. 그때 마야는 여섯 살이었고 혼자 호수로 스케이트를 타러 나갔다. 부모님이 절대 허락하지 않을 만한 일이었지만, 두 분은 출근했고 베이비시터는 안락의자에서 꾸벅꾸벅 졸고 있었다. 그래서 마야는 스케이트를 들고 살금살금 빠져나갔다. 어쩌면 위험한 일을 찾아 나선 것일 수도 있고, 뭐가 잘못되면 어른이 나서서 구해줄 거라고 믿은 것일 수도 있고, 아니면 대부분의 어린아이들처럼 마야도 천성적으로 모험을 즐기는 성격이었을 수도 있다. 땅거미가 생각보다 일찍 져서 얼음의 색이 달라지는 부분이 보이지 않았다. 밑에서 얼음이 깨졌을 때 아이는 공포를 느낄 겨를도 없이 물속에서 얼어붙어버렸다. 마야는 가망이 없었다. 여섯 살이었고 아이젠이나 징도 없었고 너무 추워서 가장자리를 붙잡고 있을 기운조차 없었다. 마야는 이미 죽은 거나 다름없었다. 이러니저러니 해도 베어타운은 인간의 숨을 멎게 만들 수 있는 곳인 것만큼은 분명하다. 단박에 그럴 수 있는 곳인 것만큼은 분명하다.

마야의 눈에는 아나가 보이기 한참 전부터 아나의 손이 보였다. 어떻게 여섯 살짜리 여자아이가 흠뻑 젖은 방한복을 입은 같은 나이의 친구를 끌어 올릴 수 있었는지 마야는 죽을 때까지 이해하지 못하겠지만 아나가 그걸 해냈다. 그런 경험을 하고 나면 둘은 떼려야 뗄 수 없는 사이가 되기 마련이다. 사냥과 낚시를 좋아하지만 인간은 이해하지 못하는 야생의 소녀 아나는 정확히 그 반대인 마야와 단짝 친구가 되었다.

마야는 처음으로 아나의 집에 놀러 갔을 때 아나의 부모님이 다투는 소리를 듣고 아나가 자기만의 살얼음판 위를 걷고 있다는 사실을 알아차렸다. 그 뒤로 아나가 자기 집보다 마야네 집에서 자는 날이 더 많아졌다. 그들은 '남친보다 여친이 먼저'라는 걸 서로 일깨우기 위해 자기들만 아는 악수를 고안했다. 아나는 무슨 뜻인지 알기 전부터 그 말을 주문처럼 외우고 다녔다. 아나는 기회가 있을 때마다 낚시를 하거나 사냥을 하거나 나무를 타자고 마야를 괴롭혔다. 집에서, 그것도 가능하면 라디에이터 옆에서 기타를 치는 게 훨씬 좋은 마야로서는 미칠 노릇이었다. 하지만 젠장, 아나를 사랑하는데 어쩌란 말인가!

아나는 회오리바람이었다. 모두 동그란 구멍에 맞춰 살아야 하는 사회에서 백 갈래로 삐죽빼죽한 못이었다. 열 살 때 아나가 마야에게 엽총 쏘는 법을 가르쳐주었다. 아나의 아빠는 곰팡이 냄새가 나는 지하실 뒤편의 벽장 맨 윗칸 상자에 총기 수납장 열쇠를 항상 숨겨놓았다. 그 상자 안에는 열쇠와 보드카 두세 병 말고도 포르노 잡지가 가득했다. 마야는 놀라서 그 잡지들을 뚫어져라 쳐다봤다. 아나는 그 표정을 보고 그냥 어깨를 으쓱했다. "아빠는 인터넷 쓰는 법을 모르거든." 두 사람은 총알이 다 떨어질 때까지 숲속에서 놀았다. 총알이 떨어지자 항상 칼을 들고 다니던 아나가 나뭇가지를 깎아서 칼을 만들었고 둘이 해가 지도록 거기서 펜싱 연습을 했다.

이제 마야는 복도를 따라 저편으로 멀어지는 친구를 지켜본다. 요즘 아나는 최대한 평범해지는 게 유일한 소원이라 창피한 듯이 팔을 내렸고 "아나가 나가신다!"라고 외치지도 않았다. 마야는 사춘기가 싫고 사포도 싫고 동그란 구멍도 싫다. 숲속에서 기사인 척했던 그 아이가 그립다.

인간은 들은 대로 달라진다. 아나는 지금까지 줄곧 틀렸다는 말을 들어왔다.

벤이는 의자보다 바닥에 닿은 부분이 더 많을 정도로 구부정하게 교장실 쿠션 위에 앉아 있다. 두 사람은 마음에 없는 연극을 앞두고 있다. 교장은 이번 학기에 지각을 너무 많이 했다고 벤이를 야단쳐야 하지만 사실 하고 싶은 이야기는 하키뿐이다. 남들과 똑같다. 퇴학이나 다른 징계 차원의 조치는 논외다.

가끔 벤이는 견사를 하는 큰누나 아드리를 떠올린다. 벤이는 청소년팀이 토너먼트에서 상위로 진출하면 할수록 자기가 얼마나 개와 비슷한 처지인지 실감한다. 쓰임새가 많을수록 목줄이 길어진다.

예아네테는 문을 박차고 들어오기 훨씬 전부터 목소리로 등장을 예고한다.

"이런 짐승 같은…… 이런…… 더 이상은 못 참아!" 그녀는 교장실로 들어오기 전부터 고함을 지른다.

"진정하세요, 엉짱 선생님." 벤이는 웃으며 말하고 이번에는 분명한 방 얻어맞겠다는 생각을 한다.

"다시 한번 말해봐! 그 소리 한 번만 더 하면 너, 그 경기에 못 나갈 줄 알아!" 그녀는 손을 들고 벤이를 향해 고함을 지른다.

교장이 꽥 소리를 지르며 자리에서 벌떡 일어나 그녀의 팔을 잡고 밖으로 데리고 나간다. 어쩌면 이 상황에서 팔을 잡는 것은 올바른 반응일지 모른다. 하지만 벤이도 알고 선생님도 알다시피 팔을 잡혀야 할 사람은 벤이다.

　복도 저 끝의 교실에서는 보보가 계속 웃통을 벗은 채 "우리는 베어타운의 곰!"을 외치다 책상에서 굴러떨어진다. 보보 주변의 열일곱 살짜리들은 두 부류로 나뉜다. 하키를 좋아하는 아이와 싫어하는 아이. 또는 그가 다칠까봐 두려워하는 아이와 다치길 바라는 아이.

11

이 세상에는 무시당하는 횟수만큼이나 반복 인용되는 횟수가 많은 단순한 진리가 하나 있다. 어린아이에게 너는 뭐든 할 수 있다고 하거나 아무것도 할 수 없다고 하면 십중팔구 예언이 맞아떨어진다는 것이다.

라르스에게는 리더십이라는 게 없다. 그저 소리만 지른다. 아맛이 유소년팀에서 뛰는 내내 라르스가 코치를 맡았는데, 다비드가 다음 시즌에 A팀 코치로 자리를 옮겨서 아맛이 승급하는 시점에 라르스가 청소년팀을 맡게 되면 어떻게 할지 그게 걱정이다. 이 인간과 이 년을 더 보내야 하다니 아무리 하키를 위해서라 하더라도 감당할 수 없는 일이다. 라르스는 전술이나 테크닉에 대해 아는 게 전혀 없고 모든 걸 전투에 비유한다. 응원이라고 해봐야 "전투에 이겨서 요새를 지켜야 한다!"거나 "뒤치기를 당하면 안 된다!"라고 외치는 게 전부다. 상대가 하키 스틱이 아니라 도끼를 움켜쥔 열다섯 살짜리들이었다 해도 똑같이 가르쳤을 것이다.

다른 팀원들은 더욱 고역이다. 실력이 가장 뛰어난 선수는 얻는 혜택이 많은데 이번 시즌에는 아맛이 그런 선수다. 사카리아스는 라르스가 "고추를 떼어낸 부분이 간질거리냐, 사크?"라고 외치며 전매특허로 퍼붓는 침 폭탄 세례를 견뎌야 하지만 아맛은 무사히 통과했다. 열두 달 전에 완전히 포기할 뻔했던 걸 생각하면 지금까지 버텼다는 데 기뻐해야 할지 아니면 거의 그만두기 직전이었다는 데 경악해야 할지 잘 모르겠다.

아맛은 지긋지긋했다. 기억나는 건 그게 전부다. 싸우는 것도 지긋지긋했고, 모두들 자기에게 소리를 지르는 것도 지긋지긋했고, 수많은 헛소리와 학대를 견뎌야 하는 것도 지긋지긋했고, 청소년팀 선수가 훈련 시간에 몰래 로커룸으로 들어가서 자기 신발을 갈기갈기 자르거나 옷을 샤워실에 던지는 것도 지긋지긋했다. 제 별명이 틀렸다는 걸 증명하려고 애를 쓰는 것도 지긋지긋했다. 할로에서 온 빵점짜리. 청소부 아들. 너무 작은 애. 너무 힘이 없는 애.

아맛은 어느 날 저녁 훈련을 마치고 집으로 돌아갔을 때 나흘 동안 침대에서 일어나지 않았다. 어머니는 조바심을 내지 않고 아들을 그냥 내버려두었다. 닷새째 되던 날 아침이 되어서야 출근길에 아들의 방문을 열고 이렇게 얘기했다.

"곰들이랑 같이 어울려서 놀더라도 네가 사자라는 걸 잊어버리면 되겠니?"

엄마가 이마에 입을 맞추고 심장 위에 손을 올려놓자 아맛은 나지막이 속삭였다.

"너무 힘들어요, 엄마."

"네 플레이를 보았다면 너희 아빠가 정말 뿌듯해했을 텐데."

"아빠는 하키가 뭔지도 몰랐을 거예요." 아이는 중얼거렸다.

"그러니까!" 그녀는 절대 언성을 높이지 않는다는 데 엄청난 자부심을 느끼는 여인인데도 불구하고 언성을 높여서 이렇게 대답했다.

그녀가 그날 아침에 관중석과 복도와 사무실을 청소하고 로커룸으로 건너갔을 때 지나가던 관리인이 문틀을 가볍게 두드렸다. 그녀가 고개를 들자 관리인은 빙판을 턱으로 가리키며 미소를 지었다. 아맛이 라인 사이에 장갑과 모자와 재킷을 벗어놓았다. 아이가 그들의 경기에서 곰을 물리치려면 그들과 다른 방식으로 플레이해야 한다는 걸 깨달은 순간이 그날 아침이었다.

다비드는 관중석 꼭대기 층에 앉아 있다. 이제 서른두 살인 그는 아이스링크 밖보다 안에서 보낸 시간이 더 많다. 다비드가 코치가 됐을 때 수네가 이 맨 뒷자리에 앉아서 한 시즌 동안 A팀의 경기를 하나도 빠짐없이 챙겨보라고 시켰는데, 그게 이제는 떼어낼 수 없는 습관이 되었다. 여기서 내려다보면 하키가 달라 보인다. 사실 수네와 다비드는 문제점에 관한 한 항상 생각이 같았다. 해결책에 이르면 의견이 갈렸을 뿐이다. 수네는 모든 선수를 가능한 한 오랫동안 제 나이에 맞는 팀에 두어서 시간을 갖고 단점을 보완해 부족한 부분 없이 둥글둥글하고 집중력이 뛰어난 팀을 만들려고 했다. 다비드는 그런 식으로는 누구 하나 특출하지 않은 팀이 만들어질 뿐이라고 생각했다. 수네는 선배들과 함께 뛰는 선수는 장점에 집중하게 된다고 믿었고 다비드도 그 점은 동의했다. 다만 그게 뭐가 문제인지 알 수 없을 따름이다. 다비드는 모두가 똑같은 걸 상당히 잘하는 선수들로 이루어진 팀이 아니라 특출한 인재를 원했다.

수네는 베어타운과 비슷했다. 너무 높이 자라는 나무가 있으면 안된다는 고루한 신념을 고수했고 순진하게 열심히 노력하면 그걸로 충분하다고 믿어 의심치 않았다. 이 마을의 실업률이 급등했을 때 그와 같은 속도로 구단이 추락한 이유가 그 때문이다. 훌륭한 일꾼들만으로는 충분하지 않다. 큰 그림도 있어야 한다. 스타를 중심으로 똘똘 뭉쳐야 집단이 제대로 굴러가는 법이다.

이 구단에도 하키의 모든 부분이 '예전의 방식을 그대로 따라야 한다'고 생각하는 사람들이 많다. 다비드는 그 소리를 들을 때마다 몸을 동그랗게 말고 카펫 위에서 성대가 찢어질 때까지 소리를 지르고 싶다. 하키가 무슨 고정불변의 법칙인 줄 아나! 맨 처음 탄생됐을 때만 해도 퍽을 앞으로 패스하면 반칙이었고 두 세대 전에는 모든 선수가 헬멧 없이 경기를 했다. 하키는 다른 모든 생물과 같다. 적응하고 진화하지 않으면 도태될 것이다.

다비드는 이 문제를 놓고 수네와 싸운 지 몇 년이 됐는지 더 이상 기억도 못 하지만, 유난히 침울한 얼굴로 퇴근하면 여자 친구가 또 아빠랑 싸웠느냐며 놀려댄다. 처음에는 그 말이 우스웠다. 다비드가 코치가 됐을 때 수네는 단순한 코치가 아니라 롤모델이었다. 문들이 안에서 줄줄이 닫히기 시작하면 하키 선수로서의 인생이 끝났다고 볼 수 있는데 다비드는 팀이 없으면, 소속감을 느끼지 못하면 살 수 없는 사람이었다. 부상 때문에 스물두 살에 빙판을 떠나야 했을 때 그 심정을 유일하게 이해한 사람이 수네였다.

수네는 페테르에게 단장이 되는 법을 가르치는 동시에 다비드에게는 코치가 되는 법을 가르쳤다. 여러 모로 그들은 상극이다. 다비드는 문짝하고도 실랑이를 벌일 수 있는 성격인 반면, 페테르는 갈등을 워낙 싫어해서 심지어 시간조차 죽이지 못했다. 수네는 둘이 서로를 보완하길 바랐지만 그들은 서로를 점점 혐오하게 됐다.

수네와 페테르가 단둘이 페테르의 사무실에 들어갈 때마다 치밀어 오르는 질투심을 달랠 길이 없었다는 게 다비드가 오래전부터 가장 수치스럽게 생각하는 부분이었다. 그가 스포츠의 동지애를 사랑하는 밑바탕에는 따돌림에 대한 두려움이 깔려 있었다. 그래서 그는 야심 만만한 제자들이 스승에게 하는 짓을 답습했다. 반항했다.

다비드는 스물두 살 때부터 케빈, 벤이, 보보 등 지금 열일곱 살인 아이들을 가르치기 시작했다. 올해로 십 년째 그들을 뭉뚱그려 전국에서 손꼽히는 청소년팀으로 빚은 결과, 더는 수네에 대한 의리를 지킬 수 없다는 결론을 내리기에 이르렀다. 선수들이 더 중요하다. 그보다 구단이 더 소중하다.

다비드는 그가 수네의 자리를 차지하면 마을 사람들이 뭐라고 할지 안다. 대다수가 못마땅하게 생각할 것이다. 하지만 그들도 결과에는 만족할 것이다.

라르스가 사카리아스의 귀에 대고 연습 종료를 알리는 호루라기를 부는 바람에 아이가 자기 스틱에 걸려서 넘어진다. 라르스는 잔인하게 씩 웃는다.

"오늘 훈련의 최고 열등생은 늘 그렇듯 사크 양이다. 따라서 퍽과 고깔을 수거하는 영광을 너에게 수여하겠노라!"

라르스는 나머지 팀원들을 거느리고 빙판을 나선다. 몇 명이 쳐다보며 웃음을 터뜨리자 사카리아스가 가운뎃손가락을 들어 보이려고 하는데 하키 장갑을 끼고 있을 땐 그게 의외로 잘 안 된다. 아맛은 이미 빙판을 돌며 퍽을 줍기 시작했다. 두 친구는 항상 그런 식이다. 사카리아스가 빙판에 남는 한 아맛도 그 곁을 지킨다.

라르스가 시야에서 사라지자 사카리아스는 씩씩대며 일어나서 엉덩이 사이를 벅벅 긁으며, 몸을 유난히 앞으로 숙이고 빙판을 지치는 코치의 스타일을 흉내낸다.

"퍽 주워! 요새를 지켜라! 뒤치기 당하지 말고! 내 빙판에서 뒤치기는 안 된다! 잠깐…… 이게…… 이게 뭐지? 내 똥꼬에?! 퍽인가? 콩알만 한 퍽인가? 내 똥꼬에 콩알만 한 퍽이 꼈다. 아맛! 당장 끄집어내라. 명령이다!"

사카리아스가 아맛 쪽으로 엉덩이를 내밀려고 하지만 아맛이 웃으며 잽싸게 피하는 바람에 사크는 아무도 없는 팀 벤치로 직행해 털썩 주저앉는다.

"남아서 청소년팀 연습하는 거 구경할래?" 아맛은 사크가 자발적으로 그럴 리 없다는 걸 알지만 그래도 물어본다.

"'청소년팀'이 아니라 '케빈'이겠지. 그 선배가 네 우상인 건 알지만 난 그렇게 할 일이 없지 않아. 카르페디엠! 웃음과 사랑!"

아맛은 한숨을 쉰다.

"그래, 알았다……."

"네 똥꼬에는 케빈 에르달이 끼어 있나, 아맛?" 사카리아스가 큰 소리로 외친다.

아맛은 안절부절못하며 스틱으로 빙판을 툭툭 때린다.

"그럼 이번 주말에 같이 놀래?"

아맛은 애써 무심한 척 묻는다. 하루 종일 그 생각을 해놓고 아닌 척한다. 사카리아스는 마치 총에 맞은 아기 코끼리를 온몸으로 표현하며 벤치에서 일어난다.

"새 게임이 두 개 생겼어! 하지만 네 핸드셋은 네가 들고 와. 지난 번에 남은 하나를 네가 망가뜨렸잖아."

아맛은 친구가 지나간 일을 끄집어내자 기분 상한 표정을 짓는다. 계속 지다가 열 받은 사카리아스가 집어 던져서 아맛의 이마에 맞고 깨진 거라 더욱 그렇다. 아맛은 헛기침을 하고 남은 퍽을 줍는다.

"나는…… 밖에 나가서 놀면 어떨까 했는데."

사카리아스는 친구가 서로의 귀에 독극물을 들이붓자고 말하기라도 한 듯한 표정을 짓는다.

"어디 가서?"

"그냥…… 아무 데나. 다들…… 밖에 나가서 놀잖아. 그런 식으로 놀잖아."

"마야가 그런다는 거지?"

"다들 그렇다고."

사카리아스는 스케이트를 딛고 몸을 일으켜 발끝으로 춤을 추며 노래를 부르기 시작한다.

"아맛과 마야가 나무 위에 앉아서, 아맛이 마야한테 대고 국물을 찍찍 뿌리는데……."

아맛은 옆 펜스에 대고 퍽을 세게 날리지만 터지는 웃음은 어쩔 수가 없다.

다비드는 로커룸 앞 복도에 라르스와 함께 서 있다. "잘못 생각하시는 거예요!" 라르스가 우긴다.

"너는 그럴 리 없다고 생각하겠지만 지금 그 소리, 골백번도 넘게 반복하고 있는 거 알아? 가서 청소년팀 연습 준비나 시켜." 다비드는 싸늘하게 대꾸한다.

라르스는 느릿느릿 멀어진다. 다비드는 관자놀이를 문지른다. 라르스가 전혀 쓸모없는 보조 코치는 아니다. 다비드도 소리를 지르는 것과 욕하는 것은 모르는 척 넘길 수 있다. 그것도 로커룸 문화의 일부고 연습할 때 폭군처럼 구는 사람이 있어야 필요한 부위에 보호대를 제대로 대는 녀석들도 있다. 하지만 라르스에게 청소년팀을 맡기면 제대로 운영이 될지 의문이다. 관중석의 시끄러운 일반 팬들보다 라르스가 하키에 대해 더 많이 알고 있다고 하긴 어려운데, 다비드가 길거리로 나가서 아무나 돌로 맞혀도 그 아무나가 시끄러운 팬들만큼 안다고 보면 된다.

아맛과 사크는 웃으며 다가오다 다비드를 보고 웃음을 뚝 그친다. 아이들은 그가 지나가는데 방해가 되지 않도록 벽에 몸을 바짝 붙인다. 다비드가 손을 들자 아맛은 티가 날 정도로 흠칫 놀란다.

"아맛 맞지?"

아맛은 고개를 끄덕인다.

"저희는…… 그냥 퍽을 주우면서…… 조금 장난을 쳤을 뿐이에요…… 그러니까, 사크가 라르스 코치님 흉내를 내긴 했지만 그냥 장난으로……."

다비드는 어리둥절한 표정을 짓는다. 아맛은 침을 꿀꺽 삼킨다.

"어, 코치님께서 아무것도 보지 못하셨다면 그럼…… 저기…… 됐고요."

다비드는 미소를 짓는다. "청소년팀 연습 시간에 네가 관중석에 앉아 있는 거 봤다. 다른 선수들보다 더 자주 앉아 있던데."

아맛은 소심하게 고개를 끄덕인다. "그게…… 죄송해요…… 배우고 싶어서요.”

“잘했어. 네가 케빈의 움직임을 유심히 관찰하고 있다는 거 안다. 본보기로 삼기에 훌륭한 선수지. 일대일 상황에서 케빈이 어떤 식으로 수비수의 스케이트를 관찰하는지 눈여겨봐야 해. 수비수가 스케이트를 비스듬히 움직이며 무게중심을 옮기면 케빈은 곧바로 퍽을 치면서 행동을 개시하거든.”

아맛은 묵묵히 고개를 끄덕인다. 다비드가 아맛의 눈을 똑바로 쳐다보고 있는데, 이 아이는 남자 어른의 그런 시선이 어색하다.

“네가 빠르다는 건 누가 봐도 알겠다만 슈팅 연습을 해야겠더라. 골키퍼가 움직이길 기다렸다가 허를 찌르는 거. 터득할 수 있겠니?”

아맛은 고개를 끄덕인다. 다비드는 아이의 어깨를 철썩 때린다.

“좋아. 그럼 얼른 터득해라. 십오 분 뒤에 청소년팀이랑 같이 훈련해야 하니까. 로커룸에 가서 유니폼 입어라.”

아맛은 잘못 들었나 싶어서, 귀를 후비려는 사람처럼 무의식적으로 손을 들어 그쪽으로 움직인다. 다비드는 이미 저쪽으로 걸어가고 있다.

사카리아스는 코치가 모퉁이를 돌 때까지 기다렸다가 친구의 목을 팔로 감싸 안는다. 아맛은 숨을 헐떡인다. 사카리아스가 헛기침을 한다.

“그런데 아맛, 농담이 아니라…… 마야랑 케빈이랑 둘 중에서 선택하라면 누구랑 잘 거야……?”

“입 닥쳐라.” 아맛은 웃으며 얘기한다.

“궁금해서 그러지!” 사카리아스는 씩 웃더니 아맛의 헬멧을 두드리며 으르렁거린다. "친구야, 다 죽여버려. 다 죽여버려!"

아맛은 아이스하키장 뒤편의 호수만큼 깊게 심호흡을 하고 난생처음 유소년팀 로커룸을 지나 청소년팀 로커룸 문지방을 넘는다. 선배 선수들이 당장 야유와 욕을 퍼부으며 "꺼져라, 이 씨 발라먹을 애벌레야!"라고 합창하지만 다비드가 들어온 순간 국부 보호대 떨어지는 소리도 들릴 만큼 완벽한 정적이 흐른다. 다비드가 라르스를 향해 고개를 끄덕이자 라르스가 마지못해 아맛에게 유니폼을 던진다. 냄새가 코를 찌른다. 하지만 아맛은 이보다 더 행복할 수가 없다.

로커룸 밖의 복도에는 단짝 친구가 서 있다.

아이스하키에는 아슬아슬하게라는 단어가 없다.

12

결혼 생활은 연수가 쌓이면 복잡해진다. 오래도록 결혼 생활을 유지한 사람들 대부분이 가끔 이렇게 자문할 정도로 복잡해진다. '내가 이혼을 하지 않은 이유는 상대방을 여전히 사랑하기 때문일까 아니면 새로운 누군가와 이만큼 알아나가는 과정이 귀찮아서일까?'

미라는 매사에 걸고넘어지는 그녀 때문에 페테르가 미치려고 한다는 걸 안다. 어떨 때는 그가 주눅이 든다는 것도 안다. 그녀는 그가 하겠다고 한 일을 해놓았는지 확인하느라 하루에 다섯 번씩 전화할 때도 있다.

페테르의 사무실은 정리정돈이 완벽하고 책상은 식탁으로 써도 될 만큼 깨끗하다. 선반에는 미라가 버리지 않을 거면 더 넓은 집으로 이사를 가자고 협박할까 두려워 집으로 들고 가지 못하는 LP들이 일렬로 꽂혀 있다. 그는 안내데스크 직원의 아이디로 온라인에서 LP를 주문하고 아이스하키장으로 배달시킨다. 어떤 사람들은 배우자 몰래 담배를 피운다. 페테르는 몰래 온라인 쇼핑을 한다.

그가 음반을 사는 이유는 그걸 들으면 마음이 차분해지기 때문이다. 이삭이 떠오르기 때문이다. 그녀에게는 이유를 밝힌 적이 없다.

폭설이 내렸을 때 아이들이 몇 살이었는지 정확히 기억나지는 않지만, 아무튼 베어타운에서 살기 시작한 지 얼마 되지 않아 미라가 대자연의 위용에 익숙해지기 전이었다. 크리스마스 무렵이라 아이들은 방학을 했지만 회사에서 급한 일이 터지는 바람에 미라가 중요한 회의에 참석해야 했다. 페테르가 마야와 레오를 데리고 썰매를 타러 나갔고 그녀는 차 옆에 서서 순백의 소용돌이 속으로 사라지는 그들을 지켜보았다. 너무나 아름다운 동시에 너무나 불길했다. 세 사람이 시야에서 사라지자 어찌나 상실감이 사무치던지 그녀는 사무실까지 가는 내내 울음을 그치지 못했다.

캐나다에서 부상을 당하고 미라가 일을 시작했을 때 페테르는 이삭과 단둘이 집을 지켰다. 어느 날 아이가 배가 아프다며 계속 비명을 지른 적이 있었다. 페테르는 공포에 질려서 온갖 방법을 총동원했다. 흔들어도 보고, 유모차에 태워서 집 밖으로 나가도 보고, 그가 아는 모든 민간요법을 동원했지만 소용이 없었다. 그때 그가 음반을 틀었다. 오래된 전축 덕분이었는지 (지직거리는 스피커의 소음, 방 안을 가득 채우는 소리) 이삭이 비명을 딱 그쳤다. 그러더니 미소를 지었다. 그러더니 페테르의 품 안에서 잠이 들었다. 페테르가 기억하기로는 좋은 아버지가 된 듯한 기분을 느낀 게 그때가 마지막이었다. 뭘 제대로 안다고 자부할 수 있었던 게 그때가 마지막이었다. 그 이야기는 미라에게도, 어느 누구에게도 하지 않았다. 하지만 그가 아무도 몰래 음반을 사는 이유는 그 기분을 한순간만이라도 다시금 느낄 수 있길 소망하기 때문이다.

크리스마스가 얼마 남지 않았던 그날 아침, 회의가 끝났을 때 미라는 페테르에게 전화를 걸었다. 그가 전화를 받지 않았다. 전화를 안 받은 적이 없는 사람이 그랬다. 잠시 후 라디오에서 폭설이 삼림지대를 강타했다며 외출을 자제하라는 속보가 나왔다. 천 번쯤 전화를 하고 고래고래 소리를 지르며 음성 메시지를 남겼지만 응답이 없었다. 그녀는 허겁지겁 차에 올랐고 시야가 일 미터도 안 되는데도 액셀러레이터를 끝까지 밟았다. 그날 아침에 헤어졌던 곳으로 달려가 히스테리 환자처럼 세 사람을 부르다 주저앉아서 거기 아이들이 묻혀 있기라도 한 것처럼 쌓인 눈을 필사적으로 헤집었다. 귀와 손끝이 얼었고 나중에는 무슨 생각으로 그랬는지 설명할 방법이 없었다. 몇 년이 지난 다음에서야 그녀는 그게 신경쇠약증이었다는 걸 깨달았다.

십 분 뒤에 미라의 전화기가 울렸다. 페테르와 아이들이 태평하고 천진한 목소리로 어디냐고 물었다. "거기 어디야?" 그녀는 외쳤다. "집." 그들은 아이스크림과 시나몬 번을 잔뜩 물고서 대답했다. 미라가 어떻게 된 거냐고 묻자 페테르는 상황 파악을 못 하고 이렇게 대답했다. "폭설이 내리길래 집에 왔지." 페테르는 전화기 충전하는 걸 깜빡해서 침실 서랍에 두고 나왔다고 했다.

미라는 그에게도 어느 누구에게도 실토하지 않았지만 그날의 충격에서 완전히 벗어나지 못했다. 차를 타고 달리는 동안 그들까지 떠나보낼지 모른다는 생각을 했던 데서 완전히 벗어나지 못했다. 그래서 요즘도 그녀는 때때로 남편과 아이들에게 하루에도 몇 번씩 전화를 걸어서 사사건건 걸고넘어진다. 그들이 사라지지 않았음을 확인한다.

페테르는 음반을 틀지만 오늘은 도움이 되지 않는다. 수네 생각이 가실 줄 모른다. 몇 시간째 시커먼 컴퓨터 화면을 쳐다보며 벽을 향해 조그만 고무공을 점점 더 세게 던지는 동안 똑같은 생각이 머릿속을 계속 맴돈다.

전화벨이 울리자 어찌나 반가운지 그가 하겠다고 한 일을 당연히 잊어버릴 거라고 생각하는 아내에게 짜증을 내는 것조차 깜빡한다.

"정비소에 차 맡겼어?" 그녀는 답을 알면서도 이렇게 묻는다.

"응! 당연하지!" 페테르는 거짓말일 때만 이렇게 딱 잘라서 대답한다.

"그럼 무슨 수로 출근했어?" 그녀가 묻는다.

"내가 출근한 거 어떻게 알았어?"

"벽에 대고 공 던지는 소리 들리거든."

그는 한숨을 쉰다.

"당신은 변호사나 뭐 그런 일을 했어야 해. 지금까지 아무도 그런 소리 한 적 없어?"

변호사는 웃음을 터뜨린다.

"가위바위보 프로 선수 못 되면 생각해볼게."

"당신은 사기꾼이야."

"당신은 거짓말쟁이고."

페테르는 떨리는 목소리로 문득 나지막이 속삭인다.

"미치도록 사랑해."

미라는 울먹이는 소리를 듣지 못하도록 웃음을 터뜨린다.

"이하 동문이야."

두 사람은 전화를 끊는다. 미라는 컴퓨터 앞에서 네 시간 늦은 점심 식사를 한다. 그래야 일을 마치고 마야가 부탁한 기타 줄을 사고 집으로 달려가서 레오를 저녁 연습에 데려다줄 수 있다. 페테르는 줄곧 굶는다. 또다시 토악질을 할 가능성을 차단하기 위해서다.

결혼 생활은 연수가 쌓이면 복잡해진다.

청소년팀 로커룸은 평소보다 조용하다. 내일 치를 경기의 중요성이 실감나기 시작했다. 이제 막 열여덟 살이 되었지만 수염은 수달의 털만큼 덥수룩하고 몸무게는 소형차만큼 나가는 빌리암 뤼트가 케빈 쪽으로 몸을 숙이고, 교도소 영화에서 칫솔로 만든 칼을 달라고 하는 죄수 같은 목소리로 속삭인다. "씹는담배 있어?"

지난 시즌에 다비드가 씹는담배 한 덩이가 건강에 미치는 악영향이 맥주 한 상자보다 크다는 기사를 읽었다고 라르스에게 얘기한 적이 있었다. 그 뒤로 청소년팀 선수들은 퍽 모양의 씹는담배 통을 넣고 다니느라 청바지 주머니가 닳은 흔적이 보이기만 해도 라르스와 부모님에게 머리털이 홀랑 벗겨질 정도로 혼쭐이 난다고 보면 맞았다.

"아니." 케빈은 대답한다.

뤼트는 그래도 고맙다는 뜻에서 고개를 끄덕이고 로커룸을 뒤지러 나선다. 그들은 1라인에서 같이 뛰지만 뤼트가 제아무리 덩치가 크고 힘이 세도 케빈이 항상 리더다. 체제 반항적이라고 할 수 있는 벤이는 바닥에 누워서 졸고 있다가 스틱을 집어서 그걸로 케빈의 배를 찌른다.

"야 이……." 케빈이 으르렁거린다.

"씹는담배 좀 줘." 벤이가 말한다.

"귀 먹었냐? 다 떨어졌다니까."

벤이는 바닥에 가만히 누워서 케빈을 쳐다보며 스틱으로 케빈의 배를 계속 찌른다. 결국 케빈은 스틱을 빼앗고 재킷에서 거의 손도 대지 않은 씹는담배 통을 꺼낸다.

"언제쯤이면 나한테 거짓말이 안 통한다는 걸 터득할래?" 벤이는 미소를 짓는다.

"언제쯤이면 담배를 네 돈으로 사서 씹을래?" 케빈이 맞받아친다.

"네가 그걸 터득할 때쯤."

빈손으로 돌아온 뤼트가 케빈을 보고 명랑하게 고개를 끄덕인다.

"너희 부모님도 내일 경기 구경하러 오셔? 우리 엄마는 표를 사서 온 친척을 초대했는데!"

케빈은 아무 말 없이 스틱에 테이프를 감기 시작한다. 이 모습을 곁눈으로 확인한 벤이는 그게 무슨 의미인지 알기에 뤼트 쪽으로 고개를 돌리고 씩 웃는다.

"찬물 끼얹어서 미안하다만 너희 가족은 네 경기 구경하러 왔다가 케빈이 활약하는 것만 보고 가겠네?"

여기저기서 냉소를 터뜨린다. 그리고 케빈은 부모님이 경기를 보러 오는지 대답할 필요가 없어진다. 제 돈 주고 담배를 사는 법이 없어서 그렇지, 이보다 더 훌륭한 친구를 찾기도 힘들 것이다.

아맛은 한쪽 구석에 앉아서 최대한 열심히 투명인간 흉내를 내고 있다. 로커룸에서 가장 어린 애벌레라는, 눈길을 끌면 안 될 훌륭한 이유가 있다. 아맛은 계속 위를 쳐다보며 시선을 피하지만 그래도 누가 자기에게 뭔가를 던지면 때맞춰 반응한다. 로커룸 벽은 슬로건이 적힌 포스터들로 도배가 되어 있다.

'훈련은 힘들게 승리는 수월하게.'

'나보다 팀이 먼저.'

'우리는 유니폼 뒤에 새겨진 이름이 아니라 앞에 그려진 곰을 위해 뛴다.'

얼마 전에 한복판에 추가된 포스터에는 초대형 글씨로 이렇게 적혀 있다.

'우리는 패배를 깨끗하게 인정하지 못하는 족속이다. 지는 데 익숙하지 않으니까!'

아맛은 집중력이 잠깐 흐트러지는 바람에 로커룸을 가로질러 걸어오는 보보를 조금 늦게 발견한다. 청소년팀의 수비수가 육중한 몸통을 숙이자 아맛은 그 그림자 속으로 사라진다. 아맛은 주먹이 날아오길 기다리지만 보보는 미소를 짓는다. 그게 더 위험하다.

"여기 이 녀석들을 이해해줘라. 다들 제대로 된 가정교육을 받지 못했거든."

아맛은 뭐라고 대답하면 좋을지 알 수 없기에 열심히 눈만 깜빡인다. 보보는 희희낙락하는 표정을 지으며, 무슨 일이 벌어질지 조용히 기다리는 다른 선수들 쪽으로 엄숙히 고개를 돌린다.

"이 돼지우리를 봐! 응? 이래서야 되겠니? 너희들 어머니가 여기서 일하시는 줄 아냐?"

청소년팀 선수들이 씩 웃는다. 보보는 보란 듯이 이리저리 행진하며 양손 가득 테이프 조각들을 줍는다. 그러더니 그것들이 갓 태어난 아이라도 되는 듯 천장을 향해 높이 치켜들고 선포한다.

"얘들아, 너희들은 아맛의 어머니가 여기서 일을 하신다는 사실을 기억해야 한다."

보보는 신입생의 눈을 맞추고 웃으며 말한다.

"아맛의 어머니가 여기서 일을 하신단 말이다."

테이프 조각들이 허공에 잠시 머무르다 한쪽 구석에 앉아 있는 아이 위로 조그맣고 뾰족한 포탄처럼 쏟아진다. 보보가 아이의 귀에 뜨끈한 입김을 불어넣으며 명령을 내린다.

"애벌레야, 너희 엄마한테 연락 좀 할래? 여기 너무 더러워서 살 수가 없다고."

라르스가 "집합!!!"이라고 외치자 로커룸이 십 초 만에 비워진다. 케빈은 맨 마지막까지 미적거리다 무릎을 꿇고 테이프 조각을 줍고 있는 아맛의 옆을 지나간다.

"그냥 장난치는 거야." 케빈은 동정하는 기미라고는 전혀 없이 말한다.

"그럼요. 그냥 장난치는 거죠." 아맛은 조용히 그 말을 따라한다.

"너…… 걔 알지…… 마야라는 애." 케빈은 문득 생각났다는 듯이 문턱을 넘으며 잽싸게 묻는다.

아맛은 고개를 든다. 아맛은 이번 시즌의 청소년팀 훈련을 한 번도 빠짐없이 챙겨보았다. 케빈에게 문득 생각나는 일이란 없다. 모든 게 조심스러운 계획과 심사숙고 아래 이루어진다.

"네." 아맛은 웅얼거린다.

"걔 남자친구 있니?"

대답이 금방 나오지 않는다. 케빈은 스틱으로 바닥을 두드리며 기다린다. 아맛은 자기 손을 한참 동안 내려다보다 어쩔 수 없이 고개를 좌우로 몇 센티미터 젓는다. 케빈은 흡족한 듯 고개를 끄덕이고 빙판으로 걸어 나간다. 아맛은 아랫입술 안쪽을 씹고 코로 숨을 쉬며 그 자리에 앉아 있다가 테이프 조각들을 쓰레기통에 버리고 보호대를 바로 찬다. 문턱을 넘기 직전에 쭈글쭈글하고 누레진 종이에 연필로 적어서 거의 다 지워진 글씨가 눈에 들어온다. *받은 게 많은 사람은 기대되는 것도 많은 법이다.*

아맛은 센터 서클에 모여 있는 청소년팀 선수들 쪽으로 합류한다. 센터 서클 한복판에 험상궂은 곰이 큼지막하게 그려져 있다. 이 구단의 상징이다. 힘과 몸집과 공포를 뜻한다. 아맛은 빙판 위에서 체구가 가장 작다. 늘 그렇다. 다부지지 못해서, 힘이 부족해서, 덩치가 달려서 다음 단계로 넘어가기 힘들 거라는 소리를 여덟 살 때부터 줄곧 들었다. 하지만 아맛은 주위를 둘러본다. 내일 이 팀이 준결승전을 치른다. 전국의 청소년팀을 통틀어 가장 실력이 좋은 네 군데 중에서 한 팀이다. 그리고 아맛이 여기 있다. 아맛은 뤼트와 보보, 라르스와 다비드, 벤이와 케빈을 쳐다보며 자신의 실력을 보여줘야겠다고 다짐한다. 빙판 위에서 죽는 한이 있더라도 그럴 것이다.

하키만큼 페테르의 기분을 잡칠 수 있는 것도 없다. 그리고 어처구니없는 얘기지만 하키만큼 페테르의 기분을 띄울 수 있는 것도 없다.

그는 사무실 안의 공기가 다 없어진 느낌이 들 때까지 자신의 상황을 검토하고 또 검토한다. 좌절감과 메스꺼움이 견딜 수 없는 수준에 이르자 자리에서 일어나 관중석으로 나간다. 거기 앉아 있으면 머리가 더 잘 돌아간다. 그는 콘크리트에 대고 공을 한참 동안 위아래로 팅기느라 청소년팀의 연습이 시작된 줄도 알아차리지 못한다.

수네는 커피를 마시려고 사무실을 나섰다가 돌아가는 길에 관중석에 앉아 있는 페테르를 본다. 그도 페테르가 이제는 성인이라는 걸 알지만 예전 코치의 눈에는 자꾸 어린애로 보일 수밖에 없다.

수네는 페테르에게 사랑한다는 말을 한 번도 한 적이 없다. 실제 아버지들이 그렇듯 아버지나 다름없는 사람들도 그 말을 하기가 여간 어려운 게 아니다. 하지만 그는 페테르가 모든 사람들을 실망시키는 상황을 얼마나 두려워하는지 안다. 모든 사람들에게는 원동력이 되는 저마다의 두려움이 있는데, 페테르의 가장 큰 두려움은 부족함에 대한 두려움이다. 좋은 아빠가 되기에 부족하면 어쩌나, 좋은 사람이 되기에 부족하면 어쩌나, 좋은 단장이 되기에 부족하면 어쩌나. 페테르는 부모를 잃었고 맏아들을 잃었기에 미라와 마야와 레오를 잃을까봐 매일 아침마다 두려워한다. 구단을 잃는 것도 감당하지 못할 일이다.

페테르가 마침내 고개를 들더니 빙판 위에서 연습 중인 청소년팀을 바라본다. 처음에는 멍하니 바라본다. 이 팀을 눈으로 파악하는 데 워낙 인이 박여서 이제는 잠결에도 인원 점검을 할 수 있을 정도다. 수네는 마침내 깨달음이 찾아왔을 때 페테르가 짓는 표정을 볼 수 있도록 어두컴컴한 곳에 서 있는다.

페테르는 십 년 동안 이 팀의 형체를 갖추는 데 일조하고 있다. 이름을 모르는 아이가 없고 부모들 이름까지 전부 안다. 빠진 녀석이 있는지, 부상당한 녀석이 있는지 한 명씩 체크해보는데, 전부 있는 듯하다. 오히려 한 명이 남는다. 페테르는 숫자를 다시 센다. 상황을 이해하지 못한다. 그러다 아맛을 발견한다. 그중에서 가장 키가 작고 가장 왜소한데, 스케이트 수업 때처럼 좀 크지 않나 싶은 장비를 장착하고 있다. 페테르는 가만히 지켜본다. 그러다 껄껄대고 웃기 시작한다.

하키를 접어야 한다는 소리를, 가망이 없다는 소리를 귀에 못이 박이도록 들은 아이가 빙판 위에 서 있다. 이번 기회를 잡으려고 그 아이보다 더 열심히 노력한 선수가 없을 텐데, 다비드가 많고 많은 날 중에 바로 오늘 그 아이에게 기회를 주고 있다. 작은 소망에 불과하지만 오늘 같은 날 페테르에게는 작은 소망이 절실하다.

수네는 이걸 보고 기쁨과 슬픔을 동시에 느끼며 고개를 끄덕인다. 다시 사무실로 돌아가 문을 닫는다. 오늘 저녁에 그는 A팀과 마지막 훈련을 하고, 훈련이 끝나면 집에 가서 뭔가를 두고 떠날 때 모두가 기원하는 것을 (내심) 기원할 것이다. 뭔가가 무너지기를, 그가 없으면 되는 게 아무것도 없기를, 그가 없어서는 안 될 존재이기를 기원할 것이다. 하지만 아무 일도 벌어지지 않을 테고 아이스링크는 굳건할 테고 구단은 명맥을 유지할 것이다.

아맛은 헬멧을 고쳐쓰고 적을 향해 곧바로 돌진하다가 보디체크를 당하고 쓰러지지만 벌떡 일어난다. 한 대 맞고 쓰러지지만 다시 벌떡 일어난다. 페테르는 미소를 지으며 뒤로 기대앉는다. 미라의 표현을 빌리자면 그릴 치즈 샌드위치 몇 조각에 레드 와인을 반 잔 마시고 스르르 잠이 들 때만 나오는 미소다. 그는 십오 분 동안 관중석에서 지켜보다 훨씬 가벼워진 가슴을 안고 사무실로 돌아간다.

파티마는 아파서 끙끙대는 소리를 아무도 들을 수 없도록 화장실에서 천천히, 조심스럽게 허리를 편다. 가끔 그녀는 아침에 일어날 수 없을 정도로 근육이 뻣뻣하게 굳어서 소파 침대에서 말 그대로 몸을 굴려서 떨어질 때도 있다. 그래도 최대한 잘 감추고 있다. 버스를 탈 때도 내리려고 일어서는 순간 엄마의 표정을 볼 수 없도록 아들을 항상 통로 쪽에 앉힌다. 여기서도 쓰레기통을 비울 때 허리를 많이 숙일 필요가 없도록 쓰레기통에 씌운 비닐봉지 입구를 은근슬쩍 바깥으로 늘어뜨려 놓는다. 날마다 아픈 허리를 보완할 새로운 방법을 찾는다.

그녀는 미안하다는 말과 함께 페테르의 사무실로 조심조심 들어간다. 그런 말을 하지 않으면 그는 그녀가 들어오는 줄도 모를 것이다. 페테르는 서류를 검토하다 말고 시간을 확인하더니 놀란 표정을 짓는다.

"아니 파티마, 이 시간에 여기서 뭐하는 거예요?"

그녀는 겁에 질린 얼굴로 두 발짝 뒷걸음질을 친다.

"죄송해요! 제가 하시는 일을 방해했나요? 쓰레기통 비우고 화분에 물을 주려고 한 건데. 퇴근하시면 다시 올게요!"

페테르는 이마를 문지른다. 웃음을 터뜨린다.

"아무 얘기 못 들었어요?"

"무슨 얘기요?"

"아맛요."

페테르는 아이 엄마에게 그런 소리는 하면 안 된다는 걸 뒤늦게 깨닫는다. 그녀는 당장 아들이 끔찍한 사고를 당했거나 경찰에 잡혀갔나보다고 넘겨짚는다. 아이 얘기 못 들었느냐는 말을 아무 감정 없이 받아들일 수 있는 부모는 없다.

페테르는 가만히 그녀의 어깨를 잡고 복도로 나가 그녀를 관중석으로 안내하는 수밖에 없다. 그녀는 삼십 초가 지난 다음에서야 눈앞에 펼쳐진 광경을 이해한다. 당장 얼굴에 손을 갖다 대고 흐느껴 운다. 한 아이가 자기보다 머리 하나는 큰 청소년팀 선수들과 훈련을 받고 있다. 그녀의 아들이다.

허리가 이보다 더 꼿꼿하게 펴질 수는 없다. 이대로 천 킬로미터를 달릴 수도 있겠다.

13

청소년팀 선수들은 쉬엄쉬엄 훈련에 임한다. 경기를 앞두고 부상자가 생기면 안 되니 기량의 칠십오 퍼센트만 발휘하라는 지시가 내려졌다. 아맛은 그런 호사를 누리지 못한다. 사사건건 몸을 던지고 콘크리트라도 자르는 것처럼 세차게 얼음을 지친다. 소득은 없다. 청소년팀 선수들은 아맛에게 따끔한 맛을 보여주려고 발로 차고, 발을 걸어서 넘어뜨리고, 펜스 쪽으로 밀치고, 스틱으로 손목을 내리치고, 모든 장비의 취약한 부분을 찾는다. 아맛은 뒤에서 크로스 체크를 당하는 바람에 대자로 넘어지는데, 방향을 트는 뤼트의 스케이트를 보고도 뺨 위로 얼음 세례가 퍼부어질 때 미처 눈을 감지 못한다. 다비드는 한마디도 하지 않는다. 한 시간의 4분의 3이 지났을 때 아맛은 온몸이 땀범벅이고 기진맥진하고 속이 부글부글 끓어서 "제가 이 자리에 있는 이유가 뭡니까? 뛰지도 못 하게 할 거면서 여기 데리고 오신 이유가 뭡니까?"라고 악을 쓰고 싶지만 기를 쓰고 참는다. 뒤에서 그들이 웃는 소리가 들린다. 뭐라고 한마디라도 했다가는 웃음소리만 더 커질 뿐이다.

"내가 그랬잖아요. 너무 힘이 없다고." 빙판 위에서 수천 번째 몸을 일으키는 아맛을 보고 라르스가 코웃음을 친다.

다비드는 시계를 확인한다.

"일대일 좀 하자. 아맛 대 보보." 그가 선포한다.

"장난하세요? 아맛은 지금 훈련을 두 타임 연속으로 뛰어서 쓰러지기 직전이잖아요!"

"둘이 내보내." 다비드는 무뚝뚝하게 대꾸한다.

라르스는 어깨를 으쓱하고 호루라기를 분다. 다비드는 펜스 근처에서 꼼짝하지 않는다. 다비드는 그가 하키를 바라보는 시각에 논란의 여지가 있다는 걸 안다. 그의 방식을 고수하려면 구단이 계속 승리를 거둬주어야 한다는 것도 안다. 그런데 승자가 있으면 패자가 있는 법이고, 스타가 탄생하려면 나머지 선수들의 희생이 따라야 한다.

다비드의 일대일 훈련은 단순하다. 빙판의 이쪽 끝에서 저쪽 끝까지 고깔을 일렬로 설치해서 펜스 앞쪽으로 통로 비슷한 것을 만든다. 한 명이 수비수를, 다른 한 명이 최전방 공격수를 맡는다. 퍽이 통로 밖으로 벗어나면 수비수의 승리다. 공격수가 아주 좁은 공간에서 빠져나갈 틈을 찾는 게 훈련의 목적이다.

라르스가 펜스로부터 육칠 미터 앞에 고깔을 설치하자 다비드가 간격을 좀 더 좁히라고 한다. 라르스는 놀란 표정을 지으며 들은 대로 하지만 다비드가 그보다 더 좁히라고 손짓한다. 청소년팀 선수 몇 명이 불안해하며 몸을 꼼지락거리지만 아무 말도 하지 않는다. 결국 이삼 미터밖에 안 될 정도로 좁은 통로가 완성되고 여기서는 아맛이 보보를 상대로 스피드라는 무기를 활용할 방법이 없다. 피할 도리 없이 정면으로 몸싸움을 벌여야 한다. 보보보다 몸무게가 사십 킬로쯤 덜 나가는 아맛도 그걸 안다. 픽과 함께 출발하자 허벅지가 젖산을 분비하며 비명을 지른다. 원래는 공격수와 수비수 간에 어느 정도 간격을 두는 것을 전제로 진행되는 훈련이지만 보보는 이걸 깡그리 무시한다. 아맛에게로 곧장 달려들어 온몸으로 부딪친다. 아맛은 밀가루 부대처럼 빙판 위로 쓰러진다. 벤치에서 요란한 웃음이 터진다. 다비드가 다시 한번 반복하라는 수신호를 보낸다.

"남자답게 일어나라!" 라르스가 고함을 지른다.

아맛은 헬멧을 고쳐 쓴다. 애써 호흡을 가다듬는다. 보보가 이번에는 더 빠른 속도로 달려들고 순간 아맛의 눈앞이 캄캄해진다. 다시 눈을 떠보니 펜스 앞인데, 어쩌다 거기 쓰러졌는지 알 길이 없다. 더이상 벤치의 웃음소리도 들리지 않고 귓속이 웅웅 울리기만 한다. 아맛은 일어나서 픽을 줍는다. 보보가 스틱으로 아맛의 가슴을 후려친다. 낮게 드리워진 나뭇가지를 전속력으로 때리는 격이다.

"일어나!" 라르스가 으르렁거린다.

아맛은 엉금엉금 무릎을 딛고 몸을 일으킨다. 입에서 피가 뚝뚝 떨어진다. 입술이나 혓바닥 아니면 양쪽 모두를 씹은 모양이다. 보보가 아맛의 위로 허리를 숙이는데 이제는 전처럼 잔인하지 않다. 거의 걱정하는 분위기에 가깝다. 보보가 언뜻 동정의 눈빛을 보인다. 동정까지는 아닐지 몰라도 최소한 인간미가 느껴진다.

"야 이 씨, 아맛…… 그냥 누워 있어. 이게 코치가 원하는 거라는 걸 모르겠냐? 이게 네가 불려나온 이유라는 걸?"

아맛은 벤치 쪽을 흘끗 쳐다본다. 다비드는 팔짱을 끼고 서서 태연하게 기다리고 있다. 이제는 심지어 라르스조차 걱정하는 눈치다. 그제야 아맛은 보보가 한 말의 뜻을 이해한다. 다비드에게 중요한 건 승리뿐이고 자신감이 넘쳐야 큰 경기에서 승리할 수 있다. 그렇다면 일생일대의 큰 경기를 펼치기 전날에는 무엇을 해야 할까? 선수들에게 조무래기를 불도저처럼 밀어버리는 기회를 허락해야 한다. 아맛은 선수로 불려나온 게 아니다. 희생양으로 불려나온 것이다.

"가만히 누워 있어." 보보가 말한다.

아맛은 그 말을 듣지 않는다.

"한 번 더요." 아이는 부들거리는 허벅지를 달래며 속삭인다.

보보가 아무 대꾸도 하지 않자 아맛은 스틱으로 빙판을 때리며 외친다.

"한 번 더요!"

그러면 안 되는 거였다. 온 벤치가 그 소리를 들었다. 아맛이 보보에게서 선택의 여지를 앗아갔다. 수비수의 눈빛이 험상궂어진다.

"좋아. 원하는 대로 해주지. 바보 같은 등신아."

아맛은 출발한다. 보보가 한가운데서 기다리고 있기 때문에 펜스 쪽으로 붙을 수밖에 없는데, 아맛이 미끄러지듯 그 사이를 통과하려고 하자 보보는 퍽을 아예 무시하고 아맛에게 곧바로 달려든다. 아맛은 펜스에 머리를 부딪치면서 빙판 위로 쓰러지고 이번에는 무릎을 딛고 몸을 일으키는 데 십 초가 걸린다.

"한 번 더냐?" 보보가 이를 악물고 으르렁거린다.

아맛은 아무 대꾸도 하지 않는다. 뒤로 조그만 핏자국을 남겨가며 저쪽 끝의 블루 라인으로 가서 퍽을 챙기고 허리를 편다. 보보는 위협적인 분위기를 풍기며 센터 서클의 곰을 한 바퀴 돌고 마지막으로 끝장을 내기 위해 고깔로 만든 통로 안쪽으로 들어와서 몸에 잔뜩 힘을 준다. "남자답게 끝내자." 아맛은 속으로 생각한다. 남자답게.

그런 식으로 출발할 만한 기운이 남아 있지 않았어야 맞는 거다. 그렇게 당했으니 보보한테로 곧장 달려들지 말았어야 하는 거다. 하지만 살다보면 물에 빠지거나 거기서 헤엄쳐 나오거나 둘 중 하나일 뿐, 다른 건 더 이상 아무 의미도 없는 그런 시점이 찾아온다. 저들이 이 이상 무슨 짓을 할 수 있을까. 엿이나 먹으라지. 보보가 전속력으로 아맛을 향해 달려오지만 아맛은 마지막 순간에 남자답게 버티지 않고 몸을 반으로 접는다. 보보의 스케이트 각도가 바뀌는 게 보이자 스케이트 사이로 퍽을 밀어넣고 잽싸게 몸을 돌려서 보디체크를 피한다.

아맛은 한 걸음에 보보를 지나치고 두 걸음에 퍽을 잡아서 세 걸음에 공격 존으로 넘어간다. 뒤에서 보보가 펜스에 부딪치는 소리가 들리지만 아맛의 시선은 골키퍼에게 고정돼 있다. 아맛은 퍽을 오른쪽, 왼쪽, 오른쪽으로 돌리며 골키퍼가 옆으로 움직이길 기다리고 기다리고 기다리고, 드디어 골키퍼의 스케이트가 0.5밀리미터 기웃하는 게 보이자 반대편 구석으로 슛을 날린다. 허를 찌른다.

곰들 틈에 섞인 사자.

보보가 아이스링크 저쪽 끝에서 다짜고짜 미친 듯이 돌진하기 시작한다. 보보는 팀 내에서 스케이트를 제일 못 타지만 스틱을 치켜든 채 아맛에게 도착했을 무렵에는 속도나 체중 면에서 그를 병원으로 날려 보내기에 충분하다. 보보는 옆쪽 끝에서 자신의 뒤편으로 빠르게 달려오는 스케이트 소리를 듣지 못했기에 누군가의 어깨가 턱에 부딪치자 충격적인 고통을 느낀다.

아맛은 기진맥진한 채 저 멀리에 그대로 고꾸라져 있다. 보보는 빙판 위에 똑바로 누워서 불빛 때문에 눈을 깜빡이며 자신을 향해 허리를 숙인 벤이의 얼굴을 올려다본다.

"적당히 해, 보보." 벤이가 말한다.

보보는 뻣뻣하게 고개를 끄덕인다. 벤이는 보보를 일으켜 세운 다음 침울한 표정으로 자기 어깨를 문지른다.

열다섯 살 때는 퍽이 네트를 때리는 소리가 이 세상에서 가장 근사한 소리일 수 있다. 서른두 살일 때도 마찬가지일 수 있다.

"내일 출전 선수 명단에 넣어." 다비드는 이 말을 남기고 자리를 뜬다.

청소년팀 선수들이 로커룸으로 떠난 뒤에도 아맛은 빙판 위에 누워 있다. 라르스의 목소리가 희부연 안개를 뚫고 아맛에게로 전해진다.

"퍽이랑 고깔 챙겨라. 내가 선수들한테는 경기 전날엔 떡치기 금지라고 얘기한다만 너는 떡을 칠 일이 없을 테니까 딸딸이 자제해라. 왜냐하면 내일 네가 경기에 출전하거든."

아이는 삼십 분이 지난 다음에서야 엉금엉금 기다 비틀비틀 걷다 하며 로커룸으로 향한다. 아무도 없다. 히터가 꺼져 있다. 신발은 갈기갈기 찢겼고 옷가지는 푹 젖은 채 샤워실 바닥에 널브러져 있다. 이렇게 기분이 좋은 날은 난생처음이다.

14

토요일이고 모든 일이 오늘 벌어질 예정이다. 온갖 좋은 일들과 나쁜 일들이.

아침 여섯시 십오분. 마야는 부엌 찬장을 뒤져 진통제를 찾는다. 열이 나고 콧물로 코가 꽉 막힌 것 같다는 생각을 하며 다시 침대 속으로 들어가 아나 옆에 웅크리고 눕는다. 거의 잠이 들었을 때 아나가 마야를 발로 차며 졸린 목소리로 중얼거린다.

"기타 쳐줘."

"조용히 해."

"기타 쳐줘!"

마야는 으르렁거린다.

"좋아, 둘 중에서 하나 골라. 네가 부탁할 때마다 기타 쳐주면 끝까지 들을래 아니면 그 기타에 맞아 죽지 않은 걸 고맙게 생각할래?"

아나는 한참 동안 샐쭉하니 아무 말도 하지 않는다. 그러다 일 년 내내 얼음처럼 차가운 발가락으로 마야의 허벅지를 살그머니 건드린다.

"응?"

마야는 포기하고 기타를 퉁기기 시작한다. 아나는 기타 소리를 들으며 잠이 드는 걸 좋아하고 마야는 아나를 좋아하기 때문이다. 마야는 친구를 따라서 잠이 들기 직전에 두통과 기침 때문에 하루 종일 누워 있어야겠다는 생각을 한다.

마을이 끝나고 서쪽으로 숲이 시작되는 지점에 있는 마지막 건물 옆 정비소 앞에 페테르가 소형차를 주차했을 때 마당엔 짙은 어둠이 깔려 있다. 그는 세 시간 동안 선잠을 자다 멍하니 일어난 참이다.

어릴 때 친구 갈텐이 어두침침한 작업장에 서서 고치려면 렌치가 아니라 요술이 필요할 정도로 낡은 포드의 엔진을 들여다보고 있다. 그가 갈텐이라는 별명으로 불리는 이유는 예전에 멧돼지처럼 플레이를 했기 때문이다.* 키는 페테르와 같지만 몸집은 두 배쯤 커 보인다. 하키를 하던 시절에 비해 뱃살은 좀 물렁해졌을지 몰라도 팔과 어깨는 여전히 강철처럼 단단하다. 정비소 문을 열어놓았는데도 티셔츠 차림이고 페테르가 끈적끈적한 오일과 먼지의 조합을 닦을 방법이 없는데도 아랑곳하지 않고 악수를 한다. 끈적끈적한 오물이 묻으면 친구가 돌아버린다는 걸 알면서도 그런다.

"미라는 네가 어제 맡길 거라고 한 것 같은데." 갈텐이 차를 보고 씩 웃으며 말한다.

---

* '갈텐'이 스웨덴어로 돼지라는 뜻이다.

"맞아." 페테르는 시인하고 손가락에 남은 얼룩은 최대한 잊어버리려고 한다.

갈텐은 마른 웃음을 터뜨리고 페테르에게 걸레를 건네며 하도 덥수룩하고 부스스해서 너덜너덜한 스키 마스크처럼 보이기 시작한 수염을 긁는다.

"그래서 짜증냈어?"

"행복해서 죽으려고 하지는 않았다고 해둘게." 페테르는 실토한다.

"커피 마실래?"

"새로 끓인 거 있어?"

갈텐은 빙그레 웃는다.

"새로 끓인 커피 있냐니. 이제는 완전 물렁해진 거냐? 저쪽 구석에 인스턴트커피랑 주전자 있어."

"그럼 됐어."

페테르가 지나가자 갈텐은 일부러 친구의 손을 토닥이고 페테르는 짜증 섞인 미소를 지으며 손을 닦는다. 예나 지금이나 똑같은 장난을 치는 사십 년지기다. 갈텐은 손전등을 들고 마당으로 나서고, 페테르는 특정 세대의 남자가 같은 세대의 다른 남자에게 아내의 자동차 수리를 맡겨야 할 때 찾아오는 자괴감을 달래며 그 옆에 서서 와들와들 떤다. 갈텐은 허리를 펴고 페테르에게 전문용어를 자제하는 호의를 베푼다.

"식은 죽 먹기네. 보보가 일어나면 개한테 맡겨도 되겠어. 아홉시에 찾으러 와."

갈텐은 다시 안으로 들어가서 포드의 묵직한 타이어를 건성으로 든다. 누가 보면 종이를 재활용 수거함에 넣는 줄 알겠다. 보보는 안타깝게도 아버지의 무식한 힘과 그저 그런 스케이트 실력을 동시에 물려받았다. 갈텐은 그 시절에 무시무시한 수비수였지만 수네는 항상 탄식했다. "저 녀석은 심지어 블루 라인에 걸려서 넘어지는 재주가 있다니까?"

"보보는 오늘 좀 쉽게 내버려두지그래? 오후에 중요한 시합이 있는데." 페테르가 말한다.

갈텐이 고개를 숙인 채 한쪽 눈썹을 추켜세우다 손으로 얼굴을 훔쳐서 땀을 닦자 수염에 번들번들한 기름 자국이 남는다.

"네 차를 고치는 데 필요한 시간이 두 시간이야. 네가 아홉시에 가지러 올 테니까 일곱시에 시작하면 된다는 얘기지. 그게 쉬는 게 아니면 뭐냐."

페테르는 입을 벌리지만 아무 말도 하지 않는다. 하키 시합은 하키 시합일 뿐, 내일이면 이 가족은 다시 일어나서 생계를 꾸려나가야 한다. 보보는 든든한 수비수지만 프로가 되기에는 턱도 없는 실력이다. 이 집에는 어린아이가 두 명 더 있고 세계 경제는 아무도 기다려주지 않는다. 곰들은 숲에다 똥을 싸고 모든 이들은 베어타운에 똥을 싼다.

갈텐은 집까지 태워다주겠다고 하지만 페테르는 걷는 게 좋다. 곤두선 신경을 달래야 한다. 페테르는 직원 수가 점점 줄어가는 공장을 지난다. 소규모 경쟁자들의 씨를 말려버린 대형 슈퍼마켓을 지난다. 마을 중심부로 향하는 길을 지나 상점가로 접어든다. 그 길은 해마다 점점 짧아지고 있다.

라모나는 연금을 받을 수 있는 나이가 되었지만 술집 사장으로 일해서 좋은 게 있다면 어느 누구도 퇴직을 강요할 수 없다는 점이다. 그녀는 어머니에게 펠센을 물려받았고 어머니 이전에는 할아버지가 사장이었다. 외관은 별로 달라진 게 없지만 할아버지가 안에서 담배를 피웠다면 라모나는 밖에서 피운다. 아침 식사 전에 세 대. 그녀는 죽어가는 두 번째 담배의 꽁초에 대고 세 번째 담배에 불을 붙인다. 매일 저녁에 여기서 당구를 치고 외상으로 맥주를 마시는 녀석들도 '말보로 엄마'라는 애정 어린 별명으로 그녀를 부른다. 그녀는 자식이 없다. 홀예르도 자식을 낳지 못했고 어쩌면 원한 적이 없을지 모른다. 라모나 말고 필요한 가족이 있다면 운동 친구들뿐이라고 입버릇처럼 말했으니까. 예전에 누군가가 좋아하지 않는 스포츠가 있느냐고 물었을 때 그는 "정치. 그거 텔레비전에서 중계 좀 그만했으면 좋겠어"라고 대답했다. 집에 불이 나면 홀예르는 라모나를 맨 처음 구하겠지만 그녀가 베어타운 아이스하키 시즌권을 쥐고 있을 경우에 한해서다. 그 어처구니없는 스포츠가 그들의 것이었다. 가장 우렁찼던 그의 웃음소리와 가장 따뜻했던 그의 포옹이 관중석에 남겨졌다. 담배를 피운 사람은 그녀인데 그가 암에 걸렸다. "내가 아이러니한 병에 걸렸지 뭐야." 그는 명랑하게 선포했다. 라모나는 그가 죽었다는 표현을 쓰지 못하게 한다. 그가 그녀의 곁을 떠난 거라고 생각하기 때문이다. 그가 없으니 그녀는 아무런 보호도 받지 못한 채 헐벗은 나무처럼 눈밭에 서 있다.

그녀는 하루하루 살아나가는 법을 터득했다. 닥치면 그렇게 된다. 오후에 주간 근무조가 공장에서 쏟아져 나오면, 그녀는 그 녀석들이라고 부르고 경찰과 하키단에서는 훨씬 고약한 별명으로 부르는 청년들로 펠센이 가득 찬다. 그들은 허튼짓을 일삼지만 홀예르가 라모나를 사랑했듯이 그녀를 사랑한다. 그녀가 그들을 너무 싸고도는 것일 수도 있다. 그녀도 안다. 베어타운은 거친 남자를 양성하고 그들은 살아온 이력상 부드러워질 수가 없다. 하지만 그들이 그녀에게 남은 전부이고 감당할 수 있는 한도 내에서 추억을 곱씹을 수 있는 유일한 방편이다.

죽음은 사랑하던 이들에게 이상하고 이해할 수 없는 현상을 일으킨다. 라모나는 요즘도 술집 이층의 아파트에서 산다. 길 건너편의 구멍가게가 문을 닫았기 때문에 슈퍼마켓 창고에서 지게차를 운전하는 녀석들이 노파가 문 앞 재떨이 너머까지 왔다 갔다 할 필요가 없도록 슈퍼에서 식료품을 사다준다. 홀예르가 그녀를 떠난 지 십일 년이 지났지만 A팀 경기가 열릴 때마다 표가 매진됐어도 관중석에는 항상 빈 자리가 두 개 있다.

페테르는 멀리서부터 그녀를 알아본다. 그녀는 그가 가까워지길 기다린다.

"뭐 찾으시는 거 있쑤, 손님?" 라모나가 묻는다.

그녀는 나이를 먹었지만 술집처럼 달라진 게 없다. 펠센이 저녁마다 이 마을 깡패들의 은신처 역할을 한다고 못마땅하게 여기는 사람들은 그녀를 불쾌하고 반사회적이며 사리분별을 못 하는 할망구로 간주하지만, 페테르는 요즘 들어 그녀를 만난 적이 거의 없어도 어쩌다 한번 만나면 여전히 오랜 여행 끝에 집에 돌아온 듯한 기분을 느낀다.

"아직 잘 모르겠는데요." 그는 미소를 짓는다.

"경기를 생각하면 떨리나?"

그는 대답할 필요가 없다. 그녀는 세 번째 담배를 신발 밑창에 비벼서 끄고 담뱃갑 안에 꽁초를 넣은 뒤 묻는다.

"위스키?"

페테르는 하늘을 올려다본다. 조만간 마을이 깨어날 테고 오늘따라 태양마저 일찌감치 고개를 내밀 생각인 듯하다. 모두들 일어나서 청소년팀의 경기로 모든 게 달라질지 모른다는 희망을 품을 것이다. 덕분에 시의회가 숲으로 다시 시선을 돌리는 계기가 마련되지 않을까? 하키 스쿨이 설립되고 쇼핑센터까지 생기지 않을까? 그러면 사람들이 길을 알려줄 때도 베어타운이 나오면 너무 멀리 간 거라고 하지 않고 헤드를 지나서 쭉 가면 된다고 할지 모른다. 페테르는 워낙 오래전부터 사람들에게 그 모든 믿음을 심어주었지만 그 자신도 그럴 수 있다고 믿는지 이제는 잘 모르겠다.

"커피 한 잔이면 족합니다." 그가 말한다.

그녀는 쇳소리를 내며 킬킬거리고 술집까지 어찌어찌 계단을 내려간다.

"위스키를 너무 좋아한 아버지 밑에서 태어난 아들들은 일정한 패턴이 있어. 주구장창 마시든지 아니면 아예 입에도 대지 않든지 둘 중 하나야. 그 중간이 없지."

페테르는 열여덟 살 이후에 펠센에 간 횟수를 모두 합한 것보다 그 이전에 간 횟수가 더 많다. 대개는 아버지를 집까지 끌고 오는 일을 맡았다. 가끔 아버지가 헤드에서 온 채권추심업자를 두들겨 패고 있으면 옆에서 거들어야 했던 적도 있었다. 술집은 예나 지금이나 똑같다. 담배 냄새가 줄었지만 지하 술집에서 그 대신 풍기는 냄새를 감안하면 좋은 현상이라고 볼 수는 없다. 지금은 당연히 아무도 없다.

페테르는 저녁에는 절대 이곳을 찾지 않는다. 성적이 좋지 않은 A팀 단장에게 유익한 환경이 못 된다. 나이 많은 남자들이야 워낙에 말이 많았다지만 요즘 들어서는 젊은 남자들이 때때로 거친 소리만 내뱉는 게 아니라 선을 넘을 때가 있다. 이 마을에는 폭력의 가능성이 항상 내재된 부류가 존재하는데, 페테르는 어렸을 땐 전혀 몰랐다가 캐나다에서 돌아왔을 때 되려 피부로 실감했다. 그들은 하키에서도 학교에서도 경제 상황에서도 출구를 찾지 못하고 말없이 분노의 기운을 발산한다. 별명이 '그 일당'이지만 자기들 스스로 그렇게 부르지는 않는다.

구단의 공식 응원단은 예전부터 '불곰'이었고 엄밀히 따지면 펠센에서 노닥거리는 남자들은 관중석에 앉아 있는 연금 생활자, 유치원 교사, 어린아이들의 부모만큼 공식 응원단과 거리가 멀다. 그 일당에는 멤버십 카드도 티셔츠도 없다. 이곳은 엄청난 비밀을 쉬쉬하기에 충분할 정도로 작은 마을이지만 페테르는 그들이 기껏해야 서른 명이나 마흔 명밖에 안 된다 해도 안전 확보 차원에서 A팀 경기에 경찰을 추가로 출동시키기에 충분한 숫자라는 걸 안다. 다른 마을에서 스카우트돼서 왔는데 연봉에 비해 활약이 저조하다는 평가를 받는 선수들은 가끔 느닷없이 페테르의 사무실에 찾아와 계약서를 찢고 다른 팀으로 옮긴다. 지방 신문기자들은 질문 세례를 퍼붓다가도 다음 날이 되면 아무 이유 없이 무관심한 태도로 돌변한다. 적들이 베어타운에 발을 들이지 못하도록 겁을 줘서 내쫓는 게 그 일당의 역할이지만 안타깝게도 후원업체를 상대로도 똑같은 일을 벌이고 있다. 베어타운의 이십대 남자들은 이 마을을 통틀어 가장 보수적인 부류가 되었다. 그들은 새로운 베어타운이 그들을 원하지 않는다는 걸 알기에 새로운 베어타운을 원하지 않는다.

라모나는 커피 잔을 카운터 너머로 밀어서 건네고 카운터를 두드린다.

"하고 싶은 이야기가 있나?"

페테르는 머리를 긁적인다. 말보로 엄마는 예전부터 탁월한 심리학자였다. "정신 차려. 그보다 심한 사람들도 얼마나 많은데"라고 처방을 내리는 경우가 대부분이지만.

"그냥 머릿속이 복잡해서 그래요."

그는 유니폼, 선수들 사진, 페넌트와 스카프로 도배가 된 벽을 쳐다본다.

"경기를 마지막으로 본 게 언제예요, 라모나?"

"홀예르가 내 곁을 떠난 뒤로는 본 적 없어. 알잖아."

페테르는 양쪽 손끝으로 잔을 잡고 돌린다. 지갑을 꺼낸다. 라모나가 됐다고 손사래를 치지만 그래도 돈을 카운터에 내려놓는다.

"커피 값 받기 싫으시면 돈 통에 넣으세요."

라모나는 고맙다는 뜻에서 고개를 끄덕이고 지폐를 챙긴다. 그녀의 침실에는 돈 통이 있다. 실직해서 공과금을 내지 못하는 녀석이 생기면 거기 모아놓은 돈으로 도와준다.

"지금 너도 아는 친구한테 그 돈이 필요하게 생겼어. 로베르트 홀츠가 공장에서 잘렸거든. 여기서 죽 때리는 시간이 너무 많아."

"이런 망할." 페테르가 이렇게 중얼거린 이유는 달리 뭐라고 하면 좋을지 알 수 없기 때문이다.

그는 캐나다에서 로비에게 연락을 하려고 했었다. 돌아왔을 때에도 연락을 하려고 했었다. 실천을 하지 않으면 소용이 없는 법이다.

이제 와서 대화를 시작하기엔 이십 년이라는 너무나도 긴 세월이 흘러버렸다. 사과를 해야 할까? 무엇 때문에? 어떤 식으로? 그의 시선은 다시 벽을 훑는다.

"하키." 페테르는 말문을 연다. "그게 얼마나 희한한 스포츠인지 생각해봤어요, 라모나? 규칙이며 아이스링크도 그렇고…… 도대체 어떤 사람이 그런 스포츠를 만들어냈을까요?"

"총을 들고 다니는 주정뱅이들한테 그보다 덜 위험한 취미 생활을 만들어줄 필요가 있었던 사람 아니었을까?" 나이 많은 술집 여주인이 말한다.

"저는 그냥…… 젠장…… 정신 나간 소리처럼 들릴지 모르겠지만 우리가 이걸 너무 심각하게 생각하는 건 아닐까 싶을 때도 있어요. 청소년팀 선수들에게 너무 엄청난 부담을 안기는 건 아닐까. 알고 보면 걔들도 아직…… 어린애들인데 말이죠."

라모나는 자기 잔에 위스키를 따른다. 이러니저러니 해도 아침 식사가 제일 중요한 법이다.

"그야 우리가 그 아이들한테 바라는 게 뭔지에 따라 얘기가 달라지겠지. 그리고 그 아이들이 하키에 바라는 게 뭔지에 따라서도."

페테르는 커피 잔을 좀 더 세게 움켜쥔다.

"그럼 우리가 그 아이들한테 바라는 게 뭘까요, 라모나? 그 스포츠가 우리에게 줄 수 있는 게 뭘까요? 거기에 평생을 바쳐서 얻을 수 있는 게 기껏해야 뭘까요? 찰나의 순간들…… 몇 번의 승리, 우리가 실제보다 더 위대해 보이는 몇 초의 시간, 우리가 불멸의 존재가 된 것처럼 상상할 수 있는 몇 번의 기회…… 그리고 그건 거짓말이에요. 사실 중요한 건 그게 아니에요."

둘 사이에 자리 잡은 정적이 고스란히 머문다. 페테르가 빈 잔을 카운터 너머로 밀어서 건네고 나가려고 자리에서 일어섰을 때에야 노년의 미망인이 잔을 비우고 으르렁거리듯 얘기한다.

"스포츠가 우리에게 주는 건 찰나의 순간들뿐이지. 하지만 페테르, 그런 순간들이 없으면 인생이 도대체 무슨 의미가 있겠나?"

역시 이 마을 최고의 심리학자다.

미라는 레오의 보호대를 챙기고 빨아놓은 옷을 개켜서 아이의 가방에 넣고 복도에 놓아둔다. 열두 살이니 자기 가방은 자기가 챙겨야 하는 나이라는 걸 그녀도 안다. 그렇다고 아이에게 맡기면 연습 시간에 맞춰서 데리고 갔다가 곧바로 집으로 돌아와서 흘리고 간 준비물 절반을 가져다줘야 하는 사람이 그녀라는 것도 안다. 가방 챙기기가 끝나자 그녀는 삼십 분 동안 컴퓨터 앞에 앉는다. 레오가 초등학교에 다닐 때 학부모 상담을 하러 갔는데, 한 선생님이 부모님이 어떤 일을 하시느냐는 질문에 레오가 이렇게 대답했다고 알려준 적이 있었다. "아빠는 하키 일 하세요. 엄마는 이메일 쓰시고요."

그녀는 커피를 끓이고 해야 할 일 목록과 달력에서 몇 항목을 지운 다음 심호흡을 몇 번 반복하며 가슴속에 얹힌 돌덩이를 느낀다. "공황발작이에요." 미라는 육 개월 전에 정신과 의사에게 그런 진단을 받고 그 길로 발길을 끊었다. 수치스러웠다. 사는 게 충분히 행복하지 않다면, 만족스럽지 않다면 가족들에게 그걸 어떤 식으로 설명할 수 있을까? '공황발작'이라니 그게 도대체 무슨 뜻일까? 변호사, 단장의 아내, 하키맘. 이 세 가지 모두를 그녀가 얼마나 사랑하는지 하늘도 알고 땅도 알 테지만 가끔 그녀는 이동하던 도중에 숲속에 차를 세우고 어둠 속에 앉아서 눈물을 흘린다. 그럴 때면 어머니가 생각난다. 자식의 뺨에 묻은 눈물을 닦아주며 "그렇게 사는 게 어렵다잖니"라고 속삭였던 어머니. 아이를 낳으면 너무 작은 담요가 된 듯한 기분이 든다. 누구 하나 빠뜨리지 않고 덮어주려고 아무리 애를 써도 추워서 바들바들 떠는 아이가 생긴다.

미라는 여덟시에 레오를 깨운다. 아침 식사는 이미 식탁에 차려놓았다. 삼십 분 안으로 레오를 연습장까지 태워다줄 것이다. 그런 다음 다시 집으로 와서 아나와 마야를 태우고 청소년팀이 경기를 치르는 동안 셋이 구내식당에서 자원봉사를 할 것이다. 그런 다음 레오를 친구네 집에, 마야도 친구네 집에 데려다줘야 할 것이다. 페테르가 알맞게 퇴근해서 같이 와인을 한잔 마시고 냉동 라자냐를 데워 먹을 수 있으면 좋겠다. 이후에 페테르가 지쳐 쓰러지면 그녀는 자정까지 절대 비워지지 않는 받은편지함에 차곡차곡 쌓인 이메일의 답장을 써야 한다. 일요일인 내일엔 하키 유니폼을 빨고 가방을 챙기고 사춘기 아이들을 깨워야 한다. 그런 다음 월요일에 다시 출근을 해야 하는데, 솔직히 요즘 들어 일이 엉망진창이다. 아이러니하게도 승진을 거부한 이후에 업무량이 더 늘었다. 미라도 알다시피 그녀가 날마다 맨 마지막으로 출근하고 맨 처음으로 퇴근해도 용납이 되는 이유는 최고의 능력자이기 때문이다. 하지만 그녀는 능력을 최대한 발휘하고 있는 듯한 기분을 한참 동안 느껴본 적이 없다. 시간이 부족하다. 감당이 안 된다.

아이들이 어렸을 땐 아이스링크 관중석에서 이성을 잃는 수많은 부모를 이해할 수 없었는데 이제는 이해가 된다. 아이들의 취미 생활은 단순히 아이들의 취미 생활에 그치지 않는다. 부모도 몇 년에 걸쳐 그만큼 많은 시간을 할애하고 희생하고 엄청난 돈을 쏟아붓기에 그들의 이성까지 마비가 된다. 그것이 상징하는 바가 확대되고, 부모의 실패했던 기억을 보상하거나 강화하기 시작한다. 미라도 이게 얼마나 한심한 소리인지 안다. 그녀도 이게 한심한 스포츠의 한심한 시합이라는 걸 안다. 하지만 오늘은 페테르와 청소년팀과 구단과 이 마을을 감안해서 마음을 졸이는 게 아니라 그녀도 내심 조마조마하다. 그녀도 저 밑바닥에는 뭐라도 하나 이기고 싶은 마음이 있다.

미라는 마야의 방 앞을 지나며 바닥에 떨어져 있는 옷가지를 줍다가 딸이 잠결에 칭얼거리는 소리가 들리자 이마를 손으로 짚는다. 뜨겁다. 몇 시간 뒤에 미라는 자발적으로, 거의 적극적인 수준으로 아이스링크에 따라가겠다고 나서는 딸을 보고 놀라게 될 것이다. 평소에는 하키장에 가지 않으려고 끝이 갈라진 머리카락만 보여도 죽는다고 엄살을 부리던 아이였지 않은가.

미라는 나중에 이때를 돌이키며 그냥 집에 있으라고 하지 않은 것을 천 번, 만 번 후회하게 될 것이다.

15

세상에는 왠지 모르게 상처가 되는 것들이 많다. 불안감은 내면의 인력과도 같아서 영혼을 쪼그라뜨린다. 벤이는 잠이 드는 덴 명수지만 단잠을 자는 덴 젬병이다. 시합 날 아침에 일찌감치 일어나지만 긴장이 돼서 그런 건 아니다. 벤이는 긴장이라는 걸 느껴본 적이 없다. 엄마가 일어나기 전에 자전거를 타고 집 밖으로 나가 숲가에 자전거를 두고 아드리의 견사까지 남은 몇 킬로미터는 걸어간다. 다른 두 누나, 카시아와 가비도 올 때까지 마당에 앉아서 개들을 쓰다듬는다. 두 누나가 남동생의 정수리에 입을 맞추고 조금 지나자 밖으로 나온 큰누나가 남동생의 뒷덜미를 손바닥으로 세게 후려치며 선생님을 '엉짱'이라고 부른 게 사실이냐고 묻는다. 벤이는 아드리에게 절대 거짓말을 하지 않는다. 아드리는 남동생의 뒷덜미를 다시 한번 찰싹 때리고 나서 그만큼 세게 입을 맞추며 사랑한다고, 네게 나쁜 일이 생기지 않도록 막아줄 거라고, 하지만 선생님 앞에서 또 그런 소리를 늘어놓으면 죽여버릴 거라고 속삭인다.

사남매는 개들에게 둘러싸여서 별 대화 없이 아침을 먹는다. 그들은 일 년에 한 번, 어머니가 절대 알아차리지 못하도록 아침 일찍 이렇게 조용한 추모식을 치른다. 그녀는 남편을 절대 용서하지 않는다. 벤이는 증오심을 품기에 너무 어렸고 세 누나는 이도저도 아니다. 모두 저마다 고충이 있는 법이다. 벤이는 자리에서 일어나며 같이 갈 사람 있느냐고 묻지 않고 누나들도 어디 가느냐고 묻지 않는다. 한 명씩 벤이의 머리칼에 입을 맞추고는 멍청이라고, 사랑한다고 얘기하고 그만이다.

벤이는 눈밭을 뚫고 자전거가 있는 곳까지 걸어가서 공동묘지로 출발한다. 알란 오비크의 묘비에 등을 대고 쭈그리고 앉아 고통이 말랑말랑해져서 눈물이 나올 때까지 마리화나를 피운다. 벤이는 손끝으로 묘비에 새겨진 이름을 더듬는다. 십오 년 전 오늘, 삼월 초의 그날에 알란은 잠을 자는 가족들을 두고 엽총을 꺼냈다. 그런 다음 벤이에게 상처가 되었던 모든 것을 들고 숲으로 직행했다. 어린아이에게는 몇 번을 설명해도 소용없다. 그런 식으로 부모를 잃은 아이는 다른 어른들이 "네 잘못이 아니야"라고 할 때 그게 거짓말이라는 걸 모를 수가 없다.

인간은 아픔을 느낀다. 그리고 그것은 영혼을 쪼그라뜨린다.

시침이 슬금슬금 점심시간 쪽으로 움직인다. 케빈은 빙판 주변으로 사십 개의 유리병을 둘러놓고 부드럽고 절제된 몸놀림을 과시하며 복잡한 패턴으로 퍽을 드리블한다. 남들 눈에는 엄청 빠르게 보이겠지만 케빈에게는 손목의 모든 움직임이 여유롭게 느껴진다. 케빈에게는 남들보다 시간이 더디게 흐르는데, 왜 그런지 이유는 모르겠다. 어렸을 때는 실력이 너무 좋다는 이유로 형들에게 얻어터지곤 했지만 그것도 어느 날 벤이가 훈련 시간에 느닷없이 등장한 이후로 달라졌다. 두 아이는 몇 달 동안 서로의 집을 오가며 날마다 같이 잤고, 이불 속에 숨어서 손전등으로 비춰가며 벤이 누나의 슈퍼히어로 만화를 읽었을 때 문득 삶의 진실을 터득했다. 각자의 슈퍼파워가 두 사람을 하나로 맺어주고 있었다.

"아들?" 케빈의 엄마가 테라스 문 앞에서 자기 손목시계를 가리키며 케빈을 부른다.

케빈이 다가가자 그녀는 조심스럽게 손을 내밀어 아들의 어깨에 묻은 눈을 털어주는데, 평소보다 더 오랫동안 다정하게 손을 올려놓고 있다. 엄마는 아랫입술을 깨문다.

"긴장되니?"

케빈은 고개를 젓는다. 그녀는 자랑스럽다는 듯이 고개를 끄덕인다.

"우리 이제 출발해야 하거든. 너희 아빠가 마드리드로 좀 더 일찍 출발하는 비행기 표를 용케 구했어. 아이스링크에 내려줄게."

"그래도 1피리어드는 보고 가실 수 있죠?"

엄마는 그 자리에서 와르르 무너질 듯한 눈빛을 보인다. 하지만 그걸 시인하는 날은 없을 것이다.

"시간이 빠듯하네. 너희 아빠가 중요한 고객 미팅에 참석해야 하거든."

"골프 치러 가시는 거잖아요." 케빈은 쏘아붙인다. 케빈으로서는 이 정도가 말대꾸에 최대한 가깝다.

엄마는 아무 대답이 없다. 케빈은 계속 따지고 들어봐야 무의미하다는 것을 안다. 이 집 식구들이 가장 즐기는 취미 생활은 하키가 아니라 감정 표현 자제하기 게임이다. 언성을 높이면 진다. "그런 식으로 소리 지를 거면 무슨 말을 한들 소용이 없겠네"라는 퉁명스러운 대사에 이어 집 안 어디에선가 문이 닫히는 소리가 들린다. 아이는 현관을 향해 걸음을 옮긴다.

케빈의 어머니가 머뭇거린다. 아들의 어깨를 향해 다시 손을 뻗었다가 멈추고 대신 목을 다정하게 건드린다. 케빈의 어머니는 큰 회사 사장이고, 거리감이 없고 공감 능력이 뛰어난 것으로 직원들 사이에서 아주 인기가 많다. 각기 다른 일을 하는 사람들과 함께 있을 때 대인관계가 더 수월해지는 걸까. 예전에는 나이가 들어서 시간이 많아지면 하고 싶은 일들을 상상하며 잠을 청하곤 했는데, 요즘은 그게 뭐였는지 기억이 나지 않아서 가끔 한밤중에 절망하며 눈을 뜰 때가 있다. 그녀는 어렸을 때 자신이 누리지 못했던 모든 것을 케빈에게 선물하고 싶었고 다른 건 남는 시간에 하면 될 거라고 생각했다. 대화를 나누고 이야기를 들어주는 건 남는 시간에 하면 될 거라고 생각했다. 시간은 쏜살같이 흘렀고 그녀는 일을 하고 케빈은 하키 연습을 하는 새 아이는 훌쩍 커버렸다. 그녀는 아이와 대화를 나누는 법을 배우지 못했고 지금은 눈을 쳐다보려면 고개를 뒤로 젖혀야 하니 더욱 힘이 든다.

"결승전 때는 갈게!" 그녀는 약속한다. 아들이 없는 결승전은 상상할 수 없는 세상에서 사는 엄마만 할 수 있는 약속이다.

아이스하키장이 사람들로 빼곡히 들어차기 시작했는데도 구내식당에는 아직 아무도 없다. 미라는 커피를 끓이고 냉동실에서 핫도그를 꺼낸다. 마야는 창밖을 내다보고 있다.

"누구 찾는 거야?" 아나가 놀린다.

마야가 째려보자 아나는 오므린 두 손으로 입을 가리고 지직거리는 기내 방송을 흉내낸다.

"신사숙녀 여러분, 땅콩 알레르기 환자가 탑승하고 있사오니 기내에서 간식 섭취를 자제해주시기 바랍니다."

마야가 아나의 정강이를 향해 킥을 날린다. 아나는 펄쩍 뛰어서 피하면서 같은 톤으로 말을 잇는다.

"땅콩에 묻은 소금은 핥아 드셔도 무방할 수 있겠습니다만……."

미라는 모든 걸 보고 듣고 거의 다 이해하지만 아무 말도 하지 않는다. 아이가 이제는 어른이라는 사실을 인정하기란 불가능한 일이다. 하지만 딱 한 가지 문제가 있다면 선택의 여지가 없다는 거다. 미라도 열다섯 살이던 시절이 있었고 그 시절에 어떤 것들이 그녀의 머릿속을 가득 채웠는지 안타깝게도 기억하고 있다.

"차에서 우유 꺼내와야겠다." 모녀가 상대방이 있는 앞에서 들을 마음의 준비가 되지 않은 이야기를 아나가 꺼낼 것 같다 싶자 그녀는 얼른 말허리를 자른다.

이미 차에 타고 있던 케빈의 아버지는 케빈에게 앞자리에 앉으라고 하더니 월요일에 볼 영어 시험에 대해 질문을 퍼붓기 시작한다. 아버지의 삶은 온통 완벽을 향한 모색이고 인생 자체가 체스판과 같아서 두 수 앞을 내다보지 못하면 만족하지 않는다. "성공은 절대 우연이 아니야. 운이 좋으면 돈은 생길지 몰라도 성공은 할 수 없지." 아버지는 입버릇처럼 이렇게 얘기한다. 그의 잔인한 일처리를 보고 사람들은 두려움에 떨지만 케빈은 아버지가 손을 들거나 심지어 언성을 높이는 것조차 본 적이 없다. 그는 마음만 먹으면 자신의 그 무엇도 공개하지 않은 채로도 상당히 매력적인 인물이 될 수 있다. 아버지는 이성을 잃거나 흥분하는 일이 절대 없다. 항상 미래를 살아가는 사람은 그럴 일이 없다. 오늘은 하키 시합이 열리지만 월요일에는 영어 시험을 본다. 두 수 앞을 내다봐야 한다.

"내 역할은 너의 친구가 아니라 아버지다." 케빈이 벤이의 어머니는 경기를 거의 빠짐없이 챙겨본다고 다시 한번 이야기를 꺼냈을 때 아버지는 이렇게 설명했다. 아버지가 화를 내지 않아도 케빈은 그 말뜻을 이해했다. 벤이의 어머니는 해마다 수백만 크로나에 달하는 거금을 후원하지 않는다. 아이스링크의 조명이 나가지 않도록 챙기지 않는다. 따라서 경기를 챙겨볼 시간이 더 많을 것이다.

벤이는 아무도 모르게 마리화나를 피울 수 있도록 호숫가를 따라서 난 길을 선택한다. 유치원 때 벤이가 토요일이 아닌데도 사탕을 먹다가 뤼트에게 걸리자 뤼트의 어머니가 진정서를 제출한 적이 있었는데, 그런 사태를 막기 위해서다. 뤼트의 어머니는 자신의 해석에 딱 들어맞도록 공정하고 공평한 것에 집착한다. 거의 모든 부모가 그렇다고 보면 된다. 벤이도 항상 생각하는 거지만 이 마을은 어린 시절을 보내기에 끔찍한 곳이다. 벤이는 눈 속에 마리화나 꽁초를 묻고 나무 사이에 눈을 감고 서서 몸을 돌려 왔던 길을 되짚어 걸어갈까 고민한다. 이 모든 것을 버리고 떠날까 고민한다. 차를 한 대 훔쳐서 백미러로 베어타운에게 작별 인사를 건네면 어떨까. 그러면 지금보다 행복해질 수 있을까.

아이스경기장 앞쪽 주차장은 사람들로 가득하다. 케빈의 아버지는 조금 떨어진 곳에 차를 세운다.

"오늘은 노닥거릴 시간이 없어서." 그는 주차장에 서 있는 다른 후원자와 학부모들을 턱으로 가리킨다. 아이들이 케빈의 하키 실력에 감탄하는 만큼 그들은 에르달 집안의 재력에 감탄한다.

절대 감정을 표현하지 않는 집안에서 지내다보면 그 말에 담긴 속뜻을 파악하는 법을 터득한다. 문 앞에 내려주지 못해서 미안한 마음을 그런 식으로 표현했으니 케빈에게 사과할 필요가 없다는 뜻이다. 두 사람은 서로의 어깨를 잠시 토닥이고 케빈은 차에서 내린다.

"자세한 얘기는 내일 듣자." 아버지가 말한다.

다른 집 아버지들은 "이겼니?"라고 묻겠지만 케빈의 아버지는 "몇 점 차로 이겼니?"라고 묻는다. 케빈의 귀에는 그가 받아 적는 소리가 들린다. 그의 집 지하실 한쪽에는 케빈이 어린이 리그 시절부터 참가했던 모든 경기의 통계 자료를 꼼꼼하게 적어놓은 두툼한 메모지로 가득한 상자들이 반듯하게 쌓여 있다. 아들에게 "골 넣었니?"가 아니라 "몇 골 넣었니?"라고 물으면 안 된다고 생각하는 사람들도 있겠지만 케빈의 아버지와 케빈은 똑같이 응수할 것이다. "다른 집 아이들은 몇 골 넣었게요?"

케빈은 아버지에게 1피리어드는 보고 갈 수 있지 않느냐고 묻지 않고, 여느 때와 다름없는 토요일인 양 문을 닫고 가방을 어깨에 짊어진다. 하지만 차가 출발하자 몸을 돌려서 완전히 사라질 때까지 바라본다. 주차장에는 선수들보다 학부모들이 더 많다. 그들에게는 오늘이 여느 때와 다름없는 토요일이 아니다.

케빈의 엄마는 괜히 몸을 돌려서 뒤 유리창 너머를 바라본다. 평소에는 하지 않는 행동이다. 그녀도 남편처럼 감정을 자제하고 케빈에게 독립심을 심어주는 걸 아주 중요하게 생각한다. 그들은 하이츠의 응석받이들이 자라서 별 볼일 없는 인간(평생 손을 잡아주어야 하는 나약한 칭얼이)이 되는 걸 보았기에 케빈은 그렇게 키우지 않을 작정이다. 가슴이 아프더라도, 지각의 대가를 가르치겠다는 아빠 때문에 초등학생인 케빈이 어두컴컴한 한밤중에 헤드에서 집까지 걸어오는 한이 있더라도, 아이가 집에 도착했을 때 엄마가 자는 척하는 한이 있더라도. 엄마가 베개에 대고 소리 없이 눈물을 흘리는 한이 있더라도. 그녀는 부모의 마음이 편한 것이 아이에게 최선은 아니라는 확신이 있고, 케빈은 그들의 용인 아래 강인한 아이로 성장했다.

하지만 케빈의 어머니는 토요일이었던 그날 뒤 유리창 너머로 본 광경을 영원히 기억할 것이다. 주차장에 서 있는 아들이 어떻게 보였는지 영원히 기억할 것이다. 일생일대의 가장 중요한 날에 그녀의 아들은 세상에서 가장 외로운 아이였다.

아맛은 우연히 구내식당 앞을 지나게 된 것처럼 보이려고 하지만, 단짝 친구의 아이스크림을 실수로 먹었다고 억지를 부릴 때처럼 어색하기 그지없다. 그와 반대편으로 걸어가던 미라가 명랑하게 인사를 건네며 너무 우렁찬 목소리로 말한다.

"안녕, 아맛! 마야 찾니?"

미라는 환한 얼굴로 구내식당 쪽을 가리키고 계단을 내려가다 몸을 돌려서 큰 소리로 외친다.

"오늘 행운을 빈다!"

그러고는 몸에 힘을 주고 호들갑스럽게 으르렁거린다. 이 마을의 십대들은 서로 행운을 빌 때 그런다고 들었기 때문이다.

"다 쓸어버려!"

아맛은 수줍은 미소를 짓는다. 구내식당에서 열띤 논쟁을 벌이는 아나와 마야의 목소리가 점점 커지자 미라는 비누와 물과 엄청난 양의 리슬링*을 동원해서 씻어버려야 하는 단어가 들리기 전에 허둥지둥 계단을 내려간다.

다가오는 소리를 듣지도 못했는데 벤이가 문득 케빈 옆에 서 있다. 친구의 어깨에 손을 얹을 뿐 반짝이는 것처럼 보이는 케빈의 눈에 대해서는 한마디도 하지 않는다. 그에 대한 보답으로 케빈은 기일과 묘지에 대해서 아무 말도 하지 않는다. 그럴 필요가 없기 때문이다. 그들은 그저 서로의 눈을 처다보며 경기를 치르기 전에 늘 하는 말을 한다.

"케브, 세상에서 두 번째로 끝내주는 일이 뭐게?"

케빈이 뜸을 들이자 벤이가 팔꿈치로 케빈의 배를 찌른다.

"잘난 놈아, 세상에서 두 **번째**로 끝내주는 일이 뭐냐고!"

"떡치기." 케빈이 웃으며 말한다.

"하지만 먼저 저 아이스링크에 들어가서 세상에서 최고로 끝내주는 일을 해야지!" 벤이가 외치며 가방을 획 하고 아무렇게나 짊어지자 케빈은 고개를 수그려서 피한다.

---

* 화이트 와인의 일종.

로커룸으로 가다 말고 케빈이 눈썹을 추켜세우며 묻는다. "그나저나 벤야민, 화장실 다녀왔냐?"

어렸을 때 같이 시합에 나선 초창기에 벤이가 팀 벤치에 실례를 한 적이 있었다. 화장실에 갈 시간이 없었던 게 아니라 상대 팀 선수 하나가 경기 내내 케빈을 보디체크하려고 했기 때문이다. 교체 투입되는 타이밍을 놓치면 케빈이 무방비 상태가 될까봐 벤치에 계속 앉아 있겠다고 고집을 부린 탓이었다.

벤이는 폭소를 터뜨린다. 케빈도 마찬가지다. 그들은 스틱을 집어 들고 세상에서 가장 멋진 일을 하러 간다.

"그래도 걔네 신곡 들어봤어? 완전 장난 아니야! 듣기만 해도 뿅 간다니까?" 아나가 깍깍거린다.

"몇 번을 말하니? 나는 테크노 싫다니까!" 마야가 고함을 지른다.

"테크노 아니야. 하우스지." 아나는 기분 나빠하며 쏘아붙인다.

"아무튼. 나는 직접 연주하는 악기가 최소한 하나는 되고 가사가 다섯 단어는 넘는 노래가 좋아."

"맙소사, 언제쯤이면 자살송에서 탈출할래?" 아나는 머리칼로 얼굴을 덮고 기타 치는 흉내와 함께 신음 소리가 섞인 가사를 읊으며 마야의 취향을 꼬집는다. "난 너무 슬퍼, 죽고 싶어, 내 음악은 너무 엿 같아……."

마야는 깔깔대며 웃다가 한쪽 주먹은 허공에서 빙빙 돌리고 한쪽 손은 노트북 위에 올려놓는 흉내를 내는 것으로 응수한다. "그래, 넌 이런 음악을 좋아하지. 쿵-쿵-쿵…… 약쟁이! 예! 쿵-쿵-쿵-쿵!"

두 사람 옆에서 아맛이 헛기침을 한다. 둘이서 구내식당 사방을 미친 듯이 깡충깡충 뛰어다니다 아나가 곰 모양 젤리가 담긴 상자를 와르르 무너뜨린다. 마야는 뛰다 말고 배를 잡고 웃는다.

"너희들…… 괜찮은 거지?" 아맛이 묻는다.

"그냥 좋아하는 음악이 서로 너무, 너무 달라서 그런 거야." 마야는 씩 웃는다.

"그렇구나……저기…… 그러니까…… 그냥 지나가던 길이었는데 내가…… 내가 오늘 출전할 수도 있어서." 아맛이 얘기한다.

마야는 고개를 끄덕인다.

"들었어. 축하해."

"어, 거의 처음부터 끝까지 벤치에 앉아 있을 거야. 그래도…… 내가…… 출전을 하니까…… 저기…… 끝나고 딱히 할 일 없으면. 나중에 말이야. 저녁 때. 만약 다른 약속이 있으면…… 혹시…… 그러니까 저기…… 같이……."

아나가 사탕 두 봉지를 밟고 넘어지다가 하마터면 탄산음료 판매기를 쓰러뜨릴 뻔한다. 마야는 하도 크게 웃어서 속이 메슥거릴 지경이다.

"미안, 아맛, 뭐라고?"

아맛이 대답하려고 하지만 한발 늦었다. 느닷없이 케빈이 아맛의 옆으로 등장하는데, 이 앞을 우연히 지나가던 척하지도 않는다. 그가 이곳을 찾은 이유는 마야 때문이다. 그녀는 그를 보고 웃음을 멈춘다.

"안녕." 그가 말한다.

"안녕하세요." 그녀가 말한다.

"네 이름이 마야 맞지?"

그녀는 경계하는 눈빛으로 고개를 끄덕인다. 그를 위아래로 훑어 본다.

"네. 선배는 이름이 뭔데요?"

케빈은 몇 초가 지난 다음에서야 그녀가 장난을 치고 있다는 걸 알아차린다. 베어타운에서 그의 이름을 모르는 사람은 없다. 그는 웃음을 터뜨린다.

"에프라임 폰 똥푼이 인사 올립니다."

그는 실없는 소리를 늘어놓는 일이 거의 없는데도 불구하고 호들갑스럽게 절을 한다. 그러자 그녀가 웃음을 터뜨린다. 아맛은 그 옆에 서서 지금까지 들어본 중에서 가장 아름다운 소리가 자신을 향해 터뜨린 웃음소리가 아니라는 데 분노한다. 케빈은 홀린 듯한 눈빛으로 마야를 쳐다본다.

"오늘 저녁에 우리 집에서 팀 파티가 열릴 거야. 승리를 자축하는 파티. 부모님이 어디 가셨거든."

마야는 못 미더워하며 한쪽 눈썹을 추켜세운다.

"이길 거라고 장담하는 눈치네요?"

케빈은 무슨 말인지 이해하지 못하는 표정이다.

"나는 지지 않아."

"아, 그러세요? 그러시군요, 에프라임 더 똥푼이 씨?" 마야는 웃음을 터뜨린다.

"폰 똥푼이입니다만." 케빈은 씩 웃는다.

마야는 웃음을 터뜨린다. 아나가 엉금엉금 일어나서 어색하게 머리를 매만진다.

"혹시…… 벤이 선배도 참석하나요? 파티에요."

마야가 아나의 정강이를 걷어찬다. 케빈은 명랑한 얼굴로 마야를 보고 고개를 끄덕인다.

"그것 봐. 친구 데려와. 재미있을 거야."

그러더니 처음으로 아맛을 쳐다보며 큰 소리로 외친다.

"너도 올 거지? 이제 너도 한 팀이니까!"

아맛은 애써 자신만만한 표정을 지어본다. 둘이 나란히 서 있으니 케빈이 두 살 더 많다는 사실이 그보다 더 확연하게 티가 날 수가 없다.

"저도 친구 데려가도 돼요?" 아맛이 조용히 묻는다.

"미안, 아메드! 팀원들끼리 모이는 자리라서." 케빈은 대답하며 아맛의 등을 찰싹 때린다.

"제 이름은 아맛인데요." 아맛은 이렇게 얘기하지만 케빈은 이미 사라지고 보이지 않는다.

마야와 아나는 계속 깔깔대고 웃으며 구내식당 안으로 다시 들어간다. 아맛 혼자 복도에 남겨진다.

오늘 저녁에 이 경기에서 결정적인 기회가 단 한 번만이라도 주어진다면 그는 무슨 수를 써서라도 놓치지 않을 것이다.

16

어떤 팀의 자부심은 다양한 데서 생길 수 있다. 장소에 대한 자부심, 공동체에 대한 자부심 아니면 한 사람에 대한 자부심. 우리가 스포츠에 몰입하는 이유는 우리가 얼마나 하찮은 존재인지와 더불어 스포츠를 통해 우리가 얼마나 위대해지는지를 깨달을 수 있기 때문이다.

미라는 아이들을 구내식당에 두고 나오면서 자기도 모르게 웃음을 터뜨린다. 그녀가 열다섯 살 때 친구들에게 했던 말들을 페테르가 듣는다면 심장마비를 일으킬 것이다. 처음 만났을 때 두 사람은 서로에게 많이 놀라워했다. 그녀는 그에게 "이렇게 내숭 떠는 하키 선수는 본 적이 없다"라고 했고, 그는 그녀가 술집의 다른 직원들을 안주 삼아 우스갯소리를 늘어놓으면 귀를 막았다. 그녀는 남자들밖에 없는 곳에서 일을 하는 데 워낙 인이 박였지만 (식당에서도 그랬고 여러 로펌에서도 그랬다) 테스토스테론 때문에 골머리를 앓은 적은 없다. 팀

170

원들끼리 저녁을 먹는 자리에 부인들도 초대를 받았던 시절, 앞니가 빠진 A팀 선수 하나가 단장 부인의 속을 뒤집어놓으려고 "여기 있는 유리잔마다 거시기를 문질렀다"하고 의기양양하게 얘기했을 때도 종이 봉지에 대고 헉헉거리며 호흡을 가다듬은 쪽은 페테르였다. 그녀가 응수하는 차원에서 그걸 여성 버전으로 바꾸면 어떻게 되는지 세세하게 설명을 늘어놓자 앞니 빠진 대스타는 저녁 식사가 끝날 때까지 그녀를 두 번 다시 쳐다보지 못했다. 그때 페테르는 부끄러워했다. 지금도 마찬가지다. 당황한 최후의 구석기인. 그 오랜 세월이 지난 뒤에도 두 사람은 여전히 서로에게 놀라워한다. 그게 꼭 나쁜 것만은 아니다.

미라는 주차장에 가려고 아이스하키장을 가로지르다 빙판 옆에서 걸음을 멈추고 쳐다본다. 아무리 애를 써도 그녀는 이 도시에서 페테르의 배우자일 수밖에 없을 것이다. 아마도 성인들은 누구나 다른 삶, 지금 걷고 있는 길이 아닌 다른 길에 대해 가끔 궁금해할 것이다. 궁금해하는 빈도수는 현재에 얼마나 만족하느냐에 따라 달라진다. 그녀의 어머니는 딸에게 대책 없이 낭만적인 동시에 구제 불능일 정도로 경쟁심이 강한 아이라고 했다. 페테르와 둘이서 볼링을 세 번 같이 쳤는데도 아직 이혼하지 않은 걸 보면 맞는 말인 듯하다. 세 번째로 치러 갔을 때 그들은 새벽 한시 삼십분에 '긴급 부부 상담'을 검색했다. 아, 가끔 그로 인해 얼마나 짜증이 나는지. 아, 그럼에도 불구하고 그를 얼마나 사랑하는지. 그 사랑은 서서히 발전한 게 아니라 재난처럼 그녀를 덮쳤다. 그리고 아직도 현재진행형이다. 그녀가 바라는 게 있다면 하루가 사십팔 시간이면 좋겠다는 것이다. 아니 욕심을 버리고 삼십육 시간만 돼도 좋겠다. 같이 술 한잔 마시면서 텔레비전을 보고 싶을 뿐인데 너무 많은 걸 바라는 걸까? 여유 있게 널찍한 담요를 만들고 싶을 뿐인데.

미라는 다른 길을 너무 자주 상상한다. 다른 누군가가 살고 있는 삶. 페테르가 프로 선수로 계약을 맺었을 땐 그를 위해 기뻐했지만 그가 하키를 그만두었을 땐 그녀를 위해 기뻐했다. 그녀가 들어갈 자리가 생겼다는 데 기뻐했다. 그걸 그에게 실토할 날이 있을까? 그가 선수도 아니고 단장도 아니고, 보험을 팔며 그저 행복하게 지내려고 노력했던 그 짧은 기간이 그녀가 기억하는 가장 행복했던 시절이다. 하지만 사랑하는 사람에게 무슨 수로 이런 말을 할 수 있을까?

이삭이 세상을 떠났을 때 모두들 그들을 위해 온갖 노력을 아끼지 않았다. 허파가 제 기능을 상실하자 날조된 형태의 사랑이라도 있어야 숨을 쉴 수 있었다. 그래서 미라는 가장 어려운 결단을 내렸다. 페테르에게 하키를 돌려주어야겠다고 말이다.

사는 것과 살아가는 것 사이에는 미묘한 차이가 있다. 낭만적이면서도 경쟁심이 강한 성격에는 한 가지 긍정적인 부작용이 있다. 절대 포기하지 않는다는 것이다. 미라는 차에서 우유를 꺼내고 그 자리에 서서 혼자 웃음을 터뜨리다 그런 식으로 웃음을 터뜨리는 순간이 점점 많아지고 있다는 사실을 깨닫는다. '베어타운 아이스하키'라고 선명히 새겨진 초록색 스카프를 꺼내서 목에 두른다. 아이스하키장으로 돌아가는 동안 똑같은 색상을 두른 사람들과 인사하고 포옹을 하자 잠깐 동안 다른 모든 것은 중요하지 않게 느껴진다. 모든 면을 알지 못해도 아이스하키를 좋아할 수 있고, 자부심을 느끼지 않아도 어떤 마을을 좋아할 수 있다.

페테르는 내쫓긴 귀신처럼 아이스링크 주변을 서성인다. 오늘 하루는 지금까지 방 안으로 들어가자마자 거기 들어간 이유를 잊어버린 것 같은 순간들의 연속이다. 사무실 앞에서는 복도를 멍하니 걷다 프락과 부딪친다. 못 보고 지나칠 수 없는 위인과 그렇게 부딪치다니 대단한 일이다. 프락은 키가 백팔십사 센티미터이고 스웨덴 챔피언십 결승전에서 함께 뛰었을 때에 비해 허리가 상당히 튼실해졌다. 프락은 예전부터 이목을 최대한 모으는 것으로 자신감 부족을 상쇄하는 성격이었다. 헤드폰을 낀 아이처럼 큰 소리로 얘기하는가 하면, 예전엔 잡지에서 여학생들이 그런 걸 좋아한다는 기사를 읽고 남들은 전부 청바지를 입는데 파티 때마다 양복을 입고 등장하기도 했다. 고등학교 시절이 거의 끝나갈 무렵 구단의 후원자 한 명이 세상을 떠나자 모든 팀원에게 정장을 입고 장례식에 참석하라는 지시가 내려진 적이 있었다. 프락은 그 소리를 듣고 연미복을 입고 등장했다. '프락'은 그때 생긴 별명이었다.*

요즘은 여기에 하나, 헤드에 하나, 그리고 그가 어쩌고저쩌고 떠들어댔을 때 페테르가 무심코 흘려들어서 이름을 기억하지 못하는 서너 군데에 대형 슈퍼마켓 체인점을 운영하고 있다. 숲속에서 입을 다물고 있지 못해서 이 일대의 모든 사냥 동호회에서 쫓겨났다. 같이 선수로 활약하던 시절에는 자기에게 불리한 판정이 내려질 때마다 매번 그 긴팔을 휘저으며 웃음과 눈물과 절망과 분노 사이를 어찌나 삽시간에 오가는지 수네가 '입을 다물 줄 모르는 무언극 배우'를 가르치는 것 같다고 표현할 정도였다. 프락은 별 볼일 없는 선수였지만

---

* '프락'이 스웨덴어로 연미복이라는 뜻이다.

아이스하키의 경쟁적인 측면을 좋아했다. 하키 인생이 끝났을 때 그는 그런 태도를 바탕으로 별 볼일 없지 않은 세일즈맨이 되었다. 지금은 해마다 차를 바꾸고 혈압측정기만 한 롤렉스를 차고 다닌다. 다른 종류의 경기에서 수상한 트로피라고 하겠다.

"이런 날이 올 줄이야." 육중한 슈퍼마켓 사장이 페테르를 내려다보며 씩 웃는다.

그들은 둘이 나란히 서서 찍은 예전 단체 사진 옆에 서 있다.

"이제 너는 단장이고 나는 거물급 후원자다." 프락이 히죽거리자 페테르는 거물급 후원자가 되려면 한참 멀었다고 짚고 넘어가려다 그만두기로 한다.

"그러게, 이런 날이 올 줄이야." 페테르는 맞장구를 친다.

"이제 서로 보살피는 사이잖아. 우리는 베어타운의 곰!" 프락은 이렇게 포효하고, 페테르가 뭐라고 대꾸할 겨를도 없이 말을 잇는다.

"어제 우연히 케빈 에르달을 만났어. 긴장이 되느냐고 물었지. 그랬더니 걔가 뭐라 그랬는지 알아? '아뇨.' 그래서 내가 어떤 전략으로 경기에 임할 거냐고 물었더니 걔가 뭐라 그랬는지 알아? '이기겠다는 전략요.' 그러고는 내 눈을 똑바로 쳐다보더니 '아저씨가 저희 팀을 후원하는 이유가 그거잖아요. 투자한 대가를 거두는 거.' 이러지 뭐야. 열일곱 살짜리가! 우리도 열일곱 살 때 그런 식으로 얘기했나?"

페테르는 아무 대꾸도 하지 않는다. 열일곱 살 시절이 기억이 나는지조차 모르겠다. 그는 커피 메이커 앞으로 간다. 이놈의 기계는 또 고장이 나서 덜거덕거리고 쉭쉭거리다 오래된 씹는담배 색의 끈적끈적한 액체를 마지못한 듯 뚝뚝 떨어뜨린다. 그래도 페테르는 그걸 마신다. 프락은 턱 밑을 긁으며 언성을 낮춘다.

"후원자랑 이사 몇 명이 시의원들을 만났어…… 물론 비공식적으로."

페테르는 크림을 찾으며 듣고 싶지 않다는 뜻을 분명히 한다. 프락은 아랑곳하지 않는다.

"청소년팀이 우승하면 시의회에서 베어타운을 하키 아카데미 설립지로 선정할 거야. 그러지 않으면 얼마나 형편없는 처사가 되겠어, 물론 홍보의 관점에서 말이지. 그리고 아이스링크를 보수하는 문제에 대해서도 잠깐 이야기를 나누었는데……."

"그것도 물론 비공식적이겠지?" 페테르는 으르렁거리듯 묻는다. 시의회에서 '비공식적'이라 하면 한 손으로는 등을 긁어주고 한 손으로는 주머니에 돈을 쑤셔넣는 걸 의미한다는 것을 알기 때문이다.

프락은 페테르의 등을 철썩 때리고 그의 사무실을 턱으로 가리킨다.

"누가 알겠어, 페테르. 자네한테 에스프레소 기계를 사줄 만큼 주머니 사정이 넉넉해질지!"

"훌륭해." 페테르는 중얼거린다.

"저 안에 좀 더 센 거 뭐 없겠지?" 프락은 페테르의 사무실 쪽을 쳐다보며 큰 소리로 묻는다.

"긴장이 되는 모양이네?" 페테르는 미소를 짓는다.

"다빈치는 〈모나리자〉를 그렸을 때 갈색 물감을 할인 받았을까?"

페테르는 웃음을 터뜨리고 그의 사무실 옆방을 턱으로 가리킨다.

"사장실에 한두 병 있을 거야."

프락의 표정이 밝아진다. 페테르는 프락의 뒤통수에 대고 외친다.

"오늘은 셔츠 입고 있을 거지? 준준결승 때처럼 그러지 말고. 학부모들이 안 좋아했어!"

"약속할게!" 프락은 거짓말을 하고, 고개도 돌리지 않은 채 처음부터 그럴 생각은 없었다는 듯이 얼른 덧붙인다.

"경기 시작하기 전에 가볍게 한잔하자, 응? 너는 물 마셔도 돼. 탄산음료 마시고 싶으면 그거 마셔도 되고. 내가 다른 후원자들도 몇 명 불렀어. 잠깐 얘기 좀 하려고. 물론…… 비공식적으로."

프락은 술병과 사장을 데리고 다시 나온다. 사장은 벌써부터 이마가 깨끗하게 닦은 얼음처럼 반질반질하고 겨드랑이에 시커먼 얼룩이 생겼다. 페테르는 그제야 자기가 복병을 만났음을 알아차린다.

파티마는 이렇게 사람이 많은 아이스링크는 처음이다. 아맛이 출전하는 유소년팀 경기는 대개 챙겨보는 편이지만, 그 경기는 관중이라고 해봐야 선수 부모와 억지로 끌려온 동생들뿐이다. 오늘은 다 큰어른들이 네 배 비싸게 팔리는 표를 구하려고 주차장에서 발을 동동 구르고 있다. 아맛은 일찌감치 두 장을 사놓았다. 왜 평소처럼 사카리아스하고 같이 가지 않나 했더니 언젠가 같이 뛰게 될 선수들을 엄마에게 보여주고 싶다고 했다. 그게 일주일쯤 전이었고 그때만 해도 그런 날이 이렇게 빨리 찾아올 줄은 꿈에도 몰랐다. 그녀는 표를 꼭 움켜쥐고 인파를 피해가려고 하지만 투명인간이 되는 데 실패했는지 누군가가 갑자기 그녀를 붙잡는다.

"저기요! 이거 좀 어떻게 해줘요."

파티마는 고개를 돌린다. 마간 뤼트가 그녀를 향해 팔을 흔들더니 누군가가 바닥에 떨어뜨려서 깨진 유리병을 가리킨다.

"쓰레받기랑 빗자루 가지고 와요. 누가 밟으면 어떡해요! 어린애라도 밟으면!"

병을 떨어뜨린 여자(파티마도 아는, 다른 선수의 엄마다)는 직접 치울 기미를 보이지 않는다. 이미 자기 자리 쪽으로 걸음을 옮겼다.

"내 말 듣고 있는 거예요?" 마간 뤼트가 외치며 파티마의 팔을 잡는다.

파티마는 고개를 끄덕이고 표를 주머니에 넣는다. 유리병 옆으로 허리를 숙여서 앉으려고 한다.

그때 다른 누군가가 그녀의 어깨 위에 손을 얹는다.

"파티마?" 미라가 따뜻하게 그녀의 이름을 부르고, 누가 봐도 싸늘한 눈빛으로 마간 뤼트를 쳐다본다.

"왜 그래요?"

"별일 아니에요. 저 여자, 여기 직원이잖아요." 마간이 으르렁거린다.

"오늘은 아니에요." 미라가 말한다.

"무슨 뜻이에요, 오늘은 아니라니? 그럼 뭐 하러 여기 온 거예요?"

파티마는 허리를 펴고, 그녀 말고는 아무도 모를 만큼 아주 살짝 한 발짝 앞으로 나선다. 그런 다음 마간의 눈을 똑바로 쳐다보며 대답한다.

"나 '저 여자' 아니에요. 없는 사람 취급하지 마요. 나도 댁이랑 똑같은 이유로 왔어요. 내 아들 시합 보려고."

미라는 그보다 더 당당한 사람을 본 적이 없다. 그리고 마간이 그렇게 꿀 먹은 벙어리로 변하는 것도 본 적이 없다. 뤼트가 인파에 떠밀려서 사라지자 미라는 바닥에 떨어진 유리 조각을 줍는다. 파티마가 조용히 묻는다.

"미안하지만 미라, 저기…… 내가 낯설어서요…… 혹시…… 오늘 옆자리에 앉아도 될까요?"

미라는 입술을 깨문다. 파티마의 손을 덥석 잡는다.

"어머, 파티마, 내가 먼저 물어봤어야 하는 건데 미안해요."

수네는 관중석 맨 윗줄에 앉아 있다. 그의 옆으로 계단을 지나는 후원자들이 못 본 체하는 걸 보니 그들이 무슨 얘기를 하려고 사장실에 모이는지 모를 수가 없겠다. 이상하게도 수네는 더 이상 화가 나지 않는다. 슬프지도 않다. 그저 피곤할 따름이다. 정치와 돈과, 하키와 상관없는 구단의 그 모든 것이. 그저 피곤하다. 그러므로 어쩌면 그들의 생각이 맞을지 모른다. 그는 더 이상 적임자가 아니다.

수네는 빙판을 내다보며 코로 몇 차례 심호흡을 한다. 상대 팀 선수 몇 명이 몸을 풀러 나온다. 원래 겁에 질린 사람들이 일찌감치 준비하기 마련이다. 세월이 아무리 변해도 불안감은 여전하다. 수네는 거기서 위안을 느낀다. 사장실에 모인 남자들이 어떤 식으로 바꾸려고 애를 쓰는지 몰라도 이건 여전히 운동경기일 뿐이다. 한 개의 퍽, 두 개의 골대, 열정으로 가득한 심장. 하키를 종교에 비유하는 사람들도 있지만 그건 착각이다. 하키는 믿음과 같다. 종교는 나와 타인들 간의 문제고 해석과 이론과 견해로 가득하다. 하지만 믿음은…… 나와 신의 문제다. 심판이 센터 서클로 미끄러지듯 나와서 두 선수 사이에 설 때, 스틱이 서로 부딪치는 소리가 들리고 까만 원판이 그 사이로 떨어지는 게 보일 때 느껴지는 무엇이다. 바로 그때 그것은 나와 하키만의 문제가 된다. 돈에서는 아무 냄새도 나지 않는 반면, 벗

178

나무에서는 항상 벚나무 냄새가 나지 않는가.

　다비드는 선수들이 입장하는 터널에 서서 후원자들이 사장실 쪽으로 계단을 올라가는 광경을 지켜본다. 그는 그들이 자신에 대해서 뭐라고 할지, 어떤 식으로 자신의 성과를 논할지 알지만 내년에 A팀이 이보다 못한 성적을 거두면 그들의 태도가 얼마나 금세 돌변할지도 안다. 하지만 아아, 이 청소년팀이 얼마나 있을 법하지 않은 조합인지 아는 사람이 있을까. 하키의 세계에서 신데렐라 스토리는 더 이상 존재하지 않는다. 대규모 구단에서 소규모 구단의 재능 있는 선수들을 심지어 십대 초반부터 빼간다. 베어타운에서는 모든 선수가 (기적적으로) 그대로 남았지만 진정한 최정상급 선수는 한 명뿐이다. 나머지 선수들로는 백이면 백 압도당할 수밖에 없다. 그런데도 이들은 여기까지 왔다. 이 팀은 말벌 떼와 같다.

　여기저기서 다비드의 '비밀 전략'이 뭔지 궁금해한다. 다비드가 얘기한들 그들은 이해하지 못할 것이다. 그의 비밀 전략은 애정이다. 다비드가 코치를 맡았을 때 케빈은 벤이가 없었다면 링크 밖에서 선배들에게 넙치가 되도록 얻어맞았을 겁에 질린 일곱 살짜리 꼬맹이였다. 그때부터 벤이는 다비드가 본 적이 없을 정도로 겁이 없는 녀석이었고 케빈은 가장 재능이 있는 녀석이었다. 다비드는 둘에게 스케이트를 앞뒤, 양쪽 모두로 타는 법을 가르쳤다. 패스가 슛만큼 중요하다고 가르쳤다. 벤이에게는 하루 종일 스틱 없이 연습하게 했고, 케빈에게는 이상하게 휜 스틱을 주고 몇 주 동안 연습을 시켰다. 하지만 또 한편으로는 두 아이에겐 서로밖에 없다는 걸, 이 세상에서 믿을 수 있는 사람은 바로 옆에서 뛰는 동료뿐이라는 걸, 혼자서는 버스에 타지 않겠다고 하는 사람들만 한 팀이 될 수 있다는 걸 가르치기도 했다.

다비드는 아이들에게 스틱에 테이프 감는 법과 스케이트 날 가는 법을 가르친 사람이기도 했지만 넥타이 매는 법과 면도하는 법을 가르친 사람이기도 했다. 나머지는 아이들 스스로 터득했을지 몰라도 적어도 턱수염을 깎는 법은 그에게 배웠다. 제멋대로에 조금도 가만히 있지 못했던 토실이 보보가 열세 살 때 로커룸에서 뒤를 돌아보더니 벤이에게 불알 털을 밀 때 똥꼬도 같이 밀어야 하느냐고 물었던 게 떠오르면 그는 지금도 웃음이 터진다. "여자애들은 앞뒤가 똑같은 걸 중요하게 생각할까?" 다비드가 청소년팀 선수였을 땐 음모를 강제로 면도하는 게 신입생 입단식의 일부였다. 예전에는 그게 굴욕으로 간주됐다. 요즘은 그에 상응하는 통과의례가 뭔지 모르겠지만 요새 아이들은 의자에 묶어놓고 음모가 다시 자랄 때까지 건드리지 못하게 하면 벌벌 떨지 않을까 싶다.

하키를 하는 사람들이 계속 변하니 하키도 달라질 수밖에 없다. 다비드가 청소년팀 선수였을 때는 코치가 로커룸에서 절대 침묵하도록 했지만 다비드의 팀은 웃음소리로 넘쳐난다. 그는 유머로 모두가 하나 될 수 있다는 것을 알기에 경기가 시작되기 직전에 긴장한 어린 선수들 앞에서 우스갯소리를 늘어놓는다. 아이들이 어렸을 때 가장 좋아한 우스갯소리는 이거였다. "헤드에서 온 잠수함을 침몰시키려면 어떻게 하면 되는지 알아? 잠수해 들어가서 문을 두드리면 돼. 다시 한번 침몰시키려면 어떻게 하게? 잠수해 들어가서 문을 두드리면 돼. 걔네가 문을 열고 이렇게 얘기할 테니까. '흥, 우리가 또 속을 줄 알고?'" 좀 더 컸을 때 아이들이 가장 좋아한 우스갯소리는 이거였다. "결혼식장에 참석했을 때 여기가 헤드로구나, 하고 알 수 있는 징표가 뭔지 아니? 모든 하객이 교회 한쪽 편에 몰려서 앉아 있다는 거!" 아이들이 스스로 우스갯소리를 늘어놓을 수 있는 나이가 되자 다비드는 로커룸을 비우는 시간을 점점 늘렸다. 코치의 부재가 아이들을 하나로 뭉치게 하는 경우도 있기 때문이다.

그는 시계를 보며 경기가 시작되기 전까지 몇 분 남았는지 세어본다. 관중석에 앉아 있는 후원자들은 팀원들이 서로를 위해 어디까지 희생할 수 있는지 모르기 때문에 다비드의 전략을 절대 이해하지 못한다. 그들은 "공격적으로 풀어놓으라" 하고 난리를 부리지만 다비드는 선수들에게 아주 분명한 역할을 집요하게 할당하고, 어디로 패스를 하고 어떤 식으로 정확하게 위치를 선정하고 위험 요소를 제거하면 되는지 연습을 시킨다. 상대 팀이 테크닉이나 스피드 면에서 우위를 점하고 있는 부분을 어떤 식으로 무력하게 만들어서 우리 팀과 같은 수준으로 끌어내리면 되는지, 어떤 식으로 상대 팀 선수들을 좌절시키고 짜증을 돋우면 되는지 가르친다. 그래야 그들이 이길 수 있기 때문이다. 그의 팀에는 다른 팀에는 없는 케빈이라는 존재가 있기 때문이다. 케빈은 기회만 잡으면 두 골을 연달아 넣을 수 있고, 벤이 옆에 있는 한 케빈에게는 최소한 한 번의 기회가 생긴다.

"관중석은 무시해라. 사람들이 하는 말도 무시하고." 다비드는 계속 이 말을 반복한다. 그의 작전은 순종과 겸손과 신뢰와 십 년의 훈련과 노력을 필요로 한다. 베어타운이 모든 수치에서 뒤처지더라도 득점에서만 앞서면 그는 로커룸에서 모든 선수들에게 역할을 완수했다고 선포할 것이다. 그들은 그를 믿는다. 그를 사랑한다. 그들이 일곱 살이었을 때, 다른 모든 이들은 웃어넘겼을 때, 그는 여기까지 끌어울려주겠다고 했고 약속을 지켰다.

다비드는 로커룸을 향해 몸을 돌리기 직전에 관중석 맨 윗줄에 혼자 앉아 있는 수네를 본다. 두 사람의 시선이 잠깐 만난다. 두 사람이 지금까지 얼마나 옥신각신했는지 몰라도 다비드는 이 구단에서 그들의 플레이를 뒷받침하는 사랑이라는 개념을 이해하는 사람은 저 고집불통 노인네밖에 없다는 것을 안다.

17

하키는 모든 게 흑 아니면 백이라고 하는 사람들도 있다. 정신 나간 사람들이다. 파티마와 자리에 앉아 있던 미라가 잠깐 실례한다는 말과 함께 갑자기 일어나더니 계단을 지나 어떤 중년의 남자 앞에 가서 선다. 파티마도 아는 공장의 중견 간부다. 미라는 짜증스럽게 남자의 빨간색 스카프를 잡아챘다.

"크리스테르, 맙소사, 그거 벗어요!"

야단을 맞아본 적이, 그것도 여자에게 야단을 맞아본 적이 거의 없어 보이는 그 남자는 그녀를 빤히 쳐다본다.

"지금 장난해요?"

"당신이야말로 지금 장난해요?" 미라가 큰 소리로 외치자 계단을 지나던 다른 사람들마저 두 사람을 쳐다본다.

두 뺨이 벌게진 남자는 반신반의하며 주변을 두리번거린다. 누군지 몰라도 뒤에서 중얼거리는 소리가 들린다. "맙소사, 크리스테르, 그 사람 말이 맞아요!" 이내 다른 사람들도 맞장구를 친다. 크리스테르는 천천히 스카프를 벗어서 주머니에 넣는다. 그의 아내가 미안하다는 듯이 미라 쪽으로 몸을 숙이더니 나지막이 속삭인다.

"내가 얘기했거든요. 그런데 남자들이 어떤 식인지 알잖아요. 어떨 때 보면 하키를 전혀 이해하지 못하잖아요."

미라는 웃으며 자기 자리로 가서 다시 파티마 옆에 앉는다.

"빨간색 스카프라니. 미친 게 아니고서야! 미안해요, 방금 무슨 얘길 하고 있었죠?"

베어타운에서는 흑 아니면 백이 아니다. 빨간색 아니면 초록색이다. 그리고 빨간색은 헤드를 상징하는 색이다.

아맛은 손끝으로 출전용 유니폼 솔기를 더듬는다. 짙은 초록색 바탕에 은색으로 번호를 새겼고 가슴팍에는 갈색 곰이 있다. 베어타운을 상징하는 색이다. 숲, 빙판, 대지. 아맛의 등번호는 81번이다. 유소년팀에서는 9번을 달고 뛰지만 여기에서는 케빈이 9번이다. 로커룸은 난장판이다. 16번인 벤이는 한쪽 구석에 누워서 여느 때처럼 자고 있지만 다른 선수들은 벤치에 웅크리고 앉아 있다. 경기 시간이 가까워질수록 흥분이 극에 달해서 점점 요란하게 충고를 늘어놓는 엄마, 아빠에게 뒤로 밀려난 결과다. 어떤 스포츠건 이렇다. 부모들은 아이의 실력이 향상되면 자기들의 전문 지식도 자동적으로 늘어난다고 생각한다. 사실은 정반대인데 말이다.

소음이 감당할 수 없는 수준이고 그중에서도 최고가 마간 뤼트다. 자기 아들이 1라인 공격수면 자신에게도 특권이 부여된다고 생각하기 때문이다. 벤이의 엄마는 로커룸에 들어온 적이 없고 케빈의 엄마는 경기장 자체에 거의 오질 않으니 마간이 몇 년째 가장 막강한 영

184

향력을 행사하고 있다. 그녀는 아들 빌리암이 열세 살 때까지 매 경기가 끝나면 와서 스케이트 끈을 직접 풀어주었고, 세컨드 카와 외국 여행을 포기해가며 에르달의 옆집으로 이사했다. 아들들끼리 단짝 친구가 되어주길 바라는 마음에서였는데, 빌리암이 케빈과 벤이 사이로 아직 파고들지 못했다는 좌절감이 점점 공격적으로 표출되기 시작했다.

다비드가 들어서자 로커룸은 모든 어른들이 퍼붓는 비난과 질문과 요구 사항들로 폭발한다. 그는 그들이 존재하지도 않는다는 듯 그 사이를 뚫고 지나치고, 뒤따라 들어온 라르스가 그들을 문 쪽으로 몰고 간다. 마간 뤼트는 엄청난 모욕감에 라르스의 손을 쳐서 치운다.

"우리는 팀을 응원하러 온 거예요!"

"그런 용도로 만들어진 게 관중석이죠." 다비드는 마간을 쳐다보지도 않고 대꾸한다.

마간은 그 말에 폭발한다.

"이것 보세요, 코치님! 다른 날도 아니고 오늘 같은 날 팀에 변화를 주다니 생각이 있으신 거예요?"

다비드는 무슨 뜻인지 모르겠다는 듯이 마간을 향해 눈썹을 추켜세운다. 빌리암 뤼트는 죽고 싶은 표정이다.

"저 아이가 여기 있는 이유가 뭐냔 말이죠." 마간은 아맛을 똑바로 가리키며 따져 묻는다.

아맛은 빌리암과 똑같은 표정을 짓는다. 다비드는 다른 학부모들이 조용히 할 수밖에 없도록 일부러 언성을 높이지 않는다.

"제가 어떤 팀원을 선택하든 이유를 설명할 필요는 없다고 봅니다만."

마간의 이마 위로 튀어나온 핏줄이 교회 종처럼 진동한다.

"뭘 잘 모르시나본데 나한테는 설명을 해주셔야겠어요! 이 아이들은 코치님 밑에서 십 년 동안 선수로 뛰고 있는데, 가장 중요한 경기를 앞두고 유소년팀 선수를 데려다놓다니요!"

마간이 로커룸 안의 다른 학부모들에게 손짓을 하자 학부모들이 고개를 끄덕이며 웅얼웅얼 맞장구를 친다. 그녀는 다비드를 똑바로 쳐다보며 따져 묻는다.

"이게 우리에게 얼마나 중요한 경기인지 아세요? 우리 모두에게 얼마나 중요한 경기인지 아시냐고요. 우리가 이 스포츠를 위해 어떤 걸 희생했는지 아세요?"

아맛은 꿈틀거리며 이대로 로커룸을 박차고 나가서 아이스링크를 영영 떠나고 싶은 듯한 표정을 짓는다. 다비드의 얼굴이 순식간에 벌겋게 달아오른 것도 불난 집에 부채질하는 격이다. 마간은 벽 쪽으로 곧장 뒷걸음질을 친다.

"지금 제 앞에서 희생을 운운하십니까?" 다비드는 나지막이 쏘아붙이고, 대답할 일말의 기회도 주지 않은 채 그녀의 앞으로 성큼성큼 다가간다.

"저 아이를 보세요!" 다비드는 아맛을 가리키며 외치고, 마간이 어떤 반응을 보일 틈도 없이 그녀의 팔을 잡고 질질 끌고 가서 아이의 바로 앞에 세운다.

"이 아이를 보세요! 어머님의 아들이 이 아이보다 더 많은 자격을 갖추고 있다고 말할 수 있을까요? 그 둘이 이 자리에 오기까지 똑같은 길을 걸었을까요? 어머님의 가족이 이 아이보다 더 열심히 노력했다고 말할 수 있을까요? 이 아이를 보세요!"

다비드는 벌벌 떨고 있는 마간 뤼트의 팔을 놓는다. 그는 아맛의 어깨를 얼른 토닥이며 아이의 목을 엄지손가락으로 누르고 아이의 눈을 똑바로 쳐다본다. 말은 한마디도 하지 않고 그냥 쳐다보기만 한다.

그러고는 로커룸을 가로질러 빌리암 뤼트의 뺨에 손을 얹고 속삭인다.

"우리는 우리를 위해서 경기를 하는 거다, 빌리암. 다른 누가 아니라 너하고 나, 우리는 우리를 위해서 경기를 하는 거야. 다른 누구의 힘이 아니라 우리 힘으로 여기까지 왔으니까."

빌리암은 고개를 끄덕이며 눈가를 훔친다.

보보는 발로 바닥을 사정없이 두드린다. 가만히 앉아 있을 수가 없다. 라르스가 마간을 비롯해 모든 학부모를 내쫓자 숨이 막힐 정도로 강렬한 정적이 흐른다. 보보는 그런 분위기에서 조용히 있지 못한다. 원래 그렇다. 보보는 케빈도 아니고 벤이도 아니다. 안간힘을 써야 관심을 누리고 로커룸의 한복판을 차지할 수 있다. 보보는 기억이 닿는 아주 먼 옛날부터 구석자리와 인정받지 못한 채 잊히는 것을 두려워했다. 고개를 가슴까지 떨군 단짝 친구들이 보이자 그는 벌떡 일어나서 영화에 나오는 인물처럼 감동적인 연설을 하고 싶지만 그럴 만한 말주변이 없다. 발언권도 없다. 하지만 정적을 깨고 싶은 마음이 굴뚝같다. 그래서 벌떡 일어나 헛기침을 하고 말문을 연다.

"야, 레즈비언 뱀파이어가 다른 레즈비언 뱀파이어한테 뭐라고 했는지 알아?"

청소년팀 선수들은 놀란 눈빛으로 고개를 들고 보보를 쳐다본다.

보보는 씩 웃는다.

"한 달 뒤에 또 만나!"

몇 명이 키득거린다. 그 정도면 계속해보라는 응원으로 충분하다.

"레즈비언들이 뭘로 제일 많이 죽는지 알아?"

웃는 아이들이 점점 많아진다.

"털이 배 속에서 뭉쳐서!" 보보는 외치고 마지막 한 방을 준비한다.

"레즈비언들이 왜 그렇게 감기에 자주 걸리는지 알아? 비타민 D가 부족해서!"

이제는 온 로커룸이 웃음소리로 들썩인다. 보보의 농담이 재밌어서 그러는지 어이없어서 그러는지 몰라도 상관없다. 웃기만 하면 된다. 보보는 뿌듯함을 달래며 좀 전과 표정이 다를 바 없는 다비드를 향해 불쑥 묻는다.

"코치님은 재밌는 거 뭐 없어요?"

로커룸에 다시 정적이 흐른다. 다비드는 꼼짝 않고 그 자리에 앉아 있다. 보보의 얼굴이 벌게졌다가 다시 하얘진다. 결국 라르스가 헛기침을 하며 자리에서 일어나 보보를 구원하는 동시에 죽이는 한 방을 날린다.

"보보가 떡을 치고 나면 항상 눈물을 흘리고 귀 따가워 하는 이유가 뭔지 아니?"

보보는 몸을 꿈틀거리며 당혹스러워한다. 몇몇 아이들이 답을 기대하며 키득거린다. 라르스는 놀라우리만치 환한 함박웃음을 짓는다.

"페퍼 스프레이와 호신용 호루라기 때문이지!"

모든 선수들이 터뜨린 천둥 같은 웃음소리에 로커룸이 들썩인다. 결국에는 다비드마저 미소를 짓는데, 그는 나중에 이 순간을 숱하게 돌아볼 것이다. 농담은 농담일 뿐인지, 이건 너무 도가 지나쳤는지, 로커룸 안과 밖은 다른 원칙이 적용되는지, 경기를 앞두고 긴장을 풀고 불안을 달래기 위해서라면 선을 넘어도 되는지, 그가 나서서 라르스를 막고 선수들에게 다른 이야기를 했어야 했는지. 하지만 그는 아무것도 하지 않는다. 아이들이 웃도록 내버려둔다. 집에 가서 여자 친구와 눈이 마주치면 그때 비로소 이런 부분들에 대해 생각해볼 것이다.

한편 아맛도 한쪽 구석에 앉아서 웃음을 터뜨린다. 웃으면 해소가 된다. 팀의 일원이 된 듯한 기분이 든다. 주변의 모든 사람들과 같은 소리를 낸다는 것에는 뭔가 근사한 면이 있다. 그는 그랬던 걸 평생 부끄러워하게 될 것이다.

벤이가 눈을 떠보니 케빈이 자기를 흔들어 깨우고 있다. 마간 뤼트가 전략을 운운해도, 라르스가 유머 감각을 발휘해도 깨지 않는 게 벤이의 가장 엄청난 재능이고, 그렇게 잘 수 있는 것도 분명 일종의 특권이다. 빙판 안팎에서 벤이의 태도를 문제 삼는 학부모들이 있지만 다비드는 같은 말을 반복한다. "다른 팀원들이 빙판 위에서 매번 벤이의 백 분의 일 만큼이라도 활약하면 다 같이 팀 벤치 위에서 잠을 자거나 말거나 상관없습니다."

단짝 친구들 앞에서 한 어른에게 망신을 당한 보보가 다시 자리에 앉자 다른 어른이 보보의 옆에 앉아서 어깨에 손을 얹고 엄지손가락으로 목을 누른다. 보보는 고개를 든다. 다비드가 보보를 보며 웃고 있다.

"너는 이 팀에서 가장 남을 먼저 생각하는 선수야, 알지?"

보보는 입을 꾹 다문다. 다비드는 아이에게로 몸을 숙인다.

"너는 오늘 세 번째 수비조로 투입될 텐데, 그게 실망스러운 소식이라는 건 나도 안다."

보보는 나오려는 눈물을 꾹 참는다. 어렸을 땐 덩치가 크고 힘이 세서 이 팀에서 가장 훌륭한 수비수로 꼽혔는데 지난 몇 년 새 형편없는 스케이트 실력이 그의 발목을 잡았다. 처음에는 두 번째 수비조로 밀려나더니 오늘은 세 번째다. 다비드는 보보의 목을 가만히 잡고 눈을 똑바로 쳐다보며 얘기한다.

"하지만 나는 네가 필요하다. 너희 팀에게도 네가 필요하다. 너는 중요한 선수야. 그러니까 오늘 저녁에 교체 투입될 때마다 모든 것을 다 바쳐주기 바란다. 마지막 한 방울까지 피를 흘려주기 바란다. 그래주면, 네가 나를 믿어주면 앞으로 너를 실망시키는 일은 절대 없을 거라고 약속하마."

다비드가 일어섰을 무렵 보보는 다시 발로 바닥을 두드리고 있다. 만약 다비드가 그때 나가서 누굴 죽이고 오라고 했다면 그는 망설임 없이 실행에 옮겼을 것이다. 그들과 십 년의 세월을 함께 보낸 코치가 로커룸 한복판에 서자 모든 아이들이 똑같은 심정을 느낀다. 코치는 아이들의 눈을 차례대로 들여다본다.

"긴 말 않겠다. 너희 상대가 누군지 알지? 나는 너희들의 실력이 그 아이들보다 낫다는 걸 안다. 그러니까 딱 하나만 기대하겠다. 딱 하나만 허락하겠다. 그게 없으면 이 로커룸으로 돌아올 생각 마라."

그는 케빈의 시선을 집게처럼 꽉 잡는다.

"이기자."

"이기자!" 케빈이 험상궂은 눈빛으로 대답한다.

"이기자!" 다비드가 주먹을 허공으로 휘두르며 반복한다.

"이기자!!" 온 로커룸이 한목소리로 외친다.

그들은 벤치에서 벌떡 일어나 다 같이 발을 구르고 두드리고 헐떡이며 주장의 인도를 기다린다. 다비드는 그들의 앞을 지나며 한 명씩 헬멧을 세게 때리고 맨 앞에 다다르자 문손잡이에 손을 얹고서 등번호 9번만 들을 수 있게 속삭인다.

"나는 네가 자랑스럽다, 케빈. 오늘 저녁에 어떻게 되건, 네가 최고의 경기를 선보이건 최악의 경기를 선보이건 지구상에서 딱 한 명의 선수를 뽑으라면 내 선택은 항상 너다."

문이 열린다. 케빈은 빙판으로 걸어 나가지 않는다.

폭풍처럼 진격한다.

18

　외로움은 보이지 않는 병이다. 홀예르가 떠난 뒤로 라모나는 수면
제를 먹어도 잠이 오지 않는 날 밤에 보는 텔레비전 다큐멘터리 속의
야생동물처럼 변해버렸다. 하도 오랫동안 붙잡혀 있어서 울타리를
모두 치워도 도망치려는 시도조차 하지 않는 동물 말이다. 어떤 생물
이든 철창 속에 한참 동안 갇혀 있으면 포로 생활보다 미지의 세계
를 더 두려워하게 된다. 처음에 그녀가 바깥출입을 하지 않았던 이유
는 그의 목소리와 웃음소리, 카운터 뒤편의 얕은 턱에 발가락을 부딪
쳤을 때 내뱉던 욕지거리를 가게 안에서만 들을 수 있기 때문이었다.
이 건물에서 평생을 함께 지냈는데도 그는 끝까지 그 빌어먹을 턱을
제대로 피하지 못했다. 하지만 격리는 예상 외로 빨리 진행된다. 밖보
다 안에서 지내는 날들이 많아지면 하루의 경계가 흐릿해진다. 길 건
너편에서는 한 해, 두 해 세월이 계속 흘러가는데 그녀는 펠센과 그
위 아파트의 모든 것을 그가 세상을 떠난 순간과 똑같은 상태로 유지
하려고 애를 쓰고 있다. 그녀는 세상 밖으로 나가면 그를 잊을까 두

려웠고, 슈퍼마켓이라도 다녀오면 그의 웃음소리가 더 이상 들리지 않을까 두려웠다. 그러다 어느 날 아침 문득 정신을 차려보니 십일 년이 지났고 그 녀석들 말고는 모두 그녀가 제정신이 아니라고 생각했다. 그녀가 자기만의 기계에 갇힌 시간 여행자가 되어 있었다.

사람들은 가끔 슬픔은 정신적인 것이고 갈망은 육체적인 것이라고 말한다. 하나는 상처고 다른 하나는 절단된 팔이나 다리, 꺾인 줄기에 달린 시든 꽃잎이다. 사랑하는 대상에게 바짝 붙어서 성장하다보면 결국에는 한 뿌리를 공유하게 된다. 우리는 상실을 논하고 치유하고 시간을 두고 기다릴 수는 있지만 생물학적인 특성상 특정한 원칙에 맞춰서 살아야 하는 건 어쩔 수 없다. 가운데가 부러진 식물은 치유가 되지 않는다. 그냥 죽는다.

그녀는 문 바로 앞쪽의 눈밭에 서서 담배를 피우고 있다. 세 대를 연달아 피우고 있다. 여기에서는 아이스링크 지붕이 보인다. 베어타운 청소년팀이 1 대 0으로 앞서나가자 메인 스트리트의 모든 건물을 날려버릴 듯이, 숲을 통째로 집어서 호수 속으로 던져버릴 듯이 함성이 터진다. 라모나는 길거리 쪽으로 한 걸음 내디뎌보려고 한다. 포장도로 쪽으로 딱 한 발짝만 가까워져보려고 한다. 더듬더듬 뒤편의 벽을 찾는데 온몸이 미친 듯이 떨리고 영하의 기온에도 옷을 흠뻑 적실 정도로 진땀이 난다. 그녀는 따뜻한 실내로 들어가 문을 닫고 불을 끄고 홀예르의 사진을 쥐고 술집 바닥에 눕는다. 턱 바로 옆에 눕는다.

사람들이 그녀에게 미쳤다고 하는 이유는 외로움에 대해서 아무것도 모르기 때문이다.

아맛은 단 일 초도 경기를 하지 않았는데도 불구하고 겁에 질린다. 아맛은 케빈과 나머지 팀원들을 따라서 빙판 위로 올라갔고 관중들이 자리에서 일어나 귀청이 터질 정도로 함성을 지르자 토가 나올 게 분명하다는 생각을 하며 벤치로 직행한다. 나중에 아이는 그 순간을 돌아보며 그 기분은 절대 없어지지 않는다는 사실을 깨달을 것이다. 아무리 잘나가는 선수가 되더라도 그렇다는 것을 말이다.

경기가 시작되자마자 케빈이 첫 골을 넣는다. 우연히 벌어진 일이 아니다. 케빈은 매 경기마다 자신의 실력이 얼마나 훌륭한지, 손목이 얼마나 유연하며 얼마나 날렵하게 그들을 따돌릴 수 있는지 상대 팀 수비수들이 미처 알아차리기 전에 후딱 해치운다. 레이저처럼 정확하게 슛을 날린다. 그들은 똑같은 실수를 반복하지 않을 것이다. 경기가 끝날 때까지 한 스케이트를 신고 있나 싶을 정도로 그림자처럼 바짝 따라다니며 케빈을 철저하게 차단할 것이다. 상대 팀이 경기를 2 대 1로 뒤집는다. 그들은 그럴 만한 자격이 있다. 놀라운 실력을 선보이며 어찌나 강력하게, 체계적으로, 연달아 공격을 감행하는지 아맛은 스코어보드를 확인할 때마다 1점 차밖에 나지 않는다는 사실에 놀라워진다. 그들은 아맛이 지금까지 본 중에서 가장 막강하고 기술적으로 뛰어난 팀이다. 베어타운의 A팀도 이기겠다고 장담할 수 있을 정도도. 게다가 모두들 그걸 느끼고 있다. 아맛 주변의 선수들이 벤치 위로 점점 더 구부정하게 몸을 숙이고, 스틱으로 펜스를 때리는 횟수와 강도가 줄고, 심지어 라르스가 욕을 하는 소리마저 점점 더 잠잠해진다. 두 번째 휴식 시간에 아맛은 로커룸으로 가던 도중에 관중석에서 몇몇 어른들이 쓸쓸하게 웃는 소리를 듣는다. "뭐, 준결승도 남부끄럽지 않은 성적이지. 다음 시즌에는 좀 더 나은 성적을 바라는 수밖에." 그 말을 듣고 어찌나 화가 나는지 스스로 놀라울 정도다. 아이 안에서 무언가가 깨어난다. 로커룸에 들어섰을 때 아맛은 뭐라도 깨부술 태세다. 그렇다는 걸 다비드 혼자 알아차린다.

로비 홀츠는 길거리에 혼자 서서 자신을 저주하고 있다. 오늘 같은 날 자발적으로 외출할 일이 없을 텐데 집에 사다놓은 술이 떨어져버렸다. 그는 아이스링크 지붕을 바라보며 지금쯤 경기가 얼마만큼 진행됐을지 따져본다. 로비는 남들과 다른 번민을 안고 살아가고 있다. 자신이 열일곱 살 때 인생의 최고 정점을 찍었다는 사실을 안다는 점에서 그렇다. 어렸을 때부터 주변의 모두가 그에게 프로 선수가 될 수 있을 거라고 얘기했고 그는 그 말을 철석같이 믿었기에, 프로 선수가 되지 못했을 때 자기 잘못이 아니라 주변의 모두가 그를 실망시킨 것으로 간주해버렸다. 로비는 아침에 눈을 뜨면 더 번듯한 인생을 누군가에게 도둑맞은 듯한 기분을 느낀다. 이상과 현실 사이에서 견딜 수 없는 상상의 고통을 느낀다. 쓰라림은 사람을 갉아먹을 수 있다. 사건 현장을 깨끗하게 지우듯 기억을 각색해 결국에는 용도에 맞는 기억만 남게 만든다.

로비는 펠센으로 향하는 계단을 내려가다 흠칫 걸음을 멈춘다. 안에 불이 꺼져 있다. 라모나가 마지막 위스키 잔을 비우고 외출복을 여미고 있다.

"자네가 와줘서 다행이로군." 그녀가 속삭인다.

"왜요? 어디 가세요?" 로비는 당황스러워하며 묻는다. 그도 다른 사람들과 마찬가지로 이 정신 나간 할망구가 십여 년 동안 술집에서 두세 발짝 이상 나가본 적이 없다는 걸 알기 때문이다.

"하키 시합 보러 가려고." 그녀가 말한다.

달리 어쩔 도리가 없기에 로비는 웃음을 터뜨린다.

"그래서 저한테 술집을 맡겼으면 해서요?"

"자네가 같이 가줬으면 해서."

그는 그 말을 듣고 웃음을 멈춘다. 그녀가 지난 넉 달치 외상을 지워주겠다고 약속을 한 다음에서야 그는 문 밖으로 한 발짝 움직인다.

프락은 돈을 주고 좌석을 샀음에도 불구하고 서 있다. 뒷줄에 앉은 사람들은 더 이상 항의조차 하지 않는다.

"저 빌어먹을 빌리암 뤼트! 증인보호프로그램의 보호를 받는 사람들도 빙판 위에서 저 자식보다 더 안 보이지는 않겠네." 프락은 다른 후원자들에게 으르렁거린다.

"뭐라고요?" 마간 뤼트가 두 줄 앞에서 외친다.

"증인보호프로그램요, 마간!" 프락은 했던 말을 반복한다.

그 중간에 앉은 사람들은 모두 증인보호프로그램을 신청하고 싶다는 생각을 한다.

보보는 3피리어드가 시작될 때까지 입을 꾹 다물고 벤치에 앉아 있는다. 몇 분 동안 뛸 수 있을지 한 손으로 셀 수 있을 정도다. 경기에 참여도 하지 못하는데 어떻게 팀원이 될 수 있을까. 어떻게든 참아보려고 하지만 그는 이 팀을 사랑하고, 그의 유니폼과 등번호를 사랑한다. 그래서 누가 봐도 빤한 사실이 눈에 들어오자 벤치에서 빌리암 뤼트를 붙잡고 고함을 지른다.

"네가 자기들 사이로 돌파를 시도하길 바라는 게 저 팀 수비수들의 의도인데 모르겠냐? 케빈이 옴짝달싹도 못하게 센터를 빽빽하게 채우려는 게 쟤들의 의도잖아. 안으로 파고드는 척하다 밖으로 돌진하면…….”

빌리암은 보보의 입에 자기 장갑을 물린다.

“입 닥쳐, 보보! 네가 뭔데 세 번째 수비조 주제에 1라인 공격수한테 이래라저래라야? 가서 내 물병이나 들고 와!”

빌리암이 어찌나 차가운 눈빛으로 깔보려 드는지 보보의 귀에 다른 선수들이 비웃는 소리는 거의 들리지 않을 정도다. 한 인간에게 가장 고통스러운 추락은 서열에서 밀려나는 것이다. 보보와 뤼트는 평생 알고 지낸 사인데, 지금 그를 쳐다보는 친구의 눈빛은 그에게 상처를 남기고 가슴을 갉아먹을 수 있는 쓰라림을 안긴다. 어떤 사람들의 경우 그 쓰라림을 평생 떨치지 못하고, 한밤중에 눈을 떴을 때 자신이 꿈꿔왔던 삶을 누군가에게 도둑맞았다는 생각을 하게 된다. 보보는 일어나서 물병을 들고 온다. 뤼트는 아무 말 없이 받는다. 보보는 그 팀에서 가장 덩치가 큰 선수지만 벤치에 앉는 순간 가장 왜소한 선수가 된다.

라모나는 아이스하키장 앞에서 걸음을 멈춘다. 눈밭에 서서 온몸을 부들부들 떨며 속삭인다.

“미…… 미안해, 로베르트, 안 되겠어…… 안 되겠어…… 더는 못 가겠어.”

로비가 그녀의 손을 잡고 있다. 그녀는 이런 식으로 살고 있어야 할 사람이 아니다. 홀예르가 저기 앉아 있어야 했고 지금은 그들의 시간이어야 했다. 그는 무언가를 도둑맞은 적 있는 사람만이 할 수 있는 방식으로 그녀를 한 팔로 감싸 안는다.

"그럼 집으로 가요, 라모나. 그래도 괜찮아요."

그녀는 그를 빤히 쳐다보며 고개를 젓는다.

"자네가 경기장에 가주면 외상을 지워주겠다고 했잖아. 경기가 끝난 직후에 무슨 일이 벌어졌는지 알고 싶어. 여기서 기다릴게."

로비에게는 여러 가지 면모가 있다. 하지만 그는 라모나의 말에 반박할 수 있을 만큼 용감하지는 않다.

선수 생활을 하다보면 자신의 능력을 정확히 감지하는 결정적인 순간이 찾아온다. 빌리암 뤼트의 그런 순간은 3피리어드의 중반부에 찾아온다. 빌리암은 이 정도 수준의 경기를 소화하기엔 스피드가 달리는데, 이제는 체력도 부족하다는 게 여실히 드러난다. 기운이 없어서 속도를 쫓아갈 수가 없고 상대 팀 선수들은 근처에 가지 않아도 빌리암을 단속할 수 있다. 케빈은 두 선수에게 마크를 당해 네 개의 팔이 계속 가슴을 막고 있다. 벤이가 토네이도처럼 아이스링크를 이 끝에서 저 끝까지 날아다니지만 베어타운에게는 좀 더 많은 공간이 필요하다. 뤼트는 최선을 다하지만 그걸로는 부족하다.

다비드는 운명에 맡기지 않는다는 철칙 아래 이번 시즌에서 믿기지 않는 성과를 거두는 중이다. 그들은 그저 최상의 결과를 바라지 않는다. 퍽을 그냥 앞으로 던져놓고 무작정 달려가는 게 아니라 각 패턴, 각 움직임마다 계획과 작전과 목적이 있다. 하지만 수네 영감도 늘 이야기하다시피, "퍽은 그냥 미끄러지기만 하는 게 아니라 튈 때도 있다." 그래서 종잡을 수가 없다.

뤼트는 벤치로 걸어가던 도중에 발을 헛디딘다. 빙판 위로 넘어지는 순간 상대 팀 선수의 스케이트 날을 넘어서 튕긴 퍽이 보이자 반사적으로 그걸 밀어서 앞으로 보낸다. 퍽은 스틱 세 개를 뛰어넘고, 케빈이 팔을 뻗지만 엄청난 육탄 공세에 쓰러진다. 어느 누구도 덩달아 넘어지는 선수들을 피할 방법이 없는데, 공교롭게도 벤야민 오비크가 피하는 성격이 아니라 돌진하는 성격이다. 퍽이 골대로 날아 들어갔을 때 벤는 바로 뒤에 있었기에 크로스바에 목을 부딪친다. 하지만 크로스바가 아니라 중세에 쓰던 날이 넓은 칼이었대도 그는 절대 아프다고 하지 않았을 것이다.

2 대 2. 마간 뤼트는 벌써부터 달려 내려가 기록원이 앉아 있는 박스 문을 두드리며 빌리암의 어시스트로 기록됐는지 확인한다.

다비드는 말없이 혼자 고개를 끄덕이고 아맛의 헬멧을 툭 친다. 그게 무슨 뜻인지 알아차린 라르스의 동공이 절대 못 믿겠다는 듯이 확대된다.

"맙소사, 다비드, 지금 농담하는 거죠?"

다비드는 이보다 더 진지할 수가 없다.

"뤼트는 한 타임만 더 뛰면 산소호흡기가, 두 타임만 더 뛰면 목사님이 필요하겠어. 지금 우리한테 필요한 건 속도야."

"뤼트가 좀 전에 어시스트를 기록했잖아요!"

"재수가 좋았지. 우리가 언제 재수를 바라고 경기한 적 있나. 아맛!"

아맛은 코치를 빤히 쳐다보기만 한다. 다비드는 아맛의 헬멧을 움켜쥔다.

"다음번에 우리 진영에서 페이스오프*를 할 때 출발해라. 퍽을 차지하건 차지하지 못하건 상관없어. 그냥 저쪽 편에 네가 얼마나 빠른지, 그것만 보여주면 돼."

그는 상대 팀 벤치를 가리킨다. 아맛은 머뭇거리며 고개를 끄덕인다. 다비드는 아맛의 눈을 계속 똑바로 쳐다본다.

"남다른 인물이 되고 싶니? 온 마을 사람들에게 네가 남다른 사람이 될 수 있다는 걸 보여주고 싶니? 지금이 그럴 수 있는 기회다."

다음번에 수비 존에서 페이스오프가 실시될 때 벤이가 케빈의 이쪽, 아맛이 저쪽에 선다. 마간 뤼트는 이제 팀 벤치 뒤편 유리에 양손을 대고 서서 자기 아들을 준결승에서 빼고 무사할 줄 아느냐고 비명을 지르고 있다. 라르스가 다비드를 쳐다본다.

"이 경기에서 지면 저분한테 거세당하겠는데요?"

다비드는 태연하게 펜스에 몸을 기댄다.

"이 마을 사람들은 쉽게 용서하는 성향이 있지."

빙판 위에서는 벤이가 지시를 받은 대로 퍽을 쳐서 멀리 날린다. 퍽은 상대 진영 저 끝으로 미끄러져가고 아맛도 지시를 받은 대로 출발한다. 하지만 발을 떼자마자 상대 팀 수비수에게 가로막히고, 풀려났을 무렵에는 퍽을 쫓아가봐야 의미 없는 짓이 된다. 그래도 아맛은 내달린다. 하키를 아는 관객들은 헉 하고 숨을 참는다. 하키를 모르는 관객들은 깊은 탄식을 내뱉는다. 상대 팀 골키퍼가 침착하게 나와서

---

* 농구의 점프볼과 비슷한 아이스하키의 게임 시작 방식. 퍽을 양 팀 두 선수의 스틱 사이로 던진다.

퍽을 수비수에게 넘기자 수비수에게 패스를 받은 공격수들이 베어타운 골문을 향해 슛을 날린다. 심판이 베어타운 진영에서 또다시 페이스오프를 실시한다고 호루라기를 불지만 아맛은 육십 미터 거리의 상대편 진영에 서 있다. 다른 후원자들이 중얼거린다. "저 녀석 나침반이 필요한 거야 뭐야?" 하지만 프락은 다비드가 본 것을 본다. 수네가 본 것을 본다.

"똥꼬에 불이 난 울버린처럼 빠르네! 상대 팀에서 못 잡겠어!" 그는 미소를 짓는다.

다비드가 펜스 너머로 몸을 숙여서 원위치 하는 아맛의 어깨를 잡는다.

"한 번 더!"

아맛은 고개를 끄덕인다. 케빈이 페이스오프에서 퍽을 쳐내지만 벤이가 퍽을 상대편 진영으로 날리지도 못한다. 그래도 아맛은 상대 팀 골문을 향해 전속력으로 질주하고 저쪽 펜스에 다다를 때까지 속도를 늦추지 않는다. 관중들이 터뜨리는 야유와 비웃음이 들린다. "어디가 어딘지도 모르냐? 퍽이 네 근처에는 가지도 않았잖아!" 하지만 아맛은 다비드만 쳐다본다. 베어타운의 골키퍼가 퍽을 잡고 또다시 페이스오프 상황이다. 다비드가 허공에 대고 짧게 원을 그린다. "한 번 더."

세 번째로 아맛이 빙판을 가로지를 땐 퍽이 어디 있건 상관이 없다. 아맛이 달리는 속도를 보고 영문을 알아차린 사람이 한 명 있기 때문이다. 상대 팀 코치가 보조의 손에 들린 종이 뭉치를 낚아채며 으르렁거린다.

"저 자식 누구야? 81번 누구야?"

아맛은 관중석을 올려다본다. 마야가 구내식당 바로 아래 계단에 있다. 그녀가 그를 본다. 그는 넋을 잃는 바람에 벤치 바로 옆으로 갈 때까지 보보가 자기 이름을 외치는 소리를 듣지 못한다.

"아맛!"

보보가 펜스 위로 매달려서 아맛의 옷깃을 잡는다.

"안으로 들어가는 척하다가 밖으로 치고 나와!"

둘은 잠깐 서로의 눈을 똑바로 쳐다보고, 보보는 빙판으로 직접 나서고 싶은 마음이 얼마나 굴뚝같은지 말로 표현할 필요가 없다. 아맛은 알겠다는 뜻에서 고개를 끄덕이고 둘은 서로의 헬멧을 두드린다. 마야는 계속 계단에 서 있다. 다시 페이스오프 상황이 되자 케빈과 벤이가 진영을 한 바퀴 돌고 아맛 앞에서 멈춰 서더니 아맛에게로 몸을 숙인다.

"그 새다리에 아직 기운이 남아 있는 모양이네?" 케빈이 씩 웃는다.

"퍽을 줘보세요. 그럼 아실 거예요." 아맛은 핏발 선 눈을 하고 대답한다.

케빈은 두 손을 뒤로 묶이고 머리에 총이 겨눠진 상황이었더라도 그 페이스오프를 놓치지 않았을 것이다. 벤이가 퍽을 걷어서 펜스를 따라 날리고 뒤쫓아 간다. 내일이면 허벅지가 후들거려서 침대에서 일어나지도 못하겠지만 지금은 아무것도 느끼지 못하고 한 방에 상대 팀 선수 둘을 때려눕힌다. 아맛이 안쪽으로 파고드는 척하다 퍽을 높이 띄워서 펜스를 맞힌 뒤 바깥쪽의 수비수를 제치고 쏜살같이 질주하자 케빈을 마크하던 두 선수 중 한 명이 9번을 포기하고 81번을 추격하러 나선다. 베어타운에게 필요한 것은 그게 전부다. 스틱이 아래팔을 어찌나 세게 가격하는지 손목이 나간 듯한 느낌이지만 그래도 그는 펜스 앞으로 떨어진 퍽을 끌어당겨서 골대를 한 바퀴 돈다. 눈 깜빡할 시간 동안 얼른 위를 쳐다보고 케빈의 스틱 날이 빙판을 때릴 때까지 기다렸다가 퍽을 놓는 순간, 달려든 상대 선수에게 부딪쳐 빙판으로 쓰러진다. 퍽이 빙판 위로 오 센티미터 날아오르고 케빈에게는 그 절반이라도 충분하다.

골대 뒤편의 빨간 불이 켜지자 관중들이 서로 겹겹이 쓰러진다. 후원자들은 커피 컵을 내동댕이치고 하이파이브를 한다. 간이식당 앞에서는 열다섯 살짜리 여학생 두 명이 좋아서 깡충깡충 뛰고 관중석 뒤편, 맨 윗줄에서는 절대 웃지 않는 A팀의 나이 많은 코치가 웃음을 터뜨린다. 파티마와 미라는 끌어안은 채 바닥으로 쓰러지는데, 자축하는 건지 우는 건지 알 수가 없다.

아이스하키장 밖에서는 눈밭에 혼자 서 있던 라모나가 그녀를 강타하는 소리의 파동을 느낀다. "사랑해요." 그녀는 홀예르에게 속삭인다. 그런 다음 몸을 돌려서 가슴에 미소를 품고 집까지 혼자 걸어간다. 인간과 하키, 믿음을 간직한 마을과 오래전부터 줄곧 포기하라고 얘기했던 세상이 서로 하나가 되는 순간이다. 지금 이 건물 안에 무신론자는 한 명도 없다.

케빈은 몸을 돌려서 자기를 끌어안으려는 팀원들을 떼어내며 벤치로 직행하고 펜스를 넘어서 다비드의 품에 몸을 던진다.

"코치님께 드리는 선물이에요!" 아이가 속삭이자 다비드는 친자식처럼 아이를 끌어안는다.

이십 미터 멀리에서는 아맛이 빙판에서 엉금엉금 일어선다. 그를 쳐다보는 사람이 아무도 없으니 다른 아이스링크에 있는 거나 다름 없다. 패스하자마자 뒤에서 달려온 수비수가 온 체중을 실어서 스틱과 팔꿈치로 목을 가격하는 바람에 아이는 빙판에 머리를 부딪치면서 물이 없는 수영장 바닥에 충돌한 듯한 충격을 느꼈고 심지어 골인의 순간도 목격하지 못했다. 아맛이 무릎을 꿇고 일어나 앉았을 무렵에는 베어타운의 모든 선수가 케빈을 따라서 벤치로 향하고 있고 관중석의 모든 사람이 9번을 지켜보고 있다. 심지어 마야마저 그렇다.

81번(어머니가 그해에 태어났기 때문에 선택한 등번호다)은 펜스 옆에 홀로 서서 스코어보드를 쳐다본다. 이 아이스링크에서 경험한 중에서 가장 행복한 순간인 동시에 가장 끔찍한 순간이다. 아맛이 헬멧을 고쳐 쓰고 벤치 쪽으로 외롭게 몇 걸음 옮기는데, 뒤에서 누가 맴을 돌며 헬멧을 두 번 툭툭 친다.

"우리가 우승하면 저 아이도 널 알아볼 거야." 벤이 웃으며 말한다.

벤이는 아맛이 뭐라고 대꾸할 겨를도 없이 쌩하니 멀어져 센터 라인에 선다. 뤼트가 펜스를 넘으려고 하지만 다비드가 막고 아맛에게 계속 빙판을 지키라고 한다. 케빈이 센터에서 페이스오프를 하러 나오자 9번과 81번은 서로 짧게 고개를 끄덕인다. 아맛은 이제 한 팀이다. 관중석에서 그 사실을 알아차린 사람이 몇 명인지는 상관없다.

마지막 휘슬이 울리자 페테르는 이성을 잃는다. 고함을 지르며 옆사람을 끌어안았다가 관중석 꼭대기에서 맨 아래까지 거꾸로 데굴데굴 굴렀다가 고막을 찢는 비명 소리를 들으며 일어난다. 남녀노소, 이

스포츠를 좋아하는 사람, 관심조차 없는 사람 할 것 없이 모두 다 소리를 지르고 있다. 어쩌다 그렇게 됐는지 모르겠지만 페테르가 정신을 차리고 보니 자기가 모르는 사람과 미친 듯이 노래를 부르며 부둥켜안고 있는데, 고개를 들자 함께 계단에서 춤을 추고 있는 남자가 로비 홀츠다. 둘은 동작을 멈추고 서로 바라보다 웃음을 터뜨리는데 멈출 수가 없다. 오늘 밤만은 열일곱 살 시절로 돌아간다.

하키는 한심하고 별 의미 없는 스포츠다. 우리는 아무 대가도 바라지 않고 거기에 몇 년의 세월을 바친다. 스포츠를 통해 누릴 수 있는 게 이해가 안 될 만큼 사소하고 아무짝에도 쓸모가 없는 것임을 알면서도, 초월을 느끼는 몇 번의 순간들밖에 없음을 알면서도 불사르고 피를 흘리고 울부짖는다.

하지만 그게 아니면 인생에 또 뭐가 있을까?

19

아드레날린은 몸에 이상한 영향을 미친다. 종료 신호가 울리자 엄마와 아빠들은 펜스를 뛰어넘고, 존경받는 기업인과 공장 관리인들은 미끄러운 신발을 신고 빙판 위에서 허우적거리며 녹초가 된 꼬맹이들처럼 서로 끌어안는다. 케빈이 벤이와 함께 초록색의 대형 깃발을 두르고 아이스링크를 한 바퀴 돌기 시작했을 때 관중석에는 이미 사람들이 거의 없다. 온 마을 주민들로 아이스링크가 발 디딜 틈이 없다. 온 사방에서 사람들이 펄쩍펄쩍 뛰고 미끄러지고 넘어지고 웃고 자축하고 울고 있다. 어렸을 때 친구들, 같은 반 친구들, 부모, 형제, 친척, 이웃. 이 마을이 언제까지 이 순간을 기억할까? 영원일 수밖에 없지 않을까.

하키 경기에서 지면 심장이 데인 듯한 기분이 든다. 이기면 구름을 가진 듯한 기분이 든다. 오늘 저녁에 베어타운은 천국이다.

페테르는 한쪽 구석의 펜스 앞에서 걸음을 멈춘다. 혼자 빙판 위에 앉아서 웃음을 터뜨린다. 사무실에서 보낸 그 오랜 시간, 그 많은 의견 충돌, 불면의 밤과 불안으로 얼룩졌던 날들이 마지막 하나까지 모두 그만한 가치가 있게 느껴진다. 그는 마을 주민들이 하나둘씩 자리를 뜬 뒤에도 일어나지 않는다. 로비 홀츠가 다가와 그의 옆에 앉는다. 두 사람은 씩 웃기만 한다.

아드레날린은 특히 몸에서 빠져나갈 때 이상한 영향을 미친다. 선수 시절에 페테르는 '아드레날린을 조절'하는 것이 얼마나 중요한지 누누이 들었지만 그게 무슨 소린지 절대 이해하지 못했다. 그는 빙판 위에 올라가면 거의 저절로 철저하고 무조건적인 집중력을 발휘하며 완벽하게 그 순간에 몰입할 수 있었다. 난생처음으로 관중석에서 경기를 관람하고 나서야 아드레날린이 공포와 어느 정도로 가까운지 느낄 수 있었다. 투쟁과 성취욕을 일깨우는 본능은 머릿속에 극도의 두려움을 주입하는 본능과 같았다.

선수 시절에 페테르는 경기 종료를 알리는 신호가 운행이 끝난 롤러코스터와 비슷하다고 생각했다. '드디어 끝났네'라고 생각하는 사람도 있을 것이다. '한 번 더!'라고 생각하는 사람도 있을 것이다. 경기가 끝날 때마다 그는 항상 한 게임 더 뛰고 싶다는 생각이 맨 처음 들었다. 단장이 된 지금은 편두통약을 먹어야 경기 이후에 정상적인 생활을 할 수 있다.

한 시간 뒤 승리의 기쁨에 정신을 잃은 응원단, 학부모, 후원자들이 모두 빠져나가 "우리는 곰! 우리는 곰! 우리는 곰! 우리는 베어타운의 곰!" 노래를 부르며 주차장을 가로지르자 아이스링크에는 페테르와 로비와 그들의 추억만 남는다.

"사무실로 같이 올라갈래?" 페테르가 묻자 로비는 웃음을 터뜨린다.

"이런 망할. 페테르, 우리 오늘 처음 데이트하는 날이잖아. 내가 그런 여자인 줄 알아?"

페테르도 웃음을 터뜨린다.

"진짜? 같이 차 마시면서 예전에 찍은 단체 사진 보려고 하는데."

로비는 손을 내민다.

"녀석들한테 나 대신 인사 전해주라. 자부심 넘치는 노병이 오늘 저녁에 여기서 경기를 관람했다고."

페테르는 친구의 손을 꼭 잡는다.

"나중에 한번 들러. 저녁 같이 먹자. 미라도 널 보면 반가워할 거야."

"좋지!" 로비는 거짓말을 한다. 두 사람 모두 그게 거짓말이라는 걸 안다.

그들은 헤어진다. 그들에게 주어진 시간은 순간뿐이다.

로커룸에는 아무도 없다. 애, 어른 할 것 없이 웃통을 벗고 머리에 맥주를 뿌리고 노래 부르고 춤추고 벤치 위에서 뛰고 벽을 때리며 아드레날린을 분출한 게 언제인가 싶게 지금은 멍할 정도로 잠잠하다. 혼자 남은 아맛이 돌아다니며 바닥에 떨어진 테이프 조각을 줍는다. 복도를 지나가던 페테르가 놀라서 걸음을 멈춘다.

"안 가고 여기서 뭐하니, 아맛?"

아이는 얼굴이 벌게진다.

"아무 말씀도 하지 말아주세요, 네? 제가 여기서 청소를 했다고요.

너무 엉망인 것만 치우려고요."

페테르는 수치심에 목이 멘다. 그는 아맛이 여덟 살인가 아홉 살이었을 때 처음으로 하키 장비를 장만하는 데 돈을 보태려고 관중석에서 빈 캔을 모았던 걸 기억한다. 그들 모자는 자존심이 강해서 자선용품을 사절했기에 페테르와 미라가 해마다 신문에 가짜 광고를 실어서 아맛의 사이즈에 맞는 저렴한 중고 장비가 우연히 생긴 척해야 했다. 미라는 멀리 헤드까지 인맥을 동원해서 번갈아 판매자 역할을 맡겼다.

"그래, 그래…… 당연하지, 아맛. 다른 선수들에게 얘기할 생각은 해본 적이 없다." 페테르는 중얼거린다.

아맛은 당황한 표정으로 고개를 든다. 그러더니 코웃음을 친다.

"다른 선수들요? 다른 선수들한테 얘기하는 건 전혀 상관없어요. 엄마한테 아무 말씀 하지 마시라고요! 제가 엄마 일을 대신하면 엄청 화를 내시거든요!"

페테르는 그 자리에서 아이에게 무슨 말이든 해주고 싶다. 그날 저녁에 아이의 플레이를 보고 얼마나 뿌듯했는지. 하지만 표현할 방법이 없다. 어떤 식으로 말문을 열면 좋을지도 모르겠다. 그리고 무슨 말을 하려고 들면 형편없는 배우가 된 듯한 기분이 든다. 어떨 때는 이 어린 녀석들을 홀린 다비드의 능력이 너무 부러워서 미칠 것 같다. 이 녀석들은 다비드를 믿고 따르고 숭배한다. 페테르는 놀이터에서 모든 아이들의 웃음보를 터뜨린 재미있는 엄마나 아빠를 멀리서 쓸쓸히 지켜보는 부모가 된 듯한 심정이다.

그래서 그는 아맛에게 하고 싶었던 말을 한마디도 하지 않는다. 그저 웃으며 고개를 끄덕이고 이렇게 얘기한다.

"청소를 너무 열심히 한다고 엄마한테 혼나는 십대는 전 세계에서 너 혼자뿐일 거다."

아맛은 페테르에게 어른용 셔츠를 건넨다.

"후원자 한 분이 떨어뜨리고 갔어요."

술 냄새가 난다. 페테르는 천천히 고개를 젓는다.

"있잖니…… 아맛…… 나는…….."

말문이 막힌다.

"주차장으로 나가보지 않을래? 이런 경기가 끝났을 때 아이스링크 밖으로 나가본 적이 없잖니. 몇몇 사람들만 누릴 수 있는 엄청난 경험이거든. 경기에서 승리하고…… 저 문을 나서는 거 말이다."

아맛은 장비를 챙기고 복도를 지나 출입문 밖으로 나선 다음에야 페테르의 말뜻을 이해한다. 아맛이 보이자 어른들이 환호성을 지르며 박수를 치고, 학교의 선배 여학생들이 그의 이름을 외치고, 보보는 끌어안고, 벤이는 머리칼을 헝클어뜨리고, 모두들 그와 악수하고 싶어 한다. 저 멀리서 지역 신문사와 인터뷰를 하고 있는 케빈이 보인다. 케빈은 잠시 후에 인산인해를 이룬 아이들에게 사인을 해주고 한 번은 케빈과 아이, 한 번은 케빈과 자기, 이렇게 두 번씩 사진을 찍겠다는 어머니들의 요청에 시달린다.

아맛은 끌어안고 등을 두드리는 사람들 틈바구니에서 이리저리 휩쓸려 다니다 가슴이 얼얼할 정도로 목청을 높여서 "우리는 베어타운의 곰!"을 같이 연호하는데, 아맛이 합류하자 사람들의 목소리가 더 커진다. 다들 그가 상징하는 바를 함께 느끼고 싶기 때문이다.

기분이 좋아서 하늘을 날 듯하고 엔도르핀이 샘솟는다. 나중에 그 아이는 이런 생각을 했던 걸 기억할 것이다. '신이 됐다고 생각하지 않는 이상 어떻게 이런 기분을 느낄 수 있을까?'

미라는 구내식당을 청소하고 있다. 마야와 아나가 화장실에서 나온다. 옷을 갈아입고 화장을 했는데, 웃음기와 기대감이 온몸에 충만하다.

"저 오늘…… 아나네 집에서 잘게요. 같이…… 공부하려고요." 마야가 웃으며 말한다.

물론 거짓말이지만 마야의 엄마는 모르는 척한다. 두 사람은 서로가 서로를 똑같이 걱정하는 결정적인 시기를 아슬아슬하게 지나고 있다. 십대는 유년기를 거치고 서로가 동등해지는 짧은 시기다. 이후에는 추가 기울어서 부모가 마야를 걱정하기보다 마야가 부모를 더 많이 걱정하는 나이가 될 것이다. 조만간 마야가 미라의 귀여운 딸이 아니라 미라가 마야의 귀여운 엄마가 될 것이다. 아이를 놓아주려면 많은 게 필요하지 않다. 모든 게 필요하다.

페테르는 사장실을 찾는다. 벌써부터 코가 비뚤어지도록 취해서 비틀거리는 장성한 남자들로 가득하다.

"내가 기대했던 그런 경기였어!" 프락이 소리를 지르며 웃통을 벗은 채 비틀비틀 페테르에게로 다가와 그의 손에 들린 셔츠를 집는다.

페테르는 프락을 노려본다.

"네가 술병을 들고 로커룸에 들어갔다는 소리는 두 번 다시 듣지 않았으면 좋겠다. 아직 애들이잖아."

"푸하, 애들이라니. 페테르, 적당히 좀 해. 걔네들 축하 파티 벌이는

데 분위기 깨지 말고!"

"아이들이야 얼마든지 축하 파티 벌이라 그래. 다만 어른들은 선을 지켜야지."

프락은 페테르의 말이 끈질기게 달라붙는 벌레라도 되는 듯이 손사래를 친다. 프락의 뒤에서 두 남자가 맥주 캔을 움켜쥐고 A팀 선수들을 주제로 열띤 토론을 벌이고 있다. 한 공격수는 "너무 우라지게 멍청해서 누가 손을 잡아주지 않으면 가서 빵 하나도 사 오지 못할" 거라고 하고 골키퍼는 "부인이 그 전에 팀원의 절반이랑 잤다는 걸 모르는 사람이 없고 나머지 절반하고는 결혼 후에 잤을지 모르는데 그런 여자랑 결혼할 걸 보면 덜 떨어졌다"고 한다. 페테르로서는 그들이 후원자인지 단순히 프락의 친구인지 모를 노릇이지만, 그런 소리를 천 번도 넘게 들었음에도 이 공간의 위계질서에 아직도 적응이 되지 않는다. 선수들은 심판을 놓고 별 시답잖은 소리를 늘어놓을 수 있지만 코치는 절대 건드리지 않고, 코치는 선수를 헐뜯을 수 있지만 단장은 건드리지 않고, 단장은 사장을 헐뜯을 수 없고, 사장은 이사를 헐뜯을 수 없고, 이사는 후원자를 헐뜯을 수 없다. 그 최고 정점에 부끄러운 줄도 모르고 무슨 경주마나 상품이라도 되는 듯이 선수들에 대해 나불대는 이 양복쟁이들이 있다.

프락이 분위기를 띄운답시고 애정을 담아서 페테르의 귀를 잡아당긴다.

"삐죽거리지 마, 페테르. 오늘 저녁은 너의 날이잖아! 십 년 전에 네가 유소년 프로그램을 개발하겠다고 했던 거 기억나? 언젠가는 우리 청소년팀이 전국 최고와 맞붙어도 밀리지 않을 거라고 했던 거. 그때 우리는 너를 비웃었지. 모두 너를 비웃었지. 하지만 이렇게 이루었잖아! 오늘 저녁은 너의 날이야, 페테르. 네가 해낸 거야."

페테르는 프락(술에 취했고 행복해한다)이 헤드록을 걸려고 하자 빠져나온다. 다른 후원자들이 요란하게 흉터와 깨진 이를 서로 비교하기 시작한다. 자기가 하키 선수로 활약하던 시절이 남긴 훈장을 서로 비교하기 시작한다. 페테르에게 묻는 사람은 없다. 그는 흉터도 없고 이가 깨진 적도, 몸싸움을 벌인 적도 없다. 그는 예나 지금이나 폭력을 싫어한다.

환풍기 회사의 육십대 중역으로 맥주에 잔뜩 취한 이사 하나가 깡충깡충 뛰기 시작하더니 웃는 얼굴로 페테르의 등을 때린다.

"프락과 내가 시의원들을 만났어! 의원들이 오늘 저녁 경기를 관람했지! 비공식적이지만 자네한테 에스프레소 기계를 새로 선물할 가능성이 아주 높다고 말할 수 있겠네!"

페테르는 한숨을 쉬며 실례한다는 말과 함께 밖으로 나간다. 다비드가 보이자 평소에는 거만한 태도로 자신의 분통을 터뜨렸던 청소년팀 코치임에도 반가워진다. 현재 이 주변에서 정신이 멀쩡한 사람이 그밖에 없기 때문이다.

"다비드!" 페테르가 큰 소리로 부른다.

다비드는 흘끗 쳐다보지도 않고 가던 길을 계속 재촉한다. 페테르는 그를 쫓아서 달려간다.

"다비드! 어디 가나?"

"오늘 경기 영상을 보려고요." 코치는 기계적으로 대답한다.

페테르는 웃음을 터뜨린다.

"축하 파티 안 하고?"

"우승하면 축하 파티 벌일 거예요. 단장님이 절 임명하신 이유가 그거잖아요. 우승."

평소보다 더 오만함이 뚝뚝 묻어나는 말투다. 페테르는 한숨을 쉬며 쓸쓸하게 주머니에 손을 넣는다.

"다비드…… 왜 그러나. 우리 둘이 가끔 의견이 안 맞을 때가 있다는 건 나도 알지만 이건 자네가 거둔 승리야. 자네가 쏟은 노력의 결과라고."

다비드는 눈을 가늘게 뜨고 후원자들로 가득한 사장실을 턱으로 가리킨다.

"아닙니다, 단장님. 저 방 안에 있는 분들도 계속 강조하다시피 오늘은 단장님의 날이죠. 이러니저러니 해도 이 구단의 스타는 단장님이니까요. 아닌가요? 스타는 항상 단장님이었잖아요."

페테르는 배 속에서 점점 자라나는 먹구름을 느끼며 그 자리에 못 박힌 듯 서 있다. 그 먹구름의 원흉이 모멸감인지 분노인지 알 길이 없다. 그는 필요 이상으로 성난 목소리로 다비드의 뒤통수에 대고 외친다.

"나는 다만 자네한테 축하한다는 말을 전하고 싶었을 뿐이야!"

다비드는 고개를 돌리며 쓸쓸하게 웃음을 터뜨린다.

"저 말고 수네 코치님께 축하 인사를 전하세요. 단장님과 제가 할 수 있다고 예측한 분이 그분이잖아요."

페테르는 헛기침을 한다.

"아…… 코치님은…… 관중석에 안 계시던데."

다비드가 그의 눈을 한참 동안 똑바로 쳐다보자 페테르는 시선을 떨군다. 다비드는 슬픈 표정으로 고개를 끄덕인다.

"평소 그 자리에 앉아 계셨어요. 아시잖아요."

페테르는 나지막이 욕을 하고 등을 돌린다. 다비드의 말이 스멀스멀 그의 뒤를 따라온다.

"우리가 지금 무슨 짓을 저지르려고 하는지 압니다, 단장님. 제가 아무것도 모르는 꼬맹이는 아니거든요. 제가 수네 코치님의 자리를 물려받겠죠. 때가 됐으니까요, 제 노력의 대가니까요. 그리고 그 자리를 물려받으면 제가 얼마나 개새끼 같아 보일지도 압니다. 하지만 그분을 위해 문을 잡아주고 있는 사람이 누군지 잊지 마세요. 다른 사람이 내린 결정인 양 단장님 자신을 속이지 마시라고요."

페테르는 주먹을 불끈 쥐고 몸을 홱 돌린다.

"말 조심해, 다비드!"

다비드는 물러서지 않는다.

"싫다면요? 한 대 치시게요?"

페테르의 턱이 부들부들 떨린다. 다비드는 꼼짝하지 않는다. 잠시 후에 다비드가 비웃는 듯이 코웃음을 친다. 그의 턱에는 긴 흉터가 있고 턱과 뺨 사이에도 흉터가 있다.

"아뇨, 그럴 리 없죠. 단장님은 페테르 안데르손이잖아요. 항상 남들이 단장님을 대신해서 반칙으로 퇴장당하지 않았나요?"

다비드는 자기 사무실로 들어가면서 문을 쾅 닫지도 않는다. 조용히 닫고는 그만이다. 페테르는 다른 무엇보다 그 점에서 그가 얄미워진다. 그의 말이 맞기 때문이다.

케빈은 전혀 흔들림 없는 표정으로 지역 신문사 기자와 인터뷰를 한다. 또래의 다른 아이들 같으면 긴장이 돼서 정신을 못 차릴 텐데 케빈은 침착하고 능수능란하다. 기자의 얼굴을 쳐다보지만 눈이 아니라 이마나 코끝에 시선을 고정하고, 여유롭지만 무심하지는 않고, 불편해하지는 않지만 즐거워하지도 않고, 기자의 질문에 하나도 빠짐없이 대답하지만 내용은 없다. 기자가 경기에 대해서 묻자 아이는 "쉴 새 없이 움직이면서 퍽을 골대에 넣고 기회를 만드는 게 관건이에요"라고 중얼거린다. 기자가 우승을 거두면 이 마을과 이 마을 주민들에게 어떤 의미일 것 같으냐고 묻자 기계처럼 반복한다. "하키에 집중하면서 매 경기 최선을 다하고 있습니다." 기자가 경기 후반에 그의 팀원 벤야민 오비크에게 보디체크를 당한 상대 팀 선수가 뇌진탕을 일으켰다고 지적하자 케빈은 눈 하나 깜빡하지 않고 주장한다. "저는 못 봤는데요."

그는 열일곱 살인데도 정치인처럼 언론을 요령 있게 다룬다. 기자가 다른 질문을 할 겨를도 없이 사람들이 케빈을 데려간다.

아맛은 인파 속에서 어머니가 보이자 이마에 입을 맞춘다. 그녀는 눈물이 그렁그렁 맺힌 눈으로 "얼른 가! 얼른!" 하고 속삭일 뿐이다. 아이는 웃으며 엄마를 끌어안고 너무 늦지 않게 집에 들어가겠다고 약속한다. 그녀는 그게 거짓말이라는 걸 안다. 그래서 무척 행복하다.

단짝 친구가 난생처음 스포트라이트를 누리는 동안 사카리아스는 주차장의 저쪽 끝, 무대의 가장 바깥쪽에 서 있다. 아이들이 평생 가장 신나는 밤을 즐길 수 있도록 어른들은 차를 타고 떠난다. 선수들과 여학생들 거의 모두가 파티장을 향해 발걸음을 옮기기 시작하자 누가 어울리고 누가 남겨질지 보기 안쓰러울 정도로 확연하게 드러난다.

사카리아스가 아맛에게 자신을 잊어버렸는지 아니면 아예 신경조차 쓰지 않은 건지 물어볼 일은 없을 것이다. 하지만 둘 중 한 명은 가고 한 명은 남는다. 그리고 그 뒤로 모든 게 전과 같지 않을 것이다.

페테르는 구내식당으로 가던 길에 마야와 아나와 마주친다. 놀랍게도 딸이 다섯 살 때 아빠가 퇴근하면 날마다 그랬던 것처럼 그의 목을 두 팔로 감싸안는다.

"아빠가 정말 자랑스러워요." 아이가 속삭인다.

그는 딸의 손을 놓기가 그보다 더 아쉬운 적이 없다. 아이들이 웃으며 계단을 달려 내려가자 온 아이스링크가 정적에 휩싸인다. 그의 숨소리에 이어 아내의 목소리가 정적을 깬다.

"이제 내 차례가 됐나, 슈퍼스타?" 미라가 큰 소리로 외친다.

페테르는 우울한 미소를 지으며 그녀에게로 걸어간다. 그들은 살그머니 서로 손을 잡고 조그맣게 원을 그리며 천천히, 천천히 춤을 춘다. 잠시 후에 미라가 그의 얼굴을 잡고 격렬하게 입을 맞추자 페테르는 당황스러워진다. 아직까지도 그녀에게는 그런 능력이 있다.

"별로 행복해하지 않네?" 그녀가 속삭인다.

"아냐, 행복해." 그는 딱 잘라 말한다.

"수네 때문이야?"

그는 그녀의 목에 얼굴을 묻는다.

"후원자들이 결승전 이후에 다비드가 수네의 자리를 물려받는다는 소식을 공표하고 싶어 해. 그런데 수네를 압박해서 자발적으로 사직서를 받아내려고 하지. 자르면 언론에 안 좋게 비칠 테니까."

"당신 잘못이 아니야. 당신이 모든 사람들을 구할 수는 없어. 당신이 온 세상의 무게를 짊어질 수도 없고."

페테르는 아무 대꾸도 하지 않는다. 그녀는 그의 머리칼을 간질이며 미소를 짓는다.

"당신 딸 봤어? 아나네 집에 가서 '공부'하겠대."

"방정식을 풀러 가는 아이 치고는 화장을 너무 진하게 했던데." 페테르는 중얼거린다.

"사춘기 아이들을 믿어주려고 할 때 가장 걸림돌이 되는 게 우리도 그 시절을 거쳤다는 사실이야. 예전에 어떤 남자애랑 내가……."

"듣고 싶지 않아!"

"왜 이러셔. 내가 당신을 만나기 전까지 죽은 듯이 지냈는 줄 알아?"

"싫어!"

그가 그녀를 번쩍 들어서 끌어안자 그녀는 숨이 턱 막힌다. 아직까지도 그에게는 그런 능력이 있다. 둘은 어린애들처럼 키득거린다.

두 사람은 구내식당 유리창 너머로 마야와 아나가 하키 선수들과 학교 친구들과 함께 출발하는 모습을 지켜본다. 땅거미가 지자 기온이 급속도로 떨어지고 눈발이 두 아이의 몸을 휘감는다.

폭설의 조짐이 보인다.

20

에르달 가족의 집 유리창이 과부하가 걸린 스피커 때문에 덜거덕거리고, 천장에 뚫린 구멍으로 사람들이 내동댕이쳐지기라도 한 것처럼 일층 공간이 빠른 속도로 채워진다. 선수들이 대개 이미 대책 없을 정도로 취했고 다른 손님들도 대부분 별 차이가 없다. 그들이 부모가 없는 집에서 파티를 벌인 건 이번이 처음이 아니다. 일회용 컵으로 술을 마시고, 벽에 걸린 사진들은 모두 떼어놓고, 깨질 만한 물건들은 치우고, 가구는 비닐로 씌웠다. 아무도 이층으로 올라가지 못하게 청소년팀 선수 두 명이 계단에서 번갈아 보초를 선다. 이러니저러니 해도 케빈은 코치와 비슷해서 철저한 준비와 계획의 힘을 믿고 그 어떤 것도 우연에 맡기지 않는다. 내일 아침에 날이 밝자마자 청소부가 출근할 것이다. 청소부는 부모님에게 아무 말도 하지 않는 조건으로 웃돈을 받았고, 이런 날 밤에 이웃 주민들은 귀마개를 하고 잠자리에 들 테고 누가 물으면 집에 없었던 척할 것이다.

케빈은 자기가 벌인 파티를 혼자만 재미있게 즐기지 못하는 눈치지만 이제는 다들 그러려니 한다. 거실에서는 십대 아이들이 술을 마시고 노래를 부르며 점점 더 빠른 속도로 옷을 벗고 있지만 두툼하게 단열 처리가 된 벽 너머의 마당은 거의 잠잠하다. 골대를 향해 슛을 날리고 또 날리는 케빈의 얼굴에서 땀이 뚝뚝 떨어진다. 케빈은 경기가 끝난 뒤에도 긴장을 늦추는 법이 없지만 적어도 이긴 뒤에는 그다지 난폭하지 않다. 졌을 때는 테라스와 미니 경기장이 부러진 스틱과 산산조각 난 유리 조각들로 뒤덮인다. 평소처럼 벤이가 철제 테이블에 아주 평온하게 앉아서 두 손가락으로 담배를 잡고 민첩하게 돌려서 종이는 두고 담뱃잎만 털어내고 있다. 빈 종이 안에 마리화나를 가득 넣은 다음 끝을 비틀어서 막고 필터를 조심스럽게 이로 물어서 꺼낸 뒤 얇게 만 판지를 넣는다. 베어타운의 담뱃가게 주인이 학교 교장선생님의 누이라서 담배 마는 종이만 잔뜩 사고 담뱃잎은 사지 않으면 의심을 살 수 있기 때문에 이런 수법을 쓰는 것이다. 인터넷으로 주문해봐야 소용없다. 벤이의 어머니가 마약 탐지견처럼 집으로 배달되는 모든 우편물을 체크한다. 그래서 담배 피우는 모습을 아무도 본 적이 없는데도 케빈은 몇 년 전부터 파티 입장료 대신 담배를 두 개씩 받아 마리화나를 말아서 피우도록 벤이에게 주고 있다. 케빈은 약물에 고도로 집중한 바보 같은 단짝 친구를 보면 이상하게 마음이 편안해진다.

케빈이 씩 웃으며 말한다. "미성년자의 노동력을 착취한다는 아시아의 공장에 너를 팔아 넘겨야겠다. 그 손으로 그 어떤 아이보다 더 축구공을 잽싸게 꿰맬 수 있겠어."

"네가 가끔 골을 넣을 수 있게 지금보다 넓은 네트를 만들어줄까?"
벤이는 이렇게 묻고, 위를 쳐다보지도 않은 채 고개를 번개처럼 숙여서 케빈이 자기 머리 위로 날린 퍽을 피한다. 퍽이 벤이의 뒤편에 있는 울타리를 맞히자 울타리가 잠깐 동안 흔들린다.

"청소하는 아줌마 몇 대 만들어주는 거 잊지 마." 케빈이 짚고 넘어간다. 벤이도 기억하고 있다. 그들이 파티를 한두 번 열어본 게 아니다.

집 안으로 들어선 아맛은 자기도 모르게 입을 떡 벌린다.

"아니, 실화예요? 이게 한 가족이 사는 집이라고요?"

보보와 뤼트는 웃으며 아맛을 부엌 쪽으로 떠민다. 뤼트는 이미 냉장고 문에 자석조차 붙이지 못할 정도로 취했다. 둘은 '기절주'를 마시고 있다. 뭐로 만들었는지 몰라도 밀주와 목이 아플 때 먹는 약 맛이 나고 잔을 비울 때마다 주먹으로 서로 가슴을 때리며 "기절주!"라고 외쳐야 한다. 대여섯 잔 마시고 나면 그게 별로 어이없게 느껴지지 않는다. 대부분의 아이들이 그러고 있다.

"오늘 밤에는 여기서 마음에 드는 여자애를 *아무나* 따먹어도 돼. 우리 팀이 이기면 전부 하키에 몸 바치는 접대부가 되거든." 뤼트는 풀린 혀로 웅얼거리며 집 안을 가득 메운 아이들을 가리키더니 곧바로 우악스럽게 아맛의 윗도리를 움켜쥐며 고함을 지른다.

"케빈이나 벤이나 내가 찍은 아이만 빼고. 1라인 공격수가 맨 먼저 고르는 거거든!"

아맛은 뤼트가 이 말을 하는 순간 보보가 자기만큼이나 불편한 기색을 보였던 걸 기억할 것이다. 아맛은 뭐에 대해서든 그렇게 망설이는 보보를 본 적이 한 번도 없다. 뤼트는 "내가 오늘 어시스트를 하나 기록했다고! 나랑 떡치고 싶은 사람?" 하고 소리를 지르며 비틀비틀 앞으로 걸어가고, 쓸쓸하게 남겨진 두 아이는 부엌에서 서로를 마주 본다. 그들은 대화를 피하기 위해 술을 좀 더 마시고 서로의 가슴을 때리며 "기절주!"라고 외친다. 남자는 목소리를 들으면 숫총각인지 아닌지 티가 난다고 둘 다 굳게 믿고 있기 때문이다.

아나가 걸어오는 동안 대여섯 번 화장을 다시 한번 체크하겠다고 고집을 부리는 바람에 마야와 아나가 가장 늦게 이 집에 도착한다. 아나는 매달 집착하는 부위가 바뀌는데 요즘은 광대뼈다. 얼마 전까지만 해도 헤어라인이었다. 그때는 이마를 좁히는 성형수술이 가능한지 알아보고 싶다고 마야에게 아주 진지하게 도움을 요청했었다.

마야는 집 안으로 들어가기 전에 길가에서 걸음을 멈추고 전망을 감상한다. 에르달 가족이 사는 집 앞에서는 맞은편 숲까지 호수의 전경이 보인다. 그곳은 황야에 더 가깝다. 나무들도 좀 더 빽빽하게 자라고 눈도 좀 더 깊게 쌓이는 듯하다. 그 너머로 아무것도 없는 광활한 공간이 새하얗게 펼쳐지는데, 어린아이가 그곳에 서 있으면 지구상에 남은 인간이 자기 혼자뿐이라는 확신이 들 법도 하다. 베어타운의 아이들은 어른들 모르게 못된 짓을 하고 싶으면 거기로 가면 된다는 걸 금세 터득한다. 마야와 아나가 어렸을 때 둘은 거기서 아나 때문에 죽을 뻔한 적이 있었다. 열두 살 때 아나가 스노모빌을 훔쳐서 밤새도록 마야를 태우고 다녔다. 마야는 한 번도 실토한 적이 없지만 태어나서 지금까지 그때만큼 해방감을 느껴본 적은 없다.

그로부터 일 년이 지나자 아나는 인터넷에서 철사로 스노모빌에 시동 거는 법이 아니라 다이어트를 검색하기 시작했다. 마야는 호수 저편에서 뛰어놀았던 두 여자아이를 떠올리며 잠깐 애도한 다음 파티장으로 들어간다.

케빈은 테라스에 서 있다가 큼지막한 유리창을 통해 현관으로 들어서는 마야를 본다. 그는 그녀를 똑바로 쳐다보느라 벤이가 자기를 지켜보며 반응을 살피고 있다는 사실을 알아차리지 못한다. 케빈이 잽싸게 테라스 문 쪽으로 움직이자 벤이는 짜증스럽게 소지품을 배낭에 챙겨 넣고 친구의 뒤를 따라나선다. 그들은 아무 말 없이 거실을 지나 각기 다른 목표를 향해 움직인다. 케빈은 마야의 앞에 멈춰서서 두근거리는 심장이 셔츠 밖으로 티가 나지 않도록 무진장 애를 쓰고, 마야는 자기가 얼마나 황홀해하고 있는지, 부엌에 있는 선배 여학생들이 이쪽을 건너다보며 자기를 알미워하는 이 상황을 얼마나 즐기고 있는지 티를 내지 않으려고 최선을 다한다.

"마담." 케빈이 연극배우처럼 미소를 지으며 허리를 깊게 숙인다.

"헤르 폰 똥푼이, 만나서 이 얼마나 반가운지요!" 마야는 웃으며 똑같이 허리를 숙인다.

케빈은 말을 꺼내려다 대문 밖으로 사라지는 벤이를 보고 입을 다문다. 벤이는 부엌에 있는 여학생들과 아나 못지않게 실망한 표정을 짓고 있다.

길거리로 나선 벤이는 배낭을 어깨에 짊어지고 바람에 불이 꺼지지 않도록 라이터를 손으로 가린 뒤 연기가 허파 속으로 빙글빙글 들어가길 기다린다. 케빈이 부르는 소리가 들리지만 돌아보지 않는다.

"벤이, 이 또라이야, 뭐야! 바보처럼 왜 이래!"

"나는 꼬맹이들이랑 놀지 않아, 케브. 너도 알잖아. 쟤네 몇 살이냐? 열다섯?"

케빈은 두 팔을 뻗는다.

"어이가 없네. 내가 초대한 애들도 아니야!"

벤이는 고개를 돌려 단짝 친구의 눈을 쳐다본다. 십 초 가까이 지난 다음에서야 케빈이 웃음을 터뜨린다. 그 정도면 오래 참은 거다.

"네 거짓말은 나한테 안 통해, 케브."

"그래도 있을 거지?" 케빈이 씩 웃으며 묻는다.

벤이는 가만히 고개를 젓는다. 케빈은 슬픈 표정으로 눈을 깜빡인다.

"그럼 뭐 하게?"

"나만의 파티를 즐길 거야."

케빈은 배낭을 쳐다본다.

"또다시 숲속에서 칼이랑 이상한 걸 들고 있는 요정들이 보일 정도로 많이 피우지는 마, 알았지? 우라질 나무 위에 웅크리고 앉아서 고함을 지르며 우는 너를 찾아 나서기는 싫으니까."

벤이가 웃음을 터뜨린다.

"딱 한 번 그런 거잖아. 게다가 그땐 마리화나도 아니었고."

"네가 나한테 전화해서 뭐라고 소리를 질렀는지 기억 안 나? '어떻게 하면 눈을 깜빡일 수 있는지 잊어버렸어!'"

"그때 일 가지고 장난치지 마라. 얼마나 개떡 같았는지 아냐?"

케빈은 친구를 만지고 싶은 표정을 짓는다. 하지만 만지지 않는다.

"그리고 차를 훔치더라도 이 동네에서는 훔치지 마, 알았지? 아빠가 진심으로 노발대발할 테니까."

벤이는 고개를 끄덕이지만 아무 약속도 하지 않는다. 주머니에서 마리화나로 만든 담배를 꺼내 케빈의 귀 뒤에 조심스럽게 꽂아준다.

"나중에 피워. 네가 좋아하는 스타일로 담뱃잎 살짝 넣어서 말 았어."

케빈은 벤이를 얼른 안았다가 놓는다. 하도 눈 깜빡할 새 벌어진 일이라 아무도 알아차리지 못할 정도지만 그래도 많은 의미를 전달할 수 있을 만큼 와락 끌어안는다. 케빈은 경기를 마친 날에는 잠을 한숨도 자지 못하는데, 딱 그때만 마리화나를 피운다. 그런 건 단짝 친구들끼리만 알 수 있다. 이불 속에 나란히 누워서 손전등 불빛으로 만화책을 읽고, 자기들이 항상 아웃사이더인 기분을 느꼈던 이유가 슈퍼히어로였기 때문이었음을 깨달은 두 남자아이만 그럴 수 있다.

벤이가 어둠 속으로 멀어지자 케빈은 질투심을 달래며 한참 동안 친구를 바라본다. 케빈은 여자아이들이 자기에게 반하는 이유가 하키 때문이라는 걸 안다. 하키가 없으면 케빈은 어디에서나 볼 수 있는 평범한 열일곱 살이다. 하지만 벤이는 아니다. 여자아이들은 전혀 다른 이유에서 그에게 반한다. 그에게는 모두가 원하는 특별한 것, 빙판 위에서의 실력과는 전혀 무관한 무언가가 있다. 그의 눈빛은 항상 언제든 마음이 내키면 뒤 한 번 돌아보는 법 없이 떠날 수 있다고 얘기한다. 그는 그 어떤 것에도 연연하지 않고 그 어떤 것에도 신경 쓰지 않는다. 케빈은 외로움을 두려워하지만 벤이는 그걸 자연스러운 상태로 받아들인다. 케빈은 어린 시절 내내 자다가 눈을 떠보면 또 다른 슈퍼히어로가 사라지고 없는 건 아닐까, 둘의 우정이 벤이에게는 아무것도 아니지 않을까 하는 두려움에 시달렸다.

벤이의 피는 남들과 다르다. 친구가 호수로 향하는 내리막길을 따라 숲속으로 사라지자 케빈은 자기 주변에서 진정으로 자유로운 영혼은 벤이뿐이라는 생각을 한다.

그것이 그들이 어린 시절에 서로를 만난 마지막 순간이다. 그 시절
은 그날 밤으로 끝이 난다.

21

마야는 집으로 돌아온 케빈의 일거수일투족을 관찰한다. 처음에 케빈은 빗속에 내버려진 새끼 고양이 같은 분위기를 풍긴다. 그만큼 스포트라이트를 한 몸에 누리는 사람을 본 적이 없는데도 버림받고 잊힌 사람 같은 분위기를 풍긴다. 그러더니 부엌에서 술을 두 잔 원샷하고 보보와 아맛과 함께 "기절주!"라고 외친 다음 뤼트와 어깨동무를 하고 바닥이 울릴 정도로 펄쩍펄쩍 뛰며 "우리는 곰이다!"하고 노래를 부른다.

그녀는 그가 첫 잔을 건넸을 땐 망설이지만 두 번째 잔은 전혀 빼지 않는다. 그는 누가 먼저 잔을 비우는지를 놓고 뤼트와 계속 내기를 벌이고, 케빈이 번번이 이기자 마야는 응석을 받아주듯 미소를 지으며 이렇게 말한다.

"진짜! 하키 선수들은 술 마실 때도 경쟁하지 않으면 안 돼요?"

케빈은 단둘이 있기라도 한 것처럼 마야를 똑바로 쳐다보는데, 그녀가 한 말을 도전처럼 받아들인 눈치다.

"술 더 가져와." 케빈이 뤼트에게 말한다.

"그래요! 뛰어요, 뤼트 선배, 내가 시간 젤 거예요!" 마야는 냉소를 지으며 손뼉을 친다.

뤼트는 벽을 곧장 들이받는다. 케빈은 숨을 헐떡거릴 정도로 깔깔대며 웃는다. 마야는 항상 순간에 최선을 다하는 듯한 그의 모습에 매료된다. 링크 위에서는 하키 생각만 하는 것 같더니 링크 밖에서는 아무 생각도 하지 않는 것 같다. 그는 본능에 충실하다. 그녀도 그럴 수 있으면 좋겠다.

그녀는 자기가 술을 얼마나 마셨는지 모른다. 세 잔 연속으로 마시기 대결에서 뤼트를 이기고 큼지막한 트로피를 들고 있는 것처럼 의기양양하게 두 팔을 들고 의자 위로 올라간 기억은 난다.

케빈은 그녀가 남들과 다르다는 점을 좋아한다. 그녀의 눈은 절대 멈춰 있지 않는다는 점을, 계속 지켜보고 있다는 점을 좋아한다. 그녀는 자기가 어떤 사람인지 아는 것처럼 보인다는 점을 좋아한다. 그도 그럴 수 있으면 좋겠다.

아나는 첫 잔을 비운 뒤에 더 이상 술을 마시지 않는다. 벤이를 보러 온 거였는데 그가 이유없이 사라져버렸다. 아나는 마야와 함께 부엌에 서 있지만 계속 중간에 누군가가 끼어든다. 마야가 한 말을 듣고 케빈이 웃을 때마다 선배 여학생들이 어떤 식으로 눈빛을 번뜩이는지 느껴진다. 조롱과 죽여버리겠다는 협박 사이 어디쯤이다. 아나는 등골의 맨 아랫부분에 얹힌 뤼트의 손이 느껴지자 점점 더 구석으로 몸을 피한다. 아무리 열심히 사포질을 하고 아무리 작게 웅크려도 그녀는 이곳에 적응하지 못할 것이다.

벤이는 빙판을 가로질러서 걷는다. 호수 한복판에 다다르자 멈춰서서 마리화나를 피우며 한 집씩 불이 꺼지는 마을의 풍경을 바라본다. 벤이가 딛고 선 단단한 껍데기가 살짝 흔들린다. 아무리 베어타운이라도 한밤중에 혼자 여기까지 나와 있기에는 위험한 시기다. 벤이는 어렸을 때부터 얼음을 뚫고 그 밑의 차가운 어둠 속으로 사라져버리고 싶은 충동을 계속 느꼈다. 그곳에서는 자신을 아프게 하는 모든 것들이 덜 고통스럽게 느껴질까. 놀랍게도 그는 자살한 아버지로 인해 죽음을 두려워하기보다 정반대가 됐다. 벤이가 딱 한 가지 이해할 수 없는 게 있다면 아버지가 굳이 엽총을 쓴 이유다. 숲, 빙판, 호수, 추위―이 마을에는 자연사로 생을 마감할 방법이 무궁무진하지 않은가.

그는 마리화나와 영하의 날씨 때문에 안팎이 모두 무감각해질 때까지 그렇게 서 있다가 마을 쪽으로 다시 걸음을 옮기고 좀 더 좁은 동네로 들어가서 모페드*를 훔친다. 그걸 타고 헤드로 달린다.

"너는 왜 하키 선수를 좋아하지 않아?" 케빈이 묻는다.

"별로 똑똑하지가 않아서요." 마야는 웃음을 터뜨린다.

"그게 무슨 소리야?" 그는 진심으로 궁금해하는 눈치다.

"국부 보호대를 발견하고 칠십 년이 지난 다음에서야 헬멧을 발명했잖아요." 그녀가 말한다.

"우리는 뭐가 더 중요한지 알거든." 그는 함박웃음을 짓는다.

---

* 모터 달린 자전거.

둘은 술을 좀 더 마신다. 내기를 할 때마다 그가 이긴다. 그는 지는 법이 없다.

'라단' 자체가 술집에 어울리지 않는 허접한 이름이지만 실제로 곳간 안에 들어앉은 술집이면 더욱 그럴 것이다.* 하지만 카시아의 사장도 입버릇처럼 얘기하듯 헤드 주민을 보고 "너는 상상력이 너무 풍부해서 탈이야!"라고 말하는 사람은 없다. 앞쪽의 무대 위에서 밴드가 연주하고 있지만, 다 같은 중년이라도 연령대와 취한 정도가 저마다 다른 몇 안 되는 손님들은 놀라우리만치 관심이 없다. 카운터 앞에 서 있는 카시아에게 경비원이 다가온다.

"네 동생한테 모페드 있어?"

"아니."

경비원은 빙긋 웃는다.

"그럼 뒤에다 대라고 해야겠네."

언젠가 그들 모두에게 결정타를 날릴 운명을 타고난 남동생을 둔 세 명의 누나 중에서 둘째인 카시아는 벤이 들어오자 한숨만 쉬고 만다. 동생이 분란을 자초하는지 아니면 분란이 동생을 찾아다니는지 몰라도 그 둘이 항상 붙어다니는 것만큼은 분명하다. 큰누나가 이 자리에 없는 게 다행이다. 그녀가 있었다면 벤이는 지금쯤 이미 목이 부러졌을 것이다. 하지만 카시아는 벤이에게 화를 내지 못한다. 예전부터 그랬다.

"진정해. 모페드는 돌려줄 거야." 벤이는 약속하고, 그녀가 보기에

---

* '라단'이 스웨덴어로 곳간이라는 뜻이다.

기분이 영 안 좋아 보이는데도 애써 미소를 지으려 한다.

"오늘 경기 이겼다고 들었는데. 여긴 웬일이야?" 누나가 묻는다.

"축하 파티 하러 온 거잖아. 보면 모르겠어?" 동생은 퉁명스럽게 대꾸하고 누나는 몸을 앞으로 숙여서 동생의 정수리에 힘껏 입을 맞춘다.

"아빠 보러 다녀왔어?"

동생은 고개를 끄덕인다. 사랑하는 남동생—여자아이들이 어째서 이 아이에게 홀딱 반하는지 알겠다. "슬픈 눈빛, 걷잡을 수 없는 성격. 그런 인간을 기다리는 건 골치 아픈 일들뿐이지." 경험상 잘 아는 어머니가 하는 말이다. 카시아는 아버지의 묘지에 한 번도 찾아가본 적이 없지만 가끔 아버지를 떠올리며 너무나 불행한데 아무에게도 얘기하지 못하면 어떤 심정일지 상상한다. 사랑하는 사람들에게도 말 못할 엄청난 비밀이 있다면 얼마나 끔찍할까.

벤이는 화가 나는 일이 있으면 막내 누나 가비네 집에 가서 분노가 가라앉을 때까지 조카들과 어울려서 논다. 조용히 생각하고 싶을 땐 큰누나 아드리가 하는 견사에 간다. 하지만 속상한 일이 생기면 여길 찾아온다. 카시아를 찾아온다. 그렇기에 그녀는 소리를 지르는 대신 동생의 뺨을 다정하게 토닥인다.

"잠깐 여기 좀 지키고 있어. 사무실 들어가서 정리하고 나올게. 우리 집에 가자. 모페드는 저 친구들이 알아서 처리해줄 거야." 그녀는 경비원들을 턱으로 가리키며 얘기한다.

내일 날이 밝자마자 절대 시비 붙고 싶지 않은 두 남자가 주인을 찾아가서 '실수로 헤드에 두고 간 모양'이라며 모페드를 돌려줄 것이다. 고장 난 데가 있어서 정비소에 맡기더라도 그쪽에서 수리비를 요구하지 않을 것이다. 이 일대에서 알고 있어야 하는 삶의 지혜가 있다면 그게 전부다.

"그리고 염병할 맥주는 건드리지 마!" 카시아는 못을 박는다.

벤이는 카운터 안으로 들어가서 누나가 사무실 안으로 사라질 때까지 기다렸다가 맥주 병을 딴다. 무대 위의 밴드는 흘러간 로큰롤을 연주하고 있다. 헤드에서 무대에 서고 싶으면 그래야 하기 때문이다. 그들의 분위기는 예상한 범주를 넘어서지 않는다. 체중은 넘치는데 재능은 부족하고 누가 봐도 평범하다. 베이스만 예외다. 그는 평범한 구석이 전혀 없다. 까만 머리에 까만 옷을 입고 있는데도 눈에 확들어온다. 다른 멤버들은 안간힘을 쓰고 있지만 그는 편안하게 연주를 즐기는 듯하다. 앰프와 담배 자판기 사이 1.2제곱미터밖에 안 되는 비좁은 공간에 서 있지만 자기만의 조그만 왕국에서 춤을 추고 있다. 이 술집이 세상의 끝이 아니라 시작이라도 되는 듯이.

한 곡이 끝나고 다른 곡이 시작되기 직전의 정적이 흐를 때 베이스 연주자가 더벅머리를 한 젊은 바텐더의 존재를 알아차린다. 그 순간에 그곳에는 그 둘밖에 없는 거나 다름없다.

아나가 화장실에서 나온다. 뤼트가 문 바로 앞에 서 있다. 그가 육중한 몸을 앞으로 숙여서 그녀와 함께 다시 안으로 들어가려고 한다. 정신이 멀쩡했다면 성공했을지 모르지만 아나는 날렵하게 빠져나와서 문 밖으로 도망치고, 그는 세면대를 붙잡고 휘청거리는 몸을 가눈다.

"어디 가! 썅, 내가 오늘 어시스트를 기록했는데 아무것도 없어?"

아나는 뒷걸음질을 치며 숲속에서 퇴로를 살피는 동물처럼 좁은 복도를 좌우로 흘끗거린다. 뤼트는 팔을 내밀며 심하게 풀린 혀로 중얼거린다.

"네가 어떤 눈빛으로 벤이를 쳐다보는지 봤어. 좋다 이거야. 하지만 그 녀석은 오늘 밤에 돌아오지 않아. 약쟁이거든…… 알아? 그래서 오늘 밤에는 이 **별**로 돌아오지 않는다고! 그러니까 그 녀석은 잊고 그 대신 집중…… 집중해, 나한테! 내가 오늘 씨발…… 어스…… 어시…… 어시스트를 해서 우리 팀이 이겼으니까!"

아나는 뤼트의 면전에 대고 문을 쾅 소리 나게 닫고 부엌 쪽으로 달리며 마야를 찾는다. 어디에서도 마야는 보이지 않는다.

벤이는 카운터에서 맥주를 따르고 있다. 밴드의 연주는 멈췄고 카시아가 그 대신 컨트리 음악을 틀었다. 카운터 쪽으로 손님이 다가오자 벤이가 하도 잽싸게 몸을 돌리는 바람에 하마터면 잔으로 그의 얼굴을 칠 뻔한다. 베이스 연주자는 미소를 짓는다. 벤이는 눈썹을 추켜세운다.

"와우, 우리 술집에 뮤지션이 납시다니. 뭐 드실래요? 서비스로 드릴게요."

베이스 연주자는 고개를 갸우뚱한다.

"위스키 사워?"*

벤이는 입이 귀에 걸리도록 씩 웃는다.

"여기가 어딘지 알고 그런 주문을 하세요? 할리우드? 잭 앤드 코크**

---

* 위스키에 레몬주스와 설탕을 넣은 칵테일.
** 잭 대니얼스 위스키에 콜라를 섞은 칵테일.

도 가능하긴 하지만."

벤이는 말하며 능숙하게 재료를 섞고 카운터 너머로 잔을 밀어서 건넨다. 베이시스트는 손도 안 대고 한참 동안 쳐다보기만 하다 실토한다.

"미안, 나는 사실 위스키를 좋아하지도 않아. 그냥 로커 흉내를 낸 거야."

"위스키 사워는 별로 로커스럽지도 않은데요." 벤이가 알린다.

베이스 연주자는 손으로 머리칼을 쓸어 넘긴다.

"예전에 어떤 바텐더한테 들었는데 그 자리에 엄청 오랫동안 서 있으면 모든 사람을 알코올의 종류로 분류하게 된다고 그러더라. 점쟁이들이 '상징하는 동물'을 운운하는 것처럼 말이야. 무슨 말인지 알겠니?"

벤이는 깔깔대고 웃는다. 그는 그렇게 웃은 적이 별로 없다.

"아저씨를 상징하는 동물이 위스키가 아니라는 건 알겠네요."

베이시스트는 고개를 끄덕이고 조심스럽게 몸을 앞으로 숙인다.

"나는 사실 콜라에 담긴 것보다 연기에 가려진 것에 더 관심이 많아. 네가 그쪽으로 뭘 좀 안다고 들었다만."

벤이는 베이스 연주자에게 만들어준 칵테일 술잔을 비우고 고개를 끄덕인다.

"어떤 걸 구하고 싶은데요?"

아맛과 보보는 마당으로 나가자고 작당한 적이 없다. 어쩌다보니 그렇게 됐을 뿐이다. 둘 다 파티에서 뭘 하면 좋을지 모르는 부적응자라 그들이 이해할 수 있는 걸 자연스럽게 찾아나설 수밖에 없다.

할 줄 아는 걸 말이다. 그래서 그들은 마당에 서서 케빈의 스틱을 들고 돌아가며 골대로 퍽을 날린다.

"어떻게 그렇게 빨리 달릴 수가 있냐?" 보보가 취한 목소리로 묻는다.

"학교에서 선배 같은 사람들을 피해서 열심히 도망치다보면 그렇게 돼요." 아맛은 농담 겸 진담 삼아 이렇게 대답한다.

보보는 적절과 부적절의 경계선상에 있는 웃음을 터뜨린다. 그는 가만히 서서 차분하게 조준할 수 있는 경우에 한해서이긴 하지만 필요 이상으로 강슛을 날린다.

"미안…… 나는…… 그냥 장난이라는 거 알지? 너도 알잖아…… 그게…… A팀은 우리한테 똥을 싸고 우리는 너희한테 똥을 싸는 거."

"알아요, 알아요. 그냥 장난이죠." 아맛은 거짓말을 한다.

보보는 더 힘차게 슛을 날린다. 죄책감으로 얼룩진 슛이다.

"너는 이제 1라인 공격수야. 이제는 네가 내 옷을 샤워실에 던져야 해, 그 반대가 아니라."

아맛은 고개를 젓는다.

"선배 옷은 냄새가 너무 지독해서 건드리고 싶지 않아요."

보보의 웃음소리가 온 동네에 쩌렁쩌렁하게 울린다. 이번에는 진심에서 우러난 웃음소리다. 아맛은 선배를 향해 미소를 짓는다. 보보가 갑자기 언성을 낮춘다.

"나는 가을이 되기 전에 달리는 속도를 높여야 해. 안 그러면 더 이상 출전하지 못할 거야."

이번 시즌은 보보가 청소년팀에서 뛸 수 있는 마지막 시즌이다. 다른 도시에서는 스물한 살까지 청소년팀에서 뛰지만 베어타운에서는 고등학교를 졸업한 젊은 남자가 부족하기 때문에 그럴 수가 없다. 일부는 다른 도시의 학교에 진학하고 나머지는 취직을 한다. 가장 실력이 좋은 선수들만 A팀으로 이동하고 나머지는 떨구어진다.

"하지만 A팀이 있잖아요!" 아맛이 명랑하게 외치지만 보보는 건조하게 코웃음을 친다. "나는 A팀에 발탁되지 못할 거야. 속도를 높이지 못하면 이번이 내 마지막 시즌이야. 이후로는 평생 아빠 밑에서 차나 고쳐야 하겠지."

아맛은 더 이상 아무 말도 하지 않는다. 그럴 필요가 없다. 어렸을 때 하키를 오 분이라도 뛰어본 사람이라면 누구나 알다시피 이보다 더 훌륭한 스포츠는 없다. 이보다 더 짜릿한 스포츠는 없다. 아맛은 숨을 크게 들이마시고 어느 누구에게도 절대 하지 않을 이야기를 한다.

"나는 오늘 무서웠어요, 선배. 처음부터 끝까지 벌벌 떨었어요. 심지어 이겼을 때 기쁘지도 않고 그냥 마음이 놓였어요. 나는…… 젠장, 꼬맹이 시절에 호수에서 놀았을 때 어땠는지 선배도 기억하죠? 마냥 재미있었잖아요. 아무 생각도 나지 않고 그냥 거기서 놀고만 싶었잖아요. 나는 지금도 하고 싶은 게 하키뿐이고 이걸 못하면 뭘 하고 살아야 할지 모르겠어요. 하키밖에 잘하는 게 없으니까. 하지만 지금은…… 이게 뭐 같은가 하면……."

"일 같지?" 보보가 아맛을 쳐다보지도 않고서 결론을 내린다.

아맛은 고개를 끄덕인다.

"처음부터 끝까지 벌벌 떨었다니 구역질 나지 않아요?"

보보는 고개를 젓는다. 둘은 거기에 대해 더 이상 아무 말도 하지 않는다. 말없이 퍽만 날린다. 탕-탕-탕-탕-탕.

보보는 고개를 끄덕이고 씩 웃는다. 그들은 열다섯 살과 열일곱 살이고, 다들 안에서 파티를 즐기는 와중에 둘만 여기로 나와서 친구가 되었던 이날 밤을 십 년이 지나도 기억할 것이다.

밤하늘은 맑고 별들로 가득하고 나무들은 잠잠하고 그들은 곳간 뒤에서 마리화나를 피우고 있다. 벤이에게 약에 취한다는 건 혼자서 즐기는 내밀한 행위이기에 보통은 모르는 사람과 같이 피우지 않는데 오늘 밤에는 왜 이러는지 모를 일이다. 베이스 연주자가 무대 위에서 풍긴 분위기 때문일 것이다. 그는 마치 다른 공간에 있는 듯했다. 벤이는 그걸 느꼈다. 혹은 그걸 갈망했다.

"얼굴은 어쩌다 그렇게 됐어?" 베이스 연주자가 벤이의 턱에 난 흉터를 가리키며 묻는다.

"하키요." 벤이가 대답한다.

"그러니까 싸움꾼이로군?"

억양을 들어보니 그는 이 지방 출신이 아니다. 그렇게 묻는 걸 보면 이 동네가 처음일 수도 있다.

"싸움꾼인지 아닌지 알고 싶으면 얼굴에 흉터가 있는지 살필 게 아니라 손마디에 흉터가 있는지 살펴야죠." 벤이는 대답한다.

베이시스트는 깊게 몇 모금 빨고 눈을 덮은 앞머리를 불어서 날린다.

"왜 하는지 이유를 모르겠는 모든 스포츠 중에서 하키가 최고야."

벤이는 콧방귀를 뀐다.

"베이스는 기타를 못 치는 사람들이 치는 악기죠?"

베이스 연주자가 요란하게 웃음을 터뜨리자 그 소리가 나무 사이로 울려 퍼지며 벤이의 가슴과 머리를 동시에 강타한다. 그런 능력의 소유자는 드물다. 데킬라인 동시에 샴페인인 사람은 거의 없다.

"태어나서 지금까지 계속 여기 이 헤드에서 살았니? 이렇게 작은 마을에서 살면 밀실 공포증이 생기지 않아?" 베이시스트는 미소를 짓는다.

벤이의 입술 위에서 배회하는 그의 시선이 수줍음과 탐욕 사이를 오간다. 벤이의 뺨 위로 연기가 서서히 번진다.

"나는 베어타운에 살아요. 거기에 비하면 헤드는 대도시예요. 아저씨는 여기 어쩐 일이에요?"

베이시스트는 어깨를 으쓱하며 아무렇지 않은 척하지만 내면의 상처가 고스란히 드러난다.

"사촌이 이 밴드 보컬이거든. 베이스 연주자가 저기 어디 대학에 진학했다고 나더러 두세 달 와서 베이스를 맡아줄 수 있겠느냐고 해서. 밴드 실력이 정말 개떡 같고 연주한 대가로 이를테면 맥주 한 상자를 받는 게 고작이지만 내가…… 만나던 여자랑 잘 안 됐거든. 그래서 도망쳐야 했어."

"이보다 더 멀리 도망치기도 힘들겠어요." 벤이가 말한다.

베이스 연주자는 나무의 소리에 귀를 기울이고 손 위로 조심스럽게 내려앉은 눈송이를 만진다. 어둠 속에서 그의 목소리가 떨린다.

"생각했던 것보다 훨씬 아름다워. 여기 말이야."

벤이는 눈을 감고 계속 마리화나를 피운다. 더 몽롱해지지 못한 게 후회스럽다. 술에라도 취하지 못한 게 후회스럽다. 그랬다면 용기를 낼 수 있을 텐데. 하지만 아직은 그냥 이렇게 얘기한다.

"아저씨가 살던 데랑 다른 모양이네요."

베이스 연주자는 벤이의 연기를 들이마신다. 땅바닥 쪽을 턱으로 가리킨다.

"다음 주 일요일에 또 여기서 공연할 거야. 오고 싶으면 오라고. 내가…… 사람을 사귀고 싶거든. 여기 사람을."

까만 옷이 그의 야윈 체구를 가만히 덮고 있다. 그의 몸놀림은 부드럽고 가볍다. 어찌나 힘이 하나도 안 들어 보이는지 무중력 상태로 움직이는 것처럼 느껴질 정도다. 맹수들이 득시글거리는 숲속의 눈밭 위에 무슨 새처럼 서 있다. 벤이의 살갗에 닿는 그의 숨결이 차갑다. 벤이는 불을 끄고 뒤로 두 걸음 옮긴다.

"누나한테 들키기 전에 들어가봐야겠어요."

"덩치 크고 터프한 하키 선수라도 누나는 무섭다 이건가?" 베이스 연주자는 미소를 짓는다.

벤이는 어깨를 살짝 으쓱한다. "아저씨라도 그럴걸요? 내가 누구한테 싸움질을 배웠겠어요?"

"그럼 다음 주 일요일에 보는 거다?" 베이스 연주자는 큰 소리로 묻는다.

그는 대답을 듣지 못한다.

마야는 부엌에 서 있다가 아나가 사라져버린 것을 문득 알아차린다. 마야는 친구를 찾으러 나선다. 술기운으로 몸이 휘청거리자 흔들리는 얼음 조각을 밟고 선 펭귄처럼 벽에 기대고 중심을 잡는데, 이 모습을 사내 녀석들이 지켜본다. 뤼트가 케빈의 귓가로 몸을 숙이고 속삭인다.

"단장 딸이야, 케브. 야, 쟤는 절대 못 따먹어!"

"내기할래?" 케빈은 씩 웃는다.

"백 크로나."

뤼트는 고개를 끄덕인다. 둘은 합의하는 뜻에서 악수한다.

이후에 마야는 케빈이 셔츠에 술을 쏟은 자국이 나비처럼 보였던 것 같은 요상하고 사소한 것들만 기억할 것이다. 아무도 그런 얘기는 듣고 싶어 하지 않을 것이다. 다들 그날 밤에 그녀가 술을 얼마나 마셨는지 물을 것이다. 취했는지. 그의 손을 잡았는지. 그런 식으로 신호를 보냈는지. 자발적으로 이층에 올라갔는지.

"길을 잃어버렸어?" 그는 계단 옆에서 그녀와 마주치자 웃으며 이렇게 묻는다.

그 무렵 그녀는 일층을 세 바퀴 돌았지만 화장실을 찾지 못했다. 그녀는 웃으며 팔을 벌린다. 아나에 대해서 잊어버린다.

"이 집 진짜 정신없다. 꼭 호그와트 같아요."

"이층 구경시켜줄까?" 그가 묻는다.

그녀는 그를 따라서 계단을 올라가지 말았어야 했다고 계속 후회할 것이다.

여덟 번인가 아홉 번 만에 카시아의 차에 미적미적 시동이 걸린다.

"아드리 언니랑 견사에서 자도 돼."

"아니, 집으로 데려다줘." 벤이는 졸린 목소리로 얘기한다.

누나는 동생의 뺨을 토닥인다.

"안 돼. 왜냐하면 동생아, 언니랑 나는 우리 꼬맹이를 사랑하거든. 그런데 또다시 맥주랑 마리화나 냄새를 풍기면서 집으로 기어 들어갔다가는 그 꼬맹이를 두 번 다시 보지 못할 거야."

벤이는 툴툴거리며 재킷을 벗고 그걸 베개 삼아 창문에 머리를 기 댄다. 누나는 반팔 티셔츠 소매 바로 밑, 곰 문신이 삐죽 고개를 내민 그 지점을 쿡쿡 찌르며 묻는다.

"그 베이스 연주자 귀엽더라. 하지만 네 타입이 아니라고 할 거지? 지금까지 쭉 그래왔던 것처럼?"

벤이는 눈을 감은 채로 대답한다.

"하키 싫어한대."

그녀는 그 말을 듣고 웃음을 터뜨리지만 남동생이 잠이 들자 눈물 을 참느라 눈을 깜빡인다. 어린 시절 내내, 심지어 모래 놀이를 하고 그네를 타던 시절부터 여자아이들이 그 아이를 주시했다. 그 아이를 마음대로 주무를 수 있는 날을 꿈꾸는 한편, 그게 과연 가능할지 의 심하는 눈빛으로 주시했다. 하지만 그들은 그게 불가능한 이유를 절 대 알아차리지 못한다.

카시아는 해가 바뀌고 벤이가 점점 나이를 먹을수록 동생이 다른 삶을 살 수 있길 바랐다. 다른 곳, 다른 시대에 태어났다면 동생은 다 르게 자랐을지 모른다. 좀 더 순하고 불안하지 않은 아이로 자랐을지 모른다. 하지만 베어타운에서는 그럴 수가 없다. 여기에서는 그 아이 가 어느 누구에게도 보이지 않는 짐을 너무 많이 짊어지고 있고 거 기다 하키가 있다. 팀, 동료들, 케빈. 그들이 그 아이의 모든 것이기에 그 아이는 그들이 원하는 모든 것이 되어야 한다. 그래서 끔찍하다.

사랑하는 사람들조차 모르는 비밀을 간직하고 있어야 하니 말 이다.

모두들 그게 어떤 식인지 이야기한다. 보건교사, 성교육 수업을 맡은 가엾은 학교 선생님, 걱정하는 부모님, 교육용 텔레비전 프로그램, 인터넷. 모두 다. 정확히 어떤 일이 벌어지는지 평생 귀에 못이 박이도록 떠든다. 그럼에도 이런 식일 거라고 얘기하는 사람은 아무도 없다.

마야는 케빈의 침대에 똑바로 누워 있다. 난생처음으로 마리화나를 피워본 순간이다. 상상했던 것과 느낌이 다르다. 따뜻한 공기에 맛이 있는 듯한 느낌이다. 연기가 목구멍을 타고 내려가는 게 아니라 머릿속으로 곧장 스며드는 것처럼 느껴진다. 케빈의 방 벽에는 하키 선수들의 포스터가 붙어 있고 선반마다 트로피들이 놓여 있지만 한쪽 구석에 구식 전축이 있다. 어울리지 않는 물건이라 그녀는 그걸 기억할 것이다.

"우리 아빠가 쓰던 거야. 소리가 좋아…… 틀면 나오는 치직거리는 소리 말이야." 그는 거의 변명조로 이야기한다.

그가 음악을 튼다. 그녀는 무슨 음악인지 기억하지 못한다. 치직거리던 소리만 기억한다. 십 년이 지나도 그녀는 술집 한쪽 구석이나 지구 반대편의 옷가게에서 전축이 치직거리는 소리를 들으면 곧바로 지금 이 시간과 장소로 이동할 것이다. 위에 올라탄 그의 무게가 느껴지자 그녀는 웃음을 터뜨린다. 그녀는 그것도 기억할 것이다. 둘은 입을 맞추고 이로써 그녀는 평생 들은 그 어떤 질문보다 이 두 가지 질문을 더 자주 듣게 될 것이다. 누가 누구한테 먼저 키스했니? 너도 반응을 보였니? 그가 그녀에게 입을 맞추고 있다. 그리고 그녀도 반응을 보인다. 하지만 그가 청바지를 벗기려고 하자 그녀가 못하게 한다. 그가 장난으로 여기는 눈치를 보이자 그녀는 그의 손을 꽉 붙잡는다.

"오늘 밤에는 싫어요. 나 아직······." 그녀는 속삭인다.

"좋으면서 왜 그래." 그는 억지를 부린다.

그녀는 발끈 성을 낸다.

"귀머거리예요, 뭐예요? 싫다니까요!"

그가 그녀의 손목을 잡은 손에 힘을 준다. 처음에는 느껴질락 말락
하지만 아플 지경에 이른다.

카시아는 '베어타운에 오신 것을 환영합니다' 표지판을 지나자마
자 나오는, 숲으로 난 오솔길로 접어든다. 견사 쪽으로 달린다. 이 주
변에는 불빛이 없기 때문에 잠에서 깬 벤이는 창밖을 내다보다 이미
지나친 다음에서야 그것의 정체를 알아차린다.

"차 세워." 벤이가 중얼거린다.

"뭐라고?" 카시아가 묻는다.

"차 세우라고!" 벤이는 고함을 지른다.

그녀는 놀라서 브레이크를 힘껏 밟는다. 그녀의 남동생은 이미 문
을 열고 어둠 속으로 뛰쳐나갔다.

모두들 그게 어떤 식인지 이야기한다. 정확히 어떤 일이 벌어지는
지 평생 귀에 못이 박이도록 떠든다. 조깅을 하러 나선 길에 폭행을
당하고, 패키지여행을 갔다가 구타를 당하며 골목길로 끌려가고, 술
집에서 약을 먹고 모르는 남자 어른들에게 잡혀 대도시의 슬럼가에
갇히고. 모두들 몇 번이고 경고한다. 모든 여학생에게 경고한다. 그럴
수 있어! 그렇게 되는 거야!

하지만 이런 식일 수도 있다고 경고하는 사람은 없다. 대상이 아는

사람, 믿는 사람, 같이 웃고 떠들었던 사람일 수 있다고. 일층 전체가 학교 친구들로 가득한 가운데 하키 선수들 포스터로 도배가 된 남자 아이의 방에서 그럴 수 있다고. 케빈이 그녀의 목에 입을 맞추며 그녀의 손을 치운다. 그녀는 그가 다른 사람의 것인 양 그녀의 몸을 만졌던 것을 기억할 것이다. 그의 노력으로 얻은 전리품인 양, 그녀의 머리와 나머지 몸이 서로 별개로 존재하는 사물인 양. 그 부분에 대해서 묻는 사람은 없을 것이다. 그녀가 얼마나 적극적으로 저항했는지에 대해서만 물을 것이다. 그녀가 충분히 '결백'한지.

"괜히 비싸게 굴지 마. 나랑 같이 이층으로 올라왔으면 얘기 끝난 거잖아?" 그는 웃음을 터뜨린다.

그녀는 그의 손을 치우려고 하지만 그가 훨씬 힘이 세다. 몸을 비틀어 침대에서 일어나려고 해도 그의 무릎이 그녀의 허리를 양옆에서 조이고 있다.

"그만해요, 선배. 싫다니……." 그의 숨소리가 그녀의 귓가에서 울린다.

"살살 할게. 나 좋아하는 거 아니었어?"

"맞아요…… 하지만 나는 아직…… 그만해요, 제발!"

그녀는 그의 손을 치우려고 필사적으로 버둥거리다 손톱으로 그의 살갗 두 군데에 깊은 상처를 낸다. 그녀는 핏방울이 서서히, 서서히, 서서히 배어 나오는데 그는 알아차리지도 못하는 눈치였던 걸 기억할 것이다. 그는 체중만으로 그녀를 누르고 있다. 심지어 별다른 노력을 기울일 필요조차 없다. 그의 말투가 당장 달라진다.

"작작 좀 해라, 씨발! 괜히 비싸게 굴지 말라고! 자꾸 그러면 일층에서 마음에 드는 계집애 아무나 데려다 너 대신 개를 따먹을까

보다!"

마야는 젖 먹던 힘까지 다해서 한쪽 손을 빼내고 있는 힘껏 그의 뺨을 때린다.

"좋아요! 그렇게 해요!!! 그리고 나는 놓아줘요!!!"

그는 놓아주지 않는다. 그의 눈빛이 험상궂게 변한다. 그녀와 저녁 내내 농담 따먹기를 했던 남자는 그의 안에서 사라져버린 느낌이다. 그녀가 손을 막으려고 하자 그는 다른 쪽 손으로 그녀의 목을 집게처럼 움켜쥐고 그녀가 비명을 지르려고 하자 손가락으로 입을 막는다. 그녀는 산소가 부족해서 정신이 오락가락하는 와중에 아무도 물어보지 않을 요상하고 사소한 것들을 기억하게 될 것이다. 그가 잡아뜯는 순간 그녀의 블라우스에서 떨어져 나온 단추, 그 단추가 바닥에 떨어져서 방 안 어딘가로 굴러가던 소리. 그리고 그녀는 이런 생각을 했던 것을 기억할 것이다. '저걸 나중에 무슨 수로 찾지?'

그들은 술과 마리화나에 대해 물을 것이다. 영원히 그녀의 머릿속에서 떠나지 않을 바닥 모를 공포에 대해서는 묻지 않을 것이다. 그녀가 평생 벗어나지 못할, 전축과 포스터가 있는 이 방에 대해서는 묻지 않을 것이다. 어딘가로 굴러간 블라우스 단추와 평생 그녀를 따라다닐 두려움에 대해서는 묻지 않을 것이다. 그녀는 그에게 깔린 채 소리 없이 흐느끼고 그의 손으로 입을 틀어막힌 채 침묵의 비명을 지른다.

가해자에게 성폭행은 몇 분이면 끝나는 행위다. 피해자에게는 그칠 줄 모르는 고통이다.

22

토요일 밤이고 이때를 기점으로 모든 게 달라진다. 하지만 아나는 아직 모른다. 마야의 행방을 묻자 부엌에 모여 있던 선배 여학생들이 잔인하게 비웃었다는 것만 알고 있을 따름이다.

"그 별 볼일 없는 걸레? 케빈이랑 같이 갔어. 걱정 마, 볼일이 끝나면 케빈이 다시 내동댕이칠 테니까. 급 떨어지는 잡것하고 계속 사귀는 하키 선수는 없거든."

그들의 웃음소리가 아나의 가슴에 구멍을 낸다. 아나는 목구멍으로 무언가가 치밀어 오른다. 물론 아나는 단짝 친구를 찾으러 나설 수도 있었겠지만 전화기를 들고 몇 분 동안 그 자리에 가만히 서 있는다. 분노를 주체할 수가 없다. 단짝 친구가 처음으로 나 대신 남자를 선택했을 때 느낀 실망감보다 더 큰 실망감은 거의 있을 수 없고, 열다섯 살 때 파티장을 나서서 집까지 혼자 걸어가는 길보다 더 적막한 길은 없다.

아나와 마야는 어렸을 때 서로의 목숨을 구하면서 서로를 발견했다. 한쪽이 얼음이 깨진 호수 속에서 다른 쪽을 구했고, 이쪽은 그에 대한 보답으로 저쪽을 외로움에서 건졌다. 그들은 여러 면에서 정반대였지만 둘 다 막춤과 큰 소리로 노래 부르는 것과 스노모빌을 타고 질주하는 것을 좋아했다. 나열하자면 길다. 단짝 친구. 남친보다 여친이 먼저. 그리고 서로에게 한 수많은 약속 중에서 가장 중요한 약속. 절대 서로 버리지 말기.

부엌에 모인 여자아이들은 계속 아나를 비웃는다. 옷차림과 몸매에 대해 뭐라고 하지만 아나는 한 귀로 듣고 한 귀로 흘린다. 이미 학교 복도와 온라인 댓글로 들은 얘기다. 비틀비틀 모퉁이를 돌아 나온 뤼트가 흘끗 쳐다보자 아나는 중얼거린다. "꺼져." 전부 꺼져버렸으면 좋겠다. 모두 다.

아나는 대문을 박차고 나오다 마지막으로 걸음을 멈추고 마야에게 전화할까 고민한다. 이층으로 올라가서 찾아볼까? 하지만 관심을 구걸할 생각은 없다. 일 년의 4분의 3이 눈으로 덮여 있는 마을 출신일지라도 자기보다 인기가 많은 누군가의 그늘에 서 있으면 견딜 수 없을 만큼 춥다. 아나는 전화기를 무음으로 해놓고 가방에 넣는다. 인간에게는 수많은 단점이 있지만 자존심보다 더 강력한 것은 없다.

아맛이 보이자 아나는 가서 그의 어깨를 잡는다. 아맛은 너무 취해서 시력 검사표의 맨 윗줄조차 읽지 못할 지경이다. 아나는 한숨을 쉰다.

"마야 보이면 개가 땅콩을 좋아하는지 안 좋아하는지 결정하는 동안 기다리기 귀찮아서 먼저 갔다고 전해줘."

아맛은 영문을 몰라 하며 말을 더듬는다. "어디…… 그니까…… 뭐가…… 음…… 누구?"

"마야. 나 먼저 갔다고 전해달라고."

"지금…… 지금 어디 있는데?"

이렇게 묻고 나자 아맛의 머릿속이 좀 더 맑아지고 목소리가 좀 더 멀쩡해진다. 아나는 그 아이가 딱할 지경이다.

"아맛, 너 정말 모르겠니? 케빈의 방에 가서 찾아봐!"

아맛은 눈에 보이지 않는 수천 개의 조각으로 산산이 부서지지만, 아나는 자기 자신도 추스르기 힘든 마당에 더 이상 이 집에 머물러 있고 싶은 마음이 없다. 대문을 쾅 소리 나게 닫고 나오자 차가운 밤 공기가 아나의 뺨을 할퀸다. 금세 숨을 쉬기가 쉬워진다. 쿵쾅거리던 심장이 가라앉는다. 아나는 집밖에서 자란 아이라 창문 안에 갇혀 있으면 항상 철장 안에 갇힌 듯한 기분이 든다. 대인 관계, 친구를 사귀고 그들 틈에 끼려고 애를 쓰는 것, 늘 쫄쫄 굶으며 작아지도록 사포질을 하는 것—이런 것들이 폐소공포증을 유발한다. 아나는 어둠으로 덮인 숲속을 가로지르는 길로 접어들고 사람들로 가득한 집 안에 있을 때보다 한없이 안심이 되는 걸 느낀다. 대자연은 지금까지 그녀에게 아무 해코지도 한 적이 없다.

에르달 가족이 사는 집의 이층 닫힌 문 뒤에 마야가 단짝 친구에게도 고백하지 않은 딱 한 가지 비밀이 숨겨져 있다. 케빈에게 눌려서 더 이상 숨을 쉴 수 없었던 마지막 순간까지 그녀가 이 말을 속으로 계속 중얼거렸다는 것 말이다. "겁먹지 마. 아나가 나를 찾으러 올 거야. 아나는 나를 버리지 않을 거야."

아맛은 왜 그랬는지 이유를 설명하지 못할 것이다. 질투심 때문이었을까. 자존심 때문이었을까. 열등감 때문이었을까. 사랑의 열병 때문이었던 건 확실하다. 계단을 지키는 청소년팀 선수 두 명이 올라가면 안 된다고 하자 그는 고함을 질러서 그 둘뿐 아니라 자기 자신까지 놀라게 한다. "씨발, 선배들은 몇 라인에서 뛰는데요?"

아맛은 어린이팀과 유소년팀을 거치는 내내 발이 월등히 빠르다는 이야기를 들었지만 그 하나만으로 여기까지 온 게 아니었다. 그는 남들과 보는 눈이 달랐다. 어느 누구보다 빨리 보고, 많이 보고, 모든 공격의 사소한 부분들을 하나도 남김없이 기억했다. 수비수의 위치, 골키퍼의 몸놀림, 같은 팀 선수가 스틱으로 빙판을 때릴 때 곁눈으로 보이는 아주 미미한 움직임.

청소년팀 선수들은 움찔하며 길을 내준다. 계단은 세 부분으로 이루어져 있다. 이층 층계참에 에르달 가족이 다 같이 찍은 가족사진이 여러 장 걸려 있고 그 옆에 케빈의 독사진들이 있다. 다섯 살 때 하키복을 입고 찍은 사진. 여섯 살 때 찍은 사진. 일곱 살 때 찍은 사진. 해마다 똑같은 미소를 짓고 있다. 똑같은 눈빛을 하고 있다.

그들은 아맛에게 정확히 무슨 소리를 들었느냐고 물을 것이다. 정확히 어디에서 그 소리를 들었느냐고 물을 것이다. 그는 "싫어요"였는지 "그만해요"였는지 아니면 손으로 입을 틀어막힌 채 지르는 절박한 비명 소리에 자신의 몸이 반응했는지 대답하지 못할 것이다. 어쩌면 셋 다 아니었을 수도 있다. 어쩌면 그는 본능적으로 문을 열었을지 모른다. 그들은 그에게 술에 취한 상태였냐고 물을 것이다. 나무라는 눈빛으로 그를 노려보며 이렇게 물을 것이다. "하지만 너는 오래전부터 문제의 그 여학생을 좋아했지?" 아맛은 그 말에 자신은 시력이 월등히 좋다고 대답하는 수밖에 없을 것이다. 심지어 발보다 눈이 더 빠르다고 말이다.

아맛은 문손잡이를 돌려서 케빈의 방문 앞에 서고, 폭행의 현장과 찢긴 옷을 목격한다. 눈물과 남자아이의 손가락이 여자아이의 목에 남긴 시뻘건 자국. 다른 이의 몸을 억지로 강탈한 몸. 그는 모든 것을 목격하고, 나중에 가장 요상하고 사소한 것들이 등장하는 꿈을 꿀 것이다. NHL 선수 중에서 정확히 누구 포스터가 정확히 어디 걸려 있었는지. 아맛이 그걸 기억하는 이유는 간단하다. 자기 침대 머리맡에도 똑같은 포스터가 걸려 있기 때문이다.

아맛이 문을 박차고 들어오자 케빈은 이 초 동안 집중력을 잃는다. 이 초면 충분하고도 남는 시간이다. 마야는 그것을 단순한 반응이 아니라 사투로 기억할 것이다. 생존 본능으로 기억할 것이다. 그녀는 무릎으로 케빈을 세게 가격하고 조그만 틈이 생기자 그의 몸을 멀찌감치 밀친다. 그의 목을 있는 힘껏 후려치고 도망친다. 그 방에서 무슨 수로 빠져나왔는지, 중간에 누굴 만났는지, 계단을 지키는 청소년팀 선수들을 때리거나 발로 찼는지 알 수가 없다. 파티에 참석한 사람들이 전부 너무 취해서 그녀를 신경 쓰지 않았을 수도 있고, 보고도 못 본 척했을 수도 있다. 그녀는 비틀비틀 대문 밖으로 나가서 달린다.

삼월 하고도 절반이 지났지만 쌓인 눈이 어두컴컴한 길가를 달리는 그녀의 발을 덮는다. 그 집에서 뛰쳐나왔을 때는 뜨거웠던 눈물도 뺨을 따라 흘러내릴 즈음에는 얼어붙는다. "이 마을에서는 사는 게 아니야. 그냥 버티는 거지"라고 한 엄마의 말이 오늘 밤보다 더 맞아떨어질 수가 없다.

마야는 재킷을 단단히 여민다. 무슨 수로 그걸 들고 나왔는지 모를 일이다. 블라우스는 갈기갈기 찢겼고 목과 손목에 남은 손가락 모양의 멍 자국은 이미 시커멓게 변했다. 뒤에서 아맛의 목소리가 들리지만 그녀는 속도를 늦추지 않는다. 아맛은 숨을 헐떡이며 마지막으로 눈밭을 비틀비틀 헤치다 무릎을 꿇으며 넘어진다. 술에 취했고 그녀의 이름을 부르느라 진이 빠졌다. 결국 그녀는 달리기를 멈추고 주먹을 쥔 채 몸을 돌려서 그를 똑바로 쳐다본다. 이제는 눈물이 나는 이유가 수치심과 분노 때문이다.

"어떻게 된 거야?" 아맛이 속삭인다.

"네가 보기에는 어떻게 된 거 같은데?" 그녀는 대꾸한다.

"우리 아무래도…… 너 아무래도…….'

"뭐? 아무래도 뭐, 아맛? 아무래도 뭘 어쩌라고?"

"아무한테라도…… 경찰이나…… 아무한테라도 얘기를…….'

"그래봐야 소용없을 거야, 아맛. 아무도 내 말을 믿지 않을 테니까 그래봐야 소용없을 거야."

"왜 안 믿어?"

그녀가 장갑 낀 손등으로 눈을 훔치자 아이라인이 묻어 나온다. 이제는 그도 울고 있다. 그들은 열다섯 살이고 온 세상이 하룻밤 새 무너져버렸다. 자동차가 한 대 지나간다. 헤드라이트 불빛을 받고 마야의 눈이 번뜩인다. 헤드라이트 불빛이 사라진 순간 그녀의 마음속과 눈 속에서 뭔가가 빠져나간다.

"왜냐면 여긴 빌어먹을 하키 타운이니까." 그녀가 속삭인다.

그녀는 눈밭에 무릎을 꿇고 앉아 있는 그를 남겨둔 채 길을 따라 저편으로 사라진다. 어둠이 그녀를 삼키기 전에 그가 마지막으로 본 것은 '베어타운에 오신 것을 환영합니다'라고 적힌 표지판 위로 드리워진 그녀의 실루엣이다.

조만간 그녀는 더 이상 환영받지 못하는 존재가 될 것이다.

아나는 집 현관문을 연다. 경첩에 기름칠을 새로 해서 아무 소리도 나지 않는다. 아빠는 잠이 들었다. 엄마는 더 이상 이 집에서 살지 않는다. 아나는 부엌을 지나 창고 쪽으로 걸어간다. 사냥개들이 축축한 코와 따뜻한 심장으로 아나를 맞이한다. 그녀는 어렸을 때, 집 안에서는 술 냄새가 진동하고 부모님은 서로 고함을 지르고 있을 때 수천 번도 넘게 했던 일을 한다. 동물들과 함께 잠을 청한다. 동물들은 지금까지 그녀에게 아무 해코지도 한 적이 없기 때문이다.

어둠과 추위가 일상인 곳, 다른 게 예외인 곳에서 살아보지 않은 사람들은 재킷을 벌리고 또는 심지어 알몸인 채로 얼어 죽는 사람이 있을 수도 있다는 사실을 이해하지 못한다. 하지만 정말로 추우면 혈관이 수축하고 심장은 얼어붙은 부위에 공급됐던 피가 차가워진 채 돌아오지 못하도록 모든 수단을 동원해서 막는다. 페널티가 적용돼서 수적인 열세를 딛고 경기에 임해야 하는 하키팀과 비슷해서 자원의 우선순위를 정하고 방어적으로 대응하며 심장, 허파, 뇌를 보호한다. 결국 방어선이 무너지면, 체온이 너무 떨어지면 박스 플레이가 와해되고 골키퍼가 어이없는 실수를 저지르고 수비수들이 서로 단절돼서 혈액순환이 차단됐던 신체 부위들이 갑자기 다시 활성화된다. 심장에서 흘러나온 따뜻한 피가 꽁꽁 얼어붙은 손과 발로 다시 공급되면 후끈 더워진다. 그래서 몸이 과열된 줄 알고 옷을 벗게 되는 것이다. 차갑게 식은 피가 심장으로 다시 돌아가면 모든 게 끝장난다. 베어타운에서는 파티에서 술에 취한 사람이 지름길이랍시고 얼음을 건너다 아니면 숲속에서 길을 잃어서 아니면 잠깐 앉아서 쉬려다 다음 날 아침에 눈 더미 속에서 시신으로 발견되는 사건이 이삼 년마다 한 번씩 벌어진다.

마야는 어렸을 때 온 우주를 통틀어 과잉보호의 최고봉인 엄마와 아빠가 다른 데도 아닌 이 마을을 거주지로 선택하다니 이상하다는 생각을 하곤 했다. 심지어 대자연마저 그들의 딸을 날마다 죽이려고 하는 곳이 아닌가. 마야는 나이를 먹으면서 '빙판에 혼자 나가지 말라'는 말과 '혼자 숲속에 들어가지 말라'는 말이 거의 팀 스포츠를 장려하려고 고안해낸 경고라는 사실을 깨달았다. 베어타운의 모든 아이들은 혼자 다니면 죽음의 위협이 따라다닌다는 경고를 귀에 못이 박이도록 들으며 자란다.

마야는 아나에게 연락하지만 응답이 없다. 마을을 가로지르는 메인 스트리트를 걸어갈 용기는 없기에 재킷을 좀 더 단단히 여미고 숲을 관통하는 오솔길을 택한다.

어둠 속을 쌩하니 지나가던 자동차가 오십 미터 앞에서 갑자기 멈춰 서자 공포가 그녀를 강타한다. 몸속에서 아드레날린이 당장 솟구치고 누군가가 달려와서 그녀를 붙잡고 똑같은 짓을 반복할 게 분명하다는 확신이 든다.

그날 밤에 이 아이가 빼앗긴 수많은 것들 중에는 절대 두려움을 느낄 필요가 없는 공간도 있다. 우리에게는 저마다 그런 공간이 있지만 도둑맞으면 다시 되찾지 못한다. 마야는 앞으로 모든 곳을 두려워하게 될 것이다.

벤이는 다시금 눈을 떴을 때 차창 너머로 그 아이를 본다. 한밤중에 자발적으로 이 길을 걷는 사람이 있을 리 만무한데, 그 아이는 절뚝거리고 있다. 벤이는 카시아에게 차를 세우라고 하고 차가 완전히 멈추기도 전에 어둠 속으로 뛰쳐나간다. 마야는 나무 뒤로 숨는다. 영하의 날씨에 일 분 이상은 무리다. 너무 추워서 혈액을 순환시키려면 원하든 원치 않든 몸을 움직이는 수밖에 없다. 벤이는 엽총을 들 수 있을 만한 나이가 됐을 때부터 누나들과 이 숲속에서 사냥을 했기 때문에 그 아이의 존재를 알아차린다. 마야도 벤이가 자신을 보았다는 걸 안다. 그런데 카시아가 차에서 부르자 놀랍게도 벤이는 이렇게 외친다.

"아무것도 아니야, 누나. 미안, 내가…… 내가 뭘 본 줄 알았는데…… 떨을 너무 많이 피웠나봐."

마야는 그제야 벤이를 똑바로 쳐다본다. 그는 십 미터 앞에 서 있다. 그녀의 눈물과 그의 눈물이 똑같은 속도로 얼어붙는다. 하지만 그는 어둠에다 대고 퉁명스럽게 고개를 끄덕이고 등을 돌려서 사라진다.

그는 숨어 있는 사람의 위치를 파악하려면 똑같이 숨을 수밖에 없는 사람의 심정을 너무나 잘 안다.

빨간색 미등이 밤공기 속으로 멀어지는 동안 마야는 나무에 이마를 대고 그 자리에 서서 소리도 없이 눈물도 없이 히스테리 환자처럼 흐느껴 운다.

베어타운에서는 죽을 수 있는 방법이 무궁무진하다. 정신적으로
죽을 수 있는 방법은 더욱 그렇다.

23

페테르와 미라는 행복하게 아침을 맞는다. 웃으며 아침을 맞는다. 그들이 나중에 이날을 떠올리면 그걸 기억할 테고 그랬던 그들을 증오할 것이다. 생애 가장 끔찍한 사건들은 한 가족에게 그런 영향을 미친다. 모든 게 무너지기 직전에 마지막으로 행복했던 순간을 가장 선명하게 기억하도록 만든다. 충돌하기 직전의 순간, 사고가 나기 전에 주유소에서 먹은 아이스크림, 집으로 돌아와서 진단을 받기 전에 휴가지에서 한 마지막 수영. 우리의 기억은 밤이면 밤마다 가장 행복했던 그 순간으로 돌아가 자문하도록 강요한다. '내가 뭔가를 바꿀 수 있었을까? 내가 왜 행복해하면서 돌아다녔을까? 무슨 일이 벌어질지 알았다면 내가 막을 방법이 있었을까?'

누구에게나 비극이 벌어지기 전에는 수천 가지 소원이 있지만 그 이후에는 딱 하나로 바뀐다. 아이가 태어나면 부모는 그 아이가 최대한 특별하게 자라주길 꿈꾸지만 병에 걸리면 모든 게 평범해지길 바라는 것으로 갑자기 소원이 바뀐다. 이삭이 세상을 떠난 뒤로 몇 년 동안 미라와 페테르는 웃을 때마다 가슴을 후벼 찢는 끔찍한 죄책감을 느꼈다. 아직도 그들은 행복을 느낄 때 수치심의 습격을 당하고, 아이가 떠났을 때 완전히 무너지지 않았던 게 아이에 대한 배신일지 궁금해진다. 슬퍼하지 않으면 이기적인 사람이 된 것처럼 느껴진다는 게 상실의 가장 끔찍한 부작용이다. 장례식 이후에 어떻게 해야 계속 버틸 수 있을지, 어떻게 해야 무너진 가족을 재건할 수 있을지, 어떻게 해야 깨져버린 삶을 안고 살아갈 수 있을지 설명하기란 불가능한 일이다. 그래서 결국엔 무엇을 바라게 되는가 하면 행복한 하루를 바라게 된다. 딱 하루만이라도 행복한 날을. 몇 시간만이라도 기억을 잊을 수 있기를.

그래서 하키 경기가 끝난 다음 날인 오늘 아침에 페테르와 미라는 행복하게 아침을 맞는다. 웃으며 아침을 맞는다. 그는 휘파람을 불며 부엌에서 어슬렁거리고, 그녀가 샤워를 마치고 나오자 아이들의 존재를 깜빡 잊은 듯이 서로 입을 맞춘다. 열두 살이 된 레오가 넌더리를 내며 식탁에서 도망친다. 레오의 엄마와 아빠는 서로의 입술에 대고 웃음을 터뜨린다. 행복한 날이다.

마야는 방에서 그들의 소리를 듣는다. 그녀는 이불을 돌돌 말고 그 안에 파묻혀서 누워 있다. 그들은 딸아이가 집에 있는 줄도 아직 모른다. 아나네 집에서 자고 오는 줄로 안다. 그들이 문을 열고 놀란 기색을 보이면 그녀는 몸이 안 좋다고 이야기할 것이다. 이마가 뜨끈해지도록 운동복도 두 겹 입고 있다. 부모님에게 사실대로 실토할 수는 없다. 그럴 만한 용기가 없다. 실토하면 두 분은 견뎌내지 못할 것이다. 그녀는 범죄의 피해자가 아니라 가해자처럼 생각하고 있다. 아는 사람이 없어야 한다는 생각, 모든 증거를 없애야 한다는 생각을 하고 있다. 그래서 아빠가 레오를 태우고 연습장으로 출발하고 엄마가 슈퍼마켓으로 떠나자 침대 밖으로 살금살금 빠져나와서 남은 흔적을 아무도 볼 수 없게 어제 입었던 옷을 빤다. 갈기갈기 찢긴 블라우스는 비닐봉지에 넣어서 문 쪽으로 들고 갈 것이다. 하지만 거기서 그녀는 걸음을 멈출 테고, 쓰레기통까지 걸어가지 못하고 문 앞에 서서 공포로 부들부들 떨기만 할 것이다.

어제까지만 해도 소원이 수천 가지였지만 오늘은 딱 하나뿐이다.

벤이의 세 누나는 항상 각기 다른 방식으로 소통한다. 막내 누나 가비가 얘기하는 쪽이라면 둘째 누나 카시아는 듣는 쪽이다. 큰누나 아드리는 소리를 지른다. 아버지가 엽총을 들고 숲으로 나갔을 때 딸린 동생이 셋인 사람은 정상적인 속도보다 빠르게 어른이 될 수밖에 없고 어쩌면 원했던 것 이상으로 거친 성격이 될 수 있다.

아드리는 숙취에 시달리는 벤이가 늦잠을 자도록 내버려두지 않고 깨워서 오전 내내 견사 일을 거들게 한다. 견사 일이 끝나자 미니 체육관으로 개조한 별채로 끌고 가서 토가 나올 때까지 근력 운동을 시킨다. 동생은 투덜거리지 않는다. 그 아이는 한 번도 투덜거린 적이 없다. 이삼 년 전만 해도 아드리가 벤이보다 더 많은 무게를 들었지만 동생이 한번 추월하자 무서운 속도로 앞서나가기 시작했다. 그녀는 라단에서 장성한 남자 셋이 카시아에게 부절적한 말을 했을 때 동생이 그들을 때려눕히는 걸 본 적이 있다. 세 누나는 동생이 없는 자리에서 종종 그 사건에 대해 이야기한다. 정말 화가 났을 때 동생이 어떤 눈빛을 보이는지 이야기한다. 엄마는 아들에게 하키가 없었다면 무슨 일이 벌어졌을지 모르겠다고 입버릇처럼 말하지만 누나들은 무슨 일이 벌어졌을지 너무 잘 안다. 세 사람은 라단에서, 헬스클럽에서, 수천 개의 다른 곳에서 그런 남자들을 보아왔다.

하키가 벤이에게 맥락과 구조와 규칙을 부여했다. 하지만 무엇보다도 한없이 넓은 가슴과 흔들림 없는 의리라는 그 아이의 가장 큰 장점을 선물했다. 그 아이의 에너지를 건설적인 쪽에 쏟을 수 있는 통로를 마련해주었다. 그 아이는 어렸을 때 하키 스틱을 옆에 두고 잠을 청했고 아드리는 동생이 지금도 가끔 그럴 거라고 장담할 수 있다.

동생이 바벨을 놓고 벤치 옆 바닥으로 굴러떨어져서 세 번째로 토악질을 하자 아드리는 물병을 건네고 벤이의 옆 의자에 앉는다.

"그래서. 왜 그래?"

"술이 덜 깨서 그래." 벤이는 앓는 소리를 낸다.

벤이의 전화가 울린다. 하루 종일 그러는데 동생이 받질 않고 있다.

"아니. 이 바보야, 네 배 속이 아니라 여기가 왜 그러느냐고?" 누나는 한숨을 쉬며 동생의 관자놀이를 가리킨다.

벤이는 손등으로 입을 훔치고 물을 조금씩 마신다.

"아…… 그런 게 좀 있어. 케브하고."

"싸웠니?"

"뭐, 그런 셈이지."

"그래서?"

"신경 쓸 것 없어."

전화가 계속 울린다. 아드리는 어깨를 으쓱하고 벤치에 눕는다. 그녀가 바벨을 들자 벤이가 뒤쪽에 서서 잡아준다. 벤이는 항상 누나가 좀 더 늦게까지 하키를 계속했더라면 얼마나 좋았을까 하는 생각을 한다. 그랬다면 청소년팀을 죄다 아작 냈을 것이다. 아드리는 어렸을 때 헤드의 여학생팀에서 몇 년 동안 활약했지만 일주일에 몇 번씩 저녁마다 데려다주고 데려오는 게 어머니에게 과도한 부담이었다. 베어타운에는 여학생팀이 없었다. 아예 창단된 적이 없었다. 가끔 벤이는 누나가 얼마나 훌륭한 선수가 됐을지 궁금해진다. 그녀는 하키를 이해한다. 그가 전략상의 실수를 저지르고 다비드에게 혼이 나면 누나도 똑같은 실수를 지적하며 고함을 지른다. 게다가 그녀는 하키를 사랑한다. 남동생이 사랑하듯이 사랑한다. 운동을 마친 아드리가 벤이의 뺨을 토닥이며 말한다.

"너희 하키 선수들은 개랑 비슷해. 기회만 있으면 바보 같은 짓을 저지르고. 이유가 있어야 착한 짓을 하고."

"그래서?" 벤이는 중얼거린다.

누나는 웃으며 동생의 전화기를 가리킨다.

"그러니까 동생아, 좀생이처럼 굴지 말고 가서 케빈이랑 말로 풀어라. 그 벨소리 한 번만 더 들리면 바벨을 네 얼굴 위로 떨어뜨릴 거야."

아맛은 마야의 번호로 열 번 전화를 건다. 백 번 전화를 건다. 마야는 받지 않는다. 아맛은 아직도 사소한 부분 하나까지 어찌나 눈앞에 생생한지, 어찌나 자꾸만 생각이 나는지 모두 상상한 거라고, 오해한 거라고 그 자신을 설득하려는 지경에 이르렀다. 자기가 보았다고 생각하는 모든 게 사실이 아니라면 얼마나 좋을까. 어쨌거나 아맛은 술에 취했다. 질투심에 눈이 멀었다. 아맛은 마야의 번호로 계속해서 전화를 걸 뿐 음성 메시지는 남기지 않는다. 문자도 보내지 않는다. 대신 밖으로 뛰쳐 나가 너무 기진맥진해서 아무 생각도 나지 않을 때까지 숲속을 달린다. 그날 저녁에 지쳐 쓰러질 수 있도록 하루 종일 달린다.

케빈은 운동장에 서 있다. 하키 선수라면 누구나 고통을 참고 경기에 임하는 데 이골이 나 있다. 어딘가에 항상 사소한 부상이 있기 마련이다. 사타구니에 좌상이 생겼다든지, 어디가 삐끗했다든지, 손가락이 부러졌다든지. 청소년팀에서는 매주 어서 빨리 나이를 먹어서 안전망 없는 헬멧을 쓰고 싸우고 싶다고 안달을 낸다. "쇼핑 카트 좀 없애주세요." 그들은 징징거린다. 퍽과 스틱으로 얼굴을 맞는 A팀 선수들을 봤는데도 두려워하지 않고 그날을 손꼽아 기다린다. 어렸을 때 그들은 뺨이 찢어져서 입술 안쪽으로 스무 바늘을 꿰맨 선수가 경기를 마치고 서 있는 걸 본 적이 있었다. 그들이 "아프지 않아요?" 하고 묻자 그는 씩 웃으며 "담배 씹을 때 전혀 아무렇지도 않은 척은 못하겠다"라고 대답하고는 그만이었다.

일요일 오후고, 아무도 없이 고요한 에르달의 집은 완벽하게 청소가 된 상태다. 케빈은 마당에서 슛을 날리고 날리고 또 날린다. 그는 심지어 어린이 리그 때부터 고통을 견디며 플레이하는 법을 터득했다. 심지어 그걸 즐기는 법을 터득했다. 수포, 골절, 자상, 뇌진탕. 이런 것들은 그의 경기에 한 번도 영향을 미친 적이 없었다. 하지만 이번엔 다르다. 이번에는 한쪽 손에 깊게 팬 두 군데 상처 때문에 퍽이 자꾸 골대 위로 날아간다.

현관문이 열려 있다. 벤이가 안으로 들어가보니 지하실로 내려가는 문에 남은 자국 말고는 평소와 다를 게 없다. 아무도 살지 않는 집 같다. 벤이는 테라스 문 앞에 서서 케빈이 눈 감고 슛을 하기라도 하듯 옆집 화단 곳곳으로 퍽을 날리고 있는 것을 지켜본다.

"드디어 등장하셨네! 내가 전화를 천 번은 했을 거다!"

"그래서 이렇게 왔잖아." 벤이가 대답한다.

"내가 전화하면 받아야 할 거 아냐!" 케빈은 으르렁거린다.

벤이는 위협하듯이 눈썹을 내리고 한 마디씩 천천히 내뱉는다.

"나를 뤼트나 보보로 착각하는 모양인데, 나는 네 종이 아니야. 전화는 내가 받고 싶을 때 받아."

케빈은 스틱 끝 부분으로 벤이를 겨눈다. 분노로 스틱이 부들부들 떨리고 있다.

"이제 약 기운이 가신 모양이네? 다음 주에 결승전이 있는데 다들 결승전에 진출한 것만으로도 충분한 것처럼 굴고 있잖아. 팀원을 전원 소집해서 이번 주에 내가 그들에게 요구하는 게 뭔지 이해시켜야 해! 그래서 네가 필요한 거라고! 팀이 너를 가장 필요로 할 때 연기처럼 사라져버리는 건 용납할 수 없어!"

케빈이 '연기처럼' 사라져버린다는 표현을 쓴 건 장난일까 아니면 너무 멍청해서 거기에 담긴 이중적인 의미를 모르는 걸까. 케빈과의 대화는 늘 어렵다. 그는 벤이의 주변에서 가장 똑똑한 동시에 가장 멍청한 사람이다.

"내가 왜 파티장을 박차고 나갔는지 알잖아."

케빈은 코웃음을 친다.

"그래, 너는 빌어먹을 성인군자라서 그렇지."

벤이는 케빈의 눈을 똑바로 노려본다. 케빈이 시선을 피해서 고개를 돌리자 벤이가 묻는다.

"어젯밤에 무슨 일이 있었던 거냐, 케브?"

케빈은 퉁명스럽게 웃음을 터뜨리며 두 팔을 뻗는다.

"아무 일도 없었어. 다들 취했지. 너도 어떤 식인지 알잖아."

"네 손은 왜 그래?"

"아무 일도 아니라고!"

"숲속에서 마야를 봤어. 아무 일도 아닌 것 같지 않던데."

케빈은 스틱으로 벤이를 때릴 듯이 홱 하니 몸을 돌린다. 입술이 부들부들 떨리고 동공이 이글거리고 있다.

"이제 와서 관심을 보이는 거냐? 그러거나 말거나 너랑 무슨 상관인데? 너는 여기 있지도 않았잖아! 가장 친한 친구들이랑, 네 팀원들이랑 여기 있는 것보다 헤드에 가서 약에 취하는 쪽을 선택했잖아!"

벤이는 케빈의 움직임을 뚫어져라 주시한다. 케빈은 다시 시선을 피하고, 퍽을 사냥 무기로 분류해야 할 만큼 골대 위로 높이 날리고는 중얼거린다.

"어제 네가 필요했는데."

벤이는 아무 대꾸도 하지 않는다. 그럴 때마다 이성을 잃는 케빈은 이번에도 폭발한다.

"넌 여기 없었어, 벤이! 넌 내가 필요할 때 한 번도 옆에 있어주질 않아! 뤼트는 우라질 부엌 바닥에다 온통 토악질을 해놓고 누가 지하실 문에 부딪쳐서 엄청난 자국이 남았어! 아빠가 와서 그걸 보면 어떤 사단이 날지 네가 알기나 해? 네가 알기나 하느냐고. 아니면 떨을 하도 피워서……."

"네 아빠에 대해서는 코딱지만큼도 관심 없어. 내가 알고 싶은 건 어젯밤에 무슨 일이 있었냐는 거지." 벤이가 말허리를 자른다.

케빈이 다섯 걸음 빠르게 걸어가서 스틱을 골대 위에 대고 내리치자 스틱이 뾰족하게 둘로 분리돼 벤이의 얼굴 한 뼘 옆으로 날아가지만 벤이는 눈 하나 깜빡하지 않는다.

"그래? 우리 아빠에 대해서는 코딱지만큼도 관심 없다고? 이런 은혜도 모르는 새끼…… 지난 십 년 동안 네 스케이트랑 스틱이랑 장비 값을 대준 사람이 누구냐? 그때도 우리 아빠에 대해서는 코딱지만큼도 관심이 없었냐? 너희 엄마가 그걸 감당할 수 있었을 것 같아? 젠장, 아빠가 너에 대해서 하신 말씀이 맞았어. 예전부터 하신 말씀이 맞았어. 너는 바이러스야, 벤이. 숙주가 없으면 살지 못하는 우라질 바이러스!"

벤이는 두 발짝, 딱 두 발짝 앞으로 다가간다. 얼굴에는 아무 표정도 없다.

"어젯밤에 무슨 일이 있었던 거냐, 케브?"

"뭘 원해? 경찰처럼 우라질 심문이라도 하게? 너 왜 그래?"

"겁쟁이처럼 굴지 마, 케브."

"네가 나한테 겁쟁이 운운하면서 훈계를 늘어놓겠다고? 네가 비겁한 게 뭔지에 대해서 이야기하겠다고? 씨발, 너야말로…… 너야말로……."

벤이가 하도 번개처럼 움직이는 바람에 케빈의 마지막 몇 마디가 친구의 얼굴에 가서 부딪친다. 둘의 눈이 십여 센티미터의 간격을 두고 서로 마주 본다. 벤이는 눈을 부릅뜨고 있다.

"뭐? 내가 어떻다고. 얘기해봐."

케빈의 살갗이 실룩거리고 눈에서는 눈물이 난다. 목은 조막만 한 손으로 세게 얻어맞은 듯이 한쪽이 벌겋고 퍼렇다. 케빈이 뒷걸음질을 쳐서 부러진 스틱을 집고 골대를 때리자 골대에서 웅웅거리는 소리가 난다.

"내 집에서 나가, 오비크. 우리 가족한테 그만큼 빌붙어 지냈으면 됐잖아."

케빈은 고개를 돌려서 벤이의 가는 모습을 바라보지 않는다. 현관문이 쾅 하고 닫히는 소리가 들려도 돌아보지 않는다.

그들은 느지막이 귀가한다. 집은 그들이 떠났을 때의 모습 그대로다. 아들은 자는 척하고 있다. 그들은 아들의 방문을 두드리지 않는다. 케빈의 아버지는 부엌 조리대 위에서 종이 두 장을 발견한다. 케빈이 각 피리어드의 통계 수치를 꼼꼼하게 적어놓은 자료다. 경기 시간, 슛, 어시스트, 골, 수적으로 우세였던 시간과 열세였던 시간. 그의 아버지는 등을 하나 켜놓고 그 불빛 속에 앉아서 종이를 몇 분 동안 들여다보며 어느 누구에게도 절대 보이지 않는 미소를 짓는다. 몹시 자랑스러워하는 미소다. 충동을 잘 제어하지 못하는 남자였다면 이층에 올라가서 잠자는 아들의 이마에 입을 맞추었을 것이다.

케빈의 어머니는 아버지가 놓친 부분들을 간파한다. 청소부가 헷갈려서 엉뚱한 순서로 걸어놓은 사진. 살짝 삐딱하게 놓인 거실의 테이블, 소파 한쪽 구석 밑에 끼인 비닐 쪼가리. 하지만 가장 큰 문제는 지하실 문에 남은 자국이다.

남편이 부엌에 앉아 있는 동안 그녀는 숨을 크게 들이마시고 여행 가방으로 지하실 문을 있는 힘껏 들이받는다. 남편이 달려나오자 그녀는 미안해하며 여행 가방을 놓다가 걸려서 넘어졌다고 한다. 그는 아내를 붙잡아서 일으키며 속삭인다.

"그렇게 속상해할 것 없어. 기껏해야 지하실 문에 조그만 자국 하나 남은 건데, 뭐."

그러고는 그녀에게 종이를 보여주며 말한다.

"이겼어!"

그녀는 그의 셔츠에 대고 웃음을 터뜨린다.

24

월요일 아침 일찍 학교에서 도난 경보가 울려도 경비업체에서는 경찰에 연락하지 않는다. 도착하려면 몇 시간은 걸리기 때문이다. 그들은 대신 어떤 선생님에게 연락한다. 아무 선생님이 아니라 경비업체에서 근무하는 직원의 누나라 남동생이 열쇠를 가지러 오는 번거로움을 덜어줄 수 있는 선생님이다. 예아네테는 아무도 없는 주차장에 차를 세우고 내리며 외투 옷깃을 올리고 피곤한 듯 눈을 깜빡인다.

"가끔 너를 보면 어쩌나 게을러터졌는지 애들도 입양한 게 분명하다는 생각이 들 정도야."

그녀의 남동생은 웃음을 터뜨린다.

"왜 이래, 누나. 그만 징징거려. 전화를 너무 안 한다고 할 때는 언제고!"

그녀는 눈을 부라리며 동생에게서 손전등을 뺏어 들고 학교 옆문을 연다.

"또 지붕에 쌓인 눈이 뒤편 센서 위로 떨어진 걸 거야."

그들은 불을 켜지 않은 채 복도로 들어선다. 무단침입한 손님이 있다면 그쪽에만 자동으로 불이 켜졌을 것이다. 하지만 월요일 새벽에 학교에 몰래 들어오는 바보가 세상에 어디 있을까?

천장에 달린 전등이 이미 켜져 있긴 하지만 벤이는 눈부신 불빛에 눈을 뜬다. 허리가 아프다. 입안에서 싸구려 위스키와 싸구려 땅콩 맛이 느껴지는데, 심란하게도 땅콩을 먹은 기억이 없다. 벤이는 졸린 눈을 깜빡이며 손을 들고 정면에서 불빛을 비추고 있는 사람을 실눈으로 쳐다본다.

"믿기지가 않는다." 선생님이 한숨을 쉰다.

교실에서 책상 두 개를 붙여놓고 잠을 자고 있던 벤이는 일어나 앉는다. 세상에서 가장 고단한 마술사처럼 두 팔을 뻗는다.

"교장선생님한테 지각 좀 하지 말라고 한소리 들었거든요. 그래서…… 짜잔! 그런데…… 지금 몇 시예요?"

그는 주머니를 더듬는다. 시계가 없다. 단편적으로 떠오르는 간밤의 기억을 더듬어보니 그것까지 술을 마시다 잃어버린 모양이다. 무슨 생각으로 다양한 알코올을 섭렵하며 방랑하다 학교에 무단침입하게 되었는지 지금은 가물가물하지만 그 당시에는 엄청 훌륭한 아이디어처럼 느껴졌을 것이다.

선생님은 아무 말 없이 밖으로 나가 복도에서 경비업체 직원과 이야기한다. 그 직원은 경보가 오작동했다고 기록할 것이다. 남동생들은 아무리 나이를 먹어도 누나가 시키는 대로 하게 되어 있다. 선생님은 교실로 다시 들어와서 창문 두 개를 열고 환기를 시킨다. 벤이의 재킷에 대고 코를 킁킁거리더니 얼굴을 찡그린다.

"학교에 마약을 들고 들어온 건 아니겠지?"

벤이는 그녀 쪽으로 어설프게 손가락을 흔든다.

"절대, 절대, 절대…… 그럴 일은 없어요! 학교에 마약을 들고 오다니 노, 노. 마약은 제 몸속에 담는 걸로. 춤추실래요?"

벤이는 키득거리며 책상에서 떨어져 등으로 착지한다. 선생님은 그 옆에 쭈그리고 앉아서 심각한 눈빛으로 아이를 쳐다본다. 벤이가 잠잠해지자 그제야 말문을 연다.

"내가 이 사건을 보고하면 교장선생님도 정학 조치를 내리는 수밖에 없을 거야. 어쩌면 퇴학시킬 수도 있고. 그런데 말이다, 벤야민. 나는 가끔 그게 네가 원하는 바가 아닐까 하는 생각이 들거든. 꼭 때려 부수고 싶은 마음이 들지 않을 만큼 소중한 건 네 인생에 없다고 온 세상에 증명해 보이기라도 하려는 듯이 말이야."

벤이는 아무 대꾸도 하지 않는다. 그녀는 벤이에게 재킷을 건넨다.

"경보 장치 끄고 샤워할 수 있게 체육관 문 열어줄게. 솔직히 네 몸에서 풍기는 냄새가 너무 지독해서 방역업체에 연락해야 하나 싶을 정도야. 사물함에 갈아입을 옷 있니?"

그녀가 일으켜 세워주자 아이는 애써 미소를 짓는다.

"교장선생님이 출근했을 때 그 앞에서 번듯해 보일 수 있게요?"

선생님은 한숨을 쉰다.

"보고하지 않을 거야. 네 인생을 망치고 싶으면 네가 직접 해. 나는 도와줄 생각 없어."

아이는 그녀의 눈을 똑바로 쳐다보다가 고맙다는 뜻에서 고개를 숙여 인사한다. 잠시 후 아이의 목소리가 어른의 목소리로 변하고 눈빛도 소년에서 남자의 눈빛으로 바뀐다.

"엉짱이라고 했던 거 죄송해요. 제가 불손했어요. 다시는 그런 일 없을 거예요. 다른 팀원들도 그렇고요."

벤이는 목을 문지르고, 예아네테는 헤드의 술집에서 만난 아드리가 학교에서 동생의 행실이 어떠냐고 물었을 때 솔직하게 얘기한 게 거의 후회될 지경이다. 하지만 그녀도 알다시피 앞으로는 하키팀의 어느 누구도 그녀를 엉짱이라고 부르지 않을 것이다. 그 아이가 어떻게 그 정도로 전권을 휘두를 수 있는지, 어떻게 그 아이의 말 한마디면 전교의 하키 선수들이 어떤 행동을 시작하거나 중단할 수 있는지 궁금해진다. 그녀와 아드리는 어린 시절 친구였고 헤드에서 같이 선수로 뛰었다. 예아네테는 가끔 그녀와 아드리가 너무 일찍 하키를 그만둔 건 아닐까, 베어타운에 여학생 팀이 있었다면 어떻게 됐을까 하는 생각이 든다.

"가서 샤워해라." 그녀는 벤이의 손을 토닥이며 말한다.

"네, 선생님." 벤이가 미소를 짓자 다시 소년의 눈빛으로 돌아간다.

"나는 사실 '선생님'이라는 호칭도 별로 좋아하지 않아." 그녀는 툴툴거린다.

"그럼 뭐라고 불러드리면 좋겠어요?"

"예아네테. 그거면 충분해."

그녀는 차에 넣고 다니는 운동 가방에서 수건을 꺼내 가져다주고, 아이는 선생님을 따라 체육관으로 향한다. 그녀가 경보 장치를 끄고 체육관 문을 열어주자 벤이는 입구에 서서 이렇게 얘기한다.

"선생님은 좋은 선생님이에요. 한창 때 우리를 학교에서 만난 타이밍이 안 좋았을 뿐이에요."

그 순간 그녀는 팀원들이 그 아이를 따르는 이유를 깨닫는다. 여자 아이들이 그 아이에게 반하는 것과 같은 이유에서다. 그 아이가 눈을 똑바로 쳐다보며 뭐라고 말하면 그 직전에 아무리 개 같은 짓을 저질렀더라도 그 아이를 믿게 된다.

케빈의 아빠는 넥타이를 매고 커프스 단추를 바로 채우고 서류 가방을 든다. 처음에는 평소처럼 문 앞에서 아들에게 인사를 할까 하다 생각을 바꿔 테라스 밖으로 나간다. 서류 가방을 내려놓고 스틱을 든다. 두 사람은 나란히 서서 번갈아 슛을 날린다. 마지막으로 그래본 지 십 년은 지났을 것이다.

"너, 기둥은 못 맞히지?" 아빠가 말한다.

케빈은 농담하는 거냐고 되묻는 듯이 눈썹을 추켜세운다. 농담이 아니라고 밝혀지자 케빈은 퍽을 뒤로 조금 옮기고 손목을 부드럽게 푼 다음 퍽을 날려서 기둥을 맞힌다. 케빈의 아빠는 인정한다는 듯이 스틱으로 바닥을 두드린다.

"운이 좋았네?"

"훌륭한 선수는 행운을 누릴 자격이 있죠." 케빈이 대답한다.

케빈은 어렸을 때 그걸 터득했다. 그의 아빠는 하다못해 차고에서 벌인 탁구라도 져주는 법이 없었다.

"경기 자료 보셨어요?" 아이가 기대에 찬 목소리로 묻는다.

아빠는 고개를 끄덕이고 시계를 확인한다. 서류 가방을 향해 걸음을 옮긴다.

"결승전을 핑계로 이번 주에 학교생활은 쉬엄쉬엄해도 되겠다는 착각은 하지 말았으면 좋겠다."

케빈은 고개를 젓는다. 아빠는 하마터면 아들의 뺨을 건드릴 뻔한다. 하마터면 목에 남은 벌건 자국에 대해 물을 뻔한다. 하지만 대신 헛기침을 하고 말한다.

"이 마을 사람들이 이제는 평소보다 더 심하게 너한테 들러붙으려고 할 거다. 그러니까 바이러스에 감염되면 병에 걸린다는 것을 명심해라. 그러니까 면역이 되어 있어야 한다는 것을. 그리고 결승전은 단순히 하키만 걸린 문제가 아니야. 네가 어떤 남자가 되고 싶으냐가 걸린 문제지. 나가서 누려 마땅한 것을 쟁취하는 남자가 될 것인지 아니면 구석에 서서 누가 그걸 갖다주길 기다리는 남자가 될 것인지."

아버지는 대답을 기다리지도 않은 채 걸음을 옮긴다. 남겨진 아들의 손에는 할퀴어진 상처가 남아 있고, 심장은 쉴 새 없이 목을 두드린다.

케빈의 엄마는 부엌에서 기다리고 있다. 케빈은 머뭇거리며 엄마를 쳐다본다. 식탁 위에 아침상이 차려져 있다. 빵 냄새가 난다.

"내가…… 음, 조금 바보 같은 짓일지 몰라도…… 오전 반차를 냈어."

"왜요?" 케빈은 의아해한다.

"너랑…… 시간을 좀 보내고 싶어서. 너랑 단둘이. 얘기를…… 좀 할까 해서."

케빈은 엄마의 시선을 피한다. 엄마가 너무 필사적인 눈빛이라 감당이 되지 않는다.

"저 학교 가야 하는데요, 엄마."

그녀는 아랫입술을 깨물며 고개를 끄덕인다.

"그래. 그렇지. 물론이지…… 바보 같은 짓을 했네. 내가 바보 같았어."

그녀는 아들의 꽁무니를 쫓아가서 수백만 개의 질문을 퍼붓고 싶다. 간밤에 그녀는 건조기 안에서 침대 시트를 발견했는데, 아들은 양말 한 짝 제 손으로 빨아본 적 없는 아이다. 핏자국이 제대로 지워지지 않은 티셔츠도 있었다. 아이가 아침에 마당에서 퍽을 날리는 동안 그녀는 아이의 방 안으로 들어갔다. 바닥에 블라우스 단추가 떨어져 있었다.

엄마는 아들의 꽁무니를 쫓아가고 싶지만 거의 어른이나 다름없는 남자아이와 닫힌 화장실 문을 사이에 두고 어떤 식으로 대화를 나누면 좋을지 알 길이 없다. 그녀는 서류 가방을 챙겨서 차에 오르고 숲속까지 삼십 분을 달려가서 차를 세운다. 회사 사람들이 왜 일찍 출근했느냐고 묻지 않게 오전 내내 거기 앉아 있는다. 회사에다가는 오전 시간을 아들과 함께 보내겠다고 얘기해놓았기 때문이다.

미라는 마야의 방문에 손을 대고 서 있지만 문을 다시 두드리지는 않는다. 딸아이가 몸이 안 좋다고 이미 얘기를 했고 미라는 끊임없이 잔소리하고 걱정하고 쿨하지 못한 '극성 엄마'는 되고 싶지 않다. 다시 방문을 두드리며 아무 일 없는 거냐고 묻고 싶지는 않다. 그러면 안 된다. "엄마랑 얘기 좀 할래?"라고 묻는 것보다 열다섯 살짜리의 입을 다물게 만드는 데 더 효과적인 방법은 없다. 방문을 벌컥 열고 왜 갑자기 네 손으로 옷을 빨기 시작했느냐고 물을 수는 없는 일이다. 그녀가 뭐라고. 무슨 첩보원도 아니지 않은가.

그래서 미라는 잔소리하지 않고 걱정하지 않고 극성부리지 않는 쿨한 엄마처럼 군다. 차를 타고 집을 나선다. 사십오 분 뒤에 숲에 도착하자 그녀는 차를 세운다. 어두컴컴한 그곳에 혼자 앉아서 가슴에 얹힌 돌덩이가 가라앉길 기다린다.

뤼트는 문을 열고 케이크라도 본 듯한 표정을 짓는다.
"케빈! 안녕! 어…… 무슨 일로……?"
케빈은 짜증스럽게 뤼트를 턱으로 가리킨다.
"준비됐어?"
"무슨 준비? 학교 갈 준비? 지금? 너랑? 아니…… 너랑 같이 학교에 가겠느냐고? 너랑?"
"준비됐어, 안 됐어?"
"벤이는 어디 가고?"
"벤이는 엿이나 먹으라 그래." 케빈이 쏘아붙인다.
뤼트는 충격으로 할 말을 잃고 입을 떡 벌린 채 그 자리에 서 있는다. 케빈은 짜증스럽게 눈을 부라린다.
"무슨 영성체 기다리냐? 씨발, 입 좀 다물어라. 가자."
뤼트는 신발을 제대로 신었는지, 옷을 비슷한 곳에나마 꿰입었는지 확인하며 허둥지둥 문 밖으로 나선다. 케빈은 가는 내내 한마디도 하지 않는다. 잠시 후 덩치가 산만 한 케빈의 팀원이 씩 웃으며 백 크로나짜리 지폐를 꺼낸다.
"내가 이거 줘야 하는 거 맞나 모르겠네?"
케빈이 지폐를 건네받자 뤼트는 미친 듯이 키득거린다. 케빈은 최대한 태연하게 말문을 연다.

"하지만 아무한테도 얘기하지 마, 알았지? 여자애들이 어떤 식인 지 너도 알잖아."

뤼트는 주장과 단둘이서만 공유하는 비밀이 생기자 그보다 더 황홀할 수 없는 표정을 짓는다.

전화벨이 울리고 마야는 아나이길 온 영혼을 다해 기도하지만 또 아맛이다. 그녀는 질식시켜서 죽이기라도 하려는 듯 전화기를 베개 밑으로 숨긴다. 그에게 무슨 말을 하면 좋을지 알 수가 없고 마야도 알다시피 아맛은 지금 아무것도 보지 않았길 바라는 마음이 가장 클 것이다. 전화를 받지 않으면 두 사람 모두 아무 일도 없었던 척할 수 있을지 모른다. 단순한 오해인 척할 수 있을지 모른다.

마야는 화재경보기 배터리를 빼고 창문을 모두 연 다음 블라우스를 샤워기 아래 바닥에 놓고 불을 붙인다. 그러고 나서 시리얼 상자에 불을 붙여 꼭대기 부분만 태운 다음 꺼서 부엌 조리대 위에 방치한다. 굶주린 회색곰만큼 후각이 예민한 엄마가 집으로 돌아왔을 때 왜 연기 냄새가 나느냐고 물으면 가스레인지를 켜놓은 위로 시리얼 상자를 넘어뜨렸다고 설명할 것이다.

마야는 블라우스를 태운 흔적을 샤워기로 꼼꼼하게 씻어내리다 단추는 녹아서 배수구에 들러붙었다는 것과 합성 소재는 의도한 것처럼 재로 바뀌지 않는다는 사실을 깨닫는다. 아나가 옆에 있었다면 이렇게 얘기했을 것이다. "젠장, 마야, 나중에 내가 누굴 죽일 일이 생기더라도 너한테 도움을 요청하지는 말라고 꼭 얘기해줘." 아나가 보고 싶다. 보고 싶어서 미칠 것 같다. 마야는 몇 분 동안 화장실 바닥에 앉아서 울며 단짝 친구에게 전화를 걸어보려고 하지만 그녀에게 그럴 수는 없다. 그녀까지 이 일에 끌어들일 수는 없다. 그녀에게 이 비밀의 부담을 강요할 수는 없다.

화장실을 청소하고 타다 남은 블라우스의 잔해를 치우느라 한 시간이 넘게 걸린다. 마야는 블라우스 잔해를 비닐봉지에 넣는다. 부들부들 떨며 문 앞에 서서 일 미터 앞에 있는 쓰레기통을 빤히 쳐다본다. 이제는 밖이 환하지만 그런다고 달라지는 건 없다. 그녀는 대낮에도 어둠이 무섭다.

25

아나는 학교까지 혼자 걸어간다. 무기처럼 전화기를 손에 들고 있다. 화면에 마야의 번호를 띄워놓고 손가락을 버튼 위에 올려놓았지만 전화를 걸지는 않는다. 둘이서 한 가장 중요한 약속이 항상 서로 붙어 지내자는 것이었다. 안전책이라기보다 둘이 대등한 관계로 지내기 위해 정한 약속이다. 다른 면에서는 절대 대등할 수가 없다. 마야에게는 양쪽 부모님이 온전하게 남아 있다. 남동생도 있다. 집에서 담배와 보드카 냄새가 나지도 않는다. 그런가 하면 그녀는 똑똑하고 재미있고 인기가 많다. 학교 성적도 더 좋다. 음악에 재능이 있다. 용감하다. 더 훌륭한 친구를 사귈 수 있다. 남자를 사귈 수 있다.

아나가 마야를 황야에 혼자 내버려두면 마야는 죽을 것이다. 파티장에 마야를 혼자 둔 것도 그와 똑같다는 걸 그녀는 모르고 있을 뿐이다.

아나는 손가락을 계속 버튼 위에 올려놓지만 전화를 걸지는 않는다. 몇 년 뒤에 아나는 연구 결과 뇌에서 육체적인 고통을 관장하는 부분이 질투를 관장하는 부분과 동일한 것으로 밝혀졌다는 해묵은 신문기사를 접하게 될 것이다. 그러면 아나는 그녀가 왜 그렇게 아팠는지 깨닫게 될 것이다.

아맛과 파티마는 평소처럼 버스 정거장에 서 있지만 그것 말고는 모든 게 평소와 다르다. 파티마가 어제 장을 보러 나서자 모든 사람들이 그녀에게 인사를 건넸다. 계산하러 계산대 앞으로 갔을 땐 사장인 프락이 건너오더니 돈을 받지 않으려고 했다. 그가 아무리 돈이 많다고 해도 그녀로서는 당연히 받아들일 수 없는 일이었다. 결국에는 덩치가 산만 한 남자가 두 손을 허공으로 던지며 빙그레 웃었다. "고집이 쇠 힘줄만큼 질기시군요. 아맛이 그걸 누구한테서 물려받았는지 알겠네요!"

프락의 흰색 차가 버스보다 몇 분 먼저 등장한다. 그가 차를 멈추더니 마침 슈퍼로 출근하던 길이라고 한다. 그게 진짜인지 여부는 알수가 없다. 파티마는 아이스링크까지 태워다주겠다는 그의 호의를 거절하려다 차를 쳐다보는 아맛의 눈빛을 알아차린다. 프락이 운전을 하고 파티마는 조수석에 앉는다. 뿌듯해하는 아들의 표정이 백미러로 보인다. 이런 대접을 받게 됐다는 데 뿌듯해하는 표정이다.

그날 아침에 아이 혼자 연습하는 동안 프락이 A팀 코치와 단장과 함께 관중석에서 지켜본다. 파티마가 쓰레기통을 비우러 사장실로 들어가자 사장이 자리에서 일어나 쓰레기통을 집어준다. 그녀에게 악수를 청한다.

두 사람이 들어섰을 때 학교 복도는 이미 아이들로 가득하다. 모두

고개를 돌려서 그들을 쳐다보는데, 뤼트는 벤이가 옆에 없다는 사실이 이보다 더 행복할 수가 없다. 이제는 뤼트가 케빈의 단짝 친구라고 생각하는 아이들이 보이는 관심에 현기증이 날 지경이다. 케빈이 "똥을 싸야겠다"고 중얼거리며 화장실로 들어갔을 때 그가 아무 반응을 보이지 않은 이유도 그 때문이다. 예전 단짝 친구였다면 케빈이 도저히 참지 못하는 상황이 아닌 이상 학교에서 그럴 일은 없다는 걸 알았겠지만.

안으로 들어간 케빈은 어둠 속에서 백 크로나짜리 지폐를 갈기갈기 찢어 변기에 버리고 물을 내린다. 불은 켜지 않는다. 거울에 비친 자기 모습도 쳐다보지 않는다.

아맛은 사물함 앞에서 사카리아스와 마주친다. 경기를 치른 이후에 처음 만나는 거고 아맛은 그제야 전화라도 할걸 그랬다는 생각을 한다. 분노와 실망이 한데 어우러진 사카리아스의 눈빛을 보고는 전화로도 부족했겠다는 생각을 한다.

"안녕…… 토요일에는 미안했어. 모든 일이 너무 순식간에 벌어져서—"

사카리아스는 사물함 문을 쾅 소리 나게 닫고 고개를 젓는다.

"이해해. 팀 파티가 있었잖아. 너의 새로운 팀원들하고."

"아니, 그게 아니라—" 아맛이 미처 미안하다는 말도 꺼내지 못했는데 사카리아스가 말허리를 자른다.

"괜찮아, 아맛. 너는 이제 스타잖아. 이해해."

"왜 그래, 사크, 나는……."

"우리 아빠가 너더러 축하한다고 전해달라더라."

이 마지막 발언이 사카리아스에게는 가장 큰 상처다. 사카리아스의 아빠는 공장에서 근무한다. 공장 직원들은 모두 하키를 사랑한다. 그들의 주도로 하키팀이 설립되었기 때문에 아직도 그들의 팀이라고 생각한다. 사카리아스는 출근하는 아빠에게 청소년팀 선수의 아버지라는 명예를 선물할 수 있었다면 우스꽝스러운 짓을 백 번이고 천 번이고 감당했을 것이다. 아빠는 아들 친구가 청소년팀 선수라는 사실 하나만으로도 출근하는 내내 미소를 거두지 못했다.

아맛은 하려고 했던 말을 삼키고 다른 말을 찾지만 뭐라고 내뱉을 겨를도 없이 사카리아스의 모자가 날아가고 친구의 몸이 사물함에 부딪친다. 아맛은 이름도 모르는 졸업반 선배 둘이 요란하게 웃음을 터뜨린다.

"이런! 못 봤네!" 둘 중 한 명이 씩 웃으며 얘기한다.

"누가 널 못 보다니 처음 있는 일이겠다. 그치, 돼지야? 도대체 얼마나 처먹은 거냐? 다른 돼지를 삼키기라도 한 거야?" 다른 한 명이 능글맞게 웃으며 사카리아스의 배로 주먹을 날린다.

이건 사카리아스가 숱하게 겪는 일이다. 몇 년 전부터 그랬다. 그랬기에 그가 느닷없이 돌진해 그중 한 명의 가슴을 머리로 있는 힘껏 들이받자 모두가 거의 상상도 할 수 없을 만큼 화들짝 놀란다.

선배는 날아온 샌드백에 맞기라도 한 듯이 비틀거리고 어느 정도 시간이 지난 뒤에서야 정신을 차린다. 하지만 선배가 날린 주먹은 사카리아스의 입을 정통으로 맞춘다. 아맛은 비명을 지르며 그 사이로 뛰어든다. 아무 망설임 없이 그를 바닥으로 때려눕힌 걸 보면 두 졸업반 선배는 하키 경기를 보지 않은 모양이다.

"이건 또 뭐야? 꼬마 테러리스트인가? 너 할로 출신이지?"

아맛은 아무 말도 하지 않는다. 선배는 말을 잇는다.

"할로에는 테러리스트하고 우라질 낙타밖에 없잖아. 너 거기 출신이지?"

아맛은 아무 대꾸도 하지 않는다. 평생 겪은 일이기에 대꾸를 해봐야 일만 더 커질 뿐이라는 걸 안다. 한 선배가 아맛의 셔츠를 잡고 끌어 올리며 으르렁거린다.

"묻잖아. 너. 어디. 출신이냐고."

아무도 반응하지 못한다. 뒤통수가 사물함에 부딪치는 소리가 어찌나 요란한지 처음에 아맛은 자기 뒤통수를 부딪친 줄 안다. 보보가 졸업반 한 명을 바닥에서 끄집어 올린다. 졸업반이 한 살 더 많지만 체중은 보보가 적어도 십 킬로그램은 더 나간다. 보보가 불을 뿜는 기세로 딱 잘라 말한다.

"베어타운. 이 아이의 이름은 아맛이고 베어타운 출신이다."

선배는 눈동자를 이리저리 굴리고 보보가 손을 놓아주자 뒤통수를 다시 사물함에 부딪친다. 보보는 선배의 얼굴에 자기 얼굴을 바짝 갖다 대고 묻는다.

"이 아이가 어디 출신이라고?"

"베어타운! 베어타운! 씨발…… 그냥 장난친 거야, 보보!"

보보가 놔주자 그는 친구와 함께 도망친다. 보보는 아맛을 일으키고 사카리아스에게도 손을 내밀지만 사카리아스는 그 손을 쳐서 옆으로 치운다. 보보는 아무 말도 하지 않는다.

"고마워요." 아맛이 얘기한다.

"너는 이제 우리 팀원이야. 우리는 아무도 건드리지 못해." 보보는 미소를 짓는다.

아맛은 사카리아스를 쳐다본다. 친구는 코피를 흘리고 있다.

"저기…… 저는…… 우리는……."

"나는 수업이 있어서. 점심시간 때 보자. 팀원들은 전원이 항상 한 테이블에서 점심을 같이 먹거든. 우리 테이블을 찾아와." 보보는 아맛의 말허리를 자르고 이렇게 얘기한 뒤 발걸음을 옮긴다.

아맛은 멀어져가는 보보의 등 뒤에 대고 고개를 끄덕인다. 그러고 나서 고개를 돌려보니 사카리아스가 사물함에서 벌써 재킷과 가방을 꺼내 들고 출구로 걸어가고 있다.

"사크, 뭐 하는 거야? 기다려! 왜 그래, 선배가 우리를 도와줬잖아!"

사카리아스는 걸음을 멈추지만 돌아보지는 않는다. 아맛이 그의 눈물을 보지 못하도록 그렇게 등을 돌린 채 얘기한다.

"그게 아니라 너를 도와준 거지. 그러니까 얼른 가봐, 대스타. 새로운 팀이 기다리고 있잖아."

친구의 등 뒤에서 문이 닫힌다. 양심의 가책과 죄책감과 억울함이 아맛을 덮친다. 부상을 당해서 결승전에 출전하지 못할까 걱정하는 마음이 없었다면 주먹으로 사물함을 내리쳤을 것이다. 아맛은 바닥에 떨어진 자기 전화기를 줍는다. 아무에게도 전화를 걸지는 않는다.

벤이는 교실로 가는 길에 화장실 앞을 지나다 마침 안에서 나오던 케빈과 마주치고, 어디선가 날아온 팔꿈치에 가격이라도 당한 듯 휘청거린다. 케빈은 총총히 지나가지만 벤이는 그 자리에서 꼼짝하지 않는다. 웬만한 일에는 놀라지 않는 그가 입을 반쯤 벌리고 눈을 반쯤 감는다. 케빈은 벤이가 투명인간이라도 되는 듯이 외면한다.

두 친구의 기억이 닿는 먼 옛날부터 그들의 플레이를 본 사람들은 둘이 한 주파수에 맞춰져 있는 것 같다고, 둘이서만 텔레파시를 주고 받는 것 같다고 입을 모았다. 그들은 빙판 위에서 눈으로 확인하지 않아도 상대가 어디 있는지 알았다. 그걸 뭐라고 부르면 좋을지 두 사람 모두 여태껏 알아내지 못했지만 그게 뭐였건 간에 이제는 잠음만 남았다. 케빈이 뤼트를 거느리고 복도 벽을 스치듯 지나가자 청소년팀의 다른 팀원들이 사방으로 자동 정렬한다. 벤이는 팀이 없으면 자신의 정체성이 어떻게 될지 고민해본 적이 없는데, 이제 고민해봐야겠다는 생각이 든다.

케빈, 뤼트, 보보, 다른 팀원들이 교실로 들어간 뒤에도 벤이는 밖에 남아서 때려 부수고 싶은 마음이 들지 않을 만큼 소중한 건 자기 인생에 없다는 걸 온 세상에 증명해 보이지 않으려고 열심히 애를 쓴다. 정말로 열심히 애를 쓴다.

예아네테는 출석을 부르다 말고 창밖을 내다보다가 벤이가 운동장에서 담배에 불을 붙이고 자전거에 올라타 사라지는 걸 목격한다. 그녀는 잠시 망설인다. 그러다 출석한 것으로 표시한다.

아나는 화면 밝기를 최대로 높이고 모든 앱을 가동하고 영화를 튼 다음 휴대전화를 사물함에 넣는다. 알코올중독자가 술 창고 치우듯이 그렇게 한다. 오전 중으로 마야에게 전화하고 싶은 충동에 굴복하고 말 게 분명하기에 배터리를 방전시켜서 그럴 가능성을 아예 차단하려는 것이다.

그날은 누가 누구와 앉았건 상관없다. 모두 혼자 점심을 먹는다.

26

페테르는 아무도 없는 청소년팀의 로커룸 벤치에 앉아 있다. 아이들을 자극하는 문구가 적힌 포스터 한 장이 바닥에 떨어져 있다. 구겨진 채로 발자국이 찍혔다. 페테르는 거기 적힌 문구를 읽고 또 읽는다. 그는 수네가 이 포스터를 벽에 붙였던 때를 기억한다. 그가 이제 막 글을 배우기 시작한 시점이었다.

그가 어둠 속으로 직행하는 어린아이였을 때 하키가 그를 발견했다. 수네가 그를 수면 위로 끌어냈고 팀이 그를 빠지지 않도록 붙잡았다. 엄마는 초등학교 때 돌아가셨고 아빠는 날마다 행복한 주정뱅이와 잔인한 알코올중독자 사이를 오락가락했으니 어린 페테르는 붙잡을 수 있는 게 생기자 손마디가 하얘지도록 움켜쥐었다. 그가 베어타운과 세상의 반대편에서 승리하든 패배하든 수네가 항상 옆에 있었다. 누적된 부상으로 갑자기 현역에서 은퇴했을 때, 일 년 사이로 아버지와 아들을 땅에 묻었을 때—그에게 전화해 하키단에 사람이 필요하다고 얘기한 사람이 수네였다. 페테르에게도 무언가를 살리는 경험이 필요하다고 얘기한 사람이 수네였다.

그는 하키판에서 사형선고를 들으면 생활이 얼마나 고요해지는지 안다. 빙판과 로커룸과 팀원들과 버스 원정과 휴게소에서 먹는 샌드위치가 얼마나 금세 그리워지는지 안다. 비참하게 현역 생활을 마감하고 사십대로 접어든 왕년의 선수들이 경기장을 누비며 매 시즌마다 점점 줄어드는 관중들 앞에서 자신의 업적을 늘어놓는 광경을 열일곱 살 때 그가 어떤 눈빛으로 쳐다봤는지 안다. 그는 단장이 된 덕분에 팀의 일원으로 생활하며, 그보다 오래도록 기억에 남을 위대한 무언가를 건설하는 데 이바지할 수 있었다. 하지만 거기에 따르는 책임이 있다. 어려운 결정을 내리고 거기에 따르는 고통을 감수해야 한다.

그는 바닥에 떨어진 포스터를 줍는다. 거기 적힌 문구를 마지막으로 한 번 더 읽는다. 받은 게 많은 사람은 기대되는 것도 많은 법이다.

페테르는 오늘 그를 수면 위로 끌어낸 사람에게 자발적으로 사임하는 게 좋지 않겠느냐고 설득해야 한다. 후원회와 이사회에서는 수네를 해고하려고 하지 않는다. 퇴직수당을 주기 싫은 것이다. 그것이 구단 입장에서는 최선이기에 페테르가 그에게 조용히 떠나달라고 얘기해야 한다.

수네는 혼자 사는 조그만 연립주택에서 일찌감치 하루를 시작한다. 손님이 거의 없지만 어쩌다 한 번씩 찾아오는 사람들은 깔끔한 집을 보고 종종 놀라워한다. 평생 독신으로 지내온 나이 많은 남자에 대한 편견과 달리 쓰레기나 신문이나 맥주 캔이나 피자 상자가 쌓여 있지 않다. 단정하고 깔끔하며 깨끗하다. 심지어 벽에 하키 포스터가 붙어 있거나 선반에 트로피가 진열돼 있지도 않다. 수네는 물욕이 없다. 창가에 화분을 키우고 여름휴가철이면 뒤편의 좁은 마당에서 꽃을 기르는 게 전부다. 그 나머지 시간은 하키에 쏟아붓는다.

수네는 인스턴트커피를 마시고 곧바로 잔을 씻는다. 예전에 누군가가 훌륭한 하키 코치가 갖추어야 할 가장 중요한 덕목이 무엇이냐고 질문한 적이 있었다. 그는 이렇게 대답했다. "정말 맛이 없는 커피를 마실 줄 알아야 합니다." 검게 그은 커피포트와 싸구려 커피 기계와 함께 하는 꼭두새벽과 늦은 밤, 버스 원정과 외딴 대로변의 카페, 학교 구내식당에서 끼니를 해결해야 하는 캠프와 대회―집 안에 비싼 에스프레소 기계를 들여놓고 사는 사람은 그걸 무슨 수로 견딜 수 있을까? 하키 코치가 되고 싶은가? 그렇다면 남들에게 있는 것 없이 지내는 데 익숙해져야 한다. 여가 시간, 가정생활, 제대로 내린 커피. 가장 굳센 남자들만 이 스포츠를 감당할 수 있다. 필요하면 싸늘하게 식은 형편없는 커피를 마실 줄 아는 남자들만 이 스포츠를 감당할 수 있다.

그는 마을을 관통해서 걷는다. 서른 살이 넘은 거의 모든 남자들에게 인사를 건넨다. 대부분 예전에 그에게 하키를 배운 제자다. 십대들은 전혀 달라서 해마다 아는 얼굴이 줄어든다. 이 마을의 남자아이들과 공유하는 언어가 없는 그는 팩스 기계와 같은 수준의 퇴물이다. 하키를 선택하는 숫자가 점점 줄어드는데 '어린이가 우리의 미래'라는 말을 무슨 수로 믿으라는 건지 그로서는 모를 일이다. 어떻게 하키를 하지 않겠다는 어린이가 있을 수 있을까?

그는 숲을 관통하는 길로 접어들고 견사와 연결된 갈림길이 시작되는 지점에 다다랐을 때 벤야민을 발견한다. 아이가 담배를 끄는 타이밍이 늦었지만 수네는 못 본 척한다. 그가 선수 생활을 하던 시절에도 팀원들이 경기 중간의 휴식 시간에 담배를 피웠고 개중 일부는 독한 맥주를 마셨다. 시대는 달라졌지만 과연 하키라는 스포츠까지 일부 코치들이 생각하는 것만큼 많은 변화를 거쳤을까.

수네는 울타리 앞에서 걸음을 멈추고 이리저리 뛰어다니는 개들을 구경한다. 긴 머리의 남자아이는 영문을 모른 채 그의 옆에 서 있지만 어쩐 일이냐고 묻지는 않는다. 수네는 아이의 어깨를 가볍게 토닥인다.

"토요일 경기 환상적이었다, 벤야민. 환상적인 경기였어."

벤이는 땅바닥을 내려다보며 고개를 끄덕인다. 수네는 아이가 부끄러워서 그러는지 겸손해서 그러는지 알 수 없기에 울타리 너머를 가리키며 말을 잇는다.

"다비드가 맨 처음 코치로 부임했을 때 그 친구한테 훌륭한 하키 선수는 훌륭한 사냥개와 같다는 얘기를 입버릇처럼 반복했지. 천성이 이기적이라 사냥을 할 때 자기 생각밖에 못 하거든. 그러니까 보듬고 훈련시키고 사랑을 쏟아야 하는 거야. 코치를 생각할 수 있을 때까지. 다른 팀원들을 생각할 수 있을 때까지. 그래야 정말 훌륭한 선수가 될 수 있다고. 정말 위대한 선수가 될 수 있다고."

벤이는 눈을 덮고 있던 앞머리를 쓸어 넘긴다.

"그래서 한 마리 키우시려고요?"

"몇 년 전부터 고민을 하긴 했다만. 강아지를 키울 시간이 없다는 생각이 들더구나."

벤이는 재킷 주머니에 손을 넣고 신발로 눈을 다진다.

"그럼 지금은요?"

수네는 웃음을 터뜨린다.

"조만간 예전보다 시간이 더 많아질 것 같은 예감이 들어서." 벤이는 고개를 끄덕이고 대화를 시작한 이래 처음으로 그의 눈을 쳐다본다.

"우리가 다비드 코치님을 사랑한다고 해서 수네 코치님을 생각하지 않는 건 아니에요."

"안다." 노코치는 대답하고 아이의 어깨를 다시 한번 토닥인다.

수네는 무슨 생각을 하고 있는지 벤야민에게 얘기하지 않는다. 아이에게 득이 될지 잘 모르겠기 때문이다. 열일곱 살짜리를 A팀에 넣는 문제를 놓고 옥신각신했을 때도 다비드와 수네는 사실 완벽하게 의견이 일치했다. 어떤 열일곱 살짜리를 넣어야 하는지에 대해서만 서로 생각이 달랐을 뿐이다. 천부적인 소질은 케빈이 타고났을지 몰라도 그 나머지는 벤야민이 타고났다. 예전부터 수네의 관심사는 풍선의 크기가 아니라 풍선에 묶인 끈의 길이였다.

검사에서 나온 아드리가 남동생의 머리칼을 헝클어뜨리고 수네와 악수를 한다.

"수네라고 합니다."

"누구신지 알아요." 아드리는 대답하고 나서 곧바로 묻는다. "다음 시즌은 어떻게 예상하세요? 상위 리그로 승격할 가능성이 있을까요? 그 팀에 스케이트 괜찮게 타는 선수 몇 명 추가해야 하는 건 아시죠? 2라인과 3라인에서 뛰는 당나귀들은 자르고요."

수네는 어느 정도 시간이 지난 다음에서야 그녀가 청소년팀이 아니라 A팀 이야기를 하고 있음을 알아차린다. 청소년팀 선수들의 가족은 청소년팀 이야기만 하려고 들기 때문에 허를 찔린 것이다.

"가능성이야 언제든지 있지요. 하지만 픽이 그냥 미끄러지기만 하는 게 아니라……."

"튈 때도 있죠!" 아드리는 씩 웃는다.

수네가 어안이 벙벙한 표정을 짓자 벤이가 설명한다.

"누나도 예전에 선수로 뛰었거든요. 헤드에서요. 엄청 우악스러워서 저보다 페널티를 더 많이 받았어요." 수네는 알 만하다는 듯이 웃는다. 아드리는 울타리 쪽을 손짓한다.

"그래서 여긴 어쩐 일이세요?"

"개를 한 마리 사고 싶어서요." 수네가 말한다.

아드리는 손을 내밀어서 그의 어깨를 누른다. 표정은 심각하지만 다정한 미소를 머금고 있다.

"그건 안 되겠는데요, 코치님. 하지만 한 마리 드릴 수는 있어요. 우리 구단을 키우고 제 남동생의 생명을 구해주신 것에 대한 보답으로."

벤이는 코로 숨을 쉬며 개들을 쳐다보는 데 집중한다. 수네의 입술이 살짝 떨린다. 그는 진정이 됐을 때 간신히 묻는다.

"그럼…… 은퇴한 노인한테는 어떤 강아지가 좋을까요?"

"저 녀석요." 벤이가 주저 없이 한 녀석을 가리킨다.

"왜?"

이번에는 아이가 그의 어깨를 토닥일 차례다. "왜냐하면 만만치 않은 녀석이거든요."

다비드는 아이스링크 관중석에 혼자 앉아 있다. 이번만큼은 아이스링크가 아니라 천장을 올려다보고 있다.

그는 편두통이 생겼고, 그 어느 때보다 엄청난 압박감에 시달리고 있고, 밤새 단잠을 자본 게 언제인지 기억조차 나지 않는다. 여자 친구는 묵묵부답이 이어지자 집에서 그와 대화를 나누려는 시도조차 하지 않는다. 다비드는 그만의 세상에서 살고 있고 그곳에서는 이십사 시간 동안 빙판에 나가 있다. 그럼에도 불구하고, 아니면 그렇기 때문에 그의 머리 위에 달린 낡은 플래카드에서 시선을 떼지 못한다. '문화, 가치, 공동체.'

그는 오늘 지역 신문사와 인터뷰를 하기로 되어 있다. 후원자들이 잡아놓은 거다. 다비드는 반발했지만 구단 사장은 씩 웃기만 했다. "언론에서 자네 기사를 줄여주길 바라나? 그럼 선수들한테 경기를 망치라고 그래!" 어떤 질문이 쏟아질지 이미 뻔하다. "케빈 에르달은 어떻게 그렇게 훌륭한 선수가 될 수 있었을까요?" 그들은 이렇게 물을 테고 그러면 다비드는 예전과 똑같은 대답을 할 것이다. "재능과 훈련이죠. 만 개의 사소한 것을 만 번 반복한 결과죠." 하지만 그건 사실과 다르다.

기자에게 그걸 제대로 설명할 방법은 없겠지만 한마디로 요약하자면 코치의 능력으로 그런 선수를 만들 수는 없다. 케빈을 최고의 선수로 키운 원동력은 그 아이의 절대적인 승부욕이다. 그는 지는 걸 싫어하는 정도가 아니라 이기지 못할 수도 있다는 사실을 받아들이려고 노력해야겠다는 생각조차 하지 못한다. 그리고 인정사정없다. 그런 건 가르친다고 되는 게 아니다.

이 아이들은 얼마나 많은 시간을 여기에 쏟아부었을까? 다비드는 얼마나 많은 희생을 했을까? 그들이 스무 살, 스물다섯 살 때까지 훈련, 훈련, 훈련으로 점철된 일상을 보내다 실력이 부족하다는 판정을 받으면 그 대가로 무얼 얻을 수 있을까? 아무것도 얻지 못한다. 사전에 무슨 교육을 받은 것도 없고 안전장치도 없다. 케빈만큼 실력이 훌륭한 선수는 프로가 될 수 있을지 모른다. 수백만 크로나를 벌 수 있을지 모른다. 아슬아슬하게 못 미치는 선수들은? 숲을 사이에 두고 이 아이스링크 반대편에 있는 공장행이다.

다비드는 플래카드를 쳐다본다. 그의 팀이 승리를 거듭하는 동안에는 일자리가 보장되겠지만 패배하면 어떻게 될까? 그는 공장에서 몇 발짝 멀리 있을까? 그가 하키 말고 할 줄 아는 게 있을까? 없다.

그는 스물두 살 때 바로 이 자리에 앉아서 똑같은 생각을 했다. 그때는 다비드의 옆에 수네가 앉아 있었다. 다비드가 플래카드에 대해 물었을 때, 그게 무슨 뜻이냐고 물었을 때 수네는 이렇게 대답했다. "공동체는 우리가 하나의 목표를 향해 달려가고 있고, 그 목표에 도달할 수 있도록 서로의 역할을 존중한다는 뜻이지. 가치는 우리가 서로 신뢰한다는 뜻이고. 서로 사랑한다는 뜻." 다비드는 한참 동안 곰곰이 생각을 하고 난 뒤에 다시 물었다. "그럼 문화는요?" 수네는 좀 더 진지한 표정으로 신중하게 말을 골랐다. "내 개인적인 생각으로는 문화에선 어떤 걸 허용하는가도 중요하지만 그 못지않게 중요한 게 어떤 걸 권장하는가라고 본다."

다비드가 그게 무슨 뜻이냐고 묻자 수네는 이렇게 대답했다. "대부분의 사람들은 사회에서 시키는 대로 하지 않아. 사회에서 허용하는 대로 하지."

다비드는 눈을 감는다. 헛기침을 한다. 그런 다음 일어나서 아이스링크 쪽으로 내려간다. 천장은 다시 쳐다보지 않는다. 이번 주에는 플래카드가 아무 의미 없다. 오직 결과뿐이다.

페테르는 사장실 앞을 지나친다. 아직 오전인데도 사람들로 가득하다. 열의 넘치는 후원자와 이사들이 왁자지껄 떠들고 있다. 세 개의 건설회사로 돈을 번 육십대의 이사가 엉덩이를 미친 듯이 앞으로 쩔러서 베어타운이 상대 팀에게 어떤 수모를 안겼다고 생각하는지 몸으로 보여준 다음 꽥 하고 고함을 지른다.

"3피리어드 전체가 짜릿한 오르가슴이었어! 그 자식들은 우리를 따먹을 줄 알았겠지! 앞으로 몇 주 동안 어기적어기적 걸어다녀야 할걸?"

그 말을 듣고 웃는 사람도 있고 웃지 않는 사람도 있다. 다르게 생각하는 사람이 있더라도 말로 표현하지는 않는다. 이러니저러니 해도 농담일 뿐이고 이사회는 하나의 팀과 같아서 좋은 면도 있고 나쁜 면도 있는 법이다.

나중에 페테르는 차를 몰고 프락이 운영하는 대형 슈퍼마켓에 갈 것이다. 오랜 친구의 사무실에서 예전에 뛰었던 경기를 주제로 쓸데없는 잡담을 늘어놓고 다섯 살 때 스케이트 수업에서 처음 만난 이래 수없이 반복했던 우스갯소리를 다시 한번 반복할 것이다. 프락이 위스키를 권하면 페테르는 거절하고 자리를 정리하며 이렇게 물을 것이다.

"혹시 창고에 남는 일자리 있을까?"

프락은 까칠하게 자란 수염을 머뭇머뭇 긁적이며 궁금해할 것이다.

"누구 앉히려고?"

"로비."

"창고에 취직하려고 대기 중인 사람이 백 명쯤 되는데. 어느 로비

말이야?"

페테르는 자리에서 일어나 프락의 사무실 벽을 가로질러 걸린 오래된 사진 앞으로 걸어갈 것이다. 숲속 조그만 마을의 하키팀이 전국 2위를 하고 찍은 사진이다. 페테르는 맨 먼저 사진 속의 자신을 가리킬 것이다. 그런 다음 프락을, 그런 다음 그들 사이에 서 있는 로비 홀츠를 가리킬 것이다.

"네가 그랬잖아, '우리는 서로 보살피는 사이'라고. '우리는 베어타운의 곰!'이라고."

프락은 사진을 쳐다보고 겸연쩍게 동의하는 뜻에서 턱을 내릴 것이다. "인사과에 물어볼게."

사십대의 두 남자는 이십대 때 찍은 사진 앞에서 악수를 할 것이다.

로커룸이 청소년팀 선수들로 가득하지만 별다른 소음이 없다. 너나 할 것 없이 조용히 장비를 착용한다. 벤이가 보이지 않는다. 다들 그렇다는 걸 알지만 다들 아무 말도 하지 않는다.

뤼트가 케빈의 파티에서 어떤 여학생과 오럴 섹스를 했다며 미적미적 정적을 깨려고 하지만 누구인지 밝히려고 하지 않는 걸 보고 모두 거짓말인 걸 알아차린다. 모두 알다시피 뤼트에게는 비밀이 없다. 뤼트는 다른 말을 계속 하고 싶은 눈치지만 불안한 표정으로 케빈 쪽을 흘끗거리며 아무 말도 하지 않는다. 선수들이 링크 쪽으로 이동한다. 뤼트는 보호대를 테이프로 감고 남은 쪼가리를 바닥에 버린다. 보보는 다른 선수들이 거의 다 로커룸을 빠져나갈 때까지 기다렸다가 허리를 숙이고 테이프 쪼가리를 주워서 쓰레기통에 넣는다. 보보와 아맛은 그 부분에 대해 함구한다.

　연습이 중반부에 다다랐을 때 케빈이 잠깐 쉬는 시간에 아맛 옆으로 바짝 다가와 아무도 듣지 못하게 대화를 나눌 기회를 잡는다. 아맛은 스틱 위로 몸을 숙이고 자기 스케이트를 쳐다본다.

　"네가 본 광경 말인데……." 케빈이 말문을 연다.

　협박하는 말투가 아니다. 몰아붙이거나 명령하는 말투도 아니다. 거의 속삭이는 수준이다.

　"여자애들이 어떤 식인지 너도 알잖아."

　아맛은 뭐라고 대꾸하면 되는지 알았으면 좋겠다는 생각을 한다. 용기가 있었으면 좋겠다는 생각을 한다. 하지만 입술이 굳게 다물어져 있다. 케빈이 아맛의 등을 가볍게 토닥인다.

　"우리 둘이서 우라지게 환상적인 팀을 만들어보자. A팀에서."

　라르스가 호루라기를 불자 케빈은 벤치 쪽으로 스케이트를 지친다. 아맛은 케빈을 따라가지만 여전히 자기 스케이트를 쳐다볼 뿐 빙판 쪽으로는 시선을 돌리지 못한다. 거기에 비친 자신의 모습이 보일까 두렵기 때문이다.

27

단단히 뭉친 미라의 위장이 풀릴 줄 모른다. 그녀는 마야에게 아무 문제 없다고, 여느 사춘기 아이들과 다를 게 없다고, 이것도 지나가는 과정일 뿐이라고 계속 되뇐다. 쿨한 엄마가 되자고 계속 다짐한다. 하지만 소용이 없다.

그래서 동료가 문을 박차고 들어왔을 때 미라는 짜증이 나기보다 고마운 마음이 든다. 일이 산더미 같아서 깔려 죽을 지경이지만 그래도 문 앞에 서서 "이 자식들을 개박살낼 수 있게 도와줘!"라고 외치는 동료를 보니 마음이 놓인다.

"이 의뢰인이 합의에 동의하지 않았어?" 미라는 동료가 책상 위로 던진 서류를 훑어보며 묻는다.

"그게 문제야. 나더러 철회할 수 있게 해달래. 쪽팔리게. 그런데 오소리가 뭐라고 그러는지 알아?"

"의뢰인이 원하는 대로……." 미라는 운을 띄운다.

"의뢰인이 원하는 대로 해줘야지! 그렇게 얘기하고 앉아 있어! 그런 인간이 책임자라니! 책임자라니! 남자들은 왜 그럴까? 여자들이랑 사고의 밀도가 다른 거야, 뭐야? 왜 모든 조직마다 거시기 달린 인간들이 항상 꼭대기에 앉아 있느냐고!"

"진정해…… 하지만 의뢰인이 조건을 받아들이겠다면……."

"그럼 끝이다? 엿 먹으라 그래! 의뢰인에게 가장 좋은 방향을 도모하는 게 내 임무 아니야?"

미라의 동료가 열을 내며 펄쩍펄쩍 뛰자 하이힐 때문에 사무실 바닥에 조그만 자국이 남는다. 미라는 이마를 문지른다.

"그래, 맞는 얘기지. 하지만 의뢰인이 그걸 바라지 않으면……."

"내 의뢰인들은 자기들이 뭘 바라는지 전혀 몰라!"

미라는 서류를 훑어보다 상대편을 대변하는 회사의 이름을 보고 웃음을 터뜨린다. 그녀의 동료는 예전에 그 회사에 지원했다가 퇴짜를 맞은 적이 있었다.

"좋아. 하지만 이 사건에서 승소하고 싶어 하는 이유가…… 이 회사를 싫어하기 때문은 아니겠지?" 미라는 중얼거린다.

동료는 눈을 번뜩이며 책상 너머로 그녀를 움켜쥔다.

"아니, 그냥 승소하고 싶은 게 아냐, 미라. 개박살을 내고 싶어! 실존적인 위기를 선물하고 싶어! 협상실에서 빠져나오는 순간, 바닷가의 폐교를 개조해서 민박을 치며 살고 싶다는 생각을 하게 만들고 싶어. 엄청난 상처를 안겨서 명상으로 자아를 찾는 여정을 시작하게 만들고 싶어! 내가 성질대로 하면 그 자식들은 채식주의자로 변신하고 양말 위에다 샌들을 신고 다니게 될 거야!"

미라는 한숨을 쉬며 웃는다.

"알았어, 알았어, 알았어…… 나머지 파일 줘봐. 같이 한번 들여다보자……."

"양말 위에다 샌들을 신고 다니게 될 거라고, 미라! 그 자식들이 토마토도 직접 키우기 시작하면 좋겠어. 자신감이 와르르 무너져서 변호사 일을 때려치우고 행복하게 살겠다는 둥 그딴 개소리나 늘어놓으면 좋겠다고! 응?"

미라는 약속한다. 그들은 문을 닫는다. 그들은 이길 것이다. 그들은 항상 그렇다.

페테르는 등 뒤로 문을 닫는다. 그의 책상 앞에 앉는다. 수네의 서명을 기다리는 사직서를 물끄러미 바라본다. 페테르가 그 긴 세월 동안 하키를 하면서 인간의 천성에 대해 한 가지 배운 게 있다면 거의 모든 선수가 자신을 훌륭한 팀 플레이어라고 생각하지만 그게 무슨 뜻인지 제대로 아는 사람은 거의 없다는 것이다. 인간은 군집의 동물이라는 발상이 워낙 뿌리 깊게 박혀 있어서 우리들 대다수가 단체 생활에 젬병이라는 사실을 어느 누구도 쉽게 인정하지 못한다. 우리들 대다수가 협동을 모르고, 이기적이며, 무엇보다도 남들이 싫어하는 그런 부류의 인간이라는 사실을 말이다. 그래서 우리는 계속 되뇐다. '나는 훌륭한 팀 플레이어'라고. 거기에 따르는 대가는 치를 준비가 되어 있지 않으면서 스스로 그렇게 믿을 때까지 계속 되뇐다.

페테르는 여러 팀에 몸을 담았고 팀원이 되려면 어떤 희생을 각오해야 하는지 안다. '개인보다 팀이 더 중요하다'는 말은 스포츠를 잘 모르는 사람들에게는 상투적인 문구다. 스포츠를 아는 사람들에게는 고통스러운 진실이다. 거기에 부합하는 삶이 얼마나 고통스러운지 알기 때문이다. 원치 않는 역할에 순응하고, 묵묵히 쓰레기 같은 일을 하며, 골을 넣고 스타가 되기보다 수비수로 뛰는 것. 단체를 사랑하기에 팀원들의 가장 끔찍한 면모조차 받아들일 수 있으면 팀 플레이어가 됐다고 볼 수 있다. 그에게 그걸 가르쳐준 사람이 수네였다.

그는 수네가 자기 이름을 적어야 하는 서류 속의 빈 칸을 물끄러미 쳐다보며 생각에 잠겨 있느라 전화벨이 울리자 화들짝 놀란다. 캐나다 번호인 것을 보고 미소를 지으며 전화를 받는다.

"백정 브라이언? 어쩐 일이야, 이 악당."

"피트!" 예전 팀메이트가 수화기 저편에서 외친다.

그들은 2군 리그에서 같이 뛰었다. 브라이언은 NHL에 진출하지 못하고 대신 스카우트로 변신했다. 이제는 리그에서 손꼽히는 팀을 대신해서 유능한 십대 선수들을 발굴하고 있다. 브라이언이 NHL 드래프트를 앞두고 매년 여름에 제출하는 보고서에 따라 전 세계 십대 선수들이 평생 꿔왔던 꿈이 실현되거나 와르르 무너진다. 따라서 브라이언은 오늘 단순히 페테르의 안부를 물으려고 연락을 한 게 아니다.

"가족들도 잘 지내지?"

"그럼, 그럼! 브라이언, 네 가족들도 잘 지내지?"

"아, 그게…… 지난달에 이혼 수속을 밟았어."

"젠장, 미안."

"그러지 마, 피트. 이제 골프 치러 다닐 시간이 늘었는걸."

페테르는 마음에도 없는 너털웃음을 터뜨린다. 캐나다에서 몇 년 지내는 동안 브라이언이 그의 단짝 친구였다. 브라이언의 아내도 미라와 가깝게 지냈고 아이들은 서로 어울려 놀았다. 그들은 지금도 꾸준히 연락하지만 서로의 사생활에 대해서 이야기를 나누는 시간이 점점 줄어들다가 결국에는 하키만 남았다. 페테르가 괜찮은 거지?라고 물으려는 찰나, 그럴 겨를도 없이 브라이언이 큰 소리로 외친다.

"그 아이는 어때?"

페테르는 숨을 크게 한 번 들이마시고 고개를 끄덕인다.

"케빈? 환상적이야, 아주 대단해. 녀석들이 결승전에 진출했어. 케빈이 눈부신 활약을 펼쳤지."

"그럼 내가 드래프트 명단에 넣자고 추천해도 후회하지 않을 거란 얘긴가?"

페테르의 심장이 빠르게 두근거리기 시작한다.

"진심이야? 그 녀석을 드래프트하겠다고?"

"오판이 아니라고 네가 장담할 수 있으면. 나는 너를 믿거든!"

페테르는 그보다 더 진지할 수 없는 목소리로 대답한다.

"환상적인 선수가 될 거라고 장담할 수 있어."

"그리고…… 제대로 된 녀석이기도 하고?"

페테르는 그게 무슨 뜻인지 알기에 열심히 고개를 끄덕인다. 저 선수를 포기하고 이 선수를 선발하는 것이 NHL 팀으로서는 금전적으로 엄청난 투자다. 그렇기 때문에 그들은 모든 면을 감안한다. 이제는 빙판 위에서 뛰어난 활약을 보이는 것만으로는 부족하다. 사생활적인 측면에서도 불쾌한 깜짝 뉴스가 없어야 한다. 페테르도 부당한 처사라는 걸 알지만 요즘은 그게 게임의 규칙이다. 몇 년 전에 그는 아버지가 전과가 있는 알코올중독자라는 이유로 어마어마하게 재능이 있는 젊은 선수가 드래프트 심사에서 미끄러졌다는 얘기를 들은 적이 있었다. 십대가 하키로 하룻밤 새 백만장자가 되면 어떤 식으로 처신할지 알 수가 없기에 그들로서는 몸을 사리기에 충분했다. 때문에 페테르는 사실대로 이야기한다. 브라이언이 듣고 싶어 하는 진실을 밝힌다.

"제대로 된 녀석이야. 학교 성적도 우수하고. 안정적인 집안에서 제대로 된 가정교육을 받으며 자랐어. '빙판 외적'으로 문제가 될 만한 소지가 전혀 없어."

수화기 저편에서 브라이언이 유쾌하게 중얼거린다.

"좋아, 좋아. 예전에 자네가 썼던 번호를 달고 있지? 9번 말이야."

"응."

"그 번호를 영구 결번으로 지정하고 서까래에 걸어놓을 줄 알았더니."

페테르는 씩 웃는다.

"그럴 거야. 다만 케빈의 이름이 적히겠지."

브라이언은 껄껄대고 웃는다. 그들은 전화를 끊으며 조만간 다시 연락하자고 하고, 페테르는 가족들을 데리고 캐나다로 놀러가겠다고, 아이들을 다시 한번 만나게 해주자고 얘기한다. 하지만 두 사람 다 그럴 일은 없다는 것을 안다.

아맛은 연습 후에 픽과 고깔을 정리한다. 누가 시켜서 그러는 게 아니라 몸에 밴 습관이고 그래야 다른 선수들을 피할 수 있기 때문이다. 아무도 없을 줄 알고 로커룸에 들어갔더니 보보와 케빈이 아맛을 맞는다. 열일곱 살짜리 둘이서 바닥에 떨어진 테이프 쪼가리를 주워 쓰레기통에 넣고 있다.

아맛은 문가에 서 있다가 아무렇지 않게 펼쳐진 다음 상황에 놀라워한다. 케빈이 이보다 더 당연한 일은 없다는 듯이 이렇게 얘기한 것이다.

"뤼트가 아빠한테 차를 빌렸대. 헤드 가서 영화 한 편 때리자!"

보보가 유쾌하게 아맛의 등을 철썩 때린다.

"내가 뭐랬냐? 너는 이제 우리랑 한 팀이라니까!"

이십 분 뒤에 그들은 차에 오른다. 아맛은 뤼트가 벤이의 자리에 앉아 있다는 사실을 알아차리지만 물어보지 않는다. 뤼트가 다시 오럴 섹스에 대해 떠벌린다. 케빈이 보보에게 "재미있는 얘기 좀 해봐"라고 하자 보보는 좋아서 흥분하는 바람에 마시던 콜라를 코로 뿜어서 좌석을 적시고, 그걸 보고 뤼트는 노발대발한다. 그들은 배를 잡고 웃는다. 결승전, 결승전이 열리는 도시까지 버스를 타고 떠나는 장거리 여행, 여자아이들과의 파티, 다 같이 A팀에서 뛰게 되면 벌어질 일들에 대해서 이야기한다. 아맛은 처음에는 억지로 대화에 동참하지만 나중에는 소속이 생겼다는 근사하고 포근한 기분에 젖는다. 그러는 편이 훨씬 쉽기 때문이다.

헤드 주민들조차 그들을 알아보고 등을 치며 축하 인사를 건넨다. 영화를 보고 나서 아맛은 집으로 돌아가는 줄 알았지만 베어타운 표지판이 등장한 직후에 뤼트가 핸들을 틀어서 호숫가에 차를 세운다. 케빈이 차 트렁크를 연 다음에서야 아맛은 이유를 알아차린다. 그 안에 맥주, 전등, 스케이트, 하키 스틱이 들어 있다. 그들은 골문 대신 털모자를 빙판 위에 얹는다.

그날 밤에 네 소년은 호수에서 하키를 하고, 모든 게 단순하게 느껴진다. 어린 시절로 돌아간 기분이다. 아맛은 이토록 간단할 수 있다는 데 놀라워진다. 입을 다물면 한 패거리로 끼워주겠다는 것 아닌가.

페테르는 다시 벽에 대고 고무공을 던진다. 책상 위에 놓인 사직서를 애써 외면하며 수네를 한 인간이 아니라 코치로 생각하려고 한다. 그도 알다시피 그것이 수네가 원하는 방향일 것이다. 구단을 먼저 생각하는 것이.

이사진과 후원자들이 쓰레기처럼 굴 수도 있다. 그걸 어느 누구보다 더 잘 아는 사람이 페테르다. 하지만 그들이 원하는 것도 그나 수네와 똑같다. 구단이 훌륭한 성과를 거두는 것이다. 훌륭한 성과를 거두려면 나를 버려야 한다. 페테르는 때때로 이사진이 어처구니없는 선수를 충원하자고 요구해도 아무 소리 하지 말아야 하고, 그의 짐작이 맞는 것으로 밝혀져도 아무 소리 하지 말아야 한다. 또 가끔 여름 시즌에는 월급을 아낄 수 있게 선수들과 칠 개월 단위로 계약하라는 지침이 하달될 때도 있다. 그러면 선수들은 여름 시즌 동안 실업자로 등록이 돼서 실업 수당을 챙기고, 실제로는 여름 내내 훈련을 했는데도 프락의 슈퍼마켓에서 '직업 연수'에 임했다는 확인서를 발부받는다. 그러고 나서 새로운 시즌이 시작되면 다시 칠 개월짜리 계약서에 서명한다. 소규모 구단이 파산을 면하려면 윤리적으로 문제시되는 부분들을 슬쩍 무마해야 하는 경우가 생긴다. 페테르는 그것도 그가 하는 일의 일부로 받아들여야 했다. 예전에 미라가 이 구단에는 군대나 범죄 집단처럼 침묵이라는 불편한 문화가 자리 잡고 있다고 얘기한 적이 있었다. 하지만 승리하는 문화를 양산하려면 때로는 침묵의 문화가 필요한 경우도 있다.

페테르는 그 일당이 관중석에서 폭력을 행사하는 횟수와 그들의 위협적인 입김을 줄이는 데 그 어떤 코치보다 많은 노력을 기울였고 덕분에 펠센에서 미움받는 인물이 되었지만, 가끔은 그런 그조차 베어타운 하키 구단에서 가장 끔찍한 훌리건이 누구인지 헷갈릴 때가 있다. 목에 문신을 새긴 사람들인지, 넥타이를 맨 사람들인지 말이다.

페테르는 고무공을 내려놓는다. 책상 서랍 안의 깔끔하게 정리된 상자에서 펜을 꺼내 '구단 대표'라고 적힌 사직서의 빈칸에 서명한다. 수네가 그 바로 밑에 서명하면 공식적으로는 수네가 자진 사퇴한 것처럼 보일 것이다. 하지만 페테르는 그가 무슨 짓을 저질렀는지 안다. 그의 우상을 해고한 것이다.

라르스는 다비드의 사무실에서 최대한 늦게까지 미적거리다 헛기침을 하고 묻는다.

"벤이한테 어떤 벌을 내리실 거예요?"

다비드는 컴퓨터 화면만 쳐다볼 뿐, 고개를 들지 않는다.

"아무 벌도 내리지 않아."

라르스는 손톱으로 나무 문틀을 두드리며 억눌린 불만을 표출한다.

"결승전이 일주일도 안 남았는데 훈련에 불참했잖아요. 다른 녀석이 그랬다면 그냥 넘어갔겠어요?"

다비드가 갑자기 고개를 들고 똑바로 쳐다보자 라르스는 뒤로 움찔한다.

"결승전에서 이기고 싶나?"

"당연하죠!" 라르스가 숨을 토한다.

"그럼 그냥 넘어가. 벤이가 있어도 결승전에서 이길 수 있을지 장담 못 하겠지만 벤이가 없으면 절대 이길 수 없다고 장담할 수 있으니까."

라르스는 더 이상 이의를 제기하지 않고 사무실에서 나온다. 다비드는 혼자 남겨지자 컴퓨터를 끄고 한숨을 쉰 다음 큼지막한 매직을 들고 나가서 픽을 챙긴다. 픽 위에 대문자로 세 글자를 쓴다.

그런 다음 차를 몰고 묘지로 향한다.

마야는 침대에 누워 있지만 잠은 자지 못하고 정신만 오락가락해서 이게 환각 증상인가 싶다. 화장실 수납장에 있는 엄마의 수면제를 슬쩍했다. 간밤에 조리대 위에 수면제를 깔끔하게 일렬로 늘어놓고 혼자 서서 몇 알을 먹으면 영원히 잠을 잘 수 있을지 고민했다. 지금 이렇게 누워서 천장을 보며 눈을 깜빡이는데, 아직도 모든 게 꿈이길 바라는 마음이 있다. 방 안을 두리번거리며 곰곰이 따져보면 오늘은 금요일이고 아직 아무 일도 벌어지지 않았길 바라는 마음이 있다. 그러다 정신이 번쩍 들면 그때의 기억이 또다시 재현된다. 그녀의 목을 움켜쥐었던 그의 손, 심연과도 같았던 공포, 그의 손에 죽고 말 거라는 절대적인 확신.

한 번 더. 한 번 더. 한 번 더.

아나는 두 사람이 십오 년째 연마 중인 특유의 침묵 속에서 아빠와 저녁을 먹는다. 엄마는 그걸 싫어했다. 엄마가 떠난 이유도 그 침묵 때문이었다. 아나는 엄마를 따라갈 수 있었다. 하지만 나무도 없는 곳에서 사는 건 상상이 안 된다고 거짓말을 했다. 엄마가 지금 사는 동네에 나무라고는 쇼핑몰 앞에 장식용으로 심어놓은 것들밖에 없다.

물론 아나가 따라나서지 않은 진짜 이유는 아빠를 버릴 수 없기 때문이었는데, 그게 아빠를 위한 선택이었는지 자신을 위한 선택이었는지는 잘 모르겠다. 두 사람은 그 부분에 대해서 한 번도 대화를 나눠본 적이 없었다. 하지만 아빠는 엄마와 함께 살았을 때보다 술을 덜 마시고 결과적으로 아나는 부모님을 전보다 더 사랑할 수 있게 됐다.

아나는 자발적으로 개들을 산책시키고 오겠다고 한다. 아나의 아빠는 이상하게 여기는 눈치다. 대개는 닦달을 해야 하기 때문이다. 하지만 아빠는 아무 말도 하지 않는다. 딸도 마찬가지다.

그들은 하이츠의 구시가지, 그중에서도 최고급 주택들이 등장하기 전부터 있었던 집에 산다. 덕분에 덩달아 베어타운의 귀족층이 되었다. 아나는 환하게 불을 밝힌 우회로를 선택한다. 시의회에서 "여성들도 안심하고 운동을 할 수 있도록" 조성했다고 자랑스럽게 광고하는 조깅 트랙이다. 우연의 일치겠지만 할로 너머의 숲이 아니라 하이츠와 가까운 쪽부터 조명이 설치됐다. 그리고 이 또한 우연의 일치겠지만 이 길 바로 옆에 사는 두 남자의 회사에서 계약을 수주했다.

아나는 가로등 밑에서 목줄을 풀고 개들을 뛰어놀게 한다. 나무와 동물―그들은 항상 도움이 된다.

귀가한 케빈은 눈도 마주치지 않고 부엌과 거실에 있는 부모님을 지나친다. 이층으로 올라가서 방문을 닫고 눈앞이 아득해질 때까지 팔굽혀펴기를 한다. 집 안이 고요해지고 부모님의 방문이 닫히자 케빈은 운동복을 입고 슬그머니 빠져나간다. 기운이 다해서 아무 생각도 나지 않을 때까지 숲속을 달린다.

아나는 조깅 트랙을 지그재그로 달리는 개들을 쫓아간다. 케빈이 십오 미터 앞에서 갑자기 달리기를 멈춘다. 처음에 아나는 케빈이 개들 때문에 놀란 줄 알고 아무 반응도 보이지 않는다. 그러다 자기 때문에 달리기를 멈춘 것임을 알아차린다. 이삼일 전만 해도 케빈은 학급 단체 사진에서 누가 아나인지 몰랐을 텐데, 혼자 찍힌 사진이라도 그랬을 텐데, 이제는 그 여자아이가 누구인지 안다. 주말에 여자아이와 동침하고 난 학교의 남학생들은 으스대거나 쑥스러워하거나 둘 중 하나인데, 그는 어느 쪽도 아니다.

그는 겁에 질렸다. 아나는 그 정도로 겁에 질린 사람을 본 적이 없다.

마야는 기타를 쳐보려고 하지만 손이 너무 심하게 떨린다. 회색의 큼지막한 후드 스웨터를 입고 있어서 땀이 났지만 부모님이 왜 그러냐고 묻자 열이 나서 몸이 떨린다고 대답한다. 마야는 후드를 동여매 목에 생긴 멍을 감춘다. 소매로 손등을 덮어서 손목에 남은 검푸른 자국을 가린다.

초인종 소리가 들린다. 이 늦은 시각에 레오의 친구일 리는 없다. 엄마의 목소리가 들린다. 마야의 엄마만이 낼 수 있는, 안심하는 동시에 걱정하는 목소리다. 방문을 두드리는 소리가 들리고 마야는 잠을 자는 척하다가 찾아온 사람이 누구인지 알아차린다.

아나가 들어와서 조용히 방문을 닫는다. 미라의 발소리가 부엌으로 멀어져가는 소리가 들릴 때까지 기다린다. 아나는 숨을 헐떡이고 있다. 분노와 공포를 달래며 하이츠에서부터 여기까지 뛰어왔기 때문이다. 마야가 아무리 감추려고 해도 아나는 친구의 목과 손목에 남은 자국을 본다. 마침내 아나가 마야와 눈을 맞추었을 때 폭포처럼 쏟아진 눈물이 얼굴 위의 모든 주름과 골을 채우고 턱 밑으로 뚝뚝 떨어진다. 아나가 속삭인다.

"그 인간을 봤어. 겁에 질렸더라. 그 새끼가 겁에 질렸더라고. 너한 테 무슨 짓을 한 거니?"

마야가 그 단어를 입 밖으로 내뱉은 다음에서야 그 사건의 형태가 제대로 갖추어지는 듯한 느낌이 든다. 그리고 그 단어를 입 밖으로 낸 순간, 그녀는 트로피와 하키 포스터로 뒤덮인 그의 방으로 되돌아 간다. 그녀는 흐느끼며 후드 스웨터 위로 더듬더듬 있지도 않은 블라우스 단추를 찾는다.

그녀는 아나의 품속에서 무너지고 아나는 생명줄이라도 되는 듯 그녀를 부둥켜안으며 온 마음을 다해서 입장이 서로 바뀌었으면 좋겠다는 생각을 한다.

열다섯 살 때 만난 친구 같은 친구는 평생 못 만나는 법이다.

28

아나와 마야는 어렸을 때 (어제 일처럼 느껴지지만) 항상 돈 많은 유명 인사가 되면 뉴욕에서 어떤 식으로 살고 싶은지 조잘거렸다. 돈을 많이 벌고 싶어 한 쪽은 마야였고 유명해지고 싶어 한 쪽은 아나였다. 그들과 더불어 지낸 적이 있는 사람이라면 뜻밖이라고 여길 수 있을 만한 반응이었다. 그들은 꿈이 서로 전혀 달랐다. 마야는 조용한 음악 스튜디오를 꿈꾸었고 아나는 시끌벅적한 인파를 꿈꾸었다. 아나는 일종의 긍정명제 차원에서 유명해지고 싶어 했고 마야가 돈을 많이 벌고 싶어 한 이유는 남들이 어떻게 생각하는지 신경 쓰고 싶지 않기 때문이었다. 그들은 둘 다 한량이 없을 정도로 복잡한 성격이고, 그렇게 다른데 서로를 이해하는 이유도 그 때문이다.

코흘리개 시절에 아나는 프로 하키 선수가 되고 싶었다. 그래서 헤드의 여학생팀에서 한 시즌 동안 뛰었는데, 코치의 지시를 고분고분 따르지 못했고 계속 싸움을 벌였다. 그러다 아버지가 연습장까지 태우고 다니는 수고로움을 면하게 해주면 엽총으로 사냥하는 법을 가르쳐주겠다고 했다. 아나의 아버지는 너무나도 특이한 딸을 부끄러워하는 기색이 역력했고 총 쏘는 법을 가르쳐주겠다는 것은 거부하기 힘든 유혹이었다.

그러다 좀 더 나이를 먹은 뒤로는 텔레비전에 나오는 스포츠 아나운서로 장래희망이 바뀌었고, 고등학교에 입학한 뒤에는 베어타운의 여학생들은 얼마든지 스포츠를 좋아해도 되지만 아나 정도 수준으로 좋아하면 안 된다는 것을 알게 됐다. 남자아이들을 앉혀놓고 규칙과 전술에 대해 강연할 수준으로 좋아하면 안 된다는 것을 말이다. 십대 여학생들은 원칙적으로 하키가 아니라 하키 선수를 좋아해야 하는 거였다.

그래서 아나는 고개를 숙이고 진정한 베어타운의 전통 스포츠라 할 수 있는 부끄러워하기와 입 다물고 있기에 전념했다. 그게 아나의 엄마를 미치게 만들었다. 아나는 엄마가 떠났을 때 하마터면 따라갈 뻔했지만 생각을 바꿔서 여기 남기로 했다. 마야를 위해서, 아빠를 위해서, 그리고 어쩌면 가끔 지독하게 미워했지만 대개는 지독하게 사랑했던 숲 때문에 내린 결정일 수도 있다.

아나는 베어타운 주민들이 숲을 통해 잠자코 지내는 법을 배운다고 생각한다. 사냥이나 낚시를 할 때 소리를 내지 않아야 동물들이 놀라서 달아나지 않기 때문인데, 태어날 때부터 그런 교육을 받으면 소통 방식에 영향을 미칠 수밖에 없다. 그래서 아나는 고래고래 소리를 지르고 싶은 충동과 아무 소리도 내고 싶지 않은 마음 사이에서 항상 갈등한다.

둘은 마야의 침대에 나란히 누워 있다. 아나가 속삭인다.

"알려야 해."

"누구한테?" 마야가 나지막이 묻는다.

"모든 사람들한테."

"왜?"

"안 그러면 그 자식이 또 그런 짓을 저지를 테니까. 다른 사람 한테."

둘은 똑같은 논쟁을 반복하고 있다. 아나도 이게 얼마나 말도 안 되는 요구인지 알고 있다. 다른 누구도 아니고 마야가 지금 이런 상 황에서 일말의 책임감을 느껴야 한다니. 이 세상에서 가장 조용한 마을에서 다른 누구도 아니고 마야가 벌떡 일어나 목청을 높여야 한다니. 동물들이 놀라서 달아나게 만들어야 한다니. 아나는 마야의 부모님이 우는 소리를 듣지 못하게 두 손에 얼굴을 묻는다.

"젠장, 내 잘못이야, 마야. 파티장에 널 혼자 두면 안 되는 거였는데. 내가 알아차렸어야 하는 건데. 너를 찾으러 갔어야 하는 건데. 내가 우라지게, 우라지게, 우라지게 못나게 굴었어. 내 잘못이야, 내 잘못……."

마야는 두 손으로 친구의 얼굴을 가만히 감싼다.

"네 잘못이 아니야, 아나. 우리 잘못이 아니야."

"알려야 해." 아나는 간절히 흐느끼지만 마야는 고개를 젓는다.

"아무한테도 얘기하지 않겠다고 맹세할 수 있어?"

아나는 고개를 끄덕이고 코를 훌쩍이며 약속한다. "내 목숨을 걸게."

"그걸로는 부족해. 테크노를 걸고 맹세해!"

아나는 웃음을 터뜨린다. 이런 때 웃게 만드는 사람을 어떻게 사랑하지 않을 수 있을까?

"모든 종류의 테크노 음악을 걸고 맹세할게. 거지같은 1990년대 유로 테크노는 빼고."

마야는 웃으며 아나의 눈물을 닦아주고, 친구의 눈을 쳐다보며 속삭인다.

"아직까지는 케빈이 나한테만 상처를 줬잖아. 하지만 내가 입을 열면 내가 사랑하는 모든 사람들까지 상처를 받게 돼. 그건 감당이 안 돼."

그들은 서로 손을 잡는다. 나란히 앉아서 수면제 숫자를 세고, 몇 개를 먹으면 목숨을 끊을 수 있을지 궁금해한다. 어렸을 때는 모든 게 지금과 달랐다. 그때가 어제처럼 느껴지는 이유는 실제로 그렇기 때문이다.

벤이는 묘비 위에 놓인 까만 물체를 멀리서 알아본다. 두세 시간쯤 전부터 거기 있었던 모양이다. 벤이는 위에 묻은 눈을 털고 거기 적힌 글씨를 읽는다. 한 단어가 적혀 있다.

케빈, 보보, 뤼트, 벤이 그리고 다른 선수들이 어렸을 때 다비드는 그들이 특별히 신경 써서 생각해주길 바라는 짧막한 메시지를 픽에 적어서 게임 전에 나눠주곤 했다. 백체크를 좀 더 열심히 아니면 스케이트를 제대로 활용할 것 아니면 조바심을 내지 말 것, 이런 식이었다. 가끔 웃긴 내용을 적을 때도 있었다. 그가 버스에서 가장 긴장한 선수에게 엄청 심각한 표정으로 건넨 픽에 남대문 열렸다, 꼬추 보인다, 이렇게 적혀 있을 수도 있었다. 그는 선수들 앞에서만 유머 감각을 발휘했고, 그래서 그들은 특별한 사람이 된 듯한 기분을 느낄 수 있었다. 농담은 그런 면에서 강력한 도구다. 우리를 인사이더로 만드는 동시에 남들을 아웃사이더로 만들 수 있다는 점에서. 우리와 남들을 순식간에 가를 수 있다는 점에서.

무엇보다 다비드는 선수들에게 한 명도 빠짐없이 챙긴다는 인상을 심어주었다. 그는 선수들 전원을 저녁 식사에 초대해 여자 친구에게 소개했지만, 구단 차원에서 모든 소년팀을 대상으로 '아버지 대 아들 대항전'을 주최하자 코치들 중에서 혼자 참석하지 않았다. 마당과 묘지에서 케빈과 벤이를 태우고 호수로 가서 같이 하키를 했다.

그는 말 그대로 그들을 위해 싸웠다. 벤이는 아홉 살인가 열 살이었을 때부터 이미 상대 팀 선수들의 부모를 격분하게 만드는 플레이 스타일을 고수했다. 헤드에서 어느 유소년팀과 원정 경기를 펼쳤을 때 그에게 보디체크를 당한 선수가 아빠를 부르겠다고 고함을 지른 적이 있었다. 벤이는 한 귀로 듣고 한 귀로 흘렸지만, 경기가 끝난 뒤에 덩치 큰 어떤 남자가 어두컴컴해진 선수 입장 터널에서 등장하더니 그의 목덜미를 잡고 들어서 벽을 향해 거칠게 내동댕이치며 고함을 질렀다. "이제는 터프한 척 못 하겠지, 요 쥐새끼 같은 집시 녀석아?" 벤이는 겁이 나지는 않았지만 이대로 죽는구나 싶었다. 이 사태를 목격한 어른들이 한두 명이 아니었지만 아무도 나서지 않았다. 무서워서 그랬는지 아니면 쌤통이라고 생각해서 그랬는지는 모를 일이었다. 벤이가 기억하는 거라고는 어디에선가 날아온 다비드의 주먹이 그 아버지를 단방에 때려눕혔다는 사실뿐이다.

"이 경기장에서 어린애한테 손을 대는 어른이 보이면 죽여버린다." 다비드는 그 선수 아버지뿐 아니라 그 자리에 가만히 서 있었던 다른 어른들까지 싸잡아서 이렇게 말했다.

그러고는 벤이 쪽으로 허리를 숙여서 귀에 대고 속삭였다.

"헤드 사람이 물에 빠지면 어떤 식으로 구조해야 하는지 아니?"

벤이는 고개를 저었다. 다비드는 씩 웃었다.

"다행이다."

로커룸에서 다비드는 퍽에 두 단어를 써서 벤이의 가방에 넣어주었다. *네가 자랑스럽다.* 벤이는 그 퍽을 아직까지 가지고 있다. 그날 저녁에 집으로 돌아오는 버스에서 모든 팀원들이 우스갯소리를 늘어놓았다. 웃음소리는 점점 커졌고 내용은 점점 상스러워졌다. 벤이가 기억하는 것은 라르스가 한 이야기뿐이다.

"얘들아, 게이는 네 명인데 의자는 하나뿐이면 어떻게 하면 되는지 아니? 의자를 뒤집으면 돼!"

모두들 웃음을 터뜨렸다. 벤이가 흘끗 다비드를 쳐다보니 그도 웃고 있었다. 인사이더가 되기 쉬운 만큼 아웃사이더가 되기도 쉽다. 선을 그어서 남들을 만들기 쉬운 만큼 우리도 만들기 쉽다. 벤이는 자신에 대한 진실이 밝혀졌을 때 얻어맞거나 혐오의 대상이 될까봐 걱정한 적은 없다. 그는 어렸을 때부터 모든 팀에게 혐오의 대상이었다. 그가 두려워하는 한 가지가 있다면 어느 날부터 자기 앞에서 다른 팀원들과 코치가 하지 못하는 농담이 생길지 모른다는 것이다. 다들 웃을 때 혼자 아웃사이더가 될 수 있다는 것이다.

벤이는 아버지의 무덤가에 서서 손에 쥔 퍽의 무게를 느낀다. 다비드가 그 위에 한 단어를 적어놓았다.

이기자.

벤이는 다음 날에도 학교를 결석하지만 훈련에는 참석한다. 유니폼이 가장 심하게 땀에 젖도록 열심히 뛴다. 이 세상의 그 어떤 게 무슨 의미인지 더 이상 알지 못하더라도 이것 하나만큼은 아무도 그에게서 빼앗을 수 없기 때문이다. 그가 승자라는 사실 하나만큼은 아무도 그에게서 빼앗을 수 없기 때문이다. 다비드는 벤이의 헬멧을 두 번 토닥인다. 다른 말을 할 필요가 없다.

로커룸에서 벤이를 대신해 뤼트가 케빈의 옆자리에 앉아 있었다. 벤이는 아무 말도 하지 않고 그 앞에 가만히 서 있었다. 결국 뤼트는 장비를 챙겨서 삐죽거리며 슬금슬금 맞은편 벤치로 돌아갔다. 케빈은 표정을 바꾸지 않았지만 눈빛을 통해 속마음을 드러냈다. 둘은 서로 거짓말을 할 수 없는 사이다.

다비드가 지켜본 이래 그의 팀에서 가장 훌륭한 선수 둘이 연습 때 그보다 더 완벽한 호흡을 보인 적이 없었다.

토요일이 찾아온다. 청소년팀의 결승전이 열리는 날이다. 이 집, 저 집에서 다 큰 어른들이 눈을 뜨자마자 초록색 운동복을 찾아서 입고 초록색 스카프를 두른다. 아이스하키장 주차장에는 플래카드로 당당하게 장식된 버스가 한 대 서 있다. 선수들을 수도까지 태우고 갈 버스인데, 그들이 들고 올 트로피를 놓을 자리까지 마련되어 있다.

초등학교 여학생 셋이 이른 아침부터 마을 한복판의 길거리에서 놀고 있다. 술래잡기도 하고, 나뭇가지로 칼싸움도 하고, 이 긴 겨울이 마지막으로 남긴 눈덩이를 뭉쳐서 서로 던지기도 한다. 마야는 자기 방 창가에 서서 그 아이들을 구경하고 있다. 그녀와 아나가 몇 년 전에 베이비시터로 놀아주었던 아이들인데, 아나는 요즘도 마야의 기타 연주를 듣다 지겨워지면 달려 나가서 그 아이들과 눈싸움을 하고 웃다 쓰러질 정도로 장난을 친다. 마야는 두 팔로 몸을 단단히 감싸고 있다. 간밤을 뜬눈으로 지새우는 동안 무슨 일이 있었는지 아무한테도 이야기하지 않겠다는 결심이 흔들린 적은 단 한 순간도 없었다. 그런데 창밖의 길거리에서 뛰어노는 세 명의 여자아이들이 그녀의 생각을 바꿔놓는다.

아나는 지쳐 쓰러져서 마야의 침대에서 자고 있다. 두툼한 이불 밑에서 눈을 감고 있는 모습이 너무나 작고 연약하게 느껴진다. 마야가 자신이 아니라 남들을 보호하기 위해 케빈의 진실을 폭로하기로 결심했다는 것은, 그리고 그날 아침 창가에 서 있었을 때부터 이 마을이 그녀에게 무슨 짓을 할지 이미 알고 있었다는 것은 이 마을과 이 날의 실상을 보여주는 끔찍한 단면이다.

29

예상치 못한 순간에 들이받히는 것이야말로 빙판 위에서 벌어질 수 있는 가장 위험한 상황이다. 그래서 하키 코치들은 항상 고개를 들고 있어야 한다고 가장 먼저 가르친다. 그렇지 않으면—쿵.

후원자와 이사와 선수 학부모들의 전화로 페테르의 전화통에 오전 내내 불이 난다. 이 마을에 감도는 긴장감이 드러나는 순간이다. 몇 시간 있으면 청소년팀과 함께 버스를 타고 경기장으로 출발할 테지만 그는 출장을 싫어한다. 예전에는 시즌 때마다 대략 사흘에 한 번 꼴로 밤에 집을 비웠고 부끄럽게도 그게 좋은 일인 줄 알았다. 그러다 그가 집을 비운 날 밤에 이삭이 위독해졌고, 그 뒤로 그는 호텔 침대에서는 잠을 이루지 못한다.

레오는 조르고 졸라서 남의 차를 얻어 타고 가기로 했다. 페테르는 처음에 반대했지만 덕분에 마음이 좀 가벼워진 건 사실이다. 그들은 수도에서 하룻밤 자고 올 것이다. 열두 살짜리에게는 엄청난 모험이었기 때문에 레오는 가고 싶어서 안달이 났다. 페테르는 속으로 마야도 그래주길 바라는 마음이 있다. 딸의 방문을 두드리고 싶지만 그 앞에 서서 모든 자제력을 총동원해가며 참는다.

그는 예전에 일주일 동안 계속되는 록페스티벌에 가서 텐트를 치고 떨을 피우는 뚱뚱한 친구들과 함께 지내는 것이야말로 정신적으로 부모가 될 준비를 하기에 가장 훌륭한 방법이라는 얘기를 들은 적이 있다. 남이 먹다 흘린 음식물 자국으로 범벅이 된 옷을 입고 수면 부족 상태에서 영영 헤어나오지 못한 채 계속 비틀거려야 하고, 이명에 시달리며, 물웅덩이 근처에 가기만 하면 어떤 바보가 깔깔거리며 그 안으로 뛰어들고, 화장실에만 들어가면 누가 밖에서 문을 두드리고, "뭔가 생각이 났다"는 어떤 친구 때문에 한밤중에 깨어야 하고, 다음 날 아침에 눈을 떠보면 어떤 친구가 내 위에다 오줌을 갈기고 있으니 말이다.

맞는 말인지 몰라도 어느 누구에게도 도움이 되지는 않는다. 아이를 낳고 점점 예민해지는 데에는, 그냥 감성이 풍부해지는 게 아니라 과민해지는 데에는 대비할 방법이 없기 때문이다. 페테르는 자신이 이렇게, 거의 주체할 수 없을 정도로 감성이 풍부해질 줄은 몰랐다. 이삭이 태어난 뒤부터 모든 소리에 귀가 먹먹해졌고, 사소한 걱정도 공포로 발전했고, 모든 차들이 더 빨리 달렸고, 뉴스를 볼 때마다 안절부절못했다. 이삭이 세상을 떠났을 때 모든 감각이 마비될 줄 알았더니 오히려 온몸의 구멍이 열리기라도 한 듯 공기만 스쳐도 아팠다. 아이들이, 특히 딸이 슬픈 눈빛으로 흘끗 쳐다보기만 해도 그는 억장이 무너진다. 어렸을 때는 유일한 소망이 시간이 빨리 흐르는 거였는데, 이제는 시간이 더디 흐르는 것으로 바뀌었다. 시간이 멈춰서 마야가 더 이상 자라지 않는 것으로 바뀌었다.

그가 마야를 미치도록 사랑하는 이유는 옆에 있으면 항상 살짝 바보가 된 것 같기 때문이다. 그는 마야가 초등학교에 입학한 이후로 숙제를 도와주지 못했는데, 그래도 딸은 가끔 아빠를 배려하는 차원에서 물어본다. 어렸을 때 마야는 아빠에게 안긴 채 집 안까지 들어가고 싶어서 차에서 잠든 척하곤 했다. 그는 아이를 안고 장 본 물건들을 들고 거기다 레오의 유모차까지 밀어야 한다고 항상 투덜거렸지만 속으로는 딸아이가 그의 목을 꼭 끌어안은 그 느낌을 사랑했다. 딸이 잠든 척한다는 걸 알았던 이유도 그 때문이었다. 진짜로 잠이 들면 물주머니를 안고 가는 느낌이었지만 잠이 든 척할 때는 아빠를 놓칠까봐 두렵기라도 한 것처럼 그의 목 깊숙이 코를 박고 팔로 감싸 안았다. 딸아이가 그러기엔 너무 자라버린 이후에는 단 하루도 그 느낌을 그리워하지 않은 날이 없었다. 일 년 전에 마야가 현장학습을 갔다가 발목을 삐는 바람에 차에서 집까지 안아서 옮긴 적이 있었다. 딸아이가 좀 더 자주 발목을 삐었으면 좋겠다는 생각이 들었다고 시인했을 때 그보다 더 나쁜 아빠가 된 듯한 기분을 느낀 적은 없었다.

그는 방문에 손을 올려놓고 서서 노크는 하지 않는다. 휴대전화가 계속 울린다. 하도 정신이 산만해서 커피 잔을 손에 든 채로 차를 타러 나간다.

미라는 슈퍼마켓을 이리저리 누비며 들고 온 장 볼 목록에 따라 움직인다. 거기에는 모든 품목이 정확히 통로 순서대로 적혀 있다. 페테르가 장 볼 목록을 적으면 이것과 전혀 달라서 백 퍼센트 마구잡이라 세상의 종말을 앞두고 방공호라도 채울 기세로 장을 보게 된다.

모두들 그녀에게 인사를 건넨다. 저 끝에서 손을 흔드는 사람들도 있다. 프락이 숫자 '9'와 함께 'Erdahl'이라고 이름이 적힌 베어타운 유니폼을 입고 사무실에서 종종걸음으로 나온다. 아이스하키장에 가려고 나온 길이지만 쉴 새 없이 조잘거린다. 그녀는 꾹 참고 프락의 이야기를 들으며 한쪽 눈으로는 시계를 확인한다. 페테르와 레오가 출발하기 전에 집으로 돌아가고 싶기 때문이다.

쇼핑 봉투를 차에 싣는데 봉투 하나의 아랫면이 찢어진다. 주차장에 있던 사람들이 아보카도를 주워주려고 서로 다툰다. 그들은 그녀의 남편인 하키단 단장을 너무나 잘 안다. 하지만 또 한편으로는 전혀 모른다.

"남편이 경기를 보러 가게 돼서 아주 신이 났겠어요!" 누군가가 얘기하자 미라는 고개를 끄덕이지만 그녀는 그가 출장을 싫어한다는 것을 안다. 그는 이삭이 영원히 눈을 감은 그날 밤 이후로 마야와 레오를 두고 외박을 거의 하지 않는다. 미라는 직업상 출장을 갈 일이 훨씬 더 많아서 한동안은 출장용 가방을 싸서 현관 앞 벽장에 항상 넣어두었다. 페테르는 그걸 두고 "어디 안전 금고에 염색약, 위조 여권, 권총도 넣어둔 거 아니냐"며 놀려대곤 했다. 그녀는 그 말이 얼마나 상처가 되는지 얘기한 적이 한 번도 없다. 그녀는 이기적인 자기 자신이 싫지만 레오가 이번 출장에 따라가지 않았으면 하는 마음이 있다. 단순한 출장이 아니라 페테르가 아빠 노릇을 하는 거라 미라가 집을 비우는 것과는 이야기가 다르기 때문이다. 그 탓에 그녀가 조금이라도 덜 자기중심적인 엄마처럼 보일 수가 없기 때문이다.

미라는 바닥에 떨어진 아보카도를 주워서 다른 봉투에 넣는다. 이삭이 병에 걸렸을 때 그들은 거의 군인처럼 정해진 일과에 따라서 살았다. 진료 예약, 수술 날짜, 이동, 대기실, 치료, 목록 그리고 계획서. 장례를 치른 이후에 페테르는 세상 밖으로 다시 돌아가는 길을 찾지 못했다. 고통이 너무 커서 전혀 옴짝달싹하지 못했다. 미라는 계속 마야를 데리고 공원으로 놀러 나가고, 청소를 하고, 저녁을 준비하고, 장 볼 목록을 들고 슈퍼마켓에 갔다. 예전에 어떤 책에서 말하길 폭행이나 납치처럼 매우 충격적인 사건을 겪은 피해자는 훨씬 뒤에, 모든 게 끝났을 때 구급차나 경찰차 안에서 무너지는 경우가 많다고 했다. 이삭이 죽고 몇 개월 지났을 때 미라는 갑자기 토론토의 슈퍼마켓 바닥에 주저앉아서 아보카도를 양손에 하나씩 들고 히스테리 환자처럼 울음을 그치지 못한 적이 있었다. 페테르가 와서 그녀를 집으로 데려갔다. 이후로 몇 주 동안 그는 기계처럼 움직였다. 청소를 하고 식사를 준비하고 마야를 돌봤다. 미라는 어쩌면 그들이 그런 식으로 버틴 건지 모른다는 사실을 깨닫는다. 동시에 무너지지 않는 능력 덕분에 말이다.

미라는 집으로 가는 차 안에서 미소를 짓는다. 볼륨 업-볼륨 업 플레이리스트를 튼다. 딸아이와 주말 내내 붙어 지낼 수 있다니 얼마나 큰 축복인가. 마야가 강보에 싸인 핏덩이였고 병원 측에서 이제 퇴원해도 되겠다고 하자 미라가 맥주 캔으로 만든 우표만 한 뗏목에 그들 모녀를 태우고 인도양에 단둘이 내보내겠다는 말이라도 들은 것처럼 간호사들을 빤히 쳐다본 게 엊그제 일 같은데. 빽빽거리던 그 꼬맹이가 순식간에 온전한 인간으로 자랐다. 자기만의 의견과 성격과 좋아하는 스타일의 옷과 탄산음료를 싫어하는 취향이 생겼다. 어린애가 어떻게 탄산음료를 싫어할 수 있을까. 어떻게 과자를 싫어할 수 있을까. 마야는 사탕의 유혹에 넘어오지 않는 아이다. 그런 아이를 둔 부모는 무슨 수로 부모의 역할을 제대로 할 수 있을까. 혼자 트림도 못 하던 게 엊그제 일 같은데. 그랬던 아이가 이제는 기타를 친다. 맙소사. 딸에 대한 사랑이 감당하기 벅찬 수준에서 벗어날 날이 있을까.

태양이 나무 끝에 걸리고, 공기는 맑고 환하고, 날씨가 좋다. 딱 하루 날씨가 좋은 날이다. 미라는 차에서 내리다 다른 차에 오르던 페테르, 레오와 딱 마주친다. 페테르가 입을 맞추자 숨이 멎어버린 그녀는 그를 꼬집어서 당황하게 만든다. 그는 커피 잔을 들고 나왔다. 그녀가 쇼핑 봉투를 챙기고 지긋지긋하다는 듯이 고개를 저으며 잔을 달라고 손을 내밀었을 때 마야가 계단을 내려온다. 마야의 엄마, 아빠는 고개를 돌려서 딸아이를 쳐다보고 이 순간은 그들의 기억 속에 남을 것이다. 행복하고 안전했던 마지막 순간으로 남을 것이다.

열다섯 살의 소녀는 눈을 감는다. 입을 연다. 말을 한다. 그들에게 전부 이야기한다.

이야기가 끝났을 때 땅바닥에는 떨어져 산산조각이 난 커피 잔 사이로 아보카도가 뒹굴고 있다. 큼지막하게 깨진 조각들을 보면 커피 잔 앞면에 어떤 그림이 그려져 있었는지 알 수 있다. 곰이다.

30

말은 하찮은 것이다. 다들 얘기하길 말로 일부러 상처를 주려는 사람은 없다고 한다. 다들 자기 할 일을 하는 것일 뿐이라고 한다. 경찰들은 그 말을 입에 달고 산다. "나는 그냥 할 일을 하고 있을 뿐"이라고. 그래서 그 남자아이가 무슨 짓을 했는지 아무도 묻지 않는다. 그들은 여자아이가 이야기를 시작하자마자 말허리를 자르고 그녀가 어떻게 했는지 질문을 퍼붓는다. 그녀가 앞장서서 계단을 올라갔는지 아니면 뒤따라갔는지. 자발적으로 침대에 누웠는지 아니면 강요에 의한 것이었는지. 블라우스 단추를 직접 풀었는지. 그에게 먼저 입을 맞추었는지. 아니라면 그가 입을 맞추었을 때 반응을 보였는지. 술을 마셨는지. 마리화나를 피웠는지. 싫다고 했는지. 분명하게 의사를 밝혔는지. 충분히 큰 소리로 비명을 질렀는지. 충분히 열심히 저항했는지. 왜 곧바로 멍 사진을 찍어놓지 않았는지. 왜 다른 학생들에게 아무 말도 하지 않고 파티장에서 도망쳤는지.

그들은 똑같은 질문을 다른 방식으로 열 번씩 반복해 여자아이의 대답이 달라지는지 체크하며 모든 정보를 취합하기 위한 조치라고 한다. 그러면서 혐의 제기 자체가 문제라도 되는 듯이 이건 심각한 혐의 제기라고 한다. 그녀는 어떤 부분에서 잘못을 했는지 훈계를 듣는다. 너무 한참 뜸을 들이다 경찰에 신고한 것. 입고 있었던 옷을 버린 것. 샤워를 한 것. 술을 마신 것. 그런 상황으로 자신을 몰고 간 것. 이층의 그 방으로 따라가서 그에게 착각을 심어준 것. 그녀가 옆에 없었다면 이런 일은 벌어지지도 않았을 텐데 왜 그 생각은 하지 못했느냐고 한다.

그녀는 열다섯 살이니 부모의 동의 없이 성관계를 맺을 수 있는 나이라고 하고, 그는 열일곱 살이지만 다들 '어린애'라고 표현한다. 그녀는 '젊은 아가씨'다.

말은 하찮은 게 아니다.

미라는 고함을 지른다. 여기저기 전화를 건다. 물의를 일으킨다. 진정하라는 소리를 듣는다. 모두들 여기서 자기 할 일을 하고 있을 뿐이다. 페테르는 마야의 손끝에 그의 손을 얹어놓고 헤드의 경찰서 면회실의 조그만 테이블 앞에 앉아 있다. 딸이 그를 미워하는 건 아닌지 모르겠다. 아빠는 고함을 지르지 않는다고. 아빠는 법학 공부를 한 적이 없어서 뭐에 고함을 질러야 하는지 모른다고. 나가서 누구라도, 아무라도 죽이려 들지 않는다고. 힘이 없다고. 그가 손을 거두자 아버지와 딸은 그대로 얼어붙는다.

마야의 눈에 비친 한쪽 부모의 눈은 형언할 수 없는 분노로 이글거리고 한쪽 부모의 눈은 끝도 없이 공허하다. 마야는 엄마와 함께 병원으로 간다. 아빠는 다른 방향으로 간다. 베어타운 쪽으로 간다.

나중에 마야는 경찰을 찾아가서 실토하면 어떤 일이 벌어질지 알았느냐는 질문을 받을 것이다. 그러면 그녀는 고개를 끄덕일 것이다. 가끔은 그걸 제대로 알고 있었던 사람이 그녀밖에 없었다는 생각을 할 것이다. 훨씬 나중에, 십 년 뒤에는 그녀보다 어른들이 더 충격을 받았다는 게 가장 심각한 문제였다는 생각을 할 것이다. 그들이 그녀보다 순진했다는 게 말이다. 그녀는 열다섯 살이었고 인터넷에 노출돼 있었다. 때문에 이 세상이 여자에게 잔인한 곳임을 이미 알고 있었다. 그녀의 부모님은 이런 일이 벌어질 수 있다는 걸 상상도 하지 못했지만 마야는 이런 일이 그녀에게 벌어질 줄 몰랐을 뿐이다.

"참 끔찍한 깨달음이지." 그녀는 십 년 뒤에 이렇게 생각하고 아주 요상하고 사소한 부분들을 떠올릴 것이다. 한 경찰관이 너무 큰 결혼반지를 끼고 있어서 흘러내린 반지가 계속 테이블에 부딪쳤던 것. 그가 그녀의 눈을 절대 쳐다보지 않고 이마나 입에 시선을 고정했던 것.

그녀는 그 자리에 앉아서 고등학교 물리 시간에 배운 액체와 영하의 온도에 대해 생각했던 기억을 떠올린다. 물은 얼면 팽창한다. 베어타운에서 집을 지으려면 그 점을 명심해야 한다. 기온이 영하로 떨어지면 여름에 벽돌 틈새로 스며들었던 빗물이 얼어서 벽돌이 깨진다. 그녀는 죽은 오빠의 여동생으로 자라는 심정이 그것과 비슷하다는 기억을 떠올릴 것이다. 액체가 되지 않으려는, 부모님 안의 틈새를 찾아 나서지 않으려는 길고 필사적인 노력으로 점철된 어린 시절.

죽음과 워낙 가까이서 어린 시절을 보낸 사람은 그것이 사람에 따라 여러 의미가 될 수 있지만, 아이를 앞세운 부모에게 죽음은 그 무엇보다 정적을 의미한다는 사실을 알게 된다. 부엌에, 현관 앞에, 전화기에, 자동차 뒷좌석에, 금요일 저녁에, 월요일 아침에, 베갯잇과 쭈글쭈글한 시트 속에, 다락의 장난감 상자 맨 밑바닥에, 부엌 조리대 옆 조그만 의자에, 더 이상 욕조 옆 바닥에 흩뿌려져 있지 않은 축축한 수건 밑에. 아이들은 온 사방에 정적을 남기고 떠난다.

마야는 이 정적이 물과 같을 수 있다는 것을 너무나도 잘 안다. 너무 깊숙이 스며들도록 방치하면 얼어서 심장을 무너뜨릴 수 있다. 그녀는 헤드의 경찰서에 앉아 있었을 때부터 자신은 이 사건을 견뎌낼 수 있다는 걸 알았다. 그때부터 엄마와 아빠는 그러지 못할 거라는 걸 알았다. 부모들의 상처는 치유가 되지 않는다.

피해자가 다른 사람들의 심정을 가장 잘 이해하는 경우가 종종 있다는 것은 참으로 불편하고 끔찍하고 부끄러운 일이다. 나중에 누군가가 어떤 일이 벌어질지 알았느냐고 물으면 마야는 고개를 끄덕일 테고, 모든 감정 중에서 죄책감이 가장 크게 느껴질 것이다. 그녀를 가장 사랑한 사람들에게 상상할 수도 없을 만큼 잔인한 짓을 저질렀으니 말이다.

그들은 경찰서에 앉아 있었다. 그녀는 그들에게 전부 이야기했다. 부모님의 눈빛을 보면 그녀의 이야기를 듣고 한 문장이 그들의 머릿속에서 어떤 식으로 끊임없이 메아리칠지 알 수 있었다. 세상의 모든 엄마와 모든 아빠들이 인정하기 가장 두려워하는 그 문장.

'우리 아이들을 우리 손으로 지키지 못했어.'

아이스하키장 앞에 초록색 버스가 서 있다. 벌써부터 주변이 인산인해다. 학부모, 선수, 후원자, 이사들이 전부 서로 끌어안고 손을 흔들고 있다.

케빈의 아빠가 그 바로 앞에서 차를 세운다. 차에서 내려 사람들과 악수하고 이야기를 나눈다. 케빈의 엄마는 한참을 망설이다 아들의 어깨에 팔을 올린다. 케빈은 가만히 있는다. 그녀는 아들에게 자랑스럽다고 하지 않고 아들은 안다고 하지 않는다.

파티마는 불안한 얼굴로 현관 앞에 서서 아맛에게 무슨 문제가 있는 거 아니냐고 여러 번 묻는다. 그는 그런 건 전혀 없다고 맹세한다. 아맛은 스케이트를 손에 들고 아파트 밖으로 걸어나간다. 리파가 밖에서 기다리고 있다. 한참 동안 기다리고 있던 눈치다. 아맛은 힘없이 미소를 짓는다.

"돈이라도 빌리고 싶은 거야, 뭐야? 웬일이냐, 네가 나를 다 기다리고."

리파가 웃으며 주먹을 내밀자 아맛은 주먹으로 건드린다.

"죽여버려!" 리파가 요구한다.

아맛은 고개를 끄덕인다. 다른 이야기를 할까 고민하다 그러지 않기로 하고 대신 이렇게 묻는다.

"사크는?"

리파는 놀란 표정을 짓는다.

"훈련하러 갔지."

민망한 마음에 아맛의 얼굴이 시뻘겋게 달아오른다. 청소년팀으로 옮긴 지 얼마나 됐다고 유소년팀은 이 시간에 항상 훈련을 한다는 사실을 잊어버린 것이다. 리파는 주먹을 다시 들었다가 생각을 바꾸고 어린 시절의 친구를 힘껏 끌어안는다.

"할로 출신 중에 청소년팀에서 뛴 사람은 네가 처음이야."

"벤이도 할로 출신인 셈이잖아……." 아맛이 말하지만 리파는 단호하게 고개를 젓는다.

"벤이는 연립주택에 살잖아. 우리하고는 달라."

아맛은 자기 집 발코니에서 보이는 벤이의 집을 떠올리지만 그걸로는 부족하다. 리파는 아맛보다 몇 년 뒤에 베어타운으로 이사를 왔다. 원래는 헤드에서 살았는데 여기 아파트가 더 저렴했다. 그는 몇 년 동안 아맛, 사카리아스와 함께 하키를 배웠지만 형이 때려치우라고 했다. 속물들의 스포츠라고, 잘사는 집 아이들이나 하키를 배우는 거라고 했다. "저들한테 미움을 살 거야, 리파. 안 그래도 우리를 미워하는데, 이 동네에서 뭐 하나라도 자기들보다 잘하는 애가 생기면 좋아하겠냐?" 형의 말은 맞았다. 그들은 어렸을 때 로커룸과 아이스링크에서 그런 소리를 숱하게 들었다. 베어타운 사람들은 어디 출신인지 절대 잊지 못하게 한다. 아맛과 사카리아스는 견뎠지만 리파는 아니었다. 그들이 중학생이었을 때 몇몇 선배 선수들이 매직을 들고 로커룸에 몰래 들어가서 그들의 운동복에 적힌 *베어타운 아이스하키*를 지우고 *거지타운 하키*라고 바꿔놓은 적이 있었다.

모두들 누구 소행인지 알았다. 하지만 아무도 아무 소리 하지 않았다. 그날 이후로 리파는 하키를 끊었다. 그랬던 그가 할로의 어느 아파트 건물 앞에 서서 눈물을 글썽이며 아맛을 끌어안고 이렇게 속삭인다.

"어제 우리 아파트 앞에서 예닐곱 살쯤 돼 보이는 꼬맹이들이 하키 스틱을 들고 노는 걸 봤어. 다들 자기들이 좋아하는 우상이 된 척하면서 놀고 있더라. 한 아이는 파벨 다츠유크,* 한 아이는 시드니 크로스비,** 한 아이는 패트릭 케인***이었는데…… 마지막 한 명이 뭐라고 외쳤는지 알아? 이랬어. '나는 아맛이다!'"

"별 헛소리를 다 듣겠네." 아맛은 미소를 지으며 말하지만 리파는 고개를 젓고 친구를 꼭 끌어안으며 말한다.

"친구야, 죽여버려. 우승하고 프로 선수가 돼서 다 죽여버려. 네가 여기 출신이라는 걸 보여줘."

"친구들한테 로커룸에 깜짝 선물이 있다고 얘기해도 된다." 케빈의 아빠가 아들의 귀에 대고 슬그머니 속삭인다.

"고맙습니다." 아들은 대답한다.

그들은 악수를 하지만 아버지가 악수를 하면서 다른 쪽 손을 아들의 어깨 뒤편에 얹는다. 거의 포옹이나 다름없다.

케빈이 들어가보니 로커룸이 이미 왁자지껄한 욕지거리로 떠들썩하고 팀원들이 펑펑 튀는 폭죽처럼 깡충깡충 뛰어다니고 있다. 보보가 케빈의 등을 때리고 다른 손으로 새 스틱을 기쁘게 움켜쥐며 포효한다.

"이게 얼마짜린지 알기나 하냐? 너희 아빠, 씨발 짱이다!"

케빈은 이 스틱들이 얼마짜리인지 정확히 안다. 바닥에 놓인 상자 안에 모든 선수의 스틱이 들어 있다.

---

* 러시아의 아이스하키 선수.
** 캐나다의 아이스하키 선수.
*** 미국의 아이스하키 선수.

사카리아스는 유소년팀의 훈련이 끝난 뒤에 맨 마지막까지 링크에 남는다. 혼자서 퍽과 고깔을 수거한다. 그러다 아슬아슬하게 고개를 숙여서 피한다. 충격으로 뒤에서 플렉시 유리가 흔들린다. 사카리아스는 씩씩거리며 주위를 두리번거린다. 퍽이 엉뚱한 데서 날아왔다. 링크 바깥쪽이 아니라 복도에서 날아왔다.

"조심해라, 뚱땡아!" 뤼트가 새 스틱을 흔들며 놀린다.

사카리아스는 그게 얼마짜리인지 정확히 안다. 십대들은 돈이 없어서 사지 못하는 물품들의 가격을 귀신같이 안다.

"병신 새끼." 사카리아스는 중얼거린다.

"너 뭐라고 했냐?" 뤼트는 험상궂은 표정으로 당장 으르렁거린다.

"병신. 새끼. 라고 했어요."

보보가 복도에서 뤼트 옆에 서 있다가 "그냥 장난치는 거야" 이 비슷한 말을 중얼거리며 그를 말리려고 한다. "결승전을 생각해" 비슷한 말도 한다. 뤼트는 겉으로는 꾹 참지만 사카리아스를 비웃으며 코웃음을 친다.

"스틱 멋지다! 사회복지과에서 너희 엄마한테 사준 거냐?"

사카리아스는 고개를 숙이지 않고 뻣뻣하게 든다.

"오늘 또 엄마가 로커룸에 들어가서 거시기 보호대 채워줬어요, 번데기 선배? 엄마가 선배 취향에 맞춰서 붕알을 조심스럽게 손으로 감싸던가요? 요즘도 엄마가 너무 큰……."

그가 말을 맺기도 전에 뤼트가 스틱을 머리 높이로 들고 돌진한다. 보보가 막지 않았다면 뤼트는 두 살 어린 선수를 병원으로 보냈을 것이다. 아맛이 하얗게 질린 얼굴로 뒤에서 달려나가 그들 사이에 서고 사카리아스와 뤼트에게 동시에 이야기한다.

"씨발…… 그만해요! 제발 그만해요!"

뤼트는 팔을 뻗어서 보보를 떼어내고 재는 눈빛으로 아맛을 흘끗 쳐다본 다음 사카리아스 앞으로 다가가 스틱을 낚아채더니 있는 힘 껏 벽에 대고 휘둘러 부러뜨린다. 부러진 스틱을 사카리아스 앞으로 던지며 으르렁거린다.

"사회복지과 찾아가서 다음번에는 더 괜찮은 스틱을 사달라고 해야겠다. 이걸 쓰다가는 누가 다칠 수 있겠다고."

뤼트가 몸을 돌려서 로커룸 안으로 들어가자, "베어타운의 곰"을 연호하며 서로의 이름을 차례대로 부르는 팀원들의 기쁨에 겨운 외침이 뤼트를 맞는다.

아맛은 부러진 스틱을 줍는다. 사카리아스는 돕지 않는다.

"부러졌잖아, 이 바보야……."

아맛은 이성을 잃고 버럭 고함을 지른다.

"씨발, 사크, 너 왜 그러냐? 엉? 뭐 잘못 먹었어? 왜 계속 이 사람, 저 사람 쑤시고 그래?"

사카리아스는 아맛을 노려보기만 한다. 오랜 시간 동안 쌓은 우정이 그의 눈에서 한 방울, 두 방울 떨어진다.

"오늘 잘해라, 대스타야."

아맛은 걸음을 옮긴다. 사카리아스는 그 자리에 서서 친구를 지켜본다. 아맛이 로커룸으로 들어가 부러진 스틱을 쓰레기통에 버리고 보니 새 스틱이 아맛의 자리에서 그를 기다리고 있다. 난생처음 써보는 새 스틱이다.

버스에 오른 보보는 뤼트보다 두 줄 앞자리에 앉는다. 뤼트가 "수당 거지"와 "쥐새끼"를 운운하며 사카리아스의 스틱 이야기를 하는 소리가 들린다. 예전에 보보의 엄마와 같은 병동에서 근무했던 사크의 어머니가 이제는 장애인 수당을 받고 있다. 아맛이 버스에 오르자 보보는 옆자리를 내어준다.

"내가 막으려고 했는데." 보보가 중얼거린다.

"알아요."

그들은 *거지타운 하키*라고 끼적여 있었던 운동복을 기억한다. 뤼트가 낸 아이디어였다. 그리고 보보가 글씨를 썼다. 뤼트는 하이츠에 살고 보보는 할로 바로 옆에서 산다. 보보는 그 사건에 대해서 아맛에게 뭔가 얘기를 하고 싶지만 생각을 정리할 겨를도 없다. 그때 바로 경찰차가 주차장으로 들어와 버스의 출구를 막자 누군가가 "경찰이 여긴 무슨 일이지?" 하고 외치기 때문이다.

다비드는 지각을 했다. 그가 뭐에든 지각을 하다니 처음 있는 일이다. 그는 어제 구토를 세 번 했고 흥분을 가라앉힐 수 있게 같이 와인을 한잔 마시자고 여자 친구에게 말을 꺼내기까지 했다. 그는 절대 술을 마시지 않는다. 지금껏 몸담았던 모든 팀에서 아웃사이더가 된 기분을 느꼈던 이유도 일 년에 최소 두세 번은 인사불성이 될 정도로 술을 마시는 것이 모두가 따르는 관례인 듯 느껴졌기 때문이었다. 팀원들과 나란히 서서 호텔 바의 마룻바닥에 대고 토악질을 하려 들지 않는 다비드가 그들 눈에는 믿음직하지 못하게 보이는 것 같았다.

그의 여자 친구는 깜짝 놀란 표정을 지었다. 다비드는 어깨를 으쓱했다.

"술 마시면 진정이 된다며?"

그녀는 웃음을 터뜨렸다. 그러더니 울음을 터뜨렸다. 그러더니 그의 이마에 자기 이마를 대고 속삭였다.

"바보. 입 다물고 있으려고 했는데. 나 와인 못 마셔."

"뭐라고?"

"결승전이 끝날 때까지 입 다물고 있으려고 했다고. 괜히…… 다른 데 신경 쓰이지 않게. 그런데 나…… 술 못 마셔."

"그게 무슨 소리야?"

그녀는 그의 입술에 대고 키득거린다.

"자기 가끔 맹꽁이처럼 굴 때가 있는 거 알아? 나 임신했어."

그래서 다비드는 오늘 지각했고 혼란스럽고 행복하다. 그는 떠들썩한 주차장 안으로 직행하다가 하마터면 경찰차에 치일 뻔한다. 가장 행복한 동시에 가장 불행하고, 그의 인생을 통틀어 가장 기이한 날이다.

홈경기였다면 케빈이 경기에 출전할 수 있었을지 모른다. 하지만 결승전은 몇 시간 거리의 다른 도시에서 펼쳐지고 그들은 "보안"과 "도주의 위험"을 운운한다. 그들은 모두 자기 할 일을 하고 있을 뿐이다. 경찰이 놀란 학부모들을 헤치고 버스에 오른다. 그들이 케빈에게 내리라고 하자 모든 선수가 고함을 지른다. 경찰복을 입은 체구가 탄탄한 남자가 케빈의 팔을 잡고 일으켜 세우자 온 버스가 분노로 폭발한다. 보보와 뤼트가 경찰의 앞을 가로막으려고 하는데, 덩치들이 워낙 커서 케빈을 버스에서 끌어내리는 데에만 경찰관 네 명이 더 투입된다. 케빈은 연약하고 아무 힘 없는 어린애처럼 혼란스러워한다. 어쩌면 그래서 주변의 모든 어른들이 그런 반응을 보였을지 모른다.

어쩌면 수천 가지의 다른 이유도 있을지 모르지만.

케빈의 아빠가 그의 아들을 붙잡고 있는 경찰관을 잡고 고함을 지르고, 다른 경찰관이 그를 떼어내려 하자 프락이 경찰관에게 헤드록을 건다. 한 이사는 경찰차 보닛을 있는 힘껏 주먹으로 내리친다. 마간 뤼트는 오십 센티미터도 안 되는 거리에서 모든 경찰관의 사진을 찍고 다들 직장에서 잘릴 줄 알라고 일일이 경고한다.

버스에 가만히 앉아 있는 사람은 아맛과 벤이뿐이다. 말이란 어려운 것이다.

페테르는 포장도로가 끝나고 숲이 시작되는 주차장의 맨 가장자리에 서 있다. 여길 찾아온 자신이 사무치도록 가증스럽다. 어쩔 작정으로 온 걸까? 폭력은 술과 같다. 그걸 집에서 너무 많이 접하고 자란 아이들은 그것으로 가득 차든지 전혀 백지상태든지 둘 중 하나다. 페테르의 아빠는 살인도 저지를 수 있는 인물이었지만 그의 아들은 싸움박질도 할 줄 모른다. 심지어 빙판 위에서도. 심지어 이런 상황에서도. 심지어 케빈을 상대로도. 페테르가 어느 누구도 털끝 하나 건드리지 못하면서 이 자리에 서 있는 이유는 다른 누군가가 그의 역할을 대행하는 광경을 목격하고 싶은 마음이 간절하기 때문이다.

그의 존재를 알아차린 사람은 다비드뿐이다. 두 사람의 시선이 만난다. 페테르는 시선을 떨군다.

31

리더의 자질은 무엇일까?

마야는 병원에서 필요한 검사를 모두 받는다. 모든 질문에 대답한다. 울지 않고, 투덜거리지 않고, 토를 달지 않고, 협조적인 태도로 임한다. 반면에 미라는 이성을 잃어서 어떨 때는 그녀와 한 방에 있을 수 없을 정도다. 전화벨이 끊임없이 울린다. 변호사 모드가 전면 발동된 것이다. 그녀의 딸은 아무것도 없는 병실의 차가운 침대에 누워서 이로써 전쟁이 시작됐다는 생각을 한다. 마야의 어머니는 진두지휘하고 적을 향해 돌격하고 조치를 취할 것이다. 다르게 대처하지 못할 것이다. 그래서 마야는 전화기를 집어 아나에게 문자를 보낸다. '이제 전쟁이야.' 몇 초 뒤에 답장이 온다. '너랑 나랑 세상을 상대로 싸우는 거지!'

다비드는 하키계에 몸담고 있는 동안 수많은 리더를 보았다. 형식적인 리더, 천부적인 리더, 소리를 지르는 리더, 조용한 리더. 그는 수네에게 떠밀려 호루라기와 일곱 살짜리 아이들을 데리고 빙판으로 나서기 전까지는 자신이 리더가 될 수 있을지 몰랐다. "저는 훌륭한 코치가 못 돼요." 다비드가 말하자 수네는 그의 머리칼을 헝클어뜨리며 이렇게 대꾸했다. "자기가 훌륭한 코치라고 생각하는 사람들이야말로 절대 훌륭한 코치가 못 되는 법이야." 그 늙다리 영감님의 말은 맞기도 하고 틀리기도 했다.

경찰차가 케빈을 태우고 떠난 뒤 다비드가 모든 선수를 다시 버스에 태우고, 그 자리에 서서 고함을 질러봐야 달라지는 건 아무것도 없다고 학부모들을 설득하는 데 한 시간이 걸렸다. 이제 출발한 지 세 시간이 지났는데도 버스 안은 휴대전화 울리는 소리로 진동하고, 아이들이 남의 화면을 확인하느라 우르르 이동할 때마다 버스가 흔들린다. 아직까지는 베어타운의 어느 누구도 케빈이 끌려간 이유를 모르는 듯하고 (경찰 측에서 정보를 공개하지 않는다) 아이들 사이를 오가는 추측의 강도가 점점 세진다. 심지어 어른들조차 이 분위기에 가담한다. 라르스는 너무 흥분해서 침을 흘릴 정도다.

반면에 다비드는 앞자리에 아무 말 없이 혼자 앉아서 전화기에 수신된 문자를 빤히 들여다보고 있다. 케빈의 아버지가 보낸 문자다. 아들이 끌려간 이유를 방금 전에 알아낸 모양이다. 자발적인 선택이었건 강요에 의한 선택이었건 리더가 되면 가장 먼저 터득하는 것이, 리더는 무슨 말을 할지 선택하는 것 못지않게 무슨 말을 하지 않을지 선택하는 게 중요하다는 사실이다.

엄마가 딸의 손을 꼭 잡고 침대 옆에 앉아 있다. 네 개의 손이 부들

부들 떨리고 있다. 딸이 자기 이마를 엄마의 이마에 댄다.

"우리는 견뎌낼 거예요, 엄마."

"얘, 네가 나를 다독이는 게 아니라 내가 너를 다독여야 하는 거 아 니니?"

"그러고 계시잖아요, 엄마. 그러고 계시잖아요."

미라의 전화벨이 다시 울린다. 로펌이다. 마야는 엄마 쪽으로 고개를 끄덕이며 뺨을 쓰다듬고, 엄마는 딸에게 입을 맞추고 속삭인다.

"복도에 있을게. 어디 가지 않아."

네 개의 손이 여전히 부들부들 떨리고 있다.

다비드는 바로 이 순간을 위해 십 년 동안 이 선수들을 육성했다. 모든 걸 희생하고 소진하도록 했다. 어깨와 목이 고통에 겨워 울부짖 더라도 부담을 짊어지고 당당히 서도록 가르쳤다. 그들이 결승전에서 승리하지 못하면 그게 다 무슨 소용일까? 1등을 하고 싶은 마음이 없으면 경기가 무슨 의미가 있을까?

하키와 관련해서 다비드의 가장 굳은 신조가 있다면 경기장 외부의 세상은 경기장을 침범하지 말아야 한다는 것이다. 그 둘은 서로 별개의 공간이다. 외부의 현실 세계는 복잡하고 무섭고 어렵지만 빙판은 간단하고 쉽게 이해할 수 있다. 다비드가 두 세상을 그렇듯 분명하게 나누지 않았다면 현실 세계에서 온갖 똥덩이들을 감당해야 했던 이 아이들은 어렸을 때 무너졌을 것이다. 하지만 아이스링크가 그들의 피난처였다. 행복한 안식처였다. 어느 누구도 그들에게서 그걸 앗아갈 수 없었다. 그곳에서는 그들이 승자였다.

아이들에게만 해당되는 얘기가 아니다. 다비드 자신도 세상에 위화감을 느낄 때가 많았지만 빙판에서만큼은 아니었다. 그곳이야말로 집단이 제 기능을 발휘하는, 팀이 개인보다 우선시되는 마지막 공간이다. 그렇다면 그 세상을 보호하기 위한 조치가 어디까지 허용이 될까? 어떤 말을 하느냐가 리더십에서 차지하는 비중은 어느 정도이며 어떤 말을 하지 않느냐가 차지하는 비중은 또 어느 정도일까?

간호사는 마야가 누군지 잘 알지만 티를 내지 않으려고 한다. 그녀의 남편 갈텐이 페테르의 단짝 친구고 반평생 동안 같이 하키를 했다. 그런데 지금은 그녀가 복도를 걸어가도 페테르와 미라가 알아보지 못하는 눈치다. 그녀에게 말을 걸 때도 그들 사이를 유리가 가로막고 있는 듯한 느낌이다. 하지만 그녀는 기분 나빠하지 않는다. 예전에도 경험했던 현상이다. 그들이 말을 걸더라도 트라우마 때문에 그들 눈에는 그녀의 얼굴이 아니라 유니폼만 보인다. 그녀는 환자와 친지들이 그녀가 인간이라는 사실을 잊을 만큼 그들 눈에 하나의 기능으로 비쳐지는 데 이골이 나 있다. 그래도 상관없다. 굳이 선택하라면 그런 사람들을 보며 그녀가 하는 일에 좀 더 자부심을 느끼는 편이다.

마야와 병실에 단둘이 있게 되자 그녀는 몸을 앞으로 숙이고 말을 건다.

"아주 불편하다는 거 알아. 병원에서도 최대한 빨리 끝내려고 노력하고 있어."

아이는 그녀의 눈을 똑바로 쳐다보고 입술 안쪽을 씹으며 고개를 끄덕인다. 원래 그녀는 프로답게 조심스럽게 거리를 유지한다. 후배 간호사들에게도 그렇게 교육을 시킨다. "아는 사람들이 찾아오겠지만 환자로 대해야 해. 리더십이 걸린 문제야." 그녀는 평소에 이렇게 얘기한다. 하지만 지금은 말문이 막힌다.

"내 이름은 안-카트린이야. 남편이 너희 아빠랑 어렸을 때부터 친구였어."

"저는 마야예요." 마야는 속삭인다.

안-카트린은 아이의 뺨에 다정하게 손을 얹는다.

"마야, 너는 참 용감한 아이야."

페테르는 베어타운에서 헤드로 돌아간다. 케빈이 경찰에 체포됐다고, 정의의 심판을 받게 됐다고 마야에게 의기양양하게 알릴 마음의 준비를 하며 병원으로 들어간다. 병실 안으로 들어서자 그녀가 보인다. 이 세상에서 병실 침대에 누워 있는 내 아이보다 작아 보이는 건 없다. 정의의 심판은 의미를 잃는다. 그는 딸의 옆에 앉아서 눈물을 흘린다. 누군가를 죽일 수 있는 위인이 아니기 때문이다. 결국 페테르는 이렇게 묻는다.

"내가 어떻게 하면 될까, 마야? 내가 할 수 있는 일이 뭐가 있을지……."

딸은 아빠의 까칠한 수염을 토닥인다.

"저를 사랑해주세요."

"그야 당연하지."

"하키하고 데이비드 보위를 사랑하듯이요?"

"훨씬 더 사랑한다, 말랭아. 훨씬, 훨씬 더."

아이는 웃음을 터뜨린다. 십 년의 역사를 자랑하는 '말랭이'라는 별명에 그런 능력이 있다니 신기한 일이다. 딸아이는 아홉 살 때부터 그 별명을 쓰지 못하게 했지만 이후로 내내 그리워했다.

"필요한 게 두 가지 있어요." 아이가 속삭인다.

"어디 보자. 아나랑 기타?" 아빠가 묻는다.

아이는 고개를 끄덕인다. 미라가 병실로 들어온다. 엄마와 아빠의 손이 서로 스치듯 닿았다 떨어진다. 페테르가 문 앞에 다다랐을 때 딸이 뒤에서 외친다.

"그리고 레오하고도 얘기하세요, 아빠. 자지러지게 놀랄 테니까요."

엄마와 아빠는 서로 쳐다본다. 앞으로 몇 년 동안 이 순간을 떠올릴 때마다 심장에 비수가 꽂히는 듯한 기분을 느낄까? 오늘 같은 날 레오를 잊지 않은 딱 한 명이 그 아이의 누나다.

안-카트린은 직원실에 앉아서 멍하니 벽을 바라보고 있다. 그녀도 케빈이 경찰에 끌려갔다는 소식을 들었지만 마야가 병원에 찾아온 이유와 그 둘의 상관관계를 아는 사람은 그녀를 비롯해서 몇 명 되지 않는다. 마야는 안-카트린을 알아보지 못했다. 만약 케빈이 그 자리에 있었더라도 어린이 리그 시절부터 관중석에서 그의 경기를 거의 하나도 빠짐없이 챙겨본 그녀를 알아보지 못했을 것이다. 다른 집 자식들에게 이렇듯 정체불명으로 남는 부모도 있다.

그녀는 아들에게 문자를 보낸다. "오늘 잘해." 보보가 거의 바로 답장을 보낸다. "케브요? 뭐 들은 거 있어요?" 보보의 어머니는 답장을 보낸다. "아니. 없어. 아들, 이제는 하키에 집중해라!" 보보는 몇 분 뒤에 답장을 보낸다. "케브를 위해서 이길 거예요!" 그녀는 침을 꿀꺽 삼키고 입력한다. "사랑한다." 보보는 십대 남자아이다운 답장을 보낸다. "알았어요."

안-카트린은 딱딱한 의자에 기대고 앉아서 직원실 천장을 올려다보며 고통으로 몸부림치는 수많은 아이들을 생각한다. 병원에서 근무하다보면 그런 아이들을 수없이 목격한다. 여러 동료들이 병가를 낸 이유도 그 때문이다. 간호사와 의사들은 하키 선수들처럼 하계 훈련으로 잠깐 숨을 돌릴 수도 없고 결승전도, 타임아웃도 없다. 그들의 시즌은 날이면 날마다 계속 이어지고 그러다보면 아주 강인한 사람들도 나가떨어질 수 있다. 베어타운 출신일지라도 말이다.

가장 강인한 사람들도 감당하지 못하는 상황이 닥치면 어떤 사람이 리더가 되어야 할까?

다비드는 주목하라는 뜻에서 헛기침을 하며 일어나려다 아이들이 이미 자리에 앉기 시작한 걸 보고 멈춘다. 아이들이 그러는 이유는 다비드가 아니라 벤이 때문이다. 그는 버스 한가운데 서서 아이들과 한 명씩 차례대로 눈을 맞추다 필리프 앞에서 멈춘다. 대부분의 팀원들보다 한 살 어리고 하이츠에서 케빈의 세 집 건너에 살며 말투가 얌전한 아이다.

"우리가 어렸을 때 필리프, 네가 우리 팀에서 가장 작고 실력이 떨어진다고 속상해한 적이 있었지. 네가 펜스 맨 밑바닥의 노란선 위쪽으로 슛을 날리지도 못했을 때 코치님이 뭐라고 하셨냐?"

필리프는 당황스러워하며 자기 무릎을 내려다보지만 벤이가 손바닥으로 필리프의 턱을 받치고 고개를 들어서 뒤로 젖힌다. 필리프는 그냥 한 살 어리기만 한 게 아니라 체격적인 면에서 보보 같은 선수들에 비해 한참 뒤처졌기 때문에 그가 나머지 다른 부분에서는 얼마나 뛰어난지 한참 동안 알아주는 사람이 없었다. 그는 로커룸으로 들어서면 그냥 묻혀서 절대 아무 말도 하지 않고 절대 아무 말썽도 일으키지 않으며 묻어가는 성격이다. 그런데 지난 삼 년 동안 특유의 조용한 성격대로 아무도 모르는 새 팀 내에서 타의 추종을 불허하는 수비수가 되었다.

"다른 건 전부 신경 쓰지 말고 바꿀 수 있는 부분에만 집중하라고요." 필리프가 조용히 대답한다.

벤이는 고개를 끄덕이고 필리프의 머리를 토닥인다. 그런 다음 빌리암 뤼트 쪽으로 고개를 돌린다.

"다른 아이들이 전부 뤼트, 너보다 먼저 뒤로 스케이트 타는 법을 배워서 이대로 하키를 접어야 하는가보다고 생각했을 때 코치님이 너한테는 뭐라고 하셨냐?"

뤼트는 눈을 열심히 깜빡이고 씩씩대며 뺨을 닦는다.

"바꿀 수 있는 부분에만 집중하라고."

벤이는 뤼트의 어깨를 잡고 그의 눈을 쳐다보며 코치가 한 말을 반복한다.

"우리는 한 팀이다. 우리는 서로에게 힘이 되어주는 사이다. 한 사람이 쓰러지면 다른 사람이 그 자리를 대신한다."

뤼트가 소매로 눈을 닦고 뒤를 잇는다.

"나보다 팀을. 개인보다 구단을."

벤이는 아무한테도 들리지 않게 친구에게 대고 속삭인다.

"이제 우리의 운명은 뤼트, 너한테 달렸어. 오늘은 네가 우리의 희망이야. 네가 우리를 이끌어주어야 해."

그때 벤이가 누굴 죽이라고 했다면 뤼트는 일말의 망설임도 없이 저질렀을 것이다. 어떤 사회학자도, 어떤 스포츠 팀의 멤버도 우리가 추종하는 리더의 고유한 자질이 뭔지 정확하게 알지 못한다. 그들이 보이면 우리는 망설임 없이 따라나설 뿐이다.

벤이는 보보 앞에서 걸음을 멈춘다. 스케이트 실력으로 남들에게 추월을 당하기 전까지만 해도 그 팀에서 최고의 수비수로 꼽히던 거인이다.

"세상에서 두 번째로 좋은 게 뭐냐, 보보?"

보보는 잠깐 뜸을 들인 뒤에 머뭇머뭇 대답한다.

"떡치기?"

몇몇 팀원들이 키득거린다. 벤이는 고개를 숙여서 보보의 큼지막한 얼굴에 갖다 댄다.

"하지만 먼저 우리는 세상에서 가장 좋은 걸 하러 나선 길이다, 보보. 내가 지금 너한테 원하는 게 몇 가지인지 알지?"

보보는 자리에서 일어난다. "하나지?"

"이기자." 벤이가 말한다.

"이기자!" 보보가 외친다.

"이기자!" 온 버스가 포효한다.

다비드는 자리에 앉는다. "이기자! 이기자! 이기자!" 팀원들이 연호하고 다비드는 케빈의 아버지에게 받은 문자를 지운다. 라르스가 건너와서 케빈이 왜 경찰에 끌려갔는지 들은 거 있느냐고 묻자 다비드는 고개를 젓고 이렇게 대답한다.

"아니. 전혀. 이제는 우리가 바꿀 수 있는 부분에만 집중하자고, 라르스."

벤이는 버스 맨 뒷자리로 가서 앉는다. 가는 내내 잠을 잔다.

32

숲속에 운동경기를 좋아하는 어떤 마을이 있다. 침대에 앉아서 단짝 친구를 위해 기타를 치는 어떤 소녀가 있다. 경찰서에 앉아서 겁에 질린 표정을 짓지 않으려고 애를 쓰는 어떤 청년이 있다. 병원 복도에서는 어떤 간호사가 휴대전화에 대고 큰 소리로 떠드는 변호사를 지나친다. 수도의 아이스링크 관중석에서는 성인 남녀가 일어서서 그들은 베어타운의 곰이라고 외치고 있다. 십 년 전에 단장이 청소년팀을 전국 최강으로 키우겠다고 하자 대놓고 웃었던 후원자와 이사들도 함께 외친다. 구단과 연관 있는 사람들이 모두 이 자리에 모였는데, 단장만 예외다.

로커룸에서는 어떤 팀이 스틱을 손에 들고 경기가 시작되길 기다리고 있다. 어떤 남동생은 전화기를 무릎 위에 올려놓고 벤치에 앉아서, 무슨 일인지 밝혀지면 친구들이 자기 누나를 놓고 인터넷에서 뭐라고 지껄일지 확인하려고 기다리고 있다. 어떤 로펌에서는 돈 많은 의뢰인의 전화를 받고, 다른 로펌에서는 어떤 어머니가 전쟁을 선포한다. 소녀는 단짝 친구가 잠이 들 때까지 기타를 퉁기고, 어떤 아버지는 문 앞에 서서 두 아이는 견뎌낼 거라고 생각한다. 감당할 수 있을 거라고 생각한다. 그래서 두려워진다. 그러면 다른 사람들은 모든 게 아무 문제 없는 거 아니냐고 생각할 테니 말이다.

등번호 '16'번을 달고 있는 선수가 있다. 스케이트를 배운 이래 승리에 필요한 게 무엇인지 정확하게 터득할 수밖에 없었던 선수다. 그 선수는 승리하려면 빙판 위에서의 실력만큼 정신력이 중요하다는 걸 알고, 코치에게 어떤 면에서 하키가 음악과 비슷한지 배웠다. 어떤 팀이건 그들이 좋아하는 리듬과 박자가 있다는 점에서 그렇다. 최고로 손꼽히는 음악가들도 엉뚱한 때 연주를 강요당하면 질색하듯이 상대방의 리듬을 무너뜨리면 음악을 무너뜨릴 수 있고, 붕괴가 한번 시작되면 걷잡을 수 없게 된다. 움직이는 물체는 계속 같은 방향으로 움직이려는 성향이 있고, 굴러내려오는 눈덩이가 점점 커질수록 그 앞을 가로막으려는 것은 점점 더 엄청난 바보짓이 된다. 운동선수들이 '탄력'이라고 부르는 게 그것이고, 학교에서 물리 시간에 '관성의 법칙'이라고 가르치는 게 그것이다. 다비드는 벤이에게 얘기할 때는 항상 남들보다 다소 직설적인 표현을 썼다. "뭐가 잘 맞아떨어지면 모든 게 쉽게 느껴지고 상황이 저절로 점점 더 좋아지잖아. 하지만 상대 팀을 건드리면, 아주 살짝만 건드려도 걔네들이 알아서 점점 더 화를 자초할 거다." 관건은 균형이다. 느껴질락 말락 한 한 줄기 바람으로 충분할 수도 있다.

베어타운 아이스하키단의 상대 팀이 경기장에 도착하지만 그쪽 팀원들은 이들을 무시하는 뜻에서 "에르달 아이스하키단"이라고 부른다. 그들은 자기들의 실력이 숲속의 농부들보다 몇 광년 더 우월하다는 걸 경기를 치르기 한참 전부터 알고 있었는데, 듣자하니 케빈이 출전조차 하지 않는다고 한다. 케빈이 없으면 베어타운은 아무것도 아니다. 장난이다. 고속도로변에 나뒹구는 로드킬이다. 경기장에 도착한 그들은 자신만만하고 침착하다. 그들은 하던 대로 하기만 하면 이길 수 있다는 것을 안다. 이성을 잃지 않으면, 흥분하지 않으면 이길 수 있다는 것을 안다.

코치는 아직 밖에 있지만 선수들은 자만심이 하늘을 찌른다. 그들은 상대 팀을 확인하고 싶은 마음에 코치를 두고 먼저 경기장 안으로 들어간다. 로커룸으로 향하는 복도의 전등이 고장 났다. 한 선수가 "불쌍한 시골 것들이 전구를 째빈 모양"이라고 우스갯소리를 늘어놓자 다른 선수가 맞받아친다. "뭐 하러? 베어타운에는 전기도 안 들어오는데!" 처음에 그들은 로커룸 앞에 가만히 있는 어떤 형체가 그림자인 줄 알았기에(눈이 아직 어둠에 적응하지 못했다)첫 번째 선수가 정면으로 들이받는다. 벤이의 가슴은 콘크리트다. 벤이가 흰자위를 돌려 스무 명의 선수들을 차례대로 훑는다. 만약 반응할 여유가 있었다면 그들은 신경질적으로 웃음을 터뜨렸을지 모르지만 지금은 어둠 속에 아무 말 없이 서서 이리저리 흘끗거리기만 한다.

벤이는 꼼짝하지 않는다. 문 앞에서 그냥 기다린다. 로커룸으로 들어가려면 그에게 덤벼들 수밖에 없게 만든다. 상대 팀 선수들은 코치를 기다리거나 심판을 불러왔어야 맞는 거지만 그러기엔 자존심이 허락하지 않는다. 이성을 잃자 그들은 예측 가능한 범주 안으로 들어온다. 벤이는 어느 두 명이 움직일지 진작 알아차렸다. 한 명은 그를 밀치고 다른 한 명은 주먹으로 그의 어깨를 때린다. 벤이가 주먹의 충격을 그대로 흡수하고 두 번째 선수의 귀를 잽싸게 후려치자 그 선수는 꽥 소리와 함께 바닥으로 주저앉는다. 벤이는 다시 첫 번째 선수 쪽으로 몸을 돌려서 갈비뼈를 노리되 어디가 부러질 정도는 아니고 몸이 반으로 접힐 정도로만 두 번 때린다. 그 아이가 몸을 반으로 접자 뒷덜미를 팔꿈치로 가격해 친구 위로 쓰러뜨린다. 세 번째 선수가 달려들자 벤이는 휙 하니 몸을 피하면서 그 선수의 등을 떠밀어 어두컴컴한 로커룸 안으로 날려버린다. 네 번째 선수는 벤이의 옷을 두 손으로 잡는 실수를 저지른다. 벤이가 머리로 뺨을 들이받자 그 아이는 잡아줄 사람 하나 없이 뒤로 벌러덩 넘어진다.

환한 공간이었다면 벤이가 전 선수를 상대할 방법이 없었겠지만 한 번에 한두 명씩밖에 못 덤비는 좁고 어두컴컴한 복도였으니 다들 똑같은 질문을 던져야 한다. 다음은 누구냐?

아무도 나서지 않는다. 그거면 충분하다. 전체가 망설이는 그 일 초의 시간이면 충분하다. 벤이는 그들을 향해 씩 웃고 누구라도 할 말을 생각해내기 전에 침착하게 걸음을 옮긴다. 그가 자기 팀 로커룸 문을 열자 스물댓 명이 "우리는 곰이다!"라고 미친 듯이 울부짖는 소리가 복도를 쩌렁쩌렁 울리고 문틈 사이로 불빛이 쏟아진 순간, 상대 팀 선수들은 그들이 어떤 식으로 갑자기 평정심을 잃었는지 깨닫는다.

그들은 코치에게 아무 말도 하지 않을 것이다. 솔직히 뭐라고 얘기할 수 있겠는가. 가장 힘이 센 네 명이 한 녀석에게 제압당하는 동안 가만히 서서 구경하기만 했다고? "저 새끼 뭐냐?" 한 선수가 중얼거린다. "또라이네." 다른 선수가 딱 잘라 말한다. 그들은 불을 켜고 웃어넘기려 한다. 나중에 16번을 처리하자고, 상관없다고, 그런 데 신경 쓰기에는 자기들의 실력이 너무 월등하다고 서로 확신을 심어주려고 한다. 경기가 시작되자 그들의 시도가 실패로 돌아갔음이 분명해진다. 리듬, 박자, 균형. 한 줄기 바람.

벤이는 16번 유니폼을 입는다. 다비드는 뒷짐을 지고 시선은 바닥에 두고 팀원들 앞에 선다. 다비드는 여기까지 오는 동안 그에게 리더십은 어떤 의미인가 고민을 거듭한 끝에 하나의 어렴풋한 결론에 도달했다. 수네는 그의 멘토였고 리더를 양성한다는 것이 수네의 가장 큰 장점이었다. 수네에게 문제가 있다면 실제로 지휘권을 내주지는 않는다는 것이었다.

선수들은 숨을 참지만 고개를 들고 그 아이들을 쳐다본 다비드는 미소를 짓는 표정에 가깝다.

"얘들아, 진실을 듣고 싶니? 사실 너희들이 여기까지 올 수 있다고 믿은 사람은 아무도 없었다. 상대 팀들도 협회도 전국의 코치들도 저 밖의 관중석에 앉아 있는 어느 누구도. 그들에게 이것이 꿈이었다면 너희들에게는 이것이 목표였지. 아무도 너희들을 위해 대신해주지 않았다. 그러니까 이 경기, 이 순간은…… 온전히 너희들의 것이다. 그러니까 어떻게 마무리하면 좋을지 남의 말을 듣지 말고 너희들이 정해라."

하고 싶은 말이 훨씬 많지만 이제는 결승전이다. 그가 할 수 있는 건 더 이상 없다. 때문에 코치는 몸을 돌려서 로커룸 밖으로 나간다. 몇 초 뒤에 라르스가 허둥지둥 뒤따라 나간다. 팀원들은 처음에는 놀란 표정으로 멀뚱히 서로를 쳐다보며 가만히 앉아 있다가 한 명씩 일어나 서로의 헬멧을 두 번씩 두드린다. 그들 중에서 가장 조용한 팀원이 가장 먼저 큰 소리로 묻는다.

"우리가 어디 출신이지?" 필리프가 묻는다.

"베어타운!" 로커룸이 대답한다.

뤼트가 벤치 위로 올라가서 포효한다. "케빈을 위하여!"

"케빈을 위하여!" 로커룸이 화답한다.

그들이 나왔을 때 벤이는 이미 빙판 위에 서 있다. '16'번을 등에 지고 험악한 눈빛으로 센터 서클에 혼자 서 있다. 팀에서 가장 덩치가 큰 선수와 가장 덩치가 작은 선수가 베어타운의 로커룸을 가장 뒤늦게 빠져나온다. 보보가 아맛의 어깨를 두드리며 묻는다.

"너는 어디 출신이냐, 아맛?"

아맛은 턱을 부들부들 떨며 올려다본다.

"할로요."

보보는 고개를 끄덕이고 자기 장갑을 들어 보인다. 거기에 매직으로 *거지타운 하키*라고 적어놓았다. 투박한 소년의 투박한 표현이다.

가끔은 그런 것들이 가장 값질 때도 있다.

우리가 스포츠에 열광하는 이유는 뭘까? 관중석에 앉아 있는 어떤 여자가 스포츠에 열광하는 이유는 그것이 가식 없는 대답을 접할 수 있는 마지막 보루이기 때문이다. 그녀는 예전에 최정상급 크로스컨트리 선수였다. 스키를 타고 장거리 코스를 달리는 데 십대를 모조리 바쳤다. 헤드라이트를 달고 추위와 체력 소진 때문에, 그 모든 고통과 상실감 때문에, 다른 친구들과 달리 노는 시간에 한 번도 같이 즐기지 못한 그 모든 것들 때문에 눈물을 쏟아가며 매일 저녁마다 달렸다. 하지만 후회스럽냐고 누가 물으면 그녀는 고개를 저을 것이다. 그 때로 돌아가면 무얼 하겠느냐고 물으면 그녀는 주저 없이 대답할 것이다. "더 열심히 연습할 거예요." 그녀는 자신이 스포츠에 열광하는 이유를 설명할 방법이 없다. 아무도 그녀의 대답을 이해하지 못한다는 것을 경험상 알고 있기 때문이다.

그녀의 아들 필리프는 1라인 수비조로 출전하지만 그가 어떤 과정을 거쳐 그 자리에 도달했는지 그녀는 안다. 두 개의 헤드라이트 불빛을 비춰가며 숲속을 달렸고, 어머니를 골키퍼 삼아 테라스에서 퍽을 날렸다. 팀에서 가장 키가 작지만 결국에는 남들을 따라잡을 거라는 의사의 말을 믿고 매일 아침마다 키와 몸무게를 재며 흘렸던 그 많은 눈물은 또 어떤가. 그 아이의 엄마는 문틀에 남은 연필 자국을 아직도 차마 지우지 못한다. 엄마는 그 전날에 비해서 키가 조금도 자라지 않았다는 걸 깨닫고, 몸무게가 조금도 늘지 않았다는 걸 깨닫고 매일 아침마다 부엌 바닥에 주저앉은 아이를 일으켜 세워야 했다. 그 아이가 팀 전체를 통틀어 가장 훌륭한 수비수 자리에 올랐을 때 남들은 아무도 알아차리지 못했을지 몰라도 그 아이의 엄마는 모든 과정을 함께했다.

프락은 선수들이 몸을 푸는 내내 휴대전화를 손에 쥐고 케빈이 어떻게 됐는지 알아내려 한다. 계속 소득이 없다. 케빈의 아빠가 뭔가 알아냈으면 제일 먼저 다비드에게 연락했을 텐데 여기서는 코치에게 물어볼 방법이 없다.

주변의 후원자와 이사들은 정보가 없다는 데 화를 낸다. 벌써부터 어느 변호사와 접촉하고 어느 기자에게 이 사건을 알릴 것이며 누가 처벌을 받게 될지 떠들어대고 있다.

프락은 화를 내지 않는다. 그는 지금 다른 차원의 감정을 느끼고 있다. 그는 관중석에 앉아 있는 학부모들을 바라본다. 그들이 이 팀을 위해 희생한 낮과 저녁과 밤 시간이 얼마나 될지 더해본다. 목에 걸고 있는, 예전에 받은 은메달의 무게가 느껴진다. 누가 승리의 기회를 낚아채갔는지 몰라도 벌써부터 미워진다.

케빈 대신 뤼트에게 센터를 맡기자고 다비드와 라르스에게 건의한 사람은 벤이다. 그게 뤼트에게 어떤 의미인지 말로 표현할 방법이 없을 것이다. 첫 번째 페이스오프가 시작되기 전에 벤이 아맛 앞에 서서 묻는다.

"오늘 날쌘돌이 스케이트 신고 온 거지?"

아맛은 씩 웃으며 고개를 끄덕인다. 상대 팀은 벌써부터 벤치에서 "16번에게 페널티를 먹여야 한다"고 떠들어대고 있다. 그 아이들은 바보가 아니다. 벤이 어떤 깡패 또라이인지 목격했지 않은가. 그래서 상대 팀이 페이스오프를 따내자 벤은 스틱을 치켜들고 퍽을 선점한 선수를 향해 전속력으로 얼음을 지치고, 좀 전에 어두컴컴한 복도에서 16번을 보았던 선수들은 모두 그 선수가 퍽과 상관없이 들이받으려고 똑바로 달려드는가보다고 생각한다. 그 선수의 상대는 스케이트로 얼음을 단단히 딛고 충격을 흡수할 수 있도록 몸에 잔뜩 힘을 준다.

하지만 그들의 예상은 빗나간다. 벤은 퍽으로 곧장 달려들어 수비수의 스케이트 사이로 퍽을 쳐서 공격 존으로 넘긴다. 뤼트는 중립 존에서 한 대 얻어맞고 총에 맞은 바다표범처럼 빙판 위에 대자로 뻗는다. 세 번째 공격수가 충분한 공간을 확보할 수 있도록 센터가 자신을 희생한 것이다. 상대 팀에서 아맛의 스피드가 어느 정도인지 파악하기 전에 그들에게 딱 한 번의 실낱같은 기회가 주어진다.

그리고 그들은 그 기회를 놓치지 않는다.

아맛이 골키퍼가 앞으로 달려들 때까지 기다렸다 퍽을 띄워 네트 상단에 꽂아넣자 프락은 목이 쉴 때까지 소리를 지른다. 학부모들이 펜스를 뛰어넘을 기세로 관중석 아래쪽으로 달려 내려간다. 아맛은 손을 치켜들고 네트를 한 바퀴 돌지만 금세 벤이, 뤼트, 필리프에게 뒤덮인다. 선수 전원이 순식간에 빙판 위로 뛰쳐나와 서로 엎치고 덮친다. 프락은 어떤 아이 엄마를 붙잡고 (누구 엄마인지 모르겠다) 고함을 지른다.
"우리가 어디 출신이죠?"
일 분 전까지만 해도 그들은 하나같이 신을 믿지 않았다. 지금은 모두 믿는다.

그들이 1 대 0으로 앞선 상황에서 1피리어드가 끝난다. 다비드는 선수들에게 아무 말도 하지 않는다. 심지어 로커룸으로 찾아가지도 않는다. 라르스와 함께 잠자코 복도에 서 있는다. 선수들이 서로 헬멧을 두드리는 소리를 듣는다. 상대 팀이 1 대 1로 쫓아오고 다시 2 대 1로 역전하지만 두 번째 휴식시간으로 넘어가기 직전, 보보가 몇 번 안 되는 출전 기회를 잡았을 때 파란색 공격 존에서 퍽이 보보 쪽으로 날아온다. 그는 패스하려고 하지만 퍽이 상대 팀 선수의 스케이트를 맞고 튕겨서 다시 그에게로 온다. 만약 생각할 시간이 있었다면 그게 얼마나 바보 같은 발상인지 알았겠지만 그는 평생 머리가 너무 팽팽 잘 돌아간다고 혼나본 적이 없다. 그래서 슛을 날린다. 골키퍼는 심지어 움직이지도 않았는데 그 뒤편의 네트가 출렁이자 보보는 그 자리에 서서 멍하니 바라본다. 램프의 불이 켜지고 전광판이 2 대 2로 바뀐다. 베어타운 관중석에서 환호가 들리지만 그의 머리는 일련의 사태를 이해하지 못한다. 빙판 위의 그에게로 맨 먼저 달려간 아이는 필리프다.

"이기자!" 필리프가 외친다.

"케빈을 위하여!" 보보는 울부짖으며 미친 듯이 온몸으로 유리를 들이받고, 뿌듯함을 주체하지 못하는 바람에 경기가 속개되었을 때 링크 중앙까지 스틱을 다시 들고 나가는 걸 깜빡한다.

필리프는 하키를 사랑하고 그 아이의 엄마도 마찬가지다. 그녀는 규칙도 잘 모르고 어설프게 관심을 비치는 여느 부모와 다르다. 이 스포츠의 모든 면을 숭배한다. 이 스포츠는 강인하다. 정직하다. 명확하다. 진실하다. 질문에 가식이 없고 대답에도 가식이 없다.

마간 뤼트가 그녀의 옆에 서 있다. 그녀와 필리프의 엄마는 어린 시절부터 알고 지낸 사이고 지금은 두 집 건너에 산다. 그들은 함께 스키를 탔고 같은 해에 결혼했고 몇 달 사이로 아들을 낳았고 이런 관중석에서 감각이 사라진 발을 구른 세월이 십 년이 넘는다. 이들에게 하키 선수의 부모는 극성맞다고 얘기하고 싶은가? 그러면 그들은 청소년 크로스컨트리 대회에 가서 관중들이 뭐라고 하는지 들어보라고 할 것이다. 아니면 슬랄롬* 코스가 자기 딸에게 불리하게 설계됐다며 그 안으로 뛰어들어 대회 진행을 방해하는 아빠에게 말을 걸어보라고 할 것이다. 아니면 아홉 살짜리 피겨스케이트 선수가 얼마나 많은 걸 연습해야 하는지 그 엄마에게 물어보라고 할 것이다. 언제나 그보다 더 심한 경우가 있다. 충분히 비교해보면 거의 누구든 정상으로 보일 것이다.

필리프의 엄마는 절대 비명을 지르지 않는다. 절대 고함을 지르지 않는다. 절대 코치를 욕하지 않고 절대 로커룸으로 찾아가지 않는다. 하지만 누군가가 마간을 욕하면 지구 끝까지 따라가서라도 친구를 변호할 것이다. 그들도 한 팀이기 때문이다. 그녀도 깨달았다시피 경제적인 부담까지 감수해가며 아이들이 하는 운동에 평생을 바친 부모는 가끔 격정을 주체하지 못할 수도 있다.

그래서 마간이 심판에게 "눈이 삐었냐!?"고 고함을 질러도 필리프의 엄마는 아무 소리 하지 않는다. 다른 부모가 "야 이 심판아, 애기 때 떨어져서 머리를 다쳤냐? 집에서 마누라 치맛자락만 붙잡고 다니냐?" 하고 소리를 질러도 그녀는 아무 소리 하지 않는다. 잠시 후에 또 다른 누군가가 "할망구가 패스해도 저보다는 낫겠다!"라고 말하고 관중석 상단에서는 한 남자가 허공으로 팔을 내저으며 "지금 농구하냐?"라고 외친다. 상대 팀 선수가 베어타운 선수를 펜스에 대고 좀 오래 붙잡고 있었는데도 반칙 선언이 되지 않았을 때는 벤치로 돌아온 그 선수를 향해 어떤 부모가 "22번, 너 호모냐?"라고 외친다.

어린애 둘을 데리고 관중석 하단에 앉아 있던 엄마가 고개를 돌리

---

* 활강 경기

고 말한다. "말 좀 골라가면서 하세요! 어린애들이 듣고 있다고요!"

하지만 마간은 잔뜩 빈정거리는 투로 대꾸한다.

"이봐요, 애기 엄마, 애들이 아늑한 보금자리 밖에서 험한 소리를 듣는 게 그렇게 걱정이 되면 하키 경기장에 데려오질 말았어야죠!"

누군가가 필리프의 엄마에게 왜 뭐라고 하지 않느냐고 물으면 그녀는 뭔가를 사랑하려면 모든 면을 사랑해야 하기 때문이라고 대답할 것이다. 그건 하키에도 해당되지만 친구에게도 해당된다.

어린애들을 데리고 온 엄마는 보란 듯이 애들 손을 잡고 계단을 내려가다 더 멀찌감치 떨어진 곳에 자리를 잡고 앉는다. 링크 위에서는 필리프가 이 끝에서 저 끝까지 상대 팀 선수를 쫓아가 패스를 하지 못하도록 앞을 가로막고 그 선수의 허를 찌른다. 벤이가 그들 쪽으로 출발한다.

관중석 상단에 앉은 후원자 하나가 프락 쪽으로 고개를 돌리더니 어린애들을 데리고 온 엄마를 턱으로 가리키며 으르렁거린다.

"오늘 염병할 도덕 경찰관이 출동했나? 저 여자 왜 저래?"

3피리어드가 이제 막 시작됐다. 프락이 뭐라고 대꾸하지만, 16번이 중립 존에서 퍽을 가로채 언제 연마했는지 아무도 모르는 테크닉을 선보이며 상대 팀 선수 두 명을 속이고 골키퍼가 근처에 오지도 못했을 때 네트를 향해 슛을 날리자 관중석에서 터진 함성에 묻힌다.

벤이는 그를 끌어안으려고 하는 다른 선수들을 지나쳐 골문 안에서 퍽을 줍고 베어타운 학부모들 쪽으로 곧장 다가간다. 펜스 바로 앞에서 걸음을 멈추고, 좋아서 어쩔 줄 모르는 두 어린아이에게 손을 흔들고 아이들 엄마에게 퍽을 던진다.

후원자가 프락을 돌아보며 묻는다. "저 엄마가…… 누구라고?"

"벤이의 누나 가비. 저 아이들의 삼촌이 방금 전에 3 대 2를 만든 거야." 프락이 대답한다.

33

마야는 어렸을 때 슬픈 일이 생기면 침대에 누웠다. 속상한 마음이 가라앉을 때까지 잠을 잤다. 그녀가 십팔 개월이었을 때 엄마가 그녀를 렌터카 뒷좌석에 태우고 토론토 중심가를 지나다 가장 번잡한 네거리에서 차가 고장 난 적이 있었다. 버스들이 경적을 울리고 택시 기사들이 욕을 퍼붓는 가운데 미라는 렌터카 회사의 가엾은 안내원에게 전화로 욕을 퍼부었다. 그러는 동안 그녀는 침착하게 주위를 두리번거리다 커다랗게 하품을 하고는 잠이 들었고 여섯 시간 뒤 집에 도착할 때까지 쌔근쌔근 단잠을 잤다.

미라는 이제 그들이 사는 집 복도에 서서 침대에 누워 있는 딸아이를 방문 사이로 쳐다보고 있다. 열다섯 살인데도 아이는 괴로운 일이 생기면 여전히 잠을 잔다. 아나가 이불을 덮고 그 옆에 누워 있다. 아이를 하나 땅에 묻어야 했기에 남들과 생각이 다른 건지 아니면 모든 부모가 같은 심정인지 몰라도 미라가 아이들을 키우며 바란 것이 있다면 건강한 육체와 안전한 환경과 단짝 친구뿐이었다.

그것만 있으면 무슨 일이든 이겨낼 수 있다. 거의 그렇다.

다비드는 이 경기를 영원히 기억할 것이다. 밤새도록 여자 친구의 배를 톡톡 두드리며 마지막 몇 분에 대해 속삭일 것이다. "잠들면 안 돼! 하이라이트가 아직 남았단 말이야!" 그는 몇 번이고 반복해서 얘기할 것이다. 아맛이 엎드려서 헬멧으로 하도 여러 번 슛을 막는 바람에 심판이 강제로 일으켜 세워서 헬멧에 금이 가지 않았는지 체크했다고. 남들보다 많은 시간을 소화한 뤼트는 벤치에 앉아서 쉴 때 거대한 석상 같았다고, 그보다 더 열심히 다른 선수의 등을 두드리고 힘 내라고 고함을 지르고 자기보다 지친 팀원의 사기를 돋운 아이가 없었다고. 탈진한 보보가 링크를 빠져나오다 자기 발에 걸려서 앞으로 넘어지자 그를 부축하고 물병을 갖다 준 아이도 뤼트였다고. 그런가 하면 필리프는 단 한 번의 실수도 없이 노련한 고참 선수처럼 플레이했다고. 벤이는? 벤이는 동에 번쩍, 서에 번쩍 했다고. 다비드는 벤이가 날아오는 슛을 스케이트 옆면으로 막는 것을 보았다. 어찌나 세게 맞았는지 보조 코치 라르스가 벤치에서 자기 발을 움켜쥐며 비명을 지를 정도였다.
"젠장, 내가 다 아플 정도네!"
벤이는 고통을 참고 경기에 임했다. 선수 전원이 벽에 부딪치고 이마로 벽을 들이받아도 묵묵히 견뎠다. 하나같이 평소보다 월등한 기량을 발휘했다. 하나같이 최고의 모습을 선보였다. 모든 걸 쏟아부었다. 세상 어떤 코치도 그 이상 바랄 수가 없었다. 그들은 전적으로, 전적으로, 전적으로 최선을 다했다.

하지만 그걸로는 부족했다.

일 분을 남기고 상대 팀이 3 대 3 동점을 만들자 선수들은 빙판 위로 쓰러지고 스물댓 명의 부모들은 관중석에서 주저앉는다. 연장전을 앞두고 휴식 시간에 세 명이 구토를 한다. 다른 두 명은 쥐가 나서 경기장으로 잘 걸어 나가지도 못한다. 유니폼이 흠뻑 젖었고 몸속의 모든 세포가 기운을 다했다. 그래도 상대 팀을 마지막으로 무너뜨리려면 십오 분을 더 뛰어야 한다. 그들은 달리고, 달리고, 또 달리지만 결국 벤이는 제때 달려가지 못하고 필리프는 처음으로 전담하던 선수를 놓치고 뤼트의 스틱은 못 미치고 아맛은 엎드리는 타이밍이 아주 조금 늦어서 슛을 막지 못한다.

베어타운 아이스하키단 선수 전원이 빙판 위에 누워 있는 가운데 상대 팀 선수들은 그들 주변에서 춤을 추고 상대 팀의 부모와 친구들이 축하하러 달려든다. 승자의 함성과 노랫소리가 로커룸으로 이동한 다음에서야 필리프, 보보, 뤼트 그리고 아맛은 가눌 수 없는 슬픔을 달래며 자기들의 로커룸으로 향한다. 다 큰 어른들이 머리를 감싸쥐고서 아직까지 관중석에 앉아 있다. 두 어린아이는 엄마의 품에 안겨서 목 놓아 울고 있다.

패배한 이후에 스물네 개의 심장이 만드는 침묵보다 더 엄청난 침묵은 세상에 없다. 다비드가 로커룸으로 들어가보니 하도 부딪쳐서 온몸에 멍이 든 선수들이 바닥과 벤치 위에 드러누웠고 대부분 기운이 없어서 장비를 벗지도 못했다. 라르스가 나란히 서서 코치가 무슨 말이라도 해주길 기다리지만 다비드는 몸을 돌려서 사라진다.

"어디 가는 거지?" 한 부모가 묻는다.

"우리는 패배를 깨끗하게 인정하지 못하는 족속이에요. 지는 데 익숙하지 않거든요." 라르스가 중얼거린다.

마침내 손을 내민 쪽은 상대 팀 주장이다. 깨끗하게 샤워를 하고 옷을 갈아입었지만 유니폼이 샴페인 자국으로 뒤덮여 있다. 베어타운의 16번은 스케이트를 신은 채 빙판 위에 계속 똑바로 누워 있다. 관중석에는 거의 아무도 없다.

"재미있었다. 팀을 옮기고 싶으면 우리랑 같이 뛰자. 언제든 환영이다." 상대 팀 주장이 말한다.

"팀을 옮기고 싶으면 나랑 같이 뛰자. 언제든 환영이다." 벤이는 받아친다.

상대 팀 주장은 웃으며 그를 일으켜 세우다 벤이가 얼굴을 찡그리는 것을 본다.

"괜찮아?"

벤이는 멍하니 고개를 끄덕이지만 복도까지 상대 팀 주장의 부축을 받는다.

"저기…… 미안……." 벤이는 천장에 달린 깨진 전등 쪽을 보일락 말락 하게 가리키며 얘기한다.

상대 팀 주장은 폭소를 터뜨린다.

"진심이야? 나는 우리가 너희를 저 비슷하게 골탕 먹일 생각을 하지 못한 게 아쉬운데. 너는 독한 놈이야. 대책이 없을 정도로 독한 놈이야."

둘은 굳은 악수를 나누고 헤어진다. 벤이는 로커룸으로 움찔움찔 들어가 스케이트를 벗으려는 시도조차 하지 않고 바닥에 드러눕는다.

가비는 두 아이를 데리고, 곰이 새겨진 초록색 스카프를 두르고 유니폼을 입은 다른 사람들에게 더러는 고개 숙여 인사하고 나머지는 무시해가며 복도를 걷는다. 어떤 아버지가 심판을 "덜 떨어진 인간"이라고 부르는 소리가 들린다. 또 다른 이는 "핸드백이나 어디 잘 내려놓고 심판을 보든가 말든가 하라"라고 중얼거린다. 그녀는 벤이를 기다리지 않고 아이들을 데리고 차로 직행한다. 아이들에게 그런 소리를 듣게 하고 싶지 않은데, 한마디 했다가는 욕을 먹을 게 분명하기 때문이다.

다시 십오 분이 지난 다음에서야 다비드가 퍽이 가득 든 비닐봉지를 들고 돌아온다. 그는 로커룸을 돌아다니며 선수들에게 퍽을 하나씩 나눠준다. 아이들은 퍽 위에 적힌 세 글자를 차례대로 읽는다. 몇 명은 미소를 짓고 몇 명은 울음을 터뜨린다. 보보는 헛기침을 하고 일어나 코치를 쳐다보며 말한다.

"죄송해요, 코치님…… 하지만 궁금해서요……."

다비드가 눈썹을 추켜세우자 보보는 턱으로 퍽을 가리킨다.

"저기…… 혹시…… 저희한테 뿅가서 게이 선언을 하시는 건 아니죠?"

폭소가 해방감을 선물할 수도 있다. 깔깔대며 웃다보면 모두 하나가 될 수 있다. 상처를 치유하고 침묵을 깨뜨릴 수 있다. 로커룸이 웃음소리로 들썩이지만 그것도 다비드가 함박웃음을 짓고 고개를 끄덕이며 이렇게 대답하기 전까지다.

"내일 집으로 돌아오면 특별히 숲속을 달리게 해주마. 다들 보보한테 고맙다고 해라."

보보는 사방에서 날아오는 테이프 뭉치를 피하느라 이미 몸을 웅크리고 있다.

마지막에서 두 번째로 퍽을 받은 사람은 벤이다. 맨 마지막으로 받은 사람이 라르스다. 다비드는 보조 코치의 어깨를 토닥이며 얘기한다.

"나는 밤기차를 타고 돌아갈게, 라르스. 호텔 예약은 다 되어 있어. 너를 믿고 아이들을 맡긴다."

라르스는 고개를 끄덕인다. 퍽을 쳐다본다. 거기 적힌 글을 읽는 동안 눈물이 운동복 상의 위로 떨어진다. 고맙다.

보보가 유리창을 두드리자 가비는 화들짝 놀란다. 아이들은 뒷자리에서 잠이 들었고 그녀도 막 잠이 들려는 찰나였다.

"죄송해요…… 벤이 누나시죠?" 보보가 묻는다.

"응. 벤이 기다리는 중인데. 걔가 호텔에서 하룻밤 자지 않고 우리랑 같이 집에 가고 싶다고 해서. 생각이 바뀌었대?"

보보는 고개를 젓는다.

"아직 로커룸에 있어요. 스케이트를 벗길 수가 없어서요. 벤이 누나를 좀 불러달라고 했어요."

가비는 벤이를 찾아가서 먼저 사랑한다고 얘기한다. 그런 다음 엄

362

마가 오늘 근무하는 날이라 경기를 보러 오지 못한 게 다행인 줄 알라고, 아들이 3피리어드 거의 내내, 거기다 연장전 십오 분 동안 부러진 발로 남들보다 더 열심히 달렸다는 걸 알면 엄마 손에 아작 났을 거라고 얘기한다.

필리프는 주차장에 세워진 버스 앞에 엄마와 한참 동안 서 있는다. 그녀가 아들의 뺨을 닦아준다. 아이는 속삭인다.

"죄송해요. 제 잘못이에요. 그 마지막 골 말이에요. 제가 맡은 선수였는데. 죄송해요."

그녀는 한손으로 엄마를 번쩍 들 수 있을 만큼 우람해진 아들인데도 다시 꼬맹이 시절로 돌아가기라도 한 듯이 끌어안는다.

"아들, 네가 미안해할 게 뭐가 있다고 그러니? 네가 미안해할 짓을 뭘 저지른 게 있다고."

그녀는 아이의 뺨을 토닥인다. 그녀는 그게 어떤 기분인지 안다. 크로스컨트리 경기를 마치고 상심을 달래며 흘러내린 땀방울이 얼음처럼 굳을 때까지 그 자리에 서 있었을 때 그녀도 똑같은 기분을 느꼈다. 그녀는 하키가 어떤 걸 선물하고 그 대가로 어떤 걸 요구하는지 안다. 아들이 여태껏 극복한 난관들이 주마등처럼 눈앞을 스쳐 지나간다. 이 아이를 선택하지 않았던 모든 엘리트 팀, 이 아이를 한 번도 고려 대상에 넣지 않았던 대표팀, 관중석에서 지켜봐야만 했던 온갖 대회들. 엄마는 이 경기를 위해 단 하루도 훈련을 빼먹은 적 없는 열여섯 살짜리 아들의 손을 잡는다. 내일 이 아이는 눈을 뜨면 침대에서 일어나 다시 시작할 것이다.

어느 집에서는 아나가 무릎 위에 노트북을 올려놓고 단짝 친구의 침대 옆 바닥에 웅크리고 앉아 있다. 그녀는 어쩌다 한 번씩 침대 너머를 불안하게 흘끗거리며 마야가 혹시 깨지 않았는지 확인한다. 그런 다음 어떻게 된 영문인지 밝혀지면 학교 친구들이 접속할 게 분명한 여러 인터넷 사이트를 다시 뒤지고 다닌다. 아직 업데이트되지 않은 상태 메시지와 몇 장의 고양이와 스무디 사진, 가끔 등장하는 청소년팀의 실망스러운 패배 소식을 말없이 훑는다. 하지만 그게 다다. 아직은 그렇다. 아나는 모든 페이지를 새로 고친다. 그녀는 이 마을에서 평생을 보냈기에 소문이 얼마나 삽시간에 번지는지 안다. 오빠가 경찰이거나 친구가 지역 신문사에서 근무하거나 엄마가 병원 간호사인 누군가를 아는 누군가가 있을 것이다. 누군가가 누군가에게 무슨 말을 흘릴 것이다. 그러고 나면 모든 지옥의 문이 열릴 것이다. 그녀는 모든 페이지를 한 번 더, 한 번 더, 한 번 더 새로 고친다. 키보드를 점점 더 세게 두드린다.

탕. 탕. 탕. 탕. 탕.

라르스는 선수들에게 후원자들이 호텔을 잡아주었다고, 룸서비스를 마음껏 주문해도 된다고, 푹 쉬고 내일 집으로 돌아간다고 얘기한다. 아이들은 다비드의 행방을 묻는다. 라르스는 케빈이 석방될 때를 대비해서 집으로 돌아갔다고 전한다.

"저희 중에 집에 가고 싶은 사람이 있으면 어떻게 해요?" 뤼트가 묻는다.

"그러고 싶은 사람이 있으면 그것도 방편을 마련해줄 수 있다." 라르스가 말한다.

남고 싶어 하는 아이가 단 한 명도 없다. 그들은 한 팀이고 주장이 있는 집으로 갈 것이다. 그날 밤, 집으로 반쯤 갔을 때 드디어 휴대전화를 통해 소식이 전해진다. 케빈이 왜 경찰관들에게 끌려갔는지, 무슨 죄목이었는지, 누가 신고했는지. 먼저 한 선수가 말한다. "이게 무슨 소리야? 내가 파티에서 봤는데. 걔가 케빈한테 뽕갔잖아!" 또 다른 선수가 말한다. "씨발, 말도 안 돼! 둘이서 방으로 올라가는 걸 내가 봤는데, 걔가 앞장섰다고!" 세 번째 선수가 선언한다. "순진한 척하시네! 걔가 어떤 옷 입고 왔는지 봤지? 개 같은 년."

스틱과 퍽과 유니폼으로 둘러싸인 어느 방의 침대에서 자고 있던 한 남동생이 누나의 단짝 친구가 옆방에서 노트북을 있는 힘껏 벽으로 내동댕이치는 소리를 듣고 깬다. 그렇게 내동댕이치면 그 안에 그런 글을 적은 사람들이 노트북과 함께 산산조각 날지 모른다고 기대하는 걸까.

34

미라와 페테르는 집 앞의 조그만 계단에 앉아 있다. 서로 떨어져서 앉아 있다. 페테르는 이런 거리감을 너무나 또렷하게 기억한다. 오직 상심만이 그 둘을 묶는 연결고리라는 생각이, 미라가 자격도 없는 그의 곁을 떠나지 않는 이유가 이삭에 얽힌 추억을 공유할 사람이 없기 때문이라는 생각이 드는 날들이 있었다. 하지만 그렇지 않은 날에는 정반대의 현상이 벌어졌다. 상심이 그들을 가르고, 그들 사이에서 보이지 않는 장벽 역할을 했다. 지금 그런 상황이 다시 돌아왔다.

"내 잘못이야." 페테르가 속삭인다.

미라는 고개를 세게 젓는다.

"그런 소리하지 마. 당신 잘못 아니야. 그 자식한테…… 그 자식한테…… 핑곗거리 만들어주지 마."

"구단에서 키운 아이잖아, 미라. 내 구단에서."

미라는 아무 대꾸도 하지 않는다. 그녀는 하도 오랫동안 주먹을 불끈 쥐고 있어서 마침내 그 주먹을 편 뒤에도 손톱자국이 며칠 동안 지워지지 않는다. 그녀는 일을 시작한 이래 법과 정의를 위해 살았고 공정성과 인도주의를 믿었고 폭력과 복수에 반대했다. 때문에 그녀를 파도처럼 뒤덮은 감정과 온 힘을 다해 싸우고 있지만, 전력으로 엄습해 그녀가 믿은 모든 것을 무너뜨리는 그것을 막을 도리가 없다.

그녀는 그를 죽여버리고 싶다. 케빈을 죽여버리고 싶다.

안-카트린과 갈텐은 주차장에서 결승전을 마치고 돌아오는 선수단 버스를 기다리고 있다. 안-카트린은 이 소리를 영원히 기억할 것이다. 빽빽하게 모여서 웅성거리듯 여전히 웅웅거리는 오늘 밤 이 마을에 깔린 정적. 주변의 집들 모두 어두컴컴하지만 멀쩡하게 깨어서 전화기와 컴퓨터를 통해 점점 악에 받치고 점점 더 비열한 말들을 전파하고 있을 게 분명한 사람들. 베어타운 사람들은 말이 별로 없다. 그럼에도 가끔은 그들이 하는 게 말밖에 없는 것처럼 느껴질 때도 있다. 갈텐이 그녀의 팔을 가만히 건드린다.

"기다려야 해, 안-카트린. 함부로 개입하면 안 돼…… 진상을 파악할 때까지."

"페테르는 당신 단짝 친구잖아."

"어떻게 된 영문인지 아직 모르잖아. 아무도 모르잖아. 함부로 개입하면 안 돼."

안-카트린은 고개를 끄덕인다. 당연히 함부로 개입하면 안 된다. 무슨 일이든 양쪽의 이야기가 있는 법이다. 케빈의 주장도 들어봐야 한다. 그녀는 그래야 한다고 애써 마음을 다잡는다. 천국에 있는 모든 신과 온갖 불멸의 성모의 이름을 걸고 열심히 노력한다.

아나는 부끄러운 마음에 두 손에 얼굴을 묻고 방에 서 있다. 마야는 충격받은 얼굴로 침대에 앉아 있는데, 노트북의 잔재가 온 사방에 흩뿌려져 있다. 미라가 들어와서 두 아이의 손을 한쪽씩 잡는다.

"아나, 내가 널 얼마나 사랑하는지 알지? 내 친딸처럼 사랑하는 거."

아나가 얼굴을 훔치는 순간 코에서 굵직한 방울들이 바닥으로 떨어진다. 미라는 아이의 머리칼에 입을 맞춘다.

"하지만 당분간 너희 집에 가줘야겠다, 아나. 우리가…… 우리 가족끼리 지내야 하겠어서."

마야는 아나를 대신해서 항의하고 싶지만 너무 피곤하다. 현관문이 닫히는 소리가 들리자 마야는 누워서 다시 잠을 청한다. 자고 자고 또 잔다.

페테르는 딸의 단짝 친구를 집까지 데려다준다. 모든 집들이 어두컴컴하지만 창밖을 내다보는 시선들이 느껴진다. 아나가 차에서 내리자 그는 무슨 말이라도 해주고 싶어진다. 위로와 용기와 가르침을 전하는 현명한 부모가 되고 싶어진다. 하지만 할 말이 없다. 그래서 나온 말이 이거다.

"괜찮아질 거다, 아나."

아나는 재킷을 단단히 여미고 털모자로 이마를 덮고 그를 생각해서 그 말을 믿는 것처럼 보이려고 노력한다. 하지만 성공하지 못한다. 페테르는 고요한 분노로 몸을 부들부들 떠는 아이를 보며 몇 년 전, 미라와 마야가 말다툼을 벌였던 때를 떠올린다. 그들의 딸이 처음으로 사춘기 특유의 울분을 터뜨린 날이었고 부엌에 덩그러니 남겨진 미라는 상심한 마음을 달래며 훌쩍였다. "쟤가 나를 미워해. 내 딸이 나를 미워한다고." 페테르는 아내를 꼭 끌어안고 속삭였다. "당신 딸은 당신을 존경하고 당신을 필요로 해. 내 말이 믿기지 않으면 아나를 봐. 당신 딸은 그 많은 사람들 중에 당신을 꼭 닮은 아이를 단짝 친구로 선택했잖아. 당신처럼 감정을 숨길 줄 모르는 아이를." 페테르는 차에서 내려 아나를 안아주고 겁먹지 말라고 얘기하고 싶지만, 그는 그런 타입이 못된다. 그리고 그도 너무 겁이 나서 거짓말을 할 수가 없다.

차가 사라지자 아나는 집 안으로 살금살금 들어가 개들을 깨워서 최대한 숲속 깊숙이 데리고 간다. 거기서 녀석들의 털에 얼굴을 묻고 흐느껴 운다. 녀석들은 아나의 목에 대고 숨을 쉬고 귀를 핥고 코로 그녀를 쿡쿡 찌른다. 아나는 동물보다 다른 인간을 더 좋아하는 사람들을 죽을 때까지 이해하지 못할 것이다.

오비크 가족의 집에는 오늘 밤에 빈방이 없다. 가비의 두 아이가 삼촌의 침대에서 잠이 들었고, 아드리와 카시아는 엄마의 침대에서, 그 엄마는 소파에서 잠이 들었다. 딸들이 거실 소파에서 자겠다고 하지만 엄마가 하도 윽박지르는 바람에 포기하는 수밖에 없다. 벤이와 함께 병원에 갔던 가비가 다음 날 일찍 돌아오자 엄마와 누나들은 목발과 깁스한 발을 보더니 그의 머리를 때리며 못살겠다고, 넌 세상 무엇과도 바꿀 수 없는 존재라고, 사랑한다고, 등신이라고 소리를 지른다.

그는 조카들이 잠들어 있는 자기 침대 옆 바닥에서 잔다. 일어나보니 둘 다 바닥으로 내려와서 그의 옆에 웅크리고 누워 있다. 하키 유니폼을 입고 있다. 등번호가 '16'번이다.

미라는 딸의 침대 옆에 앉아 있다. 마야와 아나가 어렸을 때 페테르는 두 아이가 특히 잠이 들었을 때 얼마나 다른지를 놓고 우스갯소리를 늘어놓곤 했다. "마야가 자고 일어난 침대는 이불을 정리할 필요도 없어. 그런데 아나가 자고 일어난 침대는 원래 있었던 자리로 옮겨놓기부터 해야 하지." 마야는 졸음에 겨운 송아지처럼 일어났다. 아나는 화가 나서 권총을 찾으려고 하는 술 취한 중년 남자처럼 일어났다. 이 두 아이의 공통점이 있다면 자기 이름에 대한 보호 본능이었다. 마야는 자기와 이름이 같은 아이들이 있다는 사실을 맨 처음 깨달았을 때 예전에는 본 적 없을 만큼 화를 냈다. 포크와 숟가락의 손잡이 색이 먹은 음식의 색과 같아야 하고 잠잘 시간이 되면 "아빠, 내 발이 서로 크기가 같아서 싫어요!"라며 성질을 부리는 게 완벽하게 정상적인 반응인 나이에 그랬으니 시사하는 바가 컸다. 마야라는 이름으로 불리는 아이들이 또 있다는 사실보다 그녀를 더 열받게 만드는 것은 없었다. 마야와 아나에게 이름은 개인 소유였고, 허파나 눈동자와 같은 신체 일부였다. 따라서 그녀의 세상에서 다른 마야와 아나들은 도둑이었다. 이 아이들은 결코 평범해지고 싶어 하지 않았다.

인간의 성장 속도는 잔인하리만치 빠르다.

페테르는 소리 없이 문을 닫는다. 볼보 열쇠를 현관 옆 고리에 건다. 미라와 함께 부엌에 앉아서 아주 한참 동안 아무 말도 하지 않는다. 마침내 미라가 속삭인다.

"이제 중요한 건 우리가 아니야. 우리 딸이 무슨 수로 이 사건을 견뎌내느냐 하는 거지."

페테르의 시선은 식탁에 고정되어 있다.

"워낙 강한 아이잖아." 그가 말한다. "내가 뭐라고 얘길 해주면 좋을지 모르겠어. 이미 나보다 강한 아이라서."

미라의 손톱이 다시금 살갗을 파고든다.

"걔를 죽여버리고 싶어, 페테르. 걔가…… 걔가 죽는 걸 보고 싶어."

"알아."

그는 보이지 않는 힘이 작용하는 공간을 넘어 부들부들 떨고 있는 미라를 끌어안고, 두 사람은 아이들이 깨지 않도록 숨을 죽이고 같이 훌쩍이며 흐느낀다. 그들은 죽을 때까지 자책에서 벗어날 수 없을 것이다.

"당신 잘못이 아니야, 페테르. 하키 때문이 아니야. 사람들이 뭐라고 하더라…… '한 아이를 키우려면 온 마을이 필요하다'고 하던가?" 그녀는 속삭인다.

"어쩌면 그게 문제일지 몰라. 우리가 마을을 잘못 고른 걸지 몰라." 그가 대답한다.

학부모들이 아이스하키장에서 청소년팀 선수들을 차에 태운다. 그들은 정적으로 뒤덮인 차를 타고 정적으로 뒤덮인 집으로 향하는데, 집 안의 불빛이라고는 여러 화면에서 뿜어져나오는 불빛뿐이다. 뤼트는 동이 트기 전에 보보를 찾아간다. 그들은 별다른 말은 하지 않는다. 뭔가 조치를 취해야 한다는 생각, 행동으로 보여주어야 한다는 생각만 공유할 뿐이다. 그들은 마을을 걸어 다니며 집 밖에 나와 있는 청소년팀 선수들을 몇 명 더 모은다. 어두컴컴한 하늘 밑에서 주먹을 불끈 쥐고 사나운 눈빛으로 아무도 없는 거리를 내다보며 시커면 벌떼처럼 이 마당, 저 마당으로 움직인다. 해가 뜰 때까지 계속한다. 그들은 공격을 당한 듯 위협을 느낀다. 이 하키단이 그들에게 어떤 의미이며 (의리와 사랑이다) 그들이 주장을 얼마나 사랑하는지 서로에게 외치고 싶다. 하지만 말로 표현할 방법이 없기에 다른 방식으로 보여주려고 한다. 그들은 살기등등한 군대처럼 나란히 걷는다. 그들은 뭔가를 간절히 구출하고 싶다. 뭔가를 훼손하고 싶다. 파괴하고 싶다. 그들은 적을 찾아나섰다. 뭐라도 상관없을 것이다.

아맛은 집에 도착하자마자 침대로 직행한다. 파티마는 말없이 다른 방을 지킨다. 다음 날 아침에 두 사람은 버스를 타고 아이스링크로 간다. 그곳에서도 아무도 아무 말도 하지 않는다. 아맛은 스케이트를 신고 스틱을 들고 미친 듯이 빙판을 가로질러 반대편 펜스에 가서 아프도록 세게 부딪친다. 땀이 비 오듯 쏟아져 아무도 볼 수 없을 때가 되어서야 눈물을 쏟는다.

어떤 집에서는 엄마와 아빠가 식탁 앞에 앉아 있다.
"그냥 궁금해서 그러는데…… 만에 하나……?" 엄마가 운을 뗀다.
"우리 아들이 그랬을 거라고 생각해!? 우리 아이가 그랬을 거라고 생각하다니 그러고도 엄마라고 할 수 있겠어?" 아버지는 고함을 지른다.
그녀는 체념하는 뜻에서 고개를 저으며 바닥을 내려다본다. 두말하면 잔소리지만 그의 말이 맞는다. 그러고도 엄마라고 할 수 있을까? 그녀는 속삭인다. "당연히 아니지." 당연히 그녀도 그들의 아들이 그랬을 거라고 생각하지 않는다. 그녀는 모든 게 너무 혼란스러워서 아무도 이성적으로 판단하지 못하고 있다고, 잠을 좀 자야 하지 않겠느냐고 달래려고 한다.

"케빈이 경찰서에 붙잡혀 있는 한 자지 않아. 염병, 그것만큼은 분명히 알아두는 게 좋을 거야!" 아버지는 선언한다.

그녀는 고개를 끄덕인다. 그녀는 앞으로 두 번 다시 잠을 잘 수 있을지 모르겠다.

"알아, 여보. 알아."

다른 어떤 집에서는 다른 엄마와 아빠가 다른 식탁 앞에 앉아 있다. 그들이 십 년 전에 캐나다를 등지고 베어타운으로 이사한 이유는 그들이 아는 곳 중에서 가장 안전하고 안심할 수 있는 곳이기 때문이었다. 나쁜 일은 아무것도 벌어지지 않을 것처럼 느껴지는 곳이 간절하게 필요했기 때문이었다.

이제 그들은 아무 말도 하지 않는다. 긴 밤이 지나도록 한마디도 하지 않는다. 그래도 그들은 서로 무슨 생각을 하고 있는지 안다. '우리는 아이들을 지켜주지 못했어.'

우리는 아이들을 지켜주지 못했어 우리는 아이들을 지켜주지 못했어 우리는 아이들을 지켜주지 못했어.

35

증오는 매우 자극적인 감정일 수 있다. 모든 것과 모든 사람을 친구와 적, 우리와 그들, 선과 악으로 나누면 세상을 훨씬 더 쉽게 이해할 수 있고 훨씬 덜 무서워할 수 있다. 한 집단을 똘똘 뭉치게 하기에 가장 쉬운 방법은 사랑이 아니다. 사랑은 어렵다. 요구사항이 많다. 증오는 간단하다.

그래서 갈등이 벌어지면 우리는 제일 먼저 편을 정한다. 양쪽의 생각을 같이 하는 것보다 그러는 편이 더 쉽기 때문이다. 그런 다음에는 우리의 믿음을 뒷받침할 만한 증거를 찾는다. 평범한 일상을 계속 이어나갈 수 있도록 위안이 될 만한 증거를 찾는다. 그런 다음에는 적에게서 인간성을 거세한다. 그러는 방법에는 여러 가지가 있지만 가장 간단한 방법이 이름을 제거하는 것이다.

그래서 몇 날 밤이 찾아오고 소문이 번지자 베어타운에서는 어느 누구도 휴대전화나 컴퓨터로 '마야'라고 쓰지 않고 'M'이라고 한다. 아니면 '그 아이'라고 한다. 아니면 '그 걸레'라고 한다. 어느 누구도

'성폭행'을 운운하지 않고 다들 '그 주장'이라고 한다. 아니면 '그 거짓말'이라고 한다. 처음에는 '아무 일도 없었다'로 시작해서 '무슨 일이 있었다 한들 자발적이었다'로 발전하고, 한술 더 떠서 '자발적이 아니었다 한들 그 아이가 자초한 일이다. 술을 마시고 그의 방에 같이 들어가다니 무슨 생각으로 그랬던 거냐'로 수위가 높아진다. '그 아이가 원해서 한 거였다'로 시작해 '당해도 싸다'로 마무리된다.

어떤 인간을 더 이상 인간으로 보지 말자고 서로를 설득하는 건 금방이면 된다. 충분히 많은 사람들이 충분히 많은 시간 동안 침묵하면 목소리를 내는 소수가 너 나 할 것 없이 악을 쓰는 듯한 인상을 풍길 수 있다.

마야는 주어진 모든 임무를 완수한다. 주변의 모든 사람들이 하라는 대로 빠짐없이 한다. 경찰관들의 모든 질문에 대답하고, 병원에서 모든 검사를 받고, 몇 시간 동안 차를 타고 가서 심리 치료사를 만난다. 그 심리 치료사는 그녀가 잊고 싶은 일들을 몇 번이고 떠올리길 바란다. 억누르고 싶은 감정을 느끼길 바라고, 악을 쓰고 싶을 때 울길 바라며, 죽고 싶을 때 이야기를 하길 바란다. 아나가 전화하지만 마야는 전화기를 꺼놓는다. 익명의 문자로 넘쳐나기 때문이다. 무엇이 진실인지 순식간에 결정한 사람들이 자신의 정체를 감춘 채 그녀를 어떻게 생각하는지 밝히기 위해 선불 전화기까지 장만했다.

집으로 들어선 순간 그녀의 몸이 쪼그라들기라도 한 것처럼 재킷이 현관 앞 바닥으로 스르르 떨어진다. 장기가 하나씩 그녀를 저버리고 그녀는 점점 더 작아진다. 허파, 신장, 간, 심장. 결국에는 독만 남는다.

레오는 컴퓨터 앞에 앉아 있었을 때 누나가 자기 방문 앞에서 걸음을 멈추는 소리를 듣는다. 그의 방을 찾아오다니 어렸을 때 이후로 처음이다.

"뭐해?" 누나가 들릴락 말락 한 목소리로 묻는다.

"게임." 레오는 대답한다.

레오는 인터넷 접속을 끊는다. 레오의 전화기는 배낭 제일 밑바닥에 있다. 그의 누나는 두 팔로 단단히 몸을 감싸고 이삼 미터 멀리 서서 어제까지만 해도 유니폼과 포스터가 걸려 있었던 휑한 벽을 쳐다본다.

"나도 해도 돼?" 누나가 속삭인다.

동생은 부엌에서 의자를 하나 들고 온다. 둘은 몇 시간 동안 아무 말 없이 게임을 한다.

미라는 사무실에 있다. 다른 변호사들과 연달아 회의에 참석한다. 싸운다. 페테르는 집에서 구석구석 청소를 하고, 젖산이 분출되는 게 느껴질 때까지 싱크대를 닦고, 침구와 수건을 모두 빨고, 집 안에 있는 모든 유리잔을 손수 씻는다.

이삭을 잃었을 때는 가끔 적이 있었으면 좋겠다는 생각이 들었다. 벌 받아 마땅한 죄인이 있었으면 하는 생각이 들었다. 하느님과 대화를 나눠보라는 사람들도 있었지만, 묘비에 새겨진 연도를 손끝으로 더듬는 부모의 입장이 되어보면 하느님과 정상적인 대화를 나누거나 신의 존재를 믿기가 쉽지 않다. 수학의 문제는 아니다. 며칠을 살았는지 생애를 계산하는 방법은 간단하다. 묘비 오른쪽에 새겨진 네

자리 숫자에서 왼쪽에 새겨진 숫자를 뺀 다음 365를 곱하고 윤년 하나당 1씩 더하면 된다. 그런데 아무리 해도 말이 안 된다. 계산을 다시 해보고 다시 해보고 또다시 해봐도 자꾸 이상한 답이 나온다. 아무리 더해봐도 부족하다. 생애라고 하기에는 산 날이 너무 적다.

그들은 '정황'을 운운하는 사람들이 싫었다. 정황은 건드릴 수 없는 부분이었다. 그들은 얼굴이 있는 가해자를 원했다. 죄책감의 무게로 허우적거릴 사람이 필요했다. 그런 사람이 없으면 그들이 늪 속으로 끌려 들어가야 했다. 너무 이기적인 발상이었다는 건 알지만 벌을 받을 사람이 없으면 하늘에 대고 악을 쓰는 수밖에 없었고, 그들의 분노는 인간이 감당할 수 없을 만한 수준이었다.

그들은 적을 원했다. 이제 적이 생겼다. 그런데 그들은 딸아이의 곁을 지켜야 하는 건지 아니면 그녀를 해친 사람을 추격하러 나서야 하는 건지, 그녀가 살아나갈 수 있도록 도와줘야 하는 건지 아니면 책임지고 적의 숨통을 끊어야 하는 건지, 그 둘이 같은 게 아닌 이상 알 수가 없다. 증오가 그 반대말보다 훨씬 더 쉽다.

부모들의 상처는 치유되지 않는다. 아이들도 마찬가지다.

어느 나라의 어느 마을에 살건 아이들은 누구나 어느 시점이 되면 생사가 오락가락할 정도로 위험한 게임을 벌이기 마련이다. 어떤 집단이건 가장 높은 바위에서 가장 먼저 뛰어내리고 달려오는 열차를 앞에 두고 가장 마지막으로 선로를 점프해 건너는 등, 도가 지나친 친구가 한 명씩 있기 마련이다. 그 아이는 가장 용감한 게 아니라 그냥 가장 겁이 없는 거다. 그리고 어쩌면 남들보다 잃을 게 많지 않다고 생각하는 것일 수도 있다.

벤이가 항상 가장 강렬한 육체적인 감각을 추구한 이유는 그것으로 다른 모든 느낌을 지울 수 있기 때문이었다. 아드레날린이 솟구치고 입안에서 피 맛이 느껴지며 통증으로 온몸이 욱신거리면 머릿속은 기분 좋게 웅성거렸다. 그가 겁이 나는 상황으로 자기 자신을 몰고 가는 것을 좋아하는 이유는 겁에 질리면 다른 생각을 할 수 없기 때문이다. 그는 자기 몸에 칼을 대본 적은 없지만 그러는 사람들을 이해한다. 가끔은 고통이 너무 그리워서 열차를 타고 몇 시간 거리의 마을로 건너가 해가 떨어질 때까지 기다렸다가 가장 덩치가 큰 깡패들을 찾아가서 시비를 걸고 흠씬 두들겨 맞을 때까지 죽도록 싸우는 상상을 한다. 바깥쪽이 심하게 아프면 다른 곳은 살짝 덜 아플 때도 있기 때문이다.

베이스 연주자는 무대에서 내려오기 전에 그 아이를 본다. 그는 너무 놀라서 미소를 감추는 것을 잊어버린다. 예전과 똑같은 까만색 옷을 입고 있다.

"왔구나."

"이 일대에서는 놀 거리가 별로 없거든요."

베이스 연주자는 웃음을 터뜨린다. 두 사람이 세 걸음 거리를 두고 맥주를 마시는 동안 덩치 큰 취객들이 가끔씩 다가와서 벤이의 등을 친다. 부러진 발을 운운하며 칭찬하고 심판이 개새끼였다고 욕을 한다. 그러고는 중얼거린다. "그리고 케빈의 그 일은 지랄맞게 쪽팔린 일이지." 연령층도 다양한 일고여덟 명이 똑같은 대사를 읊는다. 다들 16번에게 맥주를 사고 싶어 한다. 베이스 연주자의 착각일지 몰라도 그의 눈에는 등을 한 대씩 맞을 때마다 벤이가 살짝 움츠러드는 것처럼 보인다. 베이스 연주자는 이 세계가 처음이 아니다. 정체를 감추고 사는 것처럼 보이는 남자아이라면 전에도 만난 적이 있다. 그런데 어느 누구의 기대도 저버릴 수 없는 이런 마을에서는 다를지 모른다.

드디어 단둘이 남겨지자 베이스 연주자는 잔을 비우고 조용히 말한다.

"이제 그만 가야겠다. 이제 보니…… 하키 얘기를 하고 싶어 하는 사람들이 많네?"

벤이는 그의 팔을 잡고 "아뇨…… 우리 다른 데로 가요"라고 속삭인 뒤 불을 붙인다.

베이스 연주자는 어둠 속으로 나서 건물 오른쪽으로 난 길을 걷는다. 벤이는 십 분 기다리고 나가서 왼쪽으로 난 지름길로 숲속을 가로지른 뒤 절뚝거리며 돌아와 숲속에서 욕을 하며 비틀거리고 있는 남자를 만난다.

"너 하키 할 줄 아는 거 맞니? 뭔가 잘못된 것 같은데." 베이스 연주자는 벤이의 목발을 보고 웃으며 묻는다.

"아저씨는 베이스 칠 줄 아는 거 맞아요? 공연 내내 튜닝만 하는 것 같던데." 벤이는 맞받아친다.

그들은 마리화나를 피운다. 어둠 속에서 기세를 모은 바람이 휘파람 소리와 함께 눈발을 가로지르지만 두 남자는 건드리지 않기로 막판에 결단이라도 내렸는지 남의 살갗을 처음으로 만지는 손가락처럼 머뭇거리며 그들을 언뜻 스치고 지나간다.

"네 머리칼 마음에 든다." 베이스 연주자가 그 사이로 숨을 쉬며 얘기한다.

벤이는 눈을 감고 목발을 놓는다. 술을 좀 더 마시지 않은 것을, 마리화나를 좀 더 피우지 않은 것을 후회한다. 자제력이라는 코딱지만 한 녀석을 잘못 판단하는 바람에 완전히 케이오시키지 못하고 깨어 있게 내버려두었다. 그는 모든 게 시작되길 바라지만 상대방의 허리 위로 손을 올려놓자 저절로 주먹이 쥐어진다. 상대방이 놀라서 움찔하자 벤이의 몸이 긴장하고, 그는 불화살과 같은 통증이 온몸에 꽂히도록 일부러 부러진 쪽 발에 체중을 싣는다. 그는 베이스 연주자를 조심스럽게 떼어낸다. 목발을 줍고 속삭인다.

"잘못 생각했네요……"

눈밭에 발목까지 파묻힌 베이스 연주자를 어두컴컴한 숲속에 혼자 두고 16번은 절뚝절뚝 라단으로 돌아간다. 베이스 연주자가 말한다.

"엄청난 비밀은 인간을 작아지게 하지."

벤이는 아무 대꾸도 하지 않는다. 하지만 작아지는 기분을 느낀다.

베어타운에 월요일 아침이 찾아오지만 마을 주민들을 깨우기가 영 내키지 않는지 태양이 제대로 고개를 내밀지 않는다.

한 엄마가 볼보에 앉아서 이럴 필요는 없다고 딸을 설득하려 하고 있다. 등교하지 않아도 된다고. 오늘은 그냥 넘겨도 된다고.

"할래요." 딸은 어머니의 머리칼을 어루만지며 이렇게 대답한다.

"사람들이 온라인에서 뭐라 그러는지 네가…… 네가 몰라서 그래." 미라는 조용히 얘기한다.

"뭐라 그러는지 정확히 알아요. 그래서 등교하겠다는 거예요. 이럴 각오가 되어 있지 않았다면 경찰서에 신고하지도 않았을 거예요, 엄마. 이제 저는……"

딸아이의 목소리가 갈라진다. 미라의 손톱이 운전대를 파고들어 자잘하게 고무를 뜯어낸다.

"저들한테 굴복하지 마. 너는 아빠 딸이야."

마야는 손을 내밀어 미라의 뺨에 묻은 머리카락 두 가닥을 귀 뒤로 넘겨준다.

"저는 엄마 딸이죠. 늘 그랬잖아요."

"죽여버리고 싶다. 저들을 다 죽여버리고 싶어. 내가 온 회사를 동원했어. 저들이 승리할 가능성은 전혀……."

"이제 그만 들어가야겠어요, 엄마. 지금보다 한참 더 끔찍해진 다음에서야 상황이 좋아지기 시작할 거예요. 그러니까 가야 해요."

미라는 멀어져가는 딸아이를 바라본다. 스테레오를 있는 대로 틀고 숲속 가장 깊숙한 곳으로 차를 몬다. 차에서 내려 목이 쉴 때까지 악을 쓴다.

36

다비드가 아는 하키에 얽힌 가장 단순한 진실이 있다면 팀워크가
승리한다는 것이다. 코치의 전술이 얼마나 훌륭한가는 상관없다. 그
전술이 효과를 거두려면 선수들이 먼저 자기들 자신을 믿어야 한다.
그리고 각자 똑같은 문구를 백만 번씩 머릿속에 각인해야 한다. 너의
역할에 충실할 것. 너의 임무에 집중할 것. 네 할 일을 할 것.
　다비드는 여자 친구의 배에 한 손을 올려놓고 그녀의 옆에 누워
있다.
　"내가 좋은 아빠가 될 것 같아?" 그가 묻는다.
　"정말, 정말, 정말 짜증나는 아빠가 될 거야." 그녀가 대답한다.
　"못됐다."
　그녀는 엄지손가락과 집게손가락으로 그의 귓불을 비튼다. 그의
얼굴이 너무 슬퍼 보여서 그녀는 키득키득 웃음을 터뜨린다.
　"당신은 출산 전술을 짤 테고 조산사랑 진통 작전을 세우려고 하
겠지. 깨야 하는 기록이 있을 테니까. 키와 몸무게도 경쟁이라고 당

신의 머릿속에 주입할 테고. 당신은 이 세상에서 가장 짜증나고 가장 따지기 좋아하는 최고의 아빠가 될 거야."

그의 손끝이 그녀의 배꼽 선을 따라 더듬는다.

"네 생각에는…… 우리 아이도…… 하키를 좋아할 것 같아?"

그녀는 그에게 입을 맞춘다.

"하키를 사랑하지 않으면 당신을 사랑하기가 정말 힘들어, 다비드. 그리고 당신을 사랑하지 않는 건 정말, 정말, 정말 힘들고."

똑바로 누워 있는 그의 몸을 그녀의 다리가 휘감고 있다.

"케빈하고 관련된 사건도 그렇고. 다른 모든 것도 그렇고…… 어떻게 하면 좋을지 모르겠다."

그녀는 일말의 망설임도 없이 속삭인다.

"당신 일만 생각해. 그 사건에 개입하지 말고. 당신은 경찰도 아니고 변호사도 아니잖아. 하키 코치지. 당신 할 일을 해. 선수들한테 당신이 늘 하는 얘기 아니야?"

"제가 어떻게 하길 바라시는지 모르겠군요." 교장이 수화기에 대고 얘기한다. 이 비슷한 전화를 오늘 아침에 몇 통이나 받았는지 세는 걸 진작 포기했다.

"할 일을 해주셨으면 해요!" 마간 뤼트가 수화기 건너편에서 비명을 지른다.

"제가 경찰이 하는 조사를 저지할 수는 없다는 점을 이해해주셨으면……."

마간은 침을 튀겨가며 대답한다.

"이 사건의 정체가 뭔지 아시죠? 하키팀을 통째로 무너뜨리려는 음모예요! 질투심 때문에 벌어진 일이라고요!"

"그래서…… 제가 어떻게 하길 바라십니까?"

"할 일을 하세요!!!"

보보는 정비소에서 자동차 타이어를 쌓는다. 화가 나고 스트레스를 받은 표정으로 벽의 제자리에 공구들을 정리하고 지저분한 작업복을 벗는다.

"이제 학교에 갈 시간이에요, 아빠."

갈텐은 수염을 긁으며 아들을 쳐다본다. 무슨 말을 하고 싶은데, 그무슨 말이 뭔지 모르는 눈치인 것 같기도 하다.

"나중에 네가 이거 마무리하는 것 좀 도와줘야겠다."

"오늘 저녁에 연습 있는데요."

"오늘 저녁에? 하지만 시즌 끝났잖아!"

"필수는 아니지만 다들 참석할 거예요. 팀을 위해서. 뤼트가 그러는데 케빈을 위해서 똘똘 뭉쳐야 한대요."

"뤼트가 그랬다고? 빌리암 뤼트가?" 갈텐은 큰 소리로 되묻는다. 그는 그 가족 가운데 아무라도 뭐를 위해서든 똘똘 뭉치자고 하는 걸평생 본 적이 없지만, 아들의 눈빛을 보아하니 시비를 걸 목적이 아닌 이상 짚고 넘어간들 소용이 없다는 걸 알겠기에 그저 툴툴거린다.

"여기에서도 할 일이 있다는 것만 잊지 마라."

보보는 샤워를 마치자마자 집 밖으로 뛰쳐나간다. 안-카트린과 갈텐은 부엌 창문 너머로 아들을 지켜본다. 뤼트와 아무리 못해도 열명은 됨직한 청소년팀 선수들이 밖에서 기다리고 있다. 이제 그 아이들은 어디든 함께 다닐 것이다.

"보보한테 얘기해야 해. 내가 병원에서 마야를 봤어. 내가 봤다고. 거짓말을 할 아이 같지 않았어." 안-카트린은 말하지만 그녀의 남편은 고개를 젓는다.

"우리는 개입하면 안 돼, 안키. 우리 일이 아니잖아."

예아네테는 잠을 설치면 늘 찾아오는 속쓰림과 편두통을 달래며 배 속의 시커먼 덩어리와 싸우고 있다.

"학생들에게 얘길 해야죠. 아무 일도 없었던 척할 수는 없잖아요."

교장은 한숨을 쉬고 전화기를 흔든다.

"내가 지금 얼마나 압박감에 시달리는지 모르고서 하는 소리야. 오전 내내 전화벨이 울리고 있어. 학부모들은 노발대발하지. 심지어 기자들까지 연락을 하더라니까! 우리는 이런 일을 감당할 만한 여력이 못 돼!"

예아네테는 손마디를 꺾는다. 그녀는 초조해지면 그런다. 하키를 하던 시절에 생긴 오랜 습관이다.

"그럼 입 다물고 있자고요?"

"그래…… 아니…… 우리가…… 젠장, 루머와 추측을 우리까지 거들 수는 없지 않겠나. 이 사람들 도대체 왜 이러는지 모르겠네. 수사가 끝날 때까지 기다리면 될 것을. 그런 일을 하라고 법원이 있는 것 아닌가? 우리가 법 위에 군림할 수는 없어, 예아네테. 그건 우리 책무가 아니야. 만에 하나…… 이 학생이 케빈에 대해서 한 말이…… 사실이라면…… 시간이 지나면 밝혀지겠지. 사실이 아닐 경우에 대비해서 어리석은 행동은 자제해야 할 테고."

예아네테는 비명을 지르고 싶지만 참는다.

"마야는 어쩌고요? 마야가 오늘 등교하면요?"

교장의 표정이 몇 마디 만에 확신에서 불안으로 또 공포로 변한다.

"당연히 등교하지 않겠지. 할 리가 있나. 할 거라고 생각하나?"

"그야 모르죠."

"하지 않을 거야. 당연히 그러지 않겠나? 그 학생이 자네 수업을 듣진 않겠지?"

"네, 하지만 하키팀원 절반이 제 수업을 들어요. 그러니까 정확한 지침을 내려주세요."

교장은 단념하듯 두 손을 위로 던진다. "자네 생각에는 어쩌면 좋겠나?"

그들은 의자를 모으고 머리를 맞대고 구내식당에 앉아 있다. 빌리암 뤼트의 두 눈이 이글거린다.

"씨발, 벤이는 어디 있냐? 본 사람?"

그들은 고개를 젓는다. 뤼트는 집게손가락으로 테이블을 콕콕 찌른다.

"우리 엄마가 오늘 헤드까지 가는 차편을 마련해놨어, 알았지? 점심시간 직전에 출발할 거야. 다른 친구들한테는 절대 얘기하지 마. 지랄하는 선생님은 우리 부모님들이 상대할 거야. 알았지?"

그들은 고개를 끄덕인다. 뤼트는 주먹으로 테이블을 내리친다.

"이런 짓을 하는 자식들한테 우리는 하나라는 걸 보여줄 거야. 왜냐하면 너희들도 이 사건의 정체를 알지? 우리 팀을 무너뜨리려는 음모야. 우리를 질투하는 거라고. 음모 그리고 염병할 질투."

아이들은 결연한 표정으로 알겠다는 듯이 고개를 끄덕인다. 다들 눈 밑에 그늘이 졌다. 몇 명은 울고 있다. 뤼트는 한 명씩 어깨를 때린다.

"이제 우리 팀이 한데 뭉쳐야 해! 모든 팀원이!"

뤼트는 보보를 똑바로 쳐다보며 이렇게 얘기한다.

아맛은 사물함 옆에 서 있다. 안에다 토악질이라도 하려는 듯한 분위기다. 식당을 나선 보보가 아맛 쪽으로 다가가 뒤에서 어색하게 걸음을 멈춘다.

"우리 팀이…… 한데 뭉쳐야 해, 아맛. 케빈이 오늘 경찰서에서 풀려난다고 하니까, 1교시 수업은 듣지만 나중에 다 같이 헤드로 갈 거야. 단체로 움직이는 게 중요해. 보여줘야…… 하니까."

둘 다 마야의 사물함이 있는 쪽은 외면한다. 모든 학생들이 그 앞을 지날 때 그녀의 사물함 쪽으로 시선을 돌리지만 거길 쳐다보지는 않는다. 십대가 되면 금세 터득하는 기술이다. 사물함 문이 까만 잉크로 뒤덮였다. 적힌 단어는 세 글자다. 이제 그녀가 그들에게 그것이다.

케빈은 혼자서는 걷지 못하는 사람을 부축하듯 조심스럽게 그를 붙잡은 사람들에게 이끌려 헤드의 경찰서를 나선다. 이쪽에는 그의 아빠가, 저쪽에는 그의 엄마가 있고, 청바지에 깔끔한 맞춤 재킷을 입고 불끈 쥔 주먹 못지않게 단단히 넥타이를 맨 중년의 남자들이 인간 보호 장벽처럼 그들을 에워싸고 있다. 대부분 구단의 후원자들이고 두 명은 이사, 몇 명은 이 일대의 잘나가는 사업가, 한 명은 지역 정치인이다. 하지만 누가 물으면 그들은 절대 그런 식으로 정체를 밝히지 않고 이렇게 얘기할 것이다. "우리는 에르달 가족의 친구들입니다. 이 가족의 친구들요." 그 몇 걸음 뒤에 청소년팀 선수들이 있다. 한두 명은 아직 앳된 티가 남아 있지만 모아놓고 보면 다 큰 어른이다. 조용하고 위협적이다. 그들은 어떤 이에게 무언가를 증명하기 위해 나선 길이다.

케빈이 부축을 받으며 차에 오르는 동안 엄마가 다정하게 담요로 아들의 어깨를 감싼다. 그들을 에워싼 남자들은 평소처럼 그 아이의 등을 때리지 않고 대신 애정 어린 손길로 뺨을 토닥인다. 어쩌면 그래야 마음이 더 편안해지는 걸지 모른다. 그 아이가 피해자인 듯 대해야.

벤이는 이십 미터 멀리 있는 야트막한 담벼락에 앉아 있다. 모자를 푹 눌러쓰고 후드를 덮어서 얼굴이 그림자에 가려져 있다. 어른들은 어느 누구도 모르고 지나치지만 케빈은 아니다. 어머니가 담요를 둘러주고 차문이 닫히기 직전의 그 짧은 순간에 그의 시선이 단짝 친구의 시선과 만난다. 하지만 케빈이 시선을 떨군다.

차량 행렬이 케빈의 아빠를 따라 헤드를 출발했을 무렵 벤이는 이미 사라진 지 오래다. 경찰서 앞 길거리에 남은 사람은 아맛뿐이다. 아맛은 헤드폰을 쓰고 볼륨을 높이고 두 손을 주머니 깊숙이 쑤셔 넣고 베어타운까지 혼자 걸어가기 시작한다.

아나는 평소처럼 비명 소리와 달그락거리는 소리가 난무하는 학교

식당으로 들어선다. 한쪽 구석의 외딴 섬에 마야 혼자 앉아 있다. 심지어 그 주변의 테이블에조차 아무도 앉지 않아서 고립, 그 자체다. 모두들 그쪽을 바라보지만 그녀를 쳐다보지는 않는다. 아나가 그쪽으로 걸어가자 마야가 덫에 걸린 채로 가까이 오지 말라고 경고하는 동물처럼 얼굴을 든다. 가만히 고개를 젓는다. 아나가 한 걸음 옮길 때마다 온 지구의 중력이 흔들린다. 그녀는 고개를 숙이고 그대로 지나쳐 다른 쪽 구석에 앉는다. 그 순간에 느낀 굴욕감은 죽는 날까지 그녀를 따라다닐 것이다.

선배 여학생 일당이 (아나가 케빈의 파티 때 부엌에서 본 아이들이다) 마야를 향해 다가간다. 그들은 처음에는 그녀를 투명인간 취급하다 문득 이 세상에 그녀 하나밖에 없는 듯이 군다. 한 아이가 유리잔을 손에 들고 앞으로 걸음을 옮긴다. 나머지는 장벽처럼 식당의 이쪽과 저쪽을 막고 선다. 그래야 모두들 정확하게 목격하더라도 나중에 선생님들이 물으면 '시야가 가려져서 무슨 일인지 보지 못했다'고 할 수 있기 때문이다.

"너 같은 걸 따먹고 싶어 하는 인간이 있을 것 같아, 이 구역질 나는 나쁜 년아?"

마야의 머리카락에서 얼굴을 타고 흘러내린 우유가 상의 안으로 흘러든다. 그녀가 유리잔으로 마야의 눈썹을 치지만 잔은 깨지지 않고 마야의 눈썹도 찢어지지 않는다. 그녀가 너무한 건 아닌가, 마야가 피를 흘리며 쓰러지면 어쩌나 걱정하느라 언뜻 겁에 질린 눈빛을 짓는다. 하지만 마야는 얼굴이 두껍다. 그리고 그 여학생의 눈빛도 다시 비웃음으로 물든다. 공격한 대상을 더 이상 인간으로 간주하지 않는 듯한 눈빛이다.

모두 그 광경을 보지만 아무도 보지 않는다. 식당은 소음으로 가득한 동시에 절대적으로 고요하다. 여기저기서 키득거리는 소리가 숨죽인 함성처럼 마야의 귓전을 때린다. 그녀는 욱신거리는 눈썹과 이마를 달래며 차분히 앉아서 쟁반에 놓인 몇 장 안 되는 냅킨으로 천천히 우유를 닦는다. 금세 냅킨이 동난다. 두리번거리며 찾을 생각은 하지 않는데, 갑자기 누군가가 두툼한 냅킨 뭉치를 그녀 옆에 내려놓는다. 크기가 거의 그녀만 한 손이 테이블을 닦기 시작한다. 그녀는 그를 쳐다보며 거의 애원하는 눈빛으로 고개를 젓는다.

"네가 여기 앉아봐야 상황만 더 안 좋아질 뿐이야." 그녀는 속삭인다.

"알아." 레오가 말한다.

그녀의 남동생은 옆자리에 앉아서 점심을 먹기 시작한다. 아랑곳하지 않는 눈치다.

"그런데 왜 그래?" 그 아이의 누나가 묻는다.

레오는 어머니를 닮은 눈으로 그녀를 쳐다본다.

"우리는 저들과 다르잖아. 우리는 베어타운의 곰이 아니잖아."

37

인간이 서로를 대하는 태도에 대해 토론을 벌이다보면 거의 항상 '인간의 본성'을 둘러싼 논란으로 귀결된다. 이것은 생물 선생님이 설명하기에도 쉽지 않은 주제다. 인간이라는 종족은 똘똘 뭉치고 서로 협력한 덕분에 살아남았지만 또 한편으로는 강자가 약자의 희생을 딛고 번영을 구가함으로써 발전할 수 있었다. 그렇기 때문에 어디쯤에 선을 그어야 하는지 항상 의견이 분분할 수밖에 없다. 우리는 어디까지 이기적이어도 될 것인가. 얼마나 서로를 챙겨야 하는가.

"하지만 배가 가라앉을 때는? 집에 불이 났을 때는?" 이런 식으로 극단적인 시나리오를 제시하는 사람들에게는 당할 재간이 없다. 생사가 달린 상황에서 딱 한 명을 살릴 수 있다면 당신은 누굴 선택하겠는가. 구명보트에 태울 수 있는 인원이 정해져 있다면 당신은 혹한의 바다에서 누굴 가장 먼저 끌어내겠는가.

가족이다. 우선 가족부터 구할 것이다. 그녀는 속으로 그렇게 되뇐다. 추워서 죽을 것만 같다. 히터를 틀고 옷을 네 겹 입었는데도 몸이 부들부들 떨린다. 그녀는 이 방, 저 방을 샅샅이 점검했다. 케빈의 방을 치우고, 시트와 베갯잇을 모두 버리고, 빨래통에 있던 티셔츠와 청바지를 모두 집에서 멀리 떨어진 자선용품 수거함에 넣었다. 블라우스 단추가 또 있을 경우에 대비해 청소기를 돌리고, 남은 마리화나를 모두 변기에 버리고 물을 내렸다.

그녀는 엄마이기 때문이다. 거기가 출발점이기 때문이다.

경찰이 도착했을 때 그녀는 문 앞에 당당하게 서 있었다. 그들 측 변호사는 경찰에서 혐의가 제기된 지 일주일 만에 찾아왔으니 가택수색과 법의학적인 증거를 받아들일 수 없다는 식으로 항의하고 수사를 방해하고 골치 아프게 만들 수 있다고 했다. 하지만 케빈의 엄마가 제복 입은 사나이들의 방문을 허락하겠다고 고집을 부렸다. 하지만 그녀의 가족은 숨길 게 아무것도 없다고 거듭 주장한 이유가 그들을 설득하기 위해서인지 아니면 그녀 자신을 설득하기 위해서인지는 알 수가 없었다. 그녀의 몸은 떨림을 멈출 줄 모른다. 하지만 그녀는 그 아이의 엄마다. 거기가 아니면 어딜 출발점으로 삼을 수 있겠는가.

케빈의 아빠는 이제 지휘 본부가 된 부엌에서 전화를 걸고 또 건다. 집으로 모으는 사람들의 숫자가 점점 늘어난다. 그들은 하나같이 이해심이 넘치고 동조적이며 화가 나 있다. 마음 아파한다. 공격적이다. 그들이 전쟁을 치를 태세를 갖춘 이유는 스스로 원해서라기보다 선택의 여지가 없다고 생각하기 때문이다. 케빈의 아빠와 어렸을 때부터 친구였던 마리오 뤼트의 목소리가 그중에서도 가장 크다.

"생각해보세요. 그 아이의 부모가 찾아와서 우리한테 얘기를 했어도 되잖아요. 개인적으로 해결을 시도했어도 되잖아요. 그런데 우리 측에 가장 엄청난 결정타를 날릴 수 있는 순간이 찾아올 때까지 일주일 동안 기다렸다가 결승전 직전에 경찰서를 찾아가서 거짓말을 했어요! 정말 그런 일이 있었다면 왜 진작 고발하지 않았을까요? 왜 일주일 동안 기다렸을까요? 네? 내가 이유를 얘기할까요? 이 마을에는 질투심을 어쩌지 못하는 사람들이 몇 명 있거든요!"

그는 '그 아이의 부모'의 실명을 거론할 수도 있었다. 안데르손 부부라고. 하지만 그러면 효과가 떨어질 것이었다. 그의 이론이 금세 자체적으로 확산될 테니 여기에 더 이상 살을 덧붙일 필요가 없었다.

"단장의 콧대가 너무 높아지면 이런 일이 생기는 거 아니겠어요? 우리가 전권을 허락했더니 구단이 자기 거라는 착각에 빠져서는 이제 권력을 점점 잃어가고 있다는 사실을 받아들일 수가 없는 거예요, 안 그래요? 게다가 케빈이 자기보다 실력이 뛰어나다는 것도 그렇고, 이사진과 후원자들이 그의 뜻과 다르게 수네 대신 다비드를 A팀 코치로 앉히겠다는 것도 그렇고. 안 그래요? 그러니까 단장이 자기 가족을 끌어들여서……."

다비드가 퇴근해보니 중년 남자 세 명이 보초라도 서는 듯 집 밖에서 있다. 다비드도 알다시피 오늘 저녁에는 청소년팀 선수들이 그 역할을 넘겨받을 것이다. 그의 집을 보호할 필요가 있다는 걸까?

"무슨 〈대부〉의 한 장면 같네요." 다비드는 중얼거린다.

프락이 대답한다. 덩치가 좋은 그는 당혹스러운 기색이고 그래서 조금 큰 소리로 웃는다.

"그래, 그렇지? 돈 코를로오네*가 우리의 도움을 필요로 하는 것 같잖아. 살찐 후원자들이 무슨 도움이 되겠는가마는."

그는 빙그레 웃고 자기 배를 두드리며 태연한 척하려고 하지만 결국에는 포기하고 큼지막한 손을 다비드의 어깨에 얹는다.

"다비드, 우리는 그 가족에게 힘이 되어주고 싶을 뿐이야. 자네도 이해하지, 응? 우리가…… 우리가 하나라는 걸 보여주고 싶다 이거지. 알겠나? 그러니까…… 자네보다 케빈을 더 잘 아는 사람은 없잖아. 자네가 그 아이를 키우다시피 했으니까. 그런데 자네 팀원이 그런 짓을 저지를 수 있을 거라고 생각하나? 응? 자네 아이가? 그러니까 우리가 찾아온 이유를 알겠지, 응?"

다비드는 아무 대꾸도 하지 않는다. 그건 그가 해야 할 일이 아니다. 그의 집에서는 그렇다. 맨 처음이 누구인가? 선택의 순간이 찾아오면 누굴 맨 먼저 구할 것인가? 누구의 말을 믿을 것인가?

케빈은 침대에 앉아 있다. 벽에 걸린 포스터와 대조적으로 작아 보인다. 후드 스웨터가 너무 커 보인다. 그는 경찰서에서 이틀 밤을 보냈다. 침대가 얼마나 편안했건 경찰관들이 얼마나 친절했건 그런 건 중요한 문제가 아니다. 잠자리에 들기 전에 밖에서 문이 잠기는 소리가 들리면 사람이 이상해진다. 그는 속으로 그렇게 되뇐다. 선택의 여지가 없다고, 그의 잘못이 아니라고, 어쩌면 그런 일은 벌어지지 않았을지 모른다고. 부모님의 집은 어린 시절부터 그와 알고 지냈던 어

---

* 영화 〈대부〉의 주인공.

른들로 가득하다. 그들은 그를 안다. 그는 지금까지 선택받은 특별한 아이였고 남다른 업적을 이룰 거라는 기대를 한 몸에 받았다. 그래서 그들은 믿지 않는다. 그럴 수 있다는 생각조차 하지 않는다. 그들은 그를 저버리지 않을 것이다. 인간은 뒤에 응원군이 많으면 자기 입에서 나오는 말을 거의 다 믿게 되어 있다.

그는 속으로 그렇게 되뇐다.

다비드는 등 뒤로 문을 닫고 침대 앞에 서서 아이의 눈을 똑바로 쳐다본다. 그들이 빙판 위에서 함께 보낸 시간이 몇만 시간이었고, 팀버스를 타고 주말에 전국을 누빈 게 몇 번이었으며, 지금까지 사 먹은 휴게소의 샌드위치가 몇 개였고, 지금까지 벌인 포커 파티가 몇 번이었을까. 그는 얼마 전까지 어린애였다. 아주 최근까지 어린애였다.

"내 눈을 똑바로 보면서 아니라고 해라. 다른 건 아무것도 바라지 않는다." 다비드가 얘기한다.

그러자 케빈은 그의 눈을 똑바로 쳐다본다. 고개를 저으며 울음을 터뜨린다. 눈물을 흘리며 속삭인다.

"같이 자긴 했어요, 걔가 원해서요. 걔가 해달라고 했어요! 파티에 온 아이 아무나 붙잡고 물어보세요…… 젠장, 코치님…… 진심이에요? 정말로 제가 누굴 성폭행할 수 있을 거라고 생각하세요? 제가 뭐하러 그런 짓을 하겠어요!?"

아이스링크에서 '아버지 대 아들 대항전'이 벌어지면 다비드가 케빈과 벤야를 데리고 호수로 간 날이 며칠이던가. 그가 가르친 그 모든 것. 그들이 공유한 그 모든 것. 내년이면 그들은 A팀으로 같이 넘어갈 것이다. 맨 먼저 누굴 선택해야 할까? 물은 얼음장인데 구명보트가 전원을 실어 나를 수 없다면? 누굴 맨 먼저 희생시킬까? 누굴 맨 마지막까지 지킬까? 자백하면 케빈 혼자만 고통스러워지는 게 아니다. 그가 사랑하는 모든 사람들이 고통스러워질 것이다. 다비드는 속으로 그렇게 되뇐다.

다비드는 아이의 침대에 걸터앉아서 아이를 끌어안는다. 아무 일 없을 거라고 약속한다. 그를 저버리는 일은 없을 거라고 한다. 그가 자랑스럽다고 한다. 보트가 흔들릴지 몰라도 물이 들어오지는 않는다. 모두의 발이 보송보송하게 유지된다. 케빈은 코치를 돌아보며 초등학생 시절로 다시 돌아간 것처럼 속삭인다.

"오늘 우리 팀 연습하고 있죠? 저도 가면 안 돼요?"

한 엄마가 침실 의자에 앉아서 어린 시절을 생각하고 있다. 케빈이 열 살인가 열한 살이었을 때 그들 부부가 해외여행을 마치고 돌아와 보니 집 안이 난장판이었던 적이 있었다. 아이의 아버지는 그럴 때마다 욕을 했지만 얼마나 주도면밀한 계획 아래 만들어진 아수라장인지 모르는 눈치였다. 아이의 엄마는 이내 패턴을 파악했다. 항상 똑같은 물건의 위치가 달라졌고, 똑같은 사진이 삐딱해졌고, 쓰레기통을 가득 채운 조리 식품은 동시에 개봉한 티가 역력했다.

케빈이 사춘기가 돼서 파티를 열기 시작한 이후로는 돌아와보면 아이가 아예 집을 비워놓았던 것처럼 최선을 다해서 흔적을 지운 집이 그녀를 맞이했다. 하지만 그 전에는, 아이가 어렸을 때는, 혼자 있어도 무섭지 않다고 아빠에게 장담했을 때는 항상 마지막 날 저녁에 돌아와서 온 집 안을 어지럽혀놓아야 했다. 그래야 그동안 벤이네 집에서 잤다는 걸 아무한테도 들키지 않을 수 있었다.

한 아빠가 부엌 의자에 앉아 있고, 온 사방에서 친구와 사업 파트너들이 떠들어대지만 그의 귀에는 더 이상 들리지 않는다. 그는 순전히 돈 때문에 이 마을에서 이런 위치에 올랐고 이 남자들 사이에서 이런 대접을 받는다는 걸 안다. 이들은 돈이 없는 사람하고는 절대 골프를 같이 치지 않지만 그도 예전에는 돈이 없는 사람이었다. 그가 평생 완벽을 추구했던 이유는 허영심 때문이 아니라 그것이 생존 전략이었기 때문이다. 그는 뭐든 거저 누린 적이 없었고 금수저를 물고 태어난 사람들처럼 게으름을 부려본 적도 없었다. 그는 그것이 성공의 원인이라고 믿어 의심치 않는다. 어느 누구보다 열심히 일하고 잔인하게 싸울 마음의 준비가 되어 있었던 것이 말이다. 모든 것에 계속 완벽을 추구하다보면 절대 만족할 수 없고 절대 현재의 영광에 안주할 수 없다. 그런 식으로 살다보면 일과 사생활이 하나가 된다. 그의 삶의 모든 부분이 그라는 인간을 반영하는 거울이 되었다. 심지어 아들마저도 그렇다. 가면에 금이 가면 산사태가 벌어질 수 있다.

그는 경찰서로 데리러 갔을 때 케빈과 대화를 나누고 싶었을지 몰라도 정작 모든 단어가 포효처럼 튀어나왔다. 절대 이성을 잃지 않고 절대 언성을 높이지 않는다는 데 엄청난 자부심을 느끼는 남자가 차가 떨릴 정도로 고함을 질렀다. 무슨 일이 있었던 거냐고 묻고 싶었을지 몰라도 이유를 묻는 편이 더 간단했다.

"도대체 무슨 생각으로 결승전을 일주일 앞두고 술에 취한 거냐?"

문제보다 원인에 대해 이야기하는 편이 더 간단하다. 숫자를 상대하는 아빠의 입장에서는 수학으로 설명하는 쪽이 좀 더 견딜 만하다.

X만 없었다면 Y라는 사건은 일어나지 않았을 거라는 식으로 말이다. 케빈이 부모에게 한 약속을 어기고 파티를 벌이지 않았다면, 술에 취하지 않았다면, 그 아이를 데리고 자기 방으로 올라가지 않았다면, 그들은 이런 문제에 직면할 일이 없었을 것이다.

하지만 이제는 아버지로서 선택의 여지가 없다. 누가 됐건 그의 아들을 두고 거짓말을 하는 건 허락할 수 없다. 아무라도 그의 가족을 공격하는 건 용납할 수 없다. 경찰이 개입됐을 때, 온 마을 사람들이 보는 앞에서 케빈이 그들에게 끌려갔을 때, 지역 신문사 기자들이 전화하기 시작했을 때 좋게 해결할 수 있는 시점을 넘겼다고 보면 된다. 이제는 엎질러진 물이다. 이 아버지는 그의 이름이 들어간 사업체를 거느리고 있고, 그의 이름이 훼손되면 온 가족의 삶이 와르르 무너질 수 있다. 그래서 그들에게 질 수 없다. 심지어 그들을 존재하게 내버려둘 수조차 없다. 그들에게 상처를 주는 것만으로는 부족하다. 찾을 수 있는 모든 무기를 동원해 끝까지 추격할 것이다.

이제 이 집에 옳고 그름은 없다. 생존만이 있을 뿐이다.

다비드와 케빈이 아직 침대 위에 앉아 있었을 때 케빈의 아버지가 문을 연다. 그는 핏기 없이 지친 얼굴로 그들 앞에 서서 아주 차분하게 설명을 시작한다.

"이제 하키 생각만 하고 싶겠지만 다음 시즌에 코치와 선수로 A팀으로 올라가고 싶으면 내 말 잘 들어야 해요. 두 사람이 구단에 남든지 페테르 안데르손이 남든지 둘 중 하나니까. 중간은 없어요. 지금 그의 딸이 거짓말을 하고 있고 그러는 데에는 수천 가지 이유가 있을 수 있겠죠. 좋아해서 같이 잤는데 짝사랑이었다는 걸 알고 성폭행이라는 시나리오를 만들어냈는지. 눈치챈 아빠가 노발대발하니까 아무것도 모르는 아빠 딸로 남고 싶은 마음에 자기 보호 차원에서 거짓말을 했는지. 누가 알겠어요? 열다섯 살짜리 여자애들이 분별이 있겠어요?"

다비드는 바닥을 내려다본다. 케빈이 온갖 대형 구단에서 영입 제안을 받았지만 벤이와 고향을 떠나고 싶지 않아서, 무서워서 거절했던 게 기억이 난다. 그때 케빈을 베어타운에 그냥 두라고 아이의 아버지를 설득했던 사람이 다비드였다. 아이가 여기서도 그만큼 성장할 수 있을 거라고, 일찌감치 A팀에서 뛸 수 있을 거라고, 프로팀에 입단하면 그보다 더 훌륭한 업적을 이룰 거라고 장담했다. 아이의 아버지는 다비드가 A팀 코치가 될 것이기에, 덕분에 이 일대에서 그의 회사의 인기가 더 높아졌기에 동의했다. 케빈은 베어타운의 아이고 그의 아버지는 베어타운의 사나이이라니 좋아 보였다. 아이의 아버지는 그 이미지에 거금을 투자했다. 그래서 그는 케빈을 손가락으로 가리키며 단호하게 얘기한다.

"이제는 장난이 아니다. 페테르 안데르손은 네가 그 버스에서 경찰들 손에 끌려가길 원했기 때문에 일주일 동안 기다린 뒤에 경찰서를 찾아갔다. 모두들 그 광경을 목격하길 바랐던 거지. 그러니까 그가 우리를 구단에서 몰아내든지 우리가 다 함께 힘을 합쳐서 그를 몰아내든지, 둘 중 하나다. 다른 대안은 없어."

다비드는 아무 말도 하지 않는다. 그는 자신의 일에 대해서 생각한다. 자신의 팀과 거기에 바친 수많은 시간에 대해서 생각한다. 한 가지 기억이 집요하게 그를 괴롭힌다. 다비드는 경찰관들이 버스로 찾아왔을 때 주차장에서 페테르를 보았다. 그가 거기서 기다리고 있는 것을 보았다. 케빈의 아버지 말이 맞는다. 페테르는 그 광경을 목격하고 싶어 했다.

케빈은 고개를 들고 콧물과 눈물을 바닥에 떨어뜨려가며 말문을 연다.

"아맛이랑 이야기를 해보셔야 해요. 저는 아무 짓도 하지 않았는데…… 아시다시피 저는 아무 짓도 하지 않았는데…… 아맛이…… 방에 들어와서 우리를 봤어요…… 그 여자애가 겁에 질렸거든요. 그래서 뛰쳐나갔는데 아맛은……."

다비드는 고개를 들지 않는다. 아버지가 아들을 어떤 눈빛으로 쳐다보고 있는지 확인하고 싶지 않기 때문이다.

38

살다보면 내가 위선자라는 사실을 인정하는 것보다 힘든 일은 거의 없다.

아맛은 도로 가장자리와 도랑을 한쪽 발씩 디뎌가며 걷고 있다. 몸은 다 젖었고 추웠고 머리는 발보다 한참 전에 마비됐다. 헤드와 베어타운의 중간쯤에 다다랐을 때 낡은 사브가 지나가다 말고 십 미터쯤 앞에 멈춰 선다. 천천히 그쪽으로 다가가는 그 아이를 기다린다. 앞좌석에 이십대 후반 아니면 삼십대 초반의 두 남자가 앉아 있다. 검은 재킷을 입었고 경계하는 눈빛이다. 아이는 그들이 누군지 안다. 그들의 눈을 똑바로 쳐다보는 것과 시선을 피하는 것, 둘 중에서 어느 쪽이 더 위험한지는 모르겠다.

몇 달 전에 이 지역 신문사에서 베어타운의 A팀과 맞서 싸울 팀의 한 선수를 인터뷰한 적이 있었다. 그 선수는 남부 지방 출신이었기에 (어디인지는 정확히 모른다) 베어타운의 열혈 팬인 '그 일당'의 악명이 두렵지 않냐는 기자의 질문에 "쓰러져가는 마을의 몇 안 되는 숲속 깡패들"은 두렵지 않다고 대답했다.

다음 날 그 팀을 태운 버스가 숲을 지나는데 두어 대의 밴이 길을 가로막고 있었다. 마스크를 쓰고 검은 재킷을 입고 나뭇가지로 무장한 삼사십 명의 남자들이 나무 뒤에서 등장했다. 버스에 타고 있던 선수들은 그들이 문을 부수고 쳐들어오는 순간에 대비해 마음의 준비를 했지만, 그들은 십 분 동안 그 자리에 서 있기만 할 뿐 아무것도 하지 않았다. 그러다 갑자기 숲속으로 사라졌고 밴들은 후진해서 비켰고 버스는 지나갈 수 있게 됐다.

신문사와 인터뷰를 했던 선수가 고참 선수를 돌아보며 숨을 토했다. "왜 저들이 아무 짓도 하지 않았을까요?" 고참 선수가 대답했다. "그냥 자기들 소개를 한 거야. 나중에 버스가 이 길로 되돌아갈 때 자기들이 무슨 짓을 할 수 있겠는지 생각해보라고."

베어타운은 경기에서 졌지만 인터뷰를 했던 선수는 생애 최악의 경기를 치렀다. 자기 마을로 돌아가보니 누군가가 그의 차 유리창을 깨고 안을 나뭇가지와 낙엽으로 채운 다음 불을 질러놓았다.

"네가 아맛이지?" 운전석에 앉은 남자가 묻는다.

아맛은 고개를 끄덕인다. 남자가 뒷문을 턱으로 가리킨다.

"태워다줄까?"

좋다고 하는 것과 싫다고 하는 것, 둘 중에 어느 쪽이 더 위험할지 아맛으로서는 알 수가 없다. 하지만 결국에는 고개를 젓는다. 남자들은 기분 나빠하지 않고, 운전자는 심지어 미소를 지으며 이렇게 얘기한다.

"좀 걷고 싶다 이거지? 알았다."

그는 기어를 넣고 클러치에서 천천히 발을 떼다 말고 창밖으로 고개를 내밀고 덧붙인다.

"준결승전에서 네가 뛰는 거 봤다, 아맛. 깡이 있던데? 너랑 다른 청소년팀 선수들이 A팀에 합류하면 엄청 근사한 팀을 탄생시킬 수 있겠더라. 진정한 베어타운 출신들로 이루어진 진정한 베어타운의 팀. 알겠냐? 너, 벤이, 필리프, 뤼트. 케빈."

아맛은 케빈의 이름이 등장했을 때 자기가 어떤 표정을 짓는지 두 남자가 예의주시하고 있다는 것을 안다. 그들이 애초에 차를 세운 이유도 그 때문이었다. 아이는 얼른 고개를 끄덕이고 그들의 시선이 잠깐 만난다. 두 남자는 아이가 알아들었다는 것을 안다.

두 남자는 산책 잘하라고 얘기하고 멀어진다.

페테르는 사무실에 앉아서 시커먼 컴퓨터 화면을 쳐다보고 있다. '제대로 된 녀석'이라는 단어에 대해서 생각하는 중이다. 그는 이 단어를 수백 개의 공간에서 수백 번 반복해서 썼고, 그가 보기에는 이게 정확하게 무슨 뜻인지 어느 누구도 설명할 수 없는 게 분명한데도 수백 명의 사람들이 동의하는 뜻에서 고개를 끄덕였다. 빙판 밖에서의 모습이 빙판 위에서의 모습을 어느 정도 시사한다는 뜻이니 하키의 관점에서는 무의미한 용어다. 그리고 인정하기 어려운 것이기도 하다. 하키를 사랑하게 되면, 뭐든 사랑하게 되면 그것이 투명한 공 안에서 바깥세상과는 전혀 무관하게 존재하길 바라는 마음이 생긴다. 바깥세상이 아무리 변해도 그곳만큼은 유일하게 예나 지금이나 다름없는 곳이길 바라는 마음이 생긴다.

페테르가 "하키와 정치는 서로 잘 안 어울린다"라고 이야기하는 이유도 그 때문이다. 몇 년 전에 미라와 말다툼을 벌이던 중에 그가 그 얘기를 하자 아내는 코웃음을 치며 이렇게 반문했다. "그래? 정치가 아니면 무슨 수로 아이스경기장을 만드는데? 하키를 좋아하는 사람들이 낸 세금만 있으면 될 것 같아?"

몇 년 전에 A팀의 원정 경기에서 사고가 난 적이 있었다. 흥분한 베어타운 선수가 상대 팀의 전도유망한 스무 살짜리 선수의 머리를 스틱으로 내리쳤다. 그는 그 경기에서 영구 퇴장 당했지만 출장 정지는 면했다. 경기장을 벗어나 로커룸으로 향하는 그의 앞을 두 남자가 가로막았다. 상대 팀 보조 코치와 그쪽 후원자였다. 말다툼과 어설픈 몸싸움이 벌어졌다. 선수가 장갑으로 코치의 얼굴을 때리자 후원자가 그의 헬멧을 벗기고 머리로 들이받으려고 했지만 그가 휘두른 스틱에 무릎을 맞고 바닥으로 고꾸라졌다. 중상을 입은 사람은 없었지만 선수는 신고를 당했고 며칠 치 봉급이 벌금으로 부과됐다. 경기 중에 머리를 맞은 선수는 그 때문에 생긴 뇌진탕과 목 부상으로 선수 생활을 마감했다.

페테르가 그 사건을 기억하는 이유는 미라가 그 시즌 내내 잊을 만하면 그 얘기를 꺼내고 또 꺼냈기 때문이다. "경기장에서 삼 미터 떨어진 곳에서 싸움이 벌어지면 경찰에 신고해도 돼. 그런데 일 분 삼십 초 전에 바로 그 선수가 경기 도중에 스무 살짜리의 머리를 스틱으로 내리쳤을 때는 잠깐 동안 나가서 민망함을 달래며 앉아 있기만 하면 된다는 거야?"

페테르는 이 말싸움에서 이길 재간이 없었다. 고백하지 못한 속내를 밝히자면 선수들이 입장하는 터널에서 벌어진 일도 경찰에 신고하면 안 된다고 생각했기 때문이다. 그가 폭력을 사랑하거나 그 선수를 옹호하고 싶어서 그런 게 아니라 하키의 문제는 하키 안에서 해결하고 싶어서였다. 투명한 공 안에서 해결하고 싶어서였다.

그는 예전부터 하키를 사랑하지 않는 사람에게 그걸 설명하기란 불가능한 노릇이라고 생각했다. 근데 이제는 그조차도 확신이 서지 않는다. 이건 그의 어떤 면을 시사하는 걸까?

위선은 인정하기가 우라지게 어려운 것이다.

구단의 사장은 바지에 대고 손을 닦으며 땀이 등골을 타고 흐르는 것을 느낀다. 그는 하루 종일 전화통을 붙들고 최대한 미적거려봤지만 더는 선택의 여지가 없다. 후원금을 회수하고 회원증을 반납하겠다는 협박이 점점 거세어지고 있고 모두들 똑같은 질문을 던진다. "당신은 누구 편이오?"

하키단 안에서 편을 선택해야 한단 말인가. 사장은 그가 이데올로기와 종교와 기타 신념의 구애를 받지 않는 대중적인 스포츠를 대변한다는 자부심이 있다. 그는 신을 믿지 않지만 하키를 믿고, 만인을 하나로 통합하는 하키의 힘을 믿는다. 그게 바로 하키 구단의 정의다. 관중석은 빈부와 귀천과 좌우를 모두 아우른다는 점에서 독특하다. 이 사회에 그런 곳이 몇이나 남아 있을까? 하키 덕분에 중독자와 수감자 신세를 면한 문제아들이 몇이나 될까? 하키 덕분에 이 사회가 절감한 금액이 얼마나 될까? 어쩌다 나쁜 일이 벌어지면 전부 '하키 탓'이고 좋은 일이 벌어지면 전부 다른 것 덕분이게 됐을까? 배후에서 얼마나 많은 작업이 이루어지는지 모르는 사람들을 생각하면 단장은 울화가 치민다. 유엔 본부보다 더 많은 외교적 수완이 필요한 곳이 여기다.

전화벨이 다시 울린다. 다시 울린다. 다시 울린다. 결국 그는 자리에서 일어나 밖으로 나가서 답답한 가슴을 달래며 정상적으로 숨을 쉬어보려고 한다. 그런 다음 페테르의 사무실 문 앞으로 걸어가 조용히 얘기한다.

"집에 가 있는 게 어떨까, 페테르. 이 사달이 끝날 때까지."

의자에 앉아 있던 페테르는 그쪽을 쳐다보지 않는다. 이미 소지품을 상자에 싸놓았다. 심지어 컴퓨터를 켜지도 않았다. 그냥 기다리던 중이다.

"그게 사장님의 생각인가요 아니면 다른 사람들이 어떻게 생각할지 두려우신 건가요?"

사장은 얼굴을 찌푸린다.

"이봐, 페테르, 내가 이…… 상황을…… 얼마나 끔찍하게 생각하는지 자네도 알잖아! 얼마나 끔찍하게 생각하는지! 자네 딸이 무슨…… 무슨…… 무슨 봉변을 겪고 있을지……."

페테르는 자리에서 일어난다.

"마야예요. 저희 딸 이름을 부르셔도 됩니다. 해마다 생일파티에 오셨잖아요. 그 아이한테 자전거도 가르쳐주셨고요, 기억하시죠? 바로 여기, 이 아이스링크 앞에서요."

"나는 그저…… 이봐, 페테르…… 이사진은 이 사태를 잘 해결하려고 노력하고 있어…… 책임감 있게 해결하려고."

페테르의 눈썹이 떨린다. 그의 안에서 폭풍처럼 번지는 감당 못 할 분노가 육체적으로 표출된 곳이 그곳뿐이다.

"책임감 있게? 글쎄요. 이사진은 저희가 '내부적'으로 처리해주었길 바라겠죠. 경찰과 언론을 끌어들이지 않고 '서로의 눈을 바라보며 대화로 해결'했기를요. 오늘 사람들이 전화로 한 얘기가 그거 아닌가요? 성폭행이에요! 그걸 어떻게 내부적으로 처리하라는 겁니까?"

페테르가 상자를 들고 복도로 나서자 사장은 길을 비켜주고 못마땅한 듯 헛기침을 한다.

"그건 자네 딸아이의 주장이지, 페테르. 우리는 팀을 최우선적으로 생각해야 해. 다른 누구보다 자네가 더 잘 알 텐데. 구단은 입장을 정할 수 없어."

페테르는 돌아보지 않고 대꾸한다.

"구단은 입장을 정했습니다. 방금 전에."

그는 상자들을 차 뒷자리에 신지만 차를 그냥 주차장에 둔다. 어디로 갈지 정하지 못한 채 마을을 천천히 걷는다.

교장이 수화기를 내려놓자마자 다시 벨이 울린다. 이 목소리 다음은 저 목소리, 이 학부모 다음은 저 학부모다. 그들은 어떤 대답을 원하는 걸까? 뭘 기대하는 걸까? 이건 경찰이 해결하고 법원이 판단할 문제다. 그는 학교 운영만으로도 벅차다. 여자아이의 어머니는 변호사고, 남자아이의 아버지는 이 일대에서 손꼽히는 지역 유지고, 서로의 주장이 엇갈린다. 어느 누가 그 중간에 끼어들고 싶을까? 그건 학교에서 처리할 업무가 아니지 않을까? 그래서 교장은 모든 이들에게 똑같은 말을 몇 번이고 반복한다.

"제발 이걸 정치적인 문제로 비화하지는 말아주세요. 어찌 됐건 정치적인 문제로 만들지는 말아주세요!"

경비 회사에서 근무하는 남동생을 두었다는 이유로 허위 경보가 울릴 때마다 한밤중에도 출동한 덕분에 예아네테는 학교 구조를 손바닥 보듯 훤하게 안다. 그래서 예컨대 꼭대기 층 어디로 가면 예전에 굴뚝 청소부가 지붕으로 올라갈 때 썼던 좁은 계단과 연결된 다락방이 있는지 안다. 거기로 가면 식당 바로 위 환풍구 뒤에서 교장과 학생들 모르게 담배를 피울 수 있다. 가끔 담배 생각이 유난히 간절한 날이 찾아오면 말이다.

예아네테가 점심시간 직후에 학교 운동장을 가로지르는 벤이를 보게 된 것도 그런 연유에서다. 청소년팀의 다른 선수들은 케빈과 함께 있겠다는 이유로 무단 조퇴를 감행 중인데 벤이는 제 발로 학교를 찾아오다니 그 아이는 정반대로 움직이려 한다는 뜻일 수밖에 없다.

아나는 마야와 케빈 얘기만 하는 아이들로 가득한 교실에 혼자 앉아 있다. 마야는 아무도 아무 얘기를 하지 않는 또 다른 교실에 혼자 앉아 있다. 책상에서 책상으로 이동하는 쪽지와 아이들 무릎 위에 숨겨놓은 휴대전화들이 보인다.

그녀는 이제 그들에게 영원히 이렇게 기억될 것이다. 기껏해야 성폭행을 당한 아이, 최악의 경우에는 거짓말을 한 아이. 그들이 다른 꼬리표는 허락하지 않을 것이다. 어느 공간에 가든 어떤 길을 걷든 슈퍼마켓에서나 아이스링크에서나 그녀는 걸어다니는 폭탄이 될 것이다. 심지어 그녀의 말을 믿는 아이들조차 겁이 나서 건드리지 못할 것이다. 그녀가 폭발하는 순간 파편에 맞을 수 있기에 말없이 뒷걸음질을 쳐서 다른 방향으로 몸을 돌릴 것이다. 그녀가 그냥 사라져버렸으면 좋겠다고, 애초부터 없었던 존재였으면 좋겠다고 생각할 것이다. 그녀를 싫어해서가 아니다. 모두가 그녀를 싫어하는 건 아니다. 모두가 그녀의 사물함에 나쁜 년이라고 낙서하고 그녀를 성폭행하고 못되게 구는 건 아니다. 하지만 모두가 아무 말도 하지 않는다. 그러는 편이 간단하기 때문이다.

그녀가 수업 도중에 일어나서 교실 밖으로 나가도 선생님은 뭐라고 하지 않는다. 그녀는 아무도 없는 복도를 지나 화장실로 들어가고 거울 앞에 서서 있는 힘껏 주먹을 내지른다. 유리가 박살 나고 몇 초가 지난 다음에서야 뇌가 통증을 인식한다. 그녀는 통증을 실질적으로 느끼기 전에 피가 나는 것을 먼저 본다.

벤이는 그녀가 화장실 안으로 들어가는 걸 목격한다. 벤이는 다른 방향으로 걸음을 옮기라고 기를 쓰고 자기 자신을 설득하려고 한다. 입 다물고 있으라고. 끼어들지 말라고. 하지만 와장창 하는 소리에 이어 유리 조각들이 사기 세면대 위로 쨍그랑 떨어지는 소리가 들리자 거울 좀 깨본 사람답게 무슨 소리인지 알아차린다.

그는 문을 두드린다. 그녀가 아무 대답도 하지 않자 그는 말한다.

"내가 발로 차고 들어갈까 아니면 네가 문을 열어줄래? 선택해."

그녀는 손마디에 화장지를 어설프게 감고 서 있다. 화장지가 서서히 빨간색으로 물든다. 벤이는 등 뒤로 문을 닫고 거울을 턱으로 가리킨다.

"칠 년 동안 재수가 없대."

마야는 겁에 질렸어야 했겠지만 그럴 기운이 없다. 증오를 느낄 여력조차 없다. 전혀 아무것도 느낄 수가 없다.

"그러거나 말거나 이제는 별 상관 없는 거 아니에요?"

벤이는 주머니에 손을 넣는다. 둘은 그렇게 아무 말 없이 서 있는다. 피해자와 단짝 친구. 나쁜 년과 형제. 마야는 터져 나오려는 흐느낌을 막으려고 헛기침을 하고 말문을 연다.

"뭘 원하는지 모르겠지만 상관없어요. 선배가 나 싫어한다는 거 아니까. 내가 선배 단짝 친구를 엿 먹이려고 거짓말을 한다고 생각하죠? 하지만 그건 선배의 착각이에요. 염병할 착각이라고요."

벤이는 주머니에서 손을 꺼내 싱크대에 떨어진 유리 조각들을 조심스럽게 집어서 쓰레기통에 하나씩 버린다.

"착각하고 있는 사람은 너야."

"재수 없어." 마야는 나지막이 쏘아붙이고 문 쪽으로 움직인다. 벤이는 서로 몸이 부딪치지 않도록 잽싸게 몸을 비킨다. 그녀는 그게 얼마나 배려 있는 행동이었는지 훨씬 나중에서야 알아차린다.

벤이가 하도 조용히 얘기하는 바람에 처음에 그녀는 자기가 잘못 들은 줄 안다.

"착각하고 있는 사람은 너야, 마야. 아직도 걔를 내 단짝 친구라고 생각하다니."

예아네테는 수업 중간에 쉬는 시간이 한 시간 있다. 복도에 아무도 없는 그 시간을 틈타 화장실에 가서 손가락에 밴 담배 냄새를 씻어내려고 한다. 마야가 눈물을 흘리며 나오는 것을 보고 그녀는 걸음을 멈춘다. 뭘 때려 부수기라도 한 것처럼 손마디에서 피를 흘리고 있다. 아이는 선생님을 보지 못하고 반대편인 출입문 쪽으로 달려 나간다.

곧이어 누군가가 벽에 달린 세면대를 뜯어서 바닥에 내동댕이치고 변기를 발로 차서 부수고 쓰레기통을 창문 너머로 던지는 소리로 화장실이 폭발한다. 복도가 금세 어른과 학생들로 가득 차지만 그때는 이미 화장실 안의 모든 것이 체계적으로 부서지고 파괴된 이후다. 교장, 수위, 체육교사 두 명이 동원돼야 벤이를 붙잡고 화장실 밖으로 끌고 나올 수 있다.

학교 측에서는 나중에 "공격적인 성향으로 문제를 일으킨 전적이 다분한 학생이 감정적으로 폭발한" 사건이라고 설명할 것이다. 사람들은 "그런 일로…… 신고를 당한 아이와의 관계를 감안했을 때 이해할 만한 행동"이라고 할 것이다.

예아네테는 그 자리에 서서 잔해를 빤히 쳐다보고, 벤이와 시선을 맞추고, 그 아이가 끌려가는 것을 지켜본다. 그는 화장실을 모조리 박살냈고 정학 처분과 변상의 책임을 눈 하나 깜빡하지 않고 받아들였다. 오로지 마야가 거울을 박살냈다는 것을 아무도 모르게 하기 위해서였다. 그는 그녀가 이미 충분히 피를 흘렸다는 결론을 내렸다. 진상을 아는 어른은 예아네테뿐일 테고 그녀는 아무한테도 입도 벙긋하지 않을 것이다. 그녀도 비밀 유지라면 일가견이 있다.

그녀는 다시 옥상으로 올라간다. 남은 담배를 피운다.

미라는 사무실에서 성폭행의 판례를 출력한 문건에 파묻혀 동료들과 끊임없이 논의하며 총력전의 태세를 갖춘다. 분노, 상심, 무력감, 복수에 대한 열망, 증오, 공포, 온갖 감정이 한꺼번에 느껴진다. 하지만 그녀의 전화기가 진동하고 딸아이의 이름이 화면에 뜬 순간 모든 게 사라진다. 단 네 마디다. "집에 와주실 수 있어요?" 어느 어머니도 숲속을 이보다 빨리 달린 적이 없을 것이다.

마야는 자기 집 화장실 바닥에 앉아서 손에 묻은 핏자국을 씻어내다 마침내 와르르 무너진다. 그녀가 사랑하는 사람들을 보호하기 위해, 그들은 그녀만큼 아파하지 않도록 참았던 모든 것, 억눌렀던 모든 것, 드러내지 않으려 했던 모든 것이 붕괴된다. 이제는 그들의 고통까지 감당할 수가 없다. 이 위로 다른 사람들이 느끼는 슬픔의 무게까지 짊어질 수가 없다.

"개자식들한테 피 흘리는 걸 보여주고 싶지 않았어요." 그녀는 어머니에게 속삭인다.

"가끔은 보여줘야 하지 않나 싶을 때도 있어. 너도 인간이라는 걸 느낄 수 있게 말이야." 그녀의 어머니는 흐느끼며 딸을 아주, 아주 세게 끌어안는다.

39

공동체라는 게 무엇일까?

아맛은 멀리에서부터 그 차를 본다. 할로에서는 그렇게 비싼 차를 타고 다니는 사람이 없고, 그렇게 비싼 차를 타는 사람이 자발적으로 할로를 찾을 일도 없다. 등을 꼿꼿하게 펴고 당당한 분위기를 풍기는 남자가 차에서 내린다.

"안녕, 아맛. 내가 누군지 아니?"

아맛은 고개를 끄덕인다. "케빈 선배의 아빠요."

케빈의 아빠는 미소를 짓는다. 아맛을 쳐다본다. 그는 아이가 그의 시계를 흘끗 쳐다보는 것을 보고 엄마의 월급을 몇 개월 모아야 그런 시계를 살 수 있을지 계산하는가보다고 넘겨짚는다. 그 나이 때, 그에게 아무것도 없었고 뭐라도 있는 사람을 증오했던 그 시절에 그는 어떤 모습이었는지 기억을 더듬는다.

"잠깐 얘기 좀 나눌 수 있을까, 아맛? 단둘이서…… 남자 대 남자로."

프락은 슈퍼마켓 한쪽 끝에 마련된 사무실에 앉아 있다. 손바닥 위에 이마를 올려놓자 그의 육중한 체구를 버티느라 의자에서 끼이익하는 소리가 난다. 수화기 너머로 들리는 목소리는 불만스럽지만 야멸차지는 않다.

"객관적으로 생각해보자고, 프락. 이렇게 된 마당에 베어타운에 하키 아카데미를 건설할 수는 없다는 걸 자네도 알 거라고 보는데. 언론에 우리가…… 어떻게 비쳐지겠나?"

상대편은 시의원이고 프락은 사업가지만 그들은 어렸을 때 호수에서 같이 하키를 하며 자란 친구이기도 하다. 그들의 대화가 공식적일 때도 있고 비공식적일 때도 있는데 오늘은 그 중간의 어디쯤이다.

"나도 시의회에서 책임져야 하는 부분이 있어, 프락. 당에서도 그렇고. 자네도 이해하지, 응?"

프락은 이해한다. 그는 문제가 복잡해도 해답은 단순할 수 있다고 믿는 사람이다. 사업은 무엇일까? 아이디어다. 마을은 무엇일까? 사람들이 모인 곳이다. 돈은 무엇일까? 가능성이다. 그의 등 뒤편, 벽 너머에서 누군가가 망치질을 하고 있다. 프락은 슈퍼마켓을 확장하는 중이다. 성장이 곧 생존이기 때문이다. 움직이지 않는 사업가는 가만히 서 있는 게 아니라 사실상 후퇴하고 있는 것이다.

"이제 그만 끊어야겠어, 프락. 회의가 있어서." 상대편이 미안하다는 듯이 얘기한다.

전화가 끊긴다. 아이디어가 사라진다. 하키 아카데미는 더 이상 존재하지 않는다. 그게 무슨 뜻일까? 프락이 어렸을 때 베어타운에는 학교가 세 개 있었는데 지금은 하나다. 하키 아카데미가 헤드에 건설되면 마지막으로 남은 학교가 언제쯤 폐교될까? 이곳에서 손꼽히는 청소년 선수들이 하루 종일 헤드의 아이스링크에서 훈련을 하다보면 저녁 때 자연스럽게 헤드의 A팀에 합류하게 되지 않을까? 베어타운의 A팀이 이 일대에서 손꼽히는 어린 선수들을 영입하지 못하면 구단은 무너질 것이다. 아이스경기장은 보수하지 못할 테고, 새로운 일자리가 생기면 컨퍼런스 센터, 쇼핑몰, 새로운 산업단지, 고속도로 연계 도로, 심지어 공항 건설과 같은 개발 호재로 자연스럽게 연결이 됐을 텐데 그것도 물 건너간 얘기가 될 것이다.

하키단은 무엇일까? 프락이 대책 없는 낭만주의자라 그런지 몰라도 (아내는 종종 그렇게 얘기한다) 그가 생각하기에는 이 마을의 모든 사람들에게 일주일에 한 번씩 그들의 차별점이 아니라 공통점을 되새기게 하는 것이 하키단이다. 하키단은 그들이 다 같이 힘을 합치면 좀 더 위대한 무언가가 될 수 있다는 증거를 보여준다. 꿈을 꾸는 법을 가르친다.

그는 문제가 복잡해도 해답은 단순할 수 있다고 믿는 사람이다. 성장하지 않는 마을은 어떻게 될까? 죽는다.

페테르는 슈퍼마켓에 들어간다. 모두들 그쪽을 바라보지만 그를 쳐다보지는 않는다. 직원이건 손님이건, 나이가 많건 젊건, 그의 어린 시절 친구이건 이웃이건 그가 다가가면 슬그머니 옆으로 비킨다. 선반 뒤편과 통로 안쪽으로 사라져 써가지고 온 장 볼 목록을 들여다보고 가격을 비교하는 척한다. 딱 한 사람만 그를 똑바로 쳐다본다.

프락은 사무실 입구에 서서 페테르의 눈을 마주 본다. 단장은 무엇일까? 주장은 무엇일까? 어린 시절 친구는 무엇일까? 프락은 머뭇거리며 한 발씩 내딛고 무슨 말을 하려는 듯이 입을 벌리지만 페테르는 천천히 고개를 젓는다. 그의 딸도 학교 식당에서 그녀를 향한 증오가 친구에게로 표출되지 않도록 아나에게 고개를 저었는데, 그는 그런 줄도 모르면서 똑같이 하고 있다.

사무실 안으로 다시 들어가서 문을 닫았을 때 프락은 못난 친구들이 느끼는 수치심에 휩싸인다. 이 마을 사람들은 수치심을 느끼는 데 선수다. 조기 교육 덕분이다.

케빈의 아빠는 대답을 기다리지 않고 손을 부비며 빙그레 웃는다.

"삼월인데 아직 춥네. 이 날씨는 절대 적응이 안 돼. 차 안으로 들어갈까?"

아맛은 아무 말 없이 차에 들어가서 앉고 부서질까 겁이 나는 사람처럼 문을 닫는다. 차 안에서는 가죽 냄새와 향수 냄새가 난다. 케빈의 아빠는 아파트 단지를 쳐다본다.

"나도 어렸을 때 여기랑 거의 똑같이 생긴 동네에서 살았다. 내가 살던 아파트가 일 층 더 낮았던 것 같다만. 아빠는 따로 사시지?"

그는 배배 꼬지 않고 단도직입적으로 묻는다. 사업하는 방식과 똑같다.

"제가 태어난 직후에 전사하셨어요." 아맛은 좀 더 빠르게 눈을 깜빡이며 대답한다. 남자는 아이를 똑바로 쳐다보지 않아도 아이의 행동을 알아차린다.

"우리 엄마도 혼자서 나랑 삼형제를 키우셨지. 세상에서 가장 힘든 일 아니냐? 너희 엄마는 허리가 안 좋으시지?"

아맛은 숨기려고 하지만 남자는 아이의 눈썹이 꿈틀거리는 것을 포착한다. 그래서 그는 세심하게 말을 잇는다.

"실력 있는 물리치료사를 안다만. 진찰을 받을 수 있게 내가 다리를 놓아줄 수 있어."

"그래주시면 정말 감사하겠어요." 아이는 시선을 피한 채 중얼거린다. 남자는 잠깐 손을 내민다.

"지금까지 아무도 너희 엄마를 도울 생각을 하지 않았다는 게 그게 사실 놀랍다. 구단 직원 아무라도 건강은 어떤지 물어봤어야 하는 거 아니니? 거기서 일을 하신 지 한참 됐는데."

"여기로 이사 온 뒤로 쭉 거기서 일을 하셨죠." 아맛은 시인한다.

"이런 마을에서는 서로 챙겨가며 살아야 한다고 생각하지 않니, 아맛? 우리 마을과 우리 하키단끼리 서로 챙겨가며 살아야지." 남자는 말하며 아이에게 명함을 건넨다.

"물리치료사 연락처예요?" 아맛은 묻는다.

"아니. 헤드에 있는 어느 회사 인사팀장 연락처야. 너희 엄마한테 여기로 연락해서 면접 날짜를 잡으시라고 해라. 사무직이야, 청소가 아니라. 간단한 행정, 서류 정리, 그런 일. 우리나라 말을 웬만큼 하시지?"

아맛은 본의 아니게 너무 빨리 너무 열심히 고개를 끄덕인다.

"네! 네…… 그럼요!"

"그래, 그럼. 연락하시라고 해라." 케빈의 아빠는 얘기한다.

그러고는 그 아이를 찾아온 목적이 그게 전부인 양 한참 동안 아무 말도 하지 않는다.

'그 일당'의 정체는 무엇일까? 그들에게 물어보면 아무것도 아니라고 할 것이다. 그런 건 없다고. 펠센의 테이블에 둘러앉은 사람들은 성별 말고는 아무 공통점이 없다. 최연장자는 나이가 마흔이 넘고 최연소자는 아직 투표권도 없다. 몇 명은 목에, 또 몇 명은 팔에 곰 문신을 새겼지만 대부분 아무 문신이 없다. 몇 명은 괜찮은 일을 하고 또 몇 명은 허접한 일을 하지만 대부분 직업이 없다. 몇 명은 가정과 아이와 주택 담보 대출이 있고 패키지여행을 다니고 또 몇 명은 혼자 살며 베어타운 밖으로는 나가본 적이 없다. 경찰에서 그들을 '그 일당'이라고 통칭할 때의 문제점이 바로 그거다. 그들은 한데 뭉쳐 있을 때에만 공통점이 있다. 서로 몇 미터만 떨어져 있어도 그냥 개별적인 존재다.

그럼 구단은 무엇일까? 그들에게 물으면 구단은 그들의 것이라고 할 것이다. 밥맛들의 것이 아니다. 깔끔한 재킷을 입고 경기를 보러 오는 남자들이나 후원자, 이사, 사장, 단장―이들은 다 똑같다. 밥맛들은 한 시즌 만에 사라질 수 있지만 구단은 남을 테고 그 일당도 마찬가지일 것이다. 그 일당은 존재하는 동시에 존재하지 않는다.

그들이 항상 무시무시한 분위기를 풍기는 건 아니다. 경기 날이고 근처에 상대 팀 팬이 있지 않은 이상 거의 폭력을 쓰지 않는다. 하지만 그들은 어쩌다 한 번씩 밥맛들에게 구단의 진정한 주인이 누구인지, 구단의 생존을 위협하면 어떻게 되는지 확실히 보여준다.

라모나는 카운터 뒤편에 서 있다. 검은 재킷을 입은 남자들은 테이블에 앉아 있다. 그들은 그녀가 아는 청년들 중에서 가장 마음 씀씀이가 곱다. 그녀가 부탁하지 않아도 먹을거리를 사다주고 아파트의 전구를 갈아준다. 예전에 그녀가 왜 그렇게 페테르를 미워하느냐고 물은 적이 있었는데, 그들은 험악한 눈빛을 지었고 그중 한 명이 이렇게 대답했다. "그 새끼는 하키를 위해서 뭐 하나 쟁취한 적이 없잖아요. 차려진 상을 앉아서 받아먹기만 했지. 그래서 쫄보예요. 후원자들한테 꼼짝없이 붙잡혀서 구단에 가장 도움이 되는 것보다 그들의 염병할 로고를 먼저 생각해요. 그가 스탠딩석 인생이었다는 걸 모르는 사람이 없는데, 후원자들이 우리를 거기서 내쫓고 싶어 하니까 우리한테 한마디 말도 없이 핫도그에 콜라 빠는 새끼들한테 내주었고요. 그가 수네를 아버지처럼 따르고 다비드에게 A팀 코치를 맡기고 싶어 하지 않는다는 걸 모르는 사람이 없는데, 계속 입을 다물고 있잖아요. 무슨 사내새끼가 그래요? 그런 인간을 단장이랍시고 우리 구단을 계속 맡길 수 있겠어요?"

라모나는 그들을 똑바로 쳐다보며 나지막이 쏘아붙였다. "너희들이 뭔데 그런 소리를 해? 이 마을에서 너희들이 하는 말에 토를 달 수 있는 사람이 몇이나 되겠어? 그게 너희들이 하는 말이 매번 맞아서 그런 줄 아냐?"

그들은 꿀 먹은 벙어리가 됐다. 라모나는 그걸 보고 자부심을 느낄 수도 있었다. 그런데 길가 쪽으로 난 조그만 창문 너머로 지나가는 페테르가 보였다. 그는 정처 없이 헤매는 사람처럼 천천히 걸어왔다. 그러다 식료품 봉지를 손에 든 채 걸음을 멈추고 머뭇거리며 창문 안쪽을 들여다보았다.

라모나는 나가서 그를 데려올 수도 있었다. 커피를 한잔 대접했을 수도 있었다. 아주 간단한 일이었다. 하지만 그녀는 펠센과 테이블에 앉아 있는 남자들을 둘러보았다. 이 마을에서 지금 페테르에게 커피를 대접하는 것보다 더 간단한 일이 딱 하나 있다면 그러지 않는 거였다.

열두 살의 눈에는 세상이 얼마나 넓어 보일까? 무한한 동시에 극히 미미해 보일 것이다. 가장 황당한 꿈인 동시에 아이스링크의 비좁은 로커룸일 것이다. 레오는 벤치에 앉아 있다. 유니폼 앞면에 커다란 곰이 그려져 있다. 모두들 그를 흘끗거리기만 할 뿐 아무도 똑바로 쳐다보지 않는다. 그가 여기 앉자 단짝 친구들이 일어나서 자리를 옮긴다. 그는 연습 내내 패스를 한 번도 받지 못한다. 아무라도 몸싸움을 걸어주었으면 좋겠다. 유니폼을 샤워실에 던져줬으면 좋겠다. 차라리 누나를 두고 끔찍한 소리를 지껄여주었으면 좋겠다는 생각이 들 정도다.

정적에서 벗어날 수만 있다면.

아맛은 손끝으로 계속 명함 가장자리를 만지작거린다. 케빈의 아빠는 당장 떠나야 하는 사람처럼 시계를 확인하고, 할 얘기가 전부 끝난 듯이 아맛을 보며 미소를 짓는다. 아맛이 천천히 문손잡이 쪽으로 손을 내미는 순간, 그가 아버지처럼 아맛의 어깨를 토닥이며 이제 막 생각이 났다는 듯이 얘기를 꺼낸다.

"그나저나…… 파티에서 말이다, 우리 아들이 연 파티. 그날 밤에 아맛, 네가 뭘 봤다던데. 그런데 네가 그때 술을 얼마나 마셨는지 많은 사람들이 봤을 테지?"

부들부들 떨리는 명함이 아이의 심정을 대변한다. 케빈의 아빠는 아이의 손에 자기 손을 얹는다.

"술에 취하면 별의별 생각이 들 수 있어, 아맛. 하지만 그게 진실은 아니지. 사람들이 술에 취하면 얼마나 바보 같은 짓을 하는지 아니? 내 말 믿어도 돼, 나도 한두 번 경험한 게 아니거든!"

중년의 신사는 호탕하게 자조의 웃음을 터뜨린다. 아맛은 계속 명함만 쳐다본다. 인사팀장의 이름, 큰 회사, 지금과는 다른 삶.

"마야 좋아하니?" 그가 느닷없이 묻자 아맛은 생각할 겨를도 없이 고개를 끄덕인다.

지금까지 아무한테도 고백한 적 없는 눈물 때문에 눈꺼풀이 따끔거린다. 중년의 신사는 계속해서 아이의 손가락을 살짝 쥐고는 말을 잇는다.

"그 아이 때문에 너랑 케빈이 난처해졌어. 아주 난처해졌지. 그 아이는 너한테 관심이나 있을 것 같니? 너한테 관심이 있었다면 그런 짓을 저질렀을까? 지금의 너로서는 이해하기 힘들겠지만 여자들은 남자들과 다르게 여러 가지 방식으로 관심을 갈구하거든. 관심을 얻으려고 우라지게 황당한 짓을 벌이기도 하고. 여자들은 뒤에서 쑥덕거리고 소문을 퍼뜨리지만 남자들은 그렇지가 않잖니. 남자들은 서로의 눈을 똑바로 쳐다보며 당사자끼리 문제를 해결하지. 그렇지 않니?"

아맛은 그를 흘끗 쳐다본다. 입술을 깨물며 고개를 끄덕인다. 케빈의 아빠는 비밀을 얘기하려는 사람처럼 허리를 숙이고 속삭인다.

"그 아이는 케빈을 선택했지. 하지만 너를 선택하지 않은 걸 후회하는 날이 조만간 올 거다. 네가 A팀에서 활약하고 프로팀에 입단하면 여자들이 줄을 서겠지. 그리고 너는 그중에 믿을 수 없는 여자들도 있다는 걸 알게 될 거다. 바이러스 같은 존재도 있다는 걸."

아맛은 어깨에 얹혀 있는 그의 손의 무게를 느끼며 가만히 앉아서 아무 말도 하지 않는다.

"나한테 하고 싶은 얘기 있니, 아맛?"

아이는 고개를 젓는다. 손에서 난 땀 때문에 명함에 얼룩이 지기 시작한다. 중년의 신사는 지갑을 꺼내 아이에게 오천 크로나를 건넨다.

"스케이트를 바꿀 때가 됐을지 모른다는 얘기를 들었다. 앞으로는 뭐든 필요한 게 있으면 나한테 연락해라. 이 마을, 이 팀 안에서는 서로 돕고 지내야지."

아맛은 돈을 받아서 명함 위로 접은 다음 문을 열고 내린다. 중년의 신사는 창문을 내리고 큰 소리로 외친다.

"오늘 저녁 훈련이 자율이라는 거 안다만 참석하는 게 좋을 거다. 팀원들끼리 똘똘 뭉쳐야지, 안 그래? 인간은 이 세상에서 외따로 떨어져 있으면 별 볼일 없는 존재야, 아맛!"

아이는 참석하겠다고 약속한다. 남자는 웃음을 터뜨리고 화가 난 척 인상을 구기며 어깨를 웅크리고 으르렁거린다.

"왜냐하면 우리는 곰이잖니, 베어타운의 곰!"

비싼 차는 방향을 틀어서 도로로 사라진다. 주차장의 다른 쪽 끝에는 그보다 훨씬 저렴한 고물 사브가 보닛이 열린 채 세워져 있다. 검은 재킷을 입고 목에 곰 문신을 한 그 차의 젊은 주인이 그 위로 허리를 숙이고 엔진을 만지작거리고 있다.

그는 비싼 차와 그 차가 아파트 단지 안에 두고 간 아이를 못 본 척한다. 하지만 케빈의 아빠가 사라지자 아맛이 눈 위에 뭔가를 떨어뜨린다. 그걸 다시 주울지 말지 고민하는 사람처럼 뚫어져라 내려다보며 한참 동안 서 있는다. 결국에는 손등으로 얼굴을 훔치고 어느 계단통으로 사라진다.

젊은 남자는 사브 옆에서 잠깐 기다렸다 다가가서 땅바닥에 떨어진 오천 크로나를 줍는다. 축축한 손으로 쥐고 있어서 구깃구깃하다.

남자는 지폐를 검은 재킷의 주머니에 넣는다.

아맛은 등 뒤로 아파트 현관문을 닫는다. 명함을 쳐다본다. 명함을 자기 방에 숨기고 스케이트를 가지러 간다. 너무 작고 너무 낡아서 칠이 벗겨진 스케이트. 그는 오천 크로나가 있으면 어떤 스케이트를 살 수 있는지 정확히 안다. 할로에서 사는 아이들은 살 수 없는 물건의 가격을 꿰뚫고 있다. 그는 가방을 챙겨 들고 나가서 계단을 달려 내려간다.

돈이 보이지 않는다. 그는 그때 낙담을 했는지 안심을 했는지 언제까지고 확실히 장담할 수 없을 것이다.

페테르는 고요한 길거리에 서 있다. 여기서 아이스링크 지붕이 보인다. 집은 무엇일까? 내 것이라고 할 수 있는 곳이다. 그렇다면 더이상 환영받지 못하는 곳을 내 집이라고 할 수 있을까? 알 수가 없다. 오늘 저녁에 미라에게 얘기하면 그녀는 "나는 아무 데서든 취직할 수 있어"라고 할 테고 그러면 페테르는 고개를 끄덕일 것이다. 그는 아무 데서든 취직할 수 없더라도 그럴 것이다. 그들은 이사하는 것에 대해 의논할 테고 그는 하키 없이 살아보기로 진지하게 결심할 것이다.

그는 알아차리지 못하지만 페테르가 다시 걸음을 옮기기 시작하자 고물 사브가 그의 옆을 지나친다.

미라는 쓰레기를 내다버리는 중이다. 원래는 딸이 하는 일이지만 (기타를 사주는 대신 그러기로 했다) 이제는 상황이 달라졌다. 여름이 찾아와도 그녀는 어둠에 대한 공포가 여전할 것이다.

옆집 창문에서 방금 전에 끓인 커피 향이 풍겨 나온다. 미라는 베어타운으로 이사 왔을 때 하도 여기저기서 커피를 권하는 통에 한숨을 쉬곤 했다. "커피, 커피, 커피. 여기 사람들은 커피밖에 안 마셔?" 그녀가 투덜거리면 페테르는 어깨를 으쓱했다. "당신이랑 친해지고 싶다는 마음을 그런 식으로 표현하는 거야. '친하게 지내고 싶어요.' 이렇게 얘기하긴 어렵지만 '커피 한잔 하실래요?' 이렇게 얘기하긴 훨씬 쉽잖아. 여기는…… 음…… 뭐라고 표현하면 좋을까. 여기는 문제가 복잡해도 해답은 단순할 수 있다고 믿는 사람들이 사는 곳이야."

미라는 익숙해졌다. 숲속 이 마을의 사람들이 음료를 통해 표현하는 모든 것에 익숙해졌다. 그들은 '고맙다'거나 '미안하다'거나 '내가 여기 있잖아'라고 말하고 싶을 때마다 "커피 한잔 할래요?" 아니면 "맥주 한잔 줄까요?" 아니면 "여기 두 잔 부탁해요, 내가 사는 걸로"라고 했다.

미라는 쓰레기통에 쓰레기를 버린다. 옆집 창문 너머로 불빛들이 보인다. 아무도 문을 열지 않는다.

다비드는 로커룸과 아이스경기장 밖으로 아이들을 데려간다. 오늘 저녁에는 숲속에서 훈련을 하기로 한다. 그가 아이들에게 팔굽혀펴 기를 시키자 어느 누구보다 보보가 제일 열심히 한다. 그는 다음 시 즌부터 하키를 접어야 할지 모르지만 (청소년팀에 남기에는 나이가 너 무 많고 성인팀에 합류하기에는 실력이 너무 달린다) 그래도 자발적으 로 나와서 피땀을 흘리고 있다. 달리기를 시키자 이번에는 매번 필리 프가 1등으로 들어온다. 다음 시즌은 그에게 가장 엄청난 시즌이 될 것이다. 모두가 그의 실력을 인지하는 해가 될 것이다. 사람들은 그에 게 "하룻밤 새 스타가 됐다"고 할 것이다. 필리프는 다섯 살 때부터 모든 시간을 하키에 쏟았고 그와 어머니의 모든 것을 희생했다. 그런 데 "하룻밤 새 스타가 됐다"니. 맙소사. 평생을 바쳤는데.

다비드가 이번에는 줄다리기를 시킨다. 뤼트는 이기려고 애를 쓰 다 하마터면 어깨가 빠질 뻔한다. 아맛은? 한마디도 하지 않지만 모 든 훈련을 완수하고 주어진 과제를 모두 수행한다.

하키단 사장은 훈련하는 광경을 볼 수 있을 만큼 가깝지만 금세 눈 에 띄지는 않을 만큼 거리를 두고서 숲가에 서 있다. 거기서 땀을 흘 리고 있다. 큼지막한 차가 아이스링크 앞쪽 주차장에 멈춰 서고 케빈 과 아빠가 차에서 내린다. 케빈의 아빠가 훈련 시간에 등장한 것은 이번이 처음이다. 이미 장비를 장착한 케빈이 숲속의 팀원들을 향해 달려가자 아이들이 환호성을 지르며 그를 왕처럼 맞이한다.

사장은 다비드가 아이들 한복판에 서서 케빈의 아빠와 악수를 할 때까지 숲이 끝나는 곳에 서서 지켜본다. 사장의 시선과 코치의 시선이 먼 거리를 뛰어넘어 잠시 만나고, 사장은 몸을 돌려서 사무실로 돌아간다.

케빈이 아이스경기장으로 왔다면 구단에서는 원칙과 결과에 대해 짚고 넘어가는 수밖에 없었을 것이다. 사장은 그 아이에게 "이 사달이 정리될 때까지" 집에 있으라고 해야 했을지 모른다. 하지만 숲속에서 훈련하는 아이들을 말릴 도리는 없다.

그들 모두는 속으로 그렇게 되뇐다.

이 마을의 다른 곳, 하이츠의 어느 집 앞에서는 케빈의 엄마가 쓰레기를 내다 버리는 중이다. 그녀는 피곤해서 안색이 칙칙하지만 화장을 덧발라서 눈물 자국을 지웠다. 그녀는 쓰레기통을 열고 허리를 똑바로 펴고 물끄러미 응시한다. 온 사방의 창문들이 환하게 불을 밝혔다.

어느 집 현관문이 열린다. 누군가가 그녀에게 외친다. "들어와서 커피 한잔 할래요?"

그 옆집 문이 열린다. 또 다른 집 문이 열린다. 또 다른 집 문이 열린다.

어려운 문제, 단순한 해답. 공동체라는 것은 무엇일까?

그것은 우리가 선택한 것들의 총합이다.

40

수네가 좋아하는 옛말이 있다. '어떤 사람이 숲속으로 걸어 들어가
는데 다른 사람들이 따라가면 뭐라고 하는가? 리더십이라고 한다. 어
떤 사람이 숲속으로 혼자 걸어 들어가면 뭐라고 하는가? 산책이라고
한다.'

페테르는 집에 들어간다. 냉장고에 우유를 넣고 조리대에 빵을 놓
고 차 열쇠를 통에 넣는다. 그제야 아이스경기장 밖에 차를 그대로
두고 왔다는 사실을 깨닫는다. 그는 침착하게 생각한다. 내일 찾으러
가보면 다 타서 시커멓게 그은 나뭇가지들만 잔뜩 남아 있을까? 그
는 열쇠를 집어서 고리를 분해하고 열쇠만 다시 통에 넣은 다음 고리
는 쓰레기통에 버린다.

미라가 부엌으로 들어온다. 그는 까치발을 하고 서서 천천히 춤을
추며 아내의 귀에 대고 속삭인다.

"우리 이사 가자. 당신은 아무 데서나 취직할 수 있잖아."

"하지만 당신은 아니잖아. 다른 데서는 하키하고 관련된 일을 할 수 없잖아."

그도 안다. 그도 너무나 잘 안다. 하지만 그 어느 때보다 넘치는 확신을 담아서 이렇게 얘기한다.

"당신은 나를 위해서 여기로 이사 왔잖아. 나는 우리 딸을 위해서 다른 데로 이사할 수 있어."

미라는 두 손바닥으로 그의 얼굴을 감싼다. 통 안에 놓인 그의 차 열쇠를 본다. 처음 만난 순간부터 그의 열쇠는 모두 곰 모양의 열쇠 고리에 달려 있었다. 이제는 아니다.

아나는 자기 침대에 앉아 있다. 이 방이 이제는 낯설게 느껴진다. 가장 화가 났을 때, 이혼 후에 같이 따라가지 않겠다는 딸에게 가장 상처를 받았을 때 엄마는 아나에게 "상호의존의 전형적인 케이스"라고 했다. 아나가 없으면 아빠가 버티지 못할 것을 알기에 아빠 때문에 남는 거라고 했다. 맞는 말일 수도 있지만 아나는 잘 모르겠다. 아나가 항상 아빠와 가까이 지내고 싶어 했던 이유는 아빠가 딸을 잘 알기 때문이 아니라 숲을 잘 알기 때문이었다. 숲이 그녀에게는 엄청난 모험의 땅이었고 아빠만큼 그곳을 잘 아는 사람은 없었다. 베어타운을 통틀어 아빠만큼 실력이 좋은 사냥꾼도 없었다. 어렸을 때 그녀는 밤이 되면 옷을 갈아입지 않은 채로 침대에서 누워서 전화벨이 울리기를 기다렸다. 겨울철에는 자주 그랬다시피 야생동물 때문에 차 사고가 나면 운전자는 부상을 당한 동물이 숲속으로 사라졌다고 보고했고, 그러면 경찰에서는 아나의 아빠에게 연락했다.

완강하고 고집스럽고 무뚝뚝한 그의 성격이 실생활에서는 마이너스 요소였지만 숲속에서는 완벽했다. "부녀가 말 한마디 하지 않고서 여기 평생 앉아 있을 수도 있겠네!" 아나의 엄마는 떠나면서 그렇게 외쳤고 그들은 정말 그랬다. 그러면 왜 안 되는지 알 수가 없었다.

아나는 어렸을 때 자기도 데려가달라고 밤마다 졸랐지만 한 번도 성공하지 못했던 걸 또렷하게 기억한다. 항상 너무 위험하고 너무 밤이 늦었고 너무 추웠다. 그리고 아나는 아빠가 술을 마시고 있었기 때문에 그렇게 얘기했다는 것도 안다. 아나의 아빠는 숲속에서 언제나 딸은 믿었지만 자기 자신은 믿지 못했다.

아드리는 견사를 돌아다니며 개들에게 밥을 주고 있다. 별채에 차린 체육관에 나가 있는 벤이가 보인다. 목발을 바닥에 내려놓고 벤치프레스를 하고 있다. 오늘 저녁에 동생은 살짝 맛이 간 아이임을 감안하더라도 말도 안 되는 무게를 들고 있다. 그녀는 오늘 하키단이 자율 훈련을 실시하고 있다는 것을 안다. 아이들이 숲속에서 달리기를 하고 있다는 얘기를 시내에서 들었다. 케빈도 참석 중이라고 했다.

하지만 그녀는 벤이에게 왜 혼자 여기 있느냐고 묻지 않는다. 그렇게 꼬치꼬치 캐묻는 누나는 되고 싶지 않다. 그녀는 다른 데서 태어났을지 몰라도 그래도 베어타운 출신이다. 숲처럼 거칠고 빙판처럼 단단하다. 열심히 일하고 함부로 입을 놀리지 않는다.

아나는 알몸으로 자기 방 거울 앞에 서서 숫자를 세고 있다. 그녀는 예전부터 숫자의 귀재였다. 수학만큼은 평생 1등이었다. 어렸을 때는 뭐든 노상 세고 다녔다. 돌멩이, 풀잎, 숲속의 나무, 땅바닥의 발

자국, 싱크대 아래 찬장에 든 빈병, 마야의 주근깨, 심지어 숨소리까지. 하지만 대개는 단점을 셌다. 거울 앞에 서서 자기의 잘못된 부분들을 하나씩 짚었다. 이렇게 먼저 큰 소리로 지목하고 나면 학교에서 누가 말을 꺼내더라도 상처가 덜했다.

아빠가 방문을 두드린다. 몇 년 만에 처음 있는 일이다. 엄마가 떠난 뒤로 아빠와 딸은 다른 아파트에서 다른 삶을 살았다. 아나는 얼른 옷을 입고 놀란 얼굴로 문을 연다. 그는 당혹스러운 표정으로 복도에 서 있다. 술을 마셔서 그런 것도 아니고 툭하면 밤을 새던 서글프고 외로운 남자의 분위기도 아니다. 멀쩡하다. 그는 애정을 어떤 식으로 표현하면 좋을지 잊어버린 사람처럼 손을 내밀되 딸아이를 건드리지는 않는다. 천천히 말문을 연다.

"같이 사냥하는 사람들이랑 얘기했거든. 하키단이 회의를 소집했다더라. 페테르 문제로 투표를 요구하는 학부모랑 후원자가 있어서."

"페테르…… 문제로요?" 아나는 무슨 뜻인지 알아들을 수가 없어서 아빠의 말을 똑같이 따라한다.

"그를 내쫓으라고 구단에 요구할 거래."

"뭐라고요? 왜요?"

"파티가 끝나고 일주일이 지난 다음에서야 신고했다고. 몇몇 사람들은 그 뭐냐…… 그때 벌어진 일이…….."

아빠는 딸 앞에서 '성폭행'이라는 단어를 쓸 수도 없고, 아나가 아니라 얼마나 다행스럽고 기쁜지 들키고 싶지도 않다. 그러면 딸이 자기를 증오하게 될까봐 겁이 난다. 아나는 주먹으로 침대 가장자리를 내리친다.

"거짓말이라고요? 사람들이 거짓말이라고 해요? 페테르가 케빈을 물 먹이고 싶어서 일주일 동안 기다렸다가 경찰에 신고한 거래요? 케빈이 염병할 피해자라도 되는 것처럼!?"

아나의 아빠는 고개를 끄덕인다. 무슨 말을 하면 좋을지 몰라서 문 앞에 한참 동안 서 있다 결국 그가 한 말은 이거다.

"큰 사슴 고기로 햄버거 만들어놨어. 부엌에 있다."

그는 등 뒤로 문을 닫고 일층으로 내려간다.

아나는 그날 저녁에 마야에게 백 번쯤 전화한다. 마야가 왜 전화를 받지 않는지 알겠다. 마야가 이제는 그녀를 미워한다는 걸 알겠다. 마야가 뭐라고 했던가. 마야가 진실을 폭로하지 않았다면 케빈은 마야에게 상처를 주는 데 그쳤을 것이다. 그런데 이제는 마야가 사랑하는 모든 사람들까지 상처를 받고 있다.

초인종이 울린다. 페테르가 문을 연다. 하키단 사장이다. 어찌나 슬퍼 보이고 쭈글쭈글하고 땀범벅이고 추레하고 스트레스 때문에 진이 다 빠지고 망가졌는지 차마 미워할 수조차 없을 지경이다.

"회의 하고 투표가 거행될 예정이야. 구단의 회원들이 이사진에게 자네를 해임하라고 요구하면…… 그럼…… 나도 어쩔 수가 없어, 페테르. 하지만 자네가 참석해서 변론을 할 수는 있다네. 그건 자네 권리니까."

아이가 현관 앞으로 걸어 나와서 아빠 뒤에 선다. 페테르가 딸을 보호하려는 듯이 팔을 뻗지만 아이는 그 팔을 가만히 밀어서 치운다. 현관 앞에 서서 사장의 눈을 똑바로 쳐다본다. 사장은 아이를 마주 본다.

적어도 그건 할 수 있다.

늦은 시각에 벤이가 목발로 아드리의 방문을 두드린다. 근육에 피로가 쌓여서 부들부들 떨리는 팔로 몸을 지탱하고 서 있다. 아드리가 알기로 일반적인 사람들의 경우, 운동에는 삼단계가 있다. 고통을 견디는 단계, 조금씩 즐기는 단계, 기대하기 시작하는 단계. 그녀의 동생은 그럴 단계를 뛰어넘었다. 그 아이는 고통을 필요로 한다. 거기에 중독됐다. 그게 없으면 살지 못한다.

"나 어디 좀 태워다줄 수 있어?" 아이가 묻는다.

그녀는 묻고 싶은 게 한두 가지가 아니지만 아무 말도 하지 않는다. 그녀는 그런 누나가 아니다. 꼬치꼬치 캐묻는 누나가 필요하면 카시아나 가비를 불러야 할 것이다.

페테르는 문을 닫는다. 그와 마야 단둘이 현관문 앞에 서 있다. 딸이 그를 올려다본다.

"아빠를 자르고 싶어 하는 사람들이 이사진이에요 아니면 학부모예요?"

페테르는 서글픈 미소를 짓는다.

"둘 다. 하지만 회원들이 요구하면 이사진이 마음의 부담을 덜 수 있겠지. 페널티를 대신 때워주는 사람이 있으면 늘 그렇잖니."

딸은 그의 손 위에 자기 손을 올려놓는다.

"저 때문에 모든 게 무너졌어요. 모든 사람들의 모든 게 무너졌어요. 아빠의 모든 게 무너졌어요." 아이는 흐느껴 운다.

그는 아이의 얼굴을 덮은 머리칼을 쓸어 넘기고 차분하게 얘기한다.

"그런 소리 하지 마. 그런 생각도 하지 말고. 두 번 다시는. 그 인간들이 나한테 뭘 줄 수 있었겠니? 에스프레소 기계? 에스프레소 기계는 자기들 똥구멍에나 처넣으라 그래!"

아이는 낯 뜨거운 엄마의 농담을 듣고 아빠가 민망해할 때 그랬던 것처럼 키득거린다.

"아빠는 에스프레소를 좋아하지도 않잖아요. 작년까지만 해도 '엑스프레소'인가 뭔가 그렇게 부르시고……."

그는 이마를 아이의 이마에 갖다 댄다.

"너하고 나는 진실을 알지. 네 가족과 너와 점잖고 지각 있는 사람들은 전부 진실을 알지. 우리가 무슨 수를 써서든 정의의 심판을 내릴 거다. 아빠가 약속해. 나는…… 나는 그저…… 네가……."

"괜찮아요, 아빠. 괜찮아요."

"아니야, 그렇지 않아! 절대 괜찮을 수 없어! 그 자식이 저지른 짓을 절대 괜찮다고 생각하면 안 돼…… 나는 두렵다, 마야. 네 눈에 내가 그 자식을 죽이고 싶어 하지 않는 것처럼 보일까봐, 날이면 날마다 이십사 시간 내내 그 생각인데 그러지 않는 것처럼 보일까봐 너무 두렵다."

아버지의 눈물이 딸의 뺨을 타고 흐른다.

"저도 두려워요, 아빠. 모든 게요. 어둠도 그렇고 그리고…… 모든 게요."

"내가 어떻게 하면 될까?"

"저를 사랑해주세요."

"그야 당연하지, 말랭아."

딸아이는 고개를 끄덕인다.

"그럼 다른 거 부탁해도 돼요?"

"뭐든."

"차고에 가서 너바나 곡 연주해도 돼요?"

"다른 밴드는 안 될까?"

"어떻게 너바나를 안 좋아할 수 있어요?"

"아빠가 너무 늙었을 때 걔네가 대히트를 쳤거든."

"어떻게 너무 늙어서 너바나를 안 좋아한다고 할 수 있어요? 아빠 나이가 지금 몇인데요?"

그들은 웃음을 터뜨린다. 아직까지 서로의 웃음보를 터뜨릴 수 있다니 이 얼마나 뭉클한 일인가.

미라는 부엌에 혼자 앉아서 차고에서 흘러나오는 남편과 딸의 연주 소리를 듣는다. 이제는 마야의 실력이 아빠보다 훨씬 훌륭하다. 그가 계속 박자를 놓치지만 무안하지 않게 딸아이가 계속 맞춰주고 있다. 미라는 술과 담배가 당긴다. 하지만 찾으러 나설 새도 없이 누군가가 식탁에 트럼프 더미를 올려놓는다. 일반적인 카드가 아니라 아이들이 어렸을 때 빌린 트레일러하우스에 있던 어린이용이다. 두말하면 잔소리지만 엄마와 아빠가 규칙을 놓고 계속 옥신각신했기 때문에 아이들은 더 이상 카드 게임을 하지 않았다.

"우리 이거 해요. 어쩌면 제가 이기게 해드릴 수도 있어요." 레오가 자리에 앉으며 얘기한다.

아이는 탄산음료 두 개를 식탁에 놓는다. 열두 살이지만 엄마가 숨막히게 끌어안아도 반항하지 않는다.

헤드 변두리의 다 쓰러져가는 연습실에서 전등 하나가 불을 밝힌 가운데 까만 가죽옷을 입은 남자가 의자에 앉아서 바이올린을 연주하고 있다. 그가 아직 바이올린을 들고 있었을 때 누군가가 문틀을 두드린다. 술병을 손에 든 벤이가 목발에 기대고 서 있다. 베이스 연주자는 고요하고 신비로운 매력을 발산하려고 하지만 그의 미소에서는 그런 매력이 전혀 느껴지지 않는다.

"여긴 어쩐 일이냐?"

"좀 걸으러 나왔어요." 벤이는 대답한다.

"그거 설마 밀주는 아니겠지?" 베이스 연주자는 술병을 보고 웃는다.

"이 동네에서 살려면 이걸 마실 줄 알아야 해요." 벤이가 말한다.

베이스 연주자는 이 일대에서는 '미안하다'는 말을 그런 식으로 하는가보다고 미루어 짐작한다. 그도 알아차렸다시피 이곳 사람들은 술을 매개로 소통하는 것을 좋아한다.

"나는 여기 눌러앉을 생각이 없어." 그는 못을 박는다.

"다들 그래요. 발목이 잡혀서 못 빠져나가는 거지." 벤이는 이렇게 얘기하고 깡충깡충 뛰어서 안으로 들어간다.

그는 바이올린에 대해 묻지 않는다. 베이스 연주자는 벤이가 어떤 사람의 또 다른 측면을 보고도 놀라지 않는 성격이라는 것이 마음에 든다.

"내 연주에 맞춰서 춤추면 되겠다." 베이스 연주자는 가볍게 활로 현을 켠다.

"춤은 못 춰요." 벤이는 목발을 두고 한 농담이라는 것을 알아차리지 못하고 이렇게 대꾸한다.

"간단해. 가만히 서 있다가 움직이면 돼." 베이스 연주자는 속삭인다.

피곤해서 벤이의 가슴 근육이 후들거린다. 그게 도움이 된다. 대조적으로 그의 내면은 차분하게 느껴진다.

아나는 전화벨 소리를 듣고 깬다. 바닥에 두었던 전화기를 낚아채지만 그녀의 전화벨 소리가 아니다. 아빠한테 온 전화다. 아빠의 목소리가 들린다. 통화를 하며 옷을 갈아입고 개를 데려오고 총기 보관함 열쇠를 챙기고 있다. 어린 시절의 자장가처럼 익숙한 소음이다. 아나는 대단원의 막이 내리길 기다린다. 현관문이 열리고. 열쇠가 돌아가고. 녹이 슨 고물 트럭에 시동이 걸리고. 그런데 아니다. 그게 아니라 조심스러운 노크 소리가 들린다. 아빠가 머뭇거리며 문 틈새로 딸아이의 이름을 부르고 묻는다.

"아나. 일어났니?"

아이는 그 말이 끝나기도 전에 옷을 입는다. 문을 연다. 아빠는 양손에 한 자루씩 엽총을 들고 있다.

"북쪽 도로에 수색 요청이 떠서. 시내에 사는 어중이떠중이를 불러도 된다만…… 베어타운에서 두 번째로 실력이 좋은 사냥꾼이 이미이 집에 있고 하니……."

아나는 아빠를 끌어안고 싶어진다. 하지만 참는다.

두 남자는 연습실에 똑바로 누워 있다. 병은 비었다. 둘은 번갈아가며 자기가 아는 중에서 가장 한심한 술 노래를 부른다. 몇 시간 동안 깔깔대고 웃는다.

"하키가 뭐가 그렇게 좋니?" 베이스 연주자가 묻는다.

"바이올린은 뭐가 그렇게 좋아요?" 벤이는 맞받아친다.

"하키를 하려면 머릿속의 스위치를 꺼야 하잖아. 음악은 너 자신으로부터 잠시 휴식 시간을 갖는 것과 같아." 베이스 연주자는 대답한다.

너무 신속하고 너무 직선적이고 너무 솔직한 대답이라 벤이는 냉소적으로 대꾸할 방법이 없다. 그래서 솔직하게 얘기한다.

"소리요."

"소리?"

"그게 하키의 매력이라고요. 링크에 들어서면 선수만 아는 온갖 소리가 들려요. 그리고…… 로커룸에서 링크까지 걸어갈 때 바닥이 빙판으로 바뀌는 마지막 몇 센티미터의 느낌. 빙판을 지치고 나가는 순간…… 날개가 생기거든요."

두 남자는 잠깐 동안 아무 말도 하지 않는다. 유리 지붕 위에 누워 있기라도 한 것처럼 옴짝달싹할 엄두조차 내지 못한다.

"내가 춤을 가르쳐주면 너는 스케이트 가르쳐줄래?" 결국 베이스 연주자가 웃으며 묻는다.

"스케이트 탈 줄 몰라요? 아니, 도대체 왜요?" 베이스 연주자가 샌드위치를 만들 줄 모른다고 말하기라도 한 것처럼 벤이는 큰 소리로 외친다.

"배워야 할 필요성을 못 느꼈어. 대자연이 얼음이라는 수단을 통해서 인간들에게 물 근처에 오지 말라고 경고하는 거라고 생각했거든."

벤이는 웃음을 터뜨린다.

"그런데 왜 이제 와서 배우고 싶어요?"

"네가 워낙 좋아하니까. 네가 좋아하는 걸…… 나도 이해해보고 싶어서."

베이스 연주자가 벤이의 손을 건드린다. 벤이는 손을 빼지는 않지만 일어나 앉고 주문은 그렇게 깨진다.

"가야겠어요." 벤이가 말한다.

"가지 마." 베이스 연주자는 애원한다.

벤이는 아랑곳하지 않는다. 더 이상 아무 말 없이 문밖으로 나선다. 눈송이가 그의 눈물과 함께 떨어지고 어둠이 그를 삼키고 그는 아무런 저항 없이 포기한다.

유리창이 깨지면 판유리 하나에서 나왔다는 게 믿기지 않을 만큼 온 방 안이 어마어마한 양의 유리 조각들로 가득 찬다. 어린애가 우유갑을 뒤집으면 갑을 떠난 순간 우유가 무한대로 팽창이라도 한 것처럼 온 부엌에 홍수가 나는 것과 비슷하다.

범인은 담벼락에 거의 바짝 붙어서 방 안으로 최대한 멀리까지 날아가도록 있는 힘껏 돌을 던졌다. 돌은 서랍장을 때리고 마야의 침대에 안착했다. 그 뒤를 이어서 나비처럼 가벼운 얼음 조각들이 얼음 결정인 양 아니면 희미하게 반짝이는 조그만 다이아몬드 조각인 양 부드럽게 쏟아져 내렸다.

페테르와 마야는 기타와 드럼 소리 사이로 그 소리를 듣는다. 그들은 차고를 박차고 나와서 집 안으로 뛰어 들어간다. 얼음장 같은 바람이 마야의 방 안으로 불어 들어오고 레오가 그 한복판에 입을 떡 벌리고 서서 돌을 쳐다보고 있다. 돌 위에 빨간 색으로 나쁜 년이라고 적혀 있다.

진짜 위험한 게 뭔지 맨 처음 파악한 사람은 마야다. 그로부터 몇 초 뒤에 페테르가 알아차린다. 그들은 함께 현관문으로 달려가지만 이미 늦었다. 문이 활짝 열려 있다. 미라를 태운 볼보가 벌써 진입로를 빠져나가고 있다.

모두 네 명이고 두 명은 뛰어서, 다른 두 명은 자전거를 타고 도망치는데, 자전거를 탄 쪽은 가망이 없다. 인도에 아직까지 눈이 발목 높이로 쌓여서 고랑처럼 파인 도로 한복판으로만 달려야 한다. 미라가 볼보 액셀러레이터를 끝까지 세게 밟자 그 큰 차가 굉음과 함께 휘청거리며 내달리고 이십 미터 만에 그들을 따라잡았을 때도 그녀의 발은 브레이크 근처로 움직이지 않는다. 그들은 기껏해야 열세 살 아니면 열네 살밖에 안 된 어린애들이지만 어머니의 눈빛에는 아무 표정이 없다. 한 아이가 뒤를 돌아보았다가 눈부신 전조등을 보고 겁에 질려서 달리던 속도 그대로 자전거에서 뛰어내리고 울타리를 머리로 들이받는다. 다른 아이도 볼보의 앞 범퍼가 자전거 뒷바퀴를 들이받아 도로 저편으로 날리기 직전에 똑같이 뛰어내린다.

아이는 바지가 찢어졌고 턱이 긁혔다. 미라는 차를 세우고 문을 열고 내린다. 트렁크에서 페테르의 골프채를 한 개 꺼낸다. 그걸 양손으로 움켜쥐고 땅바닥에 쓰러진 아이를 향해 뚜벅뚜벅 걸어간다. 아이는 울며 비명을 지르고 있지만 그녀는 상관하지 않는다. 아무것도 느끼지 못한다.

마야는 양말 바람으로 집을 뛰쳐나가 길거리를 달린다. 아빠가 자기를 부르는 소리가 들리지만 돌아보지 않는다. 차가 자전거를 들이받는 쿵 소리가 들리고 무중력 상태로 공중을 가르는 몸이 보인다. 볼보의 빨간 브레이크 등이 그녀의 눈을 찌르고 차에서 내리는 어머니가 실루엣으로 보인다. 트렁크 문이 열리고 골프채가 나온다. 마야는 흠뻑 젖은 양말로 빙판 위에서 미끄러져가며, 피가 나는 발을 무시해가며 꺽꺽거리는 소리밖에 안 날 때까지 소리를 지른다.

미라는 그렇게 겁에 질린 사람을 본 적이 없다. 조그만 손이 뒤에서 골프채를 잡고 그녀를 바닥으로 쓰러뜨린다. 위를 쳐다보니 마야가 그녀를 꽉 붙잡고 소리를 지르고 있지만 처음에 미라는 아이가 뭐라고 하는지 알아듣지 못한다. 그저 그렇게 겁에 질린 사람은 본 적이 없을 뿐이다.

도로 위로 쓰러졌던 아이들은 엉금엉금 일어나서 절뚝거리며 도망친다. 엄마와 딸을 남겨둔 채 히스테리 환자처럼 울며 도망친다. 엄마는 계속 골프채를 으스러져라 붙잡고 있고 딸은 그녀를 감싸 안고 흔들며 계속 달래고 있다.

"괜찮아요, 엄마. 괜찮아요."

주변의 집들은 여전히 어두컴컴하지만 다들 눈을 동그랗게 뜨고 있다는 것을 두 사람은 안다. 미라는 일어나서 그들에게 고함을 지르고 그들의 유리창에 돌을 던지고 싶지만 딸이 그녀를 꼭 붙들고 있다. 그들은 서로의 살갗에 대고 숨을 들이마시며 도로 한복판에 주저앉아서 그저 부들부들 떨기만 한다.

"제가 어렸을 때 유치원의 다른 엄마, 아빠들이 엄마를 '어미 늑대'라고 불렀어요. 다들 엄마를 무서워했거든요. 그리고 제 친구들은 다 엄마 같은 엄마가 있었으면 좋겠다고 했고요."

미라는 딸의 귀에 대고 코를 훌쩍인다.

"아가, 너는 이렇게 젠장 맞게 살 이유가 없어. 너는 이렇게 젠장 맞게 살 이유가……."

마야는 어머니의 뺨을 잡고 이마에 살포시 입을 맞춘다.

"엄마가 저를 위해서라면 사람을 죽일 수도 있다는 거 알아요. 저 대신 목숨을 내놓을 수 있다는 것도 알고요. 하지만 엄마랑 저는 이 걸 견뎌내야 해요. 왜냐하면 저는 엄마의 딸이니까요. 늑대의 피를 물 려받았으니까요."

페테르가 그들을 안아서 볼보로 옮긴다. 먼저 딸을, 그다음에 아내 를 옮긴다. 그는 도로를 따라서 차를 천천히 돌린다. 집으로 향한다.

자전거들은 눈밭 위에 방치돼 있다가 다음 날 사라진다. 이 동네에 사는 사람들은 어느 누구도 그 이야기를 입에 담지 않을 것이다.

41

그 안에서 사는 사람들의 소소한 일상과는 상관없이 베어타운에 아침이 찾아온다. 깨진 유리창 안쪽에 판지가 덧대어진다. 누나와 남동생이 그 어떤 창문과도 멀찌감치 떨어진 현관 앞에 매트리스를 나란히 깔고 곯아떨어져 있다. 잠결에 레오가 마야 쪽으로 몸을 웅크린다. 그는 네 살 때 무서운 꿈을 꾸고 나면 누나의 방으로 몰래 찾아가 그렇게 눕곤 했다.

페테르와 미라는 서로 손을 잡고 부엌에 앉아 있다.
"싸우지 못하는 내가 남자답지 못하다고 생각해?" 그가 속삭인다.
"싸울 줄 아는 내가 여자답지 못하다고 생각해?" 그녀는 묻는다.
"아이들을 데리고 여길 떠야 해." 그가 속삭인다.
"우리는 아이들을 보호하지 못해. 어디에 있든 상관없어, 여보. 우리는 아이들을 보호하지 못해." 그녀는 대꾸한다.
"이런 식으로 살 수는 없어."

"나도 알아."

그녀는 그에게 입을 맞추고 미소를 지으며 속삭인다.

"하지만 당신은 남자답지 못하지 않아. 여러 면에서 아주, 아주, 아주 남자다워. 예를 들어 당신의 잘못을 절대 인정하지 않잖아."

그는 그녀의 머리칼에 대고 대꾸한다.

"당신도 아주 여자다워. 당신처럼 여자다운 여자는 본 적이 없어. 예를 들어 가위바위보를 할 때 절대 믿으면 안 되잖아."

그들은 웃음을 터뜨린다. 이런 날 아침에도 웃음이 나온다. 그들은 그럴 수 있고 그래야 한다. 그들에게는 아직 그런 축복이 남아 있다.

라모나는 펠센 앞에 서서 담배를 피운다. 길거리에는 아무도 없고 하늘은 시커멓지만 이렇게 날이 궂은데도 저 멀리서 다가오는 강아지를 볼 수가 있다. 어둠 속에서 수네가 서서히 모습을 드러내자 그녀는 쉰 목소리로 기침을 하기 시작한다. 담배를 덜 피웠다면 그게 킬킬거리며 웃는 소리일 수도 있었을 것이다. 사십 년이나 오십 년쯤 덜 피웠다면 말이다.

수네가 이름을 부르지만 강아지는 그를 완전히 무시한다. 라모나의 청바지 위로 뛰어오르며 관심을 갈구한다.

"한심한 노인네 같으니라고. 이제 강아지를 들인 거야?" 그녀는 씩 웃으며 묻는다.

"이 코딱지만 한 게 얼마나 말을 안 듣는지 몰라. 조만간 샌드위치에 넣어 먹어야겠어." 수네는 이렇게 중얼거리지만 털북숭이를 얼마나 사랑하는지 누가 봐도 알 수 있을 정도다.

라모나는 기침을 한다. "커피?"

"안에 위스키를 넣어서 마실 수 있을까?"

그녀는 고개를 끄덕인다. 그들이 안에 들어가서 발에 묻은 눈을 털고 술을 마시는 동안 강아지는 아주 체계적으로 의자를 씹기 시작한다.

"들었지?" 수네가 슬픈 목소리로 묻는다.

"응." 라모나가 대답한다.

"부끄러운 일이지. 부끄러운 일이야."

라모나는 술을 좀 더 붓는다. 수네는 잔을 쳐다본다. "페테르가 여기 들른 적 있어?"

그녀는 고개를 젓는다. "페테르랑 얘기해봤어?"

수네는 고개를 젓는다. "무슨 말을 하면 좋을지 모르겠어."

라모나는 아무 말도 하지 않는다. 그녀도 그 심정을 너무나 잘 안다. 누군가에게 커피를 권하는 것은 쉽고도 어려운 일이다.

"하키단 일은 이제 당신이랑 상관없잖아." 그녀는 중얼거린다.

"아직 정식으로 잘리지 않았어. 다들 정신이 없어서 잊어버린 모양이야. 하지만, 그렇지. 당신 말이 맞아. 이제는 나랑 상관없어."

라모나는 위스키를 조금 더 따른다. 그 위에 커피를 붓고 한숨을 쉰다.

"그럼 무슨 얘기를 할까? 할망구랑 영감 둘이 이렇게 앉아서. 이런 망할, 그냥 뱉어버려."

수네는 쓴웃음을 짓는다.

"당신은 예전부터 심리학자 기질이 있었지."

"평범한 바텐더야. 당신이 예전부터 돈이 없어서 정신 상담을 받지 못하니까 그렇게 여기는 거지."

"홀예르가 그립네."

"내가 당신한테 소리를 지를 때만 홀예르가 그리워지지?"

수네가 하도 큰 소리로 웃는 바람에 강아지가 놀라서 펄쩍 뛴다. 녀석은 짜증을 섞어서 요란하게 짖어대다 다시 가구를 씹기 시작한다.

"당신이 홀예르한테 소리 지르던 거 정말 그립네."

"나도 마찬가지야."

위스키를 좀 더 따른다. 커피를 좀 더 붓는다. 정적과 추억, 내뱉지 않은 말과 억누른 문장. 마침내 수네가 말문을 연다.

"부끄러운 일이야, 케빈이 저지른 짓 말이지. 우라지게 부끄러운 일이야. 그런데 나는 하키단이 걱정이 돼. 거의 칠십 년 동안 명맥을 유지한 구단인데 내년에도 그럴 수 있을지 잘 모르겠거든. 아이가 유죄로 판명이 나면 사람들이 하키 탓을 할까봐 그게 걱정스러워. 전부 하키가 뒤집어쓸까봐."

라모나가 손바닥으로 그의 귀를 하도 빠르고 세게 때리는 바람에 뚱뚱한 영감은 하마터면 의자에서 떨어질 뻔한다. 카운터 저편의 할 망구가 화가 나서 으르렁거린다.

"그래서 나를 찾아온 거야? 그 얘기 하려고? 이런 망할…… 남자들이란. 당신 잘못은 없다 이거지? 이 아이들을 키운 장본인이 하키가 아니라 당신들이라는 걸 언제쯤 인정할래? 자기들이 멍청한 짓을 저질러놓고 자기들이 창조한 쓰레기 탓으로 돌리는 남자들은 어딜 가나 있다니까? 종교 때문에 전쟁이 벌어진다는 둥, 총기 때문에 사람들이 죽어나간다는 둥, 다 똑같은 개소리잖아!"

"내 말은 그게 아니라……." 수네는 변명하려고 하지만 그녀가 다시 손찌검을 하려고 들자 고개를 숙여서 피한다.

"내가 말할 때는 입 다물고 있어! 염병할 남자들 같으니라고! 당신들이 문제야! 종교는 싸우지 않고 총기는 죽이지 않아. 그리고 씨발, 똑바로 알아두라고. 하키는 지금까지 아무도 강간한 적이 없어! 그런데 누가 그러는지 알아? 누가 싸우고 죽이고 강간하는지 알아?"

수네는 헛기침을 한다. "남자들?"

"남자들! 항상 염병할 남자들이 문제라고!"

수네는 꼼지락거린다. 강아지가 멋쩍어하며 구석에 몸을 웅크린다. 라모나는 조심스럽고 꼼꼼하게 머리를 매만지고 잔을 비운 다음 어쩌면 커피를 권하는 게 그렇게 복잡한 일은 아닐지 모른다고 속으로 시인한다.

그런 다음 두 사람의 잔을 모두 채우고 강아지에게 줄 살라미 조각을 들고 카운터를 돌아 나가서 노인의 옆에 앉는다. 그녀는 한숨을 쉬고 어쩔 수 없이 시인한다.

"나도 홀예르가 그리워. 그런데 그이가 여기 있었다면 뭐라고 했을지 알아?"

"아니."

"뭐가 옳은지 당신하고 내가 이미 알고 있지 않느냐고 했을 거야. 그러니까 자기가 알려줄 필요가 없지 않느냐고."

수네는 미소를 짓는다.

"재수 없는 인간이었지, 당신 남편 말이야."

"맞아."

마을의 다른 곳에서는 사카리아스가 다들 잠이 든 아파트를 살금

살금 빠져나온다. 등에 가방을 짊어지고 손에는 양동이를 들고 있다. 헤드폰을 끼고 있어서 음악 소리가 온몸을 울린다. 그는 오늘 열여섯 살이 되었고 평생 놀림과 따돌림에 시달렸다. 모든 면에서 그랬다. 외모, 생각, 말투, 집 주소. 모든 곳에서 그랬다. 학교에서, 로커룸에서, 온라인에서. 그러면 결국에는 인간이 마모된다. 주변 사람들은 괴롭힘을 당하더라도 어느 정도 시간이 지나면 익숙해지겠거니 생각하기 때문에 잘 모른다. 하지만 아니다. 그런 건 절대 익숙해질 수가 없다. 끊임없이 불길처럼 이글거린다. 도화선의 길이가 어느 정도 되는지 당사자도 모를 뿐이다.

예아네테는 경보가 또 울렸다는 남동생의 전화를 받고 잠에서 깬다. 그녀는 게슴츠레한 눈으로 짜증을 달래며 차를 몰고 학교로 간다. 손전등을 들고 학교 곳곳을 살피지만 아무것도 보이지 않는다. 남동생에게 또 센서 위로 눈이 떨어진 모양이라고 이제 그만 가자고 얘기하려던 찰나, 뭔가 축축한 것이 그녀의 발에 닿는다.

베어타운에서 두 번째로 실력이 좋은 사냥꾼은 녹이 슨 픽업트럭 뒤편에서 큰 사슴의 핏자국을 씻어내고 있다. 아이와 아이의 아빠는 밤새도록 흔적을 추적한 끝에 심하게 다쳐서 쓰러진 동물을 발견했다. 어두컴컴한 숲속 깊은 곳까지 몸을 끌고 들어간 것이다. 그들이 인도적으로 고통 없이 숨통을 끊어주었다. 아나는 트럭 바닥에 방수포를 깔고 운전석에서 두 자루의 엽총을 꺼내 훨씬 나이가 많은 사냥꾼에게나 어울림직한 능숙한 손길로 살핀다.

예닐곱 살쯤 된 남자아이 몇 명이 길거리 저편에서 하키를 하고 있다. 아나의 이웃인 팔십대의 할아버지가 우체통 옆에 서 있다. 신문을 가지러 나가려고 하면 류머티즘 때문에 눈에 보이지 않는 돌덩이를 끌고 다니는 것처럼 몸을 움직일 때마다 고통스러워하는 할아버지다. 할아버지는 집으로 돌아가다 갑자기 걸음을 멈추고 아나를 쳐다본다. 두 사람은 아나가 태어났을 때부터 서로 옆집에서 살았다. 그는 몇 년 전까지만 해도 아나의 아빠와 함께 사냥을 하러 다녔다. 아나가 어렸을 때는 크리스마스에 집에서 만든 토피를 주곤 했다. 이제 그들은 양쪽 모두 아무 말도 하지 않고, 남자는 경멸조로 자기 발치에다 침을 뱉는다. 그가 집 안으로 들어가면서 문을 어찌나 세게 닫는지 문밖에 걸려 있던 곰이 그려진 초록색 깃발이 흔들릴 정도다.

하키를 하던 아이들이 고개를 든다. 그들의 표정을 보면 부모들이 집에서 뭐라고 수군대는지 알 수 있다. 아이 하나가 따라서 땅바닥에 침을 뱉는다. 그러고는 다 같이 등을 돌린다.

아나의 아빠가 다가와 딸의 어깨에 손을 얹는다. 딸이 부들부들 떨고 있다는 게 그의 손 밑에서 느껴지는데, 울음을 터뜨리려고 그러는 건지 악을 쓰려고 그러는 건지 알 수가 없다.

사카리아스는 거의 반평생 동안 그걸 어떤 식으로 끝내면 좋을지 고민했다. 머릿속으로 세부적인 부분들을 몇 번이고 점검했다. 그들이 볼 수 있을 만한 곳이라야 한다. 그 자식들에게 그의 모습을 간직한 채로 살게 해야 한다. '너희들이 저지른 짓이야.' 필요한 준비물이 많지도 않다. 밧줄, 도구 몇 개, 딛고 올라설 만한 것. 의자가 있으면 좋겠지만 뒤집은 양동이도 괜찮다. 양동이는 손에 들고 있다. 나머지는 전부 배낭에 챙겨가지고 왔다.

몇 년 전에 진작 저지르지 않은 딱 한 가지 이유가 있다면 아맛이었다. 자기를 좋아해주는 딱 한 명의 친구—그거면 충분했다. 리파와 사카리아스는 그 정도로 끈끈한 친구라기보다 아맛을 통해 맺어진 사이였다. 그래서 아맛이 청소년팀으로 이동하고 다른 삶을 선택하자 사카리아스로서는 모든 게 사라졌다.

아맛이 그를 살아 있게 만든 이유였다. 가장 어둡고 가장 힘들었던 밤에 그에게 이렇게 얘기한 사람이 아맛이었다. "사크, 언젠가 네가 저 자식들보다 돈도 더 많이 벌고 영향력도 더 세지는 날이 올 거야. 그러면 너는 훌륭한 일을 할 거야. 왜냐하면 힘이 없다는 게 얼마나 상처가 되는지 아니까. 그러니까 너는 능력이 되더라도 저들에게 상처를 주지 않을 거야. 그러면 이 세상이 좀 더 살기 좋은 곳이 되겠지."

열다섯 살 때 만난 친구 같은 친구는 평생 만나지 못한다. 사카리아스는 오늘 열여섯 살이 되었다. 그는 경보가 울리거나 말거나 학교 안으로 들어간다. 바닥에 양동이를 내려놓는다.

예아네테는 말 그대로 터져 나오려는 심장을 달래며 바닥을 내려다본다. 커다란 웅덩이가 그녀의 앞에서 서서히 번져가고 있다. 그녀는 고등학생들이 쓰는 사물함이 시작되는 입구 근처에 서 있다. 시큼한 냄새가 난다. 그 냄새가 그녀의 콧구멍에 걸린다. 남동생이 다가온다. 손전등 두 개가 같은 방향을 가리킨다.

"바닥에 저거 뭐야?" 그가 묻는다.

아나가 어쩌나 이를 부드득 가는지 아빠의 귀에 들릴 정도다. 그가 속삭인다.

"저들은 그냥 겁에 질린 거야, 아나. 그냥 희생양을 찾는 거야."

아나는 악을 쓰고 싶다. 옆집 현관문을 홱 열고 초록색 깃발을 찢으며 외치고 싶다. "그럼 왜 케빈을 희생양으로 삼지 않는 거예요? 네?" 여기 이 하이츠의 다른 이웃들도 들을 수 있게 큰 소리로 외치고 싶다. 자기도 하키를 좋아한다고 외치고 싶다. 하키를 좋아한다고! 하지만 아나는 여자아이고 남자아이 앞에서 그런 소리를 하면 상대방은 이런 반응을 보인다 "그래? 여자가 하키를 좋아한다고? 좋아! 그럼 1983년 스탠리컵은 어느 팀이 가져갔게? 응? 그리고 1994년도 리그에서 7위가 누구였게? 하키를 좋아하면 대답할 수 있어야지!"

베어타운에서 여자아이는 하키를 조금이라도 좋아하면 안 된다. 전혀 좋아하지 않아야 이상적이다. 하키를 좋아하면 레즈비언이고 하키 선수를 좋아하면 걸레다. 아나는 옆집 할아버지를 벽에 붙여놓고 그 아이들이 앉아서 실없는 농담 따먹기를 하는 로커룸이 그들을 보존하는 깡통 같은 역할을 하고 있다고 알려주고 싶다. 그 때문에 더디 성숙하고, 일부는 심지어 그 안에서 썩는다고 말이다. 그들은 여자 친구도 없고 이 지방에는 여자팀도 없기 때문에 하키가 그들만의 것이라고 학습하고 코치들도 여자아이들은 '기분 전환용'이라고 가르친다. 그래서 그들은 여자아이들이 오로지 '떡치기'를 위해 존재한다고 학습한다. 그녀는 이 마을의 모든 나이 먹은 남자들이 그들을 가리켜 '투지가 넘치'고 '물러설 줄 모른다'고 칭찬할 뿐, 여자아이가 싫다고 할 때는 정말로 싫은 거라고 가르쳐준 사람은 아무도 없지 않았느냐고 짚고 넘어가고 싶다. 이 마을의 문제는 어떤 남자아이가 어떤 여자아이를 성폭행한 수준을 넘어 모든 사람들이 그 아이가 그런 짓을 하지 않은 척한다는 것이다. 그래서 다른 남자아이들까지 그의 행동을 아무렇지 않게 여기게 된다는 것이다. 아무도 상관하지 않으니 그럴 수밖에. 아나는 지붕 위로 올라가서 외치고 싶다. "당신들은 마야에 대해 쥐똥만큼도 관심도 없지? 케빈에 대해서도 마찬가지지? 왜냐하면 걔들은 당신들한테 인간이 아니라 그냥 값나가는 물건이니까. 그리고 케빈이 마야보다 몸값이 훨씬 비싸고!"

그러고 싶은 마음이 굴뚝같다. 하지만 길거리에는 아무도 없고 아나는 아무 말도 하지 않는다. 그녀는 그런 자기 자신이 혐오스럽다.

아나의 아빠는 같이 집 안으로 들어가는 동안에도 딸의 어깨에 손을 어색하게 올려놓고 있지만 아나는 슬그머니 몸을 뺀다. 그는 엽총을 들고 지하실로 내려가는 아이의 뒷모습을 바라본다. 아이의 안에서 끓어오르는 증오심을 본다. 그는 이렇게 생각했던 걸 나중에 기억할 것이다. '이 세상에서 제일 되고 싶지 않은 사람을 한 명 꼽으라면 나는 저 아이의 단짝 친구에게 상처를 준 그 아이를 선택하겠어.'

"바닥에 저거 뭐야?" 그녀의 남동생이 다시 묻는다.

"물." 예아네테는 대답한다.

그녀도 알다시피 경보를 울리건 울리지 않건 학교 안으로 몰래 들어오는 방법을 아는 학생은 많지 않다. 이 일을 벌인 아이는 그녀와 그녀의 남동생이 들이닥치기 전에 어찌어찌 빠져나갔을까? 그랬을지 여부가 과연 중요한 문제일까?

그날 오전에 예아네테의 첫 수업은 구학년 대체 수업이다. 사카리아스의 손에 잉크가 묻어 있다. 희미한 솔벤트 냄새도 난다. 복도의 어느 사물함에 적혀 있던 나쁜 년이라는 글자가 더 이상 보이지 않는다. 그가 어젯밤에 깨끗하게 지웠기 때문이다. 그는 그냥 그래도 된다는 이유로 괴롭힘을 당하는 동네북의 심정을 안다. 이 마을에서는 강자가 약자를 어떤 식으로 대하는지도 안다.

예아네테는 사카리아스에게 아무 말도 하지 않는다. 그녀는 이게 그 아이의 무언의 항의라는 것을 안다. 간밤에 누가 무단 침입했는지 아무한테도 얘기하지 않는 것은 그녀의 무언의 항의가 된다.

42

아이들은 사냥을 익힐 때 숲속에는 두 종류의 동물이 산다고 배운다. 포식동물과 먹잇감이 산다고 배운다. 포식동물들은 먹잇감에 주목해야 하기 때문에 눈이 가운데로 몰렸고 정면을 바라본다. 반면에 먹잇감들은 뒤에서 다가오는 포식동물들을 간파해야 목숨을 부지할 가능성이 있기 때문에 눈이 양옆에 달렸다.

아나와 마야는 어렸을 때 몇 시간씩 거울 앞에 서서 그들이 둘 중 어느 쪽인지 고민하곤 했다.

프락은 그의 사무실에 앉아 있다. 슈퍼마켓이 아직 개점 전이지만 사무실에 발 디딜 틈이 없다. 그들이 여기 모인 이유는 아이스하키장에서 만나는 걸 아무에게도 보이고 싶지 않기 때문이다. 그들은 불안해하며 피해망상증을 보인다. 기자들이 기웃거리고 다닌다고 투덜거린다. '책임감'과 같은 단어를 몇 번씩 들먹이고 프락에게 "사태가 걷잡을 수 없는 지경으로 치닫지 않도록 똘똘 뭉쳐야 된다"라고 한다.

그들은 후원자이고 이사진이지만 오늘은 그저 걱정하는 친구이자 아빠이자 시민이다. 그들은 이 마을이 잘되길 바라는 마음뿐이다. 하키단이 잘되길 바라는 마음뿐이다. 그들은 단지 진실이 밝혀지길 바랄 뿐이다. 한 명이 걱정하는 목소리로 묻는다. "누가 봐도 빤하잖아요…… 케빈이 뭐 하러 그런 짓을 하겠어요? 그 여자아이가 자발적으로 해놓고 이제 와서 딴소리하는 거예요. 내부적으로 처리할 수 있었다면 좋았을 텐데." 또 다른 이가 말한다. "물론 양쪽 집을 모두 생각해야죠, 당연하죠. 여자아이가 겁이 나서 그랬을 거예요. 따지고 보면 둘 다 어린애잖아요. 그래도 진실은 밝혀야죠. 사태가 걷잡을 수 없는 지경으로 치닫기 전에." 회의가 끝나자 케빈의 아빠가 자리에서 일어나 프락과 함께 시내로 간다. 이 집, 저 집 문을 두드린다.

마야는 일찍 눈을 뜬다. 차고에 혼자 나가서 기타를 친다. 그녀는 자신에게 무슨 일이 벌어지고 있는지 설명할 방법이 없을 것이다. 화장실 바닥에서 어머니의 품에 안겨 울부짖을 정도로 무너졌다가 어떻게…… 지금과 같은 기분을 느끼게 됐는지 말이다. 하지만 간밤에 어떤 변화가 생겼다. 창문을 깨고 날아온 돌, 바닥으로 떨어진 유리 조각. 나쁜 년이라고 적힌 빨간 글씨. 결국에는 그런 게 사람을 달라지게 한다. 마야는 지금도 어둠이 무서워서 불이 꺼진 방에 들어서면 어둠이 옷자락을 움켜쥐는 듯한 기분이 들지만 그래도 오늘 아침에 깨달은 게 있었다. 바깥의 어둠을 더 이상 무서워하지 않으려면 자기 안의 더 큰 어둠을 찾아야 한다는 사실이었다. 이 마을에서 정의의 심판은 절대 기대할 수 없을 테니 해결책은 한 가지뿐이다. 케빈이 죽든지, 마야가 죽어야 한다.

라모나가 아침을 마시고 있을 때 그들이 찾아온다. 케빈의 아빠, 그 에르달이라는 남자는 어딜 가도 그렇듯 자기가 여기 주인인 듯한 분위기를 풍기며 들어온다. 뒤따라 온 프락은 너무 큰 신발을 신은 사람처럼 휘청거린다.

"아직 영업 전인데." 라모나는 그들에게 알린다.

프락은 씩 웃는다. 제 아비를 빼다 박았군. 라모나는 생각한다. 그는 아버지처럼 키가 크고 뚱뚱하고 멍청하다.

"잠깐 얘기 좀 하려고 왔어요." 그가 말한다.

"비공식적으로요." 에르달이 덧붙인다.

그는 눈이 가운데로 몰렸다.

미라의 사무실은 상자로 가득하고 책상은 서류로 넘쳐 난다. 동료가 커피 잔을 내려놓으며 약속한다.

"할 수 있는 모든 조치를 총동원할 거야, 미라. 이 회사의 전 직원이 뭐든 다 할 거야. 하지만 자기도 마음의 준비를 하고 있어야 해. 이렇게 서로의 주장이 엇갈리는 경우는 대부분…… 어떤 식으로 끝이 나는지 알잖아."

미라의 눈은 충혈이 됐고 옷은 쭈글쭈글하다. 지금까지 한 번도 없었던 일이다.

"내가 전문가였어야 하는 건데. 이런 걸 전문으로 하는 변호사였어야 하는 건데…… 그래도 모자랄 판국에 쓸데없이 평생 상법이랑 쓰레기만 배우고……."

동료가 그녀의 맞은편에 앉는다.

"진실을 듣고 싶어?"

"응."

"세계에서 가장 유명한 전문가를 데려올 수 있다 치자, 미라. 그런들 별 차이가 있을까? 서로의 주장이 엇갈리고, 일주일 뒤에서야 신고가 됐고, 법의학적인 증거도 없고, 증인도 없고. 경찰에서 이삼일 안으로 예비 조사를 중단할 가능성이 커."

미라는 화가 나서 벌떡 일어나지만 커피 잔을 벽으로 던지고 싶은 걸 참는 데 그친다.

"저들이 승리하게 내버려두지 않을 거야! 법정에서 안 되면 다른 방법이라도 찾을 거야!"

"그게 무슨 뜻이야?" 동료가 걱정스러운 말투로 묻는다.

"그 아이 아버지의 회사, 친구들의 회사가 은폐한 온갖 쓰레기, 온갖 장부, 납세 신고서를 하나도 빠짐없이 찾아내서 궁지로 몰아넣을 거야. 십 년 전에 연필 한 자루 사면서 깜빡하고 내지 않은 세금이 있다면 그걸로 무너뜨릴 거야!"

동료는 아무 말도 하지 않는다. 미라의 목소리가 사무실을 가득 채운다.

"그들이 사랑하는 모든 것과 모든 사람들을 공격하고 내 아이들을 보호할 거야, 알겠어? 내 아이들을 보호할 거라고!"

동료는 자리에서 일어선다. 실망한 기색이 묻어나는 목소리로 이렇게 얘기한다.

"전쟁이 그렇게 시작되는 거야. 한쪽이 자기 보호에 돌입하면 다른 쪽은 더 심하게 자기 보호를 하고 우리의 공포와 저들의 협박을 맞바꾸기 시작하고. 그러다 서로 총을 쏘기 시작하는 거지."

그 말에 커피 잔이 벽에 가서 부딪친다.

"염병, 걔는 내 딸이야!"

동료는 눈을 감는다. 그들의 거리가 훌쩍 멀어진다.

"복수와 정의 구현의 차이를 깨달아야 하는 때가 그때일지 몰라."

아나는 문을 연다. 아빠는 개들을 데리고 동물 병원에 갔다. 집에 아무도 없다. 마야가 두 팔로 가슴을 꼭 끌어안고 집 앞에 서 있다. 웃어야 할지 울어야 할지, 고함을 질러야 할지 우스갯소리를 늘어놓아야 할지―이중에 뭘 해야 생존 가능성을 높일 수 있을지 둘 다 알 수가 없다.

"너의 짜증나는 얼굴이 그리워." 마야가 마침내 속삭인다.

아나는 미소를 짓는다.

"너의 끔찍한 음악 취향이 그리워."

마야의 아랫입술이 떨린다.

"나는 네가 이 일에 말려드는 게 싫어. 너한테 피해를 주지 않으려고 이러는 거야."

아나는 마야의 어깨에 손을 얹는다.

"나는 너랑 자매야. 더 이상 어떻게 말려들 수 있겠냐?"

마야는 눈이 따끔거릴 때까지 친구를 빤히 쳐다본다.

"나는 너를 보호하려고 이러는 거야."

"너는 평생 나를 보호하려고 애를 쓰더라만 내가 뭐 하나 알려줄까? 너 진짜 그런 데 소질 없어! 내 머리가 완전히 맛이 갔는데 그걸 보면 네 보호 정책이 얼마나 효과가 좋았는지 알 수 있지 않니?"

그들은 웃음을 터뜨린다. "너는 진짜 대책 없는 바보다." 마야는 코를 훌쩍인다.

"하지만 세상 어느 누구도 너를 나처럼 사랑하지 않아, 이 바보야.
어느 누구도!"

"알아."

마야는 눈물이 그렁그렁 맺힌 눈을 하고 묻는다.

"숲에 가서 총을 좀 쏠 수 있을까? 여기서 벗어나고 싶어, 아나. 그
냥…… 총을 쏘면 마음이 좀 편안해지거든. 그게 내…… 공격성도
가라앉힐 수 있을지 모르고."

친구는 거짓말을 하고 있다. 지금까지 아나에게 한 번도 한 적 없
는 행동이다. 아나는 그녀를 한참 동안 쳐다본다. 하지만 아나는 진정
한 친구이기에 더 이상 아무것도 묻지 않고 가서 엽총 두 자루를 들
고 나온다.

라모나는 카운터 위에 손을 내려놓는다. 두 남자를 주시한다.

"여긴 업장인데."

"네?" 프락은 어리둥절해한다.

반면에 에르달은 침착하게 의자에 앉으며 너그럽게 억지웃음을 짓
는다.

"뭘 주문하라는 거지." 그가 말한다. "좋아요, 제일 좋은 위스키 큰
걸로 두 잔 주문할게요. 그런 다음 얘기를 시작하죠."

그녀는 술을 따르고 에르달은 괜히 변죽을 때리지 않는다. "내가
누군지 아십니까?"

그녀는 콧방귀를 뀌고 자기 잔을 비운다. 에르달은 그걸 안다는 뜻
으로 받아들인다. 그는 잔을 들지만 술이 그의 혀를 때린 순간 하마

터면 카운터 너머로 뺨을 뺀한다.

"아니…… 이게 제일 좋은 위스키라고요?"

라모나는 고개를 젓는다.

"제일 나쁜 위스키야."

프락은 표정의 변화 없이 잔을 비운다. 오히려 마음에 들어하는 눈치다. 하지만 그의 미각은 목소리 조절 기능만큼이나 문제가 많다. 에르달은 넌더리를 내며 잔을 멀찌감치 치운다.

"그럼 제일 좋은 위스키 좀 주시겠습니까? 이건 배를 씻을 때 썼던 것 같은 맛이 나는데요."

라모나는 순순히 고개를 끄덕인다. 새 잔을 꺼낸다. 좀 전과 같은 병에 담긴 위스키를 따른다. 에르달은 그녀를 빤히 쳐다본다. 프락은 자기도 모르게 씩 웃는다.

"펠센에는 위스키가 한 종류밖에 없거든."

마야와 아나는 숲에 집어삼켜질 때까지 걷는다. 아나의 아빠가 나서더라도 그들의 시신을 찾으려면 며칠이 걸릴 정도로 멀리 나간다. 거기 서서 총을 계속 쏜다. 아나는 가끔 마야의 자세를 바로잡아주고, 어깨와 팔꿈치의 각도를 조절하고, 호흡을 멈추지 않으면서 숨을 참는 법을 다시 한번 알려준다. 아나가 묻는다.

"좋아…… 이거 대답해봐. 늙을 때까지 평생 베어타운에서 사는 거랑 다른 데로 이사해서 일 년 만에 죽는 거."

마야는 쓰고 난 냅킨처럼 온 얼굴을 찡그리는 것으로 대답을 대신한다.

"바보 같은 질문이야?" 아나가 묻는다.

"엄청."

"우리 여기서 탈출하자, 마야. 여기에 처박혀서 지낼 수는 없어. 뉴욕에 가서 너는 음반사랑 계약하고 나는 네 매니저가 되는 거야."

마야는 키득거린다. 그런 웃음이 아직까지 남아 있는 줄 몰랐는데 거품처럼 솟아난다.

"아냐, 아냐, 아냐. 너한테 절대 매니저 일 맡기지 않을 거야."

"왜! 나 진짜 잘할 자신 있는데!" 아나는 기분 나빠하며 쏘아붙인다.

"너는 끔찍한 매니저가 될 거야. 끔찍한 매니저. 네 휴대전화도 제대로 챙기지 못하잖아."

"할 수 있어!"

마야는 눈썹을 추켜세운다.

"알았어. 그럼 네 전화기 어디 있는데?"

아나는 미친 듯이 자기 몸을 더듬기 시작한다.

"지금은 아닐지 모르지! 하지만…… 됐어! 그럼 대신 스타일리스트 할게. 장난이 아니라 너 진짜 스타일리스트가 필요하거든!"

"내 스타일이 어때서?" 마야가 묻는다.

아나는 마야를 위아래로 훑어본다.

"미안. 내 상담료가 워낙 비싸거든. 음반사랑 계약하거든 연락해."

마야는 깔깔대며 웃는다.

"너 진짜 제정신이 아니구나."

"아니면 영양사 어때? 장을 완전히 비워준다는 새로운 다이어트 주스를 발견했거든! 어떤 방식이냐면…… ."

마야는 귀를 막고 몸을 돌려서 숲속으로 더욱 깊숙이 들어간다.

"미안, 여기 전파가 진짜 안 잡힌다…… 지지지직…… 여보세요? 여보세요?"

마야는 전화기를 귀에 대고 통화하는 척한다.

아나는 실눈을 뜨고 그녀를 쳐다본다.

"그거 내 전화기니? 어디서 찾았어?"

"나 지금 터널 안으로 들어가고 있어!" 마야는 고함을 지른다.

아나는 그녀의 옆으로 달려간다. 둘이 몸싸움을 하고 끌어안는다. 뜨는 태양을 바라본다. 마야가 속삭인다.

"하룻밤만 너희 집에서 자도 돼?"

아나는 뭐라고 대답하면 좋을지 알 길이 없다. 마야는 지금까지 아나의 집에서 잠을 잔 적이 없다. 한 번도 없다. 늘 아나가 마야의 집에서 신세를 졌다. 하지만 그녀는 진정한 친구이기에 당연히 이렇게 대답한다.

"그런 걸 뭐 하러 물어보냐?"

라모나는 잔을 비운다. 프락도 잔을 비운다. 에르달은 실눈을 뜬다.

"뭐, 그럼. 인사치레는 건너뛰기로 하죠. 내가 온 이유를 아십니까?"

라모나는 궁금해하는 표정을 짓는다.

"아니. 하지만 금을 들고 왔겠지. 프락은 유향을 들고 왔을 테고. 문밖에 서 있는 세 번째 동방박사는 바지 가득 몰약을 들고 왔을 테고. 대충 맞추지 않았나?"

에르달은 코로 거칠게 숨을 쉬며 넌더리 난다는 듯이 술집 안을 잠깐 손짓으로 가리킨다.

"이…… 술집은…… 베어타운 아이스하키단의 가장 오래된 후원자죠. 물론 많은 금액을 후원하지는 않지만 우리는 모두 전통을 존중합니다. 얼마 전에 벌어진 사건과 관련해서 임시 회의가 소집된다는 연락은 받으셨죠?"

프락이 산만하게 기침을 하고 덧붙인다.

"그냥 얘기 좀 하고 싶은 거예요, 라모나. 회의에 참석한 후원자들은, 우리 모두는 똘똘 뭉치는 게 중요하다고 생각하거든요. 하키단을 위해서 말이에요."

"그게 무슨 소리야?" 라모나는 고분고분 넘어가는 척 큰 소리로 묻는다.

에르달은 벌써 진저리를 낸다. 자리에서 일어나 그녀에게 알린다.

"운영진을 일부 교체해야겠다는 얘기예요. 투표를 통해 페테르 안데르손을 단장직에서 해임하고 좀 더 적합한 인물로 대체할 겁니다. 이사진과 후원자 전원이 동의하는 바이지만 회원들을 존중하는 뜻에서 회원들이 건의를 해주었으면 해서요. 우리는 좋은 뜻에서 찾아온 겁니다."

라모나는 냉소를 짓는다.

"그래, 내가 보기에 자네는 항상 좋은 뜻에서 일을 추진하는 사람인 것 같군. 페테르가 뭘 어쨌길래 그 정도로 부적합하다는 건지 물어봐도 되겠나?"

에르달은 이를 악문 채 으르렁거린다.

"무슨 일이 있었는지 아시잖습니까."

"아니, 몰라. 그리고 나는 자네도 모른다고 보는데. 그래서 경찰이 조사를 하는 거 아닌가."

462

"우리 아들이 고발당했다는 걸 아시잖습니까."

"누가 들으면 자네 아들이 피해자인 줄 알겠네." 라모나가 짚고 넘어간다.

결국 에르달은 평정심을 잃는다. 프락은 그런 광경을 한 번도 본 적이 없었기에 그가 자기 잔과 라모나의 잔을 쳐서 쓰러뜨리자 겁에 질린다. 에르달은 고함을 지른다.

"우리 아들이 피해자죠! 이런 일로 고발을 당한다는 게 씨발, 어떤 건지 알기나 해요? 알기나 하느냐고요!"

라모나는 눈 하나 꿈쩍하지 않고 대답한다.

"아니. 하지만 퍼뜩 무슨 생각이 드는가 하면 강간범으로 고발당하는 것보다 더 끔찍한 게 딱 한 가지 있다면 강간을 당하는 거라는 생각이 드는데?"

"그러니까 여기 이렇게 지키고 서서 그 계집애가 진실을 얘기하고 있다고 미루어 짐작하겠다는 겁니까?" 에르달은 딱딱거린다.

"여기 이렇게 지키고 서서, 어쩌다보니 자네 아들이 하키 선수라는 이유만으로 그 아이가 거짓말을 하고 있을 거라고 미루어 짐작하는 대열에 동참하지 않는 자유를 누릴 생각 중이네만. 그리고 그 아이에게는 이름이 있어. 이름이 마야야." 라모나는 대꾸한다.

에르달은 잘난 척 웃음을 터뜨린다.

"그러니까 당신도 이걸 하키 탓으로 돌리겠다?"

라모나는 심각한 표정으로 고개를 끄덕이고 이렇게 얘기한다.

"자네는 하키 해봤나?"

"열두 살 때까지요." 에르달은 실토한다.

"그렇다면 자네 말이 맞아. 그렇다면 나는 하키 탓을 하는 사람이야. 왜냐하면 자네가 이삼 년 더 그걸 붙잡고 있었다면 남자답게 지는 법을 배웠을지 모르니까. 자네 아들도 실수를 저지를 수 있다는 걸, 그랬을 경우 남자답게 인정하고 책임을 져야 한다는 걸 배웠을지 모르니까. 이렇게 찾아와서 열다섯 살짜리 여자아이와 그 아이의 아버지에게 모두 뒤집어씌우려고 하지 않고 말이지."

에르달이 격분하며 팔을 뻗자 의자가 날아간다. 고의는 아니었을지 몰라도 그는 넘어진 의자를 바로 세울 생각을 하지 않는다. 코로 거칠게 숨을 쉬며 그녀의 눈을 노려보고 천 크로나짜리 지폐를 카운터 위로 던지며 경멸과 협박을 똑같은 비율로 섞어서 마무리를 짓는다.

"당신이 이 술집 주인일지는 몰라도 이 건물 주인은 아니지. 나라면 그 부분에 대해서 생각해보겠어."

그가 문을 쾅 닫자 창문들이 덜커덩거린다.

아나와 마야는 집으로 들어간다. 아나가 아빠의 총기 보관함 열쇠를 챙겨서 둘이 들고 나갔던 엽총을 다시 넣는다. 마야는 어떤 식으로 정리되어 있는지, 열쇠는 어디 있는지 세세한 부분들을 전부 머릿속에 담는다.

"저건 뭐야?" 마야는 쌍발 산탄총을 가리키며 순진한 말투로 묻는다.

"산탄총." 아나가 대답한다.

"저건 장전하기 어려워?" 마야가 궁금해한다.

아나는 웃음을 터뜨렸다가 의심스러워한다.

"그걸 묻는 이유가 뭐야?"

마야는 어깨를 으쓱한다.

"너 뭐야, 경찰이야? 그냥 궁금해서 그러지. 멋지다. 가끔 저거 들고 나가서 쏴보면 안 돼?"

아나는 씩 웃으며 마야의 어깨를 찌른다.

"경찰은 *너나* 해, 이 정신병자야!"

아나는 실탄을 들고 와서 총신을 꺾고 장전한 다음 안전장치 푸는 법을 가르쳐준다. 그녀가 친구보다 더 잘하는 게 거의 없기 때문에 이 순간을 만끽한다. 그러고는 잘난 척 덧붙인다. "워낙 쉬워서 너도 할 수 있을 거야."

마야는 웃음을 터뜨린다.

"실탄을 몇 개 넣을 수 있어?" 마야가 묻는다.

"두 개." 아나는 대답한다.

아나는 총신을 다시 꺾어서 실탄을 꺼내고 꺼낸 실탄을 총기 보관함에 다시 넣고 잠근다. 두 아이는 지하실에서 나온다. 마야는 아무 말도 하지 않는다. 하지만 머릿속이 온통 이 생각뿐이다. '나는 한 개만 있으면 되는데.'

프락은 펠센에 남아서 잔을 하나씩 조심스럽게 줍는다.

"그냥…… 의논하러 온 거예요, 라모나." 그는 속삭인다.

"너희 아버지가 봤다면 부끄러워했을 거다." 그녀는 쏘아붙인다.

"저는 그냥…… 편을 들지 않으려고 할 뿐이에요."

라모나는 콧방귀를 뀐다.

"너무 어설픈 거 아니냐?"

프락은 몸을 돌려서 뚱하니 외투로 몸을 감싸고 걸어나간다. 그러고 나서 몇 분 뒤에 다시 돌아와 우울한 표정으로 카운터 앞에 선다. 십대도 되기 전에 페테르와 함께 술 취한 아버지를 데리러 왔을 때 지었던 표정이다.

"로비 홀츠가 요즘도 여기 와요?" 그는 중얼중얼 묻는다.

"회사에서 잘린 뒤로 거의 날마다 오지." 라모나는 고개를 끄덕인다.

프락은 고개를 끄덕인다.

"우리 가게로 전화해서 창고 관리자랑 통화하라고 전해주세요. 면접 볼 수 있게 얘기해놨으니까."

라모나는 고개를 끄덕인다. 그들은 좀 더 많은 대화를 나눌 수도 있었을 것이다. 하지만 그들은 베어타운 출신이다.

오후 늦은 시각에 케빈은 하이츠를 빙 두른 조깅 트랙을 달리고 있다. 모자를 푹 눌러쓰고 그 위로 후드를 쓰고 점점 더 빨리 달린다. 심지어 아무도 알아보지 못하도록 곰 로고가 없는 헐렁한 옷까지 입고 있다. 물론 그럴 필요는 없다. 하이츠의 주민들은 모두 아이스하키장에서 열린 회의에 참석해 투표를 하러 갔다. 하지만 케빈은 여전히 숲속에서 누군가가 자기를 감시하는 듯한 기분을 느낀다. 물론 상상이다. 피해망상증 환자처럼 구는 거다. 그는 속으로 그렇게 되뇐다.

해는 이미 졌다. 마야는 몸을 부들부들 떨며 숲속에 서 있지만 나무들로 가려져 있다. 어두운 데 있으면 여전히 공포에 휩싸이지만 어둠을 그녀의 친구로 만들 작정이다. 동맹으로 만들 작정이다. 그녀는 여기 서서 불 밝힌 집 안을 돌아다니는 케빈을 감시하고 있다. 그는 그녀를 보지 못하지만 그녀는 그를 볼 수 있다는 사실에 문득 권력이 생긴 듯한 기분이 느껴진다. 사람을 취하게 만드는 느낌이다.

그가 조깅 트랙으로 나오자 그녀는 시간을 잰다. 한 바퀴 도는 데 삼 분 이십사 초가 걸린다. 다시 한 바퀴 도는 데는 삼 분 이십이 초가 걸린다. 다시 한 바퀴. 다시 한 바퀴. 한 번 더, 한 번 더, 한 번 더.

그녀는 시간을 기록한다. 보이지 않는 엽총을 들고 있기라도 한 것처럼 팔을 든다. 어디 서 있어야 할지 고민한다.

둘 중 한 명이 죽을 것이다. 그녀는 그게 누가 될지 아직 결정하지 않았다.

43

싸움 자체는 어렵지 않다. 그걸 시작하고 멈추는 게 어려울 뿐이다. 일단 싸움이 시작되면 거의 본능적으로 사건이 전개된다. 싸움을 벌일 때 까다로운 부분은 첫 방을 날리는 용기와 이기고 난 뒤에 마지막 한 방을 참는 자제력이다.

페테르의 차는 계속 아이스하키장 앞에 주차되어 있다. 고민한 사람이 한두 명 있지 않을까 싶지만 아무도 불을 지르지 않았다. 그는 유리창에 쌓인 눈을 긁어내고 안으로 들어가지만 시동을 켜지는 않는다.

그는 항상 훌륭한 하키 코치를 가장 부러워했다. 앞장서서 단체를 끌고 갈 수 있는 능력을 갖춘 사람을 말이다. 그에게는 그런 카리스마가 없다. 옛날 옛적에 주장을 맡긴 했지만 말이 아니라 실력이 무기였다. 그는 어느 누구에게도 하키를 설명하지 못한다. 어쩌다보니 잘하게 됐을 뿐이다. 음악에서는 그걸 '절대 음감'이라고 하고 스포츠에서는 가끔 '신체 지능'이라고 부른다. 누가 뭘 하는 걸 보면 몸에서 본능적으로 똑같이 하는 법을 터득한다. 스케이트, 퍽으로 슛 날리기, 바이올린 연주. 평생 훈련해도 터득하지 못하는 사람들이 있는가 하면 저절로 습득하는 사람들도 있다.

그는 몸싸움하는 법을 배울 필요가 없을 만큼 실력이 좋았다. 그게 그의 구원이었다. 어떤 철학적인 신조가 있는 건 아니다. 논리적으로 따져서 폭력을 믿지 않기로 한 게 아니다. 그냥 그럴 생각이 없을 뿐이다. 그런 본능이 결여되어 있을 뿐이다.

레오가 하키를 시작했을 때 페테르는 연습 내내 고함을 지르고 호통 치는 코치와 그 부분에 대해서 의논을 한 적이 있었다. 그 코치는 이렇게 얘기했다. "꼬맹이들은 겁을 주지 않으면 말을 들어먹질 않아요!"

페테르는 아무 말도 하지 않았다. 하지만 집으로 돌아가는 차 안에서 레오를 돌아보며 이렇게 설명했다. "어렸을 때 아빠는 우유를 쏟으면 할아버지한테 맞았거든. 덕분에 뭘 안 쏟게 되지는 않았어. 우유만 무서워하게 됐지. 그걸 기억해라."

주변의 주차장이 점점 자동차로 채워진다. 온 사방에서 사람들이 속속 등장한다. 그중 몇 명은 페테르를 보지만 못 본 척한다. 그는 다들 안으로 들어갈 때까지 기다린다. 회의가 시작될 때까지 기다린다. 그는 그냥 차에 시동을 걸고 집으로 가서 가족들과 필요한 물건을 싣고 최대한 멀리 떠날까 고민한다. 하지만 차에서 내려 주차장을 가로지르고, 아이스하키장의 묵직한 문을 열고 안으로 들어간다.

싸움 자체는 어렵지 않다. 첫 방을 날리는 타이밍을 잡기가 어려울 뿐이다.

안-카트린은 뒤쪽 줄에 갈텐과 나란히 앉아 있다. 온 마을 사람들
이 아이스링크 구내식당에 모인 느낌이다. 자리가 모두 찼는데도 사
람들이 계속 들어와서 벽을 등지고 선다. 앞쪽의 조그만 단 위에 이
사진이 앉아 있다. 첫 줄에 후원자와 청소년팀 학부모들이 앉아 있
다. 한가운데가 케빈의 엄마, 아빠의 자리다. 안-카트린은 어렸을 때
부터 알고 지낸 사람들이 무슨 장례식이라도 되는 양, 끔찍한 비극을
경험한 그녀에게 위로라도 전하는 양 케빈의 엄마에게 다가가는 모
습을 지켜본다.

안-카트린의 시선이 향한 곳을 알아차린 갈텐이 그녀의 손을 꼭
잡는다.

"우리는 개입하면 안 돼, 안키. 여기 있는 사람들 절반이 우리 고객
이야."

"이건 투표가 아니라 집단 린치야." 그녀는 속삭인다.

"어떻게 된 일인지 밝혀질 때까지 기다려야 해. 우리가 모르는 부
분도 있잖아, 안키. 우리가 모르는 부분도 있잖아." 그녀의 남편은 이
렇게 대꾸한다.

그녀는 그의 말이 맞는다는 걸 안다. 그래서 기다린다. 그들은 기다
린다. 다들 기다린다.

프락은 나무 그늘이나 뒤편에 숨어 있지 않고 일부러 주차장 한복
판에 서 있다. 위협적인 분위기를 풍기는 것이야말로 그가 가장 바
라지 않는 바이기 때문이다.

문짝에 지역 신문사 로고가 그려진 소형차가 주차장 안으로 들어서자 그는 명랑하게 손을 흔든다. 기자와 사진기자가 한 명씩 타고 있다. 그는 그들에게 창문을 내리라고 손짓한다.

"안녕하세요, 안녕하세요! 우리 초면이죠? 저는 프락이라고 합니다. 슈퍼마켓을 운영하고요!"

기자는 창문 너머로 그와 악수를 한다.

"안녕하세요. 저희는 지금 회의장으로……."

프락은 몸을 앞으로 숙이고 까칠까칠한 수염을 열심히 긁는다.

"네. 회의 취재하러 오셨죠? 그 전에 몇 마디 드릴 말씀이 있어서요. 말하자면…… 비공식적으로요. 그게 무슨 뜻인지 아시겠습니다만."

기자는 고개를 갸우뚱한다. "모르겠는데요."

프락은 헛기침을 한다.

"아, 아시다시피 기자가 등장하면 사람들이 긴장할 때가 있잖습니까. 기자님도 이해하시겠지만 이 일이 우리 마을로서는 상당히 충격적인 사건이에요. 그래서 신문에 실릴 기사가…… 음…… 그러니까 기자님이 기삿거리도 안 되는 걸 취재하러 오신 건 아닌지 확인하고 싶어서요."

기자는 그 말에 어떤 반응을 보여야 하는 건지 전혀 알 수가 없지만 거구의 사나이가 창문 너머로 몸을 숙이고 있으니 마음이 불편하다. 물론 프락은 웃는 얼굴로 좋은 하루 보내길 바란다고 인사하고 사라진다.

기자와 사진기자는 몇 분 더 앉아 있다가 그를 따라 들어간다. 아이스하키장 문을 열고 복도를 따라 걷기 시작했을 때 두 남자가 어둠 속에서 걸어 나온다. 검은 재킷을 입고 주머니에 손을 넣은 이십대 후반의 남자다.

"오늘 회의는 회원들만 참석할 수 있는데요." 한 명이 말했다.

"저희는 기자……." 기자는 말문을 연다.

남자들이 앞을 가로막는다. 키가 사진기자보다는 머리 하나가 크고, 기자보다는 머리 두 개가 크다. 그들은 더 이상 아무 말도 하지 않는다. 한 명이 반 발짝 앞으로 나와서 떡하니 버티고 폭력을 행사할 수도 있다는 뜻을 넌지시 비친다. 아이스하키장 안은 어두침침하고 그들이 있는 쪽은 고요하고 인적이 없다.

사진기자가 기자의 재킷 소매를 잡는다. 그녀의 눈에 새하얗게 질린 그의 얼굴이 비친다. 기자는 신문사에 일시적으로 소속된 외지인이지만 사진기자는 베어타운에서 산다. 이곳에 그의 가족이 있다. 그가 그녀를 끌고 차를 세워놓은 곳으로 데려간다. 그들은 떠난다.

파티마는 부엌에 앉아 있다. 초인종 소리가 들리지만 아맛이 나가 보겠다고 한다. 누구인지 아는 것처럼 그런다. 덩치가 큰 남자아이 둘이 문밖에 서 있다. 뭐라고 하는지는 모르겠지만 그중 한 명이 아맛의 가슴에 집게손가락을 올려놓고 있는 건 보인다. 문을 닫고 다시 들어온 그녀의 아들은 무슨 일인지 어머니에게 얘기하지 않는다. 그저 "하키단 때문"이라고 하고 자기 방으로 들어간다.

보보는 빌리암 뤼트보다 조금 뒤에서 걷는다. 그들의 행동이 찜찜하게 느껴지지만 어떤 식으로 이의를 제기하면 좋을지 모르겠다.

"아맛은 우리 팀원인데 그렇게 씩씩거릴 필요 없잖아?" 보보는 여기로 오는 길에 이렇게 물었다.

"이제 녀석이 증명해야 할 때가 됐어." 뤼트는 쏘아붙였다.

아맛이 문을 열자 뤼트는 손가락으로 아맛의 가슴을 찌르며 명령한다.

"오늘 아이스하키장에서 회의가 있어. 케빈을 응원하는 뜻에서 하키단 전원이 하키장 밖에 서 있을 거야. 너도."

"웬만하면 갈게요." 아맛은 중얼거린다.

"웬만하면이라니. 같이 가야지! 하나로 뭉쳐야지!" 뤼트는 딱 잘라 말한다.

보보는 헤어지기 전에 아맛과 눈을 맞추려고 하지만 성공하지 못한다.

회의는 여느 회의와 다를 바 없이 진행된다. 주춤주춤 시작됐다가 금세 걷잡을 수 없는 지경으로 치닫는다. 사장이 헛기침을 하며 모두 주목해달라고 외친다. 불안을 잠재우려는 미약한 시도다.

"먼저 분명히 말씀드리지만 단장 해임권은 이사진에게 있습니다. 구단의 정관상 회원들은 단독으로 직원을 해고할 수 없습니다."

한 남자가 집게손가락을 들고 자리에서 벌떡 일어난다.

"하지만 회원들이 이사진을 퇴임시킬 수는 있죠. 마을 주민들의 바람을 저버리면 우리가 그럴 수 있다는 걸 명심하세요!"

"우리 구단은 민주적인 조직이에요. 협박은 서로 자제합시다." 사장은 단호하게 대꾸한다.

"협박? 지금 누가 누굴 협박한다는 겁니까? 누구 아이들이 버스에서 경찰관들에게 끌려갔는데요?" 남자는 으르렁거린다.

한 여자가 허리춤에 양손을 얹고 자리에서 일어나 딱하다는 듯이 이사진을 쳐다본다.

"우리는 마녀사냥을 하자는 게 아니라 아이들을 보호하자는 거예요. 우리 딸이 케빈의 파티에 갔었는데, '증인 신문'을 하겠다고 경찰에서 연락을 받았어요. 아니, 어렸을 때부터 서로 알고 지낸 사인데 갑자기 증언을 하라니. 이게 도대체 무슨 일인가요?"

다른 남자가 뒤따라 일어선다.

"누굴 비난하자는 건 아니지만 우리 모두 알잖습니까…… 어떤 상황일 수 있는지…… 이 여학생은 다른 아이들 패거리에 끼고 싶었을 거예요. 관심을 받고 싶었을 수도 있고. 내가 하고 싶은 말은 뭔가 하면 케빈이 뭐 하러 그런 짓을 했겠느냐는 겁니다. 우리는 케빈을 알잖아요. 걔는 그럴 애가 아니에요. 전혀 아니죠."

다른 남자는 앉은 자리에서 언성을 높인다.

"누가 봐도 걔는 관심 종자 아닙니까. 그런 애들은 집단 심리가 있죠. 지극히 당연한 거예요. 걔가 의도적으로 저지른 일은 아닐 겁니다. 정신적으로 뭔가 문제가 있겠죠. 십대 아닙니까. 그 나이 때는 호르몬에 무슨 일이 벌어지는지 우리 모두 알잖아요. 그런데 술에 취해서 남자아이의 방에 들어가다니 그를 궁지로 몰고 간 거죠, 안 그런가요? 심각한 궁지로 몰고 간 거죠. 어린 친구가 그게 무슨 뜻인지 해석하기 얼마나 난감했겠어요?"

마간 뤼트가 벌떡 일어나 슬픈 눈빛으로 주변을 돌아보며 눈을 깜빡인다.

"저는 같은 여자로서 '성폭행'이라는 단어를 아주 심각하게 생각해요. 아주, 아주 심각하게요! 그런 걸 두고 거짓말을 하면 안 된다고 우리 아이들한테 가르칠 필요가 있다고 생각하는 이유가 그 때문이에요. 그런데 이 여학생이 거짓말을 하고 있다는 걸 우리 모두 알잖아요. 그에게 유리한 증거가 어마어마하게 많고 그는 그런 짓을 저지를 이유가 손톱만큼도 없죠. 그 여학생을 해치거나 그녀의 가족을 저주하려는 게 아니라, 우리가 단호하게 대처하지 않으면 어떤 메시지가 전달되겠어요? 모든 여학생이 짝사랑에 마음이 상하면 '성폭행이다!'라고 외쳐도 된다고 생각하지 않겠어요? 제가 같은 여자로서 이 문제를 심각하게 생각하는 이유가 그거예요. 이 자리에 참석한 모든 분들도 알다시피 이 여학생의 아버지가 이걸 정치적으로 이용하려 하고 있어요. 이 하키단에 자기보다 더 뛰어난 스타가 탄생할지 모른다는 사실을 감당할 수 없었던 모양인지…….”

페테르가 문 앞에 서 있다. 누군가가 그의 존재를 맨 처음 알아차리기까지 몇 초가 걸리지만 그러자마자 순식간에 모든 이의 시선이 그쪽으로 향한다. 그가 한평생 알고 지냈던 눈빛들로 이루어진 바다다. 어렸을 때 친구, 학교 친구, 십대 시절의 풋사랑, 동료, 이웃, 그의 아이들과 같이 어울려다니는 아이들의 부모. 뒤편에는 한쪽 벽을 따라 검은 재킷을 입은 스물몇 명의 젊은 남자들이 위협적인 존재감을 과시하며 서 있다. 그들은 아무 말도 하지 않지만 페테르에게서 시선을 떼지 않는다. 그들의 증오가 느껴지지만 페테르는 그 자리에 서서 도전조로 허리를 꼿꼿하게 펴고 마간 뤼트를 쳐다본다.

“저 신경 쓰지 마시고 하던 말씀 계속하세요.”

그의 억장이 무너지는 소리가 들릴 정도의 정적이 흐른다.

기자와 사진기자는 편집국으로 돌아가 국장에게 상황을 설명할 것이다. 기자는 국장이 그들을 회의장으로 당장 돌려보낼 거라고 생각할 것이다. 하지만 예상과 달리 그는 대충 이 비슷하게 중얼거린다. "그걸 '협박'이라고 표현하는 건 무리가 있다고 보는데…… 그냥 신경이 예민해진 거지…… 그 부분은 우리도 이해해야 하지 않겠나…… 우리가…… 어쩌면……." 그러면 사진기자가 헛기침을 하고 슬쩍 운을 뗄 것이다. "기삿거리도 안 되는 걸 기사화하는 건지 모르겠다고요?" 그러면 국장은 고개를 끄덕이며 "그렇지!"라고 할 것이다.

기자는 그때는 너무 어리고 자리를 보전하고 싶은 마음이 너무 커서 아무 말도 하지 않을 것이다. 하지만 겁에 질린 그들의 눈빛을 기억할 것이다. 그리고 준결승전이 끝나고 인터뷰를 했을 때 케빈 에르달이 했던 말을 이후로도 한참 동안 떠올릴 것이다. 모든 운동선수는 같은 팀 선수가 잘못을 저질렀을 때 이런 식으로 대응하라는 교육을 받는다. 놀란 척 어색한 보디랭귀지를 보이며 불쑥. "네? 아뇨. 저는 못 봤는데요."

파티마는 평소와 다르게 이번에는 아들의 방문을 두드리지 않는다. 안으로 들어가보니 아맛이 명함을 손에 들고 침대에 앉아 있다. 그녀는 아맛의 옆에 앉으며 단호하게 선포한다.

"아들한테 엄마가 모르는 비밀이 있을 수도 있지. 하지만 이렇게 너무 심하게 티를 내면 어떻게 하니?"

"아무것도 아니에요. 엄마는…… 걱정 안 하셔도 돼요." 아이가 대답한다.

"너희 아빠가 있었다면……." 엄마가 말문을 열자 아들이 말허리를 자른다. 생전 처음 있는 일이다.

"아빠가 있었다면 어쩌고 하지 마세요! 아빠는 계시지도 않잖아요!"

그녀는 무릎 위에 올려놓은 손을 움직이지 않는다. 아이는 씩씩댄다. 아이가 명함을 건네려고 한다. 그녀는 받지 않는다.

"일자리예요." 아들의 말투는 기대에 찬 소년과 분노로 이글거리는 청년의 중간 어디쯤이다.

"나 하는 일 있다."

"더 괜찮은 곳이에요." 아이가 말한다.

아이의 어머니는 놀라서 눈썹을 추켜세운다.

"그래? 실내 아이스링크가 있어서 내 아들이 연습하는 걸 날마다 볼 수 있는 일자리니?"

아이의 어깨에서 힘이 빠진다.

"아뇨."

"그럼 나한테는 더 괜찮은 곳이 아닌데. 엄마 하는 일 있어. 내 걱정은 하지 마."

아이의 눈에서 불꽃이 튄다.

"그럼 누가 해주는데요, 엄마? 주위를 둘러보세요! 엄마의 허리가 더 이상 버텨주지 못하면 누가 우릴 거둬주겠어요?"

"내가. 늘 그래왔잖니." 그녀는 장담한다.

아이는 명함을 엄마의 손에 쥐여주려고 하지만 엄마가 거부한다. 아이는 고함을 지른다.

"인간은 이 세상에서 외따로 떨어져 있으면 별 볼일 없는 존재라고요, 엄마!"

그녀는 아무 대꾸도 하지 않는다. 아이가 울음을 터뜨릴 때까지 옆에 가만히 앉아 있기만 한다. 아이는 흐느끼며 말한다.

"너무 힘들어요. 엄마는 이해하지 못할 거예요. 제가 얼마나…… 이젠 못 하겠어요……."

파티마는 그녀의 손 위에 얹혀 있던 아들의 손을 치운다. 일어선다. 뒷걸음질을 친다. 그러고는 단호하게 얘기한다.

"나는 네가 어떤 비밀을 알고 있는지 모른다. 하지만 네가 그걸 폭로할까봐 두려워하는 사람이 있지. 내가 뭐 하나 알려줄까, 사랑하는 아들? 엄마는 남자가 필요 없어. 큰 차로 매일 아침마다 아이스하키장까지 태워다주는 남자도 필요 없고, 원하지도 않는 새 일자리를 구해주는 남자도 필요 없어. 고지서를 대신 해결해주는 남자도 필요 없고, 내가 어떻게 생각하고 느끼고 믿어야 하는지 지시하는 남자도 필요 없어. 나한테는 한 명만 있으면 돼. 우리 아들만 있으면 돼. 그리고 너는 혼자가 아니야. 너는 혼자였던 적이 없어. 함께 어울릴 친구를 선택하는 눈만 기르면 돼."

그녀는 아이를 두고 나간다. 나가서 방문을 닫는다. 명함은 받지 않는다.

마간 뤼트는 계속 서 있다. 이제 와서 다시 자리에 앉기에는 자존심이 허락하지 않는다. 그녀는 이사진을 돌아보며 요구한다.

"공개투표를 거행해야 한다고 생각해요."

사장이 회의에 참석한 모든 사람에게 알린다.

"아, 제가 여기서 말씀드리자면 정관상 회원 중 아무라도 비밀투표를 요구할 권리가 있습니다만……."

그는 마간의 노림수가 바로 이것이었음을 뒤늦게 알아차린다. 그녀는 사람들을 돌아보며 묻는다.

"그렇군요. 이 자리에 참석하신 분들 가운데 자기 의견을 공개하지 못하겠다, 하는 분 계신가요? 다른 사람들의 눈을 똑바로 쳐다보며 자기는 어떻게 생각하는지 밝히지 못하겠다, 하는 분 계신가요? 그런 분 계시면 일어나서 익명투표를 요청하세요!"

아무도 움직이지 않는다. 페테르는 몸을 돌려서 회의장을 나선다. 남아서 변호를 할 수도 있겠지만 하지 않기로 한다.

아맛은 헤드폰을 쓴다. 자기 동네를 지나 온 동네를 걷는다. 자신의 어린 시절과 온 생애를 훑는다. 그가 내린 결정을 이해하지 못하는 사람들도 있을 것이다. 나약하다고, 정직하지 못하다고, 의리가 없다고 욕하는 사람들도 있을 것이다. 안정적인 생활을 하는 사람들, 자신과 생각이 똑같은 부류에 둘러싸여 자신의 세계관을 강화하는 부류하고만 대화하며 지내는 사람들이 그럴 것이다. 그런 사람들은 아무렇지 않게 이러쿵저러쿵할 수 있다. 뭐든 고민할 필요가 없었던 사람은 도덕 강의를 더 쉽게 늘어놓을 수 있는 법이다.

그는 아이스하키장으로 간다. 팀원들과 합류한다. 그는 말을 배우기도 전에 전쟁으로 짓밟힌 모국을 떠났을지 몰라도 난민이 아니었던 적이 없다. 오로지 하키를 통해서만 어떤 집단의 일원이 된 기분을 느낄 수 있었다. 평범한 아이가 된 기분, 뭐든 잘하는 게 생긴 기분을 느낄 수 있었다.

빌리암 뤼트가 그의 등을 때린다. 아맛은 뤼트의 눈을 쳐다본다.

라모나가 복도에서 페테르를 기다리고 있다. 위스키 냄새를 풍기며 지팡이에 몸을 기대고 있다. 그녀가 펠센에서 다섯 발짝 이상 걸어나온 것을 보다니 그로서는 십 년 만에 처음 있는 일이다. 그녀가 그를 향해 끙끙거린다.

"결국에는 다들 부끄러워할 거야. 나중에 한 남자아이의 주장과 한 여자아이의 주장이 서로 엇갈렸을 때 맹목적으로 남자아이를 믿었던 걸 떠올리며 다들 부끄러워할 거야."

페테르는 그녀의 어깨를 토닥인다.

"부탁하는 사람 아무도 없어요…… 아무도…… 우리 가족을 위한다고 이 일에 개입하면 안 돼요, 라모나." 그는 속삭인다.

"나한테 이래라 저래라 할 참이면 꺼져도 좋아."

그는 고개를 끄덕이고 그녀의 뺨에 입을 맞추고 걸음을 옮긴다. 그가 차에 도착했을 무렵, 그녀는 지팡이로 구내식당 문을 연다. 양복을 입은 이사 하나가 넥타이를 느슨하게 풀며 농담인지 아닌지 모를 말을 하고 있다.

"도대체 그런 일이 무슨 수로 가능하겠어요? 그 점에 대해 의문을 제기해본 분 계신가요? 요즘 여학생들이 입고 다니는 청바지 보셨나요? 뱀가죽처럼 타이트해요! 제 손으로도 벗기 힘들 정도인데 그 여자아이가 원치 않는 상황이었다면 십대 남자아이가 무슨 수로 그걸 벗길 수 있었겠어요? 안 그렇습니까?"

그가 자기 재담에 웃음을 터뜨리고 몇 명이 더 동참하지만 쾅 소리와 함께 문이 홱 열리자 모두들 고개를 돌리느라 회의장 안이 잠잠해진다. 술에 취한 라모나가 씩씩대며 지팡이로 그를 가리킨다.

"그래, 레나르트? 너는 그렇게 생각한단 말이지? 그럼 우리 내기할 까? 네 일 년 치 연봉을 걸자. 내가 네 양복을 홀딱 벗겨도 여기 있는 이 인간들이 씨부렁거리지 못할 거라는 데."

그녀가 술김에 지팡이로 의자 뒷면을 내리치자 거기 앉아 있던 아무 죄 없는 사람이 숨을 토하며 가슴을 움켜쥔다. 라모나는 그들 모두를 향해 지팡이를 흔든다.

"여긴 내가 살던 마을이 아니야. 당신들은 내가 살던 마을 사람들이 아니야. 부끄러운 줄들 알라고."

한 남자가 일어나서 고함을 지른다.

"입 닥쳐요, 라모나! 이 일에 대해서 아무것도 모르면서!"

검은 재킷을 입은 남자 셋이 어두컴컴한 벽 앞에서 조용히 걸어 나오고 그중 한 명이 뚜벅뚜벅 회의장을 가로질러 남자 앞으로 가서 선다.

"다시 한번만 그녀에게 입 닥치라고 하면 내가 네 입을 닥치게 만들어주마. 영원히."

아맛은 아이스하키장 앞에 서서 팀원들의 눈을 똑바로 쳐다본다. 그런 다음 숨을 크게 마시고 등을 돌려서 걸음을 옮긴다. 첫걸음을 뗄 때는 망설이지만 두 번째 걸음부터는 좀 더 자신만만해진다. 뒤에서 뤼트가 고함을 지르는 소리가 들리지만 문도 닫지 않고 아이스하키장 안으로 들어간다. 링크를 지나고 계단을 올라가고 구내식당 안으로 들어가고 줄줄이 놓인 의자를 지나 이사진 앞에 서서 그들의 눈을 한 명씩 차례대로 쳐다본다. 에르달이라는 이름의 남자를 가장 먼저, 가장 오래 쳐다본다.

"제 이름은 아맛이고 케빈이 마야에게 무슨 짓을 하는지 봤어요. 저는 술에 취했고 마야를 좋아합니다. 거짓말을 일삼는 아저씨, 아주 머니 같은 분들이 제가 이 방에서 나갔을 때 뒤에서 수군댈 필요가 없도록 이 자리에서 단도직입적으로 밝힐게요. 케빈 에르달은 마야 안데르손을 성폭행했어요. 내일 경찰서를 찾아가서 얘기하면 저더러 신뢰할 수 없는 증인이라고 하겠죠. 하지만 이 자리에서 모두 밝힐게요. 케빈이 어떤 짓을 저질렀는지, 제가 무엇을 보았는지. 그러면 여러분은 오늘 들은 이야기를 절대 잊지 못할 거예요. 제 눈이 여기 앉아 있는 어느 누구보다 좋다는 거 아시죠. 베어타운 아이스하키단에서 제일 먼저 배우는 게 그거니까요. '눈은 가르친다고 되는 게 아니야. 타고나는 거지.'"

그런 다음 그는 그들에게 이야기한다. 케빈의 방에 있었던 모든 것을 아주 사소한 부분까지 이야기한다. 벽에 걸려 있던 포스터, 선반에 놓인 트로피의 정확한 위치, 바닥의 긁힌 자국, 침구의 색상, 그의 손에 묻어 있던 핏자국, 공포로 물든 그녀의 얼굴, 두툼한 손바닥에 입이 틀어막힌 채로 지르던 비명 소리, 멍 자국, 폭행, 이해할 수 없고 추악하며 용서할 수 없는 그 모든 것. 그는 그들에게 모든 것을 이야기한다. 그리고 그 자리에 있었던 사람들은 그날 들은 이야기를 절대 잊지 못한다.

이야기가 끝나자 아이는 떠난다. 문을 쾅 닫지도 않고, 계단을 쿵쾅거리며 내려가지도 않고, 나가는 길에 누군가에게 소리를 지르지도 않는다. 주차장에 다다른 순간 빌리암이 그에게 달려든다.

"너 무슨 짓을 한 거야? 이 쥐방울 같은 등신 새끼야, 무슨 짓을 한 거야? 무슨 짓을 한 거냐고!"

그 둘 사이를 가른 손은 뤼트의 절반만 하지만, 심지어 아맛보다 작지만, 무한한 힘을 간직하고 있기라도 한 듯이 둘을 떼어놓는다.

"그만해!" 안-카트린이 빌리암에게 고함을 지른다.

보보는 몇 미터 떨어진 곳에 서서 자기 어머니가 덩치가 자기 두 배만 한 남자아이를 노려보는 광경을 지켜본다. 보보는 그때보다 더 자신이 바보처럼 느껴진 적이 없다. 그때보다 더 뿌듯했던 적이 없다.

구내식당 안에서는 필리프의 어머니가 일어선다. 웅성거림이 잦아들 때까지 기다린다. 축축한 두 손을 맞잡는다. 이사진을 쳐다본다.

"아무나 무기명투표를 요구해도 되는 거죠?"

사장은 고개를 끄덕인다.

"익명투표요. 물론이죠. 정관에 따르면 한 명만이라도 요청하면 충분합니다."

"그럼 제가 요청할게요." 필리프의 어머니는 이렇게 얘기하고 자리에 앉는다.

그녀의 단짝 친구는 바로 옆에 앉아 있다가 모욕을 당한 노여움에 그녀의 팔을 잡아당긴다.

"너 뭐 하는 거야? 뭐 하는 거……."

그러자 필리프의 어머니는 단짝 친구들 사이에서 가끔 튀어나올 수밖에 없는 두 마디 말을 한다.

"입 닥쳐, 마간."

아맛은 예전의 팀원들이 무슨 생각을 하고 있는지 알기에 그들을 쳐다보지 않고 자리를 피한다. 헤드폰을 쓰고 아이스하키장 안을 마지막으로 쳐다본다. 외로운 형광불빛 아래에서 빙판이 희미하게 아른거리고 있다. 그는 자신이 지는 쪽의 편을 들었다는 것을 안다. 이 싸움에서 그는 절대 이기지 못할 것이다. 어쩌면 두 번 다시 하키를 하지 못할 수도 있다. 누군가가 그때 그 자리에서 그럴 만한 가치가 있는 일이었냐고 물으면 그는 잘 모르겠다고 속삭였을 것이다. 가끔은 인생이 상대를 골라가며 싸우도록 허락하지 않을 때도 있다. 같이 어울리는 무리를 고르는 거라면 모를까.

그는 마을을 관통해서 걷는다. 바닥에 눈이 쌓여 있지만 봄 내음이 난다. 하키 시즌의 종료를 의미하기 때문에 아맛은 항상 이 계절을 싫어했다. 집에 거의 도착했을 때 옆 건물로 들어가 삼층으로 올라가서 초인종을 누른다.

사카리아스는 비디오게임 핸드셋을 든 채로 문을 연다. 둘은 아맛의 신발에 묻은 눈이 녹을 때까지 서로 쳐다본다. 아맛은 숨을 거칠게 몰아쉰다. 두근거리는 심장이 귀로 느껴진다.

"생일 축하한다."

사카리아스는 아맛이 들어올 수 있도록 뒤로 물러선다. 아맛은 재킷을 고리에 건다. 거기에 손이 닿을 정도로 자랐을 때부터 날마다 외투를 걸었던 고리다. 사카리아스는 자기 방 침대에 앉아서 비디오게임을 한다. 아맛은 삼십 분 동안 옆에 앉아 있는다. 삼십 분이 지났을 때 사카리아스가 일어나서 선반으로 가더니 다른 핸드셋을 들고 와서 친구의 무릎에 놓는다.

그들은 아무 말 없이 게임을 한다. 그들은 말이 필요했던 적이 없다.

한편 아이스하키장의 회의장에서는 구단의 회원들이 단장의 미래를 놓고 투표를 한다. 하지만 이 마을의 미래가 걸린 문제이기도 하다. 그들의 미래, 모두의 미래가 걸린 문제이기도 하다.

라모나는 검은 재킷을 입은 청년과 나란히 한쪽 구석에 앉아 있다. 그는 목에 곰 문신을 새겼고 손가락에 건 차 열쇠를 초조하게 돌리고 있다. 라모나가 그의 뺨을 토닥인다.

"입 닥치라고 협박할 것까지는 없었어. 내가 알아서 할 수 있었는데. 그래도 고맙다."

청년은 힘없이 미소를 짓는다. 그의 손마디는 흉터로 뒤덮였고 한쪽 팔에는 칼에 찔린 자국이 남아 있는데, 그녀는 그걸 가지고 감탄을 하거나 그를 판단한 적이 없다. 그와 다른 검은 재킷들은 베어타운에서 자랐다. 모든 사람들이 그들과 거리를 두었을 때 라모나는 그들 곁을 지켰고, 그들과 의견이 다른 경우에도 그들을 변호했고, 그들에게 고함을 지르면서도 그들의 편이 되어주었다. 그들은 그녀를 사랑한다. 그럼에도 불구하고 그는 이렇게 얘기한다.

"할멈이 원하는 방향으로 투표를 하도록 녀석들을 설득할 수 있을지 잘 모르겠어요."

그녀는 고개를 끄덕이고 짧게 친 그의 머리를 긁는다.

"오늘 저녁에 아맛이 어떤 눈빛인지 봤어. 나는 그 아이의 말을 믿는다. 그러니까 거기에 맞게 행동할 거야. 네가 어떻게 행동하는지는 네가 선택하기 나름이지. 늘 그랬잖아."

청년은 고개를 끄덕인다. 그가 침을 삼키자 목에 새긴 문신이 위로 올라갔다가 내려온다.

"이 일에 개입을 해도 되는 건지 모르겠어요. 우리 일당이랑 하키단을 먼저 생각해야 하는데."

라모나는 천천히 일어나지만 투표를 하러 가기 전에 그의 무릎을 토닥이며 묻는다.

"그 하키단이 누구 거니?"

청년은 가만히 앉아서 걸어가는 그녀를 지켜본다. 손가락에 끼운 열쇠고리를 빙글빙글 돌린다. 거기 달린 사브 로고가 그의 손바닥 위로 보였다가 사라진다. 그의 시선이 회의장을 가로질러 맨 앞줄에 앉아 있는 남자에게로 향한다. 그는 그 남자가 할로에서 아맛과 함께 있는 것을 보았다. 케빈 에르달의 아버지다. 검은 재킷을 입은 청년은 주머니에 손을 넣는다. 그날 눈 속에서 주운 꾸깃꾸깃해진 오천 크로나짜리 지폐가 아직 거기 들어 있다.

그는 그걸 어떻게 할지 아직 결정하지 않았다.

44

부모가 아이를 사랑하는 마음은 신기하다. 어떤 사람이건 사랑을 시작하게 된 기점이 있는데, 이 사랑만큼은 아니다. 항상 사랑했고 심지어 아이가 존재하기 전부터 그랬다. 아무리 준비를 단단히 하고 있어도 엄마와 아빠들은 감정의 파도가 그들을 치고 지나가서 완전히 나가떨어지는 충격의 순간을 맞이한다. 그 사랑은 무엇과도 비교할 수 없기에 불가사의하다. 평생 암실에서 지낸 사람에게 발가락 사이로 들어온 모래나 혀끝에 내려앉은 눈송이를 설명하려는 것과 같다. 그 사랑은 영혼을 비행하게 만든다.

다비드는 여자 친구의 배에 손을 얹고, 한 번도 만난 적 없는 누군가를 향한 사랑에 그의 인생이 지배당했다는 것을 느낀다. 그의 어머니는 모든 아이가 이식된 심장과도 같다고 했다. 그는 이제 그 말을 이해한다.

여자 친구가 손끝으로 그의 뒷덜미를 훑는다. 그는 회의 결과가 어떻게 됐는지, 어떤 결정이 내려졌는지 알아보느라 저녁 내내 전화기를 붙들고 있었다. 어린이 리그에서 코치 생활을 시작한 이래 꿈꿔왔던 제안을 받았다.

"어떻게 하면 좋을지 모르겠어."

"당신 심장을 믿어봐." 여자 친구가 말한다.

"나는 하키 코치야. 내가 되고 싶은 건 그것밖에 없어. 그 나머지는 정치야. 하키하고는 전혀 상관없는."

여자 친구는 그의 손에 입을 맞춘다.

"그럼 그냥 하키 코치 해."

마야는 아나의 집 초인종을 누른다. 조깅 트랙에서 케빈을 감시한 이야기도, 그 어떤 이야기도 하지 않는다. 얼마 전까지만 해도 아나에게 무언가를 감춘다는 건 상상할 수도 없는 일이었는데 지금은 너무나 당연하게 느껴진다. 끔찍하다. 그들은 다시 마야네 집으로 간다. 페테르, 미라, 레오가 부엌에 앉아 있다. 전화벨이 울리고 회의 결과가 어떻게 됐는지 알 수 있길 기다리고 있다. 그런데 아직까지 잠잠하다. 그래서 그들은 할 수 있는 딱 한 가지를 한다. 마야는 기타를 들고 오고 페테르는 드럼 스틱을 잡고 아나는 노래를 불러도 되느냐고 묻는다. 아나는 끔찍한 음치다. 하도 노래를 못 불러서 온 가족이 기다림을 견디는 데 도움을 준다.

이 마을의 다른 곳, 호수로 가는 길에 있는 아이스하키장에서는 하키단 회원들 간의 회의가 막을 내리고 있다. 투표가 끝났다. 집계가 완료됐다. 다들 결과를 받아들이고 있다.

검은 재킷을 입은 청년들이 모인 사람들 사이로 뿔뿔이 흩어진다. 가족들과 함께 온 사람들도 몇 명 있지만 나머지는 혼자다. 남자와 여자들이 주차장으로 사라진다. 다들 종알거리지만 아무도 제대로 된 이야기는 하지 않는다. 불만 꺼놓고 다들 눈을 동그랗게 뜨고 있는 이 집, 저 집에서는 긴 밤이 될 것이다.

하키단 사장은 모두 떠난 뒤에도 한참 동안 구내식당의 테이블 앞을 지킨다. 프락은 어두컴컴한 관중석에 혼자 앉아 있다. 그들에게는 이 구단이 생명이다. 그런데 이제는 이 구단이 누구의 것인지 알 수가 없다.

아맛이 사카리아스의 침대에 앉아 있을 때 전화기에서 웅 하는 소리가 난다. 문자다. 한 단어다. 마야가 보낸 거다.
'고마워.'
아맛도 한 마디로 답장을 보낸다. '미안했어.'
고맙다는 한 마디는 그 아이의 행동에 대한 인사다. 미안하다는 한 마디는 그럴 용기를 내기까지 걸린 시간에 대한 사과다.

케빈의 엄마, 아빠가 맨 먼저 회의장을 빠져나간다. 케빈의 아빠는 몇 명과 악수하고 짧게 몇 마디를 나눈다. 케빈의 엄마는 아무 말도 하지 않는다. 그들은 각자 다른 차를 타고 다른 방향으로 향한다.

수네는 집에 간다. 강아지에게 밥을 준다. 전화벨이 울리자 그는 놀

라워하는 한편 전혀 놀라지 않는다. 하키단 사장이다. 수네는 통화를
마친 뒤에도 잠자리에 들지 않는다. 조만간 손님이 찾아올 것 같기
때문이다.

케빈의 엄마가 차를 멈춘다. 시동을 껐다가 곧바로 다시 걸까 고민
한다. 그녀는 전조등을 끄지만 꼼짝하지 않는다. 몸에 기운이 하나도
없고 열이 나는 것 같고 운전대를 잡고 있는 것조차 버겁다. 배 속은
모두 타서 잿더미로 변했고 몸은 껍데기에 불과한 느낌—그녀는 지
금 이 순간을 이런 느낌으로 기억할 것이다.
　그녀는 차에서 내려 주택가로 들어서고 목적지인 연립주택을 찾아
가서 초인종을 누른다. 할로가 시작되기 전 마지막 건물이다.

　노크 소리가 들리기 전에 강아지가 먼저 손님의 소리를 듣는다. 수
네는 문을 열고 꼬맹이에게 저리 가라고 얘기하려고 하지만, 그의 목
소리를 들어보면 둘의 관계에서 누가 칼자루를 쥐고 있는지 알 수
있다.
　"하키 선수하고 개하고 차이점이 있나요?" 다비드가 밖에서 우울
한 미소를 지으며 묻는다.
　"적어도 하키 선수들은 가끔 내가 하는 말을 듣기나 하지." 수네는
중얼거린다.
　두 남자는 서로를 바라본다. 예전에 두 사람은 멘토와 제자였다. 예
전에는 흔들리지 않는 사랑으로 맺어진 관계였다. 세월은 변한다.
　"저한테 직접 들으시는 게 좋을 것 같아서 찾아왔어요……." 다비
드가 말문을 연다.

"네가 A팀을 맡게 됐지." 수네는 고개를 끄덕인다.

"사장님이 전화를 하셨어요?"

"응."

"무슨 억하심정은 없어요, 수네 코치님. 하지만 저는 하키 코치예요. 우리가 하는 일이 그거잖아요."

깁스한 벤이의 발은 더 이상 깁스한 발이 아니다. 이제는 의족이다. 한쪽 눈에는 까만 안대를 썼고 그의 방은 해적선이고 조카들이 적이다. 그들은 하키 스틱으로 칼싸움을 벌이고 벤이가 한 다리로 깡충깡충 추격전을 벌이자 웃으며 비명을 지른다. 조카들이 침대에서 이불과 시트를 벗겨서 머리 위로 던지는 바람에 벤이는 발이 걸려서 서랍장을 쓰러뜨릴 뻔한다. 가비가 팔짱을 끼고 문 앞에 서서 특유의 장기인 엄마 표정을 짓고 있다.

"망했다." 한 아이가 말한다.

"거의 다 벤이 삼촌이 잘못한 거예요!" 다른 아이가 당장 우긴다.

"야! 친구끼리 고자질하는 게 어됐냐!" 벤이가 시트 밑에서 기어 나오려고 애를 쓰며 외친다.

가비는 아이들에게 손가락질을 하며 단호하게 얘기한다.

"오 분 내로 치워. 그런 다음 손 씻고 저녁 먹으러 와. 할머니가 상 거의 다 차리셨어. 막내, 너도 마찬가지야!"

벤이는 시트 밑에서 끙끙거린다. 아이들이 삼촌을 부축해서 일으킨다. 가비는 배꼽을 잡고 웃는 그녀의 모습을 들키지 않도록 현관 앞으로 도망친다. 오늘 저녁, 이 마을에 절대적으로 필요한 것이 그런 웃음소리다.

수네는 건장한 몸통 저 끝까지 숨을 크게 들이마신다. 그런 다음 다비드를 쳐다본다.

"정말로 페테르가 남으면 한 구단에 있을 수 없을 정도로 그를 싫어하는 거야?"

다비드는 좌절의 한숨을 쉰다.

"그와는 상관없는 일이에요. 저는 그의 입장을 받아들일 수 없을 뿐이에요. 이건 하키예요. 구단의 이익을 우리보다 먼저 생각할 줄 알아야죠."

"그런데 페테르는 그러지 않는 것 같다?"

"저는 그를 봤어요. 경찰이 케빈을 버스에서 끌어내렸을 때 주차장에서 그를 봤어요. 페테르가 거기까지 차를 몰고 와서 지켜보고 있었다고요. 그 광경을 직접 확인하고 싶어서. 그건 보복이었어요."

"자네가 그의 입장이었다면 그렇게 하지 않았을까?"

다비드는 고개를 젓는다.

"제가 그의 입장이었다면 아마 총을 들고 나섰을 거예요. 제 얘기는 그게 아니에요."

"그럼 뭔데?" 수네는 궁금해한다.

"하키는 하키만의 세상 속에 있어야 잘 굴러갈 수 있다는 얘기를 하는 거예요. 외부의 온갖 쓰레기가 섞여 들어가면 안 된다고요. 페테르의 가족이 결승전이 끝난 다음 날까지 기다렸다가 경찰에 신고했어도 케빈은 법적으로 똑같은 과정을 밟았을 거예요. 하루만 늦추어질 뿐 경찰 조사, 기소, 심리, 기타 등등이 전부 똑같이 이루어졌을 거라고요."

"그리고 케빈은 결승전에 출전할 수 있었겠지. 그럼 청소년팀은 우 승했을지 모르고." 수네는 이렇게 결론을 내리지만 전적으로 동의하 지는 않는 눈치다.

다비드는 요지부동이다.

"정의라는 게 그런 거잖습니까. 사회에 법규가 있는 이유가 그 때 문이고요. 페테르는 결승전 이후까지 기다릴 수 있었어요. 케빈이 저 지른 행동은 하키나 우리 구단과는 아무 상관이 없었으니까요. 그런 데 페테르는 스스로 처단하는 쪽을 택했어요. 덕분에 온 팀원과 온 구단이 피해를 입었죠. 온 마을도요."

노인의 숨결이 바람 소리를 내며 거구를 채운다. 그는 늙었지만 그 의 눈은 나이를 먹지 않았다.

"다비드, 네가 A팀으로 들어온 직후에 한 친구가 두 시즌 동안 세 번이나 심각한 뇌진탕에 걸렸던 거 기억해? 한 번만 더 반복되면 선 수 생활을 그만둬야 한다는 걸 모두들 알고 있었지. 우리가 상대한 팀 수비수 중에 덩치가 큰 선수가 있었는데, 첫 번째 시프트가 끝났 을 때 일부러 우리 팀 선수의 머리를 향해 곧장 달려들었지."

"기억나요." 다비드가 말한다.

"네가 그 수비수한테 어떻게 했는지 기억하고?"

"때려눕혔죠."

"맞아. 우리 팀 선수는 다시 뇌진탕을 일으켰고 그 경기가 그 선수 의 고별 무대가 됐지. 심판은 그 수비수한테 패널티도 주지 않았고. 그래서 네가 그 선수를 때려눕혔잖아. 가끔 심판도 착각할 때가 있고 가끔 규칙을 어기는 것과 도덕적으로 해서는 안 되는 짓을 저지르는 게 서로 차원이 다른 문제일 때가 있으니 빙판 위에서 너 스스로 죄인을 처단해도 된다고 믿은 거지."

"그거랑 이거는 다르죠." 다비드는 속마음과 다르게 당당하게 대꾸한다.

수네는 강아지를 토닥이고 눈썹을 긁으며 한참 동안 생각에 잠긴다.

"다비드, 케빈이 마야를 성폭행했다고 믿나?"

다비드는 아주 오랫동안 고민한다. 케빈이 경찰에게 끌려간 이후로 끊임없이 고민한 문제다. 모든 각도에서 검토를 하다가 내린 결론이 있다면 이성적으로 접근해야 한다는 것이다. 책임감 있게 접근해야 한다는 것이다. 그래서 그는 이렇게 대답한다.

"그건 제가 결정할 문제가 아니라 법원에서 결정할 문제죠. 저는 하키 코치잖아요."

수네는 쓸쓸한 표정을 짓는다.

"나는 너를 존경한다고 말할 수 있어. 하지만 그런 태도는 존경할 수가 없군."

"저는 자기 딸이 걸린 문제이기 때문에 우리 팀과 우리 구단과 온 마을 앞에서 신 행세를 하는 페테르를 존경할 수 없습니다. 제가 뭐 하나만 여쭤볼게요. 과연 케빈이 다른 여학생을 성폭행한 혐의가 있었다면, 상대가 자기 딸이 아니었다면, 그래도 페테르가 그 여학생의 가족에게 결승전 당일에 경찰에 신고하라고 권했을까요?"

수네는 문설주에 머리를 기댄다.

"내가 역으로 묻겠네, 다비드. 경찰에 고발당한 아이가 케빈이 아니었다면? 다른 아이였다면? 할로 출신이었다면? 그래도 너는 지금과 똑같은 생각을 할까?"

"잘 모르겠습니다." 다비드는 솔직하게 대답한다.

수네는 그의 대답을 곱씹는다. 결국 우리가 서로에게 바랄 수 있는 것은 그것뿐이기 때문이다. 모든 걸 알 수는 없지 않느냐고 인정하는 것. 그는 옆으로 비켜서 공간을 만든다.

"커피 한잔 하겠나?"

안데르손 가족이 사는 집의 초인종이 울린다. 한참 동안 아무도 답을 하지 않는다. 미라와 레오는 부엌에서 카드 게임을 하고 있고 차고에서는 전기 기타와 드럼 소리가 울려 퍼지고 있다. 초인종이 다시 울린다. 결국에는 페테르가 군데군데 땀으로 젖은 셔츠 차림에 드럼 스틱을 들고서 문을 연다. 하키단 사장이 문 앞에 서 있다.

"좋은 소식이 있어. 나쁜 소식도 있고."

다비드와 수네는 식탁에 서로 마주 보고 앉는다. 다비드는 이곳이 처음이다. 그들은 거의 십오 년 동안 아이스링크에서 날마다 만났지만 서로의 집으로 찾아간 적은 없었다.

"그래서, 결국 네가 A팀을 맡게 됐군." 수네가 너그럽게 말을 건넨다.

"제가 생각했던 곳은 아니었어요." 다비드는 잠잠한 목소리로 대답한다.

수네는 커피를 따른다. 그는 회의가 끝난 뒤 다비드에게 A팀 코치직을 제안한 사장이 전화를 하겠거니 생각하고 있었다. 베어타운 A팀 코치직을 제안했겠거니 생각하고 있었다.

"우유 줄까?" 수네가 묻는다.

"아뇨, 블랙이 좋습니다." 헤드 아이스하키단의 A팀 신임 코치는 이렇게 대답한다.

사장은 헛기침을 한다. 미라가 현관 앞으로 모습을 드러낸다. 레오와 마야는 멀찌감치 서 있다. 남동생이 누나의 손을 잡는다.

"회원들이 투표를 했어. 자네를 해고하지 않기로." 사장이 얘기한다.

그들은 이 소리를 듣고 좋아하지 않는다. 심지어 미소를 짓지도 않는다. 페테르는 이마에 흐르는 땀을 닦는다.

"그게 무슨 말씀이세요?"

사장은 손바닥을 들어 보이고 천천히 어깨를 으쓱한다.

"다비드가 사직서를 제출했어. 헤드의 A팀 코치 자리를 제안 받았거든. 청소년팀의 실력 좋은 선수들이 전부 그를 따라갈 거야. 뤼트, 필리프, 벤이, 보보…… 그들은 팀을 위해서 플레이하지 않아, 페테르, 절대 그러지 않아. 다비드를 위해 플레이하지. 어디든 그를 따라갈 거야. 그리고 그들이 없으면 A팀을 보강하겠다는 우리의 계획은 잊어버려도 돼. 오늘 저녁에 거의 모든 후원자가 전화해서 후원 계약을 철회했어."

"소송을 제기하면 돼요." 미라가 으르렁거리지만 사장은 고개를 젓는다.

"다들 작년에 청소년팀 선수들을 훌륭한 A팀원으로 양성한다는 조건 아래 후원금을 냈어요. 그런데 이제 '훌륭하다'는 단어는 잊어버려도 되겠어요. 심지어 월급을 감당할 능력도 안 될 테니까요. 내년에 팀을 구성할 수 있을지조차 잘 모르겠어요. 시의회에서 투자를 할

리 없죠. 그런…… 스캔들이 벌어졌는데 여기에 하키 아카데미를 설립하려고 하겠어요?"

페테르는 고개를 끄덕인다.

"에르달 가족은 어쩌고 있습니까?"

"케빈의 아빠는 후원금을 거둬들여서 헤드로 방향을 전환하고 있어. 당연히 우리를 뭉개버리고 싶겠지. 그리고 케빈은…… 이 일로 법원에서 유죄 판결을 받지 않는 이상…… 헤드팀에서 뛸 거야. 실력 좋은 선수들이 전부 그를 따라서 갈 테고."

페테르는 벽에 기대고 선다. 서글픈 미소를 짓는다.

"그래서 좋은 소식과 나쁜 소식이 있다는 거로군요."

"좋은 소식은 자네가 단장직에서 잘리지 않았다는 거야. 나쁜 소식은 다음 시즌에도 우리 하키단이 명맥을 유지할지 장담할 수 없으니 그런들 무슨 의미일까 싶다는 거고."

그는 등을 돌려서 떠나려다 생각을 바꾼다. 어깨 너머를 돌아보며 말을 꺼낸다.

"그리고 내가 사과를 해야겠어."

페테르는 코로 한숨을 쉬고 고개를 천천히 젓는다.

"저한테 사과하실 필요 없어요. 이건……."

"자네한테 사과하겠다는 게 아니야." 사장은 말허리를 자른다.

그는 페테르를 지나서 현관 너머로 시선을 옮겨 마야의 눈을 똑바로 쳐다본다.

다비드는 두 손으로 잔을 쥔다. 식탁을 내려다본다.

"감상적인 할머니가 하는 소리처럼 들릴지 모르겠지만 코치님이 지금까지 베풀어주신 모든 것에 감사하다는 말씀을 드리고 싶어요. 지금까지 가르쳐주신 모든 것도요."

수네는 강아지를 긁는다. 녀석의 털가죽에 시선을 고정한다.

"내가 너를 너무 몰아붙였어. 자존심만 내세운 적도 많았고. 하키가 내 손을 떠났다는 걸 인정하고 싶지 않았거든."

다비드는 커피를 마신다. 창문을 쳐다본다.

"제가 좀 있으면 아빠가 돼요. 이런 상황에서 참 어이없는 발상이지만…… 코치님께 제일 먼저 알리고 싶었어요."

수네는 아무 말도 하지 못한다. 자리에서 일어나 찬장을 열고 술병을 꺼내서 들고 온다.

"좀 더 독한 커피를 마셔야겠는데?"

그들은 건배한다. 다비드는 짤막하게 웃음을 터뜨렸다가 이내 잠잠해진다.

"하키 코치라는 직업이 아이를 키우는 데 도움이 될지, 방해가 될지 잘 모르겠어요." 그가 말한다.

"글쎄, 아빠가 되면 더 좋은 코치가 될 것 같은데?" 수네가 대꾸한다.

다비드는 술을 마시고 빈 잔을 내려놓는다.

"하키와 정치를 분리하지 못하는 구단에는 더 이상 있을 수 없어요. 그걸 제게 가르쳐주신 분이 코치님이었죠."

수네는 다시 잔을 채운다.

"내 비록 아이는 없지만 아이를 키울 때 가장 새겨들을 만한 조언 하나 알려줄까?"

"네."

"'내가 잘못 생각했다'는 말은 알아두면 좋은 말이다."

다비드는 힘없이 미소를 짓고 술을 한 모금 꿀꺽 마신다.

"코치님이 페테르의 편을 드는 건 이해해요. 코치님의 가장 훌륭한 제자였으니까요."

"두 번째로 훌륭한 제자였지." 수네가 바로잡는다.

그들은 서로 외면한다. 눈가가 촉촉하게 젖었다. 수네가 멍하니 외친다. "페테르의 딸 문제야, 다비드. 그의 딸 문제라고. 그는 정의의 심판을 내리려는 것일 뿐이야."

다비드는 고개를 젓는다.

"아뇨. 페테르가 원하는 건 정의의 심판이 아니에요. 이기는 거지. 케빈의 가족이 자기들보다 더 심한 고통을 느끼길 바라죠. 그건 정의의 심판이 아니에요, 보복이지."

수네는 두 사람의 잔을 채운다. 그들은 손을 거의 움직이지 않은 채로 건배한다. 생각에 잠긴 표정으로 술을 마신다. 잠시 후에 수네가 얘기한다.

"네 아이가 열다섯 살이 되거든 나를 찾아와줘. 그때는 생각이 달라졌을지도 모르지."

다비드는 자리에서 일어난다. 그들은 결연하지만 짧은 포옹으로 작별 인사를 대신한다. 내일이면 그들은 서로 다른 아이스링크로 출근할 것이다. 한 명은 헤드로, 다른 한 명은 베어타운으로. 다음 시즌에는 둘이 상대 팀으로 만날 것이다.

아드리는 엄마의 부엌에 있다. 카시아와 가비는 상을 차리는데 어떤 그릇을 쓸 것이며 어떤 초에 불을 붙일 것인지를 놓고 옥신각신하는 중이다. 벤이가 부엌으로 들어서자 어머니는 아들의 뺨에 입을 맞추고 사랑한다고, 아들이 그녀의 인생에 한 줄기 빛과 같다고 이야기한 다음 발을 다친 것에 대해 다시 욕하고, 머리를 제대로 쓰지도 못하는데 차라리 목이 부러지는 편이 나았겠다고 한다.

초인종이 울린다. 찾아온 여자는 늦은 시각에 방해해서 미안하다고 사과한다. 여위어서 살가죽이 축 늘어졌고 뼈대가 간신히 그녀를 지탱하는 듯이 보인다. 그녀는 저녁을 같이 먹지 않아도 된다고 십분 동안 벤이의 어머니를 설득하지만 벤이의 어머니는 그래도 아드리의 머리를 톡톡 두드리며 "접시 한 장 더 꺼내라"라고 나지막이 쏘아붙인다. 아드리는 가비를 쿡 찌르며 "접시 한 장 더 꺼내"라고 속삭이고 가비는 카시아를 발로 차며 "접시!"라고 끙끙거린다. 카시아는 벤이에게로 고개를 돌리지만 아이의 표정을 본 순간 고개를 돌리다 말고 멈춘다.

케빈의 어머니는 문 앞에 서서 그녀답지 않은 목소리로 힘없이 얘기한다. "죄송해요. 그냥 벤야민하고 잠깐 얘기 좀 하고 싶어서 왔어요."

케빈은 집 앞 마당에 나와 있다. 계속 슛 연습을 하고 있다. 탕-탕-탕-탕-탕. 집 안에서는 케빈의 아빠가 새로 딴 위스키 병을 앞에 두고 앉아 있다. 두 사람은 오늘 저녁에 바라는 걸 모두 거두지는 못했지만 패배하지도 않았다. 내일이면 변호사가 여학생을 짝사랑하는 술 취한 남학생은 믿음직한 증인이 되지 못하는 이유를 뒷받침할 근거를 수집하기 시작할 것이다. 그러고 나면 케빈은 헤드 아이스하키 팀에서 뛰기 시작할 테고, 모든 팀원과 거의 모든 후원자가 함께 이

동할 테고, 그들의 인생 계획은 한 치도 어긋남이 없을 것이다. 조만
간 주변의 모든 사람들이 이런 일은 벌어지지도 않은 척할 것이다.
이 가족은 패배라는 걸 모른다. 패배로 몰린 상황이라도 그렇다. 탕-
탕-탕-탕-탕.

　벤이는 집 앞 벤치에 앉아 있다. 케빈의 엄마는 그의 옆에 앉아서
고개를 젖히고 별을 쳐다보고 있다.
　"예전에 너랑 케빈이 여름에 노를 저어서 찾아갔던 그 섬이 생각
난다." 그녀가 말한다.
　벤이는 아무 대꾸도 하지 않지만 사실 그도 같은 생각을 하고 있었
다. 그들이 어렸을 때 아이스하키장 뒤편의 넓은 호수 말고 다른 호
수에서 발견한 섬 생각을 하고 있었다. 넓은 호수는 온 마을 사람들
이 여름에 수영을 하는 곳이라 시끌벅적했다. 그보다 작은 다른 호수
로 가려면 숲을 지나서 몇 시간씩 걸어가야 했다. 그곳에는 나루터도
없고 사람도 없고, 한가운데에 바위와 나무들이 옹기종기 모여 있어
서 호숫가에서 보면 돌덩이들이 마구잡이로 쌓여 있는 것처럼 보이
는 손바닥만 한 땅이 있었다. 둘은 배를 타고 노를 저어서 숲을 가로
질렀고 조그만 섬 안쪽을 치워서 텐트를 칠 수 있을 만한 공간을 확
보했다. 그리고 그곳을 비밀의 공간으로 삼았다. 첫해 여름에는 딱 하
룻밤을, 그다음 해 여름에는 며칠 밤을 거기서 보냈다. 십대로 접어들
자 그 기간이 몇 주로 늘어났다. 여름 훈련이 시작되기 전, 하키가 그
들을 찾지 않는 모든 순간을 거기서 보냈다. 그곳으로 연기처럼 자취
를 감추었다. 호수에서 알몸으로 수영하고, 바위에 누워서 햇볕에 몸
을 말리고, 물고기를 잡아먹고, 별이 반짝이는 하늘 아래에서 잠을 청

했다.

벤이는 지금 그때 그 하늘을 올려다보고 있다. 케빈의 어머니가 물 끄러미 그를 쳐다본다.

"그거 아니, 벤야민? 나는 너희 아버지가 돌아가셨을 때 우리 가족 이 너를 보살폈다고 생각하는 사람들이 왜 그렇게 많은지 이상하더 라. 사실은 그 반대였는데 말이지. 네가 우리 집에서 지낸 시간보다 케빈이 너희 집에서 지낸 시간이 훨씬 많았잖니. 우리가 집을 비우면 너희들이 집을 어지럽혀놨다는 거 알아. 케빈이 거기서 잤던 것처럼 꾸미려고 그랬던 거지만……."

"하지만 아니라는 걸 알고 계셨다고요?" 벤이는 고개를 끄덕인다.

그녀는 미소를 짓는다.

"네가 술을 흐트러뜨리려고 우리 집 러그를 일부러 발로 찬다는 것도 알아."

"죄송해요."

그녀는 자기 손을 쳐다본다. 숨을 크게 들이마신다.

"어렸을 때 너희 엄마께서 너와 케빈의 하키 장비를 빨고 너희들 끼니를 챙겼지. 선배들이 학교에서 너희들을 괴롭히면……."

"우리 누나들이 등장해서 처리했고요."

"너는 참 좋은 누나를 두었어."

"세 명의 정신병자를 누나로 두었죠."

"그건 축복이야, 벤야민."

그는 천천히 눈을 깜빡이고, 통증이 심해지도록 부러진 쪽 발을 땅 에 대고 누른다. 그녀는 입술을 깨문다.

"엄마들은 인정하기 힘든 부분이 있거든, 벤야민. 네가 경찰서로 우리를 마중 나오지 않았더라. 우리 집으로 찾아오지도 않았고. 오늘 저녁 회의에도 참석하지 않았고. 나는…….”

그녀는 엄지손가락과 집게손가락을 얼른 눈에 갖다 대고 침을 꿀꺽 삼킨 뒤 속삭인다. “너하고 케빈이 어렸을 때부터 너희 둘이 말썽을 일으키면 선생님이나 다른 학부모들이 항상 너를 주동자로 지목하고 네가 본받을 만한 남자 어른이 없어서 그렇다고 비난했지. 나는 그때마다 뭐라고 하면 좋을지 모르겠더라. 내 평생 그렇게 어이없는 소리는 들어본 적이 없어서.”

벤야민은 놀란 눈빛으로 그녀를 흘끗 쳐다본다. 그녀는 눈을 뜨고 손을 뻗어 그의 뺨을 살짝 건드린다.

“그 하키팀…… 그 빌어먹을 하키팀…… 나는 너희들이 서로를 얼마나 아끼는지 알아. 의리가 얼마나 대단한지도. 가끔은 그게 축복인지 저주인지 모르겠지만. 아홉 살 때 너희들이 새총을 만들었고 케빈이 그걸로 옆집 유리창을 깬 적이 있었지. 기억나니? 네가 총대를 멨잖니. 다른 애들은 전부 도망쳤지만 너는 그 자리에 남았어. 누군가 책임을 져야 하는데, 네가 아니라 케빈이 총대를 메면 문제가 더 심각해질 테니까.”

벤이는 눈을 훔친다. 그녀는 계속 그의 뺨에 손을 대고 있다. 그녀는 그를 토닥이며 미소를 짓는다.

“네가 천사는 아닐지 모르지, 벤야민. 나도 그 정도는 알아. 하지만 본받을 만한 남자 어른이 없었다니 말도 안 돼. 너의 가장 큰 장점들은 모두 여자들로 북적대는 집에서 자란 덕분에 생긴 건데.”

그녀는 바짝 다가앉는다. 아이는 온몸을 부들부들 떨고 있다. 그녀는 그를 꼭 끌어안고 얘기한다. “우리 아들은 너한테 거짓말을 하려다 성공한 적이 없잖니, 벤야민. 다른 사람들한테는 거짓말을 할 수 있지. 아빠한테도. 나한테도. 하지만 너한테는 아니잖아."

두 사람은 그렇게 앉아서, 그녀가 팔로 그를 감싸 안은 채 삶의 한 순간을 흘려보낸다. 잠시 후에 케빈의 엄마가 자리에서 일어나 차로 돌아간다.

벤이는 담배에 불을 붙이려고 한다. 하지만 손이 너무 심하게 떨려서 라이터를 잡고 있을 수가 없다. 눈물 때문에 불이 꺼진다.

아빠는 계속 부엌에 앉아 있다. 위스키 병을 땄지만 손도 대지 않는다. 탕-탕-탕-탕-탕. 집으로 돌아온 엄마는 남편을 보고, 현관 앞에서 잠깐 걸음을 멈추고 벽에 걸린 사진 중 한 장을 쳐다본다. 액자에 넣은 가족사진이다. 삐딱하게 걸렸고 액자가 박살 났고 바닥에 유리가 떨어져 있다. 아빠의 한쪽 손에서 피가 난다. 엄마는 아무 말도 하지 않고 유리를 치워서 버린다. 그런 다음 마당으로 나간다. 탕-탕-탕-탕-탕. 케빈이 퍽을 주우러 가려고 하자 그녀가 아들의 팔을 잡는다. 화가 나서 꽉 잡은 게 아니라 아이가 돌아보게 만들 정도의 강도다. 그녀가 눈을 쳐다보자 아이는 시선을 떨어뜨린다. 그녀는 손가락으로 아이의 턱을 잡고 얼굴을 다시 들게 한다. 어머니를 다시 쳐다볼 수밖에 없게 한다. 그리고 그녀는 깨닫는다.

이 가족에게 패배란 없다. 하지만 그들은 알게 될 것이다.

안데르손 가족은 그들의 집 부엌에 앉아 있다. 아나까지 다섯이서 유치한 카드 게임을 하고 있다. 다들 이기지 않으려고 애를 쓰느라 승부가 나지 않는다. 다시 초인종이 울린다. 페테르가 나간다. 그는 그 자리에 선 채로 아무 말 없이 뚫어져라 쳐다보기만 한다. 미라가 뒤따라 나가지만 상대가 누군지 알아차린 순간 멈춰 선다. 맨 마지막 으로 마야가 등장한다.

상심한 케빈의 어머니가 자기 옷 속에 빠져 허우적거리는 사람처럼 집 앞에 서 있다. 후들후들 떨며 간신히 버티던 다리가 아래에서 꺾인다. 경찰 측에서는 너무 많은 시간이 지났기 때문에 믿을 만한 증거를 확보할 수 없다고 했다. 여학생이 사진을 찍었어야 했다고, 샤워를 하지 말았어야 했다고, 당장 신고했어야 했다고 했다. 지금은 너무 늦었다고 했다. 하지만 아이의 목과 손목에 아직도 선명한 멍 자국이 남아 있다. 케빈의 어머니는 그 자국들을 본다. 그 아이에게 폭력을 행사한 우악스러운 손가락이 남긴 자국이다. 그녀를 제압하고 비명을 지르지 못하도록 막은 손가락이 남긴 자국이다.

그녀는 아이의 발치에 무릎을 꿇고 아이를 건드릴 듯이 손을 뻗지만 떨리는 팔이 거기까지 닿지 않는다. 마야는 한참 동안 그 자리에 서서 무표정한 얼굴로 지켜본다. 눈꺼풀을 감고 숨을 참는다. 살갗은 아무 말이 없고 눈물샘은 감각을 잃어서 몸이 자기 것처럼 느껴지지 않는다. 이윽고 그녀는 자물쇠를 따려는 사람처럼 아주, 아주 조심스럽게 손을 내밀어 자신의 다리에 대고 미친 듯이 흐느끼는 여자의 머리칼을 위로하듯 쓰다듬는다.

"미안하다……." 케빈의 어머니가 속삭인다.

"아주머니가 잘못하신 게 아니잖아요." 마야는 대답한다.

둘 중 한 명이 주저앉는다. 나머지 한 명은 다시 몸을 일으키기 시작한다.

45

탕-탕-탕.

'의리'처럼 설명하기 힘든 단어도 없을 것이다. 의리는 항상 좋은 걸로 간주된다. 사람들이 서로에게 베푸는 수많은 호의가 의리에서 비롯된다고 얘기하는 사람들이 많다. 문제는 사람들이 서로에게 저지르는 가장 나쁜 짓도 바로 그 의리에서 비롯된다는 거다.

탕. 탕. 탕.

아맛은 사카리아스의 방 창가에 서서 행렬의 선두가 건물 사이로 다가오는 광경을 지켜본다. 다들 후드를 푹 눌러쓰고 목도리로 얼굴을 가렸다. 사카리아스는 화장실에 갔다. 아맛은 사카리아스에게 같이 가자고 할 수도 있었다. 아니면 밤새도록 여기 숨어 있을 수도 있었다. 하지만 그도 알다시피 후드를 눌러쓴 사람들은 그를 찾고 있

506

고, 합류하는 인원수가 점점 더 많아질 것이다. 서로를 지켜준다는 게 팀의 기본 정신이고, 그들의 증오심은 케빈이 그런 짓을 저질렀다고 믿는지 여부와는 전혀 상관없다. 팀을 배신한 아맛이 타깃이다. 그들은 군대이기에 적이 필요하다.

때문에 아맛은 현관으로 살금살금 나가서 재킷을 입는다. 자기로 인해 사카리아스가 얻어맞거나 자기를 찾느라 아무라도 사카리아스의 집 안으로 쳐들어오는 건 원하는 바가 아니다.

사카리아스가 방으로 돌아가보니 단짝 친구가 보이지 않는다. 의리 때문에 벌어진 일이다.

탕. 탕.

안-카트린이 부엌 창가에 서 있었을 때 청년들이 나무 사이로 등장한다. 뤼트가 선두이고 그 뒤로 여덟아홉 명이 더 있다. 청소년팀 선수도 있지만 (그녀도 아는 아이들이다) 일부는 그들보다 더 덩치가 큰 형님들이다. 다들 후드를 눌러쓰고 시커먼 목도리를 두르고 있다. 그들은 한 팀이나 조직이 아니라 폭도다.

보보가 눈밭으로 나가서 그들을 맞이한다. 안-카트린은 창가에 서서 고개를 숙이고 서 있는 아들과, 아들의 어깨에 손을 얹고서 작전을 설명하고 명령을 내리는 뤼트를 바라본다. 보보가 평생 원한 건 단 한 가지, 자기를 받아주는 집단을 만나는 것이었다. 엄마가 지켜보는 가운데 아들은 뭔가를 설명하려고 하지만 뤼트는 논리적으로 설득할 수 있는 수준을 넘어섰다. 고함을 지르며 보보를 떠밀고 집게손가락으로 아들의 이마를 누르는데, '배신자'라고 말하는 걸 창가에서 읽을 수 있을 정도다. 청년들은 후드를 머리에 뒤집어쓰고 목도리로 얼굴을 가리고 나무 사이로 사라진다. 남겨진 안-카트린의 아들은 그 자리에 혼자 서 있다 생각을 바꾼다.

갈텐이 허리를 숙이고 엔진을 들여다보고 있을 때 보보가 정비소 안으로 들어온다. 갈텐은 몸을 반쯤 일으키지만, 아버지와 아들은 서로 흘끗 바라보기만 할 뿐 제대로 쳐다보지는 않는다. 아버지는 아무 말 없이 엔진 위로 다시 허리를 숙인다. 보보는 후드 티셔츠와 목도리를 들고 나온다.

탕.

필리프는 부모님과 저녁을 먹고 있다. 부모님은 별 말이 없다. 필리프는 팀에서 가장 손꼽히는 수비수다. 나중에는 지금보다 훨씬 훌륭한 선수가 될 것이다. 모든 신체 발달 면에서 또래 아이들에게 대책 없이 뒤처졌던 어린 시절에는 다들 그가 하키를 포기하길 기다렸지만 그가 포기하지 않은 딱 한 가지가 있다면 싸우는 거였다. 그 아이는 팀 안에서 가장 약한 선수였을 때는 게임의 흐름을 읽고 항상 있어야 할 자리에 가 있는 것으로 단점을 보완했다. 지금 그는 가장 강한 선수로 꼽힌다. 그리고 가장 의리 있는 선수로 꼽힌다. 그가 후드를 뒤집어쓰고 목도리를 두르고 나서면 무시할 수 없는 상대가 될 것이다.

헤드의 이 레스토랑이 아주 훌륭하지는 않지만 회의가 끝난 직후에 다 같이 거기 가자고 그의 어머니가 고집을 부렸다. 그들은 문 닫을 시각이 돼서야 식당을 나선다. 덕분에 아이들이 (그들이 뭐든 부탁을 하면 필리프는 거절하지 못했을 것이다) 그의 집 대문을 두드렸을 때 필리프는 하키에서도 늘 그랬듯이 있어야 할 자리에 있었다. 집이 아닌 다른 곳에 있었다.

탕.

아맛은 바람을 맞고 부들부들 떨면서도 일부러 가로등 아래에 꼼짝 않고 서 있는다. 멀리서도 보이는 데 있어야 관계가 없는 사람까지 휘말리는 사태를 방지할 수 있다. 무슨 수로 이럴 용기를 냈는지 자기도 절대 설명하지 못할 테지만 너무 오랫동안 겁에 질려서 지내다보면 지쳐버리는 것일지도 모른다.

건물 사이로 다가오는 그들이 몇 명이나 되는지 알 수 없지만 누가 봐도 험악한 분위기라 한 방 날리지도 못하고 그들 밑으로 깔릴 게 분명하다. 심장이 목젖을 때린다. 그들이 그에게 겁을 주려는 건지, 본보기 삼아서 본때를 보여주려는 건지 아니면 두 번 다시 하키를 할 수 없게 만들려고 작정을 했는지 알 길이 없다. 한 명이 뭔가를 들고 있다. 야구방망이일 것이다. 그들이 마지막 가로등을 지나자 또 다른 손에 들린 쇠 파이프가 반짝거린다. 아맛은 첫 번째 공격은 팔뚝으로 막지만 두 번째 공격에 뒤통수를 얻어맞는다. 쇠 파이프가 허벅지를 강타하자 섬광과도 같은 고통이 등골을 타고 솟구친다. 그는 팔을 휘두르고 깨물고 몸을 움직여서 빠져나가려고 하지만 이건 싸움이 아니라 일방적인 폭행이다. 눈밭 위로 쓰러졌을 때 그는 이미 피를 흘리고 있다.

탕.

보보는 싸움질 말고는 뭐든 잘해본 적이 없다. 그 능력은 환경만
제대로 받쳐준다면 쉽게 진가를 인정받을 수 있다. 그는 단순히 힘이
세고 당혹스러울 정도로 유연성이 좋기만 한 게 아니라 다른 면에서
는 게으르고 느려 터진 아이치고 반사 신경이 상당히 놀라운 수준이
다. 하지만 그는 평생 탄탄한 체구를 자랑해본 적이 없다. 먼 길을 달
리기에는 몸이 너무 무겁다. 때문에 후드를 뒤집어쓴 다른 일당을 따
라잡기 전에 기운이 다하지 않으려면 신경을 써야 한다. 보보도 알다
시피 그들에게 자신의 진면모를 보여줄 수 있는 시간이 많지 않다.
자기가 얼마나 의리 있고 용감하며 헌신적인 사람이 될 수 있는지 보
여줄 수 있는 시간이 많지 않다.

아맛이 보이자 그들은 속도를 늦춘다. 열다섯 살짜리가 혼자서 그
들을 기다리고 있다.

"도망쳐서 어디 숨지 않은 걸 보면 배짱은 있네. 그건 인정." 뤼트
는 중얼거린다.

첫 번째 공격이 날아오자 아맛은 팔뚝으로 막지만 그 뒤로는 별로
본 게 없다. 보보는 몇 초 만에 앞으로 달려나가서 뤼트의 얼굴을 향
해 있는 힘껏 주먹을 날린다. 얼굴을 가렸던 목도리가 풀리고 거구가
벽으로 날아가서 부딪친다. 보보가 다른 녀석(스케이트를 거의 탈 줄
모르던 시절부터 같이 하키를 한 친구다)의 코를 팔꿈치로 찍자 피가
분수처럼 쏟아진다.

보보에게 주어진 몇 초의 시간이 지나자 팀원들이 그의 정체를 파
악한다. 배신자. 아맛은 땅바닥에 쓰러져 있고 보보는 머리로 들이받

고 무릎으로 찍고 두 팔을 망치처럼 휘두르며 사나운 짐승처럼 싸운다. 하지만 결국에는 수적인 열세와 합쳐진 체중을 극복하지 못한다. 뤼트가 그의 가슴 위에 걸터앉아서 쉴 새 없이 주먹을 날리며 어둠을 향해 울부짖는다. "이 나쁜 새끼야! 이 나쁜 새끼야! 거짓말하는 겁쟁이 배신자 새끼야!"

탕.

건물 사이에서 이십 미터쯤 떨어진 곳에 차 한 대가 멈춰 선다. 운전자는 싸움판에 끼어들고 싶지 않은 게 분명하지만 그래도 상향등을 켠다. 잠깐 동안 모든 광경이 환히 드러난다. 누군가가 뤼트의 귀에 대고 외친다. "누가 오고 있어! 가자! 가자!" 이윽고 그들은 사라진다. 몇 명은 욕을 하고 몇 명은 절뚝거리며 발소리도 요란하게 밤 속으로 사라진다.

아맛은 그들의 발길질이 멈추었다니 감히 믿을 수가 없어서 태아 자세로 한참 동안 웅크리고 있다. 그러다 천천히, 천천히 팔다리를 한쪽씩 움직이며 부러진 데는 없는지 확인한다. 고개를 살짝 돌린다. 아파서 머리가 욱신거리고 눈앞이 흐릿하긴 하지만 그래도 자기 옆에 누워 있는 팀원이 보인다.

"보보 선배?"

이 거구의 남학생은 얼굴이 손마디 못지않게 문드러졌다. 상대 중 최소 두세 명은 기운이 다해서 서로 부축해가며 도망쳤을 것이다. 보보가 입을 열자 앞니가 있어야 할 자리에서 피가 뚝뚝 떨어진다.

"괜찮냐?" 보보가 묻는다.

"네⋯⋯." 아맛은 끙끙거린다.

보보는 입을 벌리고 씩 웃는다.

"한 판 더?"

아맛은 코웃음을 웃는다. 나지막이 쉿소리를 지르는 데에도 엄청나게 힘이 든다.

"한 판 데!"

"한 판 데!" 보보도 고함을 지른다.

그들은 쌕쌕거리고 부들부들 떨며 웃는 얼굴로 다시 풀썩 쓰러진다.

"왜 그랬어요? 왜 저를 도와주셨어요?" 아맛이 속삭인다.

보보는 땅바닥에 빨갛고 끈적끈적한 타액을 뱉는다.

"뭐⋯⋯ 나는 헤드의 A팀 선수가 될 일이 없거든. 하지만 내년 시즌에 베어타운이 죽을 쑤면 나한테도 기회가 올지 모르잖아."

아맛은 웃음을 터뜨리다가 아차 한다. 그제야 갈비뼈가 한 대 부러졌을 가능성이 있음을 알아차린다. 아맛은 비명을 지르고 보보는 턱이 그렇게 아프지 않았더라면 더 큰 소리로 웃었을 것이다.

탕. 탕. 탕.

조금 멀찌감치 세워져 있던 사브가 전조등을 끈다. 검은 재킷을 입은 두 남자가 그 안에 앉아 있다. 그들은 잠깐 망설인다. 베어타운에서는 믿을 만한 사람이 누구인지 판단하기가 쉽지 않다. 하지만 검은 재킷을 입은 사나이들은 의리를 무엇보다 중요하게 여기는 펠센 술집에서 성장했다. 그리고 그들은 난폭한 성격이라 어떻게 하면 사람들에게 겁을 줄 수 있는지 알았기에 얻어맞을 줄 알면서도 도망치지 않은 용기를 가상하게 여겼을지도 모를 일이다. 그래서 결국 그들은 차에서 내려 가로등 사이로 걸어간다. 그들이 그의 위로 허리를 숙이자 아맛은 부은 눈을 가늘게 뜨고 쳐다본다.

"그때 차에 타고 있었던 분들 아니에요?" 그는 끙끙거리며 묻는다.

그들은 보일락 말락 하게 고개를 끄덕인다. 아맛은 애써 일어나 앉는다.

"덕분에 저희가 목숨을 구했어요. 고맙습니다."

둘 중 한 명이 더욱 가까이 허리를 숙이고 무뚝뚝하게 얘기한다.

"우리가 아니라 라모나한테 고맙다고 해. 우리는 너를 믿어도 좋을지 아직 모르겠으니까. 하지만 그 회의장에서 너는 입을 다물고 있을 수도 있었는데 우라지게 많은 걸 감수하면서 케빈의 일을 폭로했단 말이지. 라모나는 네 눈을 똑바로 쳐다봤어. 너를 믿는다는 거야. 그리고 우리는 그녀를 믿어."

그가 아맛에게 봉투를 건넨다. 그러는 동안 다른 남자는 그를 계속 뚫어져라 쳐다보며 농담인지 아닌지 모를 말을 중얼거린다.

"네 하키 실력이 남들이 생각하는 만큼 훌륭하다는 걸 증명해 보이는 편이 좋을 거다."

사브의 시동이 다시 걸리고 남자들이 어둠 속으로 사라지자 아맛은 봉투를 들여다본다. 안에 꾸깃꾸깃한 지폐로 오천 크로나가 들어 있다.

베어타운에서는 믿을 만한 사람이 누구인지 판단하기가 쉽지 않다. 사브를 모는 검은 재킷의 사나이는 어느 누구보다 그렇다는 걸 잘 안다. 그래서 그는 본 것에 따라 사람들을 판단한다. 그는 케빈의 아빠가 할로로 찾아가서 그달 치 월세를 내고도 남을 만한 금액의 돈을 건네는 것을 보았고, 아맛이 그 돈을 눈밭에 던지는 것도 보았다. 그 아이가 온 마을 주민들이 모인 회의장 앞에서 모든 걸 걸고 흔들림 없이 이야기하는 것도 보았다. 그리고 오늘 밤에 그 아이를 다시 보았다. 그는 얻어맞을 걸 알면서도 도망치지 않고 여기 서서 기다렸다.

검은 재킷의 사나이는 그 정도면 누군가를 믿기에 충분한지 알 수 없지만 그가 이 세상에서 진심으로 신뢰하는 단 한 명이 라모나다. 그는 그녀에게 딱 한 번 거짓말을 한 적이 있었다. 십대 시절에 그녀가 당구대 위에 누가 두고 간 지갑을 보았느냐고 물었을 때 그는 "아뇨"라고 대답했고 그녀는 한눈에 거짓말인 걸 알아차렸다. 그가 어떻게 알았느냐고 묻자 그녀는 빗자루 손잡이로 그의 머리를 때리며 악을 썼다. "이런 멍텅구리 같으니라고, 내가 우라질 술집 사장이다! 남자들이 거짓말을 하면 못 알아차릴 정도로 맹탕일 것 같으냐?"

나중에 검은 재킷의 사나이는 이런 생각을 할지도 모른다. 왜 그는 진실을 얘기하는 사람이 케빈인지 아니면 아맛인지 고민했을까. 왜 마야의 주장으로는 부족했을까.

탕. 탕. 탕.

헤드의 연습실에서는 노크 소리가 들리자 한 남자가 악기를 내려 놓고 문을 열러 간다. 목발을 짚은 벤이가 스케이트를 들고 문 앞에서 있다. 베이스 연주자는 웃음을 터뜨린다. 그들은 헤드의 실내 아이스링크 뒤편에 있는 조그만 야외 아이스링크로 간다. 스케이트를 신은 베이스 연주자보다 목발을 짚은 벤이가 더 균형을 잘 잡는다. 그들은 그 빙판 위에서 처음으로 입을 맞춘다.

탕.

두 여자아이가 칠흑같이 어두운 숲속을 걷고 있다. 공터에 다다르자 그들은 손전등을 켠다. 자기들만 아는 악수를 한다. 서로에게 의리를 지킬 것을 맹세한다. 그런 다음 산탄총을 들고 호수 너머를 향해 방아쇠를 당기고 또 당긴다.

탕.

베어타운의 아이스링크에서는 한 아버지가 센터 서클에 서 있다. 거기에 그려진 곰을 내려다본다. 그가 정말로 조그만 아이였던 시절 스케이트 수업을 받던 첫날에 그 곰을 보고 무서워했었다.

지금도 가끔 그렇다.

탕-탕-탕.

46

다시 아침이 밝는다. 늘 그렇다. 시간은 항상 같은 속도로 흐르는데 느낌만 다를 뿐이다. 누구와 같이 보내느냐에 따라서 하루가 평생처럼 느껴질 수도 있고 눈 깜빡하는 순간처럼 느껴질 수도 있다.

갈텐은 정비소에서 손에 묻은 오일을 걸레에 닦으며 수염을 긁고 있다. 보보는 렌치를 손에 들고 의자에 앉아서 딱지와 멍으로 뒤덮인 얼굴로 허공을 멍하니 쳐다보고 있다. 그들은 아이를 내일 치과에 데려갈 것이다. 하키 때문에 전에도 이가 빠진 적이 있었지만 이번은 경우가 다르다. 보보의 아빠는 긴장한 숨소리를 내며 멀리 있는 의자를 가까이 들고 온다.

"내가 감정 표현이 워낙 서툰 사람이라." 갈텐이 바닥에 대고 말한다.

"신경 쓰실 것 없어요." 그의 아들은 중얼거린다.

"나는 다른 방식으로 너와 네 남동생, 여동생을 사…… 사랑하는

516

마음을 표현하려고 노력 중이다."

"알아요, 아빠."

갈텐은 수염으로 덮인 입술을 거의 움직이지 않고 헛기침을 한다.

"우리 둘이 좀 더 대화를 나누어야겠다. 케빈의 그 일이 있고 나서…… 내가 얘기를 꺼냈어야 하는 건데. 여자들……에 대해서 말이다. 네 나이가 열일곱 살이니까 사실상 성인이나 다름없는데 네가 워낙 힘이 세잖니. 그래서 어떤 책임이 따르지. 제대로…… 처신해야 하는 책임이."

보보는 고개를 끄덕인다.

"아빠, 저는 여자랑 한 번도…… 지금까지 한 번도……."

갈텐은 말허리를 자른다.

"누굴 해치지만 않으면 되는 게 아니야. 입을 다물고 있어도 안 되지. 내가 그동안 겁쟁이처럼 굴었다. 허리를 딱 펴고 있었어야 했는데. 그런데 너는…… 맙소사……."

그는 아들의 멍 자국을 가볍게 토닥인다. 안-카트린이 싸우고 돌아온 아들을 자랑스러워하지 말라고 금지령을 내렸기 때문에 자랑스럽다는 말은 하지 않는다. 자부심에도 금지령을 내릴 수 있다니.

"케빈이 한 그런 거요, 아빠. 저는 한 번도……." 보보는 속삭인다.

"나는 너를 믿는다."

당황한 아들의 목소리가 갈라진다.

"아니, 제대로 이해를 못 하신 것 같은데…… 여자랑 말이에요. 그러니까 저는 지금까지 한 번도……."

보보의 아빠는 어색하게 관자놀이를 문지른다.

"보보, 내가 눈치가 없는 편이다만. 그러니까…… 네 말은……."

"저 아직 숫총각이에요."

그의 아빠는 수염을 문지르며 이런 대화를 하느니 차라리 끌로 머리를 맞는 게 낫겠다는 표정을 짓지 않으려고 애를 쓴다.

"그래, 하지만 뭐…… 꿀벌과 꽃이 만나고 어쩌고저쩌고는 알고 있겠지? 그러니까…… 어떤 식인지는 말이다."

"포르노는 본 적 있어요. 그걸 물으시는 건지 모르겠지만." 보보는 눈을 동그랗게 뜨고 눈치 없이 이렇게 얘기한다.

그의 아빠는 차분하게 기침을 한다.

"아무래도…… 흠, 어디에서부터 시작하면 좋을지 모르겠네. 엔진이 어떤 식으로 움직이는지 설명할 때는 이보다 더 쉬웠다만."

보보는 무릎 위에 올려놓은 렌치를 큼지막한 두 손으로 움켜쥔다. 어깨가 조만간 아빠만큼 넓어지겠지만 그래도 이렇게 묻는 목소리는 아직 앳되다.

"음…… 제가 결혼을 먼저 하고 싶다고 하면…… 남들이 바보 아니냐고 할까요? 저는 첫 경험이 특별했으면 좋겠거든요. 어떤 여자랑 사랑에 빠지고 싶지 그냥…… 떡이나 치는 건 싫어요. 그렇다고 하면 남들이 바보 아니냐고 할까요?"

아빠가 느닷없이 정비소가 쩌렁쩌렁 울릴 정도로 크게 웃는 바람에 보보는 렌치를 떨어뜨린다. 웃음소리라니 이 정비소에서는 자주 들을 수 없는 소리다.

"아니다. 절대로, 절대로, 절대로 아니지. 젠장. 내가 지금 왜 이러는지 모르겠네. 그걸 알고 싶었던 거냐? 남들 신경 쓸 것 없어. 그야 네 사생활이고 남들은 상관할 바 아니지."

보보는 고개를 끄덕인다.

"그럼 다른 거 또 하나 물어봐도 돼요?"

"그래."

"고추가 잘생겼는지 못 생겼는지 어떻게 알 수 있어요?"

그의 아빠는 눈을 감고 관자놀이를 문지른다.

"그 이야기를 하려면 위스키를 마셔야겠는데."

안-카트린은 정비소 바깥쪽의 문 뒤편에 숨어서 전부 듣는다. 그 둘이 이보다 더 자랑스러웠던 적이 없다. 멍청이들 같으니라고.

파티마는 아들과 함께 버스를 타고 숲을 지난다. 둘이서 헤드로 가는 길이다. 아이가 목격자 진술서를 작성하는 동안 그녀는 옆방에서 기다린다. 그녀 입장에서도 그렇고 아들 입장에서도 그렇고 이보다 더 무서웠던 적이 없다. 경찰은 아이에게 술에 취했는지, 방 안이 어두컴컴했는지, 마리화나 냄새가 났는지, 문제의 그 여학생에게 특별한 감정이 있는지 묻는다. 아이는 단 하나의 사소한 부분마저 망설임 없이 대답하고 말을 더듬지 않고 눈동자를 이리저리 굴리지도 않는다.

케빈이 두세 시간 뒤에 똑같은 방으로 불려 들어간다. 경찰은 아이에게 기존의 입장을 고수하느냐고, 여학생이 백 퍼센트 자발적으로 성관계를 맺었다고 주장하느냐고 묻는다. 케빈은 변호사를 쳐다본다. 그러고는 아빠를 흘끗 쳐다본다. 그러고는 경찰관의 눈을 똑바로 쳐다보며 고개를 끄덕인다. 장담한다. 맹세한다. 기존의 입장을 고수한다.

여자아이들은 평생 최선을 다하기만 하면 된다는 소리를 듣는다. 총력을 기울이기만 하면 충분할 거라고 한다. 그들이 자라서 엄마가 되면 딸들에게 맞는 말이라고, 열심을 다하면, 정직하고 성실하게 살며 가족을 잘 건사하고 서로 사랑을 나누면 모든 게 아무 문제 없을 거라고 얘기한다. 모든 게 잘될 거라고, 무서울 게 없다고. 아이들은 자기 방에서 혼자 잘 수 있을 만큼 용감해지려면 거짓말이 필요하다. 부모들은 다음 날 아침에 눈을 뜨고 하루를 시작하려면 거짓말이 필요하다.

미라는 사무실에 앉아 있다가 동료가 들어오자 빤히 쳐다본다. 동료는 전화기를 들고 있다. 그녀의 친구가 헤드의 경찰서에서 근무하는데, 상심과 분노로 얼굴이 시뻘겋다. 그녀는 미라에게 차마 말로 소식을 전하지 못해서 종이에 적는다. 미라가 종이를 건네받는 순간에도 그녀는 그걸 놓지 못하고, 미라가 바닥으로 쓰러지는 순간 달려가서 잡는다. 예비 조사가 종료됐대. 증거 부족으로.

우리는 평생 사랑하는 사람들을 보호하기 위해 노력한다. 하지만 그걸로는 부족하다. 그걸로는 안 된다. 미라는 휘청휘청 차를 세워놓은 곳으로 간다. 곧장 숲속 저 끝까지 달린다. 문짝이 휠 정도로 세게 문을 닫는 소리가 나무 사이로 울려 퍼지지만 눈에 묻힌다.

그녀는 그 자리에 서서 울부짖는다. 그녀의 심장 속에서는 그 메아리 소리가 절대 잠잠해지지 않을 것이다.

점심시간에 케빈의 엄마가 쓰레기를 버리러 나온다. 집집마다 고요하고 모든 문이 닫혀 있다. 아무도 커피를 마시자고 그녀를 부르지 않는다. 변호사가 오늘 그녀에게 이메일을 보냈다. 두 문장과 네 단어로 아들의 무죄 소식을 전했다.

하지만 길거리가 고요하다. 이 길거리는 진실을 알기 때문이다. 그녀처럼. 그녀는 이보다 더 외롭다는 생각이 든 적이 없다.

상대방의 목소리는 다정하고 그녀의 어깨에 놓인 손길에서는 진한 공감이 느껴진다.

"들어와서 커피 한잔 해요." 마간 뤼트가 얘기한다.

케빈의 엄마는 벽에 걸린 가족사진이 살짝 삐딱해도 아무도 신경 쓰지 않는 듯한, 아늑하고 포근한 이웃집 부엌으로 들어가서 앉는다. 마간이 말문을 연다.

"케빈은 결백해요. 이 위선적인 마을은 자기 멋대로 법을 적용하고 정의를 구현해도 된다고 생각할지 몰라도 케빈은 결백해요. 경찰에서도 그랬잖아요, 안 그래요? 우리는 그 아이가 그런 짓을 저질렀을 리 없다는 걸 알잖아요. 그럼요! 우리 케빈이 그럴 리가 있나! 이 우라질 마을에는…… 위선자와 도덕 경찰이 넘쳐 난다니까요? 우리가 헤드의 아이스하키단을 접수할 거예요. 당신 남편과 우리 남편, 다른 후원자와 아이들이 베어타운 아이스하키단을 박살낼 거예요. 이 마을이 우리를 압박하면 우리끼리 똘똘 뭉치면 되죠. 안 그래요?"

케빈의 엄마는 고개를 끄덕인다. 커피를 마신다. 했던 생각을 하고 또 한다. '인간은 이 세상에서 외따로 떨어져 있으면 별 볼일 없는 존재다.'

그날 오후에 벤이는 다시 헤드로 찾아간다. 베이스 연주자의 연습실에 거의 다다랐을 때 문자가 날아온다. 벤이는 땀으로 화면이 젖을 때까지 전화기를 잡고 놓지 않는다. 그는 카시아에게 차를 돌리라고 한다. 그녀는 이유를 묻고 싶지만 동생의 표정을 보면 물어봐야 소용 없다는 걸 알 수 있다. 그는 숲 한복판에서 차에서 내려 목발을 들고 안으로 곧장 들어간다. 문자를 본 사람은 없다. 보았다 한들 아무도 무슨 뜻인지 몰랐을 것이다. 딱 한 마디다. '섬?'

베이스 연주자는 연습실 의자에 앉아 있다. 아무 악기도 연주하지 않는다. 그저 스케이트를 들고, 오지 않는 사람을 몇 시간 동안 기다린다.

여름이 되려면 몇 달은 기다려야 하겠지만 호수가 겨울잠에서 깨어나기 시작했고 위를 덮은 얼음은 날마다 몇 군데씩 쩍쩍 갈라진다. 호숫가에 서 있으면 아직도 수천 개의 하얀 빛깔로 이루어진 평화로운 풍경처럼 느껴지지만 군데군데 조금씩 파릇파릇한 기미가 보인다. 새로운 계절에 이어서 새해가 시작될 테고 삶은 계속될 테고 사람들은 잊을 것이다. 어떤 경우에는 기억하지 못해서, 또 어떤 경우에는 기억하고 싶지 않아서.

케빈은 바위에 앉아서 자신과 벤이의 섬을 바라보고 있다. 원래 둘만 아는 비밀의 섬이었기 때문에 그곳에서만큼은 서로에게 절대 아무 비밀도 감추지 않았다. 케빈은 하키단을 잃었지만 팀을 잃지는 않았다. 그의 미래가 눈앞에서 그려지는 듯하다. 그는 일 년 동안 헤드 아이스하키단에서 활동하다 대형 구단의 입단 제의를 받고 북아메리카로 진출할 것이다. NHL 선수로 선발될 테고 프로 구단에서는 경찰 조사를 받은 전적을 '장외 문제'로 간주할 것이다. 한두 가지 묻기는 하겠지만 어떻게 된 일인지 그들도 당연히 알 것이다. 관심을 받고 싶어서 안달이 난 여자아이들이 항상 있기 마련이다. 이런 문제는 법원과 경찰에서 알아서 처리할 일이지 하키와는 아무 상관이 없다. 케빈은 원하는 모든 걸 손에 넣을 수 있을 것이다. 딱 하나만 남을 것이다.

마야는 집 앞 계단에 앉아서 퇴근하는 엄마를 기다린다. 엄마는 동료에게 받은 종이를 공처럼 꾸깃꾸깃하게 뭉쳐서 안전핀을 뽑은 수류탄이라도 되는 것처럼 아직까지 손에 쥐고 있다. 그녀와 딸은 서로 이마를 맞댄다. 아무 말도 하지 않는다. 가슴속에서 메아리치는 비명 소리에 귀가 먹먹해서 무슨 말을 했다 한들 들리지도 않았을 것이다.

벤이는 부러진 발로 눈밭을 헤치며 숲속을 걷는다. 그는 케빈이 원하는 게 무엇인지 정확하게 알고 있다. 케빈이 원하는 건 벤이가 여전히 그의 것이라는 증거, 그가 여전히 믿음직한 친구라는 증거, 모든 걸 예전으로 되돌릴 수 있다는 증거다. 벤이가 등장하고 단짝 친구를 쳐다본 순간 그들은 그럴 수 있다는 걸 깨닫는다. 케빈은 웃으며 벤이를 끌어안는다.

어머니는 딸의 뺨에 손을 댄다. 둘은 서로 눈물을 닦아준다.
"아직 방법이 있긴 해. 심문을 새로 요청할 수도 있고 엄마가 성범죄 전문 변호사한테 연락해봤거든. 그 사람을 여기로 데려와서……."
미라는 종알종알 늘어놓지만 마야가 가만히 진정시킨다.

"엄마, 우리 이제 포기해요. 엄마도 포기해요. 이길 수 없는 싸움이에요."

미라의 목소리가 떨린다.

"그 개자식들이 이기게 할 수는 없어. 그렇게는……."

"우리도 살고 봐야 하잖아요, 엄마. 부탁이에요. 그 아이 때문에 우리 가족을 잃고 싶진 않아요. 우리 삶을 잃고 싶진 않아요. 저는 절대 괜찮아지지 않을 거예요, 엄마. 이 일은 절대 바로잡히지 않을 테고 저는 계속 어둠을 무서워할 거예요…… 그래도 노력해봐야죠. 끊임없이 전시 상태로 지내는 건 싫어요."

"네가 혹시라도 내가…… 우리가…… 내가 그들을 미꾸라지처럼 빠져나가도록 내버려두었다고 오해할까봐…… 나는 **변호사야**, 마야. 그게 내 **직업이야**! 너를 보호하는 게 내 일이야! 너의 복수를 대신하는 거, 그게 내 일이야…… 그게 내 망할 일이라고……."

마야의 숨소리는 거칠지만 엄마의 관자놀이를 건드리는 손길은 차분하다.

"세상 어디에도 엄마보다 더 좋은 엄마는 없을 거예요. 절대로."

"우리 이사 가자. 우리……."

"싫어요."

"왜?" 그녀의 엄마는 울부짖는다.

"왜냐하면 뭣 같긴 해도 여긴 제 마을이기도 하니까요." 아이가 대답한다.

마야는 화장실에 들어가서 거울에 비친 자신의 모습을 쳐다본다. 이 정도로 강한 척할 수 있게 됐다는 데 놀라워한다. 간직하고 있는 비밀의 숫자가 그 정도로 많아졌다는 데 놀라워한다. 아나도 엄마도 아무도 모르는 비밀. 고통과 공포가 머릿속에서 울부짖는 소리가 들리지만 비밀을 생각하면 침착하고 차분해진다. '한 방. 한 방이면 돼.'

귀가한 페테르는 미라와 나란히 식탁에 앉는다. 포기할 수밖에 없게 됐다는 사실이 더 이상 부끄럽지 않게 느껴지는 날이 찾아올까 싶다. 죽지 않는 이상 이런 싸움에서 패배하고 어떻게 버틸 수 있을까? 어떻게 밤이 되면 잠이 들고 아침이 되면 일어날 수 있을까?

들어온 마야가 아빠의 뒤편에 서서 두 팔로 그의 목을 감싼다. 그는 눈물을 삼킨다. "내가 너의 기대를 저버렸다. 아빠로서…… 아이스하키단 단장으로서…… 내가 너의 기대를 저버렸어……."

딸은 아빠의 목을 좀 더 세게 끌어안는다. 아이가 어렸을 때 두 사람은 잠잘 시간이 되면 동화를 읽는 대신 서로 비밀을 이야기했다. 아빠가 "마지막 한 개 남은 쿠키, 아빠가 먹었어"라고 소곤소곤 실토하면 딸은 "리모컨 숨긴 사람이 저였어요"라고 대꾸하는 식이었다. 이런 식의 고백이 몇 년 동안 계속 이어졌다. 이제 아이가 허리를 숙여서 아빠의 귀에 대고 속삭인다.

"비밀 하나 알려드릴까요, 아빠?"

"그래, 말랭아."

"저도 하키 좋아해요."

눈물이 그의 뺨을 타고 흘러내린다.

"나도 그래, 말랭아. 나도 그래."

"제가 뭐 하나만 부탁해도 돼요?"

"뭐든."

"더 훌륭한 아이스하키단을 만들어주세요. 그 자리에 남아서 하키의 발전을 이끌어주세요. 모든 사람들을 위해서."

그는 약속한다. 아이는 자기 방으로 가서 포장된 상자를 두 개 들고 나온다. 그걸 부모님 앞에 놓는다.

그런 다음 아나를 만나러 간다. 두 아이는 산탄총을 들고 아무도 그들이 내는 소리를 들을 수 없을 만큼 눈밭 깊숙이 들어간다. 물을 채운 플라스틱 통을 쏘고 명중하면 통이 터지는 걸 구경한다. 그들이 총을 쏘는 이유는 서로 다르다. 한 명은 공격적인 성향을 해소하기 위해서다. 다른 한 명은 연습을 하기 위해서다.

벤이는 자기 안에 여러 가지 모습이 있어서 대하는 사람에 따라 달라진다는 것을 전부터 알고 있었다. 케빈에게도 여러 가지 모습이 있다는 것 또한 알고 있었다. 빙판 위에서의 모습, 학교에서의 모습, 단둘이 있을 때의 모습. 그중에서도 섬에 있을 때의 모습은 오직 벤이만의 것이다.

그들은 이제 둘 다 바위에 앉아서 섬을 바라보고 있다. 그들의 섬을 바라보고 있다. 케빈이 헛기침을 한다.

"우리는 베어타운에서 하고 싶었던 모든 걸 앞으로 헤드에서 하게 될 거야. A팀, 국가대표, NHL…… 그걸 다 누릴 수 있어! 그러니까 이 마을은 꺼지라 그래!" 케빈은 벤이 옆에 있을 때만 느낄 수 있는 자신감 넘치는 미소를 짓는다.

벤이는 부러진 발을 내려놓고 눈을 가만히 밟으며 통증을 끌어모은다.

"너는 모든 걸 누릴 수 있다는 거겠지." 벤이가 바로잡는다.

"야 이 씨, 그게 무슨 소리야?" 케빈이 외친다.

"너는 원하는 걸 손에 넣을 수 있을 거라고. 너는 항상 그렇잖아."

케빈은 눈을 휘둥그레 뜨고 입술을 꾹 다문다.

"너 지금 무슨 생각 하는데?"

벤이는 고개를 돌려서 둘 사이의 거리가 일 미터도 안 될 때까지 얼굴을 갖다 댄다. "너는 나한테 거짓말을 하려고 했다가 성공한 적이 없었어. 그걸 잊지 마."

케빈의 눈 위로 먹구름이 드리워지고 동공이 그 안으로 잠긴다. 그는 씩씩대며 벤이를 향해 집게손가락을 든다.

"경찰이 수사를 중단했어. 모든 심문을 마친 뒤에 중단했다고. 그러니까 염병할 성폭행이 아니었던 거야! 그러니까 괜히 딴소리하지 마. 너는 그 자리에 있지도 않았잖아."

벤이는 천천히 고개를 끄덕인다.

"맞아. 그리고 이 자리에도 있으면 안 되지."

벤이가 자리에서 일어나자 케빈의 표정이 눈 깜빡할 새 증오에서 공포로, 협박에서 애원으로 바뀐다.

"왜 그래, 벤이, 가지 마! 미안해, 응? 미안해! 우라지게 미안하다고! 내가 뭐라고 해줬으면 좋겠어? 네가 필요하다고? 네가 필요해, 됐지? 네가 필요해!"

케빈은 일어나서 두 팔을 벌린다. 벤이는 부러진 발 쪽으로 점점 더 체중을 싣는다. 케빈이 한 발짝 다가온다. 케빈은 지금 베어타운의 모든 사람들이 아는 모습이 아니라 섬에 있을 때의 모습이다. 벤이만 아는 모습이다. 그는 푹신한 눈을 딛고 서서 손끝으로 부드럽게 벤이의 턱을 건드린다.

"미안해, 응? 미안…… 앞으로…… 앞으로 다 잘될 거야."

하지만 벤이는 뒷걸음질 친다. 눈을 감는다. 뺨이 점점 차가워지는 것을 느낀다. 벤이는 속삭인다.

"케브, 네가 그걸 찾을 수 있길 바랄게."

케빈은 영문을 모르겠다는 듯이 미간을 찌푸린다. 바람이 케빈의 눈꺼풀을 간질인다.

"뭘?"

벤이는 목발로 눈을 짚는다. 이 지구상에서 가장 친했던 단짝 친구를 두고 한 발로 천천히 바위를 뛰어 넘어가며 숲속으로 멀어진다. 그들의 섬에서 멀어진다.

"그거라니? 뭘 찾을 수 있길 바란다는 거야?" 케빈이 벤이의 뒤통수에 대고 외친다.

벤이의 목소리가 어찌나 고요한지 바람이 방향을 바꾸어서 그의 대답을 호수 저편으로 실어 나르는 듯이 느껴질 정도다.

"네가 찾는 네 모습."

어느 집 부엌에서는 부모가 딸에게 받은 선물을 개봉 중이다. 미라의 선물은 늑대가 그려진 커피 잔이다. 페테르의 선물은 에스프레소 기계다.

47

어린아이들은 어른들이 시키는 대로 하는 게 아니라 어른들을 보고 배운다고 얘기하는 사람들도 있다. 어쩌면 그 말이 맞을지 모른다. 하지만 어린아이들은 어른들이 시키는 대로 하는 측면도 다분하다.

베이스 연주자는 노크 소리를 듣고 잠에서 깬다. 그는 웃통을 벗은 채로 문을 연다. 벤이는 실실 웃는다.

"옷을 몇 겹 더 걸쳐야 스케이트를 타러 나갈 수 있겠는데요."

"어제저녁 내내 너를 기다렸어. 전화해줬으면 좋잖아." 베이스 연주자는 실망한 목소리로 나지막이 얘기한다.

"미안해요."

베이스 연주자는 그를 용서한다. 용서하지 않으려고 해도 되질 않는다. 그런 눈빛으로 쳐다보는 아이를 어떻게 용서하지 않을 수 있을까.

펠센은 평소처럼 물에 젖은 동물과 누군가가 라디에이터 뒤에 숨겨놓은 음식이 한데 섞인 듯한 냄새를 풍긴다. 테이블에 손님들이 앉아 있는데 남자들뿐이다. 다들 미라의 등장을 알아차렸을 게 분명하지만 아무도 그녀를 쳐다보지 않는다. 그녀는 웬만한 일에는 겁을 먹지 않는다는 데 항상 자부심을 느껴왔지만 예측할 수 없는 이들 무리를 대하면 등골을 따라 한기가 느껴진다. A팀이 신통치 못한 성적으로 시즌을 마감하면 경기장에서 페테르를 향해 온갖 끔찍한 소리를 퍼붓는 이들을 경기장에서 만나는 것만으로도 끔찍한데, 대부분 술을 마시고 있는 이 비좁은 공간에서 마주하고 있으려니 인정하고 싶지 않을 정도로 불안해진다.

라모나가 카운터 너머로 그녀를 향해 손을 뻗는다. 삐딱한 이를 드러내며 미소를 짓는다.

"미아! 여긴 웬일이야? 페테르의 절대 금주 어쩌고 하는 헛소리가 드디어 지겨워졌나?"

미라는 거의 아무도 느낄 수 없을 만큼 희미하게 미소를 짓는다.

"아뇨. 그냥 감사 인사 전하려고 들렀어요. 회의장에서 사장님이 어떻게 하셨는지, 무슨 말씀을 하셨는지 들었거든요."

"그럴 필요 없는데." 라모나는 중얼거린다.

미라는 카운터 앞에 서서 고집을 꺾지 않는다.

"그럴 필요 없긴요. 아무도 나서지 않았을 때 나서주셨잖아요. 사장님의 눈을 똑바로 쳐다보면서 그 말씀을 드리고 싶었어요. 이 마을에서는 다들 쑥스러워서 고맙다는 인사를 하지도 받지도 못한다는 걸 알지만요."

라모나는 웃으며 기침을 한다.

"자네는 쑥스러운 게 뭔지 잘 모르는 성격이지?"

"네." 미라는 미소를 짓는다.

라모나는 그녀의 뺨을 토닥인다.

"이 마을은 옳고 그름을 잘 구분하지 못할 때가 있어. 그건 인정해. 하지만 선과 악은 제대로 구분하지."

미라의 손톱이 나무로 된 카운터를 파고든다. 그녀는 단순히 감사 인사를 전하려고 이곳을 찾은 게 아니다. 질문의 해답을 알고 싶어서 온 거다. 이 자리에서 물어보려니 조심스럽지만 그녀는 소심한 게 뭔지 잘 모르는 성격이기도 하다.

"왜 그러셨어요, 사장님? 그 일당은 왜 페테르를 해고하지 말라는 쪽으로 투표를 했을까요?"

라모나는 그녀를 빤히 쳐다본다. 술집 전체가 잠잠해진다.

"그게 무슨 소린지 모르겠……." 라모나가 말문을 열지만 미라는 피곤하다는 듯이 두 손을 들어 보인다.

"말도 안 되는 소리는 사절할게요. 그 일당이라는 게 어디 있느냐고 하지 마세요. 그들은 분명히 존재하고 페테르를 혐오하잖아요."

그녀는 돌아보지 않아도 그녀의 뒤통수를 빤히 쳐다보는 남자들의 시선을 느낄 수 있다. 그래서 목소리가 떨릴 수밖에 없다.

"저 제법 똑똑한 여자예요. 그래서 숫자를 계산할 줄 알아요. 그 일당과 그 일당에 조금이나마 영향을 미칠 수 있는 사람들의 표가 없었다면 페테르는 승산이 없었을 거예요."

라모나는 눈도 깜빡이지 않고 한참 동안 그녀를 쳐다본다. 남자들은 어느 누구도 자리에서 일어나지 않는다. 미동조차 하지 않는다. 이

옥고 라모나가 천천히 고개를 끄덕인다.

"좀 전에도 얘기했잖아. 이 마을 사람들이 옳고 그름을 잘 구분하지 못할 때는 있을지 몰라도 선과 악은 제대로 구분한다고."

미라가 숨을 쉬자 가슴이 들썩인다. 경동맥이 펄떡거리고 카운터에 그녀의 손톱자국이 남는다. 갑자기 전화벨이 울리자 그녀는 펄쩍 뛰며 핸드백에서 전화기를 찾는다. 중요한 의뢰인의 전화다. 그녀는 벨이 일곱 번 울릴 때까지 망설이다 수신을 거부한다. 이를 다문 채로 심호흡을 한다. 그녀가 다시 고개를 들어보니 카운터에 맥주가 한 잔 놓여 있다.

"이거 누구 거예요?" 그녀가 묻는다.

"자네 거. 이 정신 나간 여편네야, 세상에 무서운 게 아무것도 없구만 그래?" 라모나는 한숨을 쉰다.

"이러실 필요 없어요." 미라는 헉 소리를 내며 미안해한다.

"내가 주는 거 아니야." 라모나는 이렇게 말하고 그녀의 손을 토닥인다.

미라는 잠깐의 시간이 지난 다음에서야 그 말이 무슨 뜻인지 이해한다. 그녀는 그래도 숲에서 살아온 세월이 어느 정도 되었기에 더이상 아무것도 묻지 않고 맥주 잔을 든다. 맥주를 마시는 동안 검은 재킷의 사나이들이 뒤에서 말없이 건배하는 소리가 들린다. 베어타운 사람들은 고맙다는 말을 잘 하지 않는다. 미안하다는 말도 마찬가지다. 하지만 이런 방식을 통해 이 마을에도 한 번에 여러 가지 생각을 할 수 있는 사람들이 있다는 것을 보여준다. 어떤 남자의 얼굴을 향해 주먹을 날리고 싶더라도 그 남자의 아이들이 다치는 건 거부할 수 있다는 것을 보여준다.

그리고 겁 없이 이 술집으로 걸어 들어온 정신 나간 여편네에 대한 존경심을 표현한다. 그녀가 누구이건 그건 상관없다.

밖에서는 로비 홀츠가 걸어오고 있다. 그는 펠센 문 앞에 서서 혼자 미소를 짓는다. 그러다 잠시 후에 다시 발걸음을 옮긴다. 내일 출근을 해야 하기 때문이다.

다비드는 사랑하는 두 사람과 함께 침대에 누워서 그 두 사람 중 한 명이 다른 이의 이름을 지으려고 하는 걸 보며 웃고 있다. 그의 귀에는 하나같이 만화 주인공 아니면 증조할아버지 이름처럼 들리기 때문이다. 하지만 그가 어떤 이름을 추천할 때마다 여자 친구는 이유를 묻고, 그가 어깨를 으쓱하며 "그냥 듣기 좋잖아"라고 중얼거리면 여자 친구는 그 이름과 '하키 선수'라는 단어를 같이 검색해서 정확한 출처를 알아낸다.

"무서워." 그는 실토한다.

"사실 우리 둘이 어느 누구의 허락도 없이 한 생명을 책임진다는 것 자체가 완전 어이없는 일이긴 해." 그녀는 웃음을 터뜨린다.

"우리가 형편없는 부모가 되면 어쩌지?"

"형편없는 부모가 안 될 수도 있잖아?"

그녀는 그의 손을 잡아서 자기 배에 갖다 대고, 손가락으로 그의 손목을 감싸서 손목시계 앞면을 톡톡 두드린다.

"조만간 태어날 아이한테 판단을 맡기자."

예아네테는 한참 동안 울타리 앞에 서서 모든 걸 눈에 담는다.

"맙소사. 네가 항상 꿈꿔왔던 견사네. 어렸을 때 네가 계속 조잘거렸어도 불가능할 거라고 생각했는데."

그녀를 무시하는 발언이지만 그래도 아드리는 허리를 꼿꼿하게 편다.

"간신히 본전치기하는 수준이야. 보험료를 한 번만 더 올리면 개는 남들 줘버리고 문을 닫아야 할 거야. 그래도 내 가게니까."

"네 가게지. 자랑스럽다. 너무 웃긴 게…… 어떨 때는 여길 영영 떠나고 싶다가도 또 어떨 때는 여길 절대 떠나고 싶지 않아. 어떤 심정인지 알겠니?"

항상 절대 복잡하지 않은 소통 방식을 추구하는 아드리는 이렇게 대답한다.

"글쎄."

예아네테는 미소를 짓는다. 복잡하지 않은 게 그리워진다. 하키를 그만두었을 때 아드리는 숲속으로 들어갔고 예아네테는 헤드로 가서 조그만 복싱 체육관을 찾았다. 아드리가 이 오래된 농장을 장만했을 때 예아네테는 좀 더 큰 도시로 건너가서 뭐든 닥치는 대로 격투기를 섭렵하기 시작했다. 아드리가 처음으로 강아지를 받았을 무렵에 예아네테는 처음으로 시합에 출전했다. 일 년이라는 아득하게 짧은 기간 동안 프로 선수로 활약했다. 그러다 부상을 당하자 치료를 받는 동안 할 일이 없어서 교원 연수를 받았는데, 치료가 끝났을 때 그녀는 훌륭한 선생님이 되었지만 그만큼 훌륭한 선수는 되지 못했다. 본능이 사라져버렸다. 아빠가 돌아가시고 남동생 혼자서는 엄마를 감당할 수 없게 되자 그녀는 이곳으로 돌아왔다. 몇 달만 있을 생각이었는데, 어느덧 학교에서 교편을 잡고 다시 이 마을의 일원이 되었다. 말로 설명할 수는 없지만 이 마을에는 인간의 내면을 건드리는 뭔가가 있다. 그런가 하면 형편없는 측면도 있지만 (사실 한두 가지가 아니다) 쓰레기 사이에서 환히 빛날 만큼 너무나 훌륭한 측면도 몇 가지 있다. 대개 사람들이 그렇다. 숲처럼 거칠고 빙판처럼 단단한 그들이.

"여기 있는 별채를 내가 하나 빌려도 될까?" 예아네테가 묻는다.

다비드는 벤이의 집 초인종을 누른다. 방금 퇴근해서 피곤에 전 어머니가 문을 열고 아들이 어디 있는지 모른다고 한다. 아마 누나가 일하는 헤드의 라단에 있을 거라고 한다. 다비드는 그곳으로 찾아간다. 카운터를 지키고 있던 카시아는 망설이다 동생이 어디 있는지 모른다고 대답한다. 거짓말이라는 걸 알겠지만 그는 따지고 들지 않는다.

라단을 나서는데 한 경비원이 뒤에서 그를 부른다.

"그 하키 코치 아니에요? 벤이 찾으러 오셨어요?"

다비드는 고개를 끄덕인다. 경비원은 아이스링크 쪽을 가리킨다.

"친구랑 저쪽으로 가던데. 스케이트를 들고 있었어요. 요즘은 호수에서 타기 위험하니까 아마 하키장 뒤편의 야외 링크에 갔을 거예요."

다비드는 고맙다고 인사한다. 그가 모퉁이를 돌았을 때 아직 어두컴컴해서 두 사람은 그를 보지 못하지만 그는 그들은 본다. 벤이와 또 다른 남자. 둘이 입을 맞추고 있다.

다비드의 온몸이 부들부들 떨린다. 수치스럽고 혐오스럽다.

"별채? 뭐 하려고?"아드리가 묻는다.

"격투기 체육관을 만들고 싶어서."예아네테가 대답한다.

아드리는 키득거린다.

"여긴 하키 타운인데."

예아네테는 한숨을 쉰다.

"나도 알아. 하늘도 알고 땅도 알고 모르는 사람이 없지. 하지만 얼마 전에 벌어진 일을 보고…… 이 마을에서 즐길 수 있는 스포츠를 줄이기보다 늘려야겠다는 생각이 들어서. 내가 격투기에 대해서는 좀 알잖아. 아이들한테 그건 가르쳐줄 수 있어."

"격투기? 발로 차고 때리고. 그런 걸 배울 필요가 있을까?"아드리가 궁금해한다.

"그냥 막 발로 차고 때리는 게 아니야. 격투기도 엄연한 스포츠라고……."

예아네테는 성난 목소리로 설명을 하려다 농담이라는 걸 알아차린다.

"격투기가 그렇게 그리워?"아드리가 묻는다.

"날마다."예아네테는 미소를 짓는다.

아드리는 고개를 젓는다. 세게 기침을 한다.

"여긴 하키 타운이야."아드리는 했던 말을 반복한다.

"별채 내가 써도 되는 거야 안 되는 거야?"

"그냥 쓰겠다고? 아까는 빌리겠다더니!"

두 여자는 서로를 노려본다. 씩 웃는다. 열다섯 살 때는 친구가 있다. 그 친구들이 가끔 되돌아오기도 한다.

벤이와 케빈이 어렸을 때 코치실에 몰래 들어가서 다비드의 가방을 뒤진 적이 있었다. 아주 어렸을 때라 뭘 찾겠다는 생각도 없었다. 그저 영웅처럼 떠받드는 코치에 대해서 좀 더 많은 걸 알고 싶었을 뿐이다. 다비드에게 발각됐을 때 그들은 멍하니 의자에 앉아서 그의 시계를 만지작거리고 있었는데, 케빈이 그 시계를 콘크리트 바닥에 떨어뜨리는 바람에 유리가 깨지고 말았다. 다비드는 득달같이 달려 들어가 버럭 화를 냈다. 전에는 그런 적이 거의 없었던 사람답지 않게 건물 벽이 흔들릴 정도로 고함을 질렀다.

"이 새끼들아, 우리 아빠가 물려주신 시계란 말이다!"

아이들의 표정을 본 순간 그가 내뱉은 말이 목에 걸렸다. 그때 느낀 죄책감은 그의 머릿속에서 떠날 줄 몰랐다. 그들은 이후에 그 사건에 대해 얘기한 적이 없었지만 다비드는 아이들과 전통을 하나 만들었다. 가끔, 어떨 때는 한 시즌에 딱 한 번 정도, 어떤 아이가 평소보다 월등한 실력을 선보이며 남다른 전투력을 발휘하거나 의리와 용기가 뭔지 보여주면 다비드가 다음 게임 때까지 차고 다니도록 그 아이에게 시계를 빌려주었다. 이 조그만 경쟁의 탄생 비화를 벤이와 케빈 말고는 아무도 몰랐지만 테스트를 통과한 아이가 생기면 일주일 동안 그 아이는 남들 눈에 불멸의 영웅으로 비쳐졌다. 그 일주일 동안에는 심지어 시간까지 모든 게 더 의미 있게 느껴졌다.

그 전통이 언제 없어졌는지 다비드는 기억하지 못한다. 아이들은 나이를 먹어서 그럴 시기에서 벗어났고 그는 잊어버렸다. 그는 요즘도 날마다 그 시계를 차고 다니지만 그걸 기억하는 아이가 있을까 싶다.

아이들은 눈 깜빡할 새 커버렸다. 모든 게 너무 순식간에 달라졌다. 청소년팀의 실력 있는 선수들이 모두 다비드에게 연락했고 헤드에서 그와 함께 선수 생활을 하고 싶다고 했다. 다비드는 거기서 훌륭한 A팀을, 그가 늘 꿈꿔왔던 그런 팀을 건설할 것이다. 케빈과 필리프와 뤼트, 그리고 의리로 뭉친 주변 선수들이 단체로 이동할 것이다. 탄탄한 후원자와 시의회의 지원도 있으니 엄청난 팀을 만들 수 있을 것이다. 거기에 빠진 조각이 딱 하나 있다. 그 빠진 조각이 지금 저 빙판 위에서 다른 남자와 입을 맞추고 있다. 다비드는 누군가에게 배를 발로 걷어차인 듯한 느낌이다.

그가 그들을 등지고 슬그머니 사라질 때 아버지에게 물려받은 시계가 외로운 가로등 불빛을 받고 반짝인다. 그는 차마 벤이의 눈을 똑바로 쳐다볼 수가 없다. 두 번 다시 그럴 수 있을지 자신이 없다.

선수와 코치는 로커룸에서 수많은 시간을 함께 보내고 토너먼트와 원정 경기를 치르느라 수많은 밤 동안 함께 이동하지만 그게 다 무슨 의미가 있을까? 그 웃음소리와 이동 시간이 길어질수록 점점 더 지저분해지는 우스갯소리들. 다비드는 그런 것들 덕분에 팀이 더 단단해진다고 믿었다. 금발에 대한 우스갯소리도 있었고 헤드 사람들에 대한 우스갯소리도 있었고 게이에 대한 우스갯소리도 있었다. 그들은 다 같이 웃었다. 서로를 쳐다보며 깔깔대고 웃었다. 그들은 한 팀이었고 서로를 믿었고 아무 비밀이 없었다. 그런데 알고 보니 한 명만 예외였다. 가장 그럴 것 같지 않았던 아이가. 이건 배신이다.

저녁이 내리는 가운데 예아네테는 별채 천장에 샌드백을 달고 바닥에 부드러운 매트를 깐다. 아드리가 툴툴거리며 마지못한 듯 옆에서 거든다. 일이 다 끝나자 아드리는 숲을 가로질러서 연립주택이 있는 동네까지 걸어간다. 늦은 시각이라, 문을 연 수네는 그녀를 보고 자기도 모르게 큰 소리로 묻는다.

"벤이한테 무슨 일이 생겼나?"

아드리는 짜증스럽게 고개를 젓고 이렇게 묻는다.

"하키팀을 만들려면 필요한 게 뭐예요?"

수네는 어리둥절한 표정을 지으며 배를 긁는다. 헛기침을 한다.

"글쎄…… 뭐 그렇게 어려울 것도 없어. 그냥 만들기만 하면 되거든. 하키를 하고 싶어 하는 청년들이야 항상 넘쳐 나니까."

"여자팀은요?"

수네는 몇 번을 거듭해서 미간을 찌푸린다. 쌕쌕거리는 소리를 내며 육중한 몸통을 움직여 숨을 쉰다.

"헤드에 여자 하키팀이 있잖아."

"우리는 헤드 주민이 아니잖아요." 아드리가 대답한다.

그는 그 말에 자기도 모르게 미소를 짓지만 그래도 이렇게 중얼거린다.

"베어타운에 여자 하키팀을 창단하기에 알맞은 시점이라고 볼 수는 없어. 안 그래도 골치 아픈 문제가 한두 가지라야 말이지."

아드리는 팔짱을 낀다.

"저한테 예아네테라는 친구가 있어요. 학교 선생님이에요. 제 견사 별채에 격투기 체육관을 개설하고 싶대요."

수네는 입술을 달싹이며 낯선 단어를 조심스럽게 내뱉는다.

"격. 투기?"

"네, 격투기요. 잘해요. 예전에 프로 선수였어요. 아이들이 엄청 좋아할 거예요."

수녀는 이제 양손으로 배를 긁는다. 이게 다 무슨 영문인지 이해하려고 애를 쓰는 눈치다.

"하지만…… 격투기라니? 여긴 격투기로 유명한 곳이 아니잖아. 여긴……."

아드리는 벌써 발걸음을 옮겼다. 강아지가 그녀를 따라나선다. 수녀는 중얼중얼 욕을 하며 그 둘을 따라나선다.

어렸을 때 다비드에게 그의 아버지는 천하무적 슈퍼히어로였다. 아버지들은 대개 그렇다. 아이에게도 그가 그런 아빠가 될 수 있을까? 그의 아버지는 짜증을 내지 않고 다정하게 스케이트 타는 법을 가르쳐주었다. 한 번도 누군가와 싸움을 벌인 적이 없었다. 다른 집 아빠들은 가끔 그런 적이 있었지만 그의 아버지는 절대 아니었다. 그의 아버지는 책을 읽어주고 노래를 불러주었고, 아들이 슈퍼마켓에서 바지에 실례를 해도 소리를 지르지 않았고 공놀이를 하다 유리창을 깨뜨려도 마찬가지였다. 그의 아버지는 일상에서는 큰 사람이었고 빙판 위에서는 가차 없는 불사신의 거인이었다. "진정한 남자지!" 코치들은 늘 이렇게 감탄했다. 다비드는 펜스 옆에 앉아서 그를 향한 칭찬인 양 한 마디도 놓치지 않고 머릿속에 담았다. 그의 아버지는 무슨 일을 하건 이유가 있었고, 하키를 할 때건 자기 의견을 밝힐 때건 망설임이 없었다. "너는 게이만 아니면 뭐가 되건 상관없어." 이러면서 웃곤 했다. 하지만 가끔 식탁 앞에서 좀 더 진지하게 얘기를 꺼낼 때도 있었다. "동성애는 대량 살상 무기야, 다비드. 그걸 기억해라. 그건 정상이 아니야. 다들 동성애자가 되면 인류는 한 세대 만에 전멸할 거다." 세월이 지나서 나이를 먹은 뒤에는 뉴스를 보며 이렇게 외쳤다. "이 정도면 성적 지향이 아니라 유행이구먼! 저런 인간들은 억압 받는 소수가 되어야 마땅한 거 아니냐? 그런데 자기들끼리 행진을 하고 있어! 얼마나 억압을 받았다고 저러는 거냐?" 그는 술을 마시면 한쪽 엄지손가락을 나머지 손가락에 붙여서 동그라미를 만들고 다른 쪽 집게손가락을 그 안에 넣었다. "이건 된다, 다비드!" 그런 다음 양쪽 집게손가락 끝을 서로 맞붙였다. "하지만 이건 안 돼!"

그는 뭐든 정말 나쁜 게 있으면 '게이'라고 했다. 뭐가 잘 안 되어도 '게이'라고 했다. 그건 단순한 개념을 넘어 부사이자 형용사이자 문법적인 무기였다.

다비드는 베어타운으로 돌아간다. 차 안에서 분노의 눈물을 흘린다. 수치스럽다. 혐오스럽다. 자기 자신이 그렇다. 그는 한 아이를 하키 선수로 키우는 데 평생을 바쳤고 그를 아들처럼 사랑했고 그 대가로 아버지처럼 사랑을 받았다. 세상에 벤이처럼 충직한 선수는 없었다. 그보다 마음이 따뜻한 선수도 없었다. 경기가 끝난 뒤에 다비드가 16번을 끌어안고 "벤이, 너는 내가 아는 중에서 제일 용감한 녀석이야. 제일 용감한 녀석이지"라고 얘기한 적이 몇 번이었던가.

로커룸에서 그렇게 많은 시간을 보냈건만, 팀 버스에서 무수히 많은 밤을 보냈건만, 그 많은 대화와 우스갯소리와 피와 땀과 눈물을 함께했건만 아이는 코치에게 감히 가장 큰 비밀을 털어놓지 못했다.

이건 배신이다. 다비드도 알다시피 엄청난 배신이다. 자기가 동성애자라는 걸 알면 코치가 실망할까봐 전사와도 같은 아이가 그걸 쉬쉬하고 있었다니 그가 어느 정도로 실패한 인간인지를 그보다 더 단적으로 보여주는 증거가 어디 있을까.

다비드는 아버지를 뛰어넘지 못한 자기 자신이 혐오스럽다. 그것이 아들의 숙명이다.

아드리와 수네는 집집마다 찾아다닌다. 누가 됐건 문을 열어준 사람은 남의 집 대문을 두드리기에 좀 늦은 시각이 아니냐고 지적이라도 하듯 하늘을 흘끗 노려보는데, 수네는 거기다 대고 혹시 어린 여자애가 있느냐고 묻는다. 훗날 아드리는 전설처럼 이 일화를 소개하며 바로가 모세를 찾느라 이집트를 이 잡듯이 뒤진 거나 다름없었다고 이야기할 것이다. 아드리가 성경 지식 면에서는 믿음직하다고 말할 수 없겠지만 다른 면에서는 훌륭하다.

그녀는 매번 "하지만 헤드에 여자팀이 있잖아요?" 소리를 듣고 매번 똑같은 대답을 한다. 그러다 어느 집 초인종을 누르자 손잡이에 손이 잘 닿지도 않을 것 같은 여자아이가 반대편에서 문을 열어준다.

아이는 네 살이고, 상처로 얼룩진 집의 불도 켜지지 않는 현관에 서 있다. 두 손은 소심하고, 당장이라도 도망치려는 듯이 까치발을 하고 있고, 계단에서 발소리가 들리는지 귀를 계속 쫑긋 세우고 있다. 하지만 동그랗게 뜬 눈을 깜빡이지도 않고 아드리를 빤히 쳐다본다.

아이를 좀 더 제대로 들여다보려고 허리를 숙이는 동안 아드리의 심장이 여러 번 무너진다. 아드리는 전쟁을 목격했고 고통을 목격했지만 그런 건 절대 익숙해지지 않는 법이다. 다른 삶을 본 적이 없으니 아픔으로 가득한 삶을 당연하게 여기는 네 살짜리 아이에게 뭐라고 얘기하면 좋을지 어느 누구도 절대 알 수가 없는 법이다.

"하키가 뭔지 아니?" 아드리가 묻는다.

아이는 고개를 끄덕인다.

"하키 할 줄 알아?" 아드리가 묻는다.

아이는 고개를 젓는다. 아드리의 억장이 무너지고 목소리가 갈라진다.

"세상에서 제일 재미있는 경기인데. 최고로 재미있는 경기. 배워볼래?"

아이는 고개를 끄덕인다.

다비드는 헤드로 돌아가서 아이를 끌어안고 이제는 안다고 얘기해주고 싶은 마음이 굴뚝같다. 하지만 감추고 싶어 하는 아이의 가면을 차마 벗길 수가 없다. 엄청난 비밀은 인간을 작아지게 한다. 특히 그비밀을 몰라야 하는 사람인 경우에는 더욱 그렇다.

그래서 다비드는 집으로 차를 몰고 가, 여자 친구의 배에 손을 얹고 아이 때문에 우는 척한다. 그는 잘살 테고 꿈꾸어왔던 모든 소원(직업과 성공과 명예)을 이룰 테고 여러 나라의 전설적인 구단에서 천하무적 팀을 이끌 테지만 어느 팀에 가건 어느 선수에게도 '16'번을 허락하지 않을 것이다. 어느 날 벤이가 찾아와서 유니폼을 달라고 할지 모른다는 희망을 절대 버리지 않을 것이다.

베어타운의 어느 묘비 위에 하키 퍽이 놓여 있다. 모든 단어를 담아야 하기 때문에 그 위에 적힌 글씨가 자잘하다. *내가 아는 중에서 변함없이 제일 용감한 녀석.* 퍽 옆에 시계가 놓여 있다.

48

마야와 아나는 각자 바위 위에 앉아 있다. 그들을 찾으려면 며칠은 걸릴 정도로 숲속 깊은 곳이다.

"심리 상담사는 만나봤어?" 아나가 묻는다.

"모든 걸 속에 꾹꾹 담아놓고 있으면 안 된대." 마야가 얘기한다.

"그 사람 괜찮아?"

"나쁘지 않아. 그런데 우리 엄마, 아빠보다 더 말을 많이 해. 누가 그 선생님한테 하고 싶은 말이 있더라도 속에 조금만 담아놓고 있으면 어떻겠냐고 충고해줬으면 좋겠어."

"'십 년 뒤에는 네가 어떤 모습일 것 같니?' 이거 아직 안 물어봐? 엄마가 떠났을 때 내가 만난 상담사는 그 질문 엄청 좋아했는데."

마야는 고개를 끄덕인다. "응."

"그런 질문 들으면 너는 뭐라고 대답할래? 십 년 뒤에는 네가 어떤 모습일 것 같냐고 하면." 아나가 묻는다.

마야는 대답하지 않는다. 아나도 더 이상 아무 말도 하지 않는다.

그들은 아나의 집으로 돌아가서 한 침대에 눕고, 서로 박자를 맞추어 가며 몇 시간씩 숨을 쉬다 결국 아나가 먼저 잠이 든다. 마야는 살그머니 지하실로 내려가고 열쇠를 찾아서 벽장문을 연다. 산탄총을 들고 점점 더 커져만 가는 그녀 안의 어둠을 달래며 어둠 속으로 뛰쳐나간다.

하키는 복잡한가 하면 또 한편으로는 단순하기 그지없는 운동이다. 규칙은 이해하기 어렵고, 그 문화와 더불어 지내려면 힘에 부치고, 위한답시고 서로 다른 방향으로 힘껏 잡아당기는 사람들 사이에서 하키를 온전히 지켜내기란 거의 불가능에 가까울지 모른다. 하지만 가장 근본적인 사실을 한마디로 요약하면 간단하다.

"저는 그냥 하키를 할 수만 있으면 돼요, 엄마." 필리프는 눈물을 글썽이며 얘기한다.

그녀도 안다. 이제 그들은 어떤 식으로 하키를 할 것인지 결정해야 한다. 베어타운 아이스하키단에 남을 것인지 아니면 케빈, 뤼트, 다른 선수들과 함께 헤드로 옮길 것인지. 필리프의 엄마는 옳고 그름을 구분하고 선과 악도 구분하지만 그녀는 엄마이기도 하다. 엄마의 역할이 무엇이겠는가?

프락은 친한 친구들과 함께 점심을 먹으려고 자리에 앉아 있다. 한 명이 그의 넥타이 핀을 가리키며 빙그레 웃는다.

"이제 그걸 뗄 때도 되지 않았나?"

프락은 핀을 내려다본다. '베어타운 아이스하키단'이라고 적혀 있다. 그는 주변의 친구들을 둘러본다. 다들 어느새 '헤드 아이스하키단'이라고 적힌 핀을 꽂고 있다. 일개 아이스하키단에 불과했는지 그들에게는 그 정도로 간단한 일이었던 것이다.

필리프의 엄마는 아들이 가방 챙기는 것을 거들고 있다. 아들이 너무 어려서 그렇다기보다 그녀가 좋아서 하는 일이다. 그녀는 아이의 가슴에 손을 댄다. 이제 열여섯 살이라 엄마의 뺨에 입을 맞추려면 허리를 한참 숙여야 할 정도로 키가 큰데도 그녀의 손바닥으로 느껴지는 심장은 어린애처럼 팔딱거린다.

그녀는 지금까지 걸어온 모든 과정을 기억한다. 지금까지 치른 모든 전투를 기억한다. 그녀는 필리프가 하계 훈련에서 계속 토할 때까지 뛰는 바람에 급성 탈수증으로 병원에 실려 갔던 해를 기억한다. 다음 날 아들은 훈련에 참석했다.

"너 여기 있으면 안 된다." 다비드가 말했다.

"제발요." 필리프는 애원했다.

다비드는 아이의 어깨를 잡고 솔직히 얘기했다.

"올 가을에 최정예 팀을 꾸려야 해. 너에게는 출전 기회가 아예 없을 수도 있어."

"그래도 훈련에 참가할 수 있게 해주세요. 저는 그냥 하키를 할 수만 있으면 돼요. 제발요, 저는 그냥 하키를 할 수만 있으면 돼요." 필리프는 간청했다.

그는 일대일 상황에서 번번이 박살 나고 연습 시합 때마다 번번이 패배했지만 그래도 계속 참석했다. 여름이 다 지났을 때 다비드는 필리프의 엄마를 찾아가 그 집 부엌에 앉아서 수많은 정상급 선수들이 청소년 시절에는 탑 5 안에 들지도 못했고, 청소년 시절에는 6등에서

12등이었던 선수들이 성인이 되면 치고 올라가는 경우가 많다는 연구 결과를 전했다. 더 열심히 싸운 결과였다. 좌절하더라도 굴복하지 않은 결과였다.

"필리프가 자기 능력을 의심하면 언젠가는 팀 안에서 최고의 선수가 될 수 있을 거라고 장담하지 마세요. 12등은 할 수 있지 않겠느냐고 설득하세요."

그 말이 얼마나 큰 힘이 됐는지 그 가족이 말로 표현할 방법을 찾지 못했으니 그는 절대 알 길이 없을 것이다. 하지만 그 덕분에 모든 게 달라졌다.

이제 엄마는 열여섯 살짜리 아들의 가슴에 이마를 기댄다. 이 아이는 이 마을이 낳은 가장 훌륭한 선수 가운데 한 명이 될 것이다. 그런 아이가 그냥 하키를 할 수만 있으면 된다고 한다. 그녀도 마찬가지다.

프락은 주차장에 서 있다. 남자들은 서로 악수를 하고 대부분 헤드로 출발한다. 두 명만 프락과 함께 남아서 담배를 피우다 그중 한 명이 묻는다.

"기자들한테서 연락 없었나?"

다른 한 명이 어깨를 으쓱한다.

"두어 명이 연락하기는 했지만 우리가 무응답으로 대처하고 있잖아. 어쨌거나 그쪽에서 뭘 어쩔 수 있겠어? 아무 기삿거리도 없는걸. 케빈이 혐의를 벗었잖아. 아무리 기자라도 법을 무시할 수는 없겠지."

"자네, 이 동네 신문사에 연줄이 좀 있지 않나?"

"국장이랑 여름에 골프를 같이 치는 사이지. 다음번에 져줘야 겠어."

그들은 웃으며 담배를 끈다. 프락이 묻는다.

"베어타운 아이스하키단은 어떻게 될까?"

남자들은 의아해하는 눈빛으로 그를 쳐다본다. 이상한 질문이라서 그런 게 아니다. 프락 말고는 궁금해하는 사람이 아무도 없어서 그런 거다.

마간 뤼트는 차에서 기다리는 중이다. 빌리암이 '헤드 아이스하키 단'이라고 적힌 트레이닝복을 입고 조수석에 앉아 있다. 가방을 손에 들고 걸어 나온 필리프가 영원처럼 느껴지는 순간 동안 망설인다. 그러다 엄마를 쳐다보고는 그녀의 손을 놓고 뤼트네 차의 트렁크를 연다. 필리프는 뒷자리에 올라탄다. 그의 엄마는 앞문을 열고 빌리암을 똑바로 쳐다본다.

"여기 내 자린데."

빌리암이 항의하지만 마간이 아이를 당장 내쫓는다. 두 아이는 뒷자리에 앉아서 서로를 쳐다본다. 앞자리의 여자들도 마찬가지다. 마간이 침을 꿀꺽 삼킨다.

"내가 가끔은 너무 심하게 밀어붙일 때도 있다는 건 알지만 전부…… 애들을 생각해서 그러는 거야."

필리프의 엄마는 고개를 끄덕인다. 그녀는 밤새도록 필리프가 베어타운 아이스하키단에 남아야 한다고 자기 자신과 아들을 설득했다. 하지만 아들은 그냥 하키가 하고 싶을 뿐이라는데, 능력을 최대한 발휘할 수 있는 기회를 누리고 싶을 뿐이라는데, 엄마의 역할이 무엇이겠는가. 아이에게 최고의 기회를 선물하는 거다. 그녀가 속으로 계속 그렇게 되뇌는 이유는 스키 실력을 쌓기까지 스스로 어떤 희생을 감수했는지 알기 때문이다. 밥맛들과 함께 훈련을 해야 했던 적도 있었고 외적인 요소는 스키와 아무 상관이 없다는 걸 기억해야 했던 적도 있었다. 필리프와 빌리암은 유치원 때부터 함께 하키를 배웠고 그녀와 마간은 평생 동안 알고 지낸 사이다. 때문에 그들은 헤드를 향해 간다. 우정은 복잡한가 하면 또 한편으로는 단순하기 그지없는 것이기 때문이다.

프락은 집에 들어간다. 아들의 목소리가 들린다. 이제 열두 살이고 하키를 사랑하지만 아이가 여섯 살 때 얼마나 연습을 싫어했었는지 프락은 기억한다. 안 가면 안 되느냐고 애원하고 간청했다. 프락은 여긴 하키 타운이라고 몇 번이고 같은 말을 되풀이하며 아들을 아이스링크에 데리고 갔다. 아내 엘리자베트가 저녁을 먹으며 "그런데 여보, 애가 싫다는데도 그렇게 강요를 해야 할까?"라고 중얼거려도 계속 아들을 데리고 간 이유는 하키에 대한 사랑을 아들이 이해해주길 간절히 바라는 마음이 있었기 때문이다. 하키가 프락의 생명을 구하지는 않았을지 몰라도 삶의 의미를 부여한 건 사실이었다. 그에게 자신감과 소속감을 심어준 건 사실이었다. 그게 없었다면 그는 그저 '활동적인 성향이 매우 강한' 뚱뚱한 아이였을 텐데, 하키 덕분에 에너지를 한곳에 집중할 수 있었다. 하키의 세상은 그가 이해할 수 있는 세상이고 하키의 언어는 그가 이해할 수 있는 언어다.

아들이 하키를 싫어할까봐 걱정했던 이유는 그러면 그가 따돌려지기 때문이었다. 아들이 그가 전혀 모르는 운동을 택하면 관중석에서 계속 규칙을 헷갈리고 대화에도 끼지 못하는 대책 없는 아빠로 전락하지 않을까 하는 생각에 겁이 났다. 아들 앞에서 부끄러운 아빠는 되고 싶지 않았다.

"충전기 내놔!" 아들이 누나에게 고함을 지르고 있다.

아이는 거의 사춘기의 문턱에 접어들었다. 예전에는 연습장에 끌고 가야 했다면 지금은 연습장에서 떼어놓을 수 없을 정도고 다른 요구사항도 생겼다. 지난 며칠 동안은 헤드에서 하키를 하겠다고 난리다. 실력이 좋은 선수들을 따라가겠다는 것이다.

"야 이 꼴통아, 그 충전기 네 것도 아니잖아. 내 거잖아!" 아이는 방 안으로 들어가서 문을 쾅 닫는 누나한테 대고 외친다.

프락은 무슨 말을 하려고 아이를 향해 손을 뻗지만, 아빠를 아직 보지 못한 아이는 방문을 발로 차며 고함을 지른다.

"충전기 내놔, 이 개 같은 년아, 통화할 남자도 없잖아! 따먹히는 게 네 소원인데 너를 따먹고 싶어 하는 사람이 없다는 거 다들 안다고!"

그 뒤로 무슨 일이 벌어졌는지 프락은 정확히 기억을 하지 못한다. 엘리자베트가 뒤에서 그의 팔을 결사적으로 잡아당기던 것만 기억한다. 그의 아들은 아버지의 큼지막한 손에 붙들린 채 대롱대롱 매달려서 겁에 질린 표정을 짓고, 그는 아들을 계속해서 벽에 패대기치며 고함을 지른다. 문을 열고 나온 딸이 충격으로 그 자리에서 얼어붙는다. 마침내 엘리자베트가 거의 백 킬로그램에 달하는 남편을 쓰러뜨리자 그는 아들을 끌어안은 채 드러눕는다. 둘 다 눈물을 흘리고 있다. 한 명은 공포 때문이고 다른 한 명은 수치심 때문이다.

"너는 그런 인간이 되면 안 돼. 내가 용납하지 않는다…… 사랑한다, 정말 사랑한다…… 너는 아빠보다 나은 인간이 되어야지……"

프락은 아들을 끌어안은 채 그의 귀에 대고 같은 말을 몇 번이고 반복한다.

파티마는 조금 머뭇거리며 조그만 자동차를 후진시킨다. 보보의 부모에게 빌린 차다. 그들이 가져가라며 얼마나 들볶았는지 모른다. 그녀는 보보의 얼굴이 아맛처럼 엉망인 걸 보았지만 아무 말도 하지 않았다. 지금도 마찬가지다. 그저 아들을 태우고 헤드를 지나고 숲을 지나서 아들이 찾는 가게가 있는 도시로 가고 있을 뿐이다. 스포츠 용품점이 나오자 그녀는 아이에게 "필요한 하키 용품이 있느냐" 하고 묻는다. 아이는 고개를 저을 뿐, 가을이 되면 뛸 팀이 없어질지도 모른다는 얘기는 하지 않는다. 그러면 엄마도 직장을 잃을 수 있다. 두 사람 모두 오천 크로나를 가지고 뭘 할 수 있을지 서로 얘기하지 않는다. 아이가 가게 안에 들어가 있는 동안 그녀는 밖에서 기다린다. 점원이 예산이 허락하는 한도 안에서 가장 괜찮은 제품을 신중하게 골라주자 아이는 한 걸음 내디딜 때마다 갈비뼈가 허파를 찌르는 듯한 느낌을 덜기 위해 그 제품을 어정쩡하게 들고 나온다.

그들은 귀갓길에 오르고 할로가 등장하기 조금 전에 마을 중심부에 있는 동네로 방향을 튼다. 아맛이 들고 온 물건을 계단에 놓는 동안 파티마는 차에서 기다린다.

마야는 집에 없다. 집으로 돌아가보면 기타가 그녀를 기다리고 있을 것이다. "오천 크로나로 이보다 더 좋은 기타는 못 사! 그 여자애는 십 년이 지난 뒤에도 이 기타를 애지중지할 거야!" 가게 점원은 이렇게 장담했다.

프락은 펠센을 찾아간다. 야구 모자를 손에 쥐고 머리를 산발한 채 카운터 앞에 선다. 라모나는 카운터 위에 두 손을 올려놓는다.

"왜?"

프락은 헛기침을 한다.

"지금 베어타운 아이스하키단에 남은 후원자가 몇 명이에요?"

라모나는 기침을 하고 세어보는 척한다.

"다 합해서 지금 한 명인 것 같은데?"

"혹시 동지가 필요하세요?" 그는 턱에 힘을 주고 이렇게 묻는다.

라모나는 미심쩍어하는 표정으로 그를 쳐다본다. 그러더니 등을 돌리고 다른 손님을 맞이한다. 잠시 후에 돌아온 그녀는 두 잔 가득 술을 따라서 한 잔은 프락 앞에 놓고 한 잔은 자기가 원샷을 한다.

"자네는 사업가잖아. 가서 헤드를 후원해. 그게 자네 슈퍼마켓을 운영하는 데 도움이 될 거야."

"헤드 아이스하키단은 제 구단이 아니잖아요."

그녀는 콧잔등을 찡그린다.

"자네한테 구단을 살릴 만한 돈이 있을까 싶은데."

그는 입술을 안으로 빨아들이며 눈을 감았다가 조금 우울하게 다시 뜬다.

"헤드에 있는 가게를 팔려고요. 엘리자베트도 전부터 저더러 너무 일만 한다고 투덜거렸어요."

"하키단을 위해서 그러겠다고?"

"더 훌륭한 하키단을 위해서요."

"그럼 날 찾아온 이유가 뭔가? 자네 눈에는 내가 여기서 뭘 파는 걸로 보일지 모르겠지만 금덩이는 분명 아닌데."

"사장님이 이사로 선출됐으면 좋겠어요."

"자네 취했나?"

"강단 있는 사람이 있어야 구단을 살릴 수 있어요. 베어타운에 사장님보다 더 강단 있는 사람이 없잖아요."

그녀는 쇳소리를 내며 웃음을 터뜨린다.

"자네는 전부터 조금 미련했지. 누구라도 자넬 보면 골키퍼인가보다고 생각할 거야."

"고맙습니다." 프락은 진심으로 감동하며 이렇게 중얼거린다.

홀예르가 골키퍼였다. 펠센에서 그 말은 칭찬이다. 라모나는 가서 다른 손님을 맞는다. 그러고는 다시 돌아와 프락 앞에 맥주를 놓고 자기는 커피를 마신다.

놀라는 프락의 표정을 보고 그녀는 중얼거린다.

"이사가 되려면 술을 깨야 하잖아. 지난 사십 년 동안 마신 양을 생각하면 두세 달 걸릴지 몰라."

벤이와 베이스 연주자는 연습실에 나란히 누워 있다. 사방의 벽을 따라 놓인 악기들이 그들을 감싸고 휴면 상태에 돌입한 음악이 그들을 보살핀다. 생각해보면 어떤 악기든 배우는 게 간단할 수도 있다. 연주를 시작하기만 하면 된다.

"조만간 집으로 돌아가야 해." 베이스 연주자가 말한다.

헤드에 있는 아파트를 말하는 게 아니다. 집을 얘기하는 거다. 벤이는 아무 말도 하지 않고 베이스 연주자는 그가 무슨 말이라도 해주었으면 하는 마음이 간절하다.

"원하면…… 놀러 와도 돼……." 그의 심장은 그러지 말라고 발버둥치지만 그의 입술은 이렇게 얘기하고 있다.

그는 대답을 듣고 싶지 않다. 대답을 듣지도 못한다. 벤이는 일어나서 옷을 입기 시작한다. 베이스 연주자는 일어나 앉아서 담배에 불을 붙이고 서글픈 미소를 짓는다.

"여기서 떠나도 되잖아. 다른 삶, 다른 공간도 있어."

벤이는 그의 머리칼에 입을 맞춘다.

"나는 아저씨랑 다르잖아요."

벤이가 올해 들어 마지막으로 내리는 눈을 맞으며 등 뒤로 조심스럽게 문을 닫자 베이스 연주자는 정말 그렇다는 생각을 한다. 벤이는 그와 다르지만 여기 사는 사람들과도 다르다. 벤이는 누구와도 다르다. 그런 사람을 어떻게 사랑하지 않을 수 있을까.

베어타운에 밤이 찾아오자 케빈은 환하게 조명을 밝힌 조깅 트랙을 달린다. 한 바퀴, 두 바퀴, 세 바퀴. 근육의 통증이 다른 아픔들보다 더 크게 느껴질 때까지 달린다. 한 바퀴, 두 바퀴, 세 바퀴. 아드레날린이 불안감보다 더 커져서 분노가 수치심을 무찌를 때까지 달린다. 한 번 더, 한 번 더, 한 번 더.

그는 처음에는 상상인가보다고, 그림자를 보고 착각했나보다고 생각할 것이다. 너무 피곤해서 헛것이 보이는 모양이라고 생각할 것이다. 그는 숨을 헐떡이며 속도를 늦출 것이다. 얼굴에 흐른 땀을 소매로 닦을 것이다. 그제야 여자아이가 제대로 보일 것이다. 그녀가 들고 있는 산탄총도. 사신 같은 그녀의 눈빛도.

그는 사지에 몰린 동물들이 어떤 식으로 행동하는지 사냥꾼에게

들은 적이 있다. 그는 이제야 그게 무슨 뜻인지 이해할 것이다.

잠에서 깬 아나는 주변을 두리번거리며 졸린 목소리로 뭐라고 중얼거리다 벌떡 일어나는 바람에 옆에 놓인 테이블에 머리를 부딪친다. 마야가 밑에 숨어 있길 바라며 이불을 젖히지만 사태를 파악하자 공포가 사나운 짐승의 발톱처럼 아나를 덮친다. 그녀는 계단을 달려 내려가서 요란하게 지하실로 돌진하고 머릿속의 혈관이 하나씩 폭발이라도 하는 듯이 입술을 꾹 다물고 비명을 지르며 총기 보관함을 열고 뭐가 없어졌는지 살핀다.

보관함 안에 쪽지가 있다. 마야의 깔끔한 글씨체로 이렇게 적혀 있다.

행복한 모습일 거야, 아나. 십 년 뒤에는 내가 행복한 모습일 거야. 너도 그렇고.

49

십 년 뒤, 이곳과 멀리 떨어진 어느 대도시에서는 스물다섯 살의 여자가 쇼핑센터의 주차장을 가로질러서 걸어갈 것이다. 그 바로 옆에 아이스링크가 있지만 그녀와는 상관없는 곳이기에 쳐다보지도 않을 것이다. 차에 오르기 전에 지붕 너머로 남편을 흘끗 쳐다볼 것이다. 그는 쇼핑 봉투를 트렁크에 싣다가 그녀와 시선이 마주치면 웃음을 터뜨릴 것이다. 그도 아이스링크 쪽은 쳐다보지 않을 것이다. 관심도 보이지 않을 것이다. 그녀가 잠깐 자동차 지붕에 턱을 얹으면 그도 똑같이 따라할 것이다. 그들은 키득키득 웃을 테고, 그녀는 바라는 게 남편밖에 없다고, 그녀에게는 남편뿐이라고, 그는 완벽한 사람이라고 생각할 것이다. 그녀는 임신 중이다. 그리고 행복하다. 십 년 뒤의 모습이다.

환하게 조명을 밝힌 조깅 트랙은 고요하지만 사람이 없지는 않다. 멀리에서는 실루엣만 보이고 케빈은 속도를 늦출 뿐 멈춰 서지는 않는다. 마야가 불빛 속으로 들어왔을 때 그에게는 도망칠 여유조차 없다. 그가 산탄총을 보았을 때는 이미 엎질러진 물이다. 그녀는 침착하게 총을 들고 삼 미터 앞에서 걸음을 멈추는데, 숨소리가 고르고 여유롭다. 그녀의 시선은 그를 떠날 줄 모른다. 그녀는 눈을 깜빡이지도 않고 차갑고 잔인한 목소리로 그에게 무릎을 꿇으라고 명령을 내린다.

십 년 뒤, 이곳에서 멀리 떨어진 어느 대도시에서는 출연자 이름이 적힌 전광판이 아이스링크 위에서 반짝일 것이다. 그날 저녁에 그곳에서 하키 경기가 아니라 콘서트가 열릴 예정이다. 주차장의 그 여자와는 전혀 상관없는 일이다. 그녀는 차에 올라타서 남편의 손을 잡을 것이다. 그녀는 사랑은 단순하다는 착각에 빠지지 않을 것이다. 그때까지 수많은 실수를 저지르고 수많은 고통을 느껴왔고 남편도 마찬가지라는 것을 알고 있을 것이다. 하지만 그가 그녀를 바라보면, 그녀의 안쪽 깊숙한 곳을 들여다보면 그가 완벽하지 않을지라도 그녀에게는 완벽한 남자가 된다.

케빈은 바람을 맞고 뻣뻣해진 피부를 달래며 눈밭 위로 무릎을 꿇는다. 고개를 바닥으로 떨어뜨리는 순간 팔이 떨리지만 마야는 총으로 이마를 누르며 속삭인다.

"나를 쳐다봐. 네 눈을 보면서 죽이고 싶으니까."

그의 눈에서 눈물이 하염없이 흘러나온다. 그는 무슨 말이라도 하려고 하지만 흐느끼며 숨을 헐떡이는 소리에 입술이 맥을 못 춘다. 턱에서 콧물과 침이 뚝뚝 떨어진다. 금속으로 된 차가운 총구가 그의 살갗을 누르자 시큼한 암모니아 냄새가 스멀스멀 올라온다. 회색 운동복 바지에서 번진 무늬가 그의 허벅지를 모두 덮는다. 공포에 질린 그가 오줌을 싼 것이다.

마야는 불안할 줄 알았다. 어쩌면 겁에 질릴 수도 있다고 생각했다. 그런데 아무 느낌도 없다. 계획 자체는 단순했다. 그녀는 케빈이 오늘 밤에 잠을 잘 수 없을 것임을 알았기에 달리기를 하러 나왔으면 좋겠다고 생각했다. 그녀의 바람은 이루어졌고 그의 집 앞에서 한참 동안 기다리기만 하면 그걸로 끝이었다. 지난번에 거기 서서 시간을 재놓았으니 트랙을 한 바퀴 도는 데 시간이 얼마나 걸릴지, 어디에 숨어 있으면 되는지, 언제 어둠 밖으로 나가면 되는지 정확히 알았다. 산탄총에는 실탄이 두 개 들어 있지만 전부터 알고 있었다시피 필요한 건 한 개뿐이다. 그의 이마가 총구에 닿는다. 오늘 밤이 지나면 모든 게 끝이다.

그녀는 망설여질 줄 알았다. 생각이 바뀔 줄 알았다. 그 모든 것에도 불구하고 인정을 베풀 줄 알았다. 그런데 아니다.

그녀의 집게손가락이 방아쇠를 당겼을 때 그의 눈은 감겨져 있고 그녀의 눈은 떠 있다.

십 년 뒤, 한 남자가 후진으로 주차장에서 빠져나올 것이다. 그 와중에 옆 창문 너머를 보았다가 그대로 얼어붙을 것이다. 기타 케이스를 든 여자가 허리를 꼿꼿하게 펴고 다른 차에서 내릴 것이기 때문이다. 그녀는 열다섯 살 때 친구에게 이 기타를 선물 받았다. 지금도 다른 기타는 거들떠보지도 않는다. 차에 탄 남자를 본 순간 그녀는 모든 동작을 멈출 테고, 그들은 몇 초라는 끔찍한 시간 동안 머나먼 숲속의 어느 마을로 돌아갈 것이다. 십 년 전으로 돌아갈 것이다. 남자는 눈밭에 무릎을 꿇고 살려달라고 애원하던 때로, 여자는 산탄총을 들고 그 위에 서서 방아쇠를 당기던 때로.

케빈은 땅바닥에 쓰러진다. 그 와중에 이렇게 죽는가보다는 생각을 한다. 뇌가 터져서 피와 점액질로 범벅이 될 거라고 확신한다. 심장이 멎는다. 심장이 다시 뛰기 시작했을 때 어찌나 쿵쾅거리는지 가슴이 터질 지경이다. 그는 눈물을 흘리며 인사불성으로 히스테리를 부리는 갓난애처럼 공포의 비명을 지른다.

마야가 계속 그를 내려다보며 서 있다. 그녀는 총을 내린다. 주머니에서 실탄을 한 개 꺼내 그의 앞에 떨어뜨린다. 쭈그리고 앉아서 그에게 그녀의 눈을 쳐다보게 하고 이렇게 얘기한다.

"이제 너도 어둠을 무서워하게 될 거야. 죽을 때까지."

십 년 뒤, 그 주차장은 다른 사람들로 가득할 것이다. 케빈의 아내는 임산부일 것이다. 마야는 그의 인생을 끝장낼 수 있는 칼자루를 손에 쥐고 몇 미터 멀리 서 있을 것이다. 그녀는 똑바로 걸어가 그의 정체를 폭로함으로써 가장 사랑하는 사람 앞에서 그를 모욕하고 짓밟을 수 있다.

그 순간 그녀는 모든 권력을 손에 쥐고 있지만 그를 놓아줄 것이다. 그를 용서하거나 사면하지는 않겠지만 인정을 베풀 것이다. 그리고 그는 그 사실을 영원히 기억할 것이다.

그리고 그녀는 그가 십 년이 지난 지금도 불을 켜고 잔다는 사실을 영원히 기억할 것이다.

 그가 식은땀을 흘리고 부들부들 떨며 운전하면 아내는 아까 그 여자가 누구냐고 물을 것이다. 그러면 케빈은 진실을 밝힐 것이다. 모두 밝힐 것이다.

 십 년 뒤에 마야는 아이스하키장으로 걸어갈 것이다. 보안 요원들이 열광적으로 손을 내밀고 그녀의 이름을 연호하는 사람들을 제지하려고 하겠지만 그녀는 짜증을 부리는 법 없이 사인 요청과 사진 촬영 요청에 빠짐없이 응할 것이다. 그날 저녁, 그들의 머리 위에 걸린 전광판에서는 '매진!'이라는 단어와 함께 거기에 출연하는 사람의 이름이 깜빡일 것이다.

 그녀의 이름이 말이다.

50

아나는 어디로 향하는지 알지도 못한 채 밤 속으로 곧장 내달린다. 미친 듯이 시선을 이리저리 돌리다 조깅 트랙의 불빛을 포착하고 비명 소리를 듣는다. 숲가에 다다랐을 때 아나는 모든 광경을 목격한다. 케빈과 그녀의 단짝 친구다. 그는 무릎을 꿇고 히스테리 환자처럼 울고 있다. 마야는 몸을 돌려서 그를 등지고 나무 사이를 걸어가다 아나를 보고 그 자리에서 그대로 멈춰 선다. 열다섯 살의 두 여자아이는 서로의 눈을 들여다본다. 그러다 아무 말 없이 끌어안고 집으로 간다.

다음 날 아침 일찍 아나는 밖으로 나가서 조깅 트랙에 떨어져 있는 실탄을 주울 것이다. 아빠의 다른 탄약과 함께 다시 제자리에 넣을 것이다. 그날 밤에 어디 있었느냐고 누가 물으면 그녀는 "집에요"라고 대답할 것이다. 단짝 친구는 뭘 했느냐고 물으면 이렇게 대답할 것이다. "죄송해요, 저는 못 봤어요."

아이스하키장 문이 열린다. 목발을 짚은 아이가 들어온다. 페테르는 로커룸 앞쪽 복도를 지나서 반대 방향으로 걸어가다 놀라서 걸음을 멈춘다.

"벤야민……."

이어서 뭐라고 말하면 좋을지 알 수가 없다. 그는 원래 그런 걸 잘 모르는 사람이다. 그래서 이렇게 묻는다.

"발은 좀 어떠니?"

벤이는 그를 지나서 아이스링크를 바라본다. 바닥이 빙판으로 바뀌는 그 마지막 지점을 사랑하는 다른 모든 사람들처럼 그 역시 그곳에서 전해지는 날갯짓을 느낄 수 있다. 벤이는 다시 페테르에게로 시선을 돌리고 대답한다.

"A팀이 첫 경기를 치를 때쯤 되면 나을 거예요. 수네 코치님이 저를 경기에 내보내도 되겠다고 생각하실지 모르겠지만요."

페테르의 눈썹이 한데 모인다. 그는 어색하게 헛기침을 한다.

"벤이…… 우리가 A팀에 연봉을 지급할 만한 능력이 못 될 거야. 젠장, 어쩌면 가을에 구단이 아예 없어질 수도 있어."

벤이는 체중을 한쪽 발에 싣는다. 이번에는 부러진 쪽이 아니라 멀쩡한 쪽에 싣는다.

"저는 그냥 하키를 할 수만 있으면 돼요."

페테르는 웃음을 터뜨린다.

"그래. 하지만 벤이, 너 정도의 재능과 열정이면 뭐가 되도 될 거다. 진짜야. 몇 년 뒤에는 정상급 선수들과 함께 뛸 수 있을 거야. 헤드 아이스하키단은 환상적인 팀이 될 테고 재정적인 지원도 빵빵해서 거기서 발전할 수 있는 기회를 더 많이 누릴 수 있을 텐데."

벤이는 무심하게 어깨를 으쓱한다. 그의 대답은 짧은 동시에 단호하다.

"하지만 저는 베어타운 출신이잖아요."

그해 아이스링크에서 스케이트 수업이 시작될 때 네 명의 십대 소년이 강사로 위촉된다. 그들은 팀의 상징색이 그려진 센터 서클에 선다. 초록색, 하얀색, 갈색. 숲, 빙판, 대지의 색이다. 이 마을은 자신과 꼭 닮은 아이스하키단을 창설했다. 사랑이 됐건 뭐가 됐건 강인하고 타협할 줄 모른다.

아이들은 자기들 발밑에 그려진 곰을 내려다본다. 어렸을 때는 그 곰이 무서웠고 지금도 가끔은 그렇다. 아맛, 사카리아스, 보보 그리고 벤야민. 두 명은 이제 막 열여섯 살이 되었고 두 명은 조만간 열여덟 살이 될 것이다. 십 년 뒤에 그중 두 명은 프로 선수로 활약하고 있을 것이다. 한 명은 아빠가 되었을 것이다. 한 명은 죽었을 것이다.

벤이의 전화벨이 울린다. 그는 받지 않는다. 전화벨이 다시 울리자 그는 뒷주머니에서 전화기를 꺼내 번호를 확인한다. 폐부를 찌르는 깊은 숨을 들이쉬며 전원을 끈다.

버스 정거장에 여행 가방을 든 베이스 연주자가 서 있다. 그는 마지막으로 한 번 더 같은 번호로 전화를 건다. 그런 다음 버스를 타고 마을을 떠난다. 그는 이곳으로 다시 돌아오지 않겠지만 십 년 뒤에 텔레비전에서 불현듯 벤야민의 얼굴을 보면 순식간에 모든 기억이 되살아날 것이다. 손길과 시선. 울퉁불퉁한 카운터 위에 놓인 유리잔과 고요한 숲속의 연기. 삼월에 내리는 눈이 몸에 닿는 느낌, 스케이트를 가르쳐주던 슬픈 눈빛과 거친 심장의 소년.

그 마지막 지점을 넘자마자 발 디딜 곳을 잃은 아이들이 빙판 위로 와르르 넘어지자 센터 서클에 서 있던 아이들은 웃음을 터뜨리며 꼬맹이들을 일으켜 세운다. 질질 미끄러져가다 펜스를 머리로 들이받는 것 말고도 멈출 수 있는 방법이 여러 가지가 있다고 가르친다.

가장 나중에 나온 여자아이가 생애 처음으로 신은 스케이트는 네 사람 모두 보지 못한다. 그녀는 뼈만 앙상하고 체구가 왜소한 네 살이고, 손에 비해 너무 큰 장갑을 꼈고, 모두가 알아보지만 아무도 자초지종을 묻지 않는 멍 자국을 달고 있다. 헬멧이 미끄러져 눈을 덮지만 눈빛만큼은 초롱초롱하다.

아드리와 수네가 아이를 붙잡아 일으킬 준비를 하며 뒤따라 나오지만 그럴 필요가 없다는 걸 깨닫는다. 센터 서클에 선 네 명의 아이들이 다음 시즌에 새로운 A팀을 건설할 테지만 그건 중요한 문제가 아니다. 십 년 뒤에 이곳 사람들의 어깨를 당당히 펴게 만들 주인공은 그들이 아니다.

그때가 되면 그들은 이 자리에서 직접 목격했다고 다들 거짓말을 할 것이다. 이 아이스하키단 역사상 가장 재능 있는 선수로 성장할 여자아이가 생애 처음으로 신은 스케이트를 보았노라고. 그때 이미 싹수를 느꼈노라고.

이 일대 사람들은 곰을 알아보기 때문이다.

벚나무에서는 항상 벚나무 냄새가 풍긴다.

하키 타운에서는 늘 그렇다.

감사의 말

먼저, 이 작품의 가장 어려운 부분을 도와주었지만 여러 가지 이유에서 실명을 밝히지 말아달라고 요청한 모든 분들에게 감사의 뜻을 전하고 싶다. 그들에게 진 빚이 많다.

경기와 훈련을 참관하고 온갖 희한한 질문을 던져도 참아준 수많은 하키 선수, 감독, 심판, 학부모에게도 큰절을 올려야 할 것이다.

친구이자 동료 작가인 니클라스 나트 오크 다그, 출판사 대표 소피아 브라트셸리우스 툰포르스, 담당 편집자 반야 빈테르, 에이전트 토르 요나손. 우리 가족 말고는 이 네 사람이 이 작품을 완성하는 데 가장 중요한 역할을 했다. 끝까지 내 곁을 지켜줘서 감사할 따름이다.

다음으로 소개하는 이들이 없었다면 이 작품은 하나의 아이디어와 종이 뭉치에 불과했을 것이다. 그들에게 무한한 감사를 전하는 바이다. 린네대학교 스포츠과학연구소 소속의 역사학자 겸 아이스하키 연구원 토비아스 스타르크. 지칠 줄 모르는 지식의 보고이자 재미있는 친구들이지만 때로는 냉정하되 타당한 평론가로 돌변해 작가

566

의 나약한 자존심에 상처를 주기도 하는 이사벨 볼텐스테른과 요나단 린드퀴스트. 내가 대책 없이 뜬구름 잡는 이야기를 늘어놓아도 아낌없이 시간을 내어준 아이스하키 전문가 에리카 홀스트, 욘 린드, 요한 포르스베르그, 안드레아스 하라, 울프 엥만 그리고 프레드릭 글라데르. 개와 총기를 주제로 유익한 대화를 나눈 안데르스 달레니우스. 스포츠와 인생에 관련해서 다방면을 아우르는 담소와 현명한 답변을 제시한 소피아 B. 카를손. 나와 한참 동안 묵묵히 이메일을 주고받은 로베르트 페테르손. 해박한 화학 관련 지식을 자랑한 아틸라 테레크. 내가 하루 종일 가게 안을 서성여도 군소리하지 않고 하키 장비에 대해 알려준 쇠테르텔리에 몽키스포츠의 이삭과 라스무스. 실태 조사차 찾아간 나에게 스포츠 애호가의 일면을 보여준 리나 '링크스' 에클룬드와 판크라세 짐. 자신의 의견을 밝히는 데 조금도 거리낌이 없었던 요한 실렌. 그리고 다양한 분야의 세부적인 부분과 용어를 알려준 법률전문가와 내게 전달받은 원고의 일부분을 읽고 고민하고 더 나은 방향을 제안해준 많은 사람들. 너무 많아서 일일이 거론할 수는 없지만 그들도 내 마음을 알 리라 믿는다.

근면 성실한 아트리아 북스의 직원들, 그중에서도 아트리아 대표 주디스 커, 담당 편집자 피터 볼랜드, 홍보 담당자 애리얼 프레드먼 그리고 수전 도너휴, 킴벌리 골드스타인, 마이클 셀렉, 소냐 싱글턴, 앨버트 탕, 짐 실, 힐러리 티스먼, 대니엘라 웩슬러에게 감사하다는 인사를 전한다. 사이먼 앤드 슈스터 캐나다의 대표 케빈 핸슨과 담당 편집자 브렌던 메이에게도.

하지만 무엇보다 우리 아이들. 아빠가 이 책을 쓰는 동안 기다려줘서 고마워. 이제 우리 마인크래프트 하자.

옮긴이의 말

이미 『오베라는 남자』, 『할머니가 미안하다고 전해달랬어요』, 『브릿마리 여기 있다』로 우리나라에서도 많은 사랑을 받은 프레드릭 배크만의 트레이드마크는 예기치 못한 순간에 찾아오는 감동과 허를 찌르는 엉뚱한 유머라고 할 수 있을 것이다. 이번에도 그런 분위기를 예상하고 이 책을 펼친 독자라면 본문의 맨 첫 장을 접했을 때 당황했을지도 모른다.

삼월 말의 어느 날 야밤에 한 십대 청소년이 쌍발 산탄총을 들고 숲속으로 들어가 누군가의 이마에 대고 방아쇠를 당겼다.

로맨틱 코미디로 일가를 이룬 드라마 작가가 선보인 최신작이 정극이라는 것을 알게 됐을 때의 낯선 느낌이랄까. 『베어타운』은 분명 그의 전작들보다 묵직하고 진지하고 어둡다. 하지만 살다보면 아무 생각 없이 집어든 책에서 오래도록 기억에 남을 감동과 의미를 발견하는 뜻밖의 행운이 어쩌다 한 번씩 선물로 주어질 때가 있다. 나는 이 작품을 우리말로 모두 옮긴 뒤 맨 마지막 문장의 마침표를 찍고 커서가 깜빡이는 컴퓨터 화면을 마주했을 때 어쩌면 이 『베어타운』이 그런 책이 될 수 있겠다는 생각을 했다.

배크만은 이 안에서 많은 이야기를 한다. 어린 고등학생들이 오로지 전국청소년하키선수권대회 4강에 진출했다는 이유 하나만으로 영웅 대접을 받으며, 이기기만 하면 된다는 논리에 따라 윤리와 정의는 뒷전으로 물린 베어타운의 모습은 하키라는 단어를 공부로 대체하면 지금 우리 사회와 섬뜩하리만치 닮은 구석이 많다. 왜 진실을 얘기하는 사람이 케빈인지 아니면 아맛인지 고민했는지, 왜 마야의 주장으로는 부족했는지 나중에서야 문득 깨달은 검은 재킷의 사나이는 요사이 우리 사회를 강타한 미투 운동의 관점에서 시사하는 바가 크다. 그런가 하면 마야의 엄마, 미라는 또 어떤가. 그녀가 아이를 낳으면 너무 작은 담요가 된다고, 누구 하나 빠뜨리지 않고 덮어주려고 아무리 애를 써도 추워서 바들바들 떠는 아이가 생긴다고 좌절했을 때, 딸을 지켜주지 못했다는 죄책감으로 숲속에서 울부짖었을 때 나도 딸을 둔 엄마로서 같이 눈물을 흘렸다.

배크만을 단적으로 표현하는 단어는 많다. 하지만 누가 물으면 나는 가슴이 따뜻한 작가라고 하겠다. 그는 문제를 제기함으로써 우리를 돌아보게 하고 편견에 딴죽을 걸지만 또 한편으로는 옳고 그름, 선과 악을 무 자르듯 딱 자르지 않는다. 그래서 나는 테레사 수녀의 침대 머리맡에 적혀 있었다는 기도문이 그가 이 책을 통해 하려고 했던 말에 가장 가까울지 모른다는 생각을 했다.

네가 정직하면 사람들이 너를 속일 것이다. 그래도 정직하라.
네가 친절을 베풀면 사람들이 너를 이기적이라고 비난할 것이다. 그
래도 친절을 베풀라.
네가 오늘 선을 행하더라도 내일이면 잊힐 것이다. 그래도 선을 행
하라.

이해와 용서. 이것이야말로 지금 우리 사회에 가장 필요하지만 가
장 부족한 두 단어이지 않을까.

배크만은 가슴이 따뜻한 작가인 동시에 영리하고 치밀한 작가이기
도 하다. 『할머니가 미안하다고 전해달랬어요』에 등장했던 브릿마리
가 『브릿마리 여기 있다』의 주인공이 되었고, 『브릿마리 여기 있다』
에 등장했던 케빈이 『베어타운』의 주인공이 되었다. 그가 벌써 『베어
타운』의 후속작을 완성했다는 소식을 들었을 때 문득 짚이는 대목이
있었다.

아맛, 사카리아스, 보보 그리고 벤야민. 두 명은 이제 막 열여섯 살이
되었고 두 명은 조만간 열여덟 살이 될 것이다. 십 년 뒤에 그중 두 명은
프로 선수로 활약하고 있을 것이다. 한 명은 아빠가 되었을 것이다. 한
명은 죽었을 것이다.

후속작은 저 아이들의 이야기일까. 그렇다면 십 년 뒤에 프로 선수

로 활약하는 두 명과 아빠가 된 한 명과 죽은 한 명은 누구일까. 배크만은 마지막 책장을 덮은 뒤에도 여전히 독자의 마음을 쥐락펴락할 줄 아는 작가다.

2018년 4월
이은선

옮긴이 이은선

연세대학교에서 중어중문학을, 국제학대학원에서 동아시아학을 전공했다. 편집자, 지작권 담당자를 거쳐 전문 번역가로 활동 중이다. 옮긴 책으로는 『위너1,2』 『일생일대의 거래』 『나보다 소중한 사람이 생겨버렸다』 『불타는 소녀들』 『애니가 돌아왔다』 『우리와 당신들』 『하루하루가 이별의 날』 『할머니가 미안하다고 전해달랬어요』 『브릿마리 여기 있다』 『초크맨』 『맥파이 살인사건』 『위시』 『미스터 메르세데스』 『사라의 열쇠』 『셜록 홈즈:모리어티의 죽음』 등이 있다.

베어타운

초판 1쇄 발행 2018년 4월 18일
초판 12쇄 발행 2024년 1월 15일

지은이 프레드릭 배크만
옮긴이 이은선
펴낸이 김선식

부사장 김은영
콘텐츠사업본부장 임보윤
콘텐츠개발2팀장 김보람 **콘텐츠개발2팀** 박하빈, 이상화, 채윤지, 윤신혜
마케팅본부장 권장규 **마케팅2팀** 이고은, 배한진, 양지환
미디어홍보본부장 정명찬 **브랜드관리팀** 안지혜, 오수미, 김은지, 이소영
뉴미디어팀 김민정, 이지은, 홍수경, 서가을, 문윤정, 이예주
크리에이티브팀 임유나, 박지수, 변승주, 김화정, 장세진, 박장미, 박주현
지식교양팀 이수인, 염아라, 석찬미, 김혜원, 백지은
편집관리팀 조세현, 김호주, 백설희 **저작권팀** 한승빈, 이슬, 윤제희
재무관리팀 하미선, 윤이경, 김재경, 이보람, 임혜정
인사총무팀 강미숙, 지석배, 김혜진, 황종원
제작관리팀 이소현, 김소영, 김진경, 최완규, 이지우, 박예찬
물류관리팀 김형기, 김선민, 주정훈, 김선진, 한유현, 전태연, 양문현, 이민운
외부스태프 일러스트 박경연 **디자인** 유미란

펴낸곳 다산북스 **출판등록** 2005년 12월 23일 제313-2005-00277호
주소 경기도 파주시 회동길 357 2, 3층
대표전화 02-702-1724 **팩스** 02-703-2219 **이메일** dasanbooks@dasanbooks.com
홈페이지 www.dasanbooks.com **블로그** blog.naver.com/dasan_books
종이 한솔피앤에스 **인쇄** 민언프린텍 **제본** 정문바인텍 **후가공** 평창P&G

ISBN 979-11-306-1665-0 (03850)

베어타운

배크만은 원숙한 작가다. 그의 작품에 등장하는 인물들은 친근하지만 개성 넘치고, 단점이 있지만 용감하다…… 눈물 나는 장면도 있고, 속이 뒤틀리도록 절망스러운 장면도 있고, 익살맞은 유머가 반짝이는 순간도 있다…… 인간의 나약한 면모를 따뜻한 시선으로 그린 작품이다. _커커스 리뷰

『베어타운』은 적당한 분량 안에 워낙 많은 것들이 담겨 있는 작품이라 어느 한 장르로 콕 집어서 분류할 수가 없다. 그것이 이 책을 주변에 권할 수 있는 수많은 이유 가운데 하나이기도 하다…… 남다른 스토리텔링과 솔직함을 자랑하는 이 작품은 어쩌면 많은 찬사를 받았던 『오베라는 남자』를 뛰어넘는 배크만의 대표작이 될 것이다. _아마존 올해의 책 추천평

배크만은 이 시대의 디킨스다. 그의 작품을 읽는 동안 눈물이 나더라도 심장을 다칠 일은 없다. _그린밸리 뉴스

내가 하키 소설을 좋아하게 될 줄은 몰랐다. 〈프라이데이 나이트 라이츠〉처럼 이 작품 역시 사람들의 이야기다. 용기와 자기 종족에 대한 충성심과 아들들에게 남자가 되는 법을 가르쳐주려고 할 때 우리도 모르게 저지르는 일을 다룬 이야기다. 베어타운 주민들이 내게는 실존인물들처럼 느껴졌기 때문에 일련의 사건들이 벌어졌을 때 얼마나 가슴이 아팠는지 모른다. _조조 모예스

부디 하키를 주연으로 착각하는 독자는 없길. 이 작품의 주인공은 다채로운 등장인물과 비극, 그리고 비극이 섬 같은 마을에 미치는 영향을 이야기하는 배크만의 능수능란한 솜씨다. 가끔 암울해질 때도 있지만 그 사이로 빛나는 사랑, 희생, 끈끈한 우정과 가족의 유대감이 희망과 구원을 선사한다. _퍼블리셔스 위클리

프레드릭 배크만은 인간적인 작품의 대가다. 매번 꼼꼼하고 세심하게 빚은 이야기를 통해 실제 현실에서는 한번 흘긋 쳐다보고 그냥 지나쳤을 사람들의 감정을 심도 깊게 파헤친다.……『베어타운』은 누가 봐도 그의 최고 걸작이다. _뉴욕 저널 오브 북스

로커룸에서 오가는 지저분한 농담, 학교 폭력, 이민자를 멸시하는 아이들, 정당한 법의 절차를 무시하는 사람들, 피해자를 욕하는 마을 주민들의 태도가 어쩌면 이렇게 실감 날 수 있을까. 몇몇 등장인물들이 빛을 볼 수 있어서 다행이다……『베어타운』에서 완벽한 정의 구현을 기대할 수는 없지만 그래도 희망이 생긴다. _스타 트리뷴

사랑할 수밖에 없는 흡인력 강한 소설이다. _피플

배크만은 아바, 스티그 라르손과 어깨를 나란히 하는 스웨덴의 인기 수출 품목이라 할 수 있다……『베어타운』에서 그는 자신의 유명세에 기대 얼렁뚱땅 넘어가려 하지 않는다. 그는 하키라는 스포츠와 스포츠 전반을 잘 아는 작가다. _뉴욕 타임스 북리뷰

프레드릭 배크만은『베어타운』을 통해 심오한 작가로서 입지를 다졌고, 한 명에 집중했던 전작들과 달리 주인공이 십여 명으로 늘어났어도 독자들이 그들의 감정을 이해하는 데에는 아무 문제가 없다.『베어타운』을 읽어야 하는 가장 결정적인 이유가 있다면 프레드릭 배크만의 작품이기 때문이다. 그의 작품은 하나같이 읽는 즐거움이 뭔지 보여준다. 속도가 너무 빠르지도 너무 느리지도 않고, 인물 구축이 워낙 훌륭해서 실제로 아는 사람처럼 그들의 생각과 관점을 읽을 수 있을 것만 같다. 책을 읽는 게 아니라 영상을 보고 듣는 듯한 느낌이다. 이 작가의 작품은 항상 현명한 시각으로 인간의 경험을 해석한다. 독자와 등장인물들로 하여금 우리는 무엇이고, 무엇이 되길 바라며, 어떤 식으로 살아야 하는가라는 인생의 가장 중요한 질문을 고민하게 한다. _워싱턴 타임스

결국에는 진정한 용기와 희생이 무엇인지를 보여주는 매력적인 소설이다. _월스트리트 저널

스웨덴의 베스트셀러 작가 배크만이 선보이는 또 한 편의 속이 꽉 찬 선물세트. 전 세계의 소도시 주민들이 공감하는 부분이 많을 것이다. _라이브러리 저널

수많은 가슴 아픈 순간과 지혜와 원초적인 감정들이 한데 뭉뚱그려져 있어서 이 작품을 읽는 것 자체가 매우 강렬한 경험이 될 것이다. _더 북 리포터

하키를 몰라도 이 작품을 읽는 데에는 아무 문제가 없다. 사실 모르면 오히려 조금 더 재미있게 읽을 수 있을지 모른다. 매 순간 다음을 궁금하게 만드는 정교한 스토리의 팬이라면 심지어 푹 빠져들지 모른다. 두말하면 잔소리지만 배크만의 팬이라면 반드시 읽어야 한다.『베어타운』을 뛰어넘을 작품이 없을 테니까. _오클라호만

『베어타운』을 특별하면서도 보편적인 이야기로 만드는 것은 배크만의 손에서 탄생된 대화와 등장인물들이다. 그는 하키를 중심으로 스포츠, 관계, 자기가 속한 마을과 자기 자신을 향한 충성심에 대해 파고든다. _세인트루이스 포스트 디스패치

원숙하고 연민이 넘치는 소설. _선데이 타임스, 영국

『베어타운』은 강렬한 메시지와 기억에 남을 만한 인물이 있는 감동적인 소설이다…… 우아하지만 직설적이고 연민이 가득하지만 가차 없는 시선으로 스포츠 문화와, 그들이 아니었다면 의미 없었을 경기에 생명을 불어넣는 사람들을 묘사한다. _위니페그 프리 프레스, 캐나다

배크만은 현실에 존재함직한 인물들을 실감 나게 창조하는 능력이 있다…… 이 작품은 아주 훌륭하다. 끊임없이 독자의 허를 찌른다. 소설을 읽으면서 가장 기분이 좋고 가장 만족스러울 때가 그런 때 아닐까. 이야기는 반전에 반전을 거듭하고, 심장은 두근거리며, 등장인물들은 생각지도 않았을 때 감동을 주거나 실망을 안긴다. 그리고 무엇보다 이 작품에서는 따뜻한 심장이 느껴진다. 독자들도 느끼겠지만 배크만은 인간에 대한 사랑이 넘치는 작가다. 그에게는 결국 천사가 승리할 것이라는 희망과 낙관이 있다.
_아이리시 인디펜던트, 아일랜드

아이스하키밖에 모르는 어느 조그만 마을의 인간관계와 삶을 다룬 강렬하고 도발적인 소설.
_베르덴스 강, 노르웨이

스포츠(여기서는 하키다)가 조그만 사회의 인간들에게 어떤 영향을 미칠 수 있는지를 아주근사하게 다룬 작품. _DI 위크엔드, 스웨덴

『베어타운』은 책이라는 틀을 넘어서는 작품이다. _다겐스 뉘헤테르, 스웨덴

스포츠에 대한 사랑, 자기 자식에 대한 사랑을 중심으로 이야기가 전개된다. 그 두 사랑은 강렬하지만 맹목적이기도 하다. 『베어타운』은 자기 자식이 피해자가 됐건 가해자가 됐건, 아이를 보호하기 위해 부모가 어디까지 할 수 있는지를 파고든다. _아프톤블라데트, 스웨덴

노련한 화가처럼 캐릭터를 그려내는 프레드릭 배크만의 능력이 이 이야기를 끌고 가는 힘이다…… 그는 암울한 마초 문화를 폭로하는 한편, 등장인물들이 자기 자신을 돌아보고 성장할 수 있게 한다. 여기에 희망이 있다. 엄청난 사건이 벌어지고 그 뒤로 모든 게 달라지지만 이 전환점 덕분에 이야기는 깊이를 더하는데, 이때 프레드릭 배크만은 한 발짝 앞으로 나서서 중요한 결단을 내린다. 연약한 십대 소녀를 화자 삼아 자신의 소설 안에서, 어쩌면 그밖으로까지 결연한 목소리를 내기 시작한다……『베어타운』에서 보여주는 스포츠에 대한

사랑은 일요일 아침 일찍 체육관에서 마시는 블랙커피만큼이나 진하다.
_예테보리스 포스텐, 스웨덴

『베어타운』은 가족에 대한 이야기이자 우정, 의리, 불평등, 취약한 여성의 입지, 남자들의 요란한 또래 문화, 부모 노릇에 대한 이야기…… 배크만은 어느 누구의 사연도 허투루 넘기지 않고 이 안에 모두 담았다. 따뜻한 가슴을 느낄 수 있는 작품이다.
_옌셰핑스 포스텐, 스웨덴

독자 입장에서 가장 인상적인 부분은 일상의 조각들을 빽빽하고 다채로운 한 덩어리로 정교하게 엮어서 드라마틱하게 펼쳐 보이는 프레드릭 배크만의 패기다. 『베어타운』은 멜로드라마에 가깝지만 그쪽으로 탈선하지 않는, 고도의 기교를 자랑하는 문제극과 같다. 상당히 독창적이며, 일상의 두 가지 면모를 설득력 있게 전달한다. 어디에서도 찾아볼 수 없는 감동적인 작품이다. _BTJ, 스웨덴

프레드릭 배크만이 서스펜스와 격정과 도덕적인 딜레마를 가미해 전작들보다 한참 묵직하고 진지한 신작을 선보였다…… 이 감동적인 이야기를 한 글자도 놓치고 싶지 않다.
_외스트예타 코레스폰덴텐, 스웨덴

프레드릭 배크만의 내러티브에는 억지가 없고 모든 장마다 신중하게 선택된 몇 단어로 이루어진 경구가 있다. 감동적인 그 경구를 접한 순간 몸에서는 전율이 일고 얼른 다음 장을 읽고 싶어진다…… 『베어타운』은 아이스하키를 중심으로 이루어진 삶을 가슴 뭉클하고 매력적으로 담은 한 편의 초상화다. _노를렌드스카 소시알데모크라텐, 스웨덴

모든 학부모와 고등학생, 버스를 타고 아이스하키 경기장으로 향하는 선수들의 필독서로 선정해야 할 만큼 의미 있는 작품이다. 쓸모없거나 불필요한 단어가 하나도 없다. 어떤 문장은 영혼을 향해 날아드는 가차 없는 펀치처럼 느껴진다. _SR P4, 스웨덴

내가 『베어타운』을 얼마나 좋아하느냐고? 어떤 면에서 사랑하는지 하나씩 짚어보도록 하겠다. 『베어타운』은 폭행으로 갈기갈기 찢긴 한 가족을 다룬 가족극이다. 큰 소리로 얘기할 것인지 아니면 입을 다물고 있을 것인지 선택의 기로에 놓인 어느 소녀의 성장소설이다. 한 십대가 다른 십대의 머리에 산탄총을 겨누고 방아쇠를 당기려 한다는 구절로 시작되는 스릴러다. 소도시의 사고방식을 조심스럽게 논하는 한편, 촘촘히 얽혀 있는 사회를 바꾼 소수의 사람들에게 찬사를 보내는 이야기다. _아드리안 리앙, 아마존 북리뷰